KB185112

브로츠와프의
쥐들

카오스

The original Polish edition was published as "Szczury Wrocławia: Chaos"

This work was originally published in Poland by Insignis Media.

Szczury Wrocławia: Chaos

브로츠와프의 쥐들

카오스

로베르트 J. 슈미트 지음

정보라 옮김

다산책방

이 책을 나의 대부이자 1963년 출혈성 천연두를 진단한 의사
보구미우 아렌지코프스키 박사(1928-2004)에게 바친다.

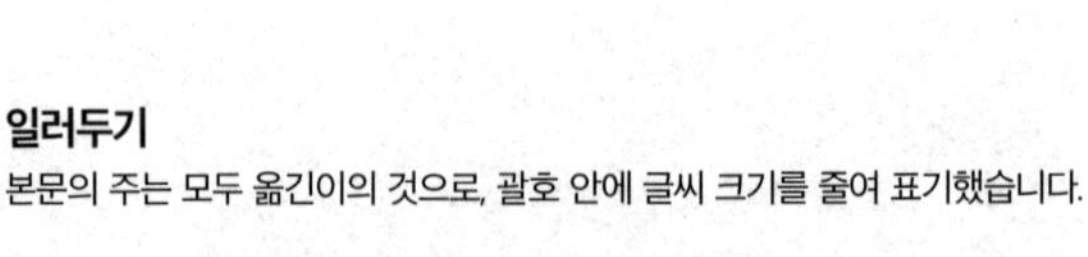

일러두기

본문의 주는 모두 옮긴이의 것으로, 괄호 안에 글씨 크기를 줄여 표기했습니다.

차례

브로츠와프의 쥐들: 카오스

009

검은 감염병과
공산주의 폴란드의 좀비들

정보라

760

1

1963년 8월 9일 금요일 19시 50분
격리병동, 키에우초프스카 거리 43a번지

"완전 도살이군." 손등으로 땀을 닦으며 첫 번째 경관이 신음했다.

"학살이야." 제복을 입은 두 번째 경관이 맞장구를 치면서도 역겨움에 온몸을 떨었다. "빌어먹을, 살아 있는 채로 뜯어 먹다니……."

파트리크 미엘레흐 경사는 부하들이 하는 말을 듣고 있지 않았다. 그는 항공항교 벽에 등을 기댄 채 머지않은 앞날을 머릿속으로 훑고 있었다. 이틀만 더 지나면 그의 인생은 아주 복잡해질 것이었다. 처음부터 그 사실을 알고는 있었지만, 몇 주 전에 내린 결정이 불러올 후폭풍을 40시간 뒤에 맞이해야 한다는 사실이 이제야 비로소 실감 나기 시작했다. 얼마나 오래 걸릴지는 아무도 모르지만, 이틀도 채 안 되는 시간(다음 그룹이 격리를 끝낼 때까지 그 정도밖에 남지 않았다. 그들 중에는 아그니에슈카도 있을 것이다) 동안 그는 여기에 남아서 브로츠와프 시민들을 치명적인 바이러스로부터 보호해야 한다.

"경사님?"

누군가 어깨를 건드리는 바람에 미엘레흐는 문득 정신을 차렸다.

"뭐?" 그는 화난 듯 내뱉으며 부하들을 바라보았다. 북슬북슬한 콧수염 아래 이를 드러낸 카롤 크워스는 증조할아버지의 할아버지 대부터 북부 바닷가 토박이였다. 그가 길가에 솟아난 잔디 무더기 사이로 기어가는 애벌레를 고갯짓으로 가리켰다. 손톱만 한 불개미들이 밀수꾼들이 짓밟은 들꽃 옆에서 애벌레를 덮쳤다. 화려한 색을 띤 애벌레들은 키틴질 갑옷을 입은 붉은 살인자들에게 꼼짝없이 붙잡혔다. 그 매끈한 몸체가 토막나 개미집으로 옮겨지는 데는 불과 몇 초도 걸리지 않았다.

제복 입은 경관 둘이 그 광경을 진심으로 흥미진진하게 지켜보았다.

"인생 그 자체로군." 미엘레흐가 그 음울한 장면에 매혹당한 부하들의 모습에 놀라며 중얼거렸다. "약육강식이란 건가."

"숫자가 많은 쪽이 강하다는 거죠, 경사 동무." 두 번째 경관 필리프 쿠르피엘이 바로 끼어들었다.

야스타르르니아 출신의 나이 든 전직 등대지기와는 달리, 이 청년은 군대에서 곧바로 경찰에 뛰어들었고 무슨 짓을 해서라도 상관에게 점수를 따려고 애썼지만 성공하는 일은 거의 없었다. 이번에는 경사에게 거의 점수를 딸 뻔했다. 불행히도 미엘레흐는 오늘 기분이 몹시 안 좋은 상태였고, 부하들은 모두 근무를 시작하자마자 이 사실을 눈치챘으나 대체 무슨 이유로 그가 이 정도로 우울한 기분이 되었는지 아무도 상상조차 하지 못했다.

"이런 건 이제 지겹다……." 미엘레흐는 기운을 북돋아 주던 그늘에서 빠져나와 경찰모를 쓰고, 가시철망을 두른 콘크리트 벽을 따라 걷기 시작했다. 키에우초프스카 거리 쪽으로 천천히 걸음을 옮기다 울타리가 휘어지는 지점에서 몇십 미터 거리에 있는 학교 정문을 향해 갔다.

크워스가 몇 걸음 뒤에서 따라왔다. 쿠르피엘이 콧소리를 내며 터지도록 꽉 찬 나일론 망사 주머니 두 개를 잔디에서 주워 들었다. 주머니 안에 있는 가득 찬 유리병이 시끄러운 소리를 냈다. 이날 담벼락을 따라 배치된 경관들은 운이 좋았다. 경관들은 폐쇄병동 안으로 술을 몰래 가지고 들어가려고 잔꾀를 부린 놈 세 명을 붙잡았다. 500밀리리터 17병과 250밀리리터 6병. 경비실 뒷방의 안 그래도 적지 않은 비상식량이 이만큼 늘어났다. 물론 이건 당직자가 전리품을 기록할 때 '실수'를 하지 않았다는 전제하의 이야기다. 그런 일도 가끔 있었다.

미엘레흐는 뒤따라오는 경관들을 돌아보았다. '등대지기'와 '젊은 애'가 그들의 별명이었는데, 두 사람은 징계를 받아서 이 초소에 오게 되었다. 프시에 폴레(브로츠와프 북부 지역)에서 격리된 사람들을 지키는 나머지 14명의 '사냥꾼들'과 마찬가지로 말이다. 미엘레흐 자신과 마찬가지로……. 경사는 자기 손을 내려다보았다. 훈련된 눈으로 보아야만 알아챌 수 있겠지만 그의 손은 계속 가볍게 떨리고 있었다. 재활치료의 효과가 없는 건 아니었지만, 그래도…… 뒤에서 계속 들려오는 유리병 특유의 소리 때문에 그는 자기도 모르게 혀로 입술을 핥았다. '뭔가 다른 걸 생각해, 그녀에 대해서라든가, 보드카 말고.' 임시초소로 급히 개조된 경비실 쪽으로 방향을 꺾으면서 그는 속으로 자신을 야단쳤다.

초소에 도착하기 전에 작은 호송대가 그들을 따라잡았다. 오늘만 세 번째다. 낡아빠진 군용 바르샤바 M20 한 대가 항공학교 입구를 지나 거리 양쪽 통행을 모두 막으며 길 한가운데 멈추었다. 그 뒤를 따라오던 폭스바겐 카라벨, 일명 '오이'는 곧바로 방향을 꺾었어야 했지만 그렇게 하지 않고 활짝 열린 정문 앞에서 급정거했다. 다음 순간 미엘레흐는 시끄럽게 끼긱거리는 변속기 소리를 들었다. '오이' 버스는 후진하기 시작했고 그 때문에 행렬 마지막에 있던 니사(폴란드 자동차 브랜드로, 폴란드 공산 정권 시기에 주로 사용하던 경찰차)가 급하게 차체를 돌려 피해야만 했다. '잠깐의 휴식과 그 불운한 애벌레가 아니었다면…….' 미엘레흐는 낡아빠진 501번 차가 자신과 자기 부하들이 서 있을 수도 있었던 바로 그 길가 쪽으로 갑자기 돌진하는 것을 보고 생각했다.

크워스가 시계를 보고 중얼거렸다.

"12시……."

12시이고 모든 것이 분명하다. 미엘레흐는 고개를 끄덕였다. 위생병들이 바로 이 시간에 내무부 소속 병원으로 혈액 샘플과 또 뭔지 모를 것들을 수송하는 구급차의 방역 소독을 끝낼 때까지, 버스는 폐쇄병동 부지 안에 들어올 수 없다.

니사 자동차가 땅을 헤집은 자국 옆을 지나갈 때, 경비실 건물 뒤에서 회색 버스가 모습을 드러냈다. 뒤범퍼에 사이렌도 없고 지붕 위에 경광등도 올리지 않았다. 차 문에 적십자 표시가 없었다면 민간 자동차라고 생각할 수도 있었다. '유령'들—흰 옷을 입은 위생병들을 그렇게 불렀다—중 하나가 버스 운전사에게 팔을 휘둘렀다. 나머지는 등에 멘 분무소독통 노즐을 사납게 휘두르며 거대한 버스의 소독 작업을 준비했다.

미엘레흐는 경비실 바깥문 앞에서 멈춰 섰다.

"순찰 돌고 온다." 그는 부하들에게 통보했다. "너희는 압수한 술병을 당직한테 전달해라. 한 병도 빠뜨리지 말고……!"

"저희를 자비샤(15세기에 기사의 명예와 미덕을 갖춘 사람으로 유명했던 폴란드 군인)처럼 딱 믿으셔도 됩니다." 크워스가 끼어들었다.

땀투성이 '젊은 애'는 그저 고개만 끄덕였다.

"믿는 건 믿는 거고 오자마자 기록부터 확인하겠다." 미엘레흐는 부하들이 1층짜리 조그만 경비실 건물 안으로 사라지기 전에 고지했다.

그는 정문 안으로 들어온 타원형 버스의 문을 닫으려는 위생병을 손짓으로 막고는, 코에 주름을 잡으며 소독제에 푹 적신 매트 옆으로 달려갔다. 마스크가 있었다면 찌르는 듯한 소독약 냄새를 조금이라도 막아줬겠지만, 위생병들과 달리 그에게는 마스크가 없었다. 그러면 손수건은……. 그러나 그는 손수건을 주머니 속에 두는 쪽을 택했다. 기름진 땀에 절어 있는 천을 입에 갖다 대는 일이 소독약의 악취보다 더 역겹게 느껴졌다.

도시 외곽의 옛 엔진공업학교 부지 내에 위치한 폐쇄병동은 터져나갈 지경이었다. 미엘레흐는 9동—얼마 전에 개조된 2층짜리 기다란 부속 건물들 중 마지막 건물—앞에서 혼란스러운 표정으로 버스에서 내리는 혼란에 빠진 사람들을 쳐다보면서, 격리병원 두 군데를 추가로 만들자는 계획을 떠올렸다. 한 곳은 지금 같은 계절에는 문을 열지 않는 내륙항해학교 안의 기숙사를, 다른 한 곳은 올림픽 경기장 옆 호텔을 이용할 예정이었다. 그러나 그것은 미래의 꿈일 뿐이다. 지금 그에게 맡겨진 병동에는 이미 자리가 모자라기 시작했다. 격리 지정된 환자들이 지금 같은 속도로 계속 들어온다면 위생병들은 환자를 한 방에 더 많이 집어넣을 수밖에 없을 것이고, 그러면 환자들은 또다시 동요하게 될 것이다. 절망에 빠진 범법자 몇 명이 제정신을 차리고 영혼과 목구멍을 괴롭히는 갈증을 가라앉히기 위해서 세상으로 나가려고 시도한 뒤에 경비가 강화된 게 바로 얼마 전이었다. 그 덕분에 미엘레흐는 이제 자기 밑에 열여섯 명의 부하들을 두었으며 항공학교 주변 담벼락은 가시철망을 둘렀다. 특히 거리로 이어지는 부분은 콘크리트 판이 아니라 평범한 그물 패널을 붙여놨기 때문에 더욱 주의 깊게 지켰다. 격리병동 책임자 호라 박사는—그다지 내키지 않아 했지만—키에우초프스카 거리까지 담벼락과 평행하게 십여 미터 거리에 촘촘하게 가시철망으로 울타리를 한 겹 더 설치하는 데도 동의했다. 주 경찰이 격리환자들을 수용한 건물에 밀주 판매상들의 접근을 어렵게 해야 한다는 미엘레흐의 보고를 받고 이 추가 방어 조치를 명령했다.

'점점 더 많은 사람이 3주 격리 기간을 끝내서 다행이지.' 경사는 화학약품 냄새를 지독하게 풍기는 정문에서 멀어지면서 생각했다. 당국이 처음에는 병의 증상이 나타나지 않는 환자들을 한 명씩 퇴원시켰지만, 나중에는 이곳에 실어 올 때처럼 무리 지어 퇴원시키기 시작했다. 격리수용된 사람들 중 대부분이 건강하다는 판정이 났다. 미엘레흐는 정확한 통계를 알지 못했으나 이 시설을 거쳐 나중에 천연두 병원에 입원한 사람이 한 손에 꼽을 수 있을 정도라는 건 알고 있었다. 최소한 아그니에슈카는 그렇게 장담했고 미엘레흐는 그 말을 믿었다.

여자 친구에 대해 생각하면서 그는 학교 건물 앞에 전시된 낡아빠진 소련제 일류신 전투기들을 지나친 다음 2층짜리 건물들 사이로 이어지는 골목으로 접어들었다. 기숙사 부속 건물들은 가시철망이나 나무판으로 만든 울타리로 하나씩 분리되어 있었다. 미엘레흐는 분수 옆에 멈춰 서서 짧은 순간이나마 분수가 흩뿌리는 축축한 안개를 즐겼다. 이 수용소에서 가장 즐거운 막사인 두 번째 부속 건물 쪽에서 평소처럼 노랫소리와 둥당거리는 기타 반주 소리가 들려왔다.

프시에 폴레는 꽤나 즐겁지
아이들이 주변을 돌아다니고
사방에 기쁨과 노랫소리 넘치네
시간은 아무도 기다려주지 않고
그렇게 하루하루가 흘러가네
격리병동, 격리병동,
그곳에선 시간이 즐겁게 기쁘게 흘러가지
가시철망 너머에서
프시에 폴레 격리병동에 한번 와보세요
그곳에서 우리는 언제나 하늘에 가까우니까
나무와 곡식 낟알이 바스락거리니
행복하려면 더 무엇이 필요할까
빵도 주전자의 커피도 충분한데……

이것이 이 병동의 비공식적 주제가였지만, 후렴구와는 달리 경사는 오래되어 딱딱해진 빵이나 곡식을 볶아 만든 커피만으로 충분하지 않았다. 절대로 그것만으로는 충분하지 않았다…….

미엘레흐가 휴식의 순간을 늘리려는 이유는 길고 더운 하루를 보낸 뒤에 조금이라도 시원한 곳에 있고 싶기 때문만은 아니다. 반드시 해야만 하는 대화란 걸 알았지만, 그는 대화의 결과가 두려웠다. 그래서 무의식적으로 진실의 순간을 늦추기 위해서 무슨 일이든 하고 있었다.

미엘레흐는 아그니에슈카가 격리병동에 들어온 지 이틀이 지났을 때 그녀를 만났다. 그녀는 1차 밀접접촉자였다. 환자의 가정에 간호를 위해 방문했을 때 환자에게 주사를 놓아주면서 환자의 남편이 지치고 온통 땀에 젖은 데다 양팔 핏줄 주변에 생겨난 까만 부스러기를 긁고 있는 모습을 눈치챘다. 깜짝 놀라서 즉각 달려 나와 가장 가까운 전화 부스를 찾았는데, 다행히도 한 블록 거리에 있었다. 그녀는 공산당 중앙 의료위원회에 전화해서 자문단을 요청했다. 자문단이 오기까지 거의 30분이 지나는 동안 지옥 같은 무더위에도 좁은 어항 같은 전화 부스에서 한순간도 나가지 않았다. 마침내 텅 빈 거리에 세상에서 제일 평범해 보이는 바르샤바 자동차가 나타났다. 그러나 차에 탄 승객들은 평범하지 않았다. 모두 하얀 실험실 가운을 입고 두꺼운 모자, 고무테를 두른 보안경에 코와 입을 가리는 수술용 마스크를 쓰고 그 위에 두꺼운 천으로 만든 가리개를 덮어썼다. 그 차림새 때문에 그들은 외계인처럼 보였다.

겁에 질린 자문단 간호사가 잠시 의심 증상을 확인했고, 아그니에슈카는 병든 노인의 이웃과 지인들 전부와 함께 스스로 프시에 폴레 격리병동에 들어왔다. 왜냐하면 격리 정책은 감염된 환자와 아주 잠깐이라도 접촉한 사람 모두에게 해당되기 때문이었다. 오로지 이런 방법으로만 치명적인 출혈성 천연두의 확산을 막을 수 있었다. 또한 대규모 격리를 하면 환자들의 삶이 편해지는 측면도 있었다. 친척과 이웃, 심지어 지인들까지 함께 격리되었으므로 대부분 격리병동에서 외롭다고 느끼지 않았다.

아그니에슈카는 이런 일반적 규범에서 벗어난 소수였다. 그녀의 가족 전체가 오폴레(폴란드 남서부의 도시로, 브로츠와프에서 약 96킬로미터 떨어져 있는 곳)에서 살았고 그녀 자신도 실습을 끝낸 뒤에, 즉 격리기간이 끝나기만 하면 곧바로 오폴레로 돌아갈 예정이었다.

그것이 경사가 울상을 짓고 있는 진짜 이유였다. 미엘레흐는 매혹적인 미소를 띤 이 아름다운 금발 여성이 격리병동 정문 밖으로 나가자마자 자기 삶에서 사라질 것이라고 확신할 수 있었다. 이 장소에 들어와서 감염병의 증상이 나타나기를 몇 주나 기다리고 가장 가벼운 가려움증에도 깜짝 놀라 겁에 질리고…… 이 모든 것이 그녀에게는 트라우마의 경험이었다. 비록 미엘레흐가 나무판자와 가시철망으로 만든 임시 울타리 옆에서 아그니에슈카를 만났던 그 수많은 순간마다 그녀를 즐겁게 해주려고 최대한 노력했지만 말이다. 어쨌든 이런 악몽에 누가 돌아오고 싶겠는가? 그런 생각이나 하겠는가? 불행히도 두렵고 아픈 기억을 잊는다는 것은 아그니에슈카의 경우에는 자신과 함께 그토록 유쾌하게 잡담을 나누곤 했던 겸손한 경찰관에 대해서도 잊어버린다는 뜻이었다…….

미엘레흐는 아그니에슈카가 저 바깥, 도시에 있었다면 따라

다니는 남자들에게 둘러싸여 있으리라는 사실을 이미 깨달았다. 물론 아무도 이곳으로 그녀를 면회하러 오지는 않았지만 그렇다고 그들을 탓할 수 있겠는가? 격리병동에 대한 소문이나 전설이 브로츠와프 전체에 수없이 돌았고, 사람들은 자문단이 자신을 트럭이나 버스에 실어서 경비대의 감시 아래 3주간 격리병동으로 보내지 않기를 말없이 기도하면서 그런 시설들을 멀리 피해 다녔다.

병동 건물 옆에서 노는 아이들의 새된 목소리에 미엘레흐는 문득 정신을 차렸다. 그는 계속 걸어가면서 이 관계를 이어나가고 싶다면 결정적인 한 걸음을 떼어야만 한다는 사실을 의식했다. 그러려면 이제 두 번의 저녁밖에 남지 않았다. 지금 이 시간과 내일뿐이다.

아그니에슈카는 5동 옆 가시철망 모퉁이의 어린 자작나무 근처에서 미엘레흐를 기다리며 가느다란 나뭇등걸에 아무렇게나 기대서 있었다. 멀리서도 그녀의 하얀 가운이 눈에 띄었다. 미엘레흐가 설득한 끝에 아그니에슈카는 호라 박사에게 자신이 간호사임을 알리고 자기 병동 당직 간호사들을 돕겠다고 제안했다. 그 덕에 할 일이 생겼고 여러 가지 생각에 시달리지 않게 되었다.

"안녕하세요." 미엘레흐는 가시철망 반대편에 멈춰 서서 나오지 않는 목소리로 중얼거렸다.

아그니에슈카 크로코비츠 간호사는 곧바로 대답하지 않았다. 그녀의 입술 사이에 물린 담배의 조그만 불빛이 더 강하게 타올랐다. 그 조그만 오렌지색 점이 허벅지 높이까지 내려가고 조그만 나뭇잎들 사이로 푸르스름한 연기 뭉치가 사라지고 나서야 아그니에슈카는 기쁜 목소리로 대답했다.

“안녕하세요, 경사님!”

미헬레흐는 벌써 얼마 전부터 아그니에슈카가 매일매일 조금씩 명랑해지는 것을 알아챘다. 그의 계획을 생각할 때 좋은 징조는 아니었다.

“뭐가 잘못됐나요?” 미엘레흐의 갑작스러운 침묵, 어쩌면 구겨진 표정 때문에 불안해진 그녀가 바로 물었다.

“아뇨. 잘못되긴요. 너무 더워서 견디기 힘드네요.” 그는 경찰모를 들어 올려 소매로 이마를 닦았다.

“돌풍이 올 거예요.” 아그니에슈카가 그를 달랬다. “공기 속에 전기가 퍼지는 게 느껴지지 않으세요?”

실제로 서쪽 하늘이 어두워졌다. 납빛 먹구름이 넓게 퍼져 지평선을 향해 저물어가는 해를 당장이라도 가릴 것 같았다.

아그니에슈카가 가시철망 쪽으로 가까이 다가왔다. 이제 그녀의 모습이 더 뚜렷하게 보였다. 밝은 금발이 간호사모 아래로 흘러나와 거의 이마 전체를 가렸다. 푸른 눈이 장난스럽게, 그리고 어제보다 더 명랑하게 반짝였다. 미소도 더 환했다.

“금방 추워져서 날씨가 어떻게든 다시 더워지길 바라게 될 거예요.” 그녀가 살짝 애교스럽게 말했다.

미엘레흐는 또다시 말라붙은 입술을 핥으려다가 스스로 멈추었다. 그녀와의 관계를 지속하기를 간절히 원했지만, 감염병이 완전히 정복되지 않는 한 상관들은 자신에게 단 하루도 휴가를 주지 않을 것이며 이 쓰레기통에서 절대 벗어나게 하지 않으리라는 것을 알고 있었다. 천연두와의 전쟁은 앞으로 몇 달이나 더 이어질 수 있었고, 그동안 아그니에슈카는 다른 도시에서 살 것이고, 수많은 사람에게…… 수많은 남자에게 둘러싸여 이 끔찍한 격리장소에서의 생활과 자신이 느꼈던 공포에 대해 하소연할 것이었다.

미엘레흐는 다시 손이 떨리는 것을 느끼고 양손으로 허리띠를 꽉 붙잡았다. 불안감 때문만은 아니었다. 스트레스로 인해 뭔가 더 강한 것을 향해 손을 뻗고 싶은 갈망이 고개를 들었다. '해가 지고 나면—매일 그렇듯—격리병동 주변에 또다시 밀주업자들이 파도처럼 덮쳐올 건 확실한 일이지. 만약 보드카가 가득한 경비실에 혼자 남게 된다면, 아니면 운이 더 나빠서 내가 직접 전리품을 기록하다가 더는 견딜 수 없게 된다면…….' 주변이 매 순간 명백하게 서늘해지고 있는데도 그의 이마에 맺힌 땀방울은 더 굵어졌다.

"저는……." 미엘레흐는 언제나 그렇듯 어디서 시작해야 할지 모르는 채로 더듬거렸다.

"네?" 아그니에슈카가 그들을 갈라놓은 가시철망 쪽으로 좀 더 가까이 다가섰다.

미엘레흐가 막 입을 열려는 순간, 그들 위쪽 어딘가에서 유리 깨지는 소리가 들려왔다. 다음 순간 두 사람 모두 무거운 것이 떨어지는 듯한 둔한 소리를 듣고 본능적으로 양팔로 머리를 가렸다.

이웃 건물들 앞에 나와 있던 환자들이 호기심에 찬 눈으로 5동 쪽을 바라보았다. 미엘레흐는 그들에게 주의를 돌리지 않고 골목 가운데로 물러서고는 고개를 쳐들고 위를 보았다. 2층 왼쪽 창문이 경첩 하나에 매달려서 느릿느릿 흔들리고 있었다. 부서진 창유리의 뾰족한 잔해에 혀를 날름거리는 어두운 불꽃이 비쳤다. 아그니에슈카가 재빨리 몸을 돌려 건물 벽 아래쪽 잔디 위에 누워 있는 형체를 향해 뛰어갔다.

아그니에슈카는 원래 흰색이었으나 지금은 온통 피에 젖어 붉게 물든 병원 가운을 입은 사람 옆에 무릎을 꿇고 앉았다. 그런 다음 맥박을 확인하기 위해 여윈 손을 잡고 그 손목에 손을 대보고 맨 마지막에야 누워 있는 여성의 팔을 당겨서 얼굴을 들여다보았다.

"하느님 맙소사……." 그날 당직을 서던 동료 간호사를 알아보고 그녀가 속삭였다. "이 사람, 이나잖아……." 그녀는 벌떡 일어나서 옆에서 구경하던 사람들에게 단호하게 외쳤다. "스코르노비치 선생님 좀 불러오세요! 빨리!"

미엘레흐는 2층 창문 양쪽을 관찰했다. 그곳에서 뭔가 일어나고 있었다. 여러 사람의 비명이 들렸고 빠르게 움직이는 그림자들이 천장에 보였다. 그는 허리에 찬 권총집으로 손을 가져갔다. '창문으로 간호사를 밀어 떨어뜨린 개자식들은 검은 천연두에 걸려 빨리 죽어버리지 않은 걸 진심으로 후회하게 될 거다……!' 그러나 그가 총을 꺼내기 전에 옆 창문이 산산조각으로 부서지더니, 아래쪽으로 하나도 아니고 둘이 마치 다정하게 껴안은 듯 뒤얽힌 채 떨어졌다. 싸우던 두 사람은 공포에 질린 아그니에슈카 바로 뒤의 잔디 위에 둔한 충격음을 내며 떨어져 그대로 움직이지 않게 되었다. 바로 그 순간 뭔가 또 미엘레흐의 눈에 들어왔다……. 보고도 믿을 수 없었다.

므워치츠카 간호사, 그러니까 창문에서 먼저 떨어진 그 사람이 천천히 땅에서 일어섰다. 마치 의식이 없는 듯 이상하게 뻣뻣하고 힘겨운 동작이었다. 미엘레흐가 놀란 것은 그 때문이 아니다. 그는 평생 충분히 많은 비극을 보아왔고, 그래서 사람이 쇼크 상태에 빠지면 부러진 다리로도 일어설 수 있다는 걸 알고 있었다. 지금 저 간호사도 그렇다. 오른쪽 무릎 바로 아래 종아리에서 부러진 뼈가 허옇게 튀어나와 있었던 것이다.

미엘레흐가 놀란 것은 간호사의 머리 때문이었다. 그 머리는 이상한 각도로 매달려 있어서 움직일 때마다 흔들렸는데, 마치 척추가 더 이상 머리를 받쳐주지 못하는 것 같았다. 경사는 힘겹게 침을 삼키고 등을 돌린 아그니에슈카에게 계속 다가가는 그 귀신 같은 형체에서 시선을 떼지 않았다. 아그니에슈카는 손으로 입을 막은 채 뒤엉켜 떨어진 두 사람에게서 한 걸음 떨어진 곳에 얼어붙은 듯 서 있었다. 경사는 형체와 냄새와 소리를 하나하나 감지했으나 갑자기 몸이 마치 소금 기둥이나 콘크리트 덩어리로 변해 굳어버린 듯 전혀 움직일 수 없었다. 목소리조차 낼 수가 없었는데, 그것은 이웃한 부속 건물들 앞 잔디밭에 서 있는 다른 사람들도 마찬가지였다.

므워치츠카 간호사는 아무런 소리도 내지 않고, 마치 도움을 청하듯이 양팔을 앞으로 뻗은 채 아그니에슈카를 향해 움직였다. 그러다 갑자기 발이 걸려 몸이 심하게 기울었다. 처음에는 앞으로, 그러다가 뒤로 휘청거리다가 머리가 커다란 타원을 그리며 등 뒤로 넘어갔다. 앞에서 보면 마치 목이 잘린 것처럼 보였는데, 그럼에도 불구하고 므워치츠카는 계속 앞으로 걸어나갔다.

그 순간 보이지 않는 고리가 풀렸다. 수많은 목구멍에서 야만적인 신음 소리가 터져 나왔다. 환자들이 겁에 질려 도망치기 시작했다. 어떤 사람들은 임시 울타리 쪽으로, 다른 사람들은 곧장 담벼락 쪽으로 가시철망이 앞에 있는데도 상관하지 않고 달려갔다.

"조심해!" 미엘레흐가 고함쳤다.

그 이상은 말할 틈이 없었다.

므워치츠카의 손이 이미 아그니에슈카의 어깨와 목을 붙잡았다. 그녀는 뜻밖의 공격에 깜짝 놀라 펄쩍 뛰었으나 치명적인 손아귀를 어깨에서 떨어내지 못했다. 누군가의 손가락이 곧바로 그녀의 정강이를 붙잡았다. 그녀는 있는 힘껏 비명을 지르며 그대로 쓰러졌고 하나가 아니라 세 명의 망가진 몸 아래로 순식간에 사라져 버렸다.

므워치츠카 간호사와 어떤 의사, 경사가 봐도 누군지 알 수 없었던 세 번째 사람이 맨손으로 아그니에슈카의 배를 찢었다. 미엘레흐는 그들이 아그니에슈카의 뱀처럼 구불거리는 유리 같은 회분홍빛 내장을 손에 쥔 것을 보았고 창자에서 새어 나온 역겨운 가스 냄새를 맡았다. 미엘레흐는 굳어버린 듯 우뚝 선 채 눈앞에서 벌어지는 현실의 악몽을 지켜볼 뿐이었다. 혼란이 그의 주위를 지배했다. 공포에 질린 환자들이 가시철망에 다치는 것도 아랑곳하지 않고 임시 울타리로 몰려들었다. 도망치려 하는 와중에 서로 짓밟았다. 도살의 장면에서 어떻게든 멀리 떨어지려 몸부림쳤다. 사방에서 들려오는 비명으로 짐작해 보건대 다른 임시 건물들에서도 똑같이 믿을 수 없는 일들이 벌어지고 있었다. 6동 앞 잔디밭에서 남자들 열댓 명이 몸싸움을 하고 있었다. 4동 모퉁이 뒤에서 무시무시한 울부짖음이 들려왔다.

미엘레흐는 권총을 손에 쥐고 얼어붙은 채로 이 모든 것을 지켜봤다. 그가 생각하기에는 이미 죽은 세 사람이 아그니에슈카의 계속 경련하는 신체를 찢어발기고 있었고, 그는 그 모습에서 눈을 떼지 못했다. 그의 아그니에슈카…… 그가 사랑했던…….

누군가 부르는 소리가 그를 얼어붙은 상태에서 깨웠다.

"경사 동무!" 피투성이 손도끼를 얼굴 앞에 치켜든 크워스는 죽음을 눈앞에서 마주친 것 같은 표정을 하고 있었다. "여기에 대체 무슨 일이 벌어진 겁니까? 이런 빌어먹을."

미엘레흐는 재빨리 주위를 돌아보았다. 환자들 대부분은 이미 정문으로 향하는 길에 절반쯤 가 있었다. 정문을 지키는 인원은 당직자와 근무를 끝낸 경관 일곱 명이었다. 방역소독 팀도 근무를 끝내고 마땅히 누려야 할 휴식을 취하러 가지 않았다면 아직 정문에 있을 것이다. '좋지 않군.' 경사는 망가진 몸들이 아직도 부르짖고 있는 담벼락 아래 잔디밭으로 시선을 옮기며 생각했다. 한 번 시선을 던지고 그는 무엇을 해야 할지 바로 알았다.

"저들을 막는다." 그는 부하를 쳐다보지도 않고 대답했다. "어떻게 해서든."

크워스가 보기 흉하게 얼굴을 찌푸렸다.

"어떻게 말입니까? 수백 명은 될 겁니다." 크워스가 손도끼 끝으로 멀어져 가는 무리를 가리켰다.

"그들이 아니야……." 미엘레흐는 경찰용 TT 권총(20세기 중반까지 소련군과 폴란드군에서 주로 사용하던 자동권총)에 탄창을 갈아 끼우면서 끊어진 울타리 쪽으로 갔다.

'등대지기'는 가장 가까운 건물들을 눈으로 훑은 뒤에 상관에게 달려가서 어깨를 잡았다. 경사는 화가 나서 입술을 꽉 물고 몸을 돌렸다.

"수다 떨 시간 없어!" 미엘레흐가 소리쳤다. "저들을 막아야……."

"뭘로요? 그걸로?" 크워스가 예절 따위 모두 집어치우고 권총을 가리키며 경사의 말을 끊었다. "그걸로는 아무것도 안 됩니다. 정말이에요, 제가 해봤어요." 크워스가 피투성이 도끼 손잡이를 경사의 코앞에서 휘둘렀다. "저 개자식들, 죽어 자빠진 시베리아 나무꾼보다 더 질겨요. 게다가 그걸로는 전부 다 쏘아버릴 틈이 없을 거예요." 크워스는 6동 쪽을 고갯짓으로 가리켰는데, 이상하게 행동하는 남자들이 건물 아래에서 이쪽으로 떼 지어 다가오고 있었다. 잔디밭에서 몸싸움하던 그 남자들이다. 그 건물 앞에는 도축당한 시체 몇 구만 남았는데, 마치 그걸로는 모자라다는 듯이 4동 모퉁이 뒤에서 또 다른 변질자 무리가 모습을 드러냈다.

미엘레흐는 펄쩍 뛰어 '등대지기'에게서 떨어지며 혼잣말로 욕설을 퍼부은 다음, 건물 벽 아래 쌓인 시체 무더기 쪽으로 시선을 옮겼다. 므워치츠카가 다시 휘청거리며 일어서고 있었다. 하얀 가운을 입은 남자가 지금 막 아그니에슈카의 배에서, 더 정확히는 그 배에서 흘러나오는 뒤얽힌 내장에서 피투성이 얼굴을 들었다. 남자는 한쪽 눈이 없었고 다른 한쪽은 콧잔등에 박힌 두꺼운 안경테가 간신히 지탱하고 있었다. 미엘레흐는 그의 얼굴이 낯익다고 생각했다. '저게 아마 스코르노비치 의사 선생이겠지…….' 거기까지 생각했을 때 누군가 자신의 팔을 당기는 게 느껴졌다.

"가요, 경사님, 가야 해요!" 크워스가 경사의 팔을 마구 잡아 흔들었다. "저 새끼들이 이제 곧 골목을 전부 막고 우리의 탈출구를 끊을 겁니다."

미엘레흐는 자신에게 가장 가까이 있는 므워치츠카에게 총을 겨누었다. 연달아 네 발 쏘았지만 므워치츠카는 그대로 서서 부서진 몸에 총알이 박힐 때마다 몇 번이고 더 크게 휘청거릴 뿐이었다. '등대지기'가 옳았다. 이…… 짐승들과 싸워봤자 전혀 의미가 없었다.

그러는 동안 임시 방벽에 도달한 6동 아래 있던 남자들은 마치 가시철망이 몸에 박히는 걸 느끼지 못하는 듯 무관심하게 울타리를 누르기 시작했다. 몸통과 팔다리에 깊은 상처가 생기는데도 그들 중 아무도 신음 소리조차 내지 않았다. 반대편 3동 쪽에서는 찢어진 환자복을 입은 또 다른 몇몇 피투성이 형체들이 잔디밭을 지나쳐 다가오고 있었다.

미엘레흐는 격리병동의 그쪽 구역을 잘 알았다. 아그니에슈카를 기다리면서 끝 쪽 건물들 뒤 담벼락을 따라 몇 번이나 서성거렸다. 그러므로 바깥쪽 울타리 뒤, 학교 실험실이 있는 단층 뒤편에 임시 방벽을 수리해야 할 때를 대비해서 통나무와 판자를 쌓아놓았다는 것을 알고 있었다.

"따라와!" 그는 권총을 권총집에 넣으면서 고함쳤다.

두 사람은 금방 그곳에 도착했고 미엘레흐는 크워스를 돌아보지 않은 채 눈앞에 보이는 첫 번째 나무판자를 집어 한쪽 끝을 잔디밭에 박아 넣고 콘크리트 담벼락에 비스듬하게 기대어 세워두었다. 판자가 짧아서 끝까지 닿지는 않았지만 밟고 뛴다면 콘크리트 담벼락 위에 깔아놓은 가시철망을 어떻게든 뛰어

넘을 수 있을 것 같았다. 가시철망 위에 뭔가를 덮으면 더 낫겠지…… 제복 겉옷이라도 좋다. 그는 대패질하지 않은 거친 판자 가장자리를 양손으로 잡고 경사를 기어 오르려 시도했다. 예상만큼 쉽지 않았다.

"하느님 맙소사……."

경사가 욕설을 쏟아내며 땅에 뛰어내리자 '등대지기'가 신음했다. "전 못 해요, 절대 안 돼요……."

미엘레흐는 시간이 얼마나 남았는지 가늠하려고 뒤를 돌아보았다. 첫 번째 변질자 무리가 이제 막 건물 모퉁이 뒤에서 모습을 드러내고 있었다. 그들은 아주 빠르지는 않으나 쉬지 않았고, 한순간도 속도를 늦추지 않고 앞으로 움직였다. '앞으로 1분 정도, 아니면 2분…….' 그는 이런 생각을 한 뒤에 주의 깊게 나무판자 무더기를 들여다보았다. 찾던 것을 발견한 그는 위에 덮인 나뭇조각들을 치우기 시작했고, 그런 다음 크게 숨을 몰아쉬며 거의 3미터 길이의 두꺼운 판자를 끌어 올렸다. 그 한쪽 끝은 가시철망을 눌러 담벼락 꼭대기에 기대고 다른 한쪽은 땅에 박았다.

"이게 더 낫겠지." 크워스의 대답을 기다리지 않은 채 그는 선언한 대로 도움닫기를 하기 위해 두 걸음 물러섰다.

"으아!" '등대지기'는 경사가 강하게 튀어 오르는 판자 위로 민첩하게 넘어가는 모습을 바라보며 큰 소리로 침을 삼켰다. "전 경찰에 들어왔지 서커스에 입단한 게 아니란 말입니다."

담벼락을 넘어가면서 미엘레흐는 크워스의 불평을 듣지 않았다. 다음 순간 경사는 몸에 달라붙는 구스베리 덤불을 뜯고 일어나면서 외쳤다.

"이봐, 뭘 기다려!"

크워스는 정신을 가다듬고 자신에게 남은 유일한 무기인 손도끼를 내던지고 나서 이제는 아주 가깝게 다가온 변질자 무리를 돌아본 뒤에 크게 팔을 움직여 성호를 긋고는 판자 쪽으로 뛰었다. 정말로 서커스에는 맞지 않았던 것인지 아니면 긴장했기 때문인지, 어쨌든 30센티미터 너비 나무판자가 그에게는 너무 탄력이 좋고 비좁았다. 세 걸음째에 발을 헛디뎌 그는 마치 감자 자루처럼 곧바로 쐐기풀 덤불 속에 떨어져 버렸다.

양팔과 얼굴이 수백 개의 쐐기풀 가시에 찔린 것을 느끼며 그는 지옥의 악마처럼 비명을 질렀다. 그러나 그게 최악이 아니었다. 그는 떨어지면서 다리를 삐었거나 아니면 더 운이 나빠서 다리가 부러졌을지도 모른다는 사실을 아주 빠르게 깨달았다. 일어나서 왼발에 몸무게를 실으려 했을 때 눈앞에 우주의 모든 별이 번쩍였다.

담벼락 저편에서 크워스를 재촉하고 격려하는 경사의 목소리는 이미 빠르게 멀어지고 있었다. 경사는 멀리 떨어진 거리와 정문과 경비 초소 쪽으로 이미 온 힘을 다해 뛰어가는 중이었다.

"아버지 말씀대로 등대지기로 남을걸." 크워스가 콘크리트 담벼락의 거칠거칠한 표면에 등을 기대고 서서 중얼거렸다.

피투성이 변질자들이 곧바로 그를 노리고 떼를 지어 몰려왔다. 그는 혼잣말로 욕설을 퍼부었다. 비틀린 다리 관절로는 이 장애물을 극복할 방법이 없었다. 그러나 포기할 생각도 없었다. 특히 이 사람의 껍질을 쓴 짐승들이 어디까지 할 수 있는지 자기 눈으로 직접 본 뒤에는 더더욱 그러했다.

그는 통증이 어느 정도까지 움직임을 막는지 확인하려고 두 걸음 정도 걸었다. 다행히 공포심과 아드레날린이 천천히 고통을 이기기 시작했다. 그는 내던졌던 손도끼를 향해 서둘러 절룩거리며 걸어가 집어 들고는 마치 지팡이처럼 짚고 실험동 반대편 끝 쪽으로 움직이기 시작했다. 다리를 다친 상태에서 그가 쫓아오는 변질자들보다 아주 빠를 수는 없었지만 그렇다고 그들보다 특별히 느린 것 같지도 않았다. 저들을 따돌리고 다시 5동까지 돌아갈 수 있다면, 그 뒤에는 어떻게든 울타리를 기어 넘어갈 수도 있을 것이었다…….

* * *

미엘레흐는 키에우초프스카 거리로 꺾어 들어가서 그쪽 담장을 지키는 순찰대와 합류하고 다시 한번 크워스를 부른 뒤에 계속 뛰었다. 앞에는 완전히 텅 빈 거리가 펼쳐져 있었다. 호송대가 타고 온 바르샤바와 니사 자동차들은 이미 시내 쪽으로 떠나버렸다. '잘된 일이다.' 그는 생각했다. '격리 환자들이 담장 밖으로 나오지 못했군. 우리 팀 훈장 받아야겠다.'

그러나 좋은 기분은 금세 꺼졌다. 잠재적인 천연두 바이러스 보균자들이 근처 벌판까지 흩어지지 않았고 일반 대중에 위협이 되지 않은 대신 그들 자신이 저…… 저 괴물 혹은 짐승들의 타깃이 되어버린 것이다. 저런 것들을 정상적인 인간이라고 부를 수는 없을 테니까 말이다. 미엘레흐는 무기력하게 덜렁거리는 머리를 매달고 있던 므워치츠카가 양팔을 벌린 채 아그니에슈카를 향해 걸음을 옮기던 모습을 떠올리고 부르르 떨었다.

TT 권총으로 정확히 가슴에 네 발이나 맞고도 마치 총알이 아니라 도토리라도 맞은 듯이 행동했다. 그런 생각을 하며 그는 무언가에 얻어맞은 듯 우뚝 멈추어 섰다.

만약에 정문을 열라고 명령한다면 잠재적인 천연두 보균자 수백 명이 도시로 도망칠 것이고, 격리병동을 폐쇄한 채로 둔다면 내부에서 도살이 시작될 것이다. 200명이 채 안 되는 경찰이 저 괴물들을 멈출 수는 없고, 돌변한 환자들은 앞길을 막는 사람을 전부 다 죽일 것이다…….

미엘레호는 '등대지기'가 자신을 따라오는지 확인하려고 뒤를 돌아보았다. 그러나 거리에도 가시철망 너머에도 '등대지기'의 모습은 보이지 않았다. 그는 혼잣말로 욕을 하며 이제 별로 멀지 않은 출구를 향해 달리기 시작했다. 단층 경비 초소 건물을 지나쳤을 때, 그는 수백 명이나 되는 환자들이 어째서 아직도 이 평범한 그물망 정문을 뚫고 나가지 않았는지 바로 이해했다. 지금 막 소독을 마친 '오이' 버스가 경비 초소와 반대편에 있는 건물들 사이의 차로를 막고 있었다. 그 탈출로에 커다란 버스뿐 아니라 제복 경관 부대와 의료진까지 막아선 것을 보고 환자들은 방향을 돌려 학교 건물에 숨기로 한 것이다.

경비 초소 문은 안에서 잠겨 있었다. 미엘레호는 주먹으로 문을 두드렸으나 아무 반응이 없자 상의 주머니에서 호각을 꺼내어 불이라도 붙은 듯 불기 시작했다. 한참 지나 거의 귀가 들리지 않을 지경이 되었을 때 문이 움직이더니 비로소 활짝 열렸다. 안에서 겁에 질린 콘라트 바르트니크 경장이 나타났다.

"콘라트……!" 미엘레호가 숨을 몰아쉬며 경장의 어깨를 붙잡았다. "정문을 열어야 해! 당장!"

“열다니, 무슨 말씀입니까……? 그러면 도망칠 겁니다…….”

“알아.” 미엘레흐가 경비 초소의 반대쪽 출구 방향으로 경장을 밀면서 대답했다. “아니까 시키는 대로 해. 날 좀 믿어봐, 이편이 나아…….”

바르트니크는 놀란 눈으로 그를 바라보았으나 오래 망설이지 않았다. 경장이 버스 운전사를 찾아 밖으로 달려나간 뒤, 경사는 내내 전화기와 무전기 앞에 붙어 앉아 있던, 공포에 질린 당직자를 손가락으로 가리켰다.

“비에드론, 남은 순찰대를 전부 불러들여. 빨리!”

마르고 안경 쓴 순경이 자리에서 벌떡 일어나 경찰모를 향해 손을 뻗었다. “어딜 가, 멍청아?!” 미엘레흐가 그에게 고함을 질렀다.

“수…… 순찰대 불러오려고요.” 당황한 당직자가 웅얼거렸다.

“무전 치면 되잖아, 새대가리야!”

“예, 알겠습니다!”

미엘레흐는 경장을 찾으러 밖으로 나갔다. 공포에 질린 환자들이 이제는 항공학교 반대편 끝 쪽에 있는 완전히 봉쇄된 건물들에 무리 지어 모여 있었다. 몇몇은 콘크리트 방벽을 넘어가 보려고 했지만 도구 없이는 가시철망을 뚫을 수 없었다. 미엘레흐는 그들이 출구 없는 함정에 갇혔다는 사실을 금방 깨달을 것이며 그렇게 되면 더 큰 혼란이 일어나리라는 사실을 알고 있었다. 상황을 정리하고 막힌 정문을 열기 위해 2분, 어쩌면 3분 정도 남아 있었다. 뭔가 예상하지 못했던 일이 벌어지지 않는다면…….

그는 도망치는 환자들을 뒤따라 달렸으나 조명등이 켜진 건물 사이 골목이 눈에 들어오는 지점에서 멈추어 섰다. 골목 안쪽 깊숙한 곳에서 수십 개의 귀신 같은 형체가 보였다. 여기저기 찢어지고 피투성이가 된 변질자들이 마치 긴 방황에 지친 피난민처럼 천천히 걷고 있었다.

세월이 많이 지났지만 미엘레흐는 아직도 낮이나 밤이나 그의 고향 마을을 지나가던 누더기 입은 사람들의 끝없는 행렬을 기억 속에 간직하고 있었다. 그는 다시 한번 그 열 살 소년으로 돌아가, 울타리 옆에 서서 지평선 너머에서 끊임없이 들려오는 총소리를 들으며, 자기 앞에서 굳어버린 회색 얼굴에 텅 빈 눈을 하고 어떻게든 지켜낸 소지품 전체를 자루에 넣어 끌거나 등에 메고 지나가던 사람들을 주의 깊게 관찰했다. 유일한 차이점은 오늘 그가 본 변질자들은 누구에게서도 도망치지 않는다는 것이었다. 바로 그들이 죽음과 파괴의 씨를 뿌리고 다녔다.

미엘레흐는 짐승들의 모습에 환자들이 얼마나 놀라고 겁내든지 간에 어떻게든 내보낼 수 있을 것이라고 판단했다. '그렇게 해내려면 단 한 가지 방법뿐이다…….'

시동이 걸리는 엔진 소리에 그는 굳어 있던 상태에서 깨어났다. 버스가 후진하면서 통로를 열어주기 시작했다. 그 바로 옆에 서 있던 바르트니크 경장은 위생병과 이야기하면서 뭔가 활기찬 몸짓을 하고 있었다.

"무슨 일이야?" 경사가 바르트니크에게 뛰어가서 물었다. "왜 정문을 안 열어?"

위생병이 무기력하게 양팔을 벌려 보였다. 미엘레흐는 첫 단어가 떨어지기도 전에 무슨 대답이 돌아올지 짐작했다.

“카예탄, 그러니까 제 동료 부이치크가 우리 열쇠를 가져갔습니다.” 긴장한 위생병이 설명했다.

“어디 갔는데?”

“무슨 일인지 보러 갔는데 어느 개새끼가…….” 위생병은 경사가 손을 드는 것을 보고 말을 멈추었다.

“예비 열쇠는 누가 가지고 있나?”

자신을 향한 질문에 경장이 아주 잠깐 생각하더니, 경비 초소 옆에서 기다리는 긴장한 경관들을 훑어보며 대답했다.

“크워스입니다.”

“시발!” 미엘레흐가 소리쳤고 주변에 있던 사람들이 모두 그를 쳐다보았다.

점점 통제할 수 없는 상황은 마치 악몽 같았다. ‘환자들은 이제 8동과 9동 사이에 몰려 있고 돌변한 변질자들이 거기까지 이르려면 거리가 아직 좀 남았다…….’ 뒤에서 버스가 시끄럽게 털털거려서 경사는 정신을 집중할 수 없었다. ‘버스!’

미엘레흐는 버스 앞문으로 뛰어가서 문을 활짝 열고 외쳤다.

“정문을 뚫고 나가, 당장!”

“잠시만, 잠깐만요.” 조그마한 운전석에 틀어박힌, 두꺼운 안경을 쓴 올백 머리 말라깽이가 분개했다. “이거 새로 뽑은 차라고요. 진짜로 공장에서 방금 가져왔다니까요. 도료에 흠집이라도 나면 난 상사한테 아주 곤죽이 된단 말이에요.”

“난 댁을 개처럼 쏴 죽일 거요, 그게 싫으면 당장 정문을 뚫고 키에우초프스카 거리로 나가!” 미엘레흐가 오른손은 권총집으로 가져가고, 왼손은 거리를 가리키며 포효했다. “저기서 우리를 기다리라고! 알아들었소?!"

겁에 질린 운전사가 반사적으로 액셀을 밟았다. 무거운 차량이 살아 있는 짐승처럼 펄쩍 뛰어오르며 열린 문 앞에 서 있던 경사를 떨구고는 계속해서 천천히 힘겹게, 마치 동요 속 증기기관차처럼 앞으로 나아가기 시작했는데, 사실 T자형 쇠격자로 받쳐둔 정문의 문짝 두 개를 부드럽게 뚫고 나가기에는 무게가 거의 9톤에 달하는 차량이라는 것만으로 충분했다. 무시무시하게 긁히는 소리와 망가지지 않은 엔진이 전속력으로 울부짖는 굉음이 동시에 울려 퍼졌다.

미엘레흐는 이 모든 광경을 어리둥절한 채로 지켜보고 있는 부하들 쪽을 흘끗 바라보았다.

"첫 골목 출구 막아!" 그는 멀지 않은 곳에서 두 갈래로 갈라지는 지점을 가리켰다. 부하들이 반응하지 않는 것을 보고 그는 다급히 논리적인 설명을 찾기 시작했다. '만약 내가 사실대로 말한다면 부하들도 환자들과 함께 미쳐 날뛸 텐데. 하지만 누군가는 어쨌든 이 엉망진창을 통제해야만 한다…….'

"지금 광견병이 대규모로 번지고 있다." 그는 분위기가 정말로 어색해지기 전에 거짓말을 꾸며냈다. "격리 환자 수십 명이 광란하기 시작해 집단 광기로 퍼졌다. 남은 환자들을 구조하기 위해서는 이들을 반드시 막아야만 한다." 그의 시선이 버려진 보급 차량 쪽으로 향했다. 차량에는 소독을 기다리는 철제 침대 프레임과 매트리스로 가득했다. "저기에 버려진 철제 침대를 사용해서 1호 병동 울타리부터 식당까지 바리케이드를 만든다." 그는 어깨 너머로 흘끗 돌아보고 버스 운전사가 이전에 내린 명령을 이행했는지 확인했다. 푸른 버스는 다행히도 이미 거리에 가로로 서서 키에우초프스카 방향을 완전히 막고 있었다. "콘라트, 우리 부대에서 아무도 도망치지 못하게 잘 지켜!" 미엘레흐는 경장의 어깨를 두드렸다. "곧 지원군을 조직해 올 테니까……."

그는 똑똑한 부하들이 이 상황이 광견병과 아무 상관 없다는 사실을 아주 빨리 깨달을 것이라는 점을 알고 있었다. 그러나 그는 부하들이 상황을 이해하기 전에 바리케이드가 세워져서 미쳐 날뛰는 공격자들을 막아주는 동안 700명의 정상적인 격리 환자들이 항공학교 부지를 탈출할 수 있기를 바랐고, 그렇게 되면 다시 정문을 막고 미쳐 날뛰는 환자들을 담장과 철사 안에 가둘 수 있을 것이었다. 최소한 지원이 도착할 때까지 말이다.

경사에게는 다행스럽게도 경비 초소에서 지금 막 경관 세 명이 숨을 몰아쉬며 달려 나오고 있었다. 그 뒤에서 곧 비에드론이 나타났다.

"제군들!" 경사가 그들에게 외쳤다. "바리케이드를 지원하라. 그리고 너, 안제예크……." 경사가 막대기처럼 마른 당직자를 쳐다보았다. "너도 같이 가."

"예, 알겠습니다!" 얼굴이 새빨개진 채 숨을 몰아쉬던 말라깽이가 대답했다.

미엘레흐는 병원 부지 반대편에서 모여드는 사람들의 눈길을 자신에게 돌리기 위해 호각을 입술에 대고 온 힘을 다해 분 다음 양팔을 휘두르기 시작했다. 그 즉시 한두 명이 활짝 열린 정문과 힘차게 몸짓하는 경관을 발견했다. 다음 순간 이 지옥에서 벗어날 유일한 탈출로를 향해서 군중이 달려들었다. 동시에 경관 열다섯 명과 위생병 몇 명이 골목 입구에 철제 침대 프레임과 매트리스를 옮겨 쌓아 임시 바리케이드 만드는 작업을 끝냈다. 미엘레흐는 총알로도 광기에 찬 사람들을 막을 수 없다는 사실을 아주 잘 알고 있었으므로 바리케이드가 헛수고라는 예감이 강하게 들기 시작했다. 그러나 당장 다른 방법이 없었기에 두꺼운 매트리스가 바리케이드 뒤에 서 있는 부하들을 보호해 줄 것이라 기대했다. 설령 1~2분만이라도 상관없다. 나머지 격리 환자들을 데리고 나가는 데 그 정도 시간이 필요하기 때문이다.

거리로 나간 첫 환자 무리는 곧바로 프시에 폴레 쪽으로 꺾어지거나, 하수 정화시설 건너편 쪽 거리를 향해서 쭉 앞으로 달려갔다. 그러나 경비 초소와 식당 사이 공간은 사람들의 무리로 금방 막혔고 이 군중은 아무도 통제할 수 없었다. 미엘레흐는 마지막 순간에 경비 초소에 몸을 숨겼고 곧장 전화기에 손을 뻗었다. 상관들에게 전부 다 보고할 때가 온 것이다.

2

1963년 8월 9일 금요일 20시 10분
인민경찰 지역본부, 포드발레 거리 31-33번지

현재 지휘관 대리를 맡고 있는 우카시 브란디스 대위의 집무실 안에는 평화로운 어스름이 깔려 있었다. 저녁 무렵부터 시내 중심가 위로 짙은 먹구름이 몰려오고 바람도 강해지며 돌풍을 예고했다. 그것은 일주일 내내 견딜 수 없는 무더위에 시달린 끝에 찾아온 아주 반가운 변화였으며, 그래서 이 비공식적인 회의의 주최자뿐 아니라 그의 손님들도 기뻐했는데, 이 손님들은 브란디스 대위와 비슷하게 젊고 야심에 찬 활동가들이었다.

크시슈토프 니에시토는 자신만만해하고 언제나 미소 짓는 남자인데, 약간 긴 얼굴과 회색 눈동자를 가끔 안경으로 가리기도 하고 나이에 비해 조금 벗겨진 이마를 짧고 불그스름한 머리카락으로 덮었다. 그러나 니에시토를 경박한 젊은이라 생각하는 것은 실수다. 아직 대학을 졸업하지 않았는데도 벌써 주 인민위원회 최고회의에서 부위원장으로 일하고 있으며 위원장을 대신해 감염병 위원회 업무에도 참여하고 있다.

그 옆에는 수염을 말끔하게 깎은 바르토시 비에드지츠키 소령이 앉아 있었는데, 그는 참석자 중에서 계급만 가장 높은 게 아니었다. 비에드지츠키는 바르샤바의 유명한 정형외과 의사 아들이자 두 아이의 아버지였다. 함께 일해본 사람들 대부분은 그가 오만하고 심지어 심술궂다고 여겼다. 왜냐하면 상당히 거만하게 구는 데다 자기가 잘 대해줄 필요가 없다고 여기는 사람들에게는 못마땅한 마음을 숨기려고 하지도 않았기 때문이었다. 브란디스는 가끔씩, 특히 소령의 갈색 눈을 들여다볼 때면 소령이 자기도 못마땅하게 생각한다는 인상을 받았다. 그래도 어쨌든 비에드지츠키가 이 팀에 잘 맞고 절대적으로 필요하다는 사실은 변하지 않았다. 그는 몇 주 전 피와토프스키 동지가 직접 부탁했기 때문에 브란디스 대위의 소수정예 특별 그룹에 합류하게 되었는데, 이 팀의 임무는 지금의 위기 속에서 인민위원회 조직 내의 가장 중요한 사무처와 당 위원회 등을 보호하는 것이었다. 이것은 정부가 적용하는 규정의 유일한 예외였다. 중앙당 위원들은 국방부를 동원하여 직접적인 통제 작전을 벌이지는 않고 남부 실롱스크에서 벌어지는 상황을 주의 깊게 지켜보고 있었으나, 어찌 됐든 브로츠와프 인근에 주둔한 모든 병력은 이미 오래전부터 전투준비 단계를 높인 채로 대기하고 있었다. 관할 지휘관 바리샤크 장군 동지가 안보위원회 의사들과 첫 비공식 회담을 하면서 말했듯이 만약을 대비해서다.

세 번째 손님은 통통한 얼굴에 턱수염을 기른 검은 머리의 예레미아시 브레메르였는데, 그는 지역위원회 제1서기장이 총애하는 젊은이였다. 커다란 안경을 쓰고 재치 있는 말을 잘 던지고 언제나 특별한 임무를 맡는 사람으로, 현재 브레메르는 감염병과의 전쟁이 어떻게 진행되고 있는지에 대하여 지역위원회가 중앙정부에 가장 최신 정보를 전달할 수 있도록 조치하는 일을 하고 있었다. 말하자면 민간 분야에서 브란디스에 해당하는 위치인데, 차이가 있다면 브란디스 대위는 같은 출처를 활용하더라도 안보국과 경찰국 고위간부들의 필요에 의해 약간 다른 정보를 수집하고 있다는 점이었다.

"우리의 지치지 않는 건강을 위하여." 브란디스 대위가 볼록한 초승달이 새겨진, 술이 가득 찬 술잔을 들었다.

많은 일을 보고 겪은 커다란 독일식 책상 위에서 그들은 잔을 부딪쳤다. 술 몇 방울이 책상 위로 떨어졌으나 나머지 알코올은 젊은 청년들의 목구멍 속으로 빠르게 사라졌다. 모두 동시에 얼굴을 찡그렸고 그중 소령은 보드카보다 맥주를 좋아해서 가장 심하게 얼굴을 찡그렸다. 소령은 술을 마실 때마다 맑은 보드카는 결혼식에서만 마시는 습관이 있다고 말하곤 했기 때문에 다들 그가 맥주를 좋아한다는 걸 알고 있었다.

"계속 이렇게 간다면 말입니다." 브란디스가 안주 삼아 돼지기름 바른 빵과 오이피클을 먹고 나서 말했다. "흑사병 덕분에 우리 앞에 아주 멋진 출세의 기회가 열릴 것 같습니다."

"출세라니, 우카시……." 니에시토가 첫 모금에 다 마시지 못한 보드카를 마저 마시고 나서 비보로바 보드카 빈 병 옆에 술잔을 내려놓았다. 책상 구석에 세워둔 빈 병 세 개 중 하나였다. 베를린이나 파리, 뉴욕의 최고위층 못지않게 호화스러운 재미를 보는 것이다. 수출용 보드카는 이 나라 일반 시민들이 상점이나 술집에서 구입하는 호밀 보드카나 '크라쿠스' 혹은 다른 종류와는 차원이 다르게 훌륭했다. "이미 자네 집무실은 내 상관들하고 비교해도 부끄럽지 않을 수준이고, 저기 자네 비서도 말인데, 그 머리카락이 적갈색인 그 여자…… 분명히 그 여자도…… 말 타는 걸 좋아하겠지?"

"우리 아니아가 맘에 들었군, 바람둥이 씨." 브란디스가 손가락으로 그를 위협했다. 니에시토는 그저 안경을 고쳐 쓰고는 더욱 활짝 웃었다. "선생한테는 진입장벽이 너무 높아, 신입 서기관 동무……." 대위가 곧이어 다음 보드카병에 손을 뻗으며 그의 기를 꺾었다.

술병을 미처 열기 전에 누군가 문을 두드렸다. 처음에는 살그머니, 그러다가 더 단호하게. 브란디스는 미안한 듯 손님들을 둘러보았으나 대답은 하지 않았다.

"뭔가 중요한 일일지도 몰라." 비에드지츠키가 취하지 않은 목소리로 논평했다.

방해꾼은 문 두드리기를 멈추지 않았다. 대위가 할 수 없다는 듯 술병을 놓고 의자에서 자세를 바로잡으며 외쳤다.

"들어와!"

문가에 방금 그들이 이야기했던 그 비서가 서 있었다. 날씬하고 젊은 여성으로 약간 길쭉한 얼굴에 길고 숱 많은 적갈색 속눈썹이 어스름한 전구 불빛에 비쳐 마치 타오르는 불꽃 같았다. 방 안이 어두워서 비서의 얼굴은 잘 보이지 않았으나 한 가지 사실은 의심할 바 없었다. 그녀의 표정은 밝지 않았다.

"무슨 일이야? 지휘관이 전화했나?" 브란디스가 예상치 못한 상관의 연락을 추측하며 불안하게 물었다. 두 질문에 비서가 말없이 고개를 흔드는 것으로 대답하자 브란디스가 화난 목소리로 짖어댔다. "그우슈친스카 동무, 내가 제대로 명확하게 말하지 않았나? 지휘관 동지 외에는 누가 연락해도 난 없는 거야. 그리고 자네는 우리가 논의를 마치면 퇴근하니까 아직 한참 남았다고." 이렇게 덧붙이고 나서 그는 바로 이 때문에 비서의 표정이 어두운지도 모르겠다고 생각했다.

"알아요, 대위 동지." 아니아가 더듬거렸다. "하지만……."

"하지만 따위 없어." 브란디스가 그녀의 말을 가로막았다. "안 보이나? 여기 동지들 있잖아." 브란디스가 손가락으로 손님들을 가리켰다. "위기대응본부란 말이야. 도시를 어떻게 구조해야 할지 논의 중이라고. 다른 일은 전부 기다려도 돼."

"하지만……." 비서는 물러서지 않았다.

"하지만 따위 없다니까." 브란디스가 술병에 손을 뻗으며 다시 말했다. "물러가!"

그러나 그우슈친스카는 비서실로 돌아가지 않았다. 놀랍게도 그녀는 방 안의 남자들에게 단호하게 고개를 젓고는 한 걸음 앞으로 나섰다. 대위는 그녀의 행동에 너무 놀란 나머지 술잔을 들려다 멈추었다.

"내가 말을 더듬었나? 아니면 우리가 독일 말을 하고 있나?" 대위는 안주를 씹으며, 반들반들하게 광을 낸 마호가니 탁자 위에 퍼지는 술 웅덩이를 쳐다보고 물었다. 비서는 마치 땅에 박힌 듯 그대로 그의 앞에 서 있었다. "알았다." 대위는 이 비서를 내보내려고 해봤자 소용없을 거라는 사실을 마침내 깨닫고 항복했다. "무슨 일인지 얘기하고 빨리 나가."

"미엘레흐 경사가 전화했습니다."

"누구?"

"프시에 폴레 격리병동 경비 책임자입니다. 이전에 알코올의

존…….” 그우슈친스카는 불안하게 침을 삼키고 고갯짓으로 술병들을 가리켰다. “거기서 사고가 났다는 보고입니다. 사망자가 발생했습니다. 도주 시도도 있었다고 합니다…….”

브란디스의 얼굴이 창백해지면서 그 즉시 방금 딴 술병이 책상 한구석으로 밀려났다. 사망자? 도주 시도? 저녁 술판이 즐겁게 시작되고 있었는데…….

“연결하시오, 동무, 그리고 그 경사 파일 갖다주시오.” 대위가 공식적인 어조로 명령했다. 비서가 문을 닫고 나가자 헛기침을 하던 그가 전화벨이 울리자마자 수화기를 들었다. “브란디스 대위요. 무슨 일입니까?” 그리고 브란디스는 오랫동안 주의 깊게 귀를 기울이면서 가끔씩 “알겠습니다” 혹은 간단히 “예”라고만 대답했다. 그러면서도 그는 그우슈친스카가 가져다준 얇은 인물 정보 파일을 통화 중에 얼른 훑어보았다. 갑자기 그가 환하게 웃자, 그 모습을 지켜보던 남자들은 모두 어리둥절했다. 그런 뒤에 브란디스는 경사에게 잠시 기다려달라고 말하고 수화기를 손으로 가리고 재미있다는 듯 속삭였다. “이건 여러분도 들어봐야 해요.”

그의 권유를 받고 남자들은 도청기, 즉 전화기의 무거운 몸체에 상당히 긴 선으로 연결된 흑단색 원반 위에 놓인 추가 수화기들을 집어 들었다. 불행히도 사람은 세 명인데 추가 수화기는 두 개라서 니에시토와 브레메르는 축축한 탁자 위에서 몸을 굽히고 수화기에 귀를 나란히 갖다 댔다.

“미안합니다, 경사 동지.” 브란디스가 청취자들이 모두 수화기를 집어 든 뒤에 말했다. “방금 하신 말씀을 다시 반복해 줄 수 있습니까?”

"쓸데없는 잡담 할 시간이 없습니다, 대위 동지. 상황이 심각합니다. 즉각 지원 필요합니다." 미엘레흐는 횡설수설하며 중간중간 끊어지는 목소리로 말했다. 마치 아주 불안해하거나 극도로 애를 써서 탈진한 것 같았다. 아니면…….

"경사 동지, 내가 상황을 판단할 수 있게 도와주시오." 브란디스가 흥겨운 기색을 어렵게 숨기며 그를 야단쳤다. "처음부터 정리해 보시오. 이번에는 차분하게 순서대로, 내가 받아 적을 수 있게."

"하지만……."

"하지만 따위 없어요. 정리하시오!"

"예, 알겠습니다! 20시 직후 격리병동에 중대 사건이 발생했습니다. 순찰을 돌던 중 병동 한 곳에서 수상한 움직임을 포착했습니다. 현장에 도착했을 때 저는 간호사인 이나 므워치츠카 동무가 창문으로 떠밀려 추락하는 장면을 목격했습니다. 므워치츠카 동무는 5병동 위층에서 공격받았습니다. 유사한 방식으로 잠시 후에 의사인 그제고시 스코르노비치 동무가 사망했습니다."

"알겠습니다……." 브란디스가 손님들에게 눈짓하며 고개를 끄덕였다.

그는 손님들의 얼굴이 점점 더 놀라는 표정으로 변하는 모습을 보고 손을 들어 마치 '침착하게, 기다려봅시다' 하고 신호하는 듯한 몸짓을 했다.

"그랬는데 그때……." 수화기 너머의 목소리가 떨렸다. "믿기 어려우실 것은 압니다만, 대위 동지, 맹세코 제 눈으로 봤습니다. 므워치츠카 동무가 목이 부러졌는데도 땅에서 일어섰습니다. 마치 머리가 망가진 인형처럼 매달려 있었다고요…….” 미엘레흐는 잠시 침묵했다. “그러고 나서 지옥이 시작되었습니다. 스코르노비치 동무와 함께 환자들을 붙잡아서 살해…….”

“잠깐, 잠깐만!” 대위가 그의 말을 끊었다. “스코르노비치는 죽었다고 말하지 않았습니까?”

“그렇습니다. 므워치츠카 동부와 마찬가지로 위층에서 창문으로 떨어졌는데, 그를 공격하던 자와 함께 있었습니다.” 경사가 서둘러 보고했다. “눈앞에서 봤습니다. 바로 몇 미터 앞에서 머리부터 땅에 떨어졌습니다.”

“그러면 스코르노비치 의사가 죽었다는 게 확실합니까?”

“틀림없습니다, 대위 동지. 그렇게 떨어져서 살아남을 사람은 없습니다.”

“그러니까 경사 동지 말은, 의사가 죽었다가 다시 살아났다는 겁니까?”

“예, 그렇습니다.”

“그리고 그 므워치츠카 동무와 함께 누구를 또 죽였습니까?”

“예, 아그니에슈카…… 그러니까 아그니에슈카 간호사입니다. 둘이 맨손으로 아무렇지 않게 간호사를 잡아 뜯었습니다.”

“알겠습니다.”

“무슨 생각 하시는지 압니다, 대위 동지. 하지만 그게 아닙니다. 여기서 뭔가 설명할 수 없는 일이 일어나고 있습니다. 다른 병동들에서도 비슷한 공격이 일어났습니다. 격리 환자가 몇 명이나 사망했는지는 모릅니다만, 변질자들이…….”

“변질자?”

“공격자들을 임시로 그렇게 부르고 있습니다.” 경사가 설명했다. "아주 적절하지는 않을지 모르겠습니다만, 더 나은 걸 생각해 낼 수가 없었습니다. 숫자는 200명, 어쩌면 300명 정도, 어쨌든 등대지기가 합류했을 때 같이 목격한 수가 그 정도 됩니다……."

"등대지기? 갑자기 무슨 등대지기?"

"야스타르니아 출신 말입니다." 미엘레흐는 긴장해서 점점 더 말이 꼬였다.

"빌어먹을, 거기 대체 무슨 등대지기가 뭘 하고 있다는 거요?"

"지난주에 본부에서 발령하셨잖습니까."

"우리가?" 브란디스가 깜짝 놀랐다.

"그럼 누구겠습니까……? 하지만 지금 그게 중요한 게 아닙니다. 등대지기도 공격당했습니다. 제 생각에는 그렇습니다. 저는 빨리 나무판 위로 올라갔지만 등대지기는 아마 떨어진 것 같습니다."

"알겠습니다, 알겠습니다……. 등대지기가 나무판에서 떨어졌다. 계속하시오."

"방금 전에 '오이'로 정문을 부수고……."

"뭐라고?!" 네 명 모두 동시에 손바닥으로 입을 가렸다. "갑자기 무슨 오이? 녹색 채소 말이오?"

"아뇨. 푸른색입니다."

"거기에 푸른색 오이가 있다고?"

"그게 아닙니다. 20시에 시내에서 도착해서……."

"뭐가 도착했다는 거요?"

"호송대가……."

"이보시오, 경사 동지, 그놈의 오이 얘기 집어치우고 하던 얘기나 제대로 하시오. 정문을 어쨌다고?"

"정문을 부숴야만 했습니다, 대위 동지. 달리 방법이 없었습니다. 유령이 열쇠를 잃어버렸는데, 예비 열쇠는 등대지기가 가지고 있었습니다."

"경사 동지, 방금 무슨 유령이 경사 동지 열쇠를 잃어버렸다고 했소?"

"저희 열쇠가 아니고 자기 열쇠입니다."

"그러면 유령한테 정문 열쇠가 왜 필요한지 설명해 주시겠소?"

이 순간 니에시토가 더 이상 참지 못하고 큰 소리로 코웃음을 쳤다. 경사는 즉시 입을 다물었다. 즐거워하는 니에시토를 브란디스가 눈으로 야단쳤으나 자신도 웃음을 터뜨리지 않기 위해 온 힘을 다해 참고 있었다.

"문이 삐걱거렸소. 여긴 바람이 들어와서. 밖에는 돌풍이 불고." 브란디스가 서둘러 해명했다. "계속하시오, 경사, 계속해요." 그가 미엘레흐를 격려했다.

"저희 병력이 지금 매트리스로 바리케이드를 만들고 있습니다. 그…… 변질자들을 조금이라도 막으려고요."

"알겠습니다. 매트리스로 바리케이드를 만들어서 피에 굶주린 변질자들이 맨손으로 사람을 찢어 죽이지 못하도록 환자들을 보호하고 있다……."

"예, 그렇습니다."

"나머지 격리 환자들은?"

"거의 대부분 이미 격리병동에서 나갔습니다."

"무슨 말이오, 격리병동에서 나갔다니?"

"제 말씀 안 듣고 계셨습니까, 대위 동지?!" 경사가 갑자기 폭발했다. "여기는 사람이 죽는데 동지는 거기서 시시덕거리고 있습니까? 지금 당장 누구든 능력 있는 사람을 바꿔주시오!"

"고장 난 세탁기처럼 그렇게 버럭거리지 마시오, 경사. 전화 바꿀 사람이 없습니다. 내가 여기서 가장 능력 있는 사람이오."

"대위 동지, 동지는 아무것도 이해하지 못하고……."

"바로 그 점에서 놀라게 될 거요, 미엘레흐." 브란디스가 편하게 몸을 뻗었다. "지금 무슨 상황인지 내가 아주 잘 압니다. 동지는 4주 전에 재활시설에서 나왔고, 그런 뒤에……." 그는 파일을 열고 읊었다. "……밤에 시장 광장을 뛰어다니며 무작위로 총을 발사했는데, 그 이유는 소령 제복을 입고 주홍색 군모를 쓰고 인민을 지도하는 권력에 대항하는 구호를 외치는 난쟁이를 추격하기 위해서였다." 수화기 너머에서 미엘레흐의 거친 숨소리만 들려왔고 그 덕에 뒤쪽에서 억눌린 소음이 울리는 것을 들을 수 있었다. "이렇게 황당한 걸 생각해 내다니, 그 군모 아래 머릿속이 상당히 뭉개진 모양이군."

"하지만 저는……." 놀란 미엘레흐가 더듬거리며 말했다.

그러나 브란디스는 이제 막 시동이 걸린 참이었다.

"대체 지금 누구를 상대한다고 생각하는 건가?" 그가 천둥처럼 외쳤다. "경찰은 인민의 눈과 귀이고 여기 지휘본부에서 우리는 모든 걸 알고 있소. 이게 평범한 진전섬망(알코올을 대량으로 섭취할 때 나타나는 정신병)이면 기도라도 하는 게 좋을 거요. 동무가 압수한 밀주를 신나게 들이켜고 취해서 정신 나간 채로 격리 환자를 단 한 명이라도 내보냈다는 사실을 내가 아침에 알아내면……." 그는 자기 말이 상대방의 기억에 확실히 남도록 목소리를 낮추고 의미심장하게 말했다.

"이런 시발……." 통화가 갑자기 끊어지기 전에 경사는 여기까지 뱉어냈다.

브란디스는 소리 내어 웃으며 수화기를 내려놓았다. 나머지 남자들도 그와 함께 웃음을 터뜨렸다.

"이런 중요한 임무를 저런 알코올중독자에게 맡길 생각을 대체 누가 한 거지?" 네 명 모두 웃음 을 멈추었을 때 비에드지츠키가 물었다.

"전염병이 처음 시작됐을 때는 사람들이 마치 악마가 성수를 무서워하듯이 그렇게 격리병동을 무서워했지 말입니다." 대위가 설명했다. "자원자를 받아서 보내려고 했는데 몇 번이나 모집해도 아무도 나서지 않았습니다. 그러자 지휘관이 운 나쁜 놈들을 뽑아서 보내라고 명령했습니다. 공들여서 선별할 시간이 없었습니다. 게다가 프시에 폴레는 시골구석에 있잖습니까. 주변에 황무지 아니면 풀밭밖에 없어요. 밀주가들이 격리병동 안으로 술을 몰래 가지고 들어오려고 할 줄 누가 생각이나 했겠습니까……."

"맞아!" 니에시토가 외쳤는데, 그는 이 기획의 초기 작업에 직접 참가한 사람이었다.

"어찌 되었든 간에…… 확인 안 할 건가, 우카시?" 비에드지츠키 소령이 이미 한 입 베어 문, 돼지기름 바른 빵을 향해 손을 뻗으며 물었다.

브란디스는 단호하게 반대했다.

"고개가 꺾여 돌아간 사람들이라느니, 맨손으로 다른 사람을 찢어 죽이는 변질자라느니, 오이로 정문을 부수고 유령이 열쇠를 잃어버리고 매트리스로 바리케이드를 만들고…… 야스타르니아에서 온 등대지기.” 그는 웃음을 터뜨렸다. “이런 일에 시간 낭비할 가치가 있다고 아니지 말입니다?”

비에드지츠키는 잠시 생각했다.

“이게 전형적인 술주정꾼의 망상처럼 보이는 건 나도 아는데, 그렇지만 가장 가까운 부대에서 그쪽에 한두 명 보내는 건 어떨까. 만약을 위해서 말이야. 경비 병력이 전부 취해서 자빠졌다면 아주 제대로 난장판을 만들어놨을 테니까.”

“소령님 말도 일리가 있어.” 브레메르가 지지했다. “프시에폴레 쪽 자네 사람들한테 전화해서 키에우초프스카에 순찰 좀 보내라고 해. 확인은 해야지.”

대위가 수화기를 집어 들었다. 그러나 귀에 가져가기도 전에 집무실 문이 큰 소리를 내며 열렸다. 문간에 겁에 질린 비서가 서 있었다. 얼굴이 창백하고 눈은 찻잔처럼 둥그렇게 뜨고 있었다.

“방금 미로 공원에서 전화가 왔는데요…….” 비서가 웅얼거렸다. “지원 요청한대요. 격리병동에서 큰일이 났답니다. 사람들이 창문에서 뛰어내린대요!” 비서는 점점 흥분한 어조가 되어 말을 끝마쳤다.

그때 비서실에서 찢어질 듯한 전화벨 소리가 들려왔다. 모두가 그 방향을 쳐다보았다.

“가서 받아요, 젠장!” 브란디스가 고함을 지르고 짧은 머리카락을 불안하게 문질렀다.

비서는 돌아서서 나갔다. 문을 열어둔 채 벽 뒤로 사라졌다. 네 사람은 비서가 수화기를 들고 인사를 하다가 중간에 말을 멈추는 것을 들었다. 잠시 후에 비서가 더욱더 창백한 모습으로, 마치 불그스름한 쥐처럼 땀에 흠뻑 젖은 채 모퉁이 뒤에서 나타났다.

"프라체 오드잔스키에(브로츠와프에 있는 행정구역)에 있는 구인데요…… 너무 시끄러워서 볼란스키 의사 선생님 얘기를 잘 알아듣지 못했지만 그쪽에도 뭔가 일이 난 것 같아요……."

"나가요!" 대위가 명령했다.

비서가 문을 닫고 나가자 대위는 새로 술병을 꺼내 마개를 따더니 술잔에 따르지도 않고 직접 입에 대고 크게 들이켰다.

"어떻게 하지?" 그가 동료들에게 물었다. "소령님, 그러면 군대를……."

말을 끝내기도 전에 소령은 이미 고개를 저었다.

"국방부 장관 동의 없이 병사들을 시내로 들여보내는 건 절대 안 되고, 동의를 얻는 건 내일 아침에나 가능해. 스피할스키가 혼자서 그런 결정을 내리지는 않을 거고, 집행위원회에서 지지를 얻어야 하는데 지금은 이미 시간이 늦어서……."

"시발, 시발, 시발……." 브란디스가 두 번째로 술병을 입에 가져다 댔으나 잠시 생각하더니 쾅 소리를 내며 술병을 책상 위에 내려놓았다.

"격리병동들을 전부 포위해야 해. 밤사이에 어디 가서 그 정도 비번 인력을 찾아내지?"

"순찰차 부대는?" 브레메르가 정신을 가다듬었다.

대위는 즉시 수화기를 향해 손을 뻗었다. 그우슈친스키는 한참 뒤에야 전화를 받았다.

"진정하시오." 대위가 비서의 한탄을 무뚝뚝하게 끊었다. "자호르스키 연결하시오." 그리고 그는 손가락으로 책상을 두드리며 잠시 기다렸다. "라파우, 그래요, 납니다. 지금 최고 경보 단계 도입합니다. 당신네 부대를 소대 단위로 나눠요. 3개 소대는 기존 격리병동들에 긴급 투입하고 나머지는 대기합니다. 그리고 중요한 게, 전원 완전무장 해야 해요. 당장 가지고 나갈 수 있는 건 다 들고 나가요. 총기나 최루탄까지 다. 물대포? 물대포를 어디다 쓰게요? 좋아, 좋아요……. 전부 다라고 했으니 그것도 가져가요." 브란디스는 수화기를 내려놓고 다시 비보로바 술병을 들었다가 또다시 그만두었다.

"여러분!" 겁에 질린 니에시토가 어색한 침묵을 중단했다. "내 밥줄 챙길 때가 됐소. 상관들한테 전화합시다."

동료들의 반응을 기다리지 않고 그는 전화기를 향해 달려갔다.

"잠깐!" 비에드지츠키가 그를 막았다. "우선 말을 맞춥시다. 격리병동에서 예상하지 못한 사고가 일어났다. 우리는 감염병 위원회 저녁 회의 이후 본부에서 업무 논의 중에 그 사실을 알게 되어 즉시 필요한 대응을 결정했다. 순찰차 부대의 활용 가능한 인력은 이미 전부 현장에 가 있으나 상황을 해결하려면 아직 도주자 문제가 남아 있다."

방 안의 사람들이 모두 고개를 끄덕이며 수긍하자 소령은 구체적인 계획을 세우기 시작했다.

"자네." 그는 브레메르를 가리켰다. "자네는 감염병 위원회에 전화해서 격리 팀 당직자들에게 격리 환자 명단을 준비하라고 해. 정각까지 명단을 보고하라고 말하게."

"그 명단을 우리가 어쩌게요?" 브란디스가 관심을 보였다.

“시 전체에 순찰차를 보냈으니까 오늘 밤 안으로 전부 잡아들일 거야. 도망친 환자들이 지금 어디로 가고 있을 것 같나? 자네들이라면 어디로 가겠어?”

“집으로.”

“바로 그거야.”

“하지만 다 합치면 천 명이 넘을 텐데.” 니에시토가 중얼거렸다. “그 많은 순찰차를 어디서 데려와?”

비에드지츠키가 한심하다는 듯 고개를 저었다.

“격리병동엔 거의 이천 명 정도 있었어.” 그가 동료의 말을 바로잡았다. “하지만 여기서 기억할 건 일반적으로 한 건물이나 아파트 전체 거주자를 한꺼번에 격리했다는 거야. 그러면 확인할 장소의 숫자는 확 줄어들지. 그리고 항공학교에서 도망친 환자들 대부분은 시내에 진입하기 전에 붙잡을 수 있을 거고.”

“어떻게?” 모두가 동시에 물었다.

“다리에서.” 소령이 창문 맞은편에 걸려 있는 커다란 도시 지도에 다가가며 차분하게 대답했다. “콘초비 다리와 바르샤바 다리 검문을 강화하기만 하면 돼.” 그는 손가락으로 양쪽 검문소를 가리켰다.

“만약을 대비해서 트제브니츠키와 오소보비츠키 다리도 막아두지.” 한동안 침묵을 지키던 브레메르가 제안했다.

“과잉 대응이야.” 니에시토가 반대했다. “지휘본부 늙은이들이 우리가 겁에 질려 날뛰었다고 생각할 거야.”

브란디스가 그에게 경멸의 눈총을 보냈다.

“크리시우, 내 친구, 이 건을 잘 풀어내면 다들 영웅이 될 거야. 그러니까 모든 다리에 사람을 보낼 거야, 스보에츠키와 바르트코프스키까지 전부 다. 이렇게 하면 프시에 폴레를 도시 나머지 부분에서 떼어낼 수 있어."

"지금 프시에 폴레가 중요한 게 아니야." 니에시토가 시계를 보며 흥분한 어조로 말했다. "격리 환자 3분의 2가 오드라강 이쪽에 있으니까, 즉 시내를 전부 훑어서 도망친 환자 천 명 이상을 찾아내는 데 최대한 여덟 시간밖에 없다는 뜻이야."

"어째서 고작 여덟 시간이야?" 브레메르가 물었다.

"5시부터 출근 시간이 시작돼. 사람들이 집을 나와서 직장으로 이동한다고. 그 전에 도망친 격리 환자들을 붙잡지 못하면 군중 속으로 흘러들어 갈 거야. 꽉꽉 들어찬 버스와 전차 안에 잠재적인 흑사병 바이러스 보균자가 돌아다니는 걸 누가 눈치라도 채면 어떤 공황 상태가 벌어질지 상상해 보라고."

이 주장에 모두가 수긍했다.

"순찰차를 시내에 몇 대나 뿌릴 수 있지?" 니에시토가 이마의 땀을 닦는 대위 쪽을 바라보며 물었다.

"확인해 보라고 할게……." 브란디스가 수화기를 들었다. "그우슈친스카 동무, 한 시간 안에 출동할 수 있는 사람이 누가 있을지 확인해 주시오."

잠시 후에 비서가 문을 살짝 열고 집무실 안을 들여다보았다.

"당직 경관 말로는 백 명을 조직하는 중이라고 합니다. 하지만 한 시간 안에는 확실히 안 된대요. 최소한 두 시간은 필요하다고 합니다."

"그럼 망했군." 니에시토가 신음했다.

"꼭 그런 건 아냐." 비에드지츠키가 계속 지도를 들여다보며 대꾸했다.

“좀 진지해지죠, 소령님아.” 제1서기관이 총애하는 차기 주자 브레메르가 화를 냈다. “지금 근무 중인 사람들까지 전부 합친다고 쳐도 주요 거리마다 검문을 세우기에도 인력이 부족해. 순찰차도 최대 서른 대 정도밖에 없고. 그렇다고 브로츠와프를 둘러싼 봉쇄를 해제할 수는 없잖아…….”

브레메르는 질문하는 듯한 시선을 대위에게 보냈고 대위는 재빨리 고개를 끄덕였다. 장비는 경찰의 최대 약점이었고, 도시에서 나가는 길목마다 검문용 순찰차를 세워야만 한다면 보유한 차량 대부분을 빼서 써야 했다.

“전부 사실이야.” 소령이 고개를 끄덕였다. “하지만 시내 순찰이야말로 그냥 넘어가도 돼.”

“무슨 소리죠?”

“생각해 봐. 도망친 환자들은 격리병동에서…… 불상의 공격이 연이어 벌어진 끝에 도주했어. 겁에 질렸으니 무슨 수를 써서라도 안전한 곳에 가고 싶을 거야. 그것은 즉 우리 순찰을 어떻게든 피해 다닐 거란 뜻이지.”

브란디스는 이 말이 옳다고 인정했다. 도망친 환자들은 경찰이 자신들을 도망쳐 나온 곳에 도로 데려가려 한다고 여길 것이다.

“그러니까 어떻게 하자는 겁니까?” 그가 물었다.

“그냥 집에 돌아가게 내버려두자는 거야. 내 예상대로라면 도주 환자들은 집 안에 꼭꼭 틀어박혀 우리가 찾으러 갈 때까지 코빼기도 내비치지 않을 거야.”

“그래, 아마 그렇게 될 겁니다.”

"100퍼센트 확실한 건 아니지만." 니에시토는 계속 의심했다.

"이봐……." 브레메르가 그의 어깨에 손을 얹었다. "우린 지금 도주자를 전부 붙잡을 만한 차량이나 인력을 조직할 상황이 아니야. 우리가 시내에 검문소를 설치하면 도망친 환자들의 이동속도만 쓸데없이 느려질 뿐이야. 그러니까 방해하지 말고 그들이 아침 출근 시간이 되기 전에 알아서 길거리에서 사라져 주길 기다리면 돼. 그리고 내일부터 차분하게 체계적으로 도주 환자들을 굴속에서 끌어내면 돼. 알아듣겠나?"

소령과 대위 둘 다 확신에 차서 고개를 끄덕였다.

"다시 요약하자면." 비에드지츠키가 말을 이었다. "상관들에게 격리병동 상황을 보고하되, 활동을 개시하지 말고 도주 환자들이 최대한 빨리 거주지에 도달하도록 허용하자고 조심스럽게 제안한다. 아직 밤이니까 환자라고 해도 당장은 그 누구도 감염시키지 않을 거다. 우카시는 사령관에게 사건 현장에 순찰차 부대를 출동시켰다고 보고하고 이 명령을 사후 승인해 달라고 부탁한다. 예레미아시, 주 위원회는 군에 연락해서 차량을 추가로 지원받아야 해. 트럭, 버스, 바퀴 달리고 도주 환자들을 빨리 붙잡는 데 도움이 되는 거라면 뭐든지 다. 나도 이 건에 대해 바리샤크 장군을 설득해서 승인받도록 해보겠다. 현재 상황에 필요하기 때문에 당분간만 지원해 주는 거라고 이해하면 장군도 바르샤바에 연락해서 승낙을 구할 필요는 없을 거야. 크시슈토프, 이바슈키에비치 교수와 안보위원회 의사들에게 전화해. 지금 당장 예비 격리병동을 활용해야 해. 올림픽 경기장 근처 병동과 내륙항해기술학교 기숙사들 양쪽 다. 다른 장소들을 선별해 두는 것도 적절할 거라고 이바슈키에비치 교수에게 제안해

봐. 꼭 기억할 것은, 얘기를 잘 진행해서 상관들이 최종 결정은 자기들이 직접 내렸다고 믿도록 해야 한다는 거야."

그것은 빨리 출세하기 위한 그들만의 법칙 중에서 첫 번째 조항이었다. 그 어떤 일에도 책임을 지지 말 것.

니에시토가 불안한 듯 안경을 밀어 올렸다.

"쇠뿔도 단김에 빼자고, 여러분."

3

1963년 8월 9일 금요일 20시 20분
격리병동, 키에우초프스카 거리 43a번지

"빌어먹을……." 미엘레흐가 수화기를 내던지며 말했다.

지휘본부의 그 잘난 체하는 멍청이가 그를 무시했기 때문은 아니다. 실제로 그 이유는 훨씬 더 복잡했다. 경사는 경비 초소 창밖을 내다보고 매트리스로 만든 임시 바리케이드가 무너지기 시작하는 것을 알았다. 제복 경관을 지원하던 위생병들은 정문 근처가 느슨해지자마자 도망친 것이 틀림없었다. (미엘레흐는 여기에 전혀 놀라지 않았다. 사실 실제로 어떤 상대를 마주하고 있는지 처음 깨달은 사람은 위생병들이었다.) 대단히 패닉에 빠진 경관 몇 명이 아주 눈에 띄게 그 뒤를 따랐다. 아무렇게나 쌓아놓은 철제 침대 프레임을 뒤덮은 낡은 매트리스 무더기 뒤에는 이제 금속 같은 회색 제복을 입은 사람이 여덟 명밖에 남지 않았다. 경비대는 숫자도 훨씬 많고 훨씬 더 강한 적을 막아내려 하고 있었으므로 이 대적의 결과가 어떻게 될지는 쉽게 예측할 수 있었고 이미 결판이 난 셈이었다. 다행히 바리케이드는 자기 역할을 하고 있었다. 환자들은 가시철망을 둘러씌운 항공학교 울타리 너머로 이미 빠져나갔다.

'이제 우리 차례다.' 미엘레흐는 외부 문을 통해 경비 초소를 나가며 생각했다. 그는 거리를 가로막은 버스로 달려가서 주먹으로 문을 두드렸다. 운전석에서 운전기사가 내다보자 미엘레흐가 외쳤다.

"후진해서 정문을 막아."

말라깽이 운진기사는 룸미러를 통해 경사가 가리킨 장소를 보려고 고개를 움직였다. 두꺼운 안경알 너머로 보이는 그의 눈동자는 가장 큰 동전보다도 훨씬 커 보였다.

"못 가요." 운전기사가 정문을 꼼꼼히 살펴본 뒤에 무겁게 말했다.

"어째서?" 미엘레흐가 놀랐다.

그가 생각하기에 후진은 전혀 어렵지 않았다.

"정문에 바짝 붙여서 대야 할 텐데, 그런 짓 하면 차 옆부분이 다 상해요."

"자!" 경사가 권총을 향해 손을 가져가며 고함쳤다.

"예?" 운전기사가 차 문을 꽉 닫으려 애썼다. "정말이지!"

운전기사는 엑셀을 밟으려 했으나 자신을 겨눈 권총 총구를 보고 기어 레버를 잡고 있던 손을 얼른 떼어 열쇠를 향해 뻗었다.

"그냥 둬!" 미엘레흐가 소리를 질렀다. 운전기사는 소심하게 고개를 저은 뒤 운전석에서 내려와 아스팔트 위로 뛰어내렸다. "이제 꺼져. 셋 센다. 하나……."

운전기사는 혼잣말로 러시아어 욕설을 중얼거리며 비틀거리는 걸음으로 하수 정화 공장을 향해 가버렸다.

미엘레흐는 '오이 버스를 운전하는 일이 경찰 승합차를 모는 것보다 어려울 리는 없어' 하고 생각했으나 잠시 후에 자신이 얼마나 큰 착각을 했는지 깨달았다. 이 괴물을 강제로 움직여 어떻게든 말을 듣게 하는 것보다 야생마를 길들여 농장 건초 마차를 끌게 하는 쪽이 더 쉬웠을 것이다. 미엘레흐는 후진해서 오른쪽 뒤범퍼로 경비 초소 벽을 들이받았다. 충격이 너무 커서 미엘레흐는 운전석에서 튀어 나갈 뻔했다. 마침내 '오이' 버스를 담장에 평행하게 세우는 데 성공한 뒤에야 그는 버스 옆면이 벽돌 기둥에서 50센티미터 정도 떨어져 있다는 것을 알았다. 빠져나갈 공간을 전혀 남겨두지 않으려면 다시 후진해서 더 가까이 세워야 했다. 사이드미러가 없었으므로 그는 어림짐작으로 운전했다. 철판이 긁히는 커다란 쇳소리와 자동차 바퀴 터지는 소리가 그에게 이번에는 결과를 확인할 필요조차 없다는 사실을 알려주었다. 그는 점화전 열쇠를 돌려 빼고 운전석에서 내려와 경비 초소를 향해 달려갔다. 경비 초소 내부의 반대쪽 끝으로 달려가서 그는 광장을 향해 난 문을 서둘러 열었다.

"제군, 이쪽으로! 뛰어!"

할 수 있는 한 가장 큰 소리로 외쳤으나 아무도 그의 말을 듣지 못했다. 미엘레흐는 호각을 꺼내려고 주머니에 손을 넣었다. 하지만 손에는 호각 대신 끊어진 리본만 잡힐 뿐이었다. 이 상황에서 그가 할 수 있는 일은 단 하나뿐이었다. 그는 권총을 꺼내 손을 머리 위로 높이 치켜들고 세 번 발사했다. 효과가 있었다. 부하들이 마침내 그 소리를 듣고 서로 쳐다보더니 바리케이드에서 동시에 몸을 돌려 달리기 시작했고, 바리케이드는 수십 명의 몸이 밀어젖히는 힘에 못 이겨 그 즉시 무너졌다.

그러나 그 몇 초의 시간만으로도 경관들이 도망치기에는 충분했다. 경사는 앞으로 달려가서 지나가는 부하들의 등을 차례차례 두드렸다. 다들 땀에 젖고 숨을 몰아쉬며 몸을 거의 반 접다시피 앞으로 굽히고 있었다. 모두 다섯 명이었다. 겨우 다섯 명이다. 미엘레흐는 골목에서 큰길 방향을 흘깃 쳐다보았는데, 그곳에서 변질자들이 철제 침대 프레임 무더기를 서투르게 밀어대고 있었다. 조명등의 눈부신 빛 속에서 그는 약탈자가 한 명도 보이지 않는다는 것을 확인했다.

그는 경비 초소로 돌아가서 주의 깊게 문을 잠갔다. 창문은 모두 철창이라 걱정할 필요가 없었다.

"저것들 뭡니까?" 마테우시 지와 순경이 지쳐서 숨을 헐떡거리며 물었다.

"나도 몰라." 미엘레흐가 사실대로 대답했다.

"한 가지는 확실합니다." 누군가 경비 초소 안쪽 깊은 곳에서 말했다. "확실히 사람은 아닙니다."

"바르트니크 어디 갔나?" 경사가 화제를 돌리려고 날카롭게 물었다. 생존자들 사이에 자기 후임이 안 보인다는 사실을 그는 방금 깨달았다. 가장 가까이 앉아 있던 경관이 고개를 들었다. 카스프지크라는 이름인 것 같았다. "카스프지크, 말해, 바르트니크 어떻게 됐나!"

"끌어냈어요, 그놈들이……. 저쪽으로…… 조금 전에……. 경사님이 총 쏘기 시작한 바로 그때 돌아서서……." 비인간적으로 숨이 찬 카스프지크가 숨을 쉬려고 중간중간 말을 끊어가며 설명했다. "소리도 한 번 질러보지 못했어요……."

"그럼 나머지는?"

카스프지크는 잠시 생각했다.

"잘레프스키도 아마 당했을 겁니다." 그가 중얼거렸다.

"예, 맞습니다." 지와 순경이 동의했다. "세바스티안 잘레프스키는 제 옆에 있었습니다. 그가 무슨 말을 하려는 듯이 보였는데, 그때 어떤 배 찢어진 미친 여자가 잘레프스키 목을 붙잡았어요."

미엘레흐는 이 묘사를 듣고 굳어졌다. '설마 그 여자가……?'

"성냥개비처럼 꺾었습니다." 순경은 지금도 믿을 수 없다는 듯 고개를 저으며 계속 묘사했다. "성냥처럼요. 그러고는 붙잡아서 저쪽으로 끌고 갔습니다."

누군가 덧붙였다.

"잠시 후에 그들 사이에 잘레프스키가 있는 걸 봤는데 얼굴 반쪽과 팔 절반이 없었습니다." 말하면서 경관은 자기 팔뚝을 가리켰다. "그리고 여기를 뼈가 보이게 깨물렸는데도 그 팔로 저를 붙잡으려 했습니다. 믿으시겠습니까?"

조용히 웅얼거리는 소리만이 여기에 답을 했다.

그들은 지난 몇 분 동안 끔찍한 일을 너무 많이 봐서 뭐든지 믿을 수 있었다.

여럿이 제각각 떠드는 이야기를 들으면서 미엘레흐는 속으로 부하들의 숫자를 세었다. 변질자 둘은 거의 동시에 올레크 비에트진스키의 팔을 잡아끌고 갔다. 옆에 서 있던 카민스키 형제, 즉 명랑한 야쿠프와 음울한 아담이 그를 붙잡으려 했지만, 변질자들이 한 번 잡아당긴 것만으로도 세 명 모두 바리케이드 반대편으로 끌려가고 말았다. 덕분에 남아 있던 경관들은 잠시 숨을 돌릴 수 있었으나 불행히도 그 순간은 길지 않았다. 동화 속 거미가 그림책 안으로 끌고 가듯 도미니크 델루가 경관이 울타리 사이 틈바구니로 사라진 것이다. 필리프 쿠르피엘은 콘라트와 마찬가지로 거의 마지막 순간까지 버틴 것 같았다. 총소리가 잦아들 때까지 거의 숨도 쉬지 않았다. 아마 너무 지쳐서 때맞춰 도망치지 못했으리라…….

결과적으로 미엘레흐는 몇 분 사이에 부하를 열한 명이나 잃었다. 위생병 두 명을 제외하고도 말이다. 모두 도망쳤다고 생각했던 것은 착각이었다. 게다가 살아남은 경관 다섯 명 중에서 두 명은 부상을 당했다. 지와는 손바닥 아래쪽을 물렸으나 다행히 위험할 정도는 아니었다. 지와는 젊었고 운동신경도 나쁘지 않았다. 변질자가 자기 손에 제대로 이빨을 밀어 넣기 전에 재빨리 손을 털어낸 것이다. 카스프지크는 자세히 보니 누군가 손톱으로 가슴 전체를 할퀴었다. 상처가 깊었고 이미 피를 많이 흘렸다.

미엘레흐가 버스 안에 있던 구급약품을 가져다가 거리에서 좀 떨어진 곳에 자리를 잡고 심하게 부상당한 카스프지크를 치료하는데, 그가 기운 없는 목소리로 물었다. "지원은 어떻게 됐습니까, 경사 동무?"

"이쪽으로 오고 있다." 미엘레흐는 격려의 대답을 하면서 혹시 몰라 눈을 내리깔았다. 그는 자신의 명령에 따르다가 목숨이 위험해진 사람에게 거짓말을 하고 싶지 않았다. "오고 있어……."

그는 아직 전부 끝장난 건 아닐지도 모른다는 희망을 꽉 붙잡은 채 말을 되풀이했다.

'도주한 환자 무리가 이제 확실히 프시에 폴레 시내에 도달했을 것이다. 누군가는 이상한 낌새를 눈치챘을 것이다. 그리고 그쪽 경찰서에 신고가 계속 들어오면 지휘본부가 무시할 수 없을 것이다.'

파트리크 미엘레흐 경사는 행운이 오기를 온 힘을 다해 간절히 바랐다. 간신히 살아남은 몇 명의 부하들로는 아무것도 할 수 없다는 사실을 그는 알고 있었다.

4

1963년 8월 9일 금요일 20시 27분
인민경찰 지역본부, 포드발레 거리 31-33번지

"절대 못 믿을 거다." 니에시토가 비서실에서 돌아와 그저 이렇게만 말했다.

"믿어." 브란디스가 대답했다.

니에시토는 놀라움을 감추지 못했다.

"너도 출동 명령 받았어?"

대위는 고개를 끄덕였다. 잠시 후 비에드지츠키 역시 못마땅한 표정으로 나타났다.

"그래서 장군이 뭐랍니까?" 브란디스가 술병에 손을 뻗으며 물었다.

"아무 말도 안 해. 지금 공항으로 가는 길이라는군." 비에드지츠키가 대답했다. "이 주변 인력 절반이 오늘 저녁 국방부에서 긴급 호출을 받았어."

"그거 흥미롭군……." 브란디스가 술잔을 채우며 중얼거렸다.

"왜?" 비에드지츠키가 놀랐다.

"내 상관들도 사라졌습니다. 마치 서로 짠 것처럼 전부 다.

바르샤바에서 긴급 호출이 왔다는군요. 최소한 공식적인 이유는 그렇습니다."

"인민위원회도 절반이, 그러니까 더 중요한 절반이 연락이 되지 않아." 니에시토가 입맛이 쓰다는 듯 끼어들었다.

"진짜야?"

"진짜야."

"거짓말할 이유가 없어. 우리 손을 벗어난 거야." 브란디스가 가득 차 있는 술잔들을 나누어주며 상황을 요약했다. "이럴 때는 상관들이 우리보다 요령이 좋은 거지."

"아니면 우리보다 더 많이 알고 있거나." 비에드지츠키가 소파에 주저앉으며 덧붙였다.

"그걸 어떻게 압니까?" 대위가 흥미를 보였다.

"격리병동에서 유혈 사태가 나고 말 그대로 1초 뒤에 전부 다 짐 싸서 바르샤바로 떠난 걸 보면 놀랄 일도 아니잖아?"

"그 미엘레흐 경사가 시체가 살아났다고 헛소리한 걸 설마 믿는 건 아니죠?" 브란디스가 코웃음을 쳤다.

"안 믿어." 소령이 평온하게 대답했다. "하지만 분명히 무슨 일인가 일어난 거야. 그것도 우리 윗선들이 듣자마자 도망부터 칠 정도로 심각한 일이란 말이지."

문가에 브레메르가 나타났을 때 모두 일시에 입을 다물었다. 놀랍게도 브레메르는 웃고 있었다.

"뭐가 그렇게 좋나, 친구?" 비에드지츠키가 질문을 던졌다.

미래의 제1서기관이 편안하게 의자에 몸을 뻗었다.

"승진의 냄새가 나거든, 여러분." 그가 기쁜 목소리로 말했다.

"내가 알아맞혀 볼까? 제1서기관 동무가 중앙당으로 긴급하게 불려 갔겠지?" 브란디스가 추측했다.

"더 좋아, 피와토프스키가 팀을 전부 다 데려갔어." 브레메르가 자랑스럽게 알렸다. "임시로 인민위 권력을 손에 넣은 것은 집행위원회 구성원들과 자틸니 동무와, 그리고……." 그는 양손으로 자신을 가리켰다. "여기 계시는 이분이지."

"그래서 좋아?"

"당연하지. 자틸니는 바보에다 겁쟁이야. 게다가 난 자틸니 동무의 약점을 잡고 있거든. 자틸니 동무가 사랑하는 배우자의 등 뒤에서 누구하고 외도를 저지르는지 알고 있지. 그는 내가 하라는 대로 할 거야."

비에드지츠키, 브란디스, 니에시토는 불안하게 웃음을 터뜨렸다.

"그래서 상황이 어떤가, 여러분?" 브레메르가 여전히 아무것도 이해하지 못한 채 그들을 쳐다보았다.

"늙은 쥐들이 가라앉는 배에서 도망치고 있어, 형제." 브란디스는 말을 하며 책상 위의 가득 찬 술잔을 가리켰다. "마지막으로 한 잔씩 마시고 일들 시작하자고, 역사의 쓰레기통에 처박히긴 싫으니까."

5

1963년 8월 9일 금요일 20시 42분
격리병동, 키에우초프스카 거리 43a번지

미엘레흐는 벌판 한가운데 멈춰 서서 땀에 흠뻑 젖은 제복의 단추를 풀었다. 양손으로 무릎을 짚은 채 거의 몸을 반으로 접고 가쁜 숨을 쉬었다. 불타는 석탄이라도 삼킨 것처럼 허파가 타올랐다. 물, 하아, 물 한 모금을 위해서라면 사람이라도 죽일 수 있을 것 같았다. 그는 어깨 너머로 키에우초프스카 거리와 이제는 거의 보이지 않는 항공학교 건물들을 돌아보았다. 시멘트 담장을 죽 둘러 세워놓은 조명등 덕분에 건물들이 어디 있는지 간신히 짐작할 수 있었다. 그 외에 항공학교 인근 지역은 불길한 어둠 속에 잠겨 있었다. 아직 시간이 늦지 않았는데 돌풍을 몰고 오는 먹구름의 탁한 색채가 지금 막 뉘엿뉘엿 넘어가는 햇빛을 가로막고 있었다.

잠시 후 비에드론 순경이 그를 따라잡았다. 비에드론은 미엘레흐보다 훨씬 더 젊은데도 체력이라고는 한 줌도 없었다. 뼈와 가죽뿐이지, 미엘레흐는 부하 중 마지막 한 명이 땅에 무너지듯 무릎을 꿇고 거칠게 숨을 몰아쉬는 모습을 보면서 생각했다. 달려온 거리는 500미터를 넘지 않는데 말이다.

"고개 똑바로 들어, 안제예크." 미엘레흐가 천천히 허리를 펴면서 씩씩거렸다. "우린 이제 안전해. 셰프첸코 거리까지는 이제 몇 걸음 안 남았어."

비에드론은 고개를 너무 세게 끄덕여서 코에서 흘러 내려온 안경을 바로잡아야만 했다. 그는 경찰모를 벗고 위쪽 이마에 맺힌 땀을 닦아냈다. 경찰모를 다시 썼을 때 드문드문 나 있는 콧수염 아래로 두꺼운 입술이 미소 비슷한 것을 짓기 위해 일그러져 있었다.

경사는 뭔가 더 말하려고 했으나 반쯤 열린 입술 사이로 아무런 소리도 새어 나오지 않았다. 마치 사냥감을 쫓던 사냥개처럼 프시에 폴레 쪽을 향해 고개를 돌린 채 그대로 얼어붙어 있었다. 멀리서 둔한 소음이 들려왔다. 엔진이 돌아가는 익숙한 굉음이 점점 커졌다.

"뭔가 들리나, 안제예크?" 그가 순경에게 물었다.

"귓가에서는 제 맥박 뛰는 소리와 경사님 목소리만 들립니다, 경사 동무." 젊은 순경이 힘겹게 풀밭에 앉으며 대답했다.

"시내 쪽에서 여기로 차가 오는 것 같은데……."

미엘레흐는 지금 500미터 정도 떨어진 도시 외곽 지역 중심부를 똑바로 바라보고 있었다. 그가 잘못 본 것이 아니다. 한 줄로 달려오는 자동차들의 전조등 불빛으로 독일인들이 남기고 간 석조건물 벽이 번쩍였다. 차량 여섯 대가 서로 바짝 붙어서 격리병동 방향의 키에우초프스카 거리를 줄지어 가고 있었다. '누군가 마침내 여기에 심각한 문제가 일어났다는 걸 이해했군.' 경사는 기뻐하며 생각했다. 그가 전화했기 때문인지, 아니면 환자들이 도망치는 모습을 보고 신고가 들어갔기 때문인지는 중요하지 않았다. 지금 의미 있는 사실은 단 한 가지, 본부가 지원 병력을 보냈다는 것이었다.

"돌아가야 해." 잠시 후 차량 행렬이 느려지는 것을 보며 경사가 단호하게 말했다. 지붕을 열어놓은 GAZ-69M 지프차가 호송대 선두를 이끌었고, 그 뒤로 소형 경찰 버스 세 대와 트럭 한 대가 따랐고, 그 뒤로 보이는 것은…… PSG-5였다.

"빌어먹을, 대체 물대포차가 왜 필요한 거야?" 비에드론이 황급히 일어서며 중얼거렸다.

"나한테 묻는 건가?" 미엘레흐가 긴장한 나머지 목덜미에 소름이 돋는 것을 느끼며 대꾸했다.

'저런 장비가 동원되었다는 것인즉 지원 병력이 여기서 무슨 일이 벌어지는지 전혀 모르고 있다는 뜻이다…….'

"할 수 있겠나, 안제예크?" 그가 계속 개처럼 헐떡거리는 부하를 보며 물었다. 비에드론은 고개를 흔들었다. 항공학교 정문에서 그들이 있는 곳까지 약 600미터 정도 떨어져 있었다. 별로 먼 거리는 아니지만 이런 상태라면……. "그래, 좋다. 여기 있어, 숨 좀 돌리고……."

"절대 안 됩니다." 비에드론이 서슴없이 그의 말을 막았다. "차라리 뇌경색을 일으키는 쪽이 여기 혼자 있는 것보다 나아요."

* * *

프셰미스와프 마베트 경위가 가속장치에서 서둘러 발을 떼자, 차는 푸른 버스가 완전히 막아버린 널찍한 거리에서 비껴

나가 십여 킬로미터 더 달려간 뒤에 멈추었다. 지원 병력의 나머지 차량들은 키에우초프스카 거리 한가운데 멈추어 좁다란 양쪽 차로를 다 막고 있었지만, 어차피 지금 시간에는 다니는 차가 없었다. 경위는 보안경이 달린 헬멧을 꺼내기 위해 지프차 뒷좌석으로 손을 뻗었다. 그는 헬멧을 머리에 쓴 뒤에 좌석에서 허리띠를 꺼냈는데, 허리띠에는 근무용 권총이 든 권총집과 긴 곤봉이 매달려 있었다. 부하들은 이미 차량에서 내려 말끔하게 두 줄로 서 있었다.

"하브릴루크 경사!" 마베트가 다리를 넓게 벌리고 서 있는 부하를 불렀다. 그렇게 아무렇게나 서 있는데도 하브릴루크는 빳빳이 몸을 세우고 선 부하들보다 머리 하나만큼 더 컸다. "1소대 이끌고 정문 주변을 확인한다. 당장."

"알겠습니다!" 브루논 하브릴루크가 발꿈치를 탁 부딪치고 가장 가까이 서 있는 경관 네 명에게 고개를 끄덕이자 그 넷이 재빨리 사방으로 흩어졌다. 그리고 자신은 버스 안을 확인하러 갔다.

경위는 담배에 불을 붙였다. 그냥 아무 데나 있는 평범한 담배가 아니라 순종 폴란드산 담배다. '진짜 남자는 센 담배를 피운다'라는 광고대로 폴란드 북부산 담배는 비교가 불가능했다. 경위는 한 번, 두 번 빨고 입안에 빨려 들어간 자잘한 담배 쪼가리를 도로에 뱉었다. 그리고 다시 시선을 들었을 때 그 앞에는 경사가 차렷 자세로 서 있었다. 정찰 나갔던 경관 네 명도 방금 돌아와 원래 자리에 두 줄로 서 있었다.

"경위 동무." 하브릴루크가 철제 헬멧에 두 손가락을 붙여 경례를 했다. "보고드립니다. 정면 울타리와 건물 뒷벽은 손상되지 않은 것으로 보입니다. 경비 초소 문은 잠겨 있습니다. 반면 입구를 막은 버스는 열려 있습니다. 점화전에 열쇠가 꽂혀 있는 걸 봤습니다."

마베트는 부하들의 굶주린 눈빛을 못 본 척하며 세 모금째 담배를 피우고는 아직 한참 남은 꽁초를 버리고 뒤꿈치로 비벼 껐다. 그는 앞에 선 부하들 중 그 누구도 함부로 딴생각하지 못하도록 일부러 천천히 행동했다.

"가자." 그가 곧바로 버스를 향해 걸음을 옮기며 경사에게 말했다.

둘은 운전석을 통해 차 안에 몸을 구겨 넣었다. 하브릴루크가 깊이 한숨을 쉬었다. 정문 쪽을 향한 버스 창에는 유리가 한 장도 남지 않았기 때문에 차 안은 소형 경찰 버스 안처럼 어마어마하게 갑갑하지는 않았다. 두 사람은 몸을 숙이고 항공학교 정문 쪽을 향해 열린 버스 앞문 바로 뒤에 있는 좌석 옆에 웅크렸다. 마베트가 주위를 살펴보기 위해 조심스럽게 고개를 들었다. 여기서 50미터도 채 안 되는 곳에서 광장을 빙빙 돌고 있는 몇몇 사람들이 보였다. 그는 재빨리 숫자를 세었는데, 그 사람들은 40명 이상 되지 않았다. 일부는 하얀 가운을, 또 몇몇 사람들은 회색 경찰복을 입고 있었다. '여기 뭔가 잘못됐어.' 경위는 난동을 일으킨 무리가 망꾼을 세우지 않은 것과 정문 바로 앞에 시끄러운 호송대가 나타났는데도 여전히 반응하지 않는 점을 이상하게 여기며 생각했다. 그는 경찰 생활을 아주 오래 했기 때문에 그런 세부 사항을 놓치지 않았다.

"여기 어떻게 생각하나, 하브릴루크?" 그가 부하에게 물었다. 조언을 듣기보다는 자기 생각을 확인하고 싶었다.

"제가 보기에는 다들 퍼마시고 인사불성이 된 것 같습니다, 경위 동무. 휘청거리는 꼴을 좀 보십시오."

"그 얘기가 아니야." 마베트는 스스로 그 점을 미리 생각하지 못했다는 데 짜증이 나서 쏘아붙였다.

최근 보고에서 그는 격리병동을 지키는 경관들이 몰래 반입된 술을 매일같이 십여 병, 많을 때는 수십 병이나 압수한다는 얘기를 들었다. 이제 그는 오늘 징발된 보드카가 전부 어디서 났는지 자기 눈으로 확인할 수 있을 것이었다. '그러면 우린 더 좋지.' 그가 인정했다.

"기습 전략을 써야 합니다." 경위가 생각하는 동안 경사가 의견을 수정했다.

"흠……." 경위는 고개를 숙이지 않은 채 중얼거렸다. "어떻게? 여기서 토룬(폴란드 북부의 도시로, 여기서는 '토룬의 피바다' 즉 1724년 가톨릭교도와 개신교도가 충돌하여 당시 폴란드 대법원 결정으로 개신교도 열 명이 처형당한 사건을 의미함)이나 아니면 노바 후타(폴란드 공산 정권 시기에 의도적으로 종교시설이 전혀 없도록 기획되고 건설된 남부의 소도시로, 1960년에 가톨릭교회를 건설하려는 도시 주민들과 이를 막으려는 진압경찰이 대규모로 충돌한 사건을 의미함) 같은 걸 진행하잔 얘긴가?"

하브릴루크는 이번에는 대답하기 전에 주의 깊게 생각했다.

"광장이 있고 군중이 있으니…… 노바 후타 방식이 적당해 보입니다."

경사의 말에는 일리가 있었다. 그래서 마베트는 고개를 끄덕이고 행동 계획으로 넘어갔다.

"하브릴루크, 운전석을 통해서 병력을 버스 안으로 데려와.

아주 조용하게. 그리고 병력을 버스 앞쪽과 뒤쪽에 골고루 배치해. 2소대는 유탄발사기를 가지고 중간 좌석 부분에 배치해. 최루탄을 오른쪽 저 높은 건물에서 쏠 거야." 경위가 손으로 가리켰다. "이 왼쪽 골목과 저기 광장 안쪽에서도. 현장에서 한 놈도 도망치지 못하게. 부지가 이렇게 넓으면 놈들을 쫓아다닐 시간이 없어. 정문 쪽에 추가로 연막 쏴둬. 지금은 바람이 꽤 세고 적절한 방향에서 불고 있으니…… 20미터 간격으로 두 방이면 충분할 거야. 연막 속에서 곧바로 놈들한테 달려드는 거야. 1소대 다섯 명이 일렬로 바짝 막고 난동 부리는 놈은 전부 짓이겨 버려. 이번에는 봐줄 필요 없다고, 내가 명령했다고 부하들한테 전해. 당의 심장이 어떻게 뛰는지 이 난동꾼들이 직접 느껴보게 해야지. 나머지 병력은 2인 1조로 놈들을 따라가서 땅에 누워 있는 난동꾼들을 빠짐없이 밟아준다. 경사도 알겠지만 놈들의 몸을 십자로 꺾어서 왼쪽 손목과 오른쪽 발목, 혹은 반대로 오른쪽 손목과 왼쪽 발목에 수갑을 채우는 게 가장 효율적이다. 선두 대열은 이 술 취한 반동분자들 마지막 한 명이 처리될 때까지 멈추지 않는다. 놈들을 트럭에 모아서 태우는 건 일 끝나고 진정된 다음이다."

"예, 알겠습니다." 하브릴루크가 경위 뒤쪽으로 사라졌다.

다음 순간 손에 유탄발사기를 든 무장경관 네 명이 몸을 낮추고 버스 중앙부 좌석 위로 기어 올라왔다. 마베트는 날카로운 악취와 눈의 따가움을 느끼자마자 보안경을 썼다. 소련제 골판지 탄약통은 원칙적으로는 단단히 밀폐되어야 하지만 실제로는 그렇지 않았다. 경위는 그저 최루탄이 너무 일찍 발사되지 않기만을 바랄 뿐이었다.

나머지 무장경관들은 작전 현장을 지켜보는 지휘관 쪽에 눈길도 주지 않고 완전한 침묵 속에 정해진 자리를 지켰다. 완전무장한 병력 40명이 3분이 채 되기 전에 버스 안을 가득 채웠다. 무장경관들은 정해진 순서대로 들어왔기 때문에 혼란스럽거나 어수선한 상황은 일어나지 않았다. 정해진 자리에 도착하자마자 무장경관들은 코와 눈을 가리는 보안경을 썼다.

하브릴루크가 돌아온 것이 작전 시작 신호였다. 유탄발사기가 울부짖으며 버스 창문으로 최루탄 네 발을 쏘았다. 마베트는 골판지 원통이 비틀거리며 날아가는 모습을 주의 깊게 관찰했다. 네 발 모두 의도한 곳에 떨어져서 미칠 듯이 따가운 화학물질 구름을 즉각 피워 올렸다. 그 뒤로 군용 연막탄이 시멘트 위로 날아와 격리병동 광장은 경위의 시야에서 사라졌다.

두 번째 일제사격을 시작했을 때 버스 앞문과 뒷문이 활짝 열리고 2개 소대로 정확하게 나누어진 특수부대가 버스 밖으로 뛰어나왔다. 공격에 나선 대오가 희끄무레한 회색 연기 속에서 전진하자, 마베트는 숨을 돌리고 보안경을 헬멧 위로 밀어 올린 뒤 담배를 찾기 위해 주머니에 손을 넣었다. 이제는 기다릴 수밖에 없다. 그러나 그는 곧 구겨진 유나크 담뱃갑을 손에 쥔 채 굳어버리고 말았다. 그의 등 뒤에서 커다랗게 숨을 몰아쉬는 소리, 그 바로 뒤에서 운전석이 삐걱거리는 소리가 들려왔기 때문이다. 담배는 땅에 떨어졌고, 경위는 2인용 좌석에서 몸을 돌리며 이미 권총집에서 무거운 마카로프 권총을 꺼내고 있었다.

"쏘지 마십시오." 버스에 올라탄 남자가 중얼거렸다. "저도 경찰입니다. 경고해 드리려고 왔습니다."

"꼼짝 마!" 경위가 씩씩거렸다. "손 들어!"

"그러지 마십시오." 남자가 얼굴을 찡그리면서 순순히 동작을 멈추고 경위 앞에서 양손을 들어 올렸다. "경찰이라고 하지 않았습니까. 미엘레흐 경사입니다. 제가 지휘본부에 전화했습니다. 격리병동 부지에 나가시면 안 됩니다."

"이미 나갔다."

미엘레흐는 마치 누가 망치로 머리를 내리친 듯 신음했다.

"경위 동무, 부하들을 퇴각시키십시오. 아직 늦지 않았을지도 모릅니다. 상대가 어떤 놈들인지 아직 몰라서 그러시나 본데, 저기 광장에 있는 저놈들은 멀리서는 무해하게 보이지만 실제로는 괴물같이 위험합니다. 놈들이 제 부하들을 전부 때려눕혔습니다. 저건 사람이 아니라 피에 굶주린 짐승들입니다."

"우리에 대해서도 그렇게 말하더군." 마베트가 말을 내뱉고는 시선을 들어 창밖의 하얀 구름을 바라보았다. 그 구름 안에서 둔한 비명이 들려오고 있었다. 경위는 잠시 생각하더니 총구를 내려 미엘레흐가 버스 안으로 완전히 들어오도록 허용했으나, 그에게서 눈을 떼지는 않았다. "경사, 유감스럽게도 지금에 와서는 할 수 있는 게 별로 없네……." 경위가 덧붙였다.

현장에 도착한 뒤에 느꼈던 불확실함이 몇 배나 강해져서 되돌아왔다. 여기는 뭔가 잘못되었고, 지금 이 경사가 한 말은 경위가 이전에 느꼈던 예감을 확인해 줄 뿐이었다. '우리가 제 발로 함정에 걸어 들어온 건가……?' 경위는 코를 킁킁거렸다.

"근무 중에 술 마셨나?"

미엘레흐는 고개를 끄덕였다.

"어쩔 수 없었습니다, 경위 동무. 경위 동무라도 그런 상황이면……."

"대체 여기에서 무슨 일이 벌어진 건지 말해보겠나?" 마베트가 짜증을 숨기지 않고 그의 말을 끊었다.

미엘레흐는 버스 엔진 위 반원형 덮개에 앉아 경찰모를 벗고 이마의 땀을 닦아낸 뒤 지난 몇십 분간 일어난 사건을 짧게 요약했다. 가장 믿기 어려운 부분들은 지나가는 게 좋을지 고민했으나 이제 와서 그게 큰 의미는 없다고 스스로를 납득시켰다. 잠시 후에 어쨌든 진실이 눈앞에 나타날 것이었다. 경위는 자신이 부하들을 어떤 상황으로 내몰았는지 자기 눈으로 보고, 얼마나 큰 실수를 저질렀는지 알게 될 것이다. 미엘레흐는 말을 하며 경위의 각진 얼굴에서 처음에는 어리둥절하다가 다음에는 불신의 표정이 나타나는 것을 보았으나, 좀 전에 자신을 향해 겨누었던 경위의 총구와 마찬가지로 거기에 크게 신경 쓰지 않았다.

"분명 제가 미쳤다고 생각하실 겁니다." 미엘레흐가 차분하게 이야기를 끝맺었다. "하지만 잠시 후에 생각이 바뀌실 겁니다."

마베트는 천천히 걷히기 시작하는 연막 쪽을 흘끗 바라보았다. 경위는 술 취한 경사의 말을 단 한마디도 믿지 않았다. 당연한 일이다. 살해당한 사람들이 죽었다가 다시 일어나서 맨손으로 사람들을 찢어버렸다는 얘기는 평생 단 한 번도 들어본 적 없었다. 특히 이전에 대가리가 깨졌거나 내장이 찢어졌던 사람들이 말이다. 그 어떤 시체도 자기 힘으로 일어날 수조차 없는데 어떻게 싸우고 살인한단 말인가. 그런데도 경위는 미엘레흐의 말에 끝까지 귀를 기울였고 바리케이드를 지키던 나머지 경비 병력이 경비 초소 안으로 후퇴했을 때 부상당한 경관

두 명에게 어떤 일이 일어났는지 물어보았다.

경사는 이 질문에 상세하게 대답했다. 더 심하게 부상을 입은 카스프지크는 모두 급히 대피해야 하는 경우를 대비해 거리 쪽으로 난 방의 책상 위에 눕혔다. 손을 물린 지와가 카스프지크를 돌보기로 했다. 나머지 경관들은 광장 쪽으로 창문이 난 다른 방에 모여서 저 피에 굶주린 괴물들이 대체 무엇이며 뭘 더 어떻게 해야 물리칠 수 있을지 열띠게 논의했다. 부하들이 보드카 몇 병을 따서 돌렸을 때 미엘레흐는 반대하지 않았다. 이런 악몽을 겪었으니 부하들도 어떻게든 대응해야만 했다. 그리고 어쨌든 그 뒤에 벌어진 일은 보드카 때문이 아니었다. 확실히 그 때문은 아니었다…….

어느 순간 마테우시 지와가 그들에게 다가와서 머리가 어지럽다고 말했지만, 다들 그를 내쫓으며 심한 부상을 입은 미코와이 카스프지크를 돌보라고 말했다. 몇 분 뒤, 그들은 다시 지와가 방에서 나오는 소리를 들었다. 이번에는 그가 서성거리지 않았기에 다른 경관들은 지와가 목이 말라서 수돗가로 갔다고 생각했다. 다들 경비 초소 주위를 돌아다니는 변질자들을 지켜보느라 그에게는 눈길도 주지 않았다. 그것이 실수였다. 그 후 두 명의 목숨을 더 앗아 가게 한 엄청난 실수였다. 왜냐하면 방에서 나온 것은 지와가 아니라 이미 돌변한 카스프지크였기 때문이다.

그 순간까지도 미엘레흐는 건강하고 흑사병 예방주사도 맞은 사람이 변질자와 접촉한 것만으로 그…… 그것에 감염될 수 있다는 사실을 깨닫지 못했다. 더 정확히 말하면 변질자들이 건강한 사람의 피와 접촉하면 감염되는 것이다. 어찌 됐든 카스프지크는 경비 초소 책상 위에서 죽었고 순식간에 그런 짐승으로 변했다. 그러곤 뒤에서 소리 없이 그들에게 다가와서 양손으로 고참 순경 비아웨츠키의 목을 붙잡고 피를 빨았다. 비아웨츠키는 카스프지크보다 힘도 더 세고 운동도 더 잘했지만 죽은 갈까마귀처럼 맥없이 쓰러졌다. 카스프지크는 그를 바닥에 쓰러뜨린 뒤에 므워치츠카와 스코르노비치가 아그니에슈카에게 했던 것과 완전히 똑같이 그를 갈기갈기 찢기 시작했다. 나머지 경관들은 미엘레흐까지 포함해서 전부 얼음처럼 굳은 채 그 광경을 바라보았다. 그러다가 초소 안쪽 방 문가에서 피투성이 지와의 모습을 보고야 다들 정신을 차렸다. 지와도 더 이상 원래의 그가 아니었다. 초점 없이 흐린 눈, 표정이라고는 하나도 없는 시퍼런 얼굴. 시체 같았지만, 살아 있었다.

모두 공포에 질렸다. 만약 경관들이 냉정을 유지했다면 전부 무사히 빠져나올 수도 있었을 것이다. 그러나 그럴 수 없었다. 비에드론은 꽥꽥 새된 소리를 지르기 시작했고, 살라는 한 손에 주머니칼, 다른 한 손에는 앞으로 태어날 아기를 위해 거의 다 만들어둔 목마 장난감을 든 채 뻣뻣이 굳었으며, 그라보비는 기도하기 시작했다. 단 한 명, 미엘레흐만이 그나마 머리가 제대로 돌아가서, 휘청거리며 다가오는 괴물을 넘어뜨리고 출구를 확보하기 위해 부하 한 명을 잡아끌고 벽을 향해 달려갔다. 어떻게 하다 보니까 그때 가장 가까이 있는 사람이 안제예크 비에드론이었다. 그는 등 뒤에 있는 안쪽 방문을 쾅 닫고 자물쇠 대신 문손잡이를 자기 허리띠로 묶은 다음 창문 쇠창살에 허리띠 버클을 단단히 걸었다. 그런 뒤에 미엘레흐는 아직까지 끽끽거리는 비에드론 순경을 질질 끌다시피 해서 반대쪽으로 빠져나왔다. 라파우 살라와 마테우시 그라보비는 애초에 전혀 가능성이 없었다. 두 사람은 변질자 둘과 언제라도 다시 살아날지 모를 동료의 시체 두 구와 함께 갇혀버렸다…….

"달리 방법이 없었습니다, 경위 동무. 저 개새끼들한텐 총알도 소용이 없습니다!"

마베트는 경사의 말을 들으면 들을수록 확신이 없어졌다. 경사는 멀리서도 보드카 냄새를 풀풀 풍겼지만 완전히 조리 있게 말하고 있었다. 말하는 내용 자체는 절대로 믿을 수 없는 종류 쪽에 더 가까웠지만 말이다. '만약 이 모든 것이 사실이라면 나는 거의 2년이나 그토록 열심히 훈련시켰던 부하들을 확실한 죽음으로 내몬 셈이야.' 이런 생각이 어느 순간 경위의 머릿속에 떠올랐다. '부하들이 싸우다 죽지 않는다 해도 이 경사가 말하는 그 변질자로 변해버린다. 한 번 살짝 다치는 것만으로, 한 번 할퀴는 것만으로, 한 방울의 피만으로, 혹은 그보다 더 하찮은 일만으로 충분해…….'

미엘레흐가 말을 마치고 조금 뒤 꺼져 들어가는 연막탄의 남은 연기가 바람에 흩어졌다. 경위는 어깨 너머로 광장 쪽을 돌아본 뒤에 벌떡 일어섰다. 경사도 앉아 있던 자리에서 일어났다. 그의 입이 딱 벌어졌고 눈이 크게 빛났다.

무장경관 부대가 광장 한가운데 말끔하게 두 줄로 서 있고 그 주위에는 수십 명이 수갑을 찬 상태로 광장 돌바닥에 누워 몸부림치고 있었다.

* * *

“경위 동무, 하브릴루크 경사가 특수부대 임무 완료를 보고합니다!” 활시위처럼 빳빳하게 긴장한 하브릴루크는 자신을 쳐다보는 상관의 번쩍이는 검은 눈을 바라보기 위해 고개를 들어야 했다.

하브릴루크는 마베트의 입술을 둘러싸고 턱선까지 내려온 검은 콧수염 아래에서 미소를 짓는 듯한 일그러진 움직임을 보았을 때 상관이 만족했음을 알았다. 그래서 그는 놀랐다. 부대에서는 ‘저승사자 경위’가 지휘관의 별명이었다. 순경 중에서 유대 혈통을 가진 부하 한 명이 언젠가 경사에게 히브리어로 ‘마베트’가 저승사자를 뜻한다고 알려주었으며 실제로 경위는 그가 아는 사람 중에서 가장 단단한 냉혈한이었다. 그리고 부대 전체에서 가장 음침한 인간이기도 했다. 욕설을 단 한마디도 하지 않으면서도 부대 전체를 몇 시간이고 자근자근 밟을 수 있는 데다 누군가를 칭찬할 때면……. 그의 입에서 흘러나오는 가시 돋친 한마디 한마디에 목구멍에 상처가 난다는 걸 모두 알고 있었다. 그런데 이번에는 경위가 완전히 다르게 행동하고 있었다…….

“쉬어!” 그가 짧게 명령했다. “보고!”

“모든 임무는 계획대로 수행되었습니다. 진압 과정에서 총 37명을 체포하였으며 그중 28명은 남성, 9명은 여성입니다. 아군 손실은 없습니다.”

“뭔가 수상한 일은 없었나?”

“있었습니다, 경위 동무. 진압당하는 측의 저항이 전혀 없었습니다. 그리고 너무 조용해서…….”

실제로 주변에 들리는 것은 그저 정적을 뚫고 들어오는 귀뚜라미의 울음소리뿐이었다. 체포된 사람들 중에서 몇 명은 몸 여기저기에 보기 흉할 정도로 상처를 입었는데도 그 누구도 억눌린 신음조차 내지 않았다.

“우리 쪽은 부상자가 없나?” 마베트가 지저분하게 흐트러진 경찰 제복을 입고 옆에 서 있는 남자를 흘낏 곁눈질하면서 확인하듯 물었다.

“저에게는 보고된 바 없습니다, 경위 동무.”

경사가 모르는 사람이 나타난 데 조금 놀라며 사무적으로 대답했다.

“가서 확인해.”

“예, 알겠습니다!”

미엘레흐는 무장경관의 확고한 시선 아래 몸을 움츠렸다. 마베트는 마치 얼마나 믿을 수 있을지 평가하듯 잠시 눈으로 그를 가늠했다. 뭔가 결정적으로 잘못된 건 확실하지만 아직 이 땀 냄새와 술 냄새에 찌든 경사가 한 이야기를 증명할 만한 것을 하나도 발견하지 못했다.

“여전히 저를 못 믿겠습니까.” 경위의 시선을 마침내 해석하고 미엘레흐가 코웃음을 쳤다. “그렇다면 직접 확인하십시오. 므워치츠카 간호사를 보여드리죠, 그러면 생각이 바뀌실 겁니다.”

마베트가 한 걸음 물러섰다. 미엘레흐는 그를 지나 흰 가운을 입은 형체들을 조심하며 천천히 광장을 가로질러 걸어갔다. 므워치츠카 간호사는 무너진 바리케이드에서 멀지 않은 곳에 쓰러져 있었다. 다른 사람들처럼 므워치츠카도 수갑이 채워진 채, 기숙사와 구내식당 건물들 사이로 이어지는 골목에 깔린 육각형 포석 위에서 몸부림치고 있었다. 미엘레흐는 5병동 아래에서 벌어졌던 역겨운 광경이 여전히 기억에 생생해서 가까이 가는 게 망설여졌으나 뒤에 그림자처럼 따라오는 경위를 향해 시신을 흘긋 던지고는 보든 두려움을 억눌렀다. 이 불운한 여성을 일으켜서 머리가 얼마나 부자연스럽게 매달려 있는지 경위에게 보여주어야 했다. 미엘레흐는 눈을 질끈 감고는 간호사복을 입고 있는 므워치츠카의 멱살을 양손으로 잡고 그 몸을 일으키기 위해 끙끙거리며 힘을 썼다.

"아시겠습니까?" 미엘레흐가 이상하게 기운이 빠지는 것을 느끼며 숨을 몰아쉬었다.

마베트는 여전히 아무 말도 하지 않았다.

미엘레흐는 경련하듯 꽉 닫은 눈꺼풀을 들어 올렸고…… 마치 불에 덴 듯 펄쩍 뛰어 므워치츠카에게서 물러났다. 간호사는 둔탁한 소리를 내며 바닥 포석에 머리부터 떨어졌지만 신음조차 내지 않았다. 마치 아무 일도 없다는 듯, 수갑에서 손을 빼내려고 계속해서 몸부림쳤다. 간호사의 척추와 두개골 아랫부분이 뒤로 돌아간 채 한 덩어리로 뭉쳐져 있었다.

"전혀 이해를 못 하겠습니다……." 미엘레흐가 속삭였다.

"이 사람이 경사가 말하는 므워치츠카가 확실한가?" 경위가 그에게 물었다.

"100퍼센트 확실합니다."

"목이 돌아간 사람 말이지?"

"예."

“그러면 이제 모든 것이 확실하군.” 마베트는 몸을 돌려 부하들 쪽으로 걸어갔다.

“경위 동무, 잠깐만요!” 미엘레흐는 너무나 당황하여 그날 오후 자신이 본 것이 환각이었다고 스스로 믿기 시작했다. “잠깐만요! 이게 전부가 아닙니다…….”

경위가 걸음을 옮기다 말고 멈추었다.

“정말인가?”

“므워치츠카 동무의 상태에 대해서는 제가 좀 과장했는지도 모릅니다.” 미엘레흐가 시인했다. “하지만 므워치츠카 동무가 아그니에슈카에게 저지른 짓만은 확실히 제가 상상해 낸 게 아닙니다…….” 그 역시 하얀 간호사복을 입은 야무진 금발 여성을 찾기 위해 열띠게 주위를 둘러보았다. 그리고 광장 반대편에 세워진 두 대의 비행기 근처에서 그 모습을 발견했다. “저깁니다!”

미엘레흐는 경위가 따라오는지 확인하기 위해 뒤를 자꾸 돌아보면서 달려갔다. 그리고 아그니에슈카에게서 몇 걸음 떨어진 곳에 멈춰 서서는 불안하게 침을 삼켰다. ‘이번에는 더 힘들 것이다. 아그니에슈카의 몸을 돌려 눕혀야 하는데 왼손과 오른발이 수갑에 묶여 있는 상태에서는 쉬운 일이 아닐 것이다…….’ 하지만 달리 방법이 없었다. 경위를 설득하려면 이것이 마지막 기회였다.

그는 아그니에슈카가 자신을 잡을 수 없는 방향에서 다가간 뒤 재빨리 끌어당겨 옆으로 눕혔다.

“시발!” 그는 갈가리 찢긴 간호사복과 피투성이 블라우스, 그리고 핏기 없는 주름투성이에 밀가루 반죽처럼 허연, 그러나 상처 없는 피부를 보고 욕설을 내뱉었다.

다시 한번 그 광경이 눈앞에 떠올랐다. 복부가 찢어진 아그니에슈카를 내려다보며 손에서 흘러내리는 내장을 걸신들린 듯 먹어대는 므워치츠카 간호사와 김을 뿜어내는 창자 덩어리에서 망가진 얼굴을 들어 올리는 스코르노비치 의사……. 미엘레흐는 척추를 따라 내려가는 차가운 소름을 느끼며 몸을 떨었다. '내가 미친 걸까?' 그는 자신이 뭘 하는지 깨닫기도 전에 십자를 그었다.

"뭐 하나?" 경위가 고함쳤다.

"이건……." 미엘레흐가 오른손을 마치 갑자기 마비된 듯 툭 떨어뜨렸다. "그냥 버릇입니다. 믿는 게 아니라……."

마베트는 노골적인 경멸을 담아 그를 바라보았다.

"알코올중독인 것도 모자라서 예수쟁이라니. 밑바닥이군!"

"전혀 이해할 수 없습니다." 미엘레흐가 천천히 고개를 젓는 경위를 바라보며 웅얼거렸다. "분명 놈들이 그녀를 잡아 찢는 광경을 제 눈으로 똑똑히 봤는데……."

"자네가 실제로 뭘 봤는지, 취해서 무슨 헛것을 보았는지 나는 모르지만 이런 개소리는 이제 충분히 들었어!" 마베트는 또다시 담배를 피우고는 잇몸과 볼 안쪽 사이에 낀 담배 부스러기를 침과 함께 뱉어냈다. 미엘레흐 경사의 말에 대한 증거를 전혀 발견할 수 없다는 생각에 경위는 커다란 안도감을 느꼈다. 다음 순간 그는 피가 거꾸로 솟았다. "하브릴루크!" 그가 벌판의 귀뚜라미 소리를 전부 뒤덮는 커다란 목소리로 포효했다.

"예, 경위 동무!" 조금 떨어져 서 있던 경사가 큰 소리로 대답했다.

"그만 확인해도 좋다. 막사로 돌아간다!"

"혹시 경위님……." 미엘레흐가 경위 쪽으로 움직였다.

"입 닥쳐, 주정뱅이!" 경위가 다시 포효했고 경사는 제자리에 멈추어 굳어졌다. "1킬로미터 밖에서도 자네의 술 냄새를 맡을 수 있을 정도고 제복은 암소가 똥 싼 것 같은 꼬라지다. 이 사람들이 뭐가 문제인지 나는 모른다." 경위가 주변에 누워 있는 변질자들을 가리켰다. "이들이 정상적으로 행동하지 않는 건 사실이다. 그러나 한 가지는 확실하다. 여기선 아무도 산 사람을 씹어 먹지 않았다. 죽은 사람이 도로 일어나지도 않았다. 이 사람들을 내무부 병원으로 데려가겠다. 거기 의사들이 이게 무슨 일인지 다 알아낼 것이고, 자네…… 경사 자네 같은 사람들, 종교 믿는 머저리와 알코올중독자는 인민경찰에 몸담을 자격이 없다. 자네가 얼마나 굉장한 인물인지 자네 상관들이 모두 알 수 있도록 내가 확실히 손을 쓰겠다!"

* * *

미엘레흐는 소형 경찰 버스에 올라타는 무장경관들을 몰래 곁눈질했다. 마베트 경위는 부지 전체를 꼼꼼히 훑어야 한다는 그의 부탁을 무시했다. 그나마 경비 초소에 갇혀 있는 경관들을 꺼내줘야 한다는 데 경위가 동의한 게 다행이었다. 뒷문을 열기 전에 무장경관 열 명이 광장에 호송로를 마련했다. 한 순간 아무 일도 일어나지 않다가 마침내 라파우 살라가 밖으로 걸어 나왔다. 그가 돌변했다는 것은 명백했다. 살라는 가장 가까이 서 있는 경관을 향해 손을 뻗었지만 미처 한 걸음도 가지 못했다. 그 뒤에 있던 무장경관이 팔을 크게 휘둘러 한 방 먹였다. 가로 방향으로 정확하게 곤봉으로 후려치는 바람에 살라는 움직이다 말고 땅바닥의 포석 위로 날아갔다. 살라는 엄청나게 저항했지만 몇 초 뒤에 결국 수갑을 차고 말았다. 나머지 변질자들이 양처럼 순하게 모두 포석 위 살라 옆에 누운 것은 미엘레흐로서는 다행스러운 일이었다.

미엘레흐는 경위의 명령을 받은 하브릴루크 경사에 의해 무장경관들이 쳐놓은 경계선 너머로 쫓겨나 멀리서 이 현장을 지켜보았다. 마베트가 수갑 찬 사람들을 경찰 트럭 짐칸에 태우라고 부하들에게 지시했을 때, 미엘레흐는 마지막으로 경위가 합리적인 결정을 내리도록 설득하려고 시도했었다. 그러나 경위는 미엘레흐가 첫마디를 채 끝마치기도 전에 어디서 개가 짖느냐는 식으로 입을 막아버렸다. 미엘레흐는 체념하고 입을 다물었다. '그 내무부 병원으로 가게 내버려둘 수밖에 없다. 그곳 의사들은 분명 이 돌대가리들보다는 조금 덜 고집스러울 것이다. 그것도 호송대가 애초에 오우빈스카 혹은 피브나 거리까지 나갈 수 있을 때 얘기다…….' 이것조차 미엘레흐는 상당히 의심스러웠다. 물론 지난 몇 분간 일어난 일들 때문에 자신이 제정신인지 스스로 진지하게 고민하고 있기는 했지만 말이다.

20시가 넘어서 순찰을 시작했을 때 그는 완전히 맑은 정신이었고 그런데도 그 악몽 같은 장면들을 목격했다. 눈을 감기만 하면 그는 5병동 아래 힘없이 꺾여 흔들리는 므워치츠카의 머리와, 깨진 안경을 콧잔등에 걸치고 있던 스코르노비치가 아그니에슈카의 벌어진 상처 위에 덤벼들어 뜯어 먹는 광경으로 돌아가 있었다. 이 모든 장면은 꿈이었을까? 그가 눈 뜨고 꿈이라도 꾼 걸까? 또 환각을 보았나? 조그만 오렌지색 모자를 쓰고 바짝 쪼그라든 그 시체 새끼나 시청 주변을 빙빙 돌며 쫓아다녔던 그 침 뱉는 반동분자 난쟁이하고 똑같은 그저 환각이었을 뿐인가?

기억에 길이 남을 모험을 겪은 뒤로 그는 자신이 이렇게 혹독한 대접을 받는 데 대해서 아무도 원망하지 않았다. 죽도록 마시고 나면 항상 뒤끝이 안 좋게 마련이었다. 그 뒤끝이 언제 찾아오든지 간에 말이다. 하지만 지금은? 보드카를—몇 달 만에 처음으로—입에 댔고, 그것도 살아남은 경관들 전부 스트레스를 견딜 수 없을 거라는 사실이 명백해진 뒤에야 술병을 기울였다. 그 술병은 살라가 준 것이었고, 그는 결과가 어떻게 될지는 생각조차 하지 않고 우선 들이켰다. 나머지 부하들과 마찬가지로 그도 이제는 피투성이 도륙이 끝났다는 생각에 기뻐했다. 진짜 지옥이 그때부터 시작되리라고는 상상도 하지 못했다.

'전부 망해버리라지! 도시 전체가 이렇게 돼지라고 해!' 그는 절망에 빠져 생각했다. '너희도 마찬가지야…….'

체포된 변질자들에게 자리를 내주어야 했던 경관들을 태우고 푸른 지평선을 향해 멀어져 가는 낡아빠진 경찰 버스 뒤꽁무니를 바라보며 미엘레흐는 입 밖으로는 내지 못하는 저주의 말을 던졌다.

엔진 소음이 서서히 먼 곳으로 사라졌다. 미엘레흐는 닭 쫓던 개처럼 우뚝 서서 이제 어떻게 해야 할지 생각했다. 그는 혼자였다. 아냐, 돌아가, 그럼 혼자가 아니다. 분명 비에드론이 이미 도착해 있을 거야……. 그는 시계를 보았다. 뒤에 비에드론을 남겨놓고 온 지도 벌써 20분 넘게 지났다. 그 자식은 뭘 하는 거야? 비에드론이 절반쯤 오다가 지쳐 떨어지지만 않았어도 전투 현장에 둘이 있었을 것이다. 경위는 둘을 믿을 수밖에 없었을 것이다, 특히 두 명이 똑같은 얘기를 하면……. 비에드론은 아그니에슈카를 보았다. 그런 뒤에 경비 초소에 숨어서 "배가 부풀어 오른 괴물이 내 목덜미를 긁었네" 어쩌고 그런 얘기를 했다. '아냐, 잠깐, 그건 비에드론이 아니고 지와였어. 하여간 상관없다……! 그 망할 배때기는 대체 어쩌다가 부풀어 올랐지? 그리고 이 빌어먹을 새끼는 어디에 있는 거야?!'

여러 가지 생각들이 그의 머릿속에서 뭉게뭉게 피어올랐으나 유리 깨지는 날카로운 소리를 듣자마자 전부 연기처럼 한순간에 사라졌다. 미엘레흐는 몇 개 없는 조명등이 비추는 병동들을 바라보았다. 거기 누군가 있었다. 확실히 비에드론은 아니었다. 비에드론이 뭔가 기적을 일으켜 담장을 뛰어넘었다고 해도 격리병동 반대편, 학교 건물 뒤에 있어야 하기 때문이다.

미엘레흐는 권총을 뽑으며 불길한 소리가 날아오는 방향을 향해 골목 한가운데를 걷기 시작했다.

* * *

크워스는 완전히 의식이 명료한 채로 갑자기 깨어났다. 목숨이 위험할 뻔했다는 것까지는 기억했다. 주변은 한밤중에 오두막에 있는 것처럼 깜깜했다. 명치가 꽉 눌린 느낌이었고 숨을 쉬기 힘들었다. 일어나려고 했지만 곧이어 차갑고 단단하고 그러면서 동시에 탄력 있는 무언가에 부딪혔다. 그는 몸부림쳤다.

살을 에는 듯 아프고 뜨거웠다. 다음 순간 그는 후두부로 단단한 판을 세게 들이받고 또다시 고통을 느꼈다. 그가 견디기에는 너무 세게 박았다. 거의 토할 뻔했다. '여기가 어디지?' 그는 절박하게 생각했다. 마음속 깊은 곳 어딘가에서 천천히 공포심이 솟아올랐다. '산 채로 파묻혔다!' 그런 확신이 들자 혈관 속에서 상당한 분량의 아드레날린이 치솟았다. 그는 자기 위에 있는 뚜껑을 양손으로 밀면서 마음속으로 열리기를 간절히 기도했다. 그리고 실제로 열렸다. 탄력 있는 덮개가 위쪽으로 높이 솟았다가—거의 그 즉시 깨지는 굉음을 내면서—먼지구름과 함께 도로 내려앉았다. 그러나 그 몇 분의 1초만으로도 크워스는 눈부시게 번쩍이는 빛을 볼 수 있었다. 그 빛이 어디서 왔는지는 생각하지 않았다. 땅속 깊이 묻힌 게 아니라는 사실만으로도 미칠 듯이 기뻤다. 그는 얼굴 앞을 가로막은 장애물을 손가락으로 문지르며 안도의 한숨을 쉬었다. 용수철, 매트리스. 그러니까 그는 침대 밑에 누워 있는 것이다. 그런데 어쩌다 이렇게 됐지? 거기까지는 아직 알 수 없었다. 그는 조심스럽게 왼쪽으로 몸을 움직인 다음 손으로 더듬거리며 침대 시트 가장자리를 걷어냈다. 그리고 눈살을 찌푸리면서 눈이 밝은 빛에 익숙해질 때까지 기다렸다.

시간이 조금 걸렸지만 크워스는 마침내 침대 위에 걸터앉았다. 그는 찢어진 바지와 땀에 젖은 러닝셔츠만 입고 있었다. 빌어먹을, 발목 삔 곳이 아팠고, 이마가 찢어져서 피가 눈으로 흘러 들어왔고, 게다가 최악인 것은 자신이 어쩌다가 침대 밑에 있게 됐는지 전혀 알 수 없다는 점이었다. 여기가 어디인지 알 수 없었다. 이런 장소를 이전에 한 번도 본 적이 없다는 건 확실했다. 그는 방 전체를 주의 깊게 훑어보았다…….

구석에 낡아빠진 옷장이 서 있는데 문짝 한쪽은 닫혀 있고 다른 한쪽은 위쪽 경첩이 떨어진 채 늘어져 있었다. 크워스 앞에는 탁자가 있는데, 그 위에는 먹다 만 음식물이 흩어져 있고 주변 바닥에는 구겨진 옷가지 사이로 뒤집힌 의자가 보였다. 크워스 자신이 앉아 있는 침상 외에도 그의 시야 안에 똑같이 생긴 병원 침대 두 개가 더 있었다. 그 침대들의 시트는 환자들이 갑자기 대피해야 했던 듯 엉망진창이었다.

멀리 어딘가에서 자동차 시동 걸리는 소리가 울렸다. 곧 그 진동이 천천히 멀어지기 시작했다. 어리둥절해진 크워스는 창문 쪽을 바라보았는데, 창밖에는—이 방 안을 유일하게 비추는—조명등이 있었다. 그는 먼지투성이 유리창에 꺼먼 손자국이 뚜렷하게 나 있는 것을 보고 약간 열린 창문의 나무 창틀을 손가락으로 밀었다. 다른 유리창 구석에 난 얼룩은 갈색이었는데, 군데군데 밝고 투명한 빨간색으로 보였다.

'피……?'

이 광경 혹은 단어 때문에 마침내 기억상실의 장벽이 무너졌다. 크워스는 폭포처럼 밀려오는 기억의 무게 아래 비틀거렸다. 격리병동, 경사, 목이 돌아간 간호사, 변질자들, 판자, 가시철망 너머로 도주……. 바로 얼마 전에 일어난 악몽을 그는 이제야 전부 자세하게 기억해 냈다.

* * *

피에 굶주린 미치광이 괴물들 십수 명이 뒤에서 쫓아오는 와

중에 그는 유일한 도주로를 택했다. 삔 다리를 절룩거리며 실험동 건물을 빙 돌아 이전에 지휘관에게 가는 길을 뚫었을 때처럼, 그는 손도끼로 가시철망을 내려친 뒤 다친 발목이 아픈 것도 아랑곳하지 않고 몸을 던져 5병동을 둘러싼 울타리를 고전적인 높이뛰기 방식으로 뛰어넘었다. 그는 거의 성공할 뻔했다. 머리와 몸통과 어깨는 계획대로 넘어갔으나 아픈 다리는 뻣뻣해져서 제대로 통제할 수 없었다. 그 다리가 가시철망 어딘가에 걸렸다. 심지어 다리가 걸린 것도 아니고 바지가 걸렸다. 그러나 그것만으로도 크워스는 완전히 멈출 수밖에 없었다. 하필 딱 그런 지점에 걸려서 움직일 때마다 꽉 감은 눈에서 별이 번쩍였다. 그는 변질자들이 어디에 있는지 확인하려고 뒤돌아보았다. 그들은 이제 실험동 1층에서 나오고 있었다. 그들이 똑똑히 보였다. 이전과 똑같이 서두르지 않고 심하게 휘청거리는 걸음으로 곧바로 그를 목표 삼아 오고 있었다. 이 함정에서 벗어날 수 있는 시간은 아마 1분 혹은 그마저도 남지 않았다.

그는 우선 정신을, 그 뒤에 기운을 차렸다. 양팔을 앞으로 뻗어서 손톱으로 잔디를 깊이 파고든 뒤에 살짝 몸을 뒤로 빼서 그 추가적인 지지대를 이용해 몸을 앞으로 확 밀었다. 효과가 있었다. 바지가 찢어지면서 철망의 가시가 장딴지 살을 할퀴었으나 마침내 다리가 땅 위로 떨어졌다. 크워스는 다친 다리에 격렬하게 퍼지는 비인간적인 통증을 입술에 미소를 띠고 맞이했다.

'아직은 날 잡지 못해.' 그는 기어서 울타리에서 멀어지며 생각했다. '아직은 아니야, 빌어먹을 쓰레기들아.'

정문 앞에서 누군가 호각을 불었다.

변질자들은 온몸으로 울타리에 덤벼들었다. 크워스는 가시철망이 그들의 얼굴, 팔, 몸통과 다리에 들어박히는 광경을 보았다. 그러나 그들은 마치 애초에 공포도, 고통도 느끼지 못하는 것처럼 아무것도 하지 않았다. 가시철망에 걸린 첫 줄에 있던 변질자들을 넘어 그 뒤의 변질자들이 기어올랐으므로 그들이 이 장애물을 넘어오는 것은 그저 시간문제였다. 크워스가 병동 모퉁이에 도달하여 뒤따라오던 괴물들의 시야에서 사라졌을 때, 가시철망은 최대한도까지 무게가 실려 마치 악기의 현처럼 웅웅 울렸다.

크워스는 점점 더 삔 다리의 통증을 견딜 수 없을 것 같았지만 한시도 움직임을 늦추지 않았다. 반대편 울타리는 탈출한 환자들이 확실하게 무너뜨렸으므로 그가 이어서 맞닥뜨린 장애물은 6병동 울타리였다. 그는 한 번 경험했기에 이번에는 다른 전략을 사용했다. 지상 20센티미터 높이로 가장 낮게 걸려 있는 가시철망을 찾아냈다. 그는 가시철망을 잡아당긴 다음 손도끼로 받쳐서 자신이 여유 있게 기어 나갈 수 있는 틈을 벌렸다.

그를 쫓아오는 변질자들은 아직 5병동 모퉁이에 도달하지 못했다. 최소한 크워스가 6병동 가시철망 울타리 아래로 지나갔을 때는 그들이 보이지 않았다. 잠시 후, 그가 시원한 벽에 몸을 기대고 섰을 때 엔진 소리가 들리더니 정문 쪽에서 커다란 굉음이 울렸다. '저쪽까지 갈 수는 없을 거야.' 크워스는 속으로 결론을 내리고 다른 해결책을 절박하게 찾기 시작했다. 최선의 도주로를 찾기 위해 주위를 둘러보던 중에 그는 시야 한구석에 점점 짙어지는 어둠 속에서 뭔가 움직이는 것을 알아챘다.

그러는 동안 이웃한 병동의 무너진 담장 너머에서 첫 번째 변질자가 모습을 드러냈다. 역겨운 모습이었다. 가슴에 가시철망 조각이 수없이 매달려 있었다. 가시철망의 다른 쪽 끝에 울타리를 고정했던 말뚝이 부러진 채로 땅에 질질 끌렸다. 그 뒤로 갈가리 찢긴 환자복을 입은 여자가 휘청거리며 말뚝 조각을 밟자 남자가 몸을 홱 돌렸다. 그 순간적인 움직임이 너무 강해서 가시철망 조각이 몸에서 빠지며 거의 뼈가 보일 정도로 살이 찢어졌다. 변질자는 균형을 잃고 그대로 쓰러졌고, 뒤따라오던 여자도 같이 쓰러졌다. 그 뒤로 변질자들이 줄줄이 서로서로 겹치며 걸려 넘어졌다.

낭비할 시간이 없었다. 크워스는 왼쪽 어깨 옆으로 살짝 열린 창문이 있는 것을 보았다. 그는 그 창문을 재빨리 밀어서 열고는 건물 안에 괴물이 한 놈도 없기를 마음속으로 기도하며 어둡고 텁텁한 안쪽으로 몸을 밀어 넣었다.

그는 가장 큰 통증이 지나가기를 기다리며, 그리고 귀를 기울이며 무쇠 라디에이터 옆 리놀륨타일 위에 오랫동안 누워 있었다. 어째서인지 주변은 완전히 조용했다. 건물 안쪽 나무 바닥은 단 한 번도 삐걱거리지 않았고 문 여닫는 소리도, 그 어떤 소음도 들려오지 않았다. 카롤 크워스는 기운을 내서 이를 악물고 일어났다. 삐걱거리는 라디에이터에 몸을 의지하고 밖을 내다보았다. 그를 쫓아오던 변질자들은 여전히 한곳에 몰려들어 움직일 때마다 서로 걸려 넘어졌는데, 그 모습이 마치 슬랩스틱 코미디의 경관 같았다(크워스는 오래된 할리우드 코미디 시리즈를 아주 좋아했다. 옛날 뉴스영화에서 코미디언 콤비 '로럴과 하디'를 처음 본 것이 아마 1948년 여름이었을 것이다).

'지금 무슨 생각을 하는 거야, 이 멍청이 바보야.' 그는 자기 자신을 꾸짖으며 조심스럽게 창문을 닫았다. 조금이라도 운이 좋다면, 놈들은 여기서 더 이상 자신의 흔적을 찾지 못할 것이다.

그는 매 순간 벽을 짚고 몸을 지탱하며 복도를 천천히 걸었다. 그리고 건물 중앙부 계단에 도착해서야 라디에이터 아래에 손도끼를 두고 나왔음을 깨달았다. '이런 젠장, 잘하는 짓이다.' 그는 화가 났다. '무척이나 즐겁게 됐군, 바보 멍청아. 아주 따뜻한 추억이 되겠네.' 그는 자신에게 남은 유일한 무기를 되찾기 위해 되돌아갈 가치가 있는지, 아직 시간이 있을 때 숨을 곳을 찾는 편이 나을지 잠시 고민했다. 건물 출구는 손을 뻗으면 닿는 곳에 있었다. 문까지 몇 걸음만 걸어가면 충분했다. 다음 순간 그는 불안하게 바깥을 내다보았다. 그사이에 변질자들은 이미 한곳에 모였고, 그가 넓은 잔디밭을 가로질러 마지막으로 지나왔던 울타리를 향해 움직이고 있었다. 그는 반대편을 바라보았다. 옆으로 이어지는 골목에 누군가 서 있었다. 피투성이가 되어 휘청거리는 환자복 입은 남자가 이상하게 꺾여 있는 고개를 돌렸다…….

크워스는 순식간에 물러나서 반사적으로 문을 닫았다. 그리고 문짝이 문틀에 닿기 전 마지막 순간에 문을 붙잡아 움직임을 늦추었다. '큰 소리를 내면 내가 여기 있다고 알려주는 거나 다름없어.' 그가 혼잣말로 속삭였다. 그는 녹슨 잠금막대를 밀어 넣어 입구를 막은 뒤에 손도끼를 가지러 도로 돌아가야 하지 않을까 다시 한번 고민했다. 거의 결심이 섰을 때 그는 창밖에서 뭔가 움직이는 것을 눈치챘다. 그를 뒤쫓아 온 변질자 무리가 나머지 울타리도 넘은 뒤 병동 건물 벽 바로 바깥에 서 있는 것이다.

이런 상황에서 그에게 남아 있는 탈출로는 계단뿐이었다. 그는 마지막 남은 힘을 쥐어짜서 계단을 올라갔다. 위층에 이르러서 그는 층계참 오른쪽에서 복도로 이어지는 문을 닫았다. 그런 다음 복도 끝까지 절름거리며 걸어가서 가장 안쪽에 있는 방 안에 몸을 숨겼다. 낡아빠진 옷장으로 문을 막아야 했지만 너무 무거워서 혼자서는 움직일 수가 없었다. 게다가 옷장을 밀거나 뒤집으면서 계속 큰 소리를 내게 될 것이었다. 그는 다른 해결책을 찾지 못하고 은신처를 만들기로 했다.

그는 병원 침대 하나를 선택했다. 찢어진 제복 상의를 벗는다고 해도 그는 철제 침대 프레임 아래 몸을 숨기기에는 너무 뚱뚱했다. 그래서 그는 의자를 끌어다가 침대 한쪽을 들어 올리고 침대 다리를 의자로 받쳤다. 그의 계획은 다음과 같았다. '내가 바닥에 누운 다음 침대 한쪽 가장자리를 손으로 잡고 다른 쪽을 의자로 받친다. 용수철 망 부분은 탄력이 있으니 내 배 위로 올릴 수 있다. 그렇게 하면 따라오는 놈들에게 안 보이겠지.' 이 발상은 괜찮은 듯했으나 실제로 해보니 결과는 실망스러웠다. 크워스는 극단적으로 지쳐 있었다. 다친 다리로 움직이려니 도자기 가게에서 파는 코끼리 같았다. 침대 프레임 아래 누우려고 꿈틀대다가 그는 팔꿈치로 의자를 쳐버렸다. 침대 프레임이 쾅 소리를 내며 떨어졌다. 그가 패닉에 빠져 마지막 순간에 피하려고 하지만 않았다면 해를 입지 않았을지도 모른다. 그러나 철제 가로대는 그의 관자놀이를 때렸고, 그는 눈 깜짝할 사이에 의식을 잃었다…….

* * *

이 모든 일이 한순간에 그의 머릿속에 떠올랐다. 방 안은 숨막히게 더웠지만 그는 뒷덜미와 등에 얼음 같은 식은땀이 흐르는 것을 느꼈다. 주위는 완전한 침묵에 덮여 있었지만, 과연 위험은 물러간 것일까?

이 시점에서 그의 다리는 풍선처럼 부풀어 올라 움직이기가 무척 힘들었다. 이런 상태로는 멀리 갈 가능성도 별로 없을뿐더러 이 격리병동은 의도적으로 외딴곳에 위치를 잡았기 때문에 어디를 가려 해도 다 멀었다. 탈출한다는 생각을 버리고 그는 밖에서 무슨 일이 벌어지는지 확인하기로 결정했다. 그는 침대 프레임을 잡고 일어난 뒤 떨리는 손을 들어 창문 한쪽을 밀어 열려고 했다. 그러나 낡은 경첩이 그 무게를 견디지 못했다. 카롤 크워스는 유리 깨지는 날카로운 소음 속에 나무토막처럼 쓰러졌다.

* * *

미엘레호는 6병동에 도달했다. 깨지는 소리가 이 병동 아니면 다음 병동에서 들려왔을 것이다(그 점은 거의 확실했다). 땀에 젖어 미끄러운 손에 권총을 꽉 쥐고 그는 광장 쪽을 돌아보았다. '망할 비에드론은 어디에 틀어박혀 있는 거야? 지금 그 어느 때보다 그가 필요해.' 그러나 아무리 찾아도 비에드론은 없었다. '아마 오래전에 도망쳤을 것이다. 그래, 의심할 바 없다. 이렇게까지 오래 쉬고 있을 수는 없으니까.'

이 수수께끼를 경사는 혼자 풀어야만 했다. 그는 변질자들이 얼마나 위험한지 이해했고 지금까지도 몇 명 정도는 여기에 있을지 모른다는 사실도 알고 있었다. 잘난 체하는 무장 차량부대 경관들은 너무 위대하셔서 서둘러 떠나느라 격리병동 부지 수색 따위는 해주지 않았다. '하.' 그는 생각했다. '그놈들이 여기 남아 있었다면 내가 옳다는 걸 온몸으로 느꼈을 텐데…….' 가벼운 부상을 입은 경관들 역시 그 부하들처럼 변하기 시작했을 거라고 미엘레흐는 생각했다. 15분만 더 있었다면(혹은 그보다 더 빨리) 그 빳빳한 경위도 마침내 자기가 속은 게 아니었다는 걸 깨달았을 텐데. '눈 가리고 아웅 하면 해결되나…….' 그는 잘 알려진 속담을 떠올리며 비뚤어진 미소를 지었다. 아웅 하는 건 그의 할머니네 고양이가 저 경관들보다 훨씬 더 잘할 수 있었다.

그는 밖으로 나가는 문의 손잡이를 조심스럽게 돌렸다. 격리병동의 모든 문이 다 그렇듯이 여기도 손잡이가 거즈에 감싸여 소독약 냄새를 지독하게 풍겼다. '잠겨 있다!' 하지만 문짝이 명백하게 약간 움직이는 것으로 볼 때 자물쇠로 잠근 게 아니라 누군가 안쪽에서 잠금막대를 걸어둔 것 같았다. 미엘레흐는 한 걸음 뒤로 물러나면서 주의 깊게 주변 창문을 살펴보았다. 그 어떤 창문에서도 의심스러운 낌새는 보이지 않았다. 그래서 그는 병동 건물을 빙 돌아 반대편에서 바라보았다. 이쪽에서 보아도 창문 몇 군데가 열려 있었지만 유리가 완전히 없는 데는 한 곳뿐이었다. 그는 확인하기로 했다. 1층에 열려 있는 방 창틀에 올라앉아 잠시 숨죽이고 귀를 기울였다. 방 안쪽에서는 아주 작은 바스락 소리 하나 들리지 않았다. 그는 건물 안에 깔린 어둠에 눈이 익숙해질 때까지 기다렸다가 방 안으로 들어갔다. 계속 아무 소리도 없다. 그가 걸을 때마다 그의 신발 아래에 있는 바닥 판자가 삐걱거렸으나 그건 어쩔 방법이 없었다. 그래서 그는 뜻밖의 상황과 마주치지 않기 위해 몇 걸음 걷고 멈춰 서서는 1층 구석구석을 꼼꼼히 확인했다. 잠시라도 긴장을 놓을 수 없다는 것을 그는 알고 있었다. 이미 그날 저녁에 부하들을 너무 많이 잃어서 이제는 절대로 변질자들을 가볍게 볼 수 없었다. 그는 다시 한번 기억에 생생하게 남아 있는 므워치츠카의 모습을 떠올렸다. 그리고 개가 물기를 털어내듯 몸을 흔들어 그 기억을 털어냈다. '여기서 정신 놓으면 안 돼, 파트리크, 여기서 정신 놓지 마.' 그는 계단을 올라가며 혼잣말을 되풀이했다.

* * *

바닥이 큰 소리로 삐걱거리자 크워스는 순간 긴장했다. '날 잡으러 오는구나……!' 부자연스러운 침묵 때문에 그는 분명히 괴물들일 것이라 짐작했다. 시간이 오래 걸렸으나 마침내 그는 빠져나왔다. 팔을 뻗어 손도끼를 잡으려 했으나 그 익숙한 형체에 손가락이 좀처럼 닿지 않았다. '빌어먹을!' 그는 소리 없이 욕했다. 피투성이 나무 손잡이가 라디에이터 아래에 놓여 있었다.

크워스는 방 안을 둘러보았다. 다시 침대 밑으로 기어들어갈 수는 없다고 그는 생각했다. 너무 지쳐 있었고 게다가 그 과정에서 시끄러운 소리가 나서 분명히 저 짐승들을 이쪽으로 끌어올 것이었다. 그는 어색하게 절름거리며 창문 쪽으로 다가갔다. 창문에서 땅까지 몇 미터 정도 될까. 높지만, 창틀을 손으로 잡고 밖에 매달린다면……. 그렇겠지. 평범한 침대도 받치고 있을 기운이 없는데, 이제는 내 양손으로 거의 백 킬로그램 가까운 몸무게를 지탱한다고? 그는 다시 한번 문까지 힘겹게 기어갔다. 복도는 내다보지 않고 오로지 문틀과 문짝 사이에 있는 틈바구니에 귀를 기울였다. 잠시 조용했지만 다음 순간 경첩들이 길게 새된 소리를 냈다. 삐걱, 삐걱. 흔들리는 발걸음. 그리고 침묵. 불길하고도 결정적이었다.

원하든 원하지 않든 그는 다시 창문 쪽으로 움직였다. '어쩔 수 없어.' 그는 생각했다. '달리 방법이 없어…….' 그는 창틀에 걸터앉아 탁자 위에서 가져온 숟가락의 손잡이 부분을 이로 꽉 물고는 발목을 삔 다리를 바깥으로 내놓고, 그런 뒤에 다른 다리를 움직일 때 균형을 유지하기 위해 커튼을 붙잡았다. 이것은 정말로 바보 같은 생각이었다. 그가 몸을 약간 기울였을 때 커튼 고리가 조용한 스타카토 소리를 내며 줄줄이 뜯어져 '등대지기'는 누더기 덩어리처럼 벽에 한 번 부딪친 뒤에 풀밭에 떨어졌다. 너무 놀란 나머지 그는 소리조차 지르지 못했다. 땅에 등부터 부딪쳐서 그는 한순간 숨을 쉬지 못했다. 그러나 의식을 잃긴 했어도 한순간뿐이었다.

* * *

미엘레흐는 걷다 말고 우뚝 섰다. 처음에는 뭔가 부스럭거리는 소리, 그 뒤에는 둔한 충격음을 들었다. 소음은 바깥 어딘가에서 들려왔다. 그 역시 거즈에 감싸인, 가장 가까운 문손잡이를 돌렸다. 이미 그의 손에서도 소독약 냄새가 지독하게 풍기기 시작했다. 그는 빈방 안을 눈으로 훑으며 안에 변질자가 숨어 있지는 않은지 확인한 다음 재빨리 창문으로 다가갔다. 아래쪽 잔디밭에 어떤 형체가 보였다. 이미 굳어가는 피로 뒤덮인 얼굴과 부정확한 움직임이 그에게 모든 것을 말해주었다. 미치광이가 떨어진 것이다. 이 병동에 숨어 있던 놈들 중 마지막 놈일지도 모르겠다. 그는 권총에 총알을 장전해서 겨누었다. 아니다. 제대로 처치해야 한다. 가까이서. 그는 몸을 돌려 계단을 향해 달려갔다.

* * *

크워스는 몸을 움직여 보려고 했다. 다행히도 척추는 다치지 않은 것 같았지만 갈비뼈는 그렇게까지 운이 좋지 못했다. 옆으로 몸을 돌렸다가 배를 깔고 엎드리기까지 무척 긴 시간이 걸렸지만, 그는 고통을 참을 수 있는 한 계속 참으며 멈추지 않으려고 노력했다. 미꾸라지처럼 몸을 꿈틀거리다가 그는 자신이 누워 있는 곳에서 고작 몇 미터 거리에 무성한 덤불숲이 있다는 것을 발견했다. '저기라면 놈들이 날 못 찾을 거야, 몰려오기 전에 내가 빨리 기어들어 갈 수만 있다면…….'

모든 움직임이 고문과도 같았지만 그는 한 줌의 행운을 기대하며, 어떻게든 살아남을 수 있으리라 믿으며 앞으로 나아갔다. 불행히도 모퉁이에서 그를 뒤따라온 자가 나타났을 때 그는 덤불숲까지 절반도 나아가지 못했다. 그의 추격자는 옷차림이 엉망인 데다 더러웠고 자신만만하게 빠른 걸음으로 다가왔다. '잠깐, 자신만만하게 빠른 걸음?' 크워스는 움직임을 멈추고 자신에게 다가오는 사람을 향해 고개를 돌렸다. 조명등 불빛으로 그 얼굴을 알아보았다. 크워스는 몸을 일으키고 이를 드러내며 미소를 지었다. '살았다. 이제 끝났다…….'

* * *

미엘레흐는 기어오는 변질자에게서 눈을 떼지 않았다. 변질자는 어느 순간 움직임을 멈추고는 피투성이 얼굴을 천천히 돌려 위협적으로 이빨을 드러냈다.

'놀라는 건 네 쪽이다.' 미엘레흐는 총을 들어 올리며 생각했다. '이제 끝났다…….' 그는 걸어가면서 조준도 하지 않고 세 발 쏘았다. 두 발은 짐승의 몸통에 맞았고 한 발은 어깨에 박혔다.

* * *

크워스는 경사가 자신을 향해 권총을 겨누는 것을 보고 눈을 휘둥그렇게 떴다. 소리를 지르고 싶었지만 온몸을 짓누르는 통증이 허파를 꿰뚫어 입에서 아무런 소리도 나오지 않았다. 첫 한 발을 발사하는 굉음이 울려 퍼졌다.

그는 땅에 쓰러졌다. 경사가 발로 차서 그의 몸을 똑바로 눕혔을 때 그는 저항할 수 있는 상태가 아니었다. 눈앞에는 이제 희끄무레한 어둠만 보였다. 온 힘을 다해 간신히 신음만 낼 수 있었다.

“안 돼애애애…….”

* * *

미엘레흐는 변질자 위로 몸을 굽히고는 머리카락으로 뒤덮인 두개골에 정확하게 마지막 한 발을 쏘려 했다. 방아쇠를 당기려 하는데, 그때 갑자기 긴 신음이 알아들을 수 있는 단어들이 되어 그의 귀에 들려왔다. “안 돼.” 그는 몸을 확 숙였다.

“등대지기?” 미엘레흐가 누워 있는 부하의 얼굴을 알아보고 어리둥절해서 속삭였다.

그는 죽어가는 경관에게서 불에 덴 듯 펄쩍 떨어져 나갔다. 오른손에 여전히 권총을 쥐고 있다는 사실을 아랑곳하지 않고 양손으로 머리를 감싸 쥐었다. 이 학살에서 어떻게든 살아남은 부상자를 자신이 죽인 것이다. 그것도 부하를. 동료 경관을. 그는 입술을 꽉 깨물고 카롤 크워스가 죽어가는 모습을 바라보았다. ‘등대지기’의 몸에 마지막 경련이 지나갔을 때 그는 도망쳤다. 아무것도 돌아보지 않고 곧바로 정문을 향해 뛰었다.

키에우초프스카 거리까지 나와서야 그는 멈추어 섰다. 거리 맞은편에 자라난 관목을 향해 권총을 멀리 던져버린 뒤 그는 무너지듯 무릎을 꿇고 어린아이처럼 울기 시작했다. 몇십 분 만에 그의 삶은 의미를 잃었다. 부조리한 살인으로 자신의 파멸에 도장을 찍어 완벽하고도 돌이킬 수 없게 모든 것을 망쳐 버렸다.

길거리에 얼마나 오랫동안 무릎을 꿇고 있었는지 알 수 없었다. 돌풍이 불어닥쳐 가까운 나무의 가지들이 뒤흔들리는 것도 그는 눈치채지 못했다. 잠시—혹은 영원한 시간—후에 하늘이 뚫어진 듯 비가 쏟아지기 시작했을 때도 그는 무관심했다. 멀리서 번개가 번쩍였고 버려진 격리병동 위로 천둥이 울렸다. 경사는 빗물 속에 철벅거리며 다가오는 발소리를 들었을 때야 몸을 떨었다.

"안제예크, 왔군……." 그가 눈앞의 비쩍 마른 사람을 알아보고 속삭였다. "대체 이제까지 어디서 뭘 한 거야?"

비에드론은 대답하지 않았다. 거리 한가운데 무릎 꿇은 경사를 향해 마지막 한 걸음 다가가서 양팔을 벌렸다. 이제는 아무것도 볼 수 없는 그의 유리 같은 눈에 연이은 번개의 불꽃이 반사되었다.

6

1963년 8월 9일 금요일 21시 18분
프시에 폴레, 브뤼크네르 거리

그들이 프시에 폴레 중심가를 지나기 전에 돌풍이 덮쳐왔다. 마베트는 차량 앞 유리에 굵직한 빗방울이 후두둑 떨어지기 시작하자 혼잣말로 욕을 했다. 낮에 너무 더워서 하브릴루크에게 차 지붕을 열어놓게 했는데 이제는 당장이라도 고약한 태풍이 불어닥칠 기세였다. 마침 첫 번갯불이 주변에 있던 독일식 석조건물들 벽에 비쳐 번쩍였다. 짜증 난 경위는 이동형 통신기 수화기를 집어 들었다.

"여기 1번이다, 들리나, 오버." 그가 통신기에 대고 말했다.

답변이 연달아 들려왔다. 첫 번째로는 경찰 버스 당직자, 그 뒤로 트럭 운전병, 마지막으로 물대포차 운전병이 대답했다. 푸른색 '오이' 버스를 운전하는 경관은 무전기가 없었으나 '오이' 버스가 트럭과 물대포차 사이에서 따라오고 있었으므로 옆길로 비껴가는 지프차를 보더라도 호송대열을 깨고 나오지는 않을 거라고 마베트는 확신했다.

"우리는 대열에서 잠시 벗어나겠다." 그가 나머지 차량의 부하들에게 통보했다. "곧 따라잡겠다. 이상."

하브릴루크에게는 추가적인 명령이 필요하지 않았다. 조금 전에 들은 내용과 상관의 짜증 난 표정만으로 충분했다. 그는 프시에 폴레의 조그만 시장 광장을 향해 왼쪽으로 꺾은 다음 지금 시간에는 닫혀 있는 주유소로 향했다. 주유소 처마에 차양이 있으니 그 아래에서 차량 지붕을 닫기가 더 쉬울 거라고 여겼다.

마베트가 그를 도와 차량 지붕의 고리들을 연결했다. 보통 마베트는 부하가 응당 해야 할 일을 할 동안 움직이지 않고 조수석에 앉아서 기다렸으나, 이날 저녁은 그럴 시간이 없었다. 바람이 점점 더 세게 불어왔지만, 두 사람은 2분이 채 지나기 전에 두꺼운 캔버스 지붕을 완전히 씌우고 고정했다. 그동안 호송대는 속도를 내어 볼레스와프 크시보우스티 거리에 있는, 건물이 드물고 넓은 구역까지 나아가서 이미 지프차에서 1킬로미터 이상 멀어져 있었다.

하브릴루크가 콘초비 다리 검문소에 닿기 전에 호송대를 따라잡으려면 미친 듯이 밟아야만 했다. 지프차는 제조사가 약속한 시속 100킬로미터까지 속력을 내지는 못했지만 시속 99킬로미터로도 호송대를 따라잡기에 충분했다. 대열 맨 마지막 차량이 브뤼크네르 거리로 꺾어 들어가기 전에 하브릴루크는 차량 후미등 불빛을 볼 수 있었다. 깔끔하게 포장되었어도 빌어먹을 도로는 미끄러웠고 무거운 차량들의 바퀴 아래서 튀는 물이 가끔씩 시야 전체를 뒤덮었지만, 하브릴루크는 호송대 차량들을 연달아 앞지르면서 속도를 늦추지 않았다.

절반을 어둡게 선팅한 지프차의 셀룰로이드 옆 창문은 신형 모델조차도 완전히 닫히지 않았고, 이미 6년째 꽉 채워 사용하며 남부 실롱스크의 몇몇 거리에서 스무 번 이상 여러 사건을 겪으며 몇 번이나 충돌을 경험한 고물차였으니 더 말할 것도 없었다. 경위도 이 점을 알고 있었기 때문에 미리 뒷좌석에 놓아둔 여러 장비 중에서 배낭을 끄집어냈다. 그 안에서 경위는 두꺼운 우의를 꺼내어 펼치고는 몸의 오른쪽 옆과 머리를 가렸다. 그렇게 폭우가 쏟아지기 전에 방비를 끝냈다.

호송대 끝에 따라가는 무거운 차량 세 대가 가장 심하게 덜컥거렸다. 하브릴루크는 트럭을 앞지르고 나서 안도의 한숨을 쉬었다. 빗물에 번진 앞 차량의 후미등 말고도 마침내 뭘 좀 제대로 볼 수 있게 되었다. 앞으로 남은 수백 미터 거리는 도로가 이상적으로 쭉 뻗어 있고 완전히 비었으며 바퀴 아래에서 물도 좀 덜 튄다…….

하브릴루크의 훌륭한 반사신경 덕분에 경위는 즉사하지 않고 목숨을 건졌다. 경찰 버스 2호가 갑자기 왼쪽으로 비껴가면서 지프차 앞을 막았다. 하브릴루크가 순식간에 운전대를 돌린 덕분에 충돌을 피했으나 빠른 속도로 빗길을 가고 있어서 그의 차량은 즉시 미끄러졌다. 다행스러운 건 그때 지프차는 자동차와 오토바이를 판매하는 전시장 진입로 한복판에 있었다. 그곳은 이 교외 거리에 자리 잡은 몇 안 되는 시설 중 하나였다.

지프차의 좁은 좌석에 틀어박힌 경사와 경위에게 이후에 일어난 상황은 별다른 영향을 끼치지 못했다. 차량은 진입로를 지나쳐 잘 다져진 넓은 옆길로 빠지면서 시멘트 담장 끝부분에 차량 옆구리를 긁은 뒤 젖은 땅의 진흙에 바큇자국을 내고 키 큰 잔디로 뒤덮인 광장에 있는 농기계 몇 대 사이로 치고 들어갔다. 그리고 녹슨 트랙터 뒷바퀴를 들이받은 뒤에야 멈추었다. 길게 미끄러지면서 원심력을 받아 속도가 느려지기는 했지만 그래도 지프차는 트랙터에 아주 세게 충돌했다. 하브릴루크는 비명을 지르며 양손으로 운전대를 꽉 잡았지만 그를 보호해주지는 못했다. 그는 가슴으로 운전대를 너무 세게 들이받아서 한순간 경적까지 울렸고, 얼굴은 운전대 윗부분을 들이받았다. 뭔가 큰 소리가 나며 유리가 깨지고 피가 튀었다.

마베트는 좀 더 운이 좋았다. 무릎에 배낭을 안고 있어 심각한 타박상은 입지 않았다. 돌돌 만 외투와—진흙투성이 혹은 피투성이인 제복을 입고 부하들의 보고를 받는 것은 꼴사나워서—만약의 경우를 대비해 가지고 다니는 물품들이 계기반을 들이받는 충격을 조금 줄여주었다. 그러나 경위 또한 왼쪽 갈비뼈에 느껴지는 게 있었다. 갈비뼈 중에 몇 개가 부러졌는지 아닌지는 완전히 확신할 수 없었다.

엔진이 헛돌다가 멈추었고 전조등도 꺼졌다. 마치 영화관에서 상영이 중단되듯 그렇게 빛이 전부 사라졌다. 오직 차량 지붕에 펼쳐진 빳빳한 캔버스를 빗물이 쉬지 않고 두드릴 뿐이었다. 마베트는 조심스럽게 팔을 움직이더니 다리도 뻗어보았다. 흉곽 아래쪽에 계속 날카롭게 찔리는 느낌이 들었지만 그래도 아무것도 부러지지 않은 것 같았다. 하브릴루크 쪽을 한 번 쳐다보던 그는 자신의 통증에 대해서 전부 잊었다. 경사는 힘없이 운전대에 기대 쓰러져 있었고, 그의 무릎으로 침과 함께 시뻘건 피가 뚝뚝 떨어졌다.

경위는 배낭을 뒷좌석으로 던져버리고 문손잡이를 밀었지만 차 문은 꿈쩍도 하지 않았다. 그래서 그는 허리띠로 손을 뻗었고 곧이어 손가락을 더듬더니 칼 손잡이를 찾아냈다. 천 재질의 옆 창문은 몇 번 칼질 끝에 갈라졌다. 견딜 수 없던 귀울림도 이제 잦아들었다. 경위는 쏟아지는 빗소리만이 아니라 개들이 소란스럽게 짖어대는 소리도 똑똑히 들었다.

경위는 잘라낸 창문으로 민첩하게 빠져나와 트랙터 아랫부분으로 빨려 들어간 지프차 후드를 뛰어넘어 운전석 문을 붙잡았다. 다행히 운전석 문은 고장 나지 않았다. 경위는 칼을 집어넣고 하브릴루크를 조심스럽게 좌석 등받이에 눕힌 뒤 손가락을 그의 목에 대고 맥박을 체크했다. 심장은 계속 뛰고 있었다. 경위는 여기에 안심하고 부관의 피투성이 얼굴을 훑어보았다. 하브릴루크의 이마는 찢어지고 코는 부러지고 입술은 위아래 모두 부어 있었다. 그리고 상처에서 피가 가느다랗게 계속 흘러나왔다. 치아가 부러지지 않은 것이 그나마 좋은 일이었다.

마베트는 하브릴루크를 차에서 꺼내며 넓은 철문과 그 너머로 보이는 거리에 무슨 움직임이 있는지 살펴보았다. '왜 다른 녀석들이 아직도 달려오지 않는 거지?' 그는 의식을 잃은 부관을 지프차 뒷바퀴 옆 잔디 위에 눕히며 속으로 화를 냈다. 기절한 경사의 머리와 얼굴 위로 굵은 빗방울이 떨어져 피가 빠르게 씻겨나갔다.

경위는 몸을 쭉 펴고 시멘트 담장 너머 어스름을 바라보며 부하들이 어째서 아직도 도와주러 오지 않는지 이상하게 여겼다. '그 새끼들도 앞에서 무슨 일이 일어났는지 봤을 거 아냐!' 그는 점점 더 신경질이 났다. 하브릴루크의 상태가 이렇지만 않았어도 이미 부하들을 찾아가서 한바탕해 줬을 텐데…….

그는 아래를 내려다보았다. 경사가 몸을 움직이기 시작하더니 눈을 뜨려고 했다. 고개를 천천히 이쪽저쪽으로 흔들더니 갑자기 물에서 꺼낸 물고기처럼 몸부림쳤다.

"안 돼!" 경사가 입에서 피를 튀기며 양손으로 얼굴을 가리고 소리쳤다.

"진정해……." 마베트는 경사 옆에 무릎을 꿇고는 그를 누르고 몸부림치지 못하게 막았다. "이제 다 지나갔어."

"여기가 어딥니까……?" 하브릴루크가 반쯤 정신이 나간 채 주변의 자동차와 트랙터들을 둘러보며 물었다.

"안전한 곳이야." 경위가 대답하며 벌떡 일어섰다.

개들이 점점 더 크게 짖는 소리와 함께 빗속에서 다가오는 발소리를 들었던 것이다. 다음 순간 트랙터 뒤에서 비에 젖어 번들거리는 긴 우의를 입은 풍채 좋은 남자가 모습을 드러냈다. 남자가 쓴 펠트 모자의 넓은 챙에서 물줄기가 줄줄 흘렀다. 이 노인은 분명 전시장을 지키는 야간 경비원일 텐데, 한 손으로는 으르렁거리는 사냥개들의 목줄을 붙잡고 다른 한 손에는 쇠스랑을 들고 있었다. 경위가 뭔가 말을 꺼내기 전에 철문 사이로 마침내 경관 몇 명이 나타났다. 경관들은 큰 소리로 외치면서 근무용 조명등으로 길을 밝히며 광장 안쪽으로 뛰어가고 있었다.

"여기다!" 마베트가 경비원 혹은 이 시설 소유자에게서 눈을 떼지 않은 채 고함쳤다. 한 손은 마카로프 권총에 대고 있었지만 상대방을 도발해서 개들의 목줄을 놓게 하고 싶지 않았으므로 권총집에서 총을 빼지는 않았다. 경위는 다른 사람들에게 공격적인 짐승과 싸우는 법을 훈련시켰기 때문에 자신이 어떻게 해야 하는지도 알고 있어서 겁나지는 않았다. 그러나 경사의 상태는 걱정되었다. 하브릴루크는 심하게 다쳤으니 분명 스스로 보호할 수 없을 것이다. "먹잇감 발견한 까마귀처럼 뭘 그렇게 보는 것이오?" 경위가 모자 쓴 노인을 향해 말을 던졌다. "사고가 났소."

"알아요……."

"성함이 어떻게 되시오?"

"드로즈조프스키."

"보십시오, 드로주제프스키……."

"드로즈조프스키라고 했소." 굉장한 공격성을 담아 을러대는 모자 쓴 노인의 목소리에 개들이 또다시 짖기 시작했다.

"예, 알겠습니다. 아침이 되면 본부에서 누군가 나와서 상황을 점검하고 손실을 보상해 줄 거요. 여기 전화 있습니까?"

"아니."

"그럼 사고 현장에서 꺼지쇼."

모자 쓴 남자는 망가진 트랙터를 향해 분노에 찬 시선을 던지더니 제복 입은 사람들이 달려오는 모습을 보고는 짖어대는 개들을 끌어당기며 말없이 물러섰다. 마베트는 권총집 덮개를 채우고 고개를 흔드는 경사를 내려다보고는 조명등 불빛이 자신에게 비치자 팔을 흔들었다.

"너희는 뭐냐?!" 부하들이 마침내 트랙터와 지프차 사이에 도착하자 그가 고함쳤다. "어디 가서 낮잠이라도 한숨 푹 자고 왔어?"

경관들은 어떻게 대답해야 할지 모르겠다는 듯 곤란한 표정으로 서로 쳐다보았다.

"아닙니다, 경위 동무……." 부대에서 가장 경력이 오래되고 몸집이 가장 탄탄한 나브로트가 말을 시작했다. 나브로트의 양손은 오븐 장갑처럼 두꺼웠고 악력은 곰과 같았고 현장에서 절대로 망설이는 법이 없었는데, 지금은 마치 꽃다발을 빼앗긴 어린 소녀처럼 목소리가 떨리고 있었다.

"나브로트 말이 사실입니다, 경위 동무. 문제가 생겨서……."

그의 동료 라타이치크가 거들었다. 라타이치크는 바르샤바 중심가의 가장 위험한 우범지대를 담당하던 전직 집배원이었다.

마베트는 몇 년이나 이들을 알고 지냈다. 든든한 부하들이었고 이렇게까지 당황한 모습은 본 적이 없었다. 그 점에 조금 놀랐지만 경위는 그들의 말을 끊고 명령했다.

"하브릴루크를 도와줘라!"

경위는 대답을 기다리지 않고 거리 쪽을 향해 갔다. 거리 표지판 아래를 지나가기 전, 그는 오랜 경력의 경관들이 어째서 저런 표정을 짓고 있는지 불안해지기 시작했다. 소형 경찰 버스의 운전 방식 때문에—버스를 피하려다가 지프차가 미끄러진 것과 같은—불운한 상황들이 일어났고 그 결과 비극적인 충돌로 이어졌다.

사고 차량을 운전한 사람은 쿠비차인데 부대 전체에서 가장 경험 많은 운전병이었다. 제일 어려운 운전 시험도 단번에 통과했고 뒤통수에도 눈이 달렸다고 할 만큼 전투기 조종사급 반사신경을 가졌다. 경위는 조금 전에 쿠비차가 그토록 이상하게 행동한 이유가 무엇인지 알지 못했다. 그러나 쿠비차가 그런 식으로 운전한 슬픈 결과는 알고 있었다. 뭉개진 차량들 옆 보도블록에 비에 젖고 바람에 펄럭이는 천에 덮인 열네 명의 시신이 누워 있었다. 게다가 이 충돌사고의 희생자 집계는 이것으로 끝이 아니었다.

"빌어먹을, 여기서 대체 무슨 일이 일어난 거지?" 경위가 이를 악물고 내뱉었다.

부대 선임 중 하나인 야체크 비아워웬츠키 순경이 나섰다. 비아워웬츠키는 폴란드 북쪽 끝 포모제 지역 출신으로, 명랑한 얼굴에 언제나 짧게 잘 다듬어진 콧수염이 있는 거인이다. 현장에서는 아무도 그를 막을 수 없었지만 막사에서는 마음 좋은 아저씨로 변신했다. 막사에 들어온 갈색 길고양이를 돌보아서 부대 마스코트로 만들기도 하는 남자였다. 그런 비아워웬츠키에게 경위는 그날 저녁 트럭 운전을 지시했었다.

비아워웬츠키가 갈라지는 목소리로 요약해서 말하기 시작했다. "경위님 지프차가 저를 앞지르신 바로 뒤에 2호차가 경위님 차 앞을 막는 걸 보았습니다. 경위님 차량이 미끄러지고 그와 동시에 쿠비차의 차량이 오른쪽으로 빠지면서 최대한 가속을 했습니다. 그러다 1호차 뒤범퍼 왼쪽을 받아서 1호차가 뒤집혀 버렸습니다. 그 속도에서는 다른 방법이 없고 그냥 차가 재주넘기를 하게 됩니다. 애들이 창문으로 튀어나오고 야하치…… 야하치는 몸이 찢어졌어요, 정말입니다. 몸통 일부와 오른팔을 저기서 찾아냈습니다." 비아워웬츠키가 맨 끝의 경찰 버스 뒷바퀴를 가리켰다. "그리고 좌석에는, 안을 들여다봤더니……." 그는 맨 앞에 있던 부서진 차량으로 시선을 옮겼다. "다리밖에 없었습니다. 나머지가 어디 있는지는 전혀 모릅니다. 다만 야하치 내장은 거리 전체에 흩어져 있습니다. 경위 동무도 실수로 밟지 않게 조심하십시오."

"본론에 집중해, 비아워웬츠키!" 짜증이 치솟은 데다 온몸이 아픈 마베트가 그를 재촉했다.

“예, 알겠습니다. 마웨크는 브레이크를 아예 밟지도 않았습니다…….” 비아워웬츠키가 고개를 저었다. “3호차가 가속해서, 멈춰 서는 2호차를 오른쪽 옆에서 들이받아 이미 뒤집힌 1호차 앞범퍼까지 끌고 갔습니다. 불쌍한 마웨크. 현장 즉사입니다. 빠져나올 도리가 없었습니다. 완전히 으스러졌어요. 양쪽 차량이 아코디언처럼 접혔습니다. 저는 브레이크를 걸었습니다. 맹세합니다, 경위 동무. 무슨 일이 일어났는지 보자마자 브레이크를 바닥까지 밟았습니다. (그가 고갯짓으로 트럭을 가리키며) 하지만 저 고물차가 몸집이 훨씬 더 큰 데다가 오늘은 길바닥이 죽은 도다리 배때기처럼 미끄러워서 말입니다.”

“요점만 말해!”

“예, 알겠습니다. 저는 그 자식들을 들이받지 않았습니다. 정말입니다, 맹세코 충돌 현장에서 1밀리미터 남겨놓고 어쨌든 차를 세웠습니다. 다만 버스가 제 엉덩이를 받아서, 그것 때문에 트럭 뒤를 추돌했습니다. 그때부터 정말로 겁이 나기 시작했습니다. 그 있잖습니까, 경위 동무, 물대포차 말입니다. 독일인민공화국에서 만든 짐승이라 차체 무게만 해도 13톤인데 오늘은 거기다가 물탱크를 끝까지 채웠단 말입니다. 저는 운전대 앞에서 몸을 웅크리고 눈을 꽉 감고…….”

“요점만, 비아워웬츠키!”

“예, 알겠습니다.” 야체크 비아워웬츠키는 부어오른 입술을 핥았다. “즈비셰크, 그러니까 크루코프스키가 진짜 인민 영웅입니다. 뭘 어떻게 했는지는 모르겠지만 마지막 순간에 오른쪽으로 꺾었습니다. ‘오이’ 버스가 차로에서 비껴가 나무를 들이받았습니다. 옆구리로요. 버스 중앙부가 골판지 장난감처럼 박살

났습니다. 하지만 말입니다……. 크루코프스키가 안 꺾었으면 '오이' 버스가 저를 들이받고 제 트럭이 다른 버스들을 박살 냈을 겁니다. 제가 지금 이렇게 보고드리고 있지 못할 겁니다."

"우리 쪽 사망자 몇 명인지 누구 아는 사람 있나?" 마베트가 목소리를 낮추고 물었다.

"지금 계속 새로 시신을 찾아내고 있습니다." 비아워웬츠키가 고갯짓으로 차량 잔해를 가리켰다. "부상자도 엄청 많습니다." 그는 트럭 쪽을 가리켰는데, 그 옆에는 치료를 기다리는 경관들이 앉거나 누워 있고 우르마노비치 경장이 하브릴루크의 머리에 붕대를 감는 중이었다. "오이 버스는 가장 마지막으로 미뤘습니다, 경위 동무……. 하지만 그 안에는 살아 있는 사람이 아무도 없습니다. 곤죽입니다, 정말이에요. 13톤이……."

경위는 흘끗 하늘을 올려다보았다. 다행히 비는 그쳤고 바람도 잦아들었다. 부서진 차량들 주변에는 10명이 돌아다니고 있었는데, 그와 나브로트, 라타이치크, 비아워웬츠키를 모두 합친 숫자였다. 그리고 그 외 7명이 트럭 옆 임시 야전병원에 있었다. 즉, 나머지는 죽었거나 지금 죽어가고 있다는 뜻이었다. 마베트는 경관 46명을 현장에 데리고 나왔는데, 부대에 물대포차와 함께 차출되어 온 인원이 그만큼이었기 때문이다. '항공학교 변태 새끼들을 우리가 아주 누워서 떡 먹기로 처리했지.' 그는 생각했다. 나머지 격리병동에 파견된 부대들은 그렇게 운이 좋지 못했다는 사실을 그는 얼마 전 상관에게 보고하는 과정에서 알게 되었다. 자호르스키는 그를 칭찬했다. 상을 준다고 약속했다. 그런데 여기는? 똥통이다.

15분만 더 갔으면 체포된 자들을 수감하라고 명령받은 피브나 거리의 천연두 전문병원에 도착했을 것이다. 가는 길에 부하들은 슈치트니츠키 다리에 남겨두어 미로 공원 주변에서 상황을 진압하는 부서를 지원하도록 했을 것이다. 쿠비차가 멍청한 실수를 저지르는 바람에 이 모든 계획이 틀어지고, 게다가 이렇게 괜찮은 부대를 산산조각 내는 결과가 되어버렸다. '그 새끼가 즉사해서 운이 좋았지…… 살았으면 내 손으로 갈가리 찢었을 거다. 심장이 뛰는 채로 뜯어내서 그 뚱뚱한 엉덩이에 처박아 버리는 건데…….'

경위는 누군가의 비명을 듣고 정신을 차렸다.

2호차 잔해 옆에서 작업하던 경관 한 명이 갑자기 옆으로 펄쩍 뛰었다. 한쪽 손을 움켜쥐고 있었다.

"뭐야, 이 멍청아!" 경관이 고함쳤다. "도와주려는 건데!"

"무슨 일인가?" 마베트가 여전히 웅얼거리는 비아워웬츠키에 대해서는 잊어버리고 경찰 버스로 다가갔다.

"이 자식이 절 물었습니다." 마주르키에비치 경장이 차렷 자세를 하고 보고했다.

"누가?"

"니에즈비에츠키 순경입니다." 그가 고갯짓으로 차량 잔해 쪽을 가리켰다. "쇠집게로 집은 것처럼 양쪽에 꽉 끼었습니다. 아직 숨을 쉬는 게 기적입니다. 물을 마시게 해주려고 했는데 절 깨물었습니다!"

마주르키에비치가 고개를 절레절레 흔들고는 피투성이 손가락을 빨기 시작했다. 경위는 불안하게 침을 삼켰다. 머릿속에서 그때 그 술 취한 경사와 그가 했던 이야기를 다시 떠올렸다. 살아 움직이는 시체들, 그리고…….

'무슨 헛소릴 하는 거야?' 그가 속으로 자신을 꾸짖었다. '그 종교적인 개소리를 설마 믿는 건 아니겠지. 항공학교에서 체포한 사람들은 겉보기에도 엉망진창이고 행동도 아주 이상했지만 그건 분명 빌어먹을 흑사병 후유증이거나 아니면 완전히 새로운 감염병일 거야. 아니면 밀수꾼한테 오염된 밀주라도 사다 마셨는지 모르지…….'

경위는 계속해서 욕설을 내뱉는 마주르키에비치를 지나쳐 옆구리가 움푹 들어간 버스에 다가갔다. 부서진 운전석 문으로 고개를 들이밀고 안전한 거리에서, 사고 직전에 정확히 쿠비차 등 뒤에 앉아 있다가 몸이 끼어버린 경관의 얼굴을 보려 했다. 차 안에서는 죽음의 악취가 풍겼다. 또한 완벽한 침묵이 지배했다. 거친 숨소리도, 치명상을 입은 사람이 의식이 있을 때 낼 수밖에 없는 특징적인 신음도 들리지 않았다.

"마주르키에비치!" 경위가 어깨 너머로 불렀다. "손전등 줘!"

마주르키에비치는 순식간에 명령대로 수행했다. 경위는 니에즈비에츠키의 얼굴에 손전등을 비추어 보았다. 창백하고 표정이 전혀 없었다. 흐리고 초점 없는 눈은 마치…… 조금 전에 진압했던 변질자들과 비슷해 보였다. 경위는 또다시 자기 자신을 꾸짖었지만 이번에는 그렇게 해도 불길한 예감이 사라지지 않았다. 아마도 그때 그 경사…… 뭐랬더라…… 미엘레흐가 거짓말한 게 아니었을지도 모른다.

"하브릴루크!" 경위는 고함치고 나서야 부관이 부상당했다는 사실을 깨달았다. "아니, 자네." 그가 손가락을 빠는 마주르키에비치 경장을 가리켰다. "니에즈비에츠키한테 아무도 다가오지 못하게 지켜."

“경위 동무!” 마주르키에비치가 항의했다. “피오트레크한테도 물을 가져다줘야…….”

“아무도 안 돼!” 경위가 부하에게 불을 켠 손전등을 던지며 소리쳤다.

“예, 알겠습니다.” 마주르키에비치가 빗속에서 빙빙 도는 손전등을 붙잡으려 애쓰며 중얼거렸다.

마베트는 머리에 붕대를 감은 하브릴루크가 앉아 있는 트럭 뒷바퀴 쪽으로 서둘러 다가갔다.

“걸을 수 있나?” 마베트가 하브릴루크 옆에 쭈그리고 앉으며 물었다.

“누가 도와주면 가능합니다…….” 하브릴루크가 명료하게, 그러나 약간 코 막힌 소리로 대답했다.

마베트가 손을 뻗자 경사가 비틀거리며 일어났고, 그들은 둘만 이야기할 수 있는 거리 반대편으로 갔다. 계속 흘러 떨어지는 비를 뚫고 두 사람은 바람에 흔들거리는 조명등 아래 섰다.

“항공학교에서 작전 당시 부상자 확인하라고 내가 명령했었지.” 경위가 곧바로 본론으로 들어갔다.

하브릴루크는 주머니에서 수첩을 꺼냈다. 그는 그 수첩에 연필로 모든 것을 기록했었다. 그러나 수첩을 꺼내기 전에 경사는 하늘을 쳐다보며 잠시 망설였다. 위에서 계속해서 굵은 빗방울이 떨어지고 있었다.

“대체로 아주 잘 기억합니다…….” 그가 말을 시작했다.

“니에즈비에츠키.” 마베트가 그의 말을 끊었다.

하브릴루크가 고개를 끄덕였다.

“처음 체포된 놈들 중 누군가 그를 할퀴었습니다. 여기, 군화 바로 위 종아리입니다." 그가 장딴지 뒤쪽을 가리켰다. "하지만 그냥 할퀴었을 뿐입니다."

"피가 났나?"

"약간 났습니다, 몇 방울 정도입니다."

경위는 벌레 씹은 듯 얼굴을 찡그렸다.

"누구 또 부상당한 사람이 있었나?"

"전원 다 확인할 시간이 없었습니다, 중간에 그만하라고 하셔서……."

"누구!" 마베트가 고함쳤다.

"확인 완료한 34명 중 12명이 긁히거나 물렸습니다, 경위 동무. 하지만 그건 전부 합쳐도 부상이라고 할 수 없고 내일모레면 다 나을 겁니다." 하브릴루크가 흔한 표현으로 말을 맺었다.

"이름!"

하브릴루크는 기억을 더듬어 부상자 이름을 나열했다. 천천히, 중간중간 쉬어가며, 그러나 한 명도 빠뜨리지 않았다. 마베트는 시간이 지날수록 경사가 알 수 없는 이유로 점점 더 음울해졌다. 열 번째 이름을 말했을 때 경위는 혼잣말로 욕설을 내뱉고 부서진 버스를 불안한 눈으로 돌아보았다. '그때 그 미엘레흐가 거짓말한 게 아니면 지금 자기 발로 서 있는 경관들도 거의 다 변질자들의 손톱이나 이빨과 직접 접촉했다는 얘기다.' 이번에 그는 술꾼 경사가 사용했던 용어를 사용하는 데 반대할 생각이 없었다.

"잘 들어, 하브릴루크……." 마베트는 부관의 눈을 똑바로 바라보았다. "항공학교의 그 경사가 완전히 거짓말을 하지는 않은 것 같다." 하브릴루크가 입을 열었다가 바로 가로막혔다.

"무슨 소린지 알고 하는 말이다. 시체가 되살아났네, 산 사람을 먹었네 하는 헛소리는 나도 믿지 않는다. 하지만 이건 흑사병보다 훨씬 더 위험한 어떤 다른 감염병일 수도 있다. 그게 맞다면 잠시 후 여기에서 지옥문이 열릴 것이다. 니에즈비에츠키 순경은 이미 저 변질자들과 비슷해 보인다." 경위는 누군가 엿듣는 사람이 없는지 확인하듯 주위를 둘러보았다. "우르마노비치가 나브로츠키를 치료하는 일이 끝나면 부상자들 중에서 이전에 물리거나 긁히지 않은 사람들만 골라 모은다. 누가 물어보면 내가 다리 앞 검문소로 먼저 데려가라고 했다고 말해."

경사는 망설였다.

"제가 부상 여부를 확인하지 못한 애들은 어떻게 합니까? 그중 한 명이 다니엘, 그러니까 나브로츠키입니다."

마베트는 턱을 긁었다.

"지금 확인해. 빨리. 자기가 확인받았는지 기억을 못 하거나 이상하게 돌아다니는 놈 있으면 건너뛰어."

하브릴루크는 트럭 쪽을 향해 비틀거리며 두 걸음 걸어가다가 뭔가 마음에 걸렸다.

"경위 동무." 그가 멈추어 서서 불확실하게 불렀다. "카르보비아크와 시마하가 이 상태에서 멀리 가진 못했겠지만, 제가 둘을 끌고 걸어갈 수가 없습니다."

"차량을 구해주겠다." 마베트가 차량 잔해 쪽으로 빙글 몸을 돌렸다. "비아워웬츠키!"

키 큰 경관이 힘겹게 그에게 달려왔다.

"예, 경위 동무!"

"가서 그……." 경위는 펠트 모자 쓴 노인의 이름이 뭐였는지 잊어버렸다. "자동차 판매소 그 할아버지를 불러와. 당장. 화장실에 들어가 있으면 바지 내린 채 그대로 끌고 와. 알겠나?"

"예, 알겠습니다."

"돌아오면 하브릴루크 경사를 도와서 부상자를 검문소까지 데려가라."

"예, 알겠습니다!" 비아워웬츠키는 철문 쪽으로 달려가다가 곧 멈추어 섰다. "제가 검문소까지 뛰어가서 지원 요청하는 편이 더 빠를 것 같습니다." 그가 제안했다. "그래야 다친 애들도 덜 힘들지 않겠습니까?"

"시키는 대로 해!" 경위의 목소리가 너무 커서 차량 잔해 옆에서 작업하던 경관들까지 한순간 동작을 멈추었다.

무안해진 비아워웬츠키는 고개를 떨어뜨리고 단 하나의 가로등으로 밝혀진 건물을 향해 터덜터덜 걸어갔다.

마베트는 얼굴을 문질렀다. 다시 바람이 세게 불기 시작했고 빗줄기도 점점 더 강해졌다. 이날 저녁의 날씨는 상황보다 훨씬 더 빠르게 변했다.

하브릴루크는 명령을 재빨리 수행했다. 한 걸음 걸을 때마다 가쁜 숨을 내쉬는 시마하를 데려왔다. 머리가 허옇게 센 베테랑은 이 작전을 위해 물대포차와 함께 차출된 병력에 속해 있었기에 진압 작전에는 직접 참여하지 않았다. 그러므로 깨끗할 것이 분명했다. 그 뒤를 따라오는 아드리안 카르보비아크는 그와 반대로 부서 안에서 가장 어렸다. 이 청년은 언제나 운이 좋았다. 이제까지 어떤 상황에서도 항상 상처 하나 없이 빠져나오는 데 성공했는데, 오늘은…… 1호차가 뒤집히고 들이받히는 사고에서 살아남은 사람이 카르보비아크밖에 없다는 사실로 충분할 것이다. '그것도 행운이라고 할 수 있을지 모르지.' 마베트는 생각했다. '하지만 저 친구가 경찰 차량부대에 남아 있을 날도 얼마 남지 않았어.' 심각하게 복합골절을 입은 팔은 아마 앞으로 어떻게 해도 완전히 회복되지는 못할 것이고, 선별된 경찰 부대 안에서 장애인은 아무도 환영하지 않을 것이었다. 그것이 카르보비아크의 짧지만 특이하게 성과가 좋았던 경찰 생활의 결정적인 끝이고, 이제 다시는 제복을 입지 못할 것이다.

경위는 트럭 쪽을 흘끗 바라보았다. 나브로트와 라타이치크가 지금 또 시신을 옮기는 중이었다. 우르마노비치는 열려 있는 트럭 운전석 문 옆에서 양손으로 좌석을 짚고 서 있었다. 갑자기 그의 다리가 아무 예고 없이 꺾였다. 운전석 문을 재빨리 붙잡지 않았다면 우르마노비치는 쓰러졌을 것이다.

"나머지는?" 경위가 옆을 지나가는 하브릴루크에게 시선을 돌리고 물었다. 경사는 의미심장하게 고개를 저었다. "비아워웬츠키가 곧 판매소의 그분을 데리고 올 겁니다. 둘이 다리 앞 검문소까지 가는 걸 도와줄 겁니다."

등 뒤에 있던 시멘트 건물을 돌아보던 경위는 조명등 아래 뭔가 움직이는 것을 보았다. 그는 안심했다. 그리고 다시 눈을 들어 트럭을 보았다. 우르마노비치는 이제 보도에 머리를 움켜쥔 채 앉아 있었다. 조금 더 먼 곳에 누워 있는 부상자 옆에 힘없이 누워 있는 다른 부상자에게 몸을 숙이고 팔을 잡아당기고 있었다.

"빨리 움직여." 마베트가 눈으로 부관을 재촉하며 날카롭게 말했다. 확신을 가질 수 없었으나 시간이 다 되어간다는 것을 느낄 수 있었다.

하브릴루크가 고개를 끄덕였다. 그러나 시마하는 최선을 다해도 고작 달팽이 속도를 낼 뿐이었다. 한쪽 발이 짓이겨진 사람에게 모르핀을 부어도 정상적으로 걸을 수 있는 상태일 수 없었다. 그래서 그들은 다리 쪽을 향해 느릿느릿 걸어갔고, 그러는 중에 비아워웬츠키가 거리로 돌아와 다친 경관을 등에 업고 옮겼다.

펠트 모자의 노인은 예상대로 가장 먼저 경위에게 다가왔다.

"드로주제프스키 선생님……." 마베트가 공격을 막아보려 시도했다.

"드로즈조프스키요." 노인이 이번에도 경위의 말을 막으며 고함쳤다.

"예?"

"내 이름은 드로즈조프스키요." 화가 잔뜩 난 노인이 내뱉었다.

"제가 뭐라고 했습니까?"

"드로주제프스키."

"그게 뭐가 다릅니까?" 뼛속까지 비에 젖고 다치기까지 한 경위에게 이 노인은 트랙터 옆에 나타났을 때부터 짜증 나게 했다. "보십시오, 드로주…… 선생님, 내일 자동차 판매소 전시장에 주 인민위원회에서 파견한 손해사정관이 와주길 원하신다면 지금 저 좀 그만 괴롭히고 부상자를 콘초비 다리까지 이송하는 걸 도와주십시오."

"이송? 다리까지? 여기서 1킬로미터나 되지 않소?"

"시간이 없습니다……."

노인은 경멸에 찬 웃음을 지었다.

"댁이 그렇게 시간이 없으면 내가 태워다 주리다. 판매소에……."

"이보시오, 선생님!" 마베트는 뒤에 남은 카르보비아크를 가리켰다. "지금 당장 움직여서 저 부상자를 이송하지 않으면 이 자리에서 개처럼 총으로 쏘아 죽이겠소."

드로즈조프스키의 얼굴에서 돌연히 경멸하는 웃음이 사라졌다. 그의 시선이 권총집에서 튀어나온 마카로프 총의 손잡이를 감싸고 있는 경위의 오른손에 향했다.

"야만인들." 노인이 경위가 가리킨 남자들 쪽으로 가면서 말했다. "자기편 부상자도 존중하지 않는군. 하느님이 천벌을 내리실 거요."

"한마디만 더 하면 이마에 총알이 박힐 거요……." 경위가 경고의 말을 하고 갑작스러운 예감에 등 뒤를 돌아보았다.

우르마노비치가 대단히 이상한 자세로 트럭 운전석 옆에 누워 있었다. 마베트는 그 근처 트럭 차축 옆에 붕대를 감은 부상자 세 명이 움직이지 않고 누워 있는 것을 보았다. 그 세 명 중에서 두 명만이 아직 생명의 징후를 보였다. 다시 차량 잔해 쪽으로 시선을 옮겼을 때 경위는 그 옆에서 일하던 경관들이 우뚝 멈추어 선 것을 알았다. 모두 보도 쪽을 보고 있었다. 더 이상 떠들고 있을 시간이 없었다.

마베트는 버스로 뛰어가면서 펠트 모자 노인이 자신이 시키는 대로 하는지 확인하기 위해 뒤를 돌아보았다. 아주 만족스러운 속도는 아니었지만, 어쨌든 남자 네 명이 사고 현장에서 느린 걸음으로 멀어져 가고 있었다. 경위는 혼자 미소를 지었다. 노인은 이 잔혹한 경위가 어째서 부상당한 부하들을 편하게 자동차로 이송하지 않고 굳이 빗속에서 걸어가게 하는지 이해하지 못했다. 그러나 그의 광기에는 논리가 있었다. 차를 타고 가면 검문소까지 1분도 안 걸리고, 다음 순간 아무것도 의심하지 않는 검문소 군인들이 여기로 몰려와 감염된 변질자들의 손톱에 곧바로 뛰어들 것이었다.

"뭘 그렇게 쳐다보나?" 그는 뒤집힌 1호차 옆에 서 있는 경관들에게 고함쳤다.

"경위 동무……." 분필처럼 창백한 워예크 순경이 속삭였다. "저기…… 저…… 시…… 시몬입니다……." 그가 보도 쪽으로 손을 뻗었다.

마베트는 당장 그곳으로 시선을 돌렸다. 시신을 덮어놓은 캔버스 세 장이 마치 그 아래 시신들이 경련이라도 일으키는 것처럼 움직이고 있었다. 경위는 불안하게 침을 삼켰다. 부상당한 사람들이 변할 것이라고 예상은 했지만 마르크스주의에 깊이 물든 그의 이성은 죽은 사람이 되살아날 가능성에 거세게 저항했다. 하느님 따위는 없고, 그러므로 인간은 영혼을 가질 수 없으며, 같은 논리로 저세상도 기대할 수 없다.

그러나 지금 그는 상관들과 경찰청장이 지난 몇 년간 그에게 주입한 모든 것이 처음부터 끝까지 거짓말이었다는 명백한 증거를 보고 있었다. 그의 눈앞에서 캔버스 한 장이 그 아래 누워 있던 고인이 일어나 앉은 것처럼 불룩하게 부풀더니 곧 벗겨지면서 카르피에시 순경의 학살당한 시신이 드러났다.

저 사람은 움직일 수가 없어! 경위는 그 거리에서도 똑똑히 볼 수 있었다. 저 순경의 모든 것이 잘못되었다. 어깨가 빠졌고,

왼편 흉곽이 짓이겨졌고, 갈비뼈 조각들이 피투성이 제복 구멍 사이로 튀어나와 있었으며, 무엇보다 두개골이 둘로 쪼개져 흙빛 얼굴 피부 위로 불그스름한 회색의 끈적한 덩어리가 줄줄 흘러내리고 있었다.

변질자가 그들을 향해서 움직이기 시작했다. 그러자 바로 옆에 서 있던 나브로트와 라타이치크는 황급히 바칼라르스키 경장의 시신을 내팽개쳤다. 그리고 둘은 동시에 펄쩍 뛰어 물러나려다 서로 부딪쳤다. 둘 다 똑같이 몸집이 커서 세 번째 경찰버스의 움푹 들어간 뒷부분과 트럭의 휘어진 범퍼 사이의 좁은 공간에 동시에 들어갈 수 없었다. 둘이 정신을 차리기 전에 반대쪽으로 나오는 길을 우르마노비치가 막아섰다. 역시 돌변해 있었다.

"다리우시, 이봐, 도망쳐!" 나브로트는 조금 전까지 라타이치크와 서로 밀어내기 경쟁을 하고 있었으나 이제는 우르마노비치의 팔을 붙잡았다. 그러나 나브로트는 그를 끌고 나오는 대신 자신보다 키가 작고 30킬로그램 이상 가벼운 동료의 예상하지 못했던 힘에 떠밀려 뒤로 넘어지고 말았다.

라타이치크는 우르마노비치가 부대에서 가장 힘센 경관의 팔을 비튼 뒤에…… 마치 푹 삶은 닭에서 날개를 뜯어내듯 관절에서 팔을 뜯어내는 광경을 보고 그대로 굳었다. 나브로트가 비명을 지르는 바람에 마베트는 자기도 모르게 몸을 떨었다. 라타이치크는 여전히 자기 눈을 믿지 못하며 뒤로 물러서다가 갑자기 소리를 지르며 차량 잔해 뒤로 사라졌다. 되살아난 시신 둘이 죽음처럼 조용하게 그의 다리를 붙잡아 보도 위로 넘어뜨린 것이다. 두 변질자는 이제 그의 몸 위로 기어올랐고, 라타이치크는 상당히 힘센 사람인데도 불구하고 그들을 밀어내지 못했다. 마치 누군가 그에게서 싸울 의지를 전부 뽑아낸 것처럼 순식간에 포기해 버렸다.

모든 경관의 혈관 속 피를 얼어붙게 한 이 모든 일이 고작 십여 초 만에 벌어졌고, 오직 마베트만이 이제 진짜 악몽의 전주곡이 시작될 거라는 사실을 알고 있었다.

다른 캔버스들도 움직이기 시작했다. 처음에는 가장자리 하나, 그런 뒤에 중간 두 개, 마침내 끝에서 두 번째가 움직였다. 사고 사망자 14명 중에서 9명이 이미 돌변했다. 부상당했다가 사망한 사람들 중 두 명에게도 똑같은 일이 벌어졌다. 미라처럼 붕대를 감은 바칼라르스키가 이미 휘청거리며 보도에 서 있었다. 트럭 맞은편에서는 나브로츠키가 죽었다 살아난 크시슈토프 우민스키 경장에게서 벗어나려고 애쓰고 있었는데, 우민스키는 짓이겨진 양다리와 잘린 한쪽 팔에서 피를 뚝뚝 떨어뜨리면서도 마치 물에서 꺼낸 물고기처럼 보도 위에서 몸부림치며 나브로츠키를 추격했다.

굳어 있던 마베트가 정신을 차리고 깨어났다. 우선 권총집에서 마카로프를 꺼내고 그런 뒤에 지금 이 순간 믿을 수 있는 특수부대 마지막 구성원 워예크와 하를리코프스키를 쳐다보았다. 워예크는 여전히 분필처럼 창백했고 아까 우르마노비치가 그랬듯이 다리가 자꾸 꺾이고 있었다. 반면 하를리코프스키는 계속 아주 잘 버티고 있었다.

"하를리코프스키!" 경위가 고함쳤다. "이리 와!"

"예, 알……."

하를리코프스키는 차렷 자세를 취하려 했으나 뭔가 방해되는 게 있어서 두 발뒤꿈치를 맞부딪치지 못했다. 그는 어리둥절해서 발을 내려다보다가 마치 불에 덴 듯 비명을 질렀다. 나브로츠키를 향해 뛰어가던 마베트가 뒤돌아보고는 깜짝 놀라 굳어졌다. 하를리코프스키의 왼쪽 군화 발목에 반투명하게 빛나는 미끈미끈한 뱀이 감겨 있었다. 너무 단단히 감겨 있어서 하를리코프스키가 한 발로 펄쩍펄쩍 뛰어도 떨쳐내지 못했다. 대체 저…… 파충류는 어디서 나타났지? 경위는 자신이 보고 있는 것이 무엇인지 깨닫고 굳어졌다. 잔뜩 독이 올라 흔들리는 뱀의 다른 쪽 끝이 1호차 잔해 아래 운전석 쪽으로 사라졌다……. 워예크는 조금 전까지 무릎걸음으로 뒤로 물러나다가 이제는 토하기 시작했다. 상상하기 어려운 진실을 워예크가 깨달은 게 분명했다. 반면 마베트가 토하지 않을 수 있었던 단 한 가지 이유는 전쟁에서 돌아온 후 몇 년 동안 상업적 도축장에서 일했기 때문이었다. 그곳에서 도축된 동물들의 내장을 너무 많이 보았기에 가장 심한 악취에도 익숙했다.

하를리코프스키는 발차기를 하다가 보도 위로 넘어졌다. 몸부림을 치며 온 힘을 다해 소리를 지르며 그는 절박하게 칼을 찾으려고 손가락을 움직였다. 마베트는 하를리코프스키와, 똑같이 패닉에 빠진 나브로츠키 사이에 서서 누가 더 자신의 도움을 필요로 하는지 결정하지 못했다. 마침내 그는 결심했다. 어찌 됐든 하를리코프스키는 아직 사지가 멀쩡하니 부상당한 나브로츠키보다는 돌변할 가능성이 적을 것이다.

경위는 보도에 누워 있는 하를리코프스키를 향해 펄쩍 뛴 다음 악취를 풍기는 내장을 밟고 칼을 한 번 재빨리 움직여 내장을 끊어냈다. 커다랗게 반원을 그리던 칼날 끝이 젖으면서 번쩍 빛났다. 그러나 문제는 해결되지 않았다. 야하치의 끊어진 내장 끝부분이 마치 독립된 생명체처럼 하를리코프스키의 발목에 더 단단히 감겼다. 하를리코프스키가 비명을 질렀다(고통 때문이거나 순수한 공포 때문일 것이다).

마베트는 혼잣말로 욕을 했다. 그에게조차 이건 너무 심했다.

"그만 뛰어!" 그가 패닉에 빠진 부하 옆에 무릎을 꿇으며 고함쳤다. 자신의 명령이 아무런 효과도 가져오지 못하는 것을 보고 그는 하를리코프스키의 다리를 무릎으로 누른 다음 군화 발목을 칼로 잘라 내장 조직을 전부 끊어냄으로써 정성껏 광을 낸 가죽에 깊은 흉터를 남겼다.

경위는 일어섰다. 그리고 워예크가 자신의 토사물 웅덩이 속에 얼굴을 박고 땅에 쓰러져 있는 것을 보았다. 보도 위에서 몸부림치는 내장 조각은 마치 워예크가 존재하지 않는 것처럼 그를 지나쳐 갔다. 마베트는 침을 뱉은 뒤 서둘러 트럭 쪽으로 다가갔다. 하를리코프스키가 그의 등 뒤에서 입속말로 뭔가 중얼거렸다. 하를리코프스키는 너무 충격을 받아서 그 새로운 감염, 질병 혹은 뭐가 됐든 지금 맞닥뜨린 것이 그에게 영향을 미치기도 전에 아무것도 할 수 없을 것 같았다.

경위는 차량 잔해를 지나면서 아직도 우민스키의 한쪽 손아귀에서 벗어나려고 애쓰고 있는 나브로츠키를 보았다. 조금씩 약해지기는 했으나, 고집스럽게 되살아난 시체는 두껍게 밑창을 댄 단단한 군화가 자기를 연달아 차고 있는데도 아랑곳하지 않고 나브로츠키의 한쪽 다리를 꽉 잡고 있었다.

마베트는 옆에서 우민스키 경장을 공격했다. 정확하게 발로 차서 팔다리가 짓이겨진 우민스키 경장을 뒤집은 뒤에 한쪽 발을 그의 배 위에 올려놓고 붕대를 감은 몸통에 곧장 네 발을 쏘았다. 총알은 상처를 입은 몸에 마치 버터처럼 부드럽게 박혔다가 보도를 맞고 튕겨 나온 뒤 다시 우민스키의 몸통을 통과해서 새된 소리를 내며 어둠 속으로 날아갔다. 그럼에도 불구하고 되살아난 시체는 전혀 아랑곳하지 않았다. 그의 비틀린 손이 계속해서 나브로츠키의 장딴지를 붙잡았다. 시퍼런 손가락에 붙잡힌 제복의 바짓자락에서 피가 배어 나오기 시작했다…….

경위는 발밑에서 몸부림치는 시체를 내려다보며 혼잣말로 욕설을 내뱉었다. 무릎을 꿇고 앉아서 자기 몸무게를 실어 되살아난 시체의 골반을 누르고, 그런 뒤에 몸을 숙여서 붕대에 피가 묻지 않은 곳을 붙잡았다. 오직 이런 방법으로만 떼어낼 수 있다……. 갑자기 그는 머리가 어지러워졌다. 며칠이나 잠을 못 잤을 때처럼 엄청난 피로를 느꼈다. 눈꺼풀이 무겁고 뻣뻣한 게 마치 누가 납을 들이부은 것 같았다. 그는 당장 펄쩍 뛰어 물러났지만 이전에 우르마노비치나 워예크가 그랬듯 다리가 말을 듣지 않았다. 그는 너무 심하게 휘청거려서 다시 균형을 잡기 위해 뒤로 세 걸음 정도 물러나야 했다. '이게 대체 뭐지, 젠장?' 그는 뜻밖에 갑자기 기운이 한꺼번에 빠지는 데 놀라서 고개를 흔들었다. '나도 감염된 건가?' 등에 식은땀이 느껴졌다. '어떻게 이럴 수가? 난 변질자들하고 전혀 접촉하지 않았는데. 아냐, 이건 뭔가 다른 거야. 신경? 스트레스? 그래, 그럴 수 있지. 하지만…….'

어지럼증과 마찬가지로 기운이 없거나 멍한 상태는 차차 사라졌다. 마베트는 재빨리 주위를 둘러보았다. 여기서는 이미 할 수 있는 것이 아무것도 없었다. 캔버스는 이미 전부 보도 위에 아무렇게나 내던져 있었고, 되살아난 시체 무리는 차량 잔해 뒤에 쓰러진 라타이치크 옆에 몰려 있었다. 우르마노비치가 마치 뱀처럼 나브로트의 몸을 휘감았다. 우민스키는 이제 막 움직일 수 없게 된 나브로츠키 위로 기어 올라가고 있었다. 워예크는 보도 위에서 일어섰고 하를리코프스키는 그에게서 몇 걸음 떨어진 곳에 양팔을 펼치고 누워 있었다. 46명의 경관 중에서 아직 살아 있는 사람은 단 5명뿐이었다. 마베트, 비아워웬츠키, 그리고 대피한 부상자 3명이다.

경위는 운전석 문이 열려 있는 트럭으로 달려가서 순식간에 운전석으로 들어가 문을 닫았다. 여기는 안전했다. 최소한 잠시만이라도. 사고 현장에 살아 있는 사람이 아무도 남지 않은 지금, 이제 변질자들은 전부 그에게 몰려올 것이다……. 다음 순간 그들은 이미 트럭 보닛 앞에 서 있었고 양쪽에서 트럭을 에워싸고 맨손으로 천장을 때렸다. 굉음이 점점 커졌다.

마베트는 그들에게서 눈을 떼지 않은 채 점화전을 손으로 더듬었으나 열쇠는 없었다. 매사에 꼼꼼한 비아워웬츠키가 차에서 내릴 때 열쇠를 챙긴 것이다. 나가고 나서 운전석 문을 잠그지 않은 것이 놀라울 지경이었다.

'임기응변이 필요하다!' 이렇게 생각하고 경위는 시동장치에 연결된 전선을 찾기 시작했다. 낡아빠진 경찰 트럭은 마베트가 처음 복무할 때 언제 적 모델인지 알 수 없던 경찰 장비들과 달랐다. 이 트럭은 최대 5년 되었다. 그런데도 기병대가 홍등가를 드나드는 것보다 더 자주 자동차 정비소에 드나들었다. 정비공들은 전문가답게 차량의 고장 난 부분의 쉽게 손댈 수 없는 부품들을 전부 들어냈고, 꺼낸 김에 내다 팔았다. 그래서 경위는 자신이 찾던 전선을 아무 문제 없이 발견했다. 트럭 안은 어둠침침해서 잘 보이지 않았고 발광한 변질자들이 몰려들어 두들겨 대는 통에 제대로 집중하기도 힘들었지만, 그는 몇 번 실패한 끝에 시동장치가 진동하는 소리를 들었다. 경찰 차량부대가 손에 넣을 수 있는 최고 수준의 장비를 보유하고 있었던 것이 그에게는 다행이었다. 오래된 모델의 트럭들은 크랭크를 돌려서 시동을 걸어야 하는데, 보닛 앞에 저놈들이 저렇게 우글우글 몰려 서 있으면……. 그리고 후드 위에도……! 고개를 들고 마베트는 코와 한쪽 볼 일부가 사라진 라타이치크가 몸의 절반쯤을 휠커버 위로 올리고 천천히, 그러나 쉬지 않고 엔진덮개에 있는 라디에이터그릴의 구멍을 하나씩 하나씩 붙잡고 앞 유리창을 향해서 기어오르는 것을 보았다.

이것이 마지막 순간이었다. 경위가 후진기어를 넣고 온 힘을 다해 가속페달을 밟자 5.5리터 엔진이 울부짖었다. 젖은 포석 위에서 바퀴가 붕붕 돌아갔으나 트럭은 전륜구동임에도 불구하고 꿈쩍도 하지 않았다. 109마력짜리 거대한 기계임에도 트럭 뒤를 막아선 '오이' 버스와 물대포차가 너무 힘에 부치는 장애물이었던 것이다. 그러면 남은 것은 앞에 뭉쳐진 소형 경찰 버스 세 대의 잔해를 뚫고 전진하는 길뿐이었다. 경위는 변속 레버를 뒤쪽으로 움직이고 다시금 가속페달을 바닥에 닿을 정도로 세게 밟았다. ZIL-157 트럭이 채찍 맞은 말처럼 앞으로 튀어 나갔다. 널찍한 범퍼가 몰려 있던 변질자들 절반 정도를 휩쓸었고 그중 몇몇은 3호차 뒷부분에 부딪혀 뭉개졌다. 라타이치크도 보닛 앞에서 사라지고 엔진덮개의 기다란 틈바귀에는 그의 찢어진 손가락만 남았다. 그러나 마베트는 이런 끔찍한 세부 사항에는 주의를 기울이지 않았다. 트럭이 멈춰 선 순간, 그는 재빨리 후진기어를 넣고 운전대를 오른쪽으로 끝까지 돌렸다. 그는 1.5미터가 채 안 되는 거리를 후진할 수 있었다. 그가 이번에는 운전대를 반대 방향으로 끝까지 돌렸다. 그리고 가속페달을 최대한 밟았다. 철판이 긁히는 날카로운 소리에 그의 목덜미 털이 삐죽 솟았다. 되살아난 시체들 중 나머지가 포석 위로 날아갔다. 3호차는 약간 다른 각도에서 들이받혀 차대에서 불꽃을 일으키며 움직였다. 버스 운전석을 들이받기 전, 이번에는 트럭이 2미터 넘게 후진했다. 세 번째 시도했을 때 경위는 열린 공간으로 트럭을 몰고 나가는 데 성공했다. 6톤에 가까운 트럭이 차로를 가로막은 1호차를 향해 굉음을 내며 돌진하여 여섯 개의 바퀴로 포석 위에 누운 시체들을 으깨버렸다.

마베트는 마지막 잔해 옆을 지나기 전에 또 한 번 충격을 겪어야 했다. 시야 가장자리에 뱃속에 불쾌한 압박감을 느끼게 만드는 뭔가가 보였다. 변질자들이 전부 트럭을 공격했다고 생각한 것은 판단 착오였다. 바로 얼마 전에 죽었던 야하치가—더 정확히는 그의 두 다리와 골반, 척추 일부가 튀어나온 몸통 아래쪽이—그 경찰 버스 운전석 옆에 서 있었다. 그리고 주변 차로 위에는 내장 덩어리가 꿈틀거렸다. 조금 전에 하를리코프스키의 다리를 공격했던 그 창자가 지금은 야하치의 피투성이 바짓자락을 휘감고 있었다. 마치 배 속의 자기 자리로 되돌아가고 싶어 하는 것 같았다.

경위가 이 장면을 눈으로 본 것은 1초가 채 안 되는 시간이었으나 그것만으로도 기억에 영원히 새겨지기에는 충분했다.

죽을 때까지 이 광경을 잊지 못할 것이라고 그는 확신했다. 백 살까지 살더라도 말이다.

마지막으로 또 한 번의 강한 충돌에 마베트는 운전대를 향해 내던져졌고, 단 하나 남은 전조등의 곧게 뻗은 불빛에 반짝이는 빗속의 거리 모습이 나타났다.

다음 순간 부상자들이 눈에 들어왔다.

갈가리 찢어진 붕대가 흠뻑 젖은 채 보도에서 꿈틀거리고 있지 않았다면, 길가에 누워 있는 시마하의 시체를 못 보고 지나갔을 것이다. 경위는 반사적으로 브레이크를 밟았다. 트럭이 멈출 때까지 온 힘을 다해 계속 밟았다. 그런 뒤에 불안하게 뒤를 돌아보며 운전석에서 내렸다. 사고 현장부터 여기까지는 80미터, 어쩌면 100미터 정도였다. 가장 가까운 차량 잔해 주변에서는 변질자를 한 명도 발견하지 못했다. '아주 잘됐어. 아직 미처 다 모이지 못해서 쫓아오지 못한 거야.'

그는 살해된 물대포 운전사 옆에 무릎을 꿇고 앉았다. 시마하는 곧게 펼친 팔을 베고 약간 몸을 웅크린 채 옆으로 누워 있는 게 마치 잠든 듯 보였다. 그 몸을 엎어뜨렸을 때 경위는 시마하의 제복 등 부분이 찢어지고 엄청나게 큰 피투성이 상처가 벌어진 것을 보았다. 누군가 이 사람의 등에서 굉장히 커다란 살점을 도려냈다. 하지만 누가? 대피조는 전원 다 깨끗했을 터였다.

마베트는 벌떡 일어섰다. 다시 차량 잔해 쪽을 흘낏 보았지만 아무런 움직임도 발견하지 못하자 주위를 서둘러 훑어보았다. 트럭 앞 차로에는 아무도 없었다. 그러나 거리에서 약간 떨어진 덤불 속에 밝은색 얼룩이 보였다. 경위는 권총을 손에 들고 관목을 하나하나 살펴보면서 그쪽으로 다가갔다. 변질자들이 어떻게 나올지 그는 이제 예상할 수 있었다.

그가 잘못 본 것이 아니었다. 하브릴루크가 비아워웬츠키 옆에 누워 있고, 둘 다 얼굴과 몸통이 마치 성난 짐승에게 공격당한 것처럼 갈기갈기 찢겨 있었다. '그 노인이……? 아냐, 그건 불가능해. 감염병에서 멀리 떨어진 자기 건물에 틀어박혀 있었는걸.' 갓길을 눈으로 훑으며 경위는 마지막 남은 자기 부하들이 어떻게 죽었을지 생각했다. '카르보비아크 짓인가? 하지만 어떻게……? 카르보비아크는 항공학교 진압 작전에서 부상당하지 않고 나왔던 몇 안 되는 경관들 중 하나라고 하브릴루크가 말했잖아……. 그러면 어디서 감염된 거지?'

마베트는 한 바퀴 빙 돌아보았으나 주위는 완벽하게 조용하고 아무 움직임도 없었다. 그러는 동안 차로 저편에서 휘청거리는 형체 몇 개가 나타났다. 침입자들은 움직임이 어색하고 느렸다. 이 정도 먼 거리를 저 속도로 넘어오려면 최소 몇 분은 필요했다. 그보다 훨씬 큰 위협은 대피조가 죽었다 살아나는 것이라고 경위는 생각했다.

마베트는 자신을 둘러싼 덤불숲에 주의를 집중했다. 좀 더 먼 곳에는 바람에 시달린 키 큰 관목들이 있었다. 그 어둠침침한 관목숲 안으로 들어갈 생각은 전혀 없었다. 그래서 경위는 새까맣게 칠한 것 같은 관목숲 벽과 나란히 걸으면서 넓은 갓길을 훑어보았다. 그리고 50걸음만 간다고, 더는 안 된다고 결정했다. 그는 자신이 정해둔 경계선에 재빨리 도달해서 막 몸을 돌리려 했는데, 그 순간 바람에 흔들리는 가로등 아래 뭔가 번쩍이는 것이 나타났다. 불빛은 어둠 속에 잠긴 덤불숲에서 1미터 정도 떨어진 잔디 속에 나타났다. 마베트는 다시 한번 주위를 둘러보며 차량 잔해들 쪽에서 다가오는 변질자들이 속도를 높이지는 않았는지 확인한 뒤에 안심하고 조심스럽게 번쩍이는 것을 향해 다가갔다.

모자 쓴 노인이다. 비에 젖은 우의에 멀지 않은 가로등 불빛이 반사된 것이다. 모든 것이 분명해졌다. 카르보비아크가 저지른 짓이 틀림없다. '개자식이 경사 앞에서 상처를 숨겼거나, 아니면…… 그래, 그거야. 사고가 났을 당시 카르보비아크는 감염된 경관들 몇 명과 함께 1호차에 타고 있었어. 주위에서 죽어가는 동료들의 피와 접촉하지 않고 그 사고 현장에서 나올 수는 없었어.'

마베트는 등 뒤에서 철썩, 하는 소리를 듣고 뛰어 일어섰다. 시마하가 일어나려고 했다가 비에 젖은 진흙에 손이 미끄러져 나무토막처럼 쓰러진 것이다. '떠나야 할 때다.' 경위는 깨달았다. 그가 손을 뒤로 돌려 총집에 권총을 집어넣을 때, 팔꿈치에 뭔가 부드러운 것이 부딪혔다. 그는 본능적으로 펄쩍 뛰어 물러난 다음 몸을 돌려 주저앉았다. 그러곤 욕을 하며 양손으로 흠뻑 젖은 땅을 짚고 몸을 지탱하면서 눈으로 카르보비아크를 가늠했다. 경관은 덤불숲에서 나왔지만 차량 주변의 죽었다 살아난 시체들처럼 공격적으로 행동하지 않았다. 술을 너무 많이 마신 사람처럼 어쩔 줄 모르고 그냥 서 있을 뿐이었다. 격리병동 부지에서 부대가 진압했던 변질자들과 동일한 모습이었다. 그러나 아무리 그렇다고 해도 경위는 전혀 안심되지 않았다. 뭔가 잘못되었다……. 마베트는 처음에 무엇이 이상한지 딱 꼬집어 말할 수 없었다. 그는 천천히 몸을 일으켜 카르보비아크에게 가까이 다가가 나머지 변질자들이 정말로 자신에게 전혀 위험하지 않은지 수십 번 확인했다.

경위는 감염된 경관의 부러진 팔 쪽에서 접근했다……. 팔은 이제 정상적으로 보였다. 우르마노비치가 팔뚝에 대주었던 부목은 명백하게 산산조각이 나 있었는데, 분명 나머지 부상자들과 그를 호송하던 사람들과 싸우는 과정에서 그렇게 되었겠지만, 그럼에도 불구하고 카르보비아크는 어깨와 팔꿈치를 포함해 팔 전체를 움직일 수 있었다. 심지어 손가락을 전부 움직여 주먹을 쥐기도 하고 펴기도 했다.

'이건 불가능하잖아.' 마베트가 차로 쪽을 향해 뒷걸음질 치며 생각했다. 땅에서 되살아난 시체 세 명이 이제 막 일어서고 있었고 경위는 최대한 크게 빙 돌아서 그들을 피해 갈 생각이었다.

7

1963년 8월 9일 금요일 21시 33분
인민경찰 지역본부, 포드발레 거리 31-33번지

브란디스의 사무실은 임시 지휘본부로 변했다. 그렇게 하는 것이 가장 편했다. 상관들이 감염병과의 싸움은 젊은 부하들에게 넘기고 전부 도시를 벗어나 대피해 버린 지금은 한 걸음 걸을 때마다 허락을 구할 필요가 없었다. 가장 덜 중요한 결정을 내릴 때조차 윗대가리들에게 과연 현명하시다고 끊임없이 확신시켜 줄 필요성도 함께 사라졌다. 그러나 활동의 자유에는 그만한 대가가 따랐다. 만약 뭔가 잘못된다면 뜻밖에 도시 전체를 책임지게 된 아랫것들의 목이 날아갈 것이었다. 아무리 자기 밥줄을 지키려 해도 소용없을 것이다. 새로운 결정권자들은 이 점을 깨닫고 최악의 상황이 일어나지 않게 하려고 할 수 있는 일은 다 했다.

브란디스는 마른 입술을 핥으며 장식장 쪽으로 탐심의 눈길을 보냈는데, 그곳에는 반쯤 비어버린 보드카병과 아직 뚜껑을 따지 않은 술 몇 병이 진열되어 있었다. 자신이 파묻혀 버린 이 즐겁지 않은 상황을 생각할 때마다 그의 마음속에서는 알코올에 대한 갈망이 커져갔다. '어디에 처박혀 있든 다들 지옥에나

가라.' 그는 다가오는 패배의 쓴맛을 예감하면서 상관들을 저주했다. 비관주의자인 그는 이 골칫덩어리에서 빠져나갈 가능성은 극히 적다고 여겼다. 하지만 그렇다고 해서 포기할 생각도 없었다. 그래서 그는 여전히 사무실에 처박혀 있으면서 보드카에 손을 뻗고 싶은 갈망을 억누르며 본부에서 확보하는 데 성공한 수십 명의 인력을 적절히 나누어 일을 처리하려고 애썼다.

그는 땀에 젖어 있는 이마를 실크 손수건으로 닦아냈다. 커다란 독일식 석조건물은 모든 창문을 닫자마자 견딜 수 없이 더워졌다. 유달리 더웠던 여름, 몇 주 동안이나 햇볕이 쨍쨍 내리쬐는 바람에 달궈진 두꺼운 벽돌 벽은 이제 아무리 강한 돌풍이 불어도 좀처럼 식지 않을 것만 같았다. 어쩌면 이런 생각도 대위의 주관적인 감정일 뿐일지도 몰랐다.

브란디스는 땀이 나는 것을 무척 싫어했지만 그래도 완전한 혼란보다는 불편한 쪽을 선택했다. 한번 강한 바람이 불어오기만 해도 건물 안에 대재난이 닥칠 것이다. 커다란 그의 책상과 서둘러 임시로 들여놓은 작은 탁자들 위에 서류 더미가 층층이 쌓여 있기 때문이다. 그것도 모자라 비서가 도시 전체에서 쉬지 않고 흘러 들어오는 상황 보고와 요약 보고서들을 몇 분에 한 번씩 새로 가져다주었다.

시간이 늦었어도 본부 중앙관 한 층 전체가 활기 넘쳤다. 브란디스는 끌고 올 수 있는 사람은 모두 끌고 왔다. 금요일 저녁 즈음 정보부에서 술 취하지 않은 요원을 한 명이라도 찾아내는 것은 어려운 일이었지만, 오늘 그는 그 어느 때보다 간절히 정보부 요원들이 필요했다. 장교들은 여름 주말이면 언제나 그렇듯이 감염병 따위는 잊어버리고 시내 가장 물 좋은 클럽에서 즐기고 있었다. 이 점을 알고 있기에 브란디스는 술 취한 동료들을 '빨치산의 언덕'이나 '시비드니츠키 지하실' 혹은 다른 유명한 클럽에서 빼내 오려는 시도를 하지 않았다. 대신에 곧바로 부하들에게 손을 뻗어 중위와 소위, 그리고 몇몇 경우에는 평범한 부사관들을 끌고 왔다. 또 가장 실력 좋은 타자수와 비서도 열댓 명 정도 데려오라고 명령했다. 이 모든 인력을 그는 본부 건물 4층 자기 부서에서 사용하는 방들에 서로 이웃하게 배치했다. 이제까지 어디에서 근무했는지에 대한 그들의 불평은 받아들이지 않았다. 지휘관이 그에게 백지수표를 주었고, 그가 바로 직접 그런 결정을 한 것이다. 그걸로 끝이다. 싫으면 반란이라도 일으키든가.

그때부터 여덟 개의 서로 이웃한 방에서, 방마다 정보부 인력 3~4명과 내부안전국 연락원 1명, 그리고 최소 2명의 사무직원으로 구성된 태스크포스가 일하기 시작했다. 그 인원만으로 — 최소한 그날 밤은—충분히 상황을 정리해야만 했다. 다행히 식사는 이미 배달되는 중이었다. 브란디스는 자정까지 이 임시 변통 지휘센터에서 일하는 인력을 두 배로 늘릴 수 있으리라 예상했다.

그는 자기 방에 모인 인원을 훑어봤다. 미엘레흐의 전화가 온 뒤로 한 시간이 넘게 지났으므로 첫 번째 보고를 받을 때가 되었다. 본부의 젊은 늑대들 중에서는 비에드지츠키만 남아 자기 휘하 부대들과의 연락을 감독하고 있었다. 브레메르와 니에시토는 윗선 거물들 중에서 누가 아직 도망치지 않았으며 확쭈그러든 지휘통제 체계가 내일 얼마나 효율적으로 돌아갈 수 있는지 확인하기 위해 시내로 나갔다. 브란디스는 시계를 보았다. 둘 다 이미 돌아오는 중이어야 했다. 또한 그는 경찰 차량 부대 지휘관이 당장이라도 나타나기를 기다리고 있었다.

"동무들." 그가 부사관들의 주의를 자신에게 돌리며 말하기 시작했다. "이제까지의 상황을 보고할 때가 됐다. 시작하지……." 그는 서류를 쥔 손을 치켜든 채 그대로 굳어버렸다. 집무실의 높은 출입문이 굉음을 내며 열리더니 검은 머리카락을 짧게 깎은 키 큰 남자가 나타났기 때문이다. 남자는 흠뻑 젖은 전투복을 입고 경감 계급장을 달고 있었다. "자호르스키 동무, 어떻게……."

"나가!" 자호르스키가 자신을 쳐다보는 부사관들을 향해 고함쳤다.

브란디스는 막다른 골목에 부닥친 고양이처럼 몸을 웅크렸다. 그는 자기 영역에서 타인이 이런 식으로 행동하는 데 익숙하지 않았다. 그러나 어쨌든 경찰 차량부대 대장의 거친 언행에는 반드시 중요한 이유가 있을 것이라는 사실을 그는 곧 깨달았다. 그는 단둘이 상황을 정리하는 쪽이 최선일 거라고 빠르게 인정했다. 솔직히 그는 바르샤바 경찰 차량부대를 몇 년이나 지휘했던 이 사람과 대놓고 부딪치는 것이 두려웠기 때문에 이 충돌에서 자신이 패배하는 만약의 경우를 대비해서라도 목격자가 없는 쪽을 선호했다.

"보고는 조금 뒤에 받기로 한다." 그는 체면을 지키려고 마치 내키지 않는다는 듯 내뱉고는 마지막 부사관이 나가고 문이 닫힌 뒤에 화난 표정으로 경감을 쳐다보았다. "적당히 하십시오, 자호르스키 동무." 그가 씩씩거렸다. "정신이 없으신 것 같은데…….”

자호르스키가 중간에 그의 말을 잘랐다. “내가 정말로 정신이 없었으면 동무는 지금 이 사이로 똥 싸고 있을 거요, 브란디스.”

“보자 보자 하니 정말…….” 브란디스가 숨을 몰아쉬었다.

“그래, 그래, 보자 보자 했겠지…….” 그의 도발에 눈도 깜짝하지 않고 경감이 책상 맞은편에 자리를 잡고 앉았다. “문제가 있소.” 자호르스키가 내던지는 단답식 말 때문에 브란디스는 즉각 얼어붙었다.

“무슨 문제 말입니까?”

자호르스키가 책상 위로 몸을 기울였다

“20분 전에 프라체에 출동한 부대와 연락이 끊겼소. 내 부하들이 농업학교 부지에 발을 들여놓자마자 미쳐 날뛰는 폭도들에게 공격당했소. 부지 밖으로 퇴각하기 전에 20명 넘게 부상을 입었소. 상상이나 되오? 특수부대 3분의 2가 말이오! 순식간에……!” 자호르스키는 감정을 다스리기 위해 몇 초 동안 말을 멈추어야 했다. “십여 명 정도 물리거나 할퀴어서 피가 났소. 일곱 명은 병원 이송을 아직도 기다리고 있고. 알베르트, 그러니까 포고젤스키 경위에게 격리병동 상황 파악을 위해 신속히 정찰하라고 명령했고, 15분 뒤에 보고하기로 했소. 그런데 소식이 없소. 그 뒤로 아무도 우리 쪽 통신에 답변을 하지 않소. 그리고 병력을 전부 그쪽 병동으로 보냈기 때문에 거기서 무슨 일이 일어났는지 확인할 방법이 없단 말이오. 그러니 대위가 프라체 경찰서에 연락해서 스타브워비츠카 거리에 순찰을 보내라고 해주면 좋겠소.”

"대기 병력으로 남겨두기로 한 부대는 어떻게 됐습니까?" 브란디스가 물었다.

"미로 공원 근처에서 지옥문이 열렸소. 대기 병력을 전부 그쪽으로 보내야만 했소. 인구밀도가 이렇게 높은 구역 한가운데에 격리병동을 마련하자는 생각을 한 게 대체 누구요? 게다가 커다란 공원 근처에?" 브란디스는 이 질문에 대답을 할 수도 있었지만 입을 다물었다. 그 대답을 들으면 상대방이 격노할 것이 분명했다. 브란디스는 얼마 전에 했던 자호르스키의 말을 떠올리고는 자기 치아를 모두 입안에 간직하고 싶었다. 자호르스키가 덧붙였다. "다시 요약하면, 당장 우리에게 병력과 무기를 충분히 지원해 주거나, 아니면 내 부하들을 부대로 퇴각시키시오. 진지하게 말하겠소."

브란디스는 수화기를 집어 들었다. 신호가 두 번 간 뒤에 그우슈친스카가 비서실에서 전화를 받았다.

"노바치크, 맞아, 여기 옆에 383호, 그 사람한테 가서 경찰부대에 얼마나 지원해 줄 수 있는지 물어봐요." 그리고 그는 수화기를 귀에 댄 채로 아랫입술을 깨물고 기다렸다. 자호르스키는 그에게서 한순간도 눈을 떼지 않았다. "고맙소." 긴 침묵 끝에 브란디스가 말했다. 그러곤 자호르스키에게 시선을 돌렸다. "완전무장한 42명을 보내드릴 수 있습니다."

"너무 적소." 자호르스키가 즉시 반박했다. "너무 지나치게 적어."

"지금 이 시간에 우리가 빼낼 수 있는 병력이 그 정도입니다. 보십시오, 오늘은 금요일이고 거의 밤입니다." 브란디스가 구석에 세워진 골동품 시계를 고갯짓으로 가리켰다. 자호르스키가 사납게 시계를 쳐다보았다. "한 시간 뒤에는 예비 병력을 30명, 어쩌면 40명 더 데려올 수 있습니다. 덜 중요한 경찰서들을 다 털면 전부 합해서 그 인원의 두 배나 세 배를 더 보내드릴 수도 있습니다만…… 군중 진압에는 도움이 되지 않을 겁니다."

자호르스키는 마침내 브란디스의 설명을 알아들었다는 듯이 고개를 끄덕였다.

"예비 병력 42명이라고 했지. 그 인원으로 나한테 뭘 어떻게 하라는 거요? 그 정도로는 미로 공원 상황을 정리하는 데도 불충분하다는 걸 정말로 이해 못 하는 거요? 그리고 말이 나왔으니 말인데, 대체 우리가 지금 진압해야 하는 상황이 정확히 뭐요? 니에치비에치 경위 말로는 무슨 강간범이나…… 뭐 그런 걸 진압하라고 우리를 보냈다던데……." 자호르스키는 경위가 사용했던, 자신이 알지 못하는 단어를 기억해 내려고 애쓰며 눈살을 찌푸렸다.

"저도 동무가 아시는 만큼밖에 모릅니다, 경감 동무." 브란디스가 자신을 또 짓밟는 듯한 자호르스키의 시선을 용맹하게 견디며 대답했다.

"이런 말도 했소." 자호르스키가 말을 이었다. "그런 놈 하나를 완전히 똥줄이 빠지게 작살을 냈는데 그놈은 아무렇지도 않더라고……." 자호르스키는 잠시 말을 멈추고 믿을 수 없다는 듯 고개를 저었다. "우리 애들이 그 자식 다리를 부러뜨린 뒤에야 쓰러졌다고 했소. 대위, 저 변질자들. 그래, 그게 내가 찾던 단어요…… 그놈들이 딱 짐승처럼 그렇게 물고 할퀴는 거 알고 있소? 대위가 보내준다는 그 예비 병력은 5분 안에 갈가리 찢어질 거요……." 자호르스키는 날카로운 시선을 브란디스의 눈 안에 박아 넣으며 잠시 침묵했다. “실탄 사용을 허가해 주시오.”

“돌았습니까?” 브란디스가 소리쳤다. “사령관이 전면 금지했습니다…… 당 중앙에서 사령관한테 전화했단 말입니다. 치란키에비치 동무가 직접 했다고 하던데…….” 그는 비밀스럽게 목소리를 낮추었다. “병든 민간인들입니다. 무장경찰 부대가 격리병동 주변을 뛰어다니면서 마주치는 사람 아무한테나 총을 쏜다고, 누가 제국주의 언론에 밀고라도 하면 어떻게 될지 알고 있습니까?”

“자유 유럽이나 런던은 우리에 대해서 그런 얘기는 하지 않소.” 자호르스키가 딱 잘라 반박했다.

“나한테서는 확실히 실탄 사용 허가는 얻어내지 못할 겁니다.” 브란디스가 경고했다. “난 사형장에서 인생 끝낼 생각 없습니다.”

“그러면 나한테 얘기해 보시오, 대위 동무, 그…… 병든 민간인들이 우리를 공격하는데 어떻게 막으라는 거요? 무기는 부대에 놔두고, 가서 좋은 말로 달래볼까? 아니면 그러다 행여 누가 다칠지도 모르니까 그냥 각자 알아서 빌어먹으러 가든가.”

“마베트 경위는 어떻게든 알아서 했습니다.” 브란디스가 서류 더미 맨 위에 놓인 보고서를 손가락으로 두드리며 대꾸했다. 지금까지 성공한 단 한 사람이었다.

“바로 그거요, 마베트. 그 얘기도 해야지. 여기로 오고 있소…….”

“여기는 왜 시바…….”

“시발, 여기 와야 할 이유는 많지. 마베트가 군용 무전기로 나한테 연락했소…….”

“왜 자기 무전기를 안 썼습니까?”

“나도 그게 이상했는데, 마베트가 군인들 앞에서는 얘기하려고 하지 않았소. 그래서 여기로 오라고 했소.”

“어느 검문소에서 전화했습니까?”

“콘초비 다리.”

“언젭니까?”

“15분 전.”

브란디스는 책상 위에 있던 서류를 뒤지더니 보고서를 마구 넘겼다.

“거기서 흥미로운 보고를 받았습니다. 경비병들이 총소리를 들었습니다. 21시 30분경입니다. 마베트 부대가 나타나기 바로 전입니다. 경감 동무 부대의 성과입니까?”

“난 거기에 대해선 아무것도 모르오…….” 자호르스키가 자신감을 잃고 어깨를 움츠렸다. 사령관의 절대 금지 명령을 위반한 냄새가 난 것이다. “대위가 직접 물어보시오. 곧 여기 도착할 테니까.”

브란디스 앞에서 전화기가 조용히 울렸다.

“뭐라고?” 브란디스가 수화기를 귀에 대고 으르렁거린 뒤에 곧 덧붙였다. “여기로 보내요.”

그우슈친스카가 문을 열고 위기대응본부의 나머지 구성원들을 집무실 안으로 들여보냈다. 자호르스키가 비에드지츠키의 견장을 보고 의자에서 벌떡 일어섰다.

“자호르스키 경감입니다. 인사하십시오.” 브란디스가 동료들에게 책상 주변 자리를 권하며 말했다. 비에드지츠키가 손을 흔들어 자호르스키에게 인사했다.

"차량부대 지휘관 맞소?"

"맞습니다." 자호르스키가 손을 가볍게 들며 짧게 대답했다. 요즘에는 꼭 해야만 하지 않으면 아무도 경례를 하지 않았다.

"문제 있소?"

"약간 있습니다."

"우리가 도와줄 일 있소?"

"성경을 외우고 계신다면."

"뭐라고?"

"제 부하들이⋯⋯ 병든 민간인들과 싸울 때 사용할 만한 적절한 인용구를 찾고 있습니다."

비에드지츠키가 질문하는 눈초리로 브란디스를 쳐다보았으나 브란디스는 그저 양손을 벌려 보인 뒤에 몸을 숙여 술병을 집어 들었다. 브란디스는 이 모든 상황이 지긋지긋했다. 만약 망해야 한다면 맑은 정신으로 망할 수는 없었다.

"도대체 뭐가 불만이오, 자호르스키 동무?" 비에드지츠키가 경찰 차량부대 지휘관을 향해 시선을 들었다.

"뭐가 불만이냐고요? 내 부하들 대부분이 미로 공원에서 부상을 입었고, 브로츠와프 남서쪽 프라체로 출동한 특수부대는 사라졌고, 프시에 폴레에 있는 격리병동을 진압하러 출동한 부대도 마찬가지고⋯⋯."

"잠깐!" 브란디스가 손에 술병을 든 채로 우뚝 멈추었다. "조금 전에 마베트가 경감 동무한테 연락해서 지금 본부로 오고 있다고 했잖습니까."

"물론 그렇지." 자호르스키가 인정했다. "하지만 마베트의 부대에 대해서는 한마디도 말한 기억이 없소."

"그러니까 경감 동무 말은……." 브레메르가 말을 시작했다.

"시발, 내 말은 마베트가 혼자서 여기로 오고 있다는 거요. 부하들이 어떻게 됐냐고 물었더니 나한테만 극비로 보고를 할 테니 다 알게 될 거라고 했소!"

"그 정도로 나쁩니까?" 니에시토가 신음했다.

자호르스키가 고개를 끄덕였다.

"당황하지 맙시다." 비에드지츠키가 부탁했다. "위기 발생한 지 한 시간 되었소. 우리 모두 협력하면 상황을 통제할 수 있을 거라고 난 확신합니다."

"모두 협력?" 자호르스키가 코웃음을 쳤다. "군 병력을 보내 줄 겁니까?"

"꼭 필요한 경우 시내에 정보부 한 팀을 파견하는 걸 생각해 보겠소." 비에드지츠키가 조심스럽게 대답했다.

"한 팀?" 자호르스키는 재미있어하는 것처럼 보였다. "이 도시가 조용해지기를 바란다면, 그것도 아침 5시까지 정리할 생각이면 내 부하들한테 최소한 2개 대대는 지원해 줘야 합니다."

"유감스럽지만 그건 불가능……."

"곤봉잡이가 모자랍니까?" 자호르스키가 비에드지츠키의 말을 끊었다. "정말입니까? 정보부 11부대는 어떻게 됐습니까?"

비에드지츠키가 웃음을 터뜨렸다.

"난 자살할 생각 없소." 그가 확고하게 대답했다.

"그러시다면 이제 사기는 그만 치고……." 자호르스키가 뭔가 더 말하기 전에 그 등 뒤에서 의미심장하게 중얼거리는 소리가 들려왔다.

“여러분을 걱정시키고 싶지는 않습니다만…….” 브레메르가 말했다. “지금 가장 큰 문제는 그게 아닙니다.” 미래의 제1서기장은 자신에게 쏠린 모두의 시선에도 불구하고 긴 시간 숙고한 끝에 자신의 생각을 펼쳤다. 적절한 단어를 찾는 것 같았다. “자틸니 동무는 알고 보니 겉보기처럼 그렇게 좌파도 멍청이도 아니었습니다. 애인을 폭로하겠다고 했을 때 저를 비웃었을 뿐만 아니라 세부 사항을 파고들기 시작했어요. 게다가 우리더러 매번 움직일 때마다 자기한테 허가를 받으랍니다. 문서로요, 아시겠습니까? 그러니까 즉…….”

“……우리 손을 떠났단 말이군.” 브란디스가 술병을 따서 그대로 자기 입으로 가져가며 문장을 끝맺었다.

나머지 사람들이 비난하는 눈초리로 그를 바라보았다.

“아, 그렇지.” 브란디스가 쑥스러운 듯 중얼거리며 술잔을 향해 손을 뻗었다. 그러나 손을 내밀다 말고 멈추더니 장식장을 열고 위쪽 선반에 놓인 1리터 술병을 꺼냈다.

그가 세 손가락 높이에서 술을 따라 나눠주었고 보드카가 모자라자 다른 술병을 땄다. 다들 건배 없이 전부 마시고 입을 문지르더니, 책상 표면 유리에 얼룩을 남기는 깊은 접시에 담긴 오이절임을 안주로 먹었다.

지휘부 구성원이 결정 과정에 참여하겠다고 하면 그들의 계획은 좌절될 수 있었다. 그날 밤은 1분 1초가 아까운데 저 늙다리 고집쟁이는 조금 뒤에 자러 가면서 아침까지 전부 다 기다리라고 할 것이었다.

“내게 생각이 있소, 여러분.” 비에드지츠키가 음울한 고민에 잠긴 동료들을 불렀다.

"좋은 생각이길 바랍니다." 자호르스키가 중얼거렸다.

"소령님은 좋은 생각이 아니면 말 안 합니다." 브레메르가 경감에게 장담했다.

소령은 혼자 코웃음 쳤다.

"브레메르, 아래층 당직자가 자네 들어올 때 출입자 기록했나?"

지역 인민위원회 제1서기장 후보는 고개를 저었다.

"경찰 예비부대가 난장판을 벌이는 중이라 당직자가 내 신분증도 확인 안 하고 들여보냈습니다."

"나를 아주 씹어 먹어라." 브란디스가 으르렁거리며 전화기를 향해 손을 뻗었다. 누군가에게 진심으로 한바탕 쏟아부을 생각이었다. 감히 말대꾸를 못 하는 사람에게 쏟아붓는 게 가장 좋을 것이었다.

"잠깐……." 비에드지츠키가 몸을 기울이며 전화기를 손으로 막았다. "기다려." 다시 한번 말하면서 그는 브란디스의 손에서 수화기를 가져갔다. "자털니는 명령을 내렸지, 그건 사실이야, 그렇지만 우리는 당분간 그걸 아직 모르는 거야. 그리고 우리한테 누가 와서 말해주기 전에는 계속 모르는 거라고. 알아들어?" 그가 한 명 한 명 눈을 맞추면서 물었다. 참석한 사람들의 얼굴에 미소가 떠오르기 시작하면서 하나둘씩 고개를 끄덕였다. "브레메르, 비서실에서 민간인 직원 한 명 데리고 살짝 빠져나가. 나갈 때 출입자 기록부 못 쓰게 하고. 그리고 돌아올 때는…… 우리한테 시간을 얼마나 줄 수 있지?"

브레메르가 수첩을 꺼냈다. 브레메르는 그 수첩에 유용한 인용구를 기록했고 모든 일을 꼼꼼하게 정리해 두었다.

"한 시간이나 최대 한 시간 반, 그 뒤에는 내가 공식적으로 여기 나타나야 합니다."

모두 다시 한번 고개를 끄덕였다.

"그 정도면 충분할 거야." 비에드지츠키가 만족스럽게 양손을 문지르며 결론을 내렸다. "우리가 지금 당장 일을 시작하면 자털니 동무의 공식 명령이 내려오기 전에 계획 전체를 움직일 수 있어."

"제복의 천재십니다." 니에시토가 소령의 등을 두드려준 뒤에 브레메르에게 고갯짓을 하더니 함께 문 쪽으로 향했다.

그러나 비서실에서 일하던 여성들의 겁에 질린 비명을 듣고 두 사람은 멈추어 섰다. 브란디스의 집무실에 있던 사람들 모두 벌떡 일어섰다. 첫 충격의 순간이 지나가자 민간인인 브레메르와 니에시토는 제복 입은 동료들 뒤로 서둘러 물러섰고, 자호르스키와 비에드지츠키는 동시에 권총집에 손을 가져갔다. 한편 브란디스는 한참 전에 모자와 함께 허리띠를 걸어놓은 옷걸이 쪽으로 달려갔다. 몇 초 뒤에 누군가 주먹으로 문을 마구 두드리더니 대답도 기다리지 않고 거즈로 감싼 문고리를 밀어젖혔다.

문 앞에 키 큰 남자가 머리서부터 발끝까지 푹 젖은 전투복을 입고 나타났다. 남자의 등 뒤에는, 한때는 흰색이었으나 이제는 피투성이가 된 간호사복을 입은 여자가 끈에 묶인 채 발버둥 치고 있었다. 남자는 자신을 향해 곧바로 겨눈 총구를 보고 걸음을 멈추었다. 겁을 먹었다기보다는 잔뜩 화가 난 것 같았다.

"마베트?" 자호르스키가 총을 내렸다. "무슨 짓인가? 저건 누구야?" 그가 바닥에서 몸부림치는 간호사를 가리켰다.

"이나 므워치츠카 시민입니다." 마베트 경위가 짧게 대답했다. "현재 상황 관련 증거입니다."

방 안에 있던 결정권자들은 마베트가 끌고 온 여성의 팔다리가 부러져 있다는 사실을 돌연 깨달았다. 그리고 이어서 그들은 또 한 가지 사실을 눈치챘다. 지금까지 이 간호사는 아무런 소리도 내지 않았다.

"무슨 일인지 설명해 보겠……?" 자호르스키가 말했다.

"물론입니다!" 마베트는 마치 상관과 이야기하고 있다는 사실도 잊은 듯 거칠게 자호르스키의 말을 끊어버렸다. "저 시민을 여기에 데려온 이유는 그렇게 하지 않으면 당신들이 이전의 그 미엘레흐에게 했던 것처럼 웃어넘길 게 뻔했기 때문이오."

"그 술주정뱅이가 무슨 상관이……?" 브란디스가 말을 시작했으나 마베트 경감은 그가 끝까지 말하도록 기다리지 않았다.

"미엘레흐 경사는 사실대로 말했습니다." 마베트가 두꺼운 가죽 장갑을 손에 끼며 대답했다. "지금 증명해 보이겠소."

마베트는 바닥에 뒹구는 므워치츠카 위에 다리를 벌리고 서서 양손으로 그녀의 머리를 붙잡고 방 안에 모인 남자들을 하나씩 쳐다본 뒤에 재빠른 몸짓으로 단번에 므워치츠카의 목을 비틀었다. 마베트의 등 뒤에서 겁에 질린 비명이 들리더니 둔하게 쓰러지는 소리가 났다. 활짝 열린 문 뒤에 서 있던 비서 그우슈친스카가 기절해서 힘없이 마룻바닥에 쓰러진 것이다.

마베트는 순간 어지러워진 듯 잠시 휘청거렸으나 곧 정신을 차리고 한 걸음 뒤로 물러나서 가죽을 댄 집무실 문을 발뒤꿈치로 밀어 비서실에 모여 있는 부사관들이 이 끔찍한 시범을 볼 수 없도록 가렸다.

"동무, 정신이 나갔소?!" 자호르스키가 나머지 사람들 못지 않게 당황하여 고함쳤다. "이 여자 목은 왜 꺾은 거요?"

"지금 우리가 누구를, 아니 무엇을 해결해야 하는지 동무들 눈으로 직접 보게 하기 위해서입니다." 마베트가 므워치츠카를 손가락으로 가리키며 뒤로 물러섰다.

그들은 숨을 죽였다. 그리고 모두가 그대로 선 채 얼어붙었다. 간호사는 전혀 죽은 게 아니었다. 계속 바닥에서 몸부림치고 있었는데, 게다가 지금은 고개가 아주 이상한 각도로 매달려 있어서 간호사가 움직일 때마다 마룻바닥에 부딪혔다. 마베트는 수십 센티미터 길이의 기다란 칼을 꺼내 팔을 크게 휘두르더니 누워 있는 간호사의 등 한가운데 찔러 넣어 간호사를 마룻바닥에 고정했다.

"자, 이제 격리병동에서 정말로 무슨 일이 일어나고 있는지 이야기합시다." 마베트가 장갑을 벗으며 덧붙였다.

* * *

경위가 이야기를 모두 마친 뒤에도 한동안 집무실 안에는 공동묘지 같은 무거운 침묵이 흘렀다. 군인과 경찰들은 민간인들을, 민간인들 역시 마찬가지로 군인과 경찰들을 그저 바라보기만 했다. 모든 사람의 눈에 공포와…… 충격이 서려 있었다. 마베트가 므워치츠카를 데려오지 않고 지난 한 시간 동안 일어난 일을 그저 입으로만 보고했다면 그들은 그의 말을 단 한마디도 믿지 않았을 것이다. 그러나 이제 그들은 눈앞에서—간호사가 목이 돌아갔는데도 계속해서 등에 꽂힌 칼을 빼내려고 몸부림치는—생생한 증거를 바라보고 있었다.

처음으로 말을 꺼낸 사람은 자호르스키였다.

"경위, 저…… 저 변질자들에게 부상당한 사람은 전부 감염된 게 확실한가?"

마베트가 고개를 끄덕였다. 본부로 오는 길에 그는 머릿속으로 전부 정리했다. 마베트 경위는 교육을 많이 받거나 세련된 사람은 아니었지만 일하는 요령은 절대로 부족하지 않았다. 게다가 그는 상황 파악이 아주 빨랐다. 첩보 부대에 몇 년 복무하며 최전선에서 스무 번 이상 적들과 부딪쳤고 그 경험이 그에게 신속하고 논리적인 이해력을 길러주었다. 그러므로 그가 여러 사실을 연결하는 데는 많은 시간이 필요하지 않았다. 그의 겸손한 의견에 따르면, 환자들과의 밀접 접촉은 필연적으로 감염으로 이어졌다(왜냐하면 이것은 뭔가 전염병의 일종이 분명했기 때문이다). 자기 부하들이 돌변하는 모습을 보면서 그는 직접 이 사실을 확인했다.

"하느님 맙소사……." 자호르스키가 속삭였고 경위는 매우 크게 놀랐다.

종교는 인민의 아편이라고 마르크스가 말했고, 레닌은 기회가 될 때마다 그 말을 되풀이했다. 마베트는 이 말에 전적으로 동의했고 그래서 주변에서 누군가 성호를 긋거나 기도를 할 때마다 매번 충격을 받았다. 그런데 오늘은 벌써 그런 광경을 두 번이나 목격했다. 게다가 경찰 간부가 '하느님'이라니! 놀랍게도 다른 군경 간부들은 자호르스키의 행동에 전혀 반응하지 않았다. 방금 들은 최신 보고에 다들 너무나 어리둥절해서 그런 헛소리에 신경 쓸 여력이 없었다.

자호르스키가 갑자기 정신을 차리고 자리에서 벌떡 일어났다.

"부하들에게 경고해야겠소."

"전화하십시오!" 브란디스가 그에게 전화기를 내밀었다.

"전화도 하고 무전도 보내고 할 수 있는 건 다 해야겠소." 자호르스키가 불안해했다. "무전기 주시오."

"383호실이 우리 순찰대와 연결된 임시 통신실이오." 현장에 출동한 부대들의 조직과 협력도 담당하는 비에드지츠키가 자호르스키에게 알려주었다.

자호르스키 경감은 대답하지 않은 채 므워치츠카 위로 뛰어넘더니 문밖으로 사라져 버렸다. 마베트는 상관을 따라가려 했으나 나머지 사람들이 그를 붙잡고 더 자세한 설명을 요구했다. 첫 충격의 순간이 지나가고 이제는 본부 결정권자들 모두 그에게 수백 가지 질문을 퍼부어 댔다.

마베트는 세부 사항을 전달하고 자신이 본 그대로를 묘사하면서 차분하게 대답했다. 또한 그는 본부에 도착하기까지 어째서 시간이 그렇게 오래 걸렸는지, 자기 부하들이 돌변해서 위협하는 것에 대처해야 했다는 것도 설명했다. 마베트는 그들을 오드라강으로 이어지는 선착장 입구 부근에 그대로 남겨두는 것은 좋지 못하다는 생각에, 충돌사고 현장으로 돌아가서 공격적인 변질자들이 전부 자기 쪽으로 향할 때까지 주변을 돌아다녔다. 그들은 자동차 판매소 전시장까지 마베트를 따라갔고, 거기서 개 냄새를 맡자마자 갑자기 순해진 사냥개들이 철창 주변으로 모여들었다. 마베트는 그사이에 울타리를 뛰어넘어 뒷길로 돌아 다시 브뤼크네르 거리로 나갔다. 자신의 해결책이 변질자들로부터 주변 거주민들을 보호할 수 있기를 그는 희망했다. 최소한 변질자들과 싸울 준비를 갖춘 부대가 그곳에 도착할 때까지만이라도 말이다.

어느 순간 브란디스 대위가 그의 말을 가로막고 수화기를 들었다.

"내무부 병원 연결해요." 그가 말했다. "보그단 바꿔요. 무슨 소리야, 어느 보그단이냐니? 아렌지코프스키 말이오. 그래, 이름이 보구미우인 건 알고 있소. 그러면 고무우카 동지는 이름이 브와디스와프인데 왜 다들 비에스와프라고 말하지?"

기다리면서 그는 손가락으로 불안하게 책상을 두드렸다.

"보그단? 여기로 꼭 와야 해. 당장. 뭐? 그래, 바쁜 건 나도 알아, 하지만 내 말 들어, 새로운 감염병에 대해서 너의 관점을 전부 바꿔줄 일이 생겼어…… 빨리 와." 그는 수화기를 내려놓고 마베트에게 고개를 끄덕여 보였다. "우리 쪽 최고의 감염병 전문가요." 그가 설명했다. "계속하시오, 동무, 계속해요."

경위는 말을 이었다. 그러다 문가에 분필처럼 창백한 자호르스키가 나타났을 때에야 마베트는 입을 다물었는데, 자호르스키는 아무 말도 하지 않고 브린디스의 마호가니 책상에 다가와 보드카를 술잔에 가득 따랐다. 그러곤 단번에 다 마셨지만 안주는 먹지 않았다.

모두 그를 불안하게 바라보며 입을 열기를 기다렸으나 자호르스키는 고집스럽게 침묵을 지켰다.

"뭔가 말씀하실 겁니까, 아니면 성경에 나오는 소금기둥처럼 그렇게 서 계실 겁니까?" 브란디스가 견디지 못하고 물었다.

'오호, 이 동무도 성경을 인용하는군.' 마베트가 상관에게서 눈을 떼지 않고 씁쓸하게 생각했다.

자호르스키는 입술을 핥고 이제 거의 다 비워버린 술병을 향해 다시 손을 뻗었다. 그러나 이번에는 브란디스가 그를 막고 먼저 손을 뻗어 술병을 자기 쪽으로 당겼다.

"다 털어놓으십시오." 브란디스가 부탁했다.

자호르스키는 무겁게 한숨을 쉬었다.

"우리 통신병하고 얘기했소. 글자 그대로 5분 전에 마지막 부대와 연락이 끊겼소. 시내에서는 아무렇지 않게 학살이 벌어지고 있소." 그가 비난하는 눈초리로 비에드지츠키를 쳐다보았다. "지금 당장 군대를 보내지 않으면……."

"충분히 명확하게 말하지 않았습니까!" 브란디스가 분개하며 말을 막았다. "실탄 사용 허가를 얻지 못했습니다. 바르샤바에서……."

"허가? 그룬발트에서는 지금 총 쏴도 되는지 그런 건 아무도 고민하지 않소. 내 말 믿으시오." 자호르스키가 손가락을 들어 벽 쪽을 가리켰다. 그 벽 너머 어딘가에 그가 방금 말한 그룬발트 광장이 위치해 있었다. "내 부하들 중에서 아직 살아 있는 애들은 가능한 한 모든 방법을 동원해서 방어하고 있소. 창문을 열면 총소리가 들릴 거요."

자호르스키는 꼼꼼하게 닫아놓은 커튼 쪽으로 발걸음을 옮겼으나 브란디스가 즉시 그의 앞을 막아섰다.

"그게 사실이면 우린 전부 사형장에서 끝장날 거요." 그가 씩씩거렸다.

자호르스키가 쉰 목소리로 웃었다.

"그편이 더 낫지……." 그가 고갯짓으로 므워치츠카 쪽을 가리켰다.

"자호르스키 경감이 옳소." 비에드지츠키가 그를 지지했다. "그게 유일한 해결책이오. 지금 당장 현장에 군대를 보내지 않으면 감염병이 도시 전체로 퍼질 거요."

"그건 안 됩니다." 브란디스가 놀라서 반대했다.

"어째서?" 비에드지츠키가 물었다. "저기 있는 저 므워치츠카를 보시오. 우리가 상대해야 하는 건 병든 민간인이 아니라 어떤 괴물이오……. 게다가 죽이기도 힘들고."

"힘들다기보다는 그…… 죽일 수 없습니다." 마베트가 마지막 순간에 '불사'라는 단어를 피해서 말했다.

"죽일 수 없는 생물체는 없소." 소령이 그의 말에 반박했다.

"아마 이미 죽은 상태일 겁니다." 경위는 물러서지 않았다.

"죽은 상태면 살아 있지 않아." 비에드지츠키가 화를 냈다. "살아 있지 않다면 움직이지도 않고."

"다들 조용히 해!"

브란디스가 패닉에 빠지기 시작했다. 교수대 위의 죽음은 절대로 반갑지 않았으나 경찰부대가 일반 시민들에게 총을 발사한 게 사실이라면 그의 미래에 달리 남은 건 없었다. 하지만 다시 생각해 보면 경찰이 어떻게 했어야 하는가? 바로 그들 앞에는 마룻바닥에 살아 있을 수도 없고 움직일 리는 더더욱 없는 여성이 계속해서 몸을 뒤틀고 있었다.

"브란디스가 옳습니다." 니에시토가 동료를 지지했다. "그만 떠들고 행동해야 합니다. 아직은 어떻게든 할 기회가 있을지도 몰라요…….”

모두 열심히 고개를 끄덕이는 것을 보고 니에시토는 비에드지츠키에게 말했다.

“소령님은 언제나 가장 냉정하게 생각하는 사람이죠. 우리가 어떻게 해야 할지 말해주시죠.”

소령은 의자에 깊이 파묻힌 채 브란디스가 권하는 술잔을 손짓으로 거절했다. 그는 보드카를 싫어했는데 오늘은 화려한 결혼식에 몇 번 참석했을 때보다도 더 많이 마셨다. 게다가 지금은 정신을 집중해야 했다. 침묵이 1분, 2분간 계속되었다. 마침내 소령이 고개를 들고 마베트를 바라보았다.

“경위, 자호르스키 경감과 브레메르와 함께 자틸니 동무 집으로 가서 사실대로 말하시오. 여기서 우리한테 했듯이 사실을 전부 다 얘기하시오.”

“자틸니는 꽉 막힌 마르크스주의자예요.” 니에시토가 반대의견을 표명했다. “죽은 자가 부활하다니 절대 안 믿을…….”

“므워치츠카 동무를 보여주면 전부 믿을 거요.”

이 말에 니에시토는 입을 다물었다. ‘맞아, 우리한테도 그 정도 효과가 있었으니…….’

“나는 그동안 부대에 경보를 발령하겠소.” 비에드지츠키가 말을 이었다. “보병대를 시내에 최대한 많이 보내고 기계 부대 지원도 하겠소. 모든 격리병동에서 1킬로미터 반경 안에는 엄격하게 차단하고 단계적으로 반경을 좁히겠소. 시야에 들어오는 모든 변질자는 총살하라고 명령할 거요. 놈들을 죽일 수 없다면 으깨버리고, 그런 뒤에…….” 그는 잠시 생각했다. “그런 뒤에 남은 유해는 태워서 혹시 모를 재생을 예방하겠소.”

"그건 성공할 것 같습니다." 마베트가 야하치의 다리와 그 위로 기어다니던 내장을 생각하며 동의했다. '가루가 되었다가 부활하기는 쉽지 않겠지.' 그렇게 생각했다가 마베트는 곧 속으로 욕을 했다. 자기 말이 수상쩍을 정도로 성경 문장과 비슷하게 들렸기 때문이다.

"아, 그리고 또 하나. 이 시간부로 도시 전체 교통을 통제하겠소. 전차와 시내버스 전부 즉각 차고지 혹은 가장 가까운 종점으로 회차하게 하시오……." 비에드지츠키는 눈길로 방 안의 사람들을 훑어보았다. "내가 뭐 잊은 거 있소?"

"바르샤바요." 니에시토가 알려주었다.

"바르샤바 뭐?"

"누군가는 당 중앙에 알려야 합니다."

"그렇지." 비에드지츠키가 얼굴을 찡그렸지만 다음 순간 그의 입가에 짓궂은 웃음이 떠올랐다. "자틸니가 결정을 내리고 싶어 하니 직접 치란키에비치에게 보고하면 되겠군. 하지만……." 그는 어쩔 줄 몰라 하는 브레메르를 바라보았다. 피와토프스키 동무의 최애 부하는 명백하게 상사와의 대화를 두려워하고 있었다. "하지만 작전이 제대로 펼쳐진 다음에 해도 되겠지. 문서로. 알겠나?"

그들은 모두 드물게도, 만장일치로 고개를 끄덕였다. 그러나 곧 브란디스가 불안한 어조로 빠르게 쏟아냈다.

"전부 다 아름답고 좋은데, 다만 저기…… 저 그…… 므워치츠카 동무를 여기서 데리고 나갈 수는 없습니다. 이제 곧 아렌지코프스키 박사가 므워치츠카 동무를 데리러 올 겁니다."

"걱정하지 마십시오, 대위 동무." 마베트가 그를 안심시켰다.

"아래 세워놓은 트럭에 똑같이 감염된 자들이 40명은 더 있습니다. 박사 동무가 원하신다면 전부 데려가셔도 됩니다."

마베트, 자호르스키, 그리고 그들과 함께 브레메르가 돌변한 므워치츠카를 데리고 집무실을 나가고 난 뒤 마룻바닥에는 악취를 풍기는 거대한 갈색 얼룩이 남았다. 브란디스는 그 얼룩을 보고 얼굴을 찡그렸다. 그리고 조심스럽게 문가로 가서 비서실을 내다보고, 여전히 흐느끼는 그우슈친스카의 불평에도 아랑곳하지 않고 야간 근무하는 미화원을 부르도록 명령했다.

잠시 후 그가 의자에 무겁게 주저앉으며 말했다. "내 생각엔 헛수고입니다."

"그렇게 나쁘진 않아." 비에드지츠키가 그를 위로했다. "프시에 폴레에서 어떻게든 해냈으니까 도시 나머지 지역에서도 질서를 유지할 수 있어."

"예에에에……." 브란디스가 중얼거렸다. "동쪽 강변에는 변질자가 한 명도 안 남아 있어서 그나마 다행입니다."

8

1963년 8월 9일 금요일 21시 35분
프시에 폴레, 키에우초프스카 거리

마그달레나 지가드워바는 약간 열려 있는 커튼 사이로 거리를 내다보았다. 경찰 호송대가 시내 쪽으로 떠난 지 30분이 넘었다. 몇 분 뒤에 그는 항공학교 방향에서 총소리 같은 커다란 굉음을 들었다. 그때부터 마그달레나는 매번 창가로 다가가서 어둠에 잠긴 거리를 눈으로 훑었다.

"좀 그만하지." 집 안쪽 깊은 곳에서 남편이 심드렁하게 말했다. "물건 포장해야 하는데."

마치에이 비엔체크와 만나기로 약속한 10시 반이 채 한 시간도 남지 않았는데, 아직 주문받은 밀주를 절반도 나눠 담지 못했다.

"틀림없다니까, 여보, 격리환자들한테 무슨 일이 생긴 거야." 마그달레나가 아마 50번 정도 말했을 것이다. "총을 막 쏴대는 소리를 내가 들었다니까."

"아마 군용 지프차나 그런 뭔가 차 바퀴라도 터졌겠지." 아담이 밀주를 1리터 병에 담으며 코웃음 쳤다. "자, 여보, 그렇게 멍하니 있지 말고 도와줘, 꽉 찬 술통을 옮겨야 해."

마그달레나는 내키지 않아 하며 창문에서 멀어졌다. 이곳, 프시에 폴레 변두리에서는 별다른 일이 일어나지 않았다. 그러니까 항공학교에 격리병동이 생기기 전까지는 그랬다. 주민들은 이전에 그렇게 많은 자동차를 본 적이 없었다. 그런데 지금은 차들이 계속 왔다 갔다 했다. 때로는 한 시간도 지나지 않아 또 다른 차가 지가드워 부부의 조그만 오두막 창문 너머로 쌩하니 지나갔다. 마그달레나는 이 반짝이는 자동차들이 아주 마음에 들었다. 한번은 자신도 그런 차를 타본 적이 있었는데, 1957년에 경찰이 그녀를 시초프스카 거리, 그러니까 그 공동묘지 맞은편 술집에서 끌어냈을 때였다. 하지만 너무 취해서 시체처럼 뻗어 있었기 때문에 그날 밤 일은 별로 기억나지 않았다.

그녀는 아담을 도와 무거운 술통을 기울였다. 이럴 때는 조심해야 했는데, 술통을 처음 기울였을 때 확 쏟기 쉬웠고 구두쇠 남편은 그게 마음에 들지 않아 굉장히 화를 내며 야단법석을 피웠기 때문이다. 술병 바깥으로 쏟아진 밀주에서 오줌 같은 맛이 났으니까. 무엇보다 남편은 손해 보고 물건 파는 걸 아까워했다.

마그달레나는 술통을 도로 세우며 남편을 바라보았다. 아담은 재능이 있었고 그래서 마그달레나는 그를 눈여겨봤다. 그는 프시에 폴레에서, 어쩌면 브로츠와프 전체에서 술을 가장 잘 빚었다. 그래서 숙녀들이 도시에서부터 이 외곽까지 그를 찾아오곤 했다. 다들 여러 달콤한 말로 그를 칭찬했지만 아담은 유명해지는 걸 원하지 않았다. 그렇게 자꾸 소문이 나면 문제만 생길 뿐이라고, 그는 언제나 말했다. 사람들이 입방정을 떨기 시작하면 조만간 정부에서 알게 된다. 그리고 중앙당은 누군가 당의 등 뒤에서 돈을 버는 걸 좋아하지 않았다. 아무렴, 절대 좋아하지 않았다.

아담은 새 술병 한 줄을 더 꺼냈다. 두 사람은 1리터짜리 열 병을 채운 다음 마개를 꽂고 밀봉했다. 마지막으로 남편이 상표를 붙였다. 상표는 직장 동료가 스크린 인쇄를 해서 만들어 주었다. 아담은 그 덕분에 밀주가 더 멋져 보일 거라고 말했다. 그리고 그 상표는 술병으로 그들을 추적하려는 사람을 따돌려 줄 것이다. 상표 스티커에는 '최고의 스보이치츠키'라고 찍혀 있었는데, 혹시나 정부에서 뒤질 경우 옆 마을의 스보이치츠키를 찾으라고 그렇게 한 것이다. '우리 남편 참 머리도 좋고 똑똑하지.' 마그달레나는 남편을 다정하게 바라보며 생각했다. '의과대학 같은 뭐 그런 대학교 나온 사람 같아.'

밀봉을 끝낸 뒤에 마그달레나는 다시 창문가로 갔다. 길거리에서 아무도 그를 볼 수 없도록 손가락으로 커튼을 아주 살짝만 젖히고 조심스럽게 비에 흠뻑 젖은 키에우초프스카 거리를 내다보았다.

"하느님 세상에 맙소사!" 그녀는 마치 불에 덴 듯 창문에서 펄쩍 물러나서 옷을 입으려고 집 안을 두리번거렸다.

집 안에서 그녀는 여름이나 겨울이나 언제나 똑같은 속옷만 입고 돌아다녔다. 밀주는 따뜻한 곳에서 더 맛있게 익었으므로 부부는 난방비를 아끼지 않았다.

"왜 그렇게 난리야?" 아담이 잔뜩 짜증이 나서 고함쳤는데, 마그달레나가 소리를 지르는 바람에 깜짝 놀랐고, 그래서 술병에 상표를 비뚤게 붙였기 때문이었다. 그리고 그는 손해 보는 것을 싫어했다, 아주.

"결국 우리를 잡으러 왔어!" 마그달레나가 식탁 주변을 뛰어다니며 훌쩍거렸다.

"누가 왔어?" 아담은 즉시 술병을 숨겼다.

"경찰이지, 달리 누가 오겠어?" 마그달레나가 여기저기 무더기로 쌓여 있는 물건들을 바라보며 구석에서 대답했다.

아담은 불안한 마음이 슬슬 솟아오르는 것을 느꼈다. '경찰? 이 시간에?' 그는 가까운 창문으로 다가가 아내가 이전에 했던 것과 똑같이 조심스럽게 직접 바깥을 내다보았다. 그리고 순식간에 창백해졌다. 마그달레나가 한 말이 사실이었다. 오두막 앞에 제복 입은 사람 두 명이 서 있었다. '우린 끝장이야.' 그는 생각했다. '집 안에는 가득 채워진 술병 50개가 있고, 술병에 담으려고 대기하고 있는 밀주가 가득 든 술통 두 개가 있는데. 당장은 여기 있는 술의 4분의 1도 숨기지 못할 텐데. 경찰이 오면 바로 날 끌고 가겠지…….'

그는 바짝 마른 입술을 핥으며 바깥을 다시 내다보았다. 이번에는 침입자들을 좀 더 주의 깊게 살펴보았다. 그들의 행동에서 아담은 뭔가 이상하면서 동시에 익숙한 것을 눈치챘다. 두 명은 선 채로 휘청거렸고, 한 명은 제복 앞섶을 풀어헤친 데다 모자도 없었다. 아담은 혼자서 웃음 지었다. '한잔 걸쳤는데 좀 더 마시고 싶어서 온 거군.' 그러나 마그달레나가 그토록 얘기했던 호송대 경찰들이 분명히 밀주를 징발해서 자기들도 재미 좀 보려고 온 거라고 짐작했다. 경찰이 아무리 압수해도 격리병동에는 밀주가 엄청나게 성행했다. 심지어 최근에는 순찰대원들이 담장 모서리마다 밀주병을 줄지어 세워놓을 정도였다. 지가드워 부부는 격리환자들에게 술을 팔지는 않았지만 인근 청소년 몇몇이 자기들이 마시려고 사 갈 뿐 아니라 밀주를 팔아서 돈을 마련하려고 부부의 밀주를 사 가는 것을 알고 있었다. '누가 붙잡혀서 한 대 맞고 전부 다 술술 불었구나. 어차피 그렇게 됐다면…….'

"자, 그만 울어, 여보. 내가 해결할게." 아담은 더러운 티셔츠를 바지 안에 밀어 넣고 손가락으로 머리를 빗고 겨드랑이에 1리터 병 두 개를 끼고 입속말로 조용히 욕하며 문가로 갔다. 손해 보는 걸 좋아하지 않았지만 지금은 방법이 없었다. 해야 한다면 해야 하는 것이다.

"당신 정말로 미쳤어?!" 아내가 뒤에서 그를 불렀다. "감옥에 갇힌다고, 개처럼!"

"입 다물라고 그랬잖아. 그리고 내가 얘기하는 동안 나타나지 마." 그는 아내에게 이렇게 말한 뒤 문을 열고 나갔다.

마그달레나는 삐걱거리며 대문이 열리는 소리를 들었다. 현관문이 큰 소리를 내며 닫히기 전에 마당에서 남편이 즐겁게 외치는 소리가 들려왔다.

"저렇게 똑똑한데 가끔씩 멍청이 중에서도 상 멍청이가 된다니까." 마그달레나는 원피스 단추를 채우며 투덜거렸다.

그녀는 식탁 앞에 웅크리고 앉아 있었지만 한곳에 가만히 있을 수가 없었다. 아담이 하지 말라고 했지만 그래도 창가로 가고 싶어 근질근질했다. '하지만 내가 거기 있는 걸 보면 또 때릴 거고, 그러면 나는 눈 밑에 멍을 달고 지내야겠지.' 얼마 전에는 일주일 내내 머리카락으로 얼굴 절반을 가리고 다녀야 했다. 직접 양조한 독한 밀주를 마시고 얼굴을 찡그리면 아직도 한쪽 볼이 아팠다. '그래, 밀주…….'

그녀는 거의 비어버린 술통에 컵을 살짝 담가서 절반만 퍼낸 다음 코가 찡할 정도로 한껏 들이마셨다. '우린 좋은 밀주를 만들지. 오드라강 이쪽에서 최고야. 그 교수님도 그렇게 말했어, 향수 냄새 나는 그 말끔한 양반. 오랜 단골이지. 벌써 3년째 사 가니까. '준기적'(주기적을 잘못 말한 것)으로. 달마다 네 병씩. 언제나 10일에 월급 받은 직후. 문화적인 사람이야, 매일 술잔을 기울이지. 우리 집 저 주정뱅이하고는 달라…….'

술기운이 돌면서 마그달레나는 활기가 솟았다. 남편이 화를 낼 테면 내라지, 그래서 어쩌라고, 좀 아프다가 언젠가는 낫겠지. 마그달레나는 살그머니 창가로 다가가 밖을 내다보았다. 경찰은 아무 데도 없었다. 거리는 텅 비어 있었다. 이상하다. 그는 담배 연기로 노랗게 된 커튼을 조금 더 젖히고 더 자세히 살펴보았다. 그래도 아무것도 없었다. '잡아갔어!' 그녀는 겁에 질려 생각했다. '우리 남편 감옥 갔어! 만약의 만약에는 어떻게 하기로 했더라? 생각해 봐, 아줌마, 생각해. 돈이 든 유리병은 텃밭에 묻어놨지. 길거리와 훔쳐보는 눈으로부터 멀리. 거기까진 절대로 찾아내지 못할 거야. 집 안에는 마지막으로 받은 돈을 넣은 깡통과 이 술병들뿐이야. 놈들이 남편을 경찰서로 데려갔으면 다시 여기로 올 거야. 도망가야 해.'

마그달레나는 몇 가지 구겨진 물건들을 옆구리에 끼고 낡아 빠진 신발을 신은 다음 우비를 걸치고 현관으로 달려갔다. 땀에 젖은 손가락이 문고리 위에서 미끄러졌지만 마침내 문을 여는 데 성공하여 마당으로 굴러 나갔다. '이젠 어디로 가지?' 그녀는 열띠게 생각했다. '어디로?' 관목숲 속을 밤에 지나가는 건 아주 무서웠지만 거리로 나가면 아담처럼 잡혀갈 수도 있었다. 놈들이 여기 어딘가에 숨어서 기다릴지 누가 알겠는가…….

'바보 같은 소리, 누굴 잡으려고 숨어서 기다려? 나를? 거리가 더 확실해. 멀지 않은 곳에 사촌도 살잖아, 파르나 거리에. 거기까진 아무도 날 찾으러 오지 않을 거야, 뭐 하러 한밤중에 덤불 속에서 나방하고 싸워야 해?'

그녀는 모퉁이 너머를 내다보았다. 조용하고 평온했다. 벽돌담을 따라 뛰어가다가 갑자기 멈추어 섰다. 손이 떨려서 물건들이 떨어져 나갔다.

"아담?" 그녀가 속삭였다. 그렇다, 남편이었다. 축축한 잔디밭 한가운데 누워 있었는데 티셔츠는 가슴 부분이 갈가리 찢어지고 피투성이였다. 마그달레나는 남편에게 다가가서 쪼그리고 앉았다. "아담, 여보, 놈들이 무슨 짓을 한 거야?"

그녀는 남편의 가슴에 귀를 대보았으나 그 순간 비가 거세게 쏟아져 남편의 심장 소리를 들을 수가 없었다. 조금 전까지 잦아들었던 빗줄기가 다시 거세지고 있었다. 그러나 마그달레나는 벌어진 우비 목깃 사이로 흘러들어 오는 차가운 물줄기에 신경 쓰지 않았다. 지금 그녀에게 중요한 것은 단 하나, 사랑하는 남편이 의식을 잃고 땅에 쓰러져 있는데도 그녀가 남편을 도울 수 없다는 사실이었다.

마그달레나는 어두운 하늘을 향해 고개를 들고 통곡했다. 그녀의 볼에 흘러내린 눈물이 빗물과 섞였다. 그녀는 아담의 힘없는 손을 잡고 자기 가슴으로 가져갔다. 속으로 기도를 했다. 하지만 기도해 본 지는 벌써 십수 년이 훌쩍 넘었고 어쩌면 전쟁이 끝난 뒤로 한 번도 안 해본 것 같았다. '그를 빼앗아 가지 마세요, 주님. 지금은 안 돼요, 고객이 곧 온다고요. 주문도 많

아요. 큰돈이 걸려 있다고요!'

그녀는 남편의 손가락이 움직였다는 사실에 주의를 돌리지 않았다. 더 세게 그의 손을 쥐었을 때야 그녀는 반응했다. '감사합니다, 하느님. 일요일에 촛불 바칠게요.' 속으로 약속하며 그녀는 아담이 일어서기 시작하자 웃기도 하고 기뻐서 울기도 했다. 단 한 번도 욕하지 않는 걸 보니 남편은 아직도 충격에서 벗어나지 못한 것 같았다. 아담이 단단히 입 다물고 있는 것이 이상한 일이었지만 마그달레나는 거기에 신경 쓸 겨를이 없었다. 그저 남편과 다시 함께할 수 있다는 사실에 행복해하며 그는 남편의 떨리는 손에 입을 맞추었다. 그런데 그의 손이 그녀의 목을 향해 뻗어왔다…….

9

1963년 8월 9일 금요일 21시 55분
간호학교 기숙사, 크라쿠프스카 거리 28번지

길고 어둡고 축축한 터널. 거칠거칠한 시멘트벽에 무언가 이끼나 덩굴 같은 것이 천장에서 늘어져 있다. 녹슨 철로 위에는 알전구가 줄줄이 낮게 매달려 있다. 여기저기 보이는 글자들은 조금 닳아 있지만 러시아어로 된 단어다. 기울어진 차단벽에 불분명한 숫자들이 박혀 있는데, 첫 번째는—철판 중간 부분에 거대한 짐승의 발톱 자국 같은 흠집이 나서—읽을 수 없고, 두 번째는 0 아니면 8이다. 마지막 숫자 두 개는 분명히 33이다.

어딘가 멀리서 불안한 충돌음이 울렸지만 떨어지는 물소리 때문에 제대로 분별하기 힘들다. 도미니카는 돌아누우며 동시에 어깨를 움츠렸다. 그림자, 회색 시멘트벽으로 지나가는 그림자를 봤다는 데 목을 걸어도 좋다. 또다시 두드리는 소리, 이번에는 반대편에서 들려온다. 규칙적이며 점점 커진다. 다가온다, 소리가 커진다…….

도미니카는 크게 숨을 몰아쉬며 양손으로 까칠까칠한 리넨 침대 시트를 꽉 붙잡고 튕기듯이 침대 위에 일어나 앉았다. 주변은 어두웠다. 여전히 그 냉기와 습기가 느껴졌다. 어딘가 등 뒤에서 아주 조용히 물 떨어지는 소리가 들려왔다. '대체 어떻게 된 거지? 내가 아직도…… 지하철 선로에 있나? 그럴 리가 없어.' 익숙한 침대 프레임과 곁에 있는 조그만 장식장 그리고 그 안에 놓인, 자신을 안심시키듯이 째깍거리는 둥근 소련제 자명종을 손으로 만지자 가슴속에서 두근거리던 심장이 조금 진정되었다. 한숨을 쉬며 그녀는 땀에 젖은 베개 위로 다시 누웠으나, 짧게 자른 검은 머리카락이 여전히 축축한 베갯잇에 닿기 전에 또 다른 익숙한 소리가 들려왔다. 처음에는 조용하다가 시간이 지날수록 점점 더 소리가 강해졌다. 그것만으로도 그녀가 잠에서 완전히 깨어나기에 충분했다.

"교장 선생님!" 문 두드리는 소리가 잠시 멈춘 사이에 그녀를 부르는 소리를 들려왔다. "교장 선생님!"

"한밤중에 무슨 일이야?" 그녀는 현실 속 기숙사로 돌아와 중얼거렸다. 그리고 좀 더 큰 목소리로 말했다. "조용히 해. 금방 열어줄게."

슬리퍼 안에 맨발을 꿰었다. 저녁 8시가 지나 잠자리에 들었을 때는 바깥이 견딜 수 없이 더웠는데, 지금은 창문에서 냉기가 흘러들어 왔다. 바로 거기, 두꺼운 커튼 뒤에서 규칙적으로 물 떨어지는 소리가 들려왔다. 쓸모없는 창문이다. 독일인들이 남기고 간 낡아빠진 창문을 태우도록 내버려 두는 대신 창문을 바꿔 끼우게 했는데, 그것이 그녀의 가장 큰 실수였다. 새 창문은 겨울을 한 번 지내고 나서 벌써 뒤틀렸다. 비바람이 동남쪽에서 불어올 때면 창틀에 웅덩이가 생겼고 그대로 시간이 좀 더 지나면 웅덩이가 창틀 가장자리에 이르러 아래로 떨어지며 물방울이 마룻바닥 때리는 소리가 쉬지 않고 울렸다. 이런 폭우가 두세 번 더 쏟아지면 오래된 마룻바닥도 완전히 망가질 것이다. 그것은 아까운 일이었는데 전쟁 전에 깐 마루는 탄탄하고 심지어 아름다웠기 때문이다. 요즘에 덮은 지붕은 그 마루에 전혀 어울리지 않았다. '하긴 또 생각해 보면 당번이 졸고 있어도 마룻바닥이 삐걱거리는 덕분에 기숙사생들이 절대로 몰래 빠져나갈 수 없지…….'

도미니카 벤츠와베크 교장은 나이트가운 허리띠를 묶으며 생각했다. 그리고 문가로 가서 잠금막대를 빼고는 눈을 가늘게 뜨고 지나치게 환하게 불이 켜진 복도를 내다보았다.

"교장 선생님." 문가에 선 날씬한 다람쥐 같은 여학생이 가느다란 코에서 흘러내리는 안경을 불안한 손짓으로 밀어 올리며 속삭였다. "마우고시아가요, 그게 저기요, 안 좋아요."

"내가 모를까 봐." 도미니카가 중얼거렸다. 그는 환자에게 가는 것을 좋아하지 않았다. 이 시간에는 특히 더 그랬다.

밖으로 나와서 방문을 닫으며 그녀는 몸을 떨었다. 계단은 바로 앞에 있었지만 이 추위 속에 4층까지 걸어 올라가는 건 그다지 즐겁지 않았다. 그러나 올라 라지에예프스카가 교장을 깨워야겠다고 결정할 정도면 상황이 정말로 심각한 것이 분명했다.

간호학교 기숙사 격리 조치는 벌써 며칠 전에 끝났지만 경찰은 기숙사와 기숙사 옆에 붙은 고아원을 함께 가린 울타리를 아직도 해체해 주지 않았다. 그나마 3주간의 격리 기간 중에 간호 학생 수십 명 중 아무도 아프지 않았던 것이 다행이었다. 도미니카 벤츠와베크가 감독하는 여학생들이 조심성을 발휘하고 위생에 대단히 신경을 쓰는 것도 그다지 놀랄 일은 아니었다.

특히 격리 때문에 늦어진 실습을 시내에서 하게 된 학생들은 더욱 그러했다.

불행히도 어제 아침 식사 직후에 고학년 여학생인 마우고시아 브리츠코가 배가 무척 아프다고 호소하기 시작했다. 열도 심하게 올랐다. 불려 온 의사는 정확한 진단을 내리지 못했지만 두창은 아니라고 처음부터 확언했다. 그것으로 끝났으면 했다. '그 모든 난리를 처음부터 다시 겪어야 하다니.' 벤츠와베크는 고개를 저었다. 이미 격리된 기숙사에서 공포에 질린 학생들을 데리고 거의 한 달을 갇혀 있었다. '악몽이야, 완전히 악몽이라고.'

계단을 오르기 시작하면서 벤츠와베크는 라지에예프스카를 쳐다보았다. 이 날씬한—어떻게 보면 바짝 말랐다고도 할 수 있는—호주프 출신의 여학생은 격리 기간 동안 무엇이든 눈에 띄게 열심히 했다. 언제나 말끔했고 무슨 일이든 도울 준비가 되어 있었다. 공부도 잘했고 언제나 책을 읽고 있었다. 전형적인 모범생이다. 어쩌면 그래서 다른 학생들과 친해지지 못하는지도 모른다. '못된 빨간 머리'라고 다들 라지에예프스카의 등 뒤에서 수군거렸다. 벤츠와베크는 이런 적대감의 이유를 알지 못했고 굳이 알아낼 생각도 없었다. 그저 라지에예프스카가 지나치게 괴롭힘을 당하지 않는다는 것에 만족했다. 게다가 라지에예프스카는 자신이 받는 만큼 보답을 할 줄 알았고 그것도 매번 반드시 되갚아 주었다. '놀랄 일이지.' 벤츠와베크는 고개를 흔들었다. '저런 책벌레가 상대방 코에 한 방 먹일 때는 또…….'

"그래서, 브리츠코는 어디가 안 좋나?" 층계참에 서서 벤츠와베크가 물었다.

"그게 저기요, 당번 말로는 마우고시아가 하루 종일 잤대요. 그리고 오후 2시쯤 깨어났기에 나탈리아가 의사 선생님 말씀대로 죽을 먹였어요. 그런 뒤에 알약도 줬고요. 전부 의사 선생님 지시에 따른 거예요. 잠을 자게 내버려 둔 것도요. 한 한 시간쯤 전에 마우고시아가 또 일어났어요. 그래서 저희가 물 한 잔하고 알약을 줬어요, 저녁 약요. 약 먹고 곧바로 잠이 들어야 하는데요. 그런데요, 그게 저기요, 이번에는 왠지 약효가 없었어요. 나탈리아가 계속 옆에 앉아서 말을 걸어주고 있어요. 제 생각에는 의사 선생님을 다시 모셔 와야 할 것 같아요. 마우고시아가 얼굴에 분필을 칠한 것처럼 아주 하얘졌거든요. 안색이 아주 안 좋아요, 교장 선생님. 한 발을 무덤에 넣은 것 같아요……."

벤츠와베크는 남은 계단을 고통스럽게 올려다보았다. 4층까지 이제 절반 올라왔다. 벤츠와베크는 숨을 고른 뒤에 삐걱거리는 계단에 한 발짝씩 계속 올라갔다. 마우고시아가 걱정되었다. 그 학생은 멀리 북쪽 끝 그단스크 지방에서 이곳 남부 실롱스크까지 왔다. 이곳에 친척도 없고 학교 친구 몇 명을 제외하면 아는 사람도 없었다. 그 친구 중에 지금 돌봐주는 나탈리아 오스탄스카도 포함되었으나, 문제는 나탈리아가 여섯 시간 실습을 마치고 정오쯤에 돌아왔으므로 지금은 일어설 기운도 없으리라는 점이었다. 그러나 의사가 분명하게 두창은 아니라고 말했어도 나탈리아 말고는 달리 마우고시아를 돌봐줄 만한 사람이 없었다. '4층 게으름뱅이들 중에서 누군가 당번을 정해야겠어. 그러면 분명히 또 그 애들끼리 싸움이 나겠지만.' 벤츠와베크가 마침내 목적지에 도착해서 생각했다. 기숙사 꼭대기 층에는 가장 고학년이고 가장 약삭빠른 학생들이 지내고 있었다.

벤츠와베크가 예상한 대로 복도에는 고무우카 동무의 초상화 아래 녹색 천을 덮은 탁자 앞에 나와 차렷 자세를 취한 당번 학생 외에는 단 한 명도 보이지 않았다.

"당번 학생 알렉산드라 차플라 신고합니다……." 빨간 머리 아래 긴 얼굴에 안경을 쓰고, 코가 튀어나오고 눈이 푸른 학생이 가느다란 목소리로 소리쳤다.

"지금은 수업 시간이 아니야." 벤츠와베크는 곧바로 대답했다. 규칙을 중요하게 여기기는 했지만 지금은 4층 상황 보고를 들을 마음이 없었다.

그녀가 두 걸음, 그러니까 계단에서 학생들 방이 있는 복도로 이어지는 유리문 쪽으로 딱 두 걸음 걸었을 때, 복도 반대쪽 끝에서 갑자기 무시무시한 신음이 들려왔다. 누군가 마치 산 채로 가죽이 벗겨지는 듯 비명을 지르고 있었다.

"마우고시아……?" 라지에예프스카가 한순간 창백해지면서 중얼거렸다. 핏기가 사라지는 것은 4층까지 걸어 올라온 직후 최소한 벤츠와베크에게 흔하게 일어나는 일은 아니었다.

사나운 비명은 멈추지 않았다. 벤츠와베크와 그 반걸음쯤 뒤에 서 있던 학생들은 너무 놀라 우뚝 섰다. 한참 지난 뒤에야 그들은 마음을 진정하고 아픈 학생에 대해 생각했다. 마침내 그들은 다시금 살짝 열린 문들을 계속 지나갔는데 갑자기 비명이 칼로 뚝 자른 듯 끊어졌다. 벤츠와베크는 미성년 학생들이 들을 수도 있다는 사실을 무시하고 혼자서 욕을 했다. '마우고시아에게 너무 늦어버린 건 아니길…….'

자다 깬 학생들이 복도에 우르르 몰려나왔다. 모두가 줄무늬 잠옷이나 긴 원피스 잠옷을 입고 있었다. 학생들은 눈을 둥그렇게 뜨고 마우고시아 혼자 격리되어 있는 방문을 바라보았다.

"비켜!" 벤츠와베크가 마치 소련제 T-34 탱크처럼 학생들 사이를 밀고 지나가며 소리쳤다. 몇몇 학생들은 재빨리 펄쩍 뛰어 피했고 아직 정신을 덜 차린 다른 학생들은 밀려나야 했다. "라지에예프스카, 사감실로 뛰어가! 야드비가 선생님한테 의사 선생님 부르시라고 해!"

"가요, 교장 선생님, 갑니다!" 라지에예프스카가 재빨리 돌아섰다. 그리고 잠이 깨자마자 방에서 나온, 복도에 점점 더 빽빽하게 서 있는 학생들 사이를 마치 알파인 스키 선수처럼 이리저리 피하며 뚫고 달려갔다.

벤츠와베크는 문 앞에 서서 소독약에 적신 붕대를 감아놓은 문고리를 강하게 밀었다. 높은 문이 크게 삐걱거리는 소리를 내며 열렸다. 방 안은 어둠침침했다. 천장 등은 꺼져 있었고 단 하나의 소형 장식장에 놓였던 전등마저 깨져 바닥에서 뒹굴고 있었지만, 복도에서 비쳐 나오는 불빛이 밝아서 벤츠와베크는 자기 앞에 펼쳐진 광경을 충분히 알아볼 수 있었다.

비명 지른 사람은 마우고시아가 아니었다.

나탈리아 오스탄스카가 방 한가운데서 문 쪽으로 양팔을, 정확히는 한 팔을 뻗고 서 있었으며 다른 한쪽 팔은 윗부분만 남아 있었다. 팔은 뜯겨서 팔꿈치 관절만 남아 있었다. 잘린 동맥에서 점점 빨라지는 맥박 박자에 맞춰 피가 뿜어져 나와 주변의 모든 것을 새빨갛게 물들이고 있었다. 벤츠와베크의 뒤를 따라 몰려 들어온 학생들은 이 광경에 모두 얼어붙은 듯 멈춰 섰지만 단 한 명도 기절하지 않았다. 어쨌든 간호사들인 것이다. 그들은 병원과 보건소에서 실습을 거쳤다. 인간의 고통과 피와 심지어 죽음에도 익숙해져 있었다. 그리고 지금은 바로 몇 시간 전까지 함께 이야기했던 동료가 죽어가는 광경을 보고 있었다.

벤츠와베크 교장은 자신이 가르치는 학생들보다 결코 덜 놀라지 않았다. 문가에 굳은 듯이 서서 전혀 움직일 수 없었다. 충격이 엄청났다. 평생 지금처럼 무서웠던 적이 없었다. 뜯겨나간 팔 때문이 아니라—물론 그것 자체로도 평범한 사람이라면 뱃속에 있는 것을 다 쏟아낼 일이었으나—번개 같은 속도로 새하얗게 질려가는 나탈리아 뒤에 숨어 있는 것의 모습 때문이었다. 다친 학생은 피를 그렇게 흘리면서도 계속 방 한가운데 서 있었는데, 누군가 그녀를 등 뒤에서 붙잡고 서 있었기 때문이었다. 시퍼런 두 팔이 피해자의 배를 휘감아 나탈리아는 쓰러지지도, 도망치지도 못하고 있었다.

마침내 피가 더 이상 뿜어 나오지 않자 나탈리아의 몸은 바람 빠진 풍선처럼 흐늘흐늘해졌다. 고개가 가슴을 향해 축 늘어졌고 무릎이 꺾였다. 그런데도 공격자는 계속해서 나탈리아를 붙잡고 있었다. 귀신 같은 두 손이 어루만지는 듯이 죽은 소녀의 몸통 위에서 움직이는데, 마치 범인이 피해자와 헤어지기를 아쉬워하는 듯 보였다. 그러나 마침내 죽은 학생은 등 뒤의 가느다란 손에 휘감긴 셔츠에 매달려 있다가 다음 순간 날씬한 두 팔이 벌어지고 옷 솔기가 큰 소리를 내며 뜯어지자 둔탁한 충격음과 함께 자기 피가 고인 거대한 웅덩이 안으로 쓰러졌다.

벤츠와베크는 눈을 크게 떴다. 다른 건 전부 예상했지만 이 한 가지는 예상하지 못했다. 귀신 같은 팔의 주인은 바로…… 마우고시아였다. 이제까지 바로 마우고시아가 나탈리아 뒤에 서서 마치 자기 자신이 금방이라도 쓰러질 듯 불안하게 다리를 휘청거리고 있었던 것이다.

'어떻게 된 거야?' 패닉에 빠진 벤츠와베크가 눈앞의 상황을 이해하려 애쓰며 생각했다. 모든 정황으로 미루어볼 때 마우고시아가 부상당한 친구를 마지막 순간까지 붙잡고 있으려 한 것으로 보였지만, 그것만으로는 아무런 설명도 되지 않았다. '누가 이런 짐승 같은 짓을 저질렀지? 그리고 지금 어디로 갔어?' 벤츠와베크 교장은 피가 흠뻑 튄, 살짝 열린 병실 창문을 흘끗 보고 범인이 어디로 도망쳤는지 깨달았다.

벤츠와베크는 마우고시아 옆을 지나 피 웅덩이를 밟지 않으려 조심하며 벽 쪽으로 달려갔다.

"누가 마우고시아 좀 도와줘! 침대에 눕혀야 해!" 그녀가 뒤를 돌아보며 여전히 넋이 나간 채 서 있는 학생들에게 외쳤다.

그리고 자기 자신은 창밖으로 몸을 내밀고 어둠 속에서 빗줄기에 뒤덮인 관목숲 사이를 내다보려 애썼다. 없다. 생명체의 흔적이 없다. 창틀 바깥에 밧줄은 걸려 있지 않았고 (모든 기숙사 사감들의 악몽이자 괴물 같은 발명품인) 피뢰침은 벽을 따라 솟아 있었으나 창문 건너편에 있었다. 거기까지 닿으려면 범인이 원숭이처럼 날렵하든지 아니면 체조선수여야만 했다.

벤츠와베크의 등 뒤에서 불안한 속삭임이 퍼지기 시작했다. 충격을 받은 학생들은 교장의 지시에 서둘러 따르려 하지 않았다. 한참이나 논의한 끝에 학생 두 명이 결국 두려움을 이기고 방 안으로 들어섰다. 올가 시엔키에비치와 이자 트로인스카가 죽은 동료 옆에서 굳어가는 피 웅덩이를 밟지 않으려 조심하며 멀리 돌아서 들어갔는데, 그 피에서 풍기는 특징적인 쇠 냄새가 이미 방 전체를 채우고 있었다. 두 학생은 마우고시아의 창백한 팔을 붙잡아 침대 쪽으로 끌고 갔다.

"교장 선생님!" 잠시 후 올가 시엔키에비치가 불렀다. "마우고시아가 어딘가 이상합니다."

벤츠와베크는 창문에서 물러나 환자 쪽을 돌아보았다.

"관찰력이 아주 뛰어나구나, 올가?" 벤츠와베크가 숨을 내쉬었다.

"하지만 마우고시아가……."

"쇼크 상태야!" 벤츠와베크가 살해당한 학생의 시신을 둘러싼 웅덩이에 다가갔다. '이렇게 피를 흘리다니. 이렇게 많은 피를…….'

"애가 저희를 할큅니다." 시엔키에비치가 호소했다. "그리고…… 그리고 맥박이 없는 것 같아요."

벤츠와베크가 불쌍하다는 눈으로 시엔키에비치를 쳐다보았다.

"맥박은 없고, 할퀸다고, 응?" 그녀가 물었다.

평소처럼 뭔가 쏘아붙이는 말을 덧붙이려다가 벤츠와베크는 마우고시아 한 명만 쇼크 상태가 아니라는 사실을 깨달았다. 동료 학생이 잔인하게 살해당한 광경은 이 어린 여학생들에게 무시무시한 경험임이 분명했다. 그러므로 이런 상태의 아이들을 야단쳐 봤자 아무 소용 없었다. '나탈리아를 돌봐야 해. 그리고 팔을 찾아야 한다…….' 벤츠와베크는 몸을 돌리다가 방바닥에서 뭔가 움직이는 것을 보았다.

"아, 성모님!" 문가에 서 있던 학생들 중 누군가가 재빨리 성호를 그었다. 나머지 학생들도 곧 한 걸음 물러섰다.

벤츠와베크는 어느 학생이 소리쳤는지 못 보았는데, 갑자기 학생들의 등 뒤에서 비춘 섬광에 눈이 부셨기 때문이었다. 반면에 자기 발밑에 쓰러져 있던 나탈리아가 움직이기 시작하는 것은 아주 분명하게 보았는데, 그것은 식어가는 시신에 일어나는 사후 경련 같은 것이 절대로 아니었다. 이 학생은 바닥에서 움직여 일어나려 하고 있다! 올가와 이자가 공포에 떨며 비명을 질렀다. 그리고 마우고시아를 밀어젖히고는 겁에 질려 도망치기 시작했다. 그러나 방 안을 돌아서 간 것이 아니라 곧장 웅덩이 안으로 달려서 굳어가는 피를 발로 밟아 튀겼다. 이자 트로인스카는 자기보다 몸집이 더 큰 올가 시엔키에비치에게 밀려 그대로 바닥에 넘어졌다. 트로인스카는 절박하게 양팔을 휘저어 시엔키에비치의 잠옷 치맛자락을 붙잡았고 두 사람은 괴상하게 몸부림치는 나탈리아 오스탄스카 옆에 잘린 나무토막처럼 쓰러졌다.

나탈리아는 이미 무릎 꿇고 앉은 자세를 하고는 왼손과 잘린 팔꿈치로 몸을 받쳐 일어나려 하고 있었다. 그러나 피투성이 상처에서 나온, 귀신처럼 하얗게 반들거리는 뼈는 너무 미끄러웠다. 나탈리아는 균형을 잃고 얼굴부터 웅덩이 한가운데 쓰러지면서 더욱더 넓게 피를 튀겼다. 그 앞에 넘어졌던 두 여학생은 도망치지 않았다. 대신 정신이 나간 듯 비명을 지르기 시작했고 곧 나머지 학생들도 비명에 동참했다. 벤츠와베크는 무슨 일이 일어나는지 목도하고 피 웅덩이를 피해 달려가서 공포에 질려 굳어버린 두 여학생의 발을 잡고 끌어냈다. 두 학생에게 말을 해봤자 소용없었다. 벤츠와베크는 두 명을 복도까지 끌어낸 뒤에 문가에 서서 천천히 몸을 일으키는 나탈리아를 바라보았다.

'이건 불가능해.' 벤츠와베크는 팔이 잘린 학생을 관찰하며 생각했다. '과다출혈로 사망하는 걸 내 눈앞에서 봤어. 내가 간호사가 아니었다면 처음에 잘못 봤다고 생각할 수도 있지만, 그런 건 아냐. 아냐. 이건 불가능해. 저 정도 체격의 사람은 혈관 속에 피가…….' 벤츠와베크는 재빨리 나탈리아의 몸무게를 예측한 뒤에 적절한 계수를 곱하고 곧바로 최댓값을 얻어냈다. '4.5리터…….'

몸속의 피를 절반 정도 잃으면 죽음이 찾아오는데, 마룻바닥에는 2리터보다 훨씬 더 많은 피가 고여 있었다. 게다가 벤츠와베크는 나탈리아의 맥박이 매 순간 약해지다가 마지막에는 사라지는 모습을 지켜보았다. '아냐, 절대로 뭘 잘못 본 게 아니야.'

간호학교 교장인 벤츠와베크는 복도에서 자신을 바라보는 학생들이 뭐라고 할지는 생각조차 하지 못하고 본능적으로 성호를 그었다. 한참 전부터 그녀는 등 뒤에서 문이 닫히는 소음을 계속해서 듣고 있었다. 다음 순간 계단 쪽에서 커다란 발소리가 들려왔다.

"교장 선생님!" 문틀에 기대어 있던 라지에예프스카가 숨을 몰아쉬며 방 안을 들여다보았다……. 그리고 즉각 비명을 지르기 시작했다.

"진정해!" 벤츠와베크가 라지에예프스카를 인형처럼 붙잡고 흔들었지만 별 소용이 없었다. 등 뒤를 한번 돌아본 벤츠와베크는 야단법석을 피울 시간이 없다는 것을 깨달았다. 그래서 벤츠와베크는 크게 팔을 휘둘러 학생의 뺨을 때렸고 그 서슬에 안경이 날아갔다. 비명은 칼로 자른 듯 그쳤다. "도망쳐, 멍청아." 벤츠와베크가 라지에예프스카를 밀어내며 씩씩거렸다.

라지에예프스카는 문틀에서 힘없이 물러나 리놀륨 바닥에 주저앉았다. 그러나 곧 정신을 차리고 네발로 기어가며 안경을 찾으려고 더듬거렸다. 벤츠와베크는 그동안 방 안을 훑어보았다. 나탈리아가 서 있었다. 셔츠가 찢겨 나가면서 드러난 푸르스름한 몸통의 절반쯤이 굳은 피로 덮여 있었다. 얼굴은 분필보다 희고 눈은 시체처럼 뒤로 돌아가서 불길한 흰색으로 번득였다. 그런 채로 나탈리아는 양팔을 뻗고 입을 벌린 채 벤츠와베크를 향해 한 걸음 내디뎠으나 두 사람 사이에는 여전히 미끄러운 웅덩이가 깔려 있었다. 맨발이 피에 미끄러졌고 한 팔만으로는 균형을 잡을 수 없었으며, 그래서 나탈리아는 똑바로 넘어지며 마우고시아를 뒤집었다.

벤츠와베크는 마우고시아가 힘없이 뒤로 넘어져 곧바로 라디에이터에 부딪치는 모습을 보면서 자기도 모르게 얼굴을 찡그렸다. 두개골이 저런 충격을 이겨낼 리 없었고 실제로 이겨내지 못했으나, 마우고시아는 신음 한 번 내지 않았다. 거칠거칠한 무쇠 라디에이터 위를 미끄러져 내려오며 끈적한 핏줄기를 남겼고, 그런 뒤에 마치 부드러운 침대로 넘어진 것처럼, 마치 거친 무쇠 라디에이터 위에 흩어진 것이 자기 피와 뇌 조직이 아닌 것처럼 곧바로 몸을 일으키기 시작했다.

더는 견딜 수 없었다. 벤츠와베크는 복도로 물러서고는 신중히 문을 꽉 닫았다. 당번 책상 쪽을 바라보았지만 예상대로 그 앞에는 아무도 없었다. 알렉산드라는 자기 방으로 도망쳐서 문을 잠근 채 틀어박혀 있었고 다른 모든 학생도 그렇게 했다. 다만 라지에예프스카만 계속 벽 앞에 무릎을 꿇고 앉아 더듬더듬 안경을 찾고 있었다. 벤츠와베크는 안경을 집어 겁에 질린 학생에게 건네주었다. 그런 뒤에 라지에예프스카의 팔을 잡고 계단 쪽으로 끌고 갔다.

그리고 계단 첫머리에서 벤츠와베크는 멈추었다. 병실에서 직접 목격한 광경을 믿을 수가 없었다. '대체 무슨 빌어먹을?' 벤츠와베크는 절박하게 생각했다. '두 학생 모두 죽었어. 나탈리아는 과다출혈로 사망했고 마우고시아는 라디에이터에 머리를 부딪쳤고. 한 자리에 시신이 두 구. 팔, 다리, 벽에는 뇌 조직……. 하지만 그런데도 둘 다 아무렇지 않게 계속 살아 있었어. 이건 불가능해, 이런 일은 일어나지 않는다고, 그럼 어쩌면……. 맞아! 그거야! 이건 현실이 아니야. 처음에는 저 터널이 나왔고 지금은 이거야……. 난 왜 자꾸 이런 바보 같은 꿈을 꿀까?!'

라지에예프스카가 벤츠와베크의 나이트가운 자락을 잡아당겼다. 라지에예프스카의 긴 빨간 머리가 얼굴에 달라붙은 게 불길함의 상징처럼 보였다. 얼룩투성이 안경은 이제 다시 라지에예프스카의 코 위에 얹혀 있었다.

"선생님도 보셨어요?" 라지에예프스카가 떨리는 목소리로 물었다.

"아니." 벤츠와베크가 중얼거렸다. "빨간색이 창문 유리에서 지워질지 확인했을 뿐이야."

"정말요?" 깜짝 놀란 라지에예프스카가 눈을 둥그렇게 떴다.

"아가야……." 교장이 한심하다는 눈으로 학생을 쳐다보았다. "일어나는 게 좋겠다. 이건 그냥 나쁜 꿈이야."

"꿈요?" 라지에예프스카가 벤츠와베크를 이상하게 쳐다보았다.

"그래, 꿈이야. 평범한 악몽이야. 깨어나서 생각하면 한참 웃을 거다……." 그 순간 벤츠와베크는 라지에예프스카가 자신의 꿈을 기억할 리 없다는 사실을 깨달았지만, 그 점을 굳이 깊이 생각하지는 않았다. 벤츠와베크는 드디어 되살아난 시체의 수수께끼를 푼 것을 기뻐하며 당번 의자에 주저앉았다. '밤에 경기를 일으킨 거야, 그뿐이야.'

"전 깨어 있어요." 라지에예프스카가 확고하게 말했다.

"알아, 알아." 벤츠와베크가 고개를 끄덕였다. "너는 깨어 있는데, 내 꿈에 들어온 거야."

"이건 꿈이 아니에요!" 라지에예프스카가 고함쳤다.

벤츠와베크는 코웃음 치며 학생을 바라보았다.

"그렇겠지. 요즘에는 여자애들이 팔이나 다리가 끊어진 채로 여기저기 돌아다니겠지. 그게 유행이니까. 어찌 됐든 1960년대니까 현대적으로 살아야지, 나도 이해한다. 그러면 피는 어떡하지? 몸통 어디가 끊어지면 사방으로 피가 뿜어 나와서 전부 다 더러워지는데. 에휴, 요즘 애들이란……." 벤츠와베크는 의자에 편하게 몸을 기댔다.

"선생님, 무슨 말씀이세요?!" 라지에예프스카는 포기하지 않았다.

"너 진짜 고집이 세구나." 짜증 난 벤츠와베크가 중얼거렸다.

"친구들이 널 좋아하지 않는 것도 이해가 된다, 못된 빨간 머리 원숭이야. 그래, 네 등 뒤에서 다들 그렇게 말하더라……."

라지에예프스카는 말문이 막혀서 마치 폐에서 공기가 다 빠져나간 듯 입을 크게 벌리고 당번 책상 옆에 서 있었다.

벤츠와베크는 한 손으로 턱을 괴고 재미있어하는 목소리로 말했다.

"네 얼굴에 대고 이런 말을 할 생각은 없었지만, 지금은 내 꿈속인데 아무려면 어떠니."

* * *

두 사람은 그렇게 몇 분간, 어쩌면 15분 정도 앉아 있었다. 마음 상한 라지에예프스카는 교장 선생 쪽을 쳐다보지도 않았고 벤츠와베크는 당번 자리에 앉아 평온하게 담배를 피웠다. 4층 전체에 아무 기척도 없이 완전한 정적이 깔려 있었다. 학생들은 자기 방에 틀어박혀 코빼기도 내밀지 않았다. 어느 정도 시간이 지나자 지루해지기 시작했다.

'이쯤 되면 무슨 일이든 일어나면 좋은데.' 벤츠와베크가 생각했다.

계단에 관리직원이자 전직 교사였던 야드비가 스크시파치-코파셰프스카의 머리가 나타났다. 야드비가는 계단을 반쯤 올라오다가 멈추어 숨을 거칠게 몰아쉬며 난간을 꽉 붙잡고 서 있었다.

'그렇군.' 벤츠와베크가 생각했다. '내 소원대로 됐네.'

"여기는 무슨 일이신가요, 야드비가 선생님?" 벤츠와베크가 다정하게 물었다.

그녀는 이 꿈이 마음에 들기 시작했다. 상상을 초월하면서 동시에 이렇게나 현실적이다. 그리고 어두운 지하철 터널보다 훨씬 더 흥미로웠다. 벤츠와베크는 그 누구에게도 대놓고 말하진 않았지만 호러나 스릴러를 아주 좋아했다. 특히 귀신 얘기 말이다. 학창 시절에, 전쟁이 끝난 직후에, 벤츠와베크는 그라빈스키 작품을 열심히 읽었다. 그리고 몇 년 전에 에드거 앨런 포를 발견해서 곧바로 열중하게 되었다. 그의 작품에서도 시체들이 되살아났는데, 「리지아」의 마지막 장면을 생각하면 지금도 심장이 뛰었다.

"교장 선생님, 소돔과 고모라예요……." 계단을 올라오느라 지친 야드비가가 마침내 숨을 몰아쉬며 말했다. "선생님 말씀대로 의사 선생님한테 전화했어요. 그런데 어떻게 됐는지 아세요? 군대에 끌려갔어요. 의사들이 다 동원됐대요. 격리가 아무 소용 없었나 봐요. 감염병이 시내로 퍼졌어요. 경찰만으로는 방법이 없어서 군대까지 불렀다고요. 진짜 전쟁 난 것처럼 그룬발트 광장에서 총을 쏘고 있어요."

"무슨 말씀이세요, 야드비가 선생님." 벤츠와베크가 친절하게 미소 지었다. "누가 총을 쏴요? 누구한테?"

"군대가 감염환자들한테요. 보건소 간호사가 저한테만 몰래 말해줬어요, 이거는 흑사병이 아니고 뭔가 더 위험한 변이종이래요……."

복도 안쪽에서 뭔가 굉음이 들려왔다. 누군가 닫혀 있는 어느 방문을 두드린 것이다. 두드리는 소리는 점점 더 커지고 강해졌다. 다음 순간 나무가 터지는 마른 파열음이 울리며 목재

합판 조각이 튀어나와 격리병실 복도에 흩어졌다. 라지에예프스카가 마치 누가 뒤에서 찌른 것처럼 벌떡 일어났다. 야드비가가 겁에 질려 성호를 그었다.

"대체 무슨 일이야?" 야드비가가 마지막 계단을 올라오면서 웅얼거렸다.

라지에예프스카는 겁에 질려 반쯤 넋이 나간 시선으로 교장과 복도를 번갈아 바라보았다. 그러다 마침내 정신을 차리고 첫 번째 방문으로 달려갔다. 그리고 라지에예프스카는 조그만 주먹으로 방문을 두드리며 고함쳤다.

"베라, 열어! 빨리! 도망쳐야 해!"

그러나 대답 대신 들려온 것은 절박한 비명이었다. 방 안에서 뭔가 투닥거리다가 문으로 쓰러졌다. 문틀이 흔들릴 정도였지만 경첩은 버텨냈다. 겁에 질린 라지에예프스카가 펄쩍 뛰어 복도 중간으로 물러섰다. 누군가 미친 듯이 자물쇠를 후벼 파고 문손잡이를 흔들며 무시무시한 비명을 지르고 있었다. 어느 순간 자물쇠 구멍을 긁는 소리가 멈추고 유리 깨지는 굉음이 울려 퍼졌다. 라지에예프스카는 다른 문들을 눈으로 훑어보았다. 왼쪽 두 번째 문에서도 비명이 더욱 무시무시하게 들려왔다. 공포가 순식간에 온몸을 휘감았다. 라지에예프스카는 깊이 숨을 들이쉬고 양 주먹을 꽉 쥐고 고개를 뒤로 젖히고 있는 힘껏 큰 소리로 고함쳤다.

"불이야! 도망쳐!"

벤츠와베크는 침실 문들이 열리는 것을 보았다. 복도가 다시 학생들로 가득 찼다. 학생들은 서로서로 밀치면서 계단에 있는 야드비가 선생 쪽으로 달려갔다. 야드비가는 대피 과정이 안전하고 부드럽게 진행될 수 있도록 계단으로 가는 문을 온몸으로 막으면서 달리는 학생들을 진정시키려고 애썼다. 4층 방 일곱 개 중 두 개가 순식간에 텅 비었고, 그러면서 계단 앞에는 조그만 교통체증이 일어났다.

라지에예프스카는 이미 복도 안쪽까지 달려가서 다른 침실들 문을 두드리고 있었다. 그때 계단에서 가장 가까운 방, 그녀가 가장 처음에 문을 두드렸던 그 방문 자물쇠가 뜯어졌다. 부러진 문틀 조각이 반대편 벽까지 날아갔다. 다음 순간 불이 환하게 밝혀진 방 안에서 피투성이 학생 네 명이 달려 나왔다.

라지에예프스카는 문을 두드리던 자세 그대로 얼어붙었다. 피투성이 네 명은 그녀의 룸메이트들이었다. 라지에예프스카는 일곱 명의 다른 학생들과 한방을 썼으며 그 룸메이트들을 대부분 좋아하지 않았지만 지금 그런 건 아무 의미도 없었다. 모든 학생은 바리케이드 이쪽 편에 함께 서 있었다. 최소한 라지에예프스카는 그렇게 생각했다…….

잠시 망설인 대가는 컸다. 라지에예프스카가 두드리고 있던 문 안쪽의 학생들은 그 순간 결단을 내렸다. 누군가 잠겼던 방문을 소리 없이 열고는 두껍고 커다란 문짝을 온몸으로 밀어 활짝 열어젖혔다. 그러자 문짝은 문밖에 서 있던 가냘픈 라지에예프스카를 정면으로 때렸다. 그 충격으로 라지에예프스카는 격리병실의 반쯤 부서진 문 안으로 날아갔다. 다람쥐처럼 마르고 조그만 소녀는 리놀륨을 깐 마룻바닥에 엉덩방아를 찧고 두 번 굴렀고, 그 와중에 안경을 잃어버렸으며, 문짝 아랫부분에 뒤통수를 부딪쳤다. 머리를 너무 세게 부딪쳐서 눈앞에 별이 번쩍일 정도였다. 라지에예프스카는 뜻밖의 공격에 넋이 나가서는 한순간 움직이지 못한 채 정신을 차리려고 애썼다. 그러나 자신이 어떤 위험에 처했는지 깨닫기도 전에 차가운 촉감이 처음에는 머리카락에, 이어서 얼굴에 느껴졌다.

나탈리아와 마우고시아가 부서지면서 열려버린 출구로 기어나와 시퍼런 팔을 복도로 내밀었다. 나탈리아가 한 손으로 라지에예프스카의 빨간 머리를 휘감고, 다른 손으로 라지에예프스카의 턱을 잡았다. 긴 손톱이 섬세한 턱 아래 피부에 깊이 박혀 피가 났다. 라지에예프스카는 움직일 때마다 엄청난 고통이 덮쳐오는데도 불구하고 몸부림쳤지만 죽은 학생들이 너무 강해서 떨쳐낼 수가 없었다. 마우고시아가 천천히 손가락을 조여 라지에예프스카의 피부와 그 아래 놓인 섬세한 조직들 안으로 파고들었다. 라지에예프스카의 짧고 짓눌린 비명은 이제 복도를 점령한 소란에 파묻혀 버렸다. 마우고시아의 시퍼런 팔이 그녀를 놓자 꽉 조인 손가락 아래에 부드러운 살덩어리가 매달려 있었다. 마우고시아가 물러나자 이제는 나탈리아가 의식을 잃은 라지에예프스카의 머리카락을 봉제 인형처럼 붙잡고 더 넓은 공간으로 끌어당겼다. 라지에예프스카가 부서진 문 안으로 사라지기 전에 그 광경을 바라보던 벤츠와베크는 학생의 얼굴, 정확히는 얼굴의 일부를 볼 수 있었는데, 입과 코의 일부 그리고 왼쪽 뺨 전체가 눈까지 사라지고 없었다. 그 자리에는 피투성이 상처가 크게 열려 있었고 그 안으로 찢어진 근육 조각과 치아와 얼굴 뼈가 보였다.

계단 가까이에 있는 복도 또한 조용하지 않았다. 비명 지르는 학생들이 계단으로 달려 내려가기 전에 다른 침실에 있던 기숙생 세 명이 나타났다. 그들도 다른 동료들처럼 피투성이였지만 고함도 지르지 않고 겁에 질리지도 않았다. 계단으로 몰려 내려가는 학생들을 덮치기 위해서 뛰지도 않았다.

이 예상하지 못한 기습 때문에 학생들은 더욱 패닉에 빠졌다. 몰려 있던 학생들은 등 뒤에서 동료들이 미치광이 살인마의 손아귀에 걸려드는 것을 보고 앞에 있는 학생들을 밀기 시작했고, 그 옆에서 야드비가 선생이 야단법석을 통제하려 애쓰고 있었다. 그 결과는 오래 기다릴 필요가 없었다. 나이 든 야드비가는 학생들 발아래 쓰러졌고, 그리하여 마지막 장애물이 사라지자 비명 지르는 학생들이 어떻게든 이 악몽에서 멀어지려고 어디로든 달리기 시작했다. 그중 누군가 너무 세게 밀려 가장 가까운 계단에 걸려 넘어졌고 거기에 밀린 다른 학생들이 연달아 도미노처럼 쓰러졌다. 몇 초 동안 비명으로 가득하더니 넘어진 학생들이 층계참까지 계단을 전부 막았다. 벤츠와베크는 더 잘 보려고 의자에서 일어났다. 팔다리가 뒤얽혀 있는 가운데 비명과 울음과 도움을 청하는 외침이 새어 나왔다.

그사이에 올가 시엔키에비치, 율리타 소볼레프스카, 베로니카 호도로프스카가 계단으로 이어지는 유리문 앞에서 체계적으로 동료들을 살해했다. 계단으로 달려가기 전 그들의 손에 닿는 곳에 있던 학생들이 피해자가 되었다. 그들은 가까운 곳에 있는 피해자들을 살해하는 데 열중했고, 바로 옆 계단에 사람들이 엉켜 있는 모습이나 공포에 질린 비명에는 완전히 흥미를 잃은 듯 전혀 알아채지 못했다.

갑자기 복도 안쪽에서 굉음이 울려 퍼졌다. 격리병실의 두꺼운 문이 마침내 연약한 세 소녀의 압력에 못 이겨 무너진 것이다. 한쪽 팔이 사라진 나탈리아, 살가죽이 일부 벗겨진 올라 라지에예프스카, 그리고 그 뒤를 질질 따라가는 마우고시아가 지금까지 잠겨 있는 마지막 침실들에서 들려오는 소란에는 전혀 주의를 기울이지 않는 채 비틀거리며 계단으로 향했다.

방문이 마치 안에서 철퇴로 두드리는 것처럼 끊임없이 떨렸다. 그리고 마침내 그 문도 불길한 파열음을 내며 무너지고 말았다. 그 안에서 일어난 일은 영원히 비밀로 남을 것이다. 알려진 사실은 한 가지뿐이다. 안에 숨어 있던 소녀 여덟 명이—이자 트로인스카를 포함하여—모두 괴물의 무리에 합류했다는 것.

도미니카 벤츠와베크는 흥미를 갖고 이 모든 광경을 열심히 구경했다. 그리고 자신이 이 정도로 끔찍한 상상을 할 수 있다는 데 스스로 놀라워했다. 그녀가 좋아하는 호러 소설에서는 무서운 일이 일어나고 목덜미의 털이 곤두서게 하는 광경들이 나왔지만 동시에…… 기승전결이 소독약처럼 말끔하고 잘 정리되어 있었다. 그런데 지금 눈앞에서 벌어지는 일들은 독일인들의 화집에서 얼마 전에 보았던 보스나 브뤼헐의 그림에나 어울릴 법한 끔찍한 광경이었다. 벤츠와베크는 흘러나온 피의 냄새에 짜증이 났고 배설물의 악취가 거슬렸으며, 뜯긴 내장에서 새어 나오는 가스 냄새에 속이 뒤집혔다.

이 모든 것이 너무나 초현실적으로 보이면서 동시에 너무나 사실적이었다…….

베아타 스모우코프스카의 팔이 그의 절친인 포즈난 출신 요아사 파티크의 뱃속으로 거의 팔꿈치 위까지 파묻혔고, 요아사는 지금 자기 피에 질식하고 있었다. 죽었다 되살아난 소녀들 중 누군가에게 머릿가죽이 벗겨진 안나 발차크는 비명을 지르고 있었다. 계단 한 곳에 무릎을 꿇고 앉은 에디타 니에미에츠는 양손에 자기 아래턱을 움켜쥐고 있었고, 그 아래턱은 에디타의 목과 가슴에서 벗겨진 긴 살가죽에 매달려 있었다. 아름다운 푸른 눈이 사라진 이보나 그루셰츠카는 학살당한 시체들 무더기 사이를 부러진 양다리로 기어나가려 했다. 주잔나 체르보니아크는 둘로 찢어졌고, 한때는 희었지만 지금은 핏빛으로 물든 우르슐라 야니신의 간호사복 이곳저곳에서 주잔나의 진홋빛 내장을 파고들었던 부러진 갈비뼈가 튀어나와 있었다. 아그니에슈카 슈루브코프스카와 동명의 아그니에슈카 안제예프스카는 실제로 자매처럼 닮았는데, 겁에 질려 몸부림치는 알렉산드라 추바의 짓이겨진 다리를 둘이 함께 물어뜯고 있었다. 층계참 벽에 기대앉아 몸을 떠는 율리타 소볼레프스카는 겉보기에 다친 곳이 없어 보였지만 움직일 때마다 입과 코에서 거의 새까만색의 짙은 피가 뿜어져 나와 몸부림치는 마르첼라 폼페르의 내장 위로 쏟아졌으며, 마르첼라는 엄청난 부상에도 불구하고 난간에 매달린 베로니카 브로이의 등에서 살가죽을 뜯어내고 있었다. 기숙사 조리사인 안나 이바니우크 선생은 비명을 듣고 계단으로 나온 모양이었는데, 채반으로 머리를 가리고 있었으나 뜯긴 옆구리에서 내장이 흘러나오고 있었다. 벽 전체에 피가 튀었고 그 벽을 따라 요안나 비돔스카가 땀에 흠뻑 젖은 채 뒷걸음질을 쳤다. 빠르게 핏기를 잃어가는 비돔스카의 볼 위로 속눈썹에 칠한 마스카라가 흘러내리고, 커다랗게 벌린 입과 코에서 벌어진 윗가슴과 비돔스카의 짧은 머리카락처럼 까만 브라 위로 짙은 핏줄기가 쏟아졌다. 얼마 전까지 희었던 속옷은 갈기갈기 찢어지고 여기저기 커다란 구멍이 뚫려서,

그 주변으로 끈적한 까만색 액체가 빠르게 퍼져 나왔다. 몸 안에서 찢어진 근육과 힘줄 섬유들이 경련을 일으켰다.

벤츠와베크는 분개한 야드비가 선생이 다가오는 것을 보고 몸을 떨었다.

"어떻게든 해봐요, 교장!" 야드비가 선생이 비난하듯 계단 쪽을 가리키며 고함쳤다.

"하지만 이건 그냥 꿈인걸." 벤츠와베크가 절반쯤 피운 담배의 재를 털면서 대답했다.

"꿈 좋아하네!" 야드비가 선생이 벤츠와베크의 손을 붙잡아 담배를 잡아채더니 이전보다 더 심하게 얼굴을 찡그리며 불붙은 담배 끝을 교장의 뺨에 대고 비볐다.

불에 덴 피부의 악취와 상상도 못 했던 고통, 비명. 도미니카 벤츠와베크는 수동적인 관객에서 순식간에 학살 현장의 현실로 돌아왔다. 악몽도 아니고 심지어 눈 뜬 채 보는 환각도 아니고 자신을 둘러싼 100퍼센트 실제 아수라장으로.

"무슨 짓을 하는 거야, 이 망할?!" 벤츠와베크는 고함을 지르며 펄쩍 뛰어 물러나려 했다.

그리고 계속 등 뒤에 있던 의자에 자기도 모르게 주저앉았다. 바로 그 덕분에 벤츠와베크는 즉사를 면할 수 있었다. 죽은 학생들 중에서 대체 누가 공격을 했는지 눈치챌 새도 없었다. 눈꺼풀에서 마지막 눈물을 닦아내고 난 뒤에 벤츠와베크가 본 것은 바닥을 뒹구는 야드비가의 신발과 계단 위쪽에서 4층으로 이어지는 부서진 난간으로 떨어지는 야드비가의 맨발뿐이었다. 비명보다 더 큰 충격음을 듣고 벤츠와베크는 곧 야드비가가 1층 바닥에 떨어진 것을 알았다. 그와 동시에 아래층에서도 똑같이 절박한 비명이 들려오는 것을 벤츠와베크는 깨달았다. 아래층에서도 뭔가 무서운 일이 벌어지고 있었다. '그리고 밖으로 나가는 유일한 문은 물론 단단히 잠겨 있어…….'

벤츠와베크는 담뱃불에 덴 자리를 손가락으로 만졌다가 너무 아파서 쉿소리를 질렀다. '그러니까 이건 꿈이 아니야.' 그녀는 자신을 향해 다가오는 죽은 생선처럼 시퍼런 학생들을 계속 바라보면서 깨달았다. 벤츠와베크는 학생들에게 어머니와 같았다. 이 지붕 아래서 세 번의 가을, 세 번의 겨울, 세 번의 봄을 보냈다. 그런데 지금은…….

공포심이 점점 커지는 것을 느끼며 벤츠와베크는 주위를 둘러보았다. 계단으로 내려가는 것은 생각할 수 없었고 지금도 층계에서는 최악의 학살이 계속되고 있었다. 침실에 숨으려 해도 복도를 비틀거리며 걸어 다니는 네 명의 괴물과 계단 유리문에 몰려든 학생들이 가로막고 있었다. 계단으로 맨 꼭대기 층에 올라갈 수는 있었지만 거기서는 도망칠 길이 없었다. 그저 벽뿐이다. 그리고 거기서 옥상으로 나가는 단 하나의 문은 쇠창살로 막혀 있고 맹꽁이자물쇠로 잠겨 있다.

벤츠와베크는 몇 걸음 만에 계단을 뛰어올라 갔다. 가서 보니 여기에 숨으려고 생각한 사람이 자기만 있었던 건 아니었다. 쇠창살 앞에 겁에 질린 아가타 비시니에프스카가 웅크리고 있었다. '옥상까지 날 쫓아오지는 못할 거야.' 벤츠와베크는 황급히 생각했다. '제때 열쇠를 찾아내기만 하면…….'

나이트가운 주머니에 가지고 다니는, 원형 고리에 걸어둔 스무 개의 열쇠 중 하나다. 다만 어느 열쇠인지 기억나지 않았다. 매우 드물게 사용했기 때문이다. '어떻게 제때 찾아내지? 어떻게 해야 살아남지? 무기나 보호막이 필요해!’ 벤츠와베크는 난간 사이로 아래를 내려다보았다. 조금 전까지 자신이 앉아 있던 의자가 눈에 들어왔다.

‘아래로 내려가야 해. 달리 방법이 없어.’ 벤츠와베크는 계단을 달려 내려갔다. 괴물들이 바로 코앞에 있었다. 그녀는 의자를 들어 올렸다. ‘이걸로 충분할까. 아냐, 이걸로는 안 돼, 절대로 안 돼…….’ 벤츠와베크는 당번용 책상의 금속 다리를 잡고 들어 올린 다음 글자 그대로 방패처럼 앞을 가리고 리놀륨 바닥에 자기 내장을 질질 끄는, 괴물들 중에서 키가 가장 작은 마우고시아 그바라를 향해 덤벼들었다. 그바라뿐 아니라 옆에 있던 요아시아 그란까지 넓은 책상의 상판에 부딪쳐 넘어졌다. 벤츠와베크가 생각한 대로 죽은 학생들은 믿을 수 없을 만큼 힘이 셌고 갓 태어난 망아지처럼 서투르게 움직였다. 벤츠와베크는 다시 한번 달려들어 나머지 두 명도 나란히 쓰러뜨렸다.

이제 쇠창살과 이어서 옥상 문을 열 시간을 조금 벌었다. 벤츠와베크는 다시 꼭대기 층으로 뛰어올라 책상을 한옆에 치워 놓고, 조용히 훌쩍거리는 아가타를 넘어가서 열쇠고리를 꺼냈다. 일곱 번째 열쇠를 꽂아보는데 계단 꼭대기에 피투성이 괴물들이 나타났다. 작업은 중단되었다. 그들이 올라오는 모습을 보고 벤츠와베크는 다시 한번 책상을 들고 덤벼들었다. 그리고 괴물들을 한 층 아래로 밀어내자 그들은 쇠창살 아래로 후퇴했다. 벤츠와베크는 열 번째 열쇠를 꽂아보면서 뒤를 돌아보다가 공포에 질리고 말았다. 쓰러진 괴물들 중에서 둘은 일어나려는 시도조차 하지 않았다. 그대로 기어서 바닥에 핏자국을 길게 그리며 계단을 올라오고 있었다. 이러면 일이 복잡해진다.

벤츠와베크는 다급하게 주위를 둘러보았다. 여러 가지 생각들이 머릿속에서 굶주린 갈매기 떼처럼 서로 부딪쳤다. '저들을 피해 다시 4층으로 내려가서 난간 사이로 빠져나가면 어떨까. 손으로 난간을 잡고 매달렸다가 뛰어내리는 거야. 최대 3미터 높이에서 떨어질 테니까…….' 눈앞에 불운한 야드비가 선생의 모습이 떠올랐다. 그런 시도는 단 한 가지 결과로만 끝날 수 있었고 그것은 결코 즐겁지 않을 것이다. '아가타를 저들에게 던져주면 나는 조금 더 시간을 벌 수 있어…….' 이런 잔인한 생각을 했다는 사실에 벤츠와베크는 몸을 떨었다. '그건 살인이야! 그냥 짐승 같은 짓이라고! 안 돼, 못 해……. 하지만 다시 생각해 보면 아가타도 금방 죽을 거야. 나보다 조금 전이나 내가 죽고 조금 뒤겠지. 아가타에겐 아무 차이 없어. 그러면 최소한 저 피에 굶주린 살인마들의 주의를 돌려서 내가 충분히 시간을 벌 수 있을 거야…….'

그때 뭔가 얼음 같은 것이 얼굴에 닿았다. 벤츠와베크는 찡그리며 고개를 들고 한 걸음 뒤로 물러났다. 벤츠와베크는 피에 굶주린 짐승을, 살가죽이 벗겨져 뇌가 밖으로 드러난 괴물이 도마뱀처럼 재빨리 벽을 타고 다니며 미래의 희생자를 향해 긴 혀를 낼름거리는 광경을 떠올렸다. 놀랍게도 축축한 이끼로 가득 덮인 천장에는 아무것도 기어다니지 않았다. 다만 좁은 2미터짜리 통로가 천장에서 출구까지 이어져 있었는데, 그 출구는 굴뚝 청소부들이 1년에 한 번 굴뚝 개방 상태를 점검하기 위해 사용할 뿐이었다. 철제 사다리 끝부분이 벤츠와베크의 머리 위에 매달려 있었다. 불행하게도 그곳은 너무 높아서 지금보다 키가 훨씬 컸더라도 손가락이 닿지 않을 것이었다.

벤츠와베크는 자신을 향해 기어오는 괴물들 쪽을 바라보았다. '시간이 얼마 없어, 아가타의 목숨을 희생하면 1~2분 정도 더 얻을 수 있을 거야.' 벤츠와베크는 몸을 숙여 소녀의 통통한 어깨를 붙잡았으나 아가타를 쇠창살에서 떼어낼 방법이 없었다. 아가타는 접착제를 바른 것처럼 금속 막대에 꽉 매달려 있었다.

'이런 시발. 어떻게 해야 저 빌어먹을 사다리에 닿을 수 있지? 책상을 이용하면…… 안 돼, 너무 낮아. 난 운동신경도 좋지 못해서 뛴다고 해도 사다리 마지막 단에 닿을 수 없어. 뭔가 기적이 일어나서 닿을 수 있다고 해도 위로 올라갈 수도 없고. 저놈들은 베란다에 매달린 돼지고기를 뜯어먹는 쥐처럼 날 물어뜯을 거야.' 벤츠와베크는 점점 더 겁에 질려 주위를 둘러보았다. '의자! 그래!'

기쁨은 순식간에 분노로 바뀌었다. 의자는 아래층에 있었다. 가져오려면 계단을 기어 올라오는 괴물들을 피해 내려가야 했다. '어차피 죽을 거.' 벤츠와베크는 결심했다. '어쨌든 내가 저 괴물들보다는 빠르니까.' 그녀는 프로 럭비선수처럼 몸을 숙이고 발소리를 크게 내서 난간 아래 죽었다 살아난 학생들이 전부 자신에게 주의를 기울이게 했다. 괴물들이 애벌레처럼 반응하며 몸부림치자, 벤츠와베크는 벽 쪽으로 달린 뒤 허공을 가르는 그바라의 손톱 위를 뛰어넘어 4층으로 내려갔다. 돌아오는 길은 조금 쉬웠다. 벤츠와베크는 의자를 방패처럼 들고 어색하게 위층으로 달려갔다. 사다리에 닿기 위한 마지막 도구를 가져오긴 했으나 그 과정에서 괴물들의 주의를 끌었다. 벤츠와베크가 다시 그바라 옆을 지나가기 전에 십여 명의 다른 죽은 학생들이 계단 아래로 몰려왔다.

책상을 놓고 그 위에 의자를 올리는 데 몇 초가 걸렸다. 이 흔들거리는 구조물 위에 올라서서 벤츠와베크는 오로지 한 가지, 하느님이 내려주신 이 책상과 의자가 자기 몸무게 때문에 무너지지 않기만을 기도했다. 벤츠와베크는 의자 위에 올라서서 외줄타기하는 사람처럼 균형을 잡았다. 팔을 쭉 펼치자 사다리의 세 번째 단에 손이 닿았다. '이걸로는 아직도 부족하지만, 뛰어오르면…….' 겁에 질린 비명이 들려왔다. 벤츠와베크는 아래를 내려다보았다. 기어 올라온 괴물들 중 하나가 아가타의 다리를 붙잡았다. 그 옆에 선 요아시아 그란이 이제 막 몸을 기울여, 겁에 질려 정신이 나간 아가타를 덮칠 모양이었다. 그러나 나머지 흡혈귀들은 벤츠와베크가 책상과 의자를 쌓아 만든 피라미드 쪽으로 곧바로 다가오고 있었다. 그들은 동료가 이미 붙잡은 피해자에게는 관심이 없는 것 같았다.

벤츠와베크는 성호를 그은 뒤 무릎을 굽히고 온 힘을 다해 뛰어올랐다. 다행히 아드레날린이 힘을 더해주었다.

죽은 학생들이 넘어뜨린 책상이 긁는 소리를 내며 밀려나고 그 위에 있던 의자가 층계참 구석으로 날아간 그 순간, 교장의 손이 다섯 번째 사다리 단을 붙잡았다. 이제는 돌아갈 수 없었다. 벤츠와베크는 어깨에 감자가 가득 든 자루를 진 양 신음하며 안간힘을 쓰고 팔을 굽혔다. 다리를 웅크리고 허공에서 흔들리며 벤츠와베크는 사다리 단에 무릎을 올리려고 애썼다. 첫 번째에는 성공하지 못했고 두 번째 시도도 실패로 끝났다.

양손이 점점 미끄러지기 시작했고 이런 운동에 익숙하지 않은 양팔이 떨리고 아팠다. 아래로 떨어져 잔혹한 죽음을 맞이하기까지 몇 초밖에 남지 않았다는 사실을 그녀는 깨달았다. 아래를 내려다보기가 무서웠고, 이제 곧 피할 수 없이 보게 될 광경이 무서웠다. 그럼에도 불구하고 고개를 숙이고 눈을 떴다.

예상대로 층계참은 시체처럼 창백한 얼굴과 자신을 향해 뻗은 시퍼런 팔로 가득했다. 벤츠와베크는 무릎을 더 세게 굽히고 등을 둥글게 말았다. 그런 움직임 때문에 허리와 어깨에 타는 듯한 무시무시한 통증이 느껴졌지만 그래도 효과가 있었다. 왼쪽 무릎이 사다리 단에 닿았고 마침내 몸을 지탱할 수 있게 된 것이다. 한 번 더 힘주어 몸을 밀어 올리자 사다리 위에 똑바로 섰고 출구 금속 덮개 바로 아래 머리가 닿았다.

벤츠와베크는 떨리는 손가락으로 잠금막대를 젖히고 금속 덮개를 밀어 열었다. 다음 순간 평평한 옥상에 나와 있었다. 벤츠와베크는 까끌까끌한 지붕널 위에 누워 점점 더 세게 쏟아지는 빗줄기가 나이트가운을 적시도록 내버려 두었다. 빗소리가 울리다가 곧 익숙하지만 마음이 불안해지는 소리가 귀에 들어왔다.

강과 강 너머 시내 쪽에서 총기가 발사되는 메마른 소리가 들려오고 있었다.

10

1963년 8월 9일 금요일 22시 45분
프시에 폴레, 시초프스카 거리 인근

'코노폴 가게.' 멀리서도 잘 보이는 단순한 간판이다. 흰색 바탕에 검은 글자가 약간 비뚤어지게 적혀 있다. 시초프스카 거리 이쪽 부근에서 유일하게 죽음과 관련되지 않은 건물이다. 그러니까 어찌 됐든 직접적인 연관은 없다. 이 술집은 개신교 공동묘지의 무쇠 정문 거의 바로 앞에 위치해 있는데, 이 공동묘지는 독일인들이 만들었으나 이제는 철거된 영면의 자리 두 곳 중 한 곳이다. 다른 한 곳은 약간 더 작고 더 오래되었는데 술집 창문에서 보이지는 않지만 그곳에서 채 100미터도 떨어지지 않은, 그워그치츠카 거리와 자크조프스카 거리 교차로에 있었다.

전쟁 전에 프시에 폴레 지역에 있는 거의 모든 것이 장례 의식과 관련이 있었다. 공동묘지 벽돌 담장 너머에 사는 사람은 예외 없이 비석 만드는 일 아니면 장례 일을 배웠다. 공산 정권이 들어서고 구역 특성상 전체가 천천히, 그러나 쉬지 않고 바뀌었다. 새로운 묘지는 키에우초프 구 외곽의 넓은 벌판에 마련되었다. 여기서 몇 킬로미터나 되는 곳이다. 반면 이곳에는 가까운 시일 내에 크고 현대적인 거주지역이 들어설 예정이었다.

몇 달 뒤면 역사적인 양쪽 공동묘지와 이곳을 둘러싼 전쟁 전 시대 석조건물들이 모두 사라질 것이다. 건축 인부들이 이끼 낀 담장과 주위를 둘러싼 식물들을 모두 흙과 함께 밀어버리고, 몇 년이나 잠들어 있던, 프시에 폴레에서 가장 음울한 구역의 작은 골목들은 말소리와 아이들 웃음소리로 가득 찰 것이다.

이 동네 유일한 술집 주인인 미코와이 코노폴은 기뻐해야 할 이유를 알지 못했다. 그는 이 건물 위층 살림집에서 태어나 관 뚜껑에 못을 박는 규칙적인 망치 소리, 반원으로 휘어진 말발굽이 땅을 때리는 소리, 영구차 바퀴가 삐걱거리는 소리, 과부와 고아들의 통곡 소리를 항상 들으며 자랐다. 그런데 지금은 그가 알고 존중하고 소중히 여기던 모든 것이 눈앞에서 사라져 가고 있었다. 코노폴은 비록 오래전에 토박이 중에서는 유일하게 변화하겠다는 거대한 결심을 했지만 시초프스카 거리의 모든 거주민이 그렇듯이 그도 정부가 제시하는 빛나는 미래를 두려워했다.

그는 아버지와 할아버지의 뒤를 따라 석공이 되는 대신 술집을 열었다. 전쟁 직후 새로운 정권이 들어섰을 때, 그는 상점 건물 분양 신청과 주류 면허와 주류 독점 면허 신청을 하고, 그런 뒤에 한때 독일인 장의사 가족이 소유했던 석조건물 1층 전체를 개조했다. 시간이 지나면서 그의 가게는 인근 기술자들이 가장 즐겨 모여드는 장소가 되었다.

그러나 해가 바뀔 때마다 사정이 나빠졌다. 오래된 묘지를 철거한다는 것은, 석공들과 다른 기술자들이 구역의 다른 쪽 끝으로 일터를 옮겨야 한다는 뜻이었다. 젊은 사람들은 일단 수입을 확보하기 위해 일자리를 찾아 키에우초프로 떠났으나, 나이 든 기술자들과 좀 더 감상적인 장인들은 시초프스카에 작업장을 남겨두고 새 공동묘지 근처에는 작은 사무실만 열어 고객들에게 서비스를 제공했다.

술집은 동네와 함께 기울어 갔다. 프시토자 동네의 음울한 거주민들처럼 천천히 존재가 끝나는 날을 향해 굴러 내려가고 있었다. 어떻게 해도 이제는 가게를 구원할 방법이 없었고 늙은 코노폴도 이 점을 잘 알고 있었다. 술집은 작업장이 아니다. 새 공동묘지의 비석 앞에는 언제나 새로운 고객들이 있겠지만, 그렇다고 새 묘지 정문 앞으로 옮겨 갈 수는 없다. 아무것도 없는 벌판 한가운데서 보드카를 팔자고? 완전히 어두워지기 전에 다들 짐 싸서 집에 가는 곳에서?

시초프스카 거리에 철거인력이 나타나면 그냥 눈 딱 감고 지옥으로 가는 수밖에 없다. 그전에 이 낡은 건물이 알아서 무너지든가 타버리지 않는다면 말이다. 얽은 얼굴의 나이 든 술집 주인 미코와이 코노폴은 텅 빈 가게 안의 어두운 구석들을 눈으로 훑으며 그렇게 생각했다. 한때는 금요일 이맘때 테이블마다 흘러나오는 이야기 소리가 웅성웅성 가게 전체를 가득 채웠고, 밴드는 동틀 때까지 음악 연주를 이어갔고, 새벽 동이 터도 술잔 부딪치는 소리가 쨍쨍 울렸다. 하지만 오늘은? 침묵이 양귀비 씨앗처럼 흩뿌려져 있다. 여기저기 술잔이나 맥주잔 위에 음울한 형체들이 몸을 숙이고 있을 뿐이다. 그리고 금전등록기는 텅 비어 있었다.

코노폴은 머릿속으로 고객의 숫자를 세었다. 세 명이었다. 벽 아래, 말라버린 술잔과 먹다 만 해파리 안주 앞에서 라도스와프 라츠키에비치 씨가 졸고 있다. 라츠키에비치는 배가 나오고 언제나 면도를 하다 만 얼굴에 머리를 짧게 깎은, 이 동네 유일하게 빈 술병을 되사는 구매소 소장이다. 라츠키에비치의 전망이 꽤 빛났었지! 새로운 거주 구역은 수백 명의 추가적인 고객, 그리고 그들이 마실 수천 개의 빈 병을 의미했다. 죽으라는 법은 없나 봐요, 라도스와프 씨……. 코노폴은 미하우 레이만 쪽으로 시선을 옮기며 한숨을 쉬었다. 레이만은 석탄처럼 새까맣고 언제나 떡 진 머리에 턱수염을 기른 석공으로, 오래된 작업장에서 계속 일하는 사람들 중 하나다. 한때는 명랑했고 내기를 좋아했다. 그게 무엇이든 말이다. 언제나 어디서나. 미코와이 코노폴은 특히 그런 순간을 하나하나 기억하고 있었다. 몇 년 전 월말, 그러니까 월급날 직후였다. 레이만이 동료들을 전부 데리고 코노폴의 가게로 쏟아져 들어왔다. 그리고 내일은 없다는 듯 마셔댔다. 다들 술이 오르자 다리를 머리 뒤로 넘길 수 있는지 놀려대다가 내기를 걸기 시작했다. 레이만이 이겼지만 다리를 풀어주기 위해서 남자 넷이 달려들어야 했다. 레이만은 그 뒤 일주일 동안 다리를 절었다. 그러나 내내 뭐가 그렇게 좋은지 이를 드러내고 웃고 다녔다. 석공 레이만 옆에 어깨를 대고 앉은 옌제이는 뭔가에 신경질이 나 있었는데, 그는 전 경찰서장인 늙은 슈칼스키의 손자였다. 옌제이는 실질적으로 이제 여기 사람이 아니다. 봄에 포즈난으로 떠나서 지금은 금속 일을 하고 있다는데, 그게 뭔지는 모르겠다. 오늘은 10시가 넘어 찾아왔는데 우박 내리기 전 먹구름처럼 음침한 얼굴로 몸의 빗물을 털어내고 500밀리리터 술 한 병과 피순대를 주문하고는 그때부터 자리에서 일어나지 않았다. 아마 또 가족과 한바탕 벌인 모양이다. 그 집에서는 그게 일상이었다.

시계가 11시 15분 전을 가리켰다. 커다란 빼꾸기 소리에 라도스와프 씨가 깨어났으나 아마 완전히 깨진 못한 것 같다. 빈병 구매소 소장은 고개를 들어 거의 텅 빈 가게 안을 흐린 눈으로 둘러보고는 테이블에 얹은 팔 위에 윗 이마를 힘없이 내려놓았는데, 그 서슬에 빈 유리잔이 튀어 올랐다.

가게 문이 열리자 거의 건드리지 않은 젤리가 그의 앞에 놓인 접시 안에서 흔들렸고 또 한 명의 푹 젖은 손님이 냉기와 함께 안으로 들어섰다. 코노폴은 즉시 몸을 돌리며 입술을 당기더니 환영하는 웃음을 지었다. "어서 오세요." 또 누가 올 거라고는 예상하지 못했는데, 어쩌면 몇 푼 더 벌 수 있을지도 모른다……. 그러나 반가움은 그의 얼굴에 나타난 속도보다 빠르게 사라졌다. 문가에 서 있는 사람은 화가 잔뜩 난 마치에이 비엔체크였다. '저놈이 여기 웬일이야?' 코노폴은 맥주 냄새를 풍기는 행주에 손을 닦으며 이상하게 생각했다. 마치에이는 10시 반에 지가드워 부부 집에 물건을 가지러 가기로 돼 있었으니, 지금 시간에는 자기 차에 밀주를 싣고 있어야 했다.

비엔체크는 비옷을 뒤덮은 물방울을 털지도 않고 바로 햄이 있는 쪽으로 향했다. 짧은 수염이 뒤덮인 얼굴에서 1킬로미터 바깥까지 분노가 뿜어 나오고 있었다.

"이미 알고 있겠지만, 코노폴." 그가 높은 카운터에 팔을 걸치고 내뱉었다. "난 누가 날 엿 먹이는 걸 싫어해요."

코노폴은 고개를 끄덕였다. 그는 이미 어린 시절에 비엔체크

집안 사람들은 건드리지 않는 게 좋다는 사실을 배웠다. 그들의 성질은 보통이 아니었다. 그리고 주먹이 묵직했다.

"정확히 무슨 일인데?" 그는 손님들 쪽을 흘끗 쳐다보고 조심스럽게 물었다. 지금으로서는 손님들이 두 사람에게 별달리 신경 쓰지 않았다.

"아니, 코노폴, 댁이 날 바람맞혔잖아." 젊은 비엔체크가 짖어댔다.

"내가?" 코노폴이 놀랐다. "내가 뭘?"

"물건 가지러 가봤더니 집에 아무도 없었다고요." 마치에이가 설명했다.

"그럴 리가 없어. 지가드워 사람들은 돈보다 약속을 중시한다고. 항상 그랬어."

"그러면 설명해 봐요, 코노폴……." 마치에이가 말을 끊고 카운터 위로 손을 뻗어 쓴맛이 나는 보드카병을 집어 들었다. 그러곤 잔을 꽉 채우고 술병은 옆에 세워두었다. "나더러 약속했다고 하더니 집에 왜 아무도 없었는지 내가 알아듣게 말해보라고요. 10시 반에, 오늘, 15분을 서 있었다고, 이 빗속에서. 없었어. 집 문은 잠겨 있고. 현관 앞 잔디밭에는 더러운 여자 옷이 널브러져 있고. 시발, 대체 나한테 무슨 짓이에요, 코노폴?" 마치에이는 술잔을 단번에 비우고 얼굴조차 찡그리지 않았다.

코노폴은 그의 말을 참을성 있게 끝까지 들었다. 어째서 아담이 그와 자신을 둘 다 바람맞혔는지 전혀 알 수 없었다. 이런 일은 이전에 한 번도 없었다. 아담은 오드라강 이쪽에서 가장 실력 있고 가장 믿을 만한 밀주가였다. 심지어 시내에서도 그를 찾으러 올 정도였다. 심지어 아무나 오는 것도 아니었다. 교수들도 찾아왔으니까.

“몇 년이나 거래했으니까 믿고 보낸 거지…….” 코노폴이 불확실하게 말하기 시작했다.

“내 물건 어딨냐고?!” 마치에이는 그가 말을 끝내도록 내버려 두지 않았다. 목청껏 고함치는 것도 모자라 술병이 흔들릴 정도로 카운터를 주먹으로 내리쳤다.

이제는 다들 그들을 쳐다보고 있었다. 심지어 졸고 있던 라츠키에비치도 깨어났다.

“내가 그걸 어떻게 알아!” 코노폴이 변명하려 했다. “거래 기록을 남긴 것도 아니고…….”

“댁이 보증했잖아요.”

“그래, 보증했지.”

“그렇다면.” 비엔체크가 까치발로 서서 카운터 위로 몸을 한껏 내밀었다. “거기 가서 15분 동안 홀딱 젖은 보상을 해줘요. 저기 뒷방에 있는 보드카를 내가 전부 가져갈 테니까, 댁은 그 믿을 만하다는…… 지가드워한테 돈 받아요.”

코노폴은 창백해졌다. ‘창고에 보드카 두 상자 가득 있는데. 그리고 팔다 남은 거 몇 병하고. 이 자식이 그걸로 만족할까?’ 오직 그게 걱정이었다. 손해에 대해서는 생각하지 않았는데, 왜냐하면 전혀 손해를 볼 게 없었기 때문이다. 아침에 키에우초프스카에 가서 그만큼 가져오면 된다. 이자까지 쳐서. 아담을 직접 만나지 못해도 상관없다. 주정(酒精)과 술통을 어느 구덩이에 숨겨두는지 알기 때문이다. 아담이 거기에 집어넣는 걸 그가 직접 도와주었다.

“마음대로 해.” 코노폴이 열쇠를 꺼내며 중얼거렸다.

비엔체크는 뒷방 전체를 꼼꼼하게 확인했다. 그는 보드카 말고도 마지막으로 남아 있던 말린 소시지까지 가져갔다. 그것은 단골 사냥꾼들이 준 선물이었는데, 비엔체크는 나가면서 그 소시지를 안주 삼아 카운터에 남아 있던 보드카를 전부 술잔에 따라서 마셔버렸다. 그런 뒤에 큰 소리로 끙끙거리면서 보드카가 가득 든 나무 상자 두 짝을 들어 올리고는 작별 인사인지 뭔지 모를 말을 중얼거리며 몸을 한껏 뒤로 젖힌 채 출구 쪽으로 갔다. 그가 세 걸음을 걷기 전에 문이 쾅 소리를 내며 열렸다.

"기어들어 와, 이 개새끼야!" 커다란 모자를 쓰고 아주 긴 외투를 입은 남자가 머리카락이 길고 통통한 소년을 가게 안으로 밀었다. 소년은 비엔체크와 그가 들고 있는 상자 쪽으로 곧바로 떠밀렸다.

마치에이는 몸을 빙글 돌려 나뭇조각처럼 넘어지는 소년을 마지막 순간에 피했다. 몸을 돌리면서 그는 빼앗은 보드카 상자를 놓치지는 않았다. 그러나 너무 급작스럽게 움직이는 바람에 상자 위에 따로 놓여 있던 술병 하나가 바닥으로 굴러갔다. 마치에이는 반사신경이 좋았으므로 어떻게든 대참사를 피하려 애썼다. 이런 경우에 흔히 그렇듯 상자들을 반대쪽으로 급히 기울였고, 그러자 다른 술병 두 개가 빠져나오고 말았다. 술병 세 개가 바닥에 구르자 이제는 더 이상 방법이 없었다. 게다가 마치에이는 바닥에 넘어진 소년에게 발이 걸려 자기도 모르게 양팔을 번쩍 들고 말았다.

모두 다, 그러니까 코노폴과 소년까지 포함해서 전부, 탁한 액체로 가득한 둥근 술병이 짧지만 극적으로 날아가는 광경을 쳐다보았다. 탁, 탁, 쨍그랑. 술병들은 테이블에 부딪히면서 차례차례 깨졌다.

비엔체크는 어떻게든 기적적으로 균형을 잃지 않았다. 그러나 얼굴이 새빨개지더니 그다음에는 시퍼렇게 되었다. 코노폴은 굳어졌다. 이런 상태라면 저 밀수꾼은 뭐든지 할 수 있다. 예상보다 더 심한 짓도.

"이…… 시발…… 너…… 뭐야……?" 마치에이가 천천히 문 쪽으로 몸을 돌려 아까부터 계속 그곳에 서 있는 공동묘지 관리인에게 내뱉었다. 겁에 질린 공동묘지 관리인은 도망쳐야 할지, 아니면 무릎 꿇고 빌어야 할지 알지 못했다. 그 또한 비엔체크 사람들의 유명한 성질머리에 대해 알고 있었다. "처음에는 그 빌어먹을 지가드워 새끼가……." 마치에이가 말했다. "그리고 이젠 이거냐……." 그는 고개를 숙이고 바닥에 구르는 술병들을 살펴보았다. 서른다섯 병 중에서 단 하나도 온전한 게 없었다. 희끄무레한 액체가 바닥 전체에 퍼져 이제는 거의 겁에 질린 소년의 엉덩이까지 적시고 있었다. "너…… 집시…… 이 쓰레기……." 마치에이는 더 가까운 곳에 있는 먹잇감을 보고 공동묘지 관리인에 대해서는 잊어버렸다.

"나 집시 아니에요!" 소년이 열정적으로 항의했다.

이런 반응에 마치에이는 깜짝 놀랐다. 그리고 굳어졌다. 그는 소년의 가무잡잡하고 통통한 얼굴에 눈을 바짝 댔다. 그리고 야비한 시선으로 소년의 검고 약간 곱슬거리는, 지금은 비에 젖어 이마에 달라붙어 있는 여자아이 같은 긴 머리카락을 훑어보았다.

"집시인 것도 모자라 거짓말쟁이군." 마치에이가 쇳소리를 냈다. "게다가 도둑이고."

소년은 마침내 이게 보통 상황이 아니라는 사실을 깨닫고 자기에게 점점 가까이 오는 남자로부터 도망치기 위해 기어갔다. 사방에 깨진 유리가 흩어져 있는데도 조심하지 않고 움직이는 바람에 소년은 손에서 피가 나기 시작했다. 겁에 질린 소년은 유리가 찌르는 것을 느끼지 못했다. 손에 커다란 깨진 술병 조각이 박혀 있다는 것을 깨닫지도 못했다. 모르는 남자가 주먹을 치켜드는 것을 보고 소년은 반사적으로 손을 들어 얼굴을 가렸고, 그때…….

"어린애를 때리겠다고?"

마치에이는 흠칫하며 멈추었다. 몇 안 되는 손님들을 눈으로 훑었다. 단 한 명만 도발적으로 그를 쳐다보고 있었다. 레이만, 석공이다. 몇 시간이나 계속해서 망치 휘두르는 일을 하는 사람이다. 그러니까 잘못 건드리면…… 비엔체크가 앞뒤 안 가리는 다혈질이라 해도 이길 가능성은 없었다. 그러나 비엔체크는 평소 하던 버릇이 있어 물러날 생각이 없었다. 코노폴은 얼음처럼 번들거리는 눈에서 이 모든 것을 읽어냈다.

"듣자 하니 집시 여자들은 자기 새끼를 건드리면 저주를 건다던데." 코노폴은 머리에 떠오르는 대로 아무 거짓말이나 주워섬겼다.

마치에이가 그를 노려보았으나 던져진 구명 로프를 얼른 잡았다.

"이 새끼 피 토하고 뒈지기 전에 누가 좀 봐주는 게 좋겠군." 마치에이가 경멸하는 어조로 내뱉었다.

유리에 깊게 베인 소년의 상처에서 흘러나온 피가 손목과 팔뚝, 그리고 비에 젖은 더러운 셔츠 소맷부리까지 번졌다. 마치

래커에 갈색 페인트를 떨어뜨린 듯 굵은 핏방울이 바닥에 고인 보드카 웅덩이에 뚝뚝 떨어져 번져나갔다. 코노폴은 맥주잔 닦을 때 쓰는 냄새나는 행주를 집어 들었으나 카운터에서 나가기 전에 레이만이 바닥에서 소년을 잡아 일으켰다. 그리고 가장 가까운 테이블로 데려가서 상처를 돌보기 시작했다. 오래된 군용 배낭에 레이만은 거즈, 반창고, 붕대를 조금 가지고 다녔다. 돌 깎는 일을 하다 보면 쉽게 부딪치거나 베이기 마련이었고 작업장에서는 레이만 스스로 자신과 다른 동료들을 돌보아야 했다. 그는 바닥에 굴러다니는 깨진 술병에 남아 있던 보드카를 부어서 상처를 소독했다. 알코올이 피부 속 깊은 곳에 닿자 소년이 비명을 질렀지만, 석공은 철통같이 붙잡고 상처가 깨끗해질 때까지 소년을 움직이지 못하게 했다.

"눈 깜빡할 새에 다 나을 거다." 레이만이 붕대를 감은 뒤에 중얼거렸다. "너희들 시간관념은 다르다고 하지만."

"나 집시 아니에요……." 기운이 빠진 소년이 중얼거렸다.

석공은 작업복 바지에 손을 문질러 닦으며 웃음을 터뜨렸다. 바지에 묻은 여러 얼룩 중에 마른 핏자국도 있었다. 레이만 자신의 것과 다른 도제 몇 명의 피다.

"생긴 것만 집시 같다는 거냐, 응?" 그가 옆에 앉았다. "성이 뭐냐?"

"차…… 차…… 차카르." 소년이 더듬거렸다. 소년의 눈에 처음으로 두려움의 그림자가 나타났다. 이제 아드레날린이 수그러드는 모양이었다.

"차카르." 레이만이 따라 했다. "생긴 것도 집시 같고 성도 집시 같은데, 집시는 아니란 말이지……. 흥미롭군."

소년이 넋이 나간 듯 고개를 흔들었는데, 그 모습이 곧 기절할 것 같았다. 뭔가 속삭이고 있었지만, 그것은 언어라기보다 제대로 발음되지 않는 신음 소리였다.

"쟤는 대체 어디서 주워 왔나, 스티푸우코프스키?" 코노폴이 공동묘지 관리인에게 물었다.

코노폴은 부서진 나무 상자 앞에 서서 늙은 스티푸우코프스키를 뚫어져라 쳐다봤고, 스티푸우코프스키는 여전히 무서워서 문가에 선 채 안으로 들어오지 않았다.

"어디서 주웠겠어." 스티푸우코프스키가 마침내 불그스레한 염소수염을 떨며 대답했다. 너무 숨죽이고 있던 나머지 몰아쉬는 날숨이 둥그렇게 덩어리가 되어 뿜어져 나왔다. "공동묘지야, 빌어먹을 새끼."

"거기는 뭐 훔칠 물건도 없을 텐데." 레이만이 논평했다.

"외지 사람이라 벌써 다른 놈들이 다 훔쳐 갔다는 걸 몰랐겠지." 공동묘지 관리인이 어깨를 들썩여 보였다. "묘지 기도실에서 쇠사슬을 붙들고 있는 걸 잡았어. 안에 들어가려고 하는 것 같아서."

"밤을 지내려고?" 비엔체크가 물었다.

이제 비엔체크의 얼굴에서는 악의가 완전히 사라졌다. 그는 바닥에 내던져진 말린 소시지 덩어리를 주워 카운터 모서리에 대고 털더니, 리넨 손수건으로 꼼꼼하게 문질러 닦고는 먹기 시작했다. 그러면서 비엔체크는 코노폴이 이제 막 치워놓은 깨진 유리 더미가 눈에 들어올 때마다 얼굴을 찡그렸다.

"공동묘지에서 밤을 지낸다고?" 스티푸우코프스키가 기분 나빠했다.

"집시들은 성스러운 게 없으니까." 비엔체크가 소시지를 가득 물고 말했다.

"나 집시 아니에요." 소년이 좀 더 확실한 어조로 내뱉었다.

"그래, 그래, 이미 들었다."

"소년단의 명예를 걸고 맹세해요!" 소년은 부어오른 입술을 핥았다.

"애 물 좀 주게, 코노폴." 레이만이 부탁했다. 그리고 소년의 눈을 들여다보며 물었다. "너 이름은 뭐냐?"

"마테우시."

레이만은 고개를 끄덕였다.

"좋은 폴란드 이름이구나. 그런데 성은 집시 성이군."

"집시 아니에요." 여전히 창백한 소년이 고집스럽게 반박했다. "튀르키예 성이에요."

"튀르키예?" 비엔체크는 마치 아주 재미있는 농담이라도 들은 듯 킬킬 웃었다. "튀르키예 사람들은 17세기에 얀 소비에스키 왕이 다 내쫓았는데……."

"애 좀 그만 괴롭혀." 코노폴이 술잔에 물을 따라 테이블에 갖다주며 부탁했다.

"도둑놈 새끼가 제법 꾀를 썼네." 마치에이는 그만둘 생각이 없었다. "튀르키예 사람이라고 지어내다니. 제법 꾀를 썼어……."

"지어낸 거 아니에요. 우리 아버지가……."

"알았다, 알았어." 비엔체크가 양손을 들었다. "시발, 내가 알게 뭐야. 그래, 너 아주 튀르키예 사람이다, 집시이고, 그래, 중국인이라고 해라. 11시 다 됐으니 난 그 거짓말쟁이 지가드워가 돌아왔는지 보고, 그런 다음에……."

“아담 찾나?” 스티푸우코프스키가 갑자기 생기를 띠었다.

“누굴 찾든 내 맘이오.” 마치에이가 코웃음을 쳤다. “댁이 알 바 아니오. 시체 공원이나 잘 지키쇼. 이사 가기 전에 또 누가 죽어나갈지 모르니.” 그리고 마치에이는 큰 소리로 웃음을 터뜨렸지만 다른 사람들은 그 누구도 미소조차 짓지 않았다.

공동묘지 관리인은 망자에 대한 농담을 아주 달가워하지 않았으므로 만약을 대비해서 성호를 그었다.

“그래, 내 알 바 아니지.” 그가 대답했다. “하지만 내가 아담을 방금 봤다고 하면 흥미로울지도 모르는데.”

“어디서 봤소?” 마치에이는 마치 갑자기 발뒤꿈치에 용수철이라도 단 듯 스티푸우코프스키를 향해 뛰어올랐다. “말해요!”

“저기, 모퉁이에서…….” 스티푸우코프스키는 시초프스카와 그워그치츠카 거리 교차로를 가리켰다. “바로 옆을 지나가면서 ‘엿이나 먹고 뒈지쇼’라고 했는데, 한마디도 하지 않더군. 발밑의 땅이 흔들리는 것처럼 비틀비틀 걸었어. 아마 잔뜩 마셨겠지.”

마치에이는 외투를 걸쳐 입고 모자를 이마 위로 푹 눌러쓴 다음 안경을 고쳐 쓰고 그대로 비 오는 바깥으로 뛰어나갔다. 코노폴은 빗자루를 잠시 세워놓고 레이만, 스티푸우코프스키와 함께 출입구로 갔다. 셋은 문가에 서서 호기심 어린 눈으로 바깥을 바라보았다.

“들려?” 스티푸우코프스키가 갑자기 물었다.

“들리긴 뭐가?”

공동묘지 관리인이 손가락을 쭉 펴고 입술을 눌렀다. 모두 입을 다물고 귀를 기울였다. 시내 쪽에서 빗소리를 뚫고 어떤 소리가 울리고 있었다. 탁탁 튀는 소리가 더 큰 굉음에 섞여 들렸다.

"총을 쏘는 건가?" 레이만이 중얼거렸다. 가까운 곳에 군부대가 있었으므로 나머지 사람들은 놀라지 않았다. 레이만이 소리를 더 잘 듣기 위해 밖으로 나갔다. "총소리네." 그가 잠시 후에 다시 말했다. "하지만 군 사격장에서 쏘는 건 아냐."

"그럼 어디?" 코노폴이 손가락으로 이마를 두드렸다. "시내에서?"

"그런 것 같은데."

"빌어먹을."

짜증 난 코노폴은 가게 안으로 돌아왔다. 이날 저녁은 예상했던 것과는 전혀 다르게 흘러가고 있었다. 처음에는 지가드워가 고객을 바람맞히더니 그 뒤에는 집시가 나타나서 난장판을 만들고, 지금은 오드라강 건너에서 사람들이 총을 쏘고 있다. '말세야.' 그는 카운터 뒤로 가며 생각했다. 카운터 뒤가 가장 편했다. 거기서 그는 모든 것을 관리했다. 그는 둥근 의자에 앉아서 행주를 걸어놓고 다시 천장을 관찰하는 작업으로 돌아갔다. 사실은 가게 문을 닫아걸고 싶었다. 심지어 아직 가게에 있는 주정뱅이들을 두들겨 패서 내쫓아야 한대도 말이다. 그리고 이제는 더 이상 팔 술도 남아 있지 않았다.

그는 좋은 술이 몇 병이나 낭비되었는지 떠올리고 한숨을 쉬었다.

"야, 집……." 코노폴이 말했다.

"나 집시 아……."

"알았다." 그가 소년의 말을 가로막았다. "저기 너 뒤에 있는 구석에 빗자루하고 쓰레받기 있다. 바닥에 깔린 유리 당장 전부 치워라."

소년은 고분고분 자리에서 일어섰다.

"아니, 잠깐……." 코노폴이 한 손을 들었다. 뭔가 마음에 걸렸다. "넌 어쩌다가 묘지까지 왔냐?" 그가 물었다.

"격리병동에서 도망쳤어요." 마테우시가 한참 뒤에 대답했다.

"아아, 맙소사." 코노폴이 신음했다.

엎친 데 덮친 격이었다. '아침에 경찰이 아무렇지 않게 동네를 다 뒤지겠지…….' 그가 고개를 저었다. '첫 순찰대가 오기 전에 저 애새끼를 넘겨줘야 해. 그래, 그 방법밖에 없어.'

"격리병동이 마음에 안 들었냐?" 그가 투덜거렸다. "3주 동안 조국의 인민이 대주는 돈으로 빈둥거리는데."

"다들 도망쳐서 나도 토낀 거예요."

코노폴은 더더욱 놀랐다. '다들 도망쳤다고? 대체 어떻게?'

"너 왜 거짓말하냐, 꼬마야?"

"저녁에 밥 먹고 나서 어른들이 싸우기 시작했어요. 피 흘리면서요. 서로서로 죽였다고요. 여러 병동에서 그랬어요. 다른 환자들이 그걸 보고 울타리를 넘어뜨리고 도망치기 시작했어요. 난 그냥 다들 가는 대로 따라갔어요. 하지만 정문이 잠겨 있었어요." 열띠게 말하는 소년의 얼굴이 빨갛게 상기되었다. "쾅! 딱!" 그가 양팔을 저으며 어땠는지 보여주었다. "거의 대부분 벌판으로 달아났어요. 몇몇 사람들이 집 있는 쪽으로 가지 말고 지름길로 도망쳐야 한다고 소리 지르는 걸 들었어요."

코노폴은 입을 딱 벌린 채 이 모든 이야기를 들었다. 그러다가 라츠키에비치 씨가 웃음을 터뜨리는 소리를 듣고야 정신을 차렸다.

“이야, 굉장한 거짓말쟁이구나!” 라츠키에비치는 너무 웃다가 눈물까지 흘렸다. “집시답게 허풍 떠는 건 잘하네.”

“난 집…… 나 거짓말하는 거 아니에요.” 소년이 화를 냈다. “소년단의 명예를 걸고 맹세해요.”

“정말이오.” 이제까지 구석에서 입을 다물고 있던 슈칼스키가 목쉰 소리로 말했다.

너무 조용히 앉아 있어서 다들 그가 거기 있다는 걸 잊고 있었다.

“그걸 어떻게 아시오?”

“9시 좀 넘어서 저기서 호송대를 보았소. 경찰, 순찰차 세 대, 트럭, 물대포차까지. 키에우초프 쪽으로 갔다가 30분 뒤에 돌아왔소. 중간에 우그러진 버스도 있었소.”

“내가 그랬잖아요?” 마테우시는 감정이 격해져 목소리가 떨렸다.

“네 가족은 어디 있냐?” 코노폴이 갑자기 물었다.

소년은 침울해졌다.

“구급차가 왔을 때 엄마는 이모 댁에 있었어요.” 소년이 더듬거리며 말했다. “이웃 아저씨가 아프다고 하니까 동네 전체를 다 격리시켰어요. 그게 2주보다 더 전에 있던 일이에요. 한번은 엄마가 면회를 왔었어요.” 소년이 울먹이며 덧붙였다.

코노폴은 계속해서 소년에게 이것저것 물어보고 싶었지만 손님들이 돌아왔으므로 그럴 수 없었다. 레이만과 공동묘지 관리인은 머리끝부터 발끝까지 푹 젖어 있었다.

"한 잔 줘…… 맥주." 레이만이 구겨진 지폐를 카운터 위로 던지며 부탁했다.

"총을 점점 더 쏴대." 스티푸우코프스키가 몹시 목마른 듯 입술을 핥으며 논평했다.

"외상 안 돼." 코노폴이 거절했다.

"거스름돈으로 한 잔 줘." 레이만이 자기 테이블로 돌아가며 지폐를 가리켰다.

지폐는 곧 금전등록기 안으로 사라졌고 조금 뒤 카운터 위에 이 빠진 맥주잔이 두 개 놓였다. 하나는 맥주가 가득했고 다른 하나는 반만 차 있었다.

"쩨쩨하군, 코노폴." 공동묘지 관리인이 기분이 상해서 중얼거렸다.

"누가 할 말인데." 코노폴이 지지 않고 중얼거렸다.

"저기 대체 무슨 일이지?" 스티푸우코프스키가 레이만에게 맥주를 가져다주며 궁금해했다.

그때 계속 즐거워하던 라츠키에비치 씨가 대화에 끼어들었다.

"저 집시 애새끼 말이 격리환자들이 모두 달아났다는 거야." 그가 손님들 모두에게 알렸다. "어쩌면 그놈들 저쪽에서." 그는 고갯짓으로 시내 쪽을 가리켰다. "영원히 격리되고 있는지도 모르지."

"빌어먹을." 모두 합창하듯 말했다.

"소년단의 명예를 걸고!" 소년이 맹세하듯 왼손을 가슴 위에 올리고 손가락 두 개를 치켜들었다. "내 눈으로 봤어요. 저 아저씨도 맞다고 그랬어요." 소년은 턱짓으로 슈칼스키를 가리켰다.

엔제이 슈칼스키는 대답하지 않고 그저 고개만 끄덕인 뒤 손에 든 술잔의 내용물을 단번에 비웠다.

"저 애새끼가 격리병동에서 도망쳤다고 하는데." 라츠키에비치가 내뱉었다.

레이만과 스티푸우코프스키가 설명을 기대하듯 마테우시를 쳐다보았고, 소년은 볼이 빨갛게 달아오른 채로 다시 한번 미치광이들의 공격과 공포에 질린 도주, 정문을 부수고 나온 이야기를 들려주기 위해 숨을 들이마셨다. 하지만 불행히도 그럴 기회는 주어지지 않았다. 소년이 다시 입을 열기 전에 문이 활짝 열렸고, 비엔체크가 피투성이가 된 지가드워를 끌고 가게 안으로 들어왔다. 밀주꾼 지가드워는 자기 힘으로 똑바로 서지도 못해서 몇 걸음 비틀거리며 걷다가 마치 나무토막처럼, 젖은 바닥의 깨진 유리 조각 위에 곧바로 넘어져 버렸다.

술기운이 오른 손님들은 코가 비뚤어지게 퍼마신 지인의 몰골에 웃음을 터뜨렸다. 그러나 마테우시의 표정을 보고 점차 웃음소리가 잦아들었다. 소년은 몸을 벌벌 떨었고 얼굴은 석회를 바른 듯 하얗게 질려 있었다. 입술이 경련했고 눈은 당장이라도 튀어나올 것 같았다. 떨리는 손으로 소년은 서투르게 움직이는 아담을 가리켰다.

술집은 찬물을 뿌린 듯 갑자기 조용해졌다.

"뭐야?" 비엔체크가 다친 손을 빨며 내뱉었다. 비엔체크 혼자만 구석에 서 있는 소년을 보지 못했다. "저 자식 정신 차리게 해, 할 얘기가 있으니까……." 조금 뒤에야 그는 모두가 아담 지가드워가 아니라 어딘가 옆을 바라보고 있다는 사실을 깨달았다. 그는 재빨리 몸을 돌렸다. "넌 뭐냐, 집시?"

"저…… 저……." 소년이 벽을 따라 문 쪽으로 뒷걸음치며 더듬거렸다. "저거 그놈들이에요."

"그놈들? 무슨 놈들?" 비엔체크가 어리둥절해했다.

"서로 죽이던 그놈들요!" 마테우시가 소리치고 뛰어나가려 했다.

그때 마치에이가 뛰어나가는 소년을 붙잡아 도로 구석으로 밀쳐버렸다. 마치에이에 비해 키가 작고 훨씬 더 가벼운 소년은 테이블에 부딪치며 뒤로 날아가서는 문에서 멀리 있는 마룻바닥에 엉덩방아를 찧었다. 그사이에 비엔체크는 문을 잠갔다.

레이만이 소년에게 다가갔다.

"헛소리 그만 지어내! 뭐가 마음에 안 드는지 몰라도 저건 우리 동네 사람이야. 격리병동에는 가본 적도 없어."

"하지만 저 사람…… 저 사람…… 그 사람들하고 완전히 똑같단 말이에요……."

아담은 이미 일어나서 카운터 끝 나무 기둥 옆에 서 있었는데, 너무 심하게 휘청거려서 자기가 만든 술 1리터 한 병을 다 마신 것 같았다. 생선 배처럼 시퍼렇고, 티셔츠에는 뭔가 거무스름한 얼룩이 묻어 있었으며, 어째서인지 넘어져서 바닥에 얼굴을 박을 때조차 아무런 소리를 내지 않았다.

레이만이 지가드워에게 가까이 가서 얼굴을 살펴보고는 겁에 질려 성호를 긋더니 펄쩍 뛰며 물러섰다.

"눈이……." 레이만이 속삭였다.

"눈이 왜?" 코노폴이 궁금해했다.

"시체처럼 뒤집혔어……."

이번에는 마테우시가 네발로 기어서 문 쪽으로 움직이기 시작했다. 그러자 비엔체크가 당장 그 앞을 가로막았다.

"대체 무슨 일인지 알아내기 전엔 여기서 아무도 못 나가." 비엔체크가 선언했다. "보쇼, 억압받는 인민의 수호자." 그가 다친 손으로 코노폴에게 손짓했다. "고향 친구를 좀 돌봐줘요……."

비엔체크에게는 여전히 밀주꾼의 몰골이 아무렇지 않은 것 같았다. 소년이 이전에 했던 이야기를 듣지 못했기 때문인지도 모른다. 조금 뒤에—손님들 중 아무도 도와주려 하지 않는 것을 보고—그가 화를 내며 말했다.

"뭘 그렇게 다들 멍청하게 구경하고 있어?" 그는 아담을 밀어 옆에 있는 의자에 앉혔다. "왜 말을 안 하고 멍하니 있는 거야?"

"이건 비정상이야……." 레이만이 옆걸음질로 스티푸우코프스키가 앉아 있는 테이블을 향해 물러서며 웅얼거렸다.

"뭐가 비정상이야?" 비엔체크는 몸을 돌려 지가드워에게 다가가 턱을 잡고 얼굴을 자세히 들여다보았다. 한 번 보는 것으로 충분했다. 그는 불에 덴 듯 펄쩍 물러나며 외투에 손을 문질렀다. 외투에 비엔체크 자신의 피가 검은 얼룩처럼 묻었다. "뭐야, 시발?"

코노폴이 카운터 뒤에서 몸을 내밀었다.

"왜 그래?"

"시체 같아." 비엔체크가 속삭였다.

"시체는 걷지 않아." 라츠키에비치가 진술했다. 그는 힘겹게 몸을 일으켰고, 상당히 취해 있었으므로 균형을 잡으려면 시간이 조금 필요했다. 카운터 쪽으로 가면서 라츠키에비치는 아담이 아까 걷던 것과 비슷하게 서투르게 움직였다. 테이블이 없었더라면 두 번은 넘어졌을 것이다. 마침내 그는 창백한 아담 앞에 섰다. “맥박을 확인하지.” 그가 아담의 팔을 잡으며 말했다. “차갑군.” 그가 위험하게 휘청거리며 덧붙였다. 두 걸음 뒤에 서 있던 비엔체크가 그를 붙잡아 세웠다. “젠장.” 잠시 후에 새하얗게 질린 라츠키에비치가 아담의 손목을 팽개치며 결론을 내렸다.

“젠장이라니, 뭐요?” 비엔체크가 물었다.

“묘지에 누워 있는 저것들 같은 시체야.” 라츠키에비치가 자신 없는 듯 몸을 돌리며 대답했다. “아니면 심장이 없는 사람이거나.” 그리고 그는 목쉰 소리로 웃음을 터뜨렸다.

‘저런 상태라면 지옥에 있는 사탄 앞에 가서도 비웃어 대겠지.’ 코노폴이 생각했다.

“시체는 걷지 않아.” 레이만이 간결하게 라츠키에비치의 말을 되풀이했다.

“물지도 않지.” 비엔체크가 덧붙였다.

“아주 현자들만 모이셨군.” 슈칼스키가 계속 구석에 앉아서 코웃음 쳤다. “신이 내린 의사들이야.”

“야, 외지이인.” 비엔체크가 경멸하듯 두 번째 단어를 길게 늘여서 말했다. “거기 처박혀 있지 말고 이쪽으로 좀 나와라.”

“입 닥쳐.” 슈칼스키는 자기 앞에 있는 술을 또 한 잔 따라서 단숨에 들이켜고, 그런 뒤에 입에 피순대를 가득 집어넣었다.

“말 잘하는군.” 코노폴이 카운터 뒤에서 몸을 내밀었다. “이러고 모여 있어봤자 우린 바보들이야, 의사가 아니라.”

"난 맥박 잴 줄 알아." 라츠키에비치가 자신의 명예를 지키기 위해 손가락으로 나무 기둥을 쳐서 위협하며 몸을 일으켰다. "전쟁 때……."

"예, 예." 레이만이 그를 데리고 다시 자리로 갔다. "코노폴이 요리한 족발 드세요, 전쟁 때는 이렇게 맛있는 건 못 먹었으니까."

라츠키에비치가 관심을 가지고 접시를 바라보았다. 레이만은 단단한 손으로 그의 등을 두드렸다.

"무슨 말이야?" 그가 코노폴에게 물었다.

"진짜 의사를 불러야 한다고." 코노폴이 몸을 숙이고 아담을 들여다보았다. "꼴이 엉망이야. 그리고 뭐 어떻게 된 건지 꿀 먹은 벙어리가 됐어."

"강경증 상태야." 스티푸우코프스키가 끼어들었다.

"댁이나 강경하게 좀 있으쇼." 비엔체크가 짜증을 냈다. "이 시간에 어디서 의사를 불러와?"

"격리병동에 데려다 놓을까?" 레이만이 제안했다.

"거기도 지금 아무도 없어." 코노폴이 말했다. "다들 도망쳤다고 어린애가 그랬잖아."

"누가 감염시킨 게 틀림없어……." 라츠키에비치가 떨면서도 여섯 번째로 돼지고기 조각을 입에 가져가려 애쓰면서 중얼거렸다.

이 짧은 한마디에 모두가 얼어붙었다. 그리고 모두 재빨리 물러섰다. 그 병이 혹시나 옮으면……. 비엔체크는 겁에 질려 자신의 손에 난 잇자국과 아직도 흐르고 있는 피를 바라보았다.

“그런데 프타키(폴란드어로 ‘새’라는 뜻)는?” 슈칼스키가 짧게 물었다.

“둥지에 앉아서 똥 싸고 있다.” 비엔체크가 내뱉었다. 겁이 났기 때문에 그는 더 과장되게 공격적으로 반응했다.

“그렇다면 뭐…….” 슈칼스키는 다시 차가운 피순대를 먹는 일에 열중했다.

“프타키 형제 말하는 건가?” 레이만이 먼저 알아들었다. “걔들은 사람 의사 아니잖아? 그냥 수의사지.”

“더 좋은 생각 있으면 말해보시오.” 슈칼스키가 언짢아했다.

다들 서로 쳐다보았다. ‘이가 없으면 잇몸이라도…….’

“미하우, 자네가 그 형제를 제일 잘 알지.” 코노폴이 레이만의 어깨에 손을 얹고 가볍게 문 쪽으로 밀었다. “아무나 이쪽에 좀 와달라고 부탁해 봐. 빨리.” 그는 아담 지가드워가 다시 기운을 내서 일어서려 하는 것을 보고 또 덧붙였다. “그리고 저놈은 더 크게 소란을 벌이기 전에 묶어두는 게 좋겠어. 뒷방에 끈이 있으니 기다리는 동안 잡아매 두자고, 그러면 될 거야.” 그가 뒷방으로 달려갔다.

아담을 묶는 작업은 생각보다 어려웠다. 첫 번째로 아픈 밀주꾼을 아무도 건드리려고 하지 않았다. 두 번째로 아담은 갈수록 왠지 기운이 솟는 것 같았다. 결국 비엔체크가 제안을 했다. 긴 빗자루 손잡이로 아담을 밀어서 가게 한가운데로 데려간 다음 필요 이상 가까이 다가가지 않고 조심스럽게 햄을 묶듯이 끈으로 빙빙 둘러 묶었다. 잠시 후 밀주꾼은—양팔을 뻗지 않고는 균형을 유지할 수 없었던 듯—다시 통나무처럼 뻗어버렸다.

모두 모여서 아담이 바닥에서 몸부림치는 모습을 바라보았다. 심지어 마테우시도 가까이 다가가긴 했지만, 여전히 일어서지는 않고 네발로 기었다. 오직 소년만이 저 짐승들이 무엇을 할 수 있는지 알고 있었으며, 그래서 어째서 여기 있는 이놈은 왜 이렇게 양순한지 이해하지 못했다. 구경하기를 마치고 소년은 조심하기 위해 테이블 아래로 기어들어 갔다.

몇 분 뒤, 레이만이 잠이 덜 깬 남자 둘을 끌고 돌아왔다. 프타키 형제는 나이 차이가 많은 형제가 그렇듯이 서로 아주 조금 닮았다. 형인 보이테크는 콧수염과 짧게 다듬은 턱수염이 있고 안경을 썼다. 동생인 야체크의 달걀형 얼굴은 여전히 아기 엉덩이처럼 매끈했다. 둘 다 레이만보다 머리 하나가 더 컸고 어깨가 훨씬 딱 벌어져 보였는데, 그래도 레이만이 마음만 먹는다면 둘을 한꺼번에 손쉽게 다룰 수 있을 것이었다.

"환자 어딨어요?" 보이테크가 물었다.

코노폴이 비켜서자 줄에 휘감긴 채 바닥에서 몸부림치는 밀주꾼이 나타났다. 수의사는 그 옆에 무릎을 꿇고 주머니에서 면 손수건을 꺼내 환자의 피부에 직접 접촉하지 않도록 손에 감았다. 아담은 온몸이 뻣뻣해졌다. 그의 몸을 휘감은 노끈이 한껏 당겨져 여기저기서 끊어질 듯한 소리를 냈으나 간신히 버티고 있었다.

"이상하지, 응?" 야체크가 형을 돌아보며 중얼거렸다.

보이테크는 가져온 가방을 열고 안을 잠시 들여다보다가 낡아빠진 청진기와 그보다 더 낡은 조그만 둥근 거울을 꺼냈다. 거울을 아담의 입안에 넣으려고 시도했지만 이는 자칫 비극으로 끝날 뻔했다. 아담이 갑자기 몸부림을 치며 고개를 흔들었기 때문이다. 야체크가 순식간에 형을 끌어내지 않았다면 보이테크를 물었을 것이다. 아담의 치아가 보이테크의 손 대신 허공을 깨물며 따닥 소리를 냈다.

"무례한 놈이군." 보이테크가 거울을 도로 가방 안에 던져 넣으며 중얼거렸다.

청진기로 아담을 진찰하는 작업은 조금 더 평화로운 분위기에서 진행되었으나 보이테크의 얼굴은 갈수록 굳어졌다. 마침내 그는 청진기를 야체크에게 건네주고 물러났다. 그에 이어서 야체크가 청진기를 앞에 누워 있는 밀주꾼의 가슴에 대고 한동안 귀를 기울였다. 진찰이 끝난 뒤 야체크는 형의 눈을 들여다보았고 둘은 함께 고개를 저었다.

"뭔가 아주 단단히 잘못됐어." 야체크가 일어서면서 말했다. 그의 손이 가볍게 떨리면서 얼굴이 조금 전보다 더 창백해졌다.

모두 카운터로 갔다. 슈칼스키만이 마지막 술 한 병을 지키려는 듯 자기 자리에서 움직이지 않았다. 그리고 마테우시 역시 계속 테이블 아래 웅크리고 있었다.

"사람이 아니고 시체 같은데." 보이테크가 결론을 내렸다. "맥박도 없고 숨도 안 쉬고 심장도 안 뛰고……." 그가 잠시 침묵했다. "하지만 움직이는 걸 보면 아직 살아 있다는 얘긴데."

"얼마 전에 읽은 글에 사람이 혼수상태일 때……." 야체크가 웅얼거렸다.

"혼수상태인 사람은 누워 있지 기어다니지 않아. 깨물려는 시도는 더더욱 안 하고."

"시도?!" 비엔체크가 화를 냈다. "저 술주정뱅이 개새끼가 날

물었다고. 봐!" 그는 수의사들에게 이제는 조금 부어오른 피투성이 손을 보여주었다.

형제가 함께 그 손을 살펴보았다. 잇자국 주위에 노르스름한 선이 생겨나고 있었다. 물린 부위의 주변 피부색도 건강해 보이지는 않았고 가장자리 근육은 경련을 일으키듯 단단히 뭉쳐 있었다.

"언제 이랬어?" 보이테크가 물었다.

"한 15분 전에."

"대략 엉망인데." 야체크가 비엔체크의 땀에 젖은 얼굴을 똑바로 들여다보며 진단을 내렸다.

"상처를 소독하려면 살을 잘라내야겠어." 보이테크가 선고했다.

"하지만 그렇게 안 하고 그냥 둬도……." 비엔체크가 강한 남자 연기를 갑자기 그만두고 애원했다.

"그냥 두면 안 돼. 염증이 이미 속까지 들어갔어. 이쪽 손 전부 잘라내고 싶어?"

비엔체크는 단호하게 고개를 저었다. 그는 직업상 양쪽 손을 다 능란하게 쓸 수 있어야 했다.

"저기 앉아!" 야체크가 카운터 위 전구에서 가장 밝게 비치고 있는 부분을 가리켰다. "전혀 아프지 않을 거야. 보드카 한두 병 마시고……." 그러다 야체크는 술집 주인의 표정을 보고 갑자기 말을 끊었다.

"보드카가 지금 한 방울도 안 남았어."

"저기 저 병은요?" 야체크가 구석 테이블을 가리켰다.

"내 거다." 슈칼스키가 술병을 보호하려는 듯 감싸안았다.

"건드리지 마."

"이 못돼 처먹은 새끼!" 비엔체크가 고함쳤다. "이웃 사람을 안 도와주겠다고?"

"이웃 사람?" 슈칼스키가 연극을 하듯 주위를 둘러보았다. "여기엔 이웃 사람이 안 보이는데. 난 외지 사람이거든!"

비엔체크가 입술을 말아 올리고 치아를 드러냈다.

"후회하게 될 거다, 이 빌어먹을 돼지 새끼야. 내일 우리가 너희 집에 가서……."

"엿이나 먹어, 이 십새끼야!" 전 경찰서장의 손자가 코웃음을 쳤다. "내일이면 난 멀리 가고 없을 거다."

"너희 가족을……."

"가족이야말로 너보다 더 내 알 바 아니다." 슈칼스키는 여기 보라는 듯 술병 코르크를 뽑아 마지막 남은 100밀리리터 혹은 150밀리리터 정도의 술을 다 마셔버렸다. 그러곤 크게 숨을 내쉬고 손등으로 입술을 문질러 닦더니 자리에서 일어섰다. 외투를 걸치고 벽 아래 세워둔 여행 가방을 집어 들고는, 마지막으로 카운터를 향해 경멸에 찬 눈초리를 한 번 던진 뒤 문 쪽으로 걸어갔다.

비엔체크의 얼굴이 자줏빛이 되었다. 땀을 흘리며 온몸을 떨기 시작했다. 모두 그가 피라도 토할 거라고, 화를 낼 만한 상황이었지만 솔직히 자업자득이라고 생각했다. 옌제이 슈칼스키를 그렇게 깔보는 태도로 대하지 않았다면 지금쯤 보드카로 통증을 잠재우고 있었을 것이다.

"여기 한 번만 더 오면, 그때는……." 비엔체크가 불길하게 씩씩거렸다.

"잠꼬대를 하는군." 슈칼스키가 문가에서 몸을 돌리며 대꾸했다. "너희들 전부 내가……."

그는 말을 마치지 못했다.

슈칼스키의 등 뒤에서 가느다란, 여성의 것이 분명한 손이 뻗어 나오는 것을 모두가 보았다. 다음 순간 쫙 펼쳐진 손가락이 깜짝 놀란 슈칼스키의 얼굴을 부여잡았다. 계속 미소를 띠고 있던 슈칼스키는 기다란 손톱이 피부를 파고들며 깊이 할퀴자 비명을 질렀다. 그는 몸부림쳤지만 아무 소용 없었다. 공격한 사람이 누군지는 몰라도 그를 아주 강하게 붙잡고 있었다. 슈칼스키는 귀신에게 잡혀간 듯 순식간에 문밖으로 사라졌다.

이 광경에 모두 얼어붙었다. 아무도 움직이지 못하고 그저 활짝 열린 문을 바라볼 뿐이었다. 다들 움직인 것은 비엔체크가 나무토막처럼 쓰러지면서 머리를 카운터에 들이받았을 때였다. 그의 몸이 쓰러지면서 둔탁한 충격음이 울리자 모두 굳어진 상태에서 깨어났다. 수의사들이 의식 없는 비엔체크를 돌보기 시작했고 나머지 사람들은 어쩔 줄 모르고 서로 쳐다보았다.

"누가 저 빌어먹을 문 좀 닫아!" 코노폴이 소리쳤다.

"당신 가게잖아." 창백한 레이만이 중얼거렸다. 그는 언제나 어디서나 대범한 사람이었지만 오늘만은 다른 모든 사람처럼 소심해져 있었다.

"야, 집시. 가서 문 좀……." 코노폴은 주위를 둘러보기 시작했다.

테이블 아래에서 새된 고함 소리가 들려왔다.

"나 집시 아니에요!"

"마테우시……." 코노폴은 즉시 어조를 바꾸었다. "네가 문에서 가장 가깝다, 꼬마야. 가서 문 닫으면 앞으로 아무도 너한테 집시라고 하지 않을 거다."

나머지 사람들도 열띠게 고개를 끄덕이며 동의했다.

"하지만 밖에 놈들이 있다고요." 소년이 떨리는 목소리로 대답했다.

"지금은 아무도 안 보여. 아마 갔을 거야." 스티푸우코프스키가 달랬다. "자, 놈들이 돌아오기 전에 얼른 가서 문 닫아라."

마테우시는 은신처에서 나갈 생각이 전혀 없었다. 팽팽한 대립은 풀리지 않았다.

"다 같이 가지, 여러분, 다 같이." 레이만이 마침내 제안했다.

"하지만 맨손으로는 안 돼!" 공동묘지 관리인이 현명하게 덧붙였다.

모두 무기가 될 만한 물건을 찾기 시작했다. 레이만은 배낭 안에 무디지만 날이 넓은 끌을 가지고 있었다. 스티푸우코프스키는 밤 순찰 때 언제나 가지고 다니는 나무 몽둥이를 겨드랑이에서 꺼냈다. 코노폴은 카운터 아래에 있던 정육점 식칼을 꺼냈다. 라츠키에비치는 다급하게 주머니 속을 뒤졌고, 나머지 사람들이 모두 그를 쳐다보았을 때 손바닥에 안전핀 세 개를 들고 있었다. 재봉사가 쓰는 커다란 안전핀이다. 사람들의 비웃는 눈초리를 보고 라츠키에비치가 어깨를 으쓱해 보였다.

"여기 계세요." 레이만이 라츠키에비치를 조심스럽게 카운터 안으로 밀어 넣으며 부탁했다. "소장님이 저렇게 살인 광기에 차서 그 핀으로 우리를 찌르는 건 아무도 바라지 않아요."

라츠키에비치는 항의했지만 수의사 두 명을 누군가는 보호해야 한다는 말을 듣고 매우 빠르게 진정했다.

나머지 사람들이 문 쪽으로 향했다. 어깨를 나란히 하고 천천히, 마치 복병이 있는지 살펴보는 군인들처럼 걸었다. 마테우시는 눈을 접시만큼 크게 뜨고 테이블 아래에서 그들을 보고 있었다. 앞으로 열 걸음, 딱 그 정도만 가면 되는데도 시간이 영원처럼 흐르는 것 같았다. 벽걸이 시계가 가리키는 바에 따르면 그 영원은 정확히 2분이었다.

문가에서 그들은 또 하나의 장애물에 부닥쳤다. 전부 나란히 나가기에는 문이 너무 좁았던 것이다. 그렇다고 먼저 나서서 문을 닫으려는 사람은 역시나 아무도 없었다. 그래서 그들은 서로 의미심장하게 쳐다보면서 씩씩 콧소리를 내고 열띠게 고개를 끄덕이며 그렇게 서 있었다. 그러다 결국은 주먹다짐이라도 날 뻔했다. 그때 가게 안쪽에서 갑작스러운 움직임이 있었다. 등 뒤에 있던 수의사들의 비명을 듣고 세 명 모두 얼어붙었다. 셋 중 그 누구도 감히 몸을 돌릴 용기를 내지 못했다. 슈칼스키를 잡아간 사람들에 대한 두려움이 호기심보다 훨씬 강했다.

“무슨 일이냐, 꼬마야?” 마테우시의 은신처에서 가장 가까이 서 있던 코노폴이 속삭이는 소리로 물었다.

“안 보여요.” 마테우시가 조그만 소리로 대답했다.

“그럼 나와서 좀 봐라, 꼬마야.” 공동묘지 관리인이 양쪽을 동시에 보려고 시도하면서 거의 울 듯한 목소리로 부탁했다.

소년이 테이블 아래에서 아주 잠깐 고개를 내밀고는 곧바로 테이블 아래로 숨었다. 그곳에서만 안전하다고 느끼는 것 같았다.

"다 몰려왔어요." 소년이 몸을 웅크린 채 보고했다. "아까 물린 그 아저씨하고 같이요."

"마침내 다들 돌았나?" 레이만이 문밖에 내리는 두꺼운 빗물의 벽을 어떻게든 뚫고 내다보려고 노력하며 짜증을 냈다. "우리도 덮치려고 들겠군……."

소란은 가라앉지 않았다. 아니, 시간이 갈수록 점점 더 심해졌다. 게다가 노끈에 묶인 밀주꾼이 있는 곳에서도 점점 더 큰 소음이 들려왔다.

"어차피 죽을 거!" 코노폴이 재빨리 성호를 긋고는 나머지 사람들의 눈앞에서 손에 든 식칼을 휘두르며 단번에 문을 향해 달려갔다. 열린 문을 최대한 빨리 닫으려고 문손잡이에 손을 뻗었지만, 손잡이에 감아놓은 거즈가 화학약품과 빗물에 흠뻑 젖어 손이 미끄러지는 바람에 코노폴은 동료들을 향해 뒤로 넘어졌다. "이런 빌어먹을……." 코노폴은 레이만의 품 안으로 날아가서 끌에 찔릴 뻔하자 욕설을 내뱉었다.

바로 그 순간에 몇 가지 일이 동시에 벌어졌다.

아담을 묶고 있던 노끈이 큰 소리를 내며 끊어지기 시작했다. 라츠키에비치는 수의사 형제가 비엔체크에게 붙잡히는 모습을 뻣뻣이 굳은 채로 지켜보면서 새된 소리로 비명을 질렀고, 싸우고 있는 수의사 형제를 버려두고 비틀거리며 종종걸음으로 문 쪽으로 달려갔다. 레이만이 그를 붙잡으려고 앞으로 팔을 뻗었다. 그러나 그 순간 레이만은 다친 개처럼 고함을 지르며 다른 쪽 겨드랑이 아래 손을 숨겼다. 라츠키에비치는 그들 세 명을 향해 전력 질주하더니 마치 사람이 아니라 볼링핀인 양 밀어붙이고는 계속 공포에 질린 비명을 지르며 바깥으로 뛰어나갔다.

"저 늙은이 죽여버린다!" 레이만이 손에서 피투성이 끝을 꺼냈다. "비루먹은 개처럼 때려 죽일 거야!"

"나도…… 나도 죽일 거다……." 라츠키에비치에게 떠밀린 공동묘지 관리인이 웅크리고 앉아 있다가 어색하게 몸을 일으키며 씩씩거렸다. 그러곤 레이만의 기분을 상하지 않게 하려고 즉각 덧붙였다. "하지만 자네는 다음에."

스티푸우코프스키의 몽둥이는 바닥에 굴러 벽 아래까지 가 버렸다. 스티푸우코프스키는 동료들에게 돌아가 대열을 정비해야 할지, 아니면 날아가 버린 무기를 가지러 가야 할지 결정할 수 없었다. 딜레마는 저절로 해결되었다. 비엔체크의 손아귀에서 마침내 벗어난 수의사 형제가 라츠키에비치를 따라서 온 힘을 다해 문 쪽으로 달려갔다. 수의사 가방과 그 안에 든 비싼 도구에 대해서는 잊어버린 채 말이다.

코노폴도 그들의 피투성이 손을 보고 결단을 내렸다. 그는 패닉에 빠져 식칼을 휘두르며 앞으로 내달렸다. 누군가 찌를 수도 있다는 생각은 하지 않았다. 그의 앞을 막는 사람은 다 죽일 기세였다. 스티푸우코프스키와 레이만 역시 다른 방법이 없었다. 그들도 도망치는 수의사 형제를 한 걸음 뒤에서 따라 달렸다.

차가운 빗줄기가 세 사람의 달아오른 머리를 빠르게 식혀주었다. 남자들은 거리 반대편, 이끼로 덮인 공동묘지 담장 옆 가로등 아래 멈추어 서서 숨을 몰아쉬었다. 라츠키에비치는 그 시점에서—거리의 커다란 웅덩이도 아랑곳하지 않고 그워그치츠카 거리 쪽으로 미친 듯이 달려서—먼 곳으로 사라지고 있었다. 슈칼스키는 문에서 몇 걸음 떨어진 보도 위에 누워 있었다.

그의 몸 위에 웅크리고 앉은 것은…… 아담의 아내 마그달레나였다. 코노폴은 먼지 묻은 마그달레나의 낡은 비옷을 알아보았다. 분명히 죽었다가 살아난 망자였다. 최소한 그렇게 보였다.

마그달레나를 제외하면 시초프스카 거리에는 아무도 없었다. 슈칼스키를 공격했던 사람이 누구든 간에 지금은 이미 달아나고 없었다.

코노폴은 몸을 반쯤 숙이고 축축한 벽돌 담장에 기댔다. 스티푸우코프스키는 목이 졸린 듯이 얼굴이 퍼렇게 질린 채로 축축한 보도 위에 무겁게 주저앉았다. 세 명을 합친 만큼 힘이 센 레이만 혼자만이 이 짧은 전력 질주에 기운이 빠지지 않았다. 그가 큰 소리로 숨을 몰아쉬는 이유는 복수의 의지 때문이었다. 수의사 형제가 그의 바로 곁에 서 있었다. 보이테크는 갈가리 뜯긴 팔뚝을 움켜쥐었고, 야체크는 얼굴에서 피를 닦아내고 있었다. 굵은 빗줄기가 빠르게 피를 씻겨주면서 겉보기에 야체크의 얼굴에 묻은 피는 그의 피가 아닌 것처럼 보였다.

몇 초가 더 지나고 모두 숨을 돌릴 때, 레이만이 불안하게 주위를 둘러보며 물었다. "애는 어딨어?"

"아마 계속 테이블 밑에 있을걸요." 수의사 형제 중 하나가 중얼거렸다.

"가서 데리고 나와야지……." 레이만이 문 쪽으로 향했으나 아무도 따라오지 않는 것을 알고 곧 멈추어 섰다.

"난 아직 죽기 싫어." 코노폴이 으르렁거렸다. 그리고 레이만의 눈빛이 날카로워지는 것을 보고 덧붙였다. "아담이 노끈을 끊었다고……."

"그리고 저 사람…… 그 남자……." 야체크가 열려 있는 술집 문 쪽을 흘끗 바라보며 덧붙였다. "뭔가 광란을 일으켰어요. 우리 형을 물었다고요. 난 할퀴기만 했지만……." 그는 낡은 플란넬 셔츠 아래 가려진 목덜미에 긁힌 새빨간 손톱자국을 가리켰다.

코노폴은 뭔가 말하고 싶었지만 입을 벌린 채로 얼어붙어 있었다. 가게 안에서 귀를 찢을 듯한 비명이 들려왔고, 이어서 그보다 더 크게 부서지는 굉음이 들려왔다. 마치 누군가 가장 무거운 테이블을 밀어 뒤집는 것 같았다.

"대체 뭘……?" 스티푸우코프스키가 보도에서 엉금엉금 일어서며 중얼거렸다.

직사각형 문 안에서 선명하게 무언가 움직이더니 건물에서 조그만 형체가 튀어나왔다. 마테우시는 너무 겁에 질린 나머지 다리가 있다는 사실도 잊어버렸는지 여전히 네발로 기었다. 하지만 그런 식으로는 도망치는 데 성공할 수 없었다. 사람은 네 발 달린 동물이 아니다. 소년은 몇 번 움직이다가 손발이 엇갈려 보도 위에 넘어져 버렸다. 그러나 소년은 이미 자신을 쫓고 있는 짐승들을 피해 차로에 나와 있었다. 레이만이 달려가서 소년의 멱살을 잡고 끌어냈다. 레이만은 기운 좋은 석공이었고 그에게는 조그만 소년이 깃털처럼 가벼웠다. 다음 순간 둘은 반대편 공동묘지 담벼락 아래로 건너와 있었다.

코노폴은 가로등 사이의 어스름 속에서 방금 마그달레나를 보았던 곳에 시선을 두었다. 마그달레나는 여전히 그곳에 있었고 이제는 일어서서, 비엔체크가 자기 남편을 술집 안으로 끌고 들어왔을 때와 똑같이 비틀거리고 있었다.

"하느님 맙소사……." 스티푸우코프스키가 코노폴의 소매를 붙잡았다. "내가 보는 게 자네도 보이나?"

코노폴은 그저 고개만 끄덕였다. 꽉 막힌 목구멍에서 말이 나오지 않았기 때문이다.

슈칼스키는 이제 빗줄기에 피가 완전히 씻긴 채 보도 위에서 서투르게 꿈틀거리고 있었다. 유령이나 도축된 돼지처럼 보였다. 한때 밝은 베이지색이던 외투는 이제 체크무늬 면바지와 마찬가지로 피투성이였다. 흠뻑 젖은 셔츠도—목깃부터 허리띠 아래 삐져나와 있는 옷자락까지 전부—시뻘건 얼룩으로 덮여 있었다.

"어떻게 이럴 수가……?" 공동묘지 관리인이 성호를 그었다. 그는 꿈틀거리는 슈칼스키의 유령을 바라보다가 시퍼런 마그달레나에게 시선을 옮기고, 그런 뒤에 가게 문을 쳐다보았다. 그런데 그 문 안쪽 전등 불빛 아래에 마그달레나의 남편 아담과 마치에이 비엔체크의 윤곽이 명백히 움직이고 있었다. "이봐, 다들 빨리 튀자." 그가 점점 더 이를 꽉 물면서 중얼거렸다.

"하지만 어디로?" 코노폴이 무기력하게 주위를 둘러보았다.

"내 일터로." 스티푸우코프스키가 그의 눈을 들여다보았다. "공동묘지로!"

"좋은 생각이야." 그들 뒤에 있던 레이만이 재빨리 동의했다. "담벽도 두껍고 철문도 단단하고 숨을 곳도 있을 거야."

* * *

라츠키에비치는 술이 깼다. 언제 어떻게 깼는지는 알지 못했다. 코노폴 가게의 카운터 앞에 힘겹게 두 발로 서 있는 지금 그의 머릿속은 엉망진창이었다. 거리에서 비를 쏟아내는 먹구름처럼 흐릿했다. 그런데 다음 순간 폭우에 흠뻑 젖은 거리로 뛰어나갔을 때는 벌써 완전히 술이 깨 있었다. 거의 600밀리리터 분량의 독한 보드카가 그의 지쳐 떨어진 핏줄 속에서 단번에 그냥 증발해 버렸다. 뚝딱. 마치 마법 지팡이로 건드린 것 같았다.

그것은 평생 살면서 들어본 적도 없는, 의문의 여지 없는 기적 중의 기적이었지만 그는 여기에 대해서 깊이 생각하지 않았다. 눈앞에는 아직도 비엔체크의 웃는 얼굴이 어른거렸다. 비엔체크의 누리끼리한 이빨이 수의사의 팔뚝을 파고들었다. 그의 손톱이 다른 수의사 형제의 플란넬 셔츠 목덜미를 파고들어 피부를 찢었다. 짐승. 짐승이지 사람이 아니다. 괴물이다!

도망쳐야 했다. 이 냄새나는 술집과 그 안을 채운 괴물들에게서 최대한 멀리 가버려야 했다. 대체 오늘 뭐에 미쳐서 그렇게 마셨던 걸까? 아무 걱정 하지 않고 그냥 자버릴 수도 있었는데. 그런데 여기에 와서는…… 시체처럼 시퍼런 지가드워, 문밖으로 사라지는 슈칼스키, 격리병동의 미치광이들에 대해 이야기하는 조그만 집시 남자애…… 끔찍하다!

그는 자크조프스카 거리에서 꺾어서 언제나 집에 가던 길을 따라 자동적으로 도브로슈츠카 거리로 접어들었다. 그는 기차역 바로 뒤에 있는, 약간의 이끼가 끼는 것 말고는 아주 괜찮은 조그만 오두막에 살았다. 방은 두 개인데 혼자 살았다. 마치 귀족처럼 말이다. 이웃들이 자신의 집과 봄에 새로 산 스쿠터를 부러워한다는 걸 그는 알고 있었다. 동네에서 그가 처음으로 새 스쿠터를 소유했고, 처음으로 빈병 재활용 구매소 영업허가를 얻었다. 이 영업허가 때문에 여러 사람의 질투심을 받았다. 동네의 속 좁은 사람들은 그를 참을 수 없이 눈꼴시어했다. 친구들도 그를 더 이상 찾아오지 않았다. 예전에 그의 새빨간 스쿠터에서 눈을 떼지 못했던 아가씨들도 이제는 그가 스쿠터를 타고 오갈 때면 고개를 돌렸다. 하늘 무서운 줄 모르는 야비한 것들……. 몇몇은 그의 등 뒤에서, 그가 수집한 술병에서 남은 술을 전부 모아 저녁이면 혼자 자기 집에 꼭꼭 숨어서 마셔댄다고 수군거렸다. 그는 오직 그 소문 때문에 코노폴 가게에 다녔다. 단지 그 때문이었다. '빈병 구매소에 들어오는 술병의 마지막 한 방울을 핥아댈 이유가 없다는 걸 모두에게 보여주기 위해서 말이다. 뒤에서 수군거리는 놈들이나 그렇게 하겠지. 여기에는 그 사람들이 없다…….'

그는 앞에 어떤 사람이 오는 것을 보고 걸음을 늦추었다. 경찰! '하느님 감사합니다, 이렇게 조그만 은총을 내리시다니.'

"경관님!" 그가 불렀으나 경관은 반응하지 않았다. 그래서 그는 걸음을 재촉해 더 가까이 갔다. "경관님, 저기, 저기 공동묘지 근처예요." 그가 멀리 거리가 교차하는 곳을 가리켰다. "도둑놈들이 밀주를 마시고 머리가 돌았어요! 서로 피 흘리면서 싸우고 있어요……." 라츠키에비치는 숨을 몰아쉬며 경찰 바로 등 뒤에 멈추어 섰고 경관은 마침내 몸을 돌렸다. "정말이에요, 완전히 소돔과 고모라라고요, 저……." 배 근처에서 어마어마한 고통을 느끼면서 목소리가 그의 목구멍에 턱 걸렸다. 마치 누군가 그의 뱃속에 손을 집어넣고 내장을 끄집어 내기 시작한 것 같았다.

의식을 잃고 쓰러지기 전, 라츠키에비치는 안개 속처럼 흐릿하게 경사의 핏기 없는 회색 얼굴과 죽어버린, 완전히 새하얀 눈을 보았다.

* * *

모두 무너져 내린 작은 기도실 앞에 쭈그리고 앉아 기도실 그늘에 몸을 숨기고 30미터 거리의 철문을 바라보았다.

"간 것 같아." 한참 뒤에 코노폴이 동료들에게 몸을 돌리고 중얼거렸다.

몇 분 동안 굵은 무쇠 철문 사이로 보이는 것은 오로지 비에 젖은 거리뿐이었다. 지가드워바, 그 남편 아담, 비엔체크와 슈칼스키는 담벼락 너머 어딘가로 사라졌다.

"저기 숨어 있는 거야." 레이만이 한 손에는 넓은 끌을, 한 손에는 겁에 질려 말문이 막힌 소년을 꽉 붙잡고 속삭였다.

"철문은 단단해, 쇠사슬도 그렇고." 공동묘지 관리인이 그들을 바라보았다. "저들이 부수려고 해도 방법이 없을 거야." 그는 이렇게 생각했다. 실제로 저 귀신들이 철문을 잡아당겼지만 아무것도 할 수 없었다. 독일인들이 만든 철문은 이토록 세월이 흘렀는데도 단단했다. "우리 한숨 돌릴 수 있지 않을까." 그가 덧붙였다.

"그것도 좋겠군요." 야체크가 손을 물려버린 형을 돌보며 말했다.

야체크 자신도 비엔체크의 공격을 물리쳤지만 그다지 강하게 떨쳐내지 못하고 할큄을 당했다. 그 자국은 자세히 보면 아주 길었으나 다행히 깊지는 않았다. 약간의 피가 새어 나올 뿐이었다.

반면 보이테크의 상황은 완전히 달랐다. 비엔체크는 눈을 뜨자마자 미쳐 날뛰기 시작했다. 그를 진정시키려는 보이테크의 손에 이를 박아 넣고 어떻게 해도 놓으려 하지 않았다. 비엔체크의 턱을 벌리기 위해 소나 말에 사용하는 마우스 오프너를 써야만 했다. 운 좋게도 형제들은 수의사 가방에 마우스 오프너를 가지고 다녔다. 하지만 서둘러 도망치다가 아버지에게 물려받은 의료기구 가방을 두고 나온 것을 형제는 무척 후회하는 중이었다. 보이테크의 상처에 도움이 될 만한 도구가 없었기 때문이다. 그나마 스티푸우코프스키가 가까운 비석 뒤에서 밀주 한 병을 꺼내준 것이 다행이었는데, 그 밀주는 스티푸우코프스키 자신이 소독약으로 쓰던 것이었다. 보이테크는 싫어했지만, 야체크는 아랑곳하지 않고 형의 손에 밀주를 부었다. 그런 다음 자기 셔츠를 찢어 임시 붕대를 감아주었는데, 어쨌든 깨끗한 천으로 제대로 잘 감아주었다.

야체크는 형을 치료한 뒤에야 자신의 상처를 치료했다. 더 이상 붕대로 쓸 천이 없었으므로 그는 남은 보드카를 손에 부어서 할퀸 자국에 꼼꼼하게 문질렀다. 콧구멍에 날카로운 탄화물 냄새가 느껴지면서 몹시 따가웠다. 그는 흔들리는 가로등 불빛 아래 술병을 비추어 보았다. 술병에는 여전히 약간 노르스름하고 탁한 액체가 반쯤 채워져 있었다.

스티푸우코프스키가 동료들을 곁눈질로 흘겨보았다.

"마지막 남은 거야." 그가 못마땅한 얼굴로 말했으나 그들은 이 암묵적인 비난을 무시했다. 이런 큰 사건을 겪었으니 모두 제대로 한잔하고 싶은 마음뿐이었다.

야체크가 조심스럽게 술병을 들고 냄새를 맡았다. 안에서는 여러 가지 냄새가 풍겨 나왔지만 알코올의 냄새는 없었다.

"이건 대체 뭐요?" 그가 물었다.

"내가 만든 거야." 기분 상한 스티푸우코프스키가 웅얼거렸다. 그런 뒤에 변명하는 어조로 덧붙였다. "구할 수 있는 걸 가지고 어떻게든……."

"난 낙타가 아니니까요." 야체크가 술병을 입으로 가져갔다. "뭐든지 마실 수 있다고요." 그는 살짝 한 모금 마셨으나 곧 눈빛이 달라졌다. "아닌가……." 그가 숨을 몰아쉬며 하얀 혀를 내밀었다.

코노폴과 레이만은 별다른 문제 없이 공동묘지 관리인의 밀주를 마셨지만, 그들도 마실 때마다 얼굴을 찡그렸다. 스티푸우코프스키는 그들이 두 모금째는 거절하는 것을 보고 기뻐했다. 그는 술병을 받아 마개를 닫고 외투 안주머니에 서둘러 쑤셔 넣었다.

"이젠 어쩌지?" 스티푸우코프스키가 물었다.

모두가 철문과 그 너머에 펼쳐진 텅 빈 거리를 쳐다보았다.

"앉아서 좀 기다리지." 레이만이 체념한 어조로 말했다. "여기는 최소한 안전하잖아."

"그래, 좀 쉬자고." 코노폴이 그를 지지했다. "날 밝으면 동쪽으로 나가보도록 하지. 아니면 울타리를 뛰어넘어 철로 쪽으로 가든가."

모두 조용히 고개를 끄덕여 동의를 표하고는 제각기 이끼 낀 담벼락에 자리를 찾아 편하게 등을 기대앉았다. 부상당한 보이테크를 가운데 앉히고 그의 동생 야체크가 오른쪽에 앉았으며 레이만과 마테우시가 왼쪽에 자리를 잡았다. 코노폴은 마테우시 뒤에 쭈그리고 있었고, 반면에 스티푸우코프스키는 야체크 옆에 주저앉았다. 기도실 쪽 벽은 다행히도 비가 들이치지 않았기에 그들은 처마가 내려앉은 곳에서 가끔씩 흘러들어 오는 빗방울만 견뎌내면 되었다.

침묵과 보드카 덕분에 그들은 긴장이 약간 풀렸으나 당장은 아무도 감히 눈을 붙이려 하지 않았다. 보이테크가 추위에 덜덜 떨며 중얼거렸으나 그에게 덮어줄 것은 없었다. 그래서 다들 온기를 최대한 보존하기 위해 서로 몸을 바짝 붙였다. 그러면서도 바로 얼마 전에 목격했던 일을 생각하며 몸을 떨었다.

시간은 무자비하도록 천천히 흘렀으나 1분 1초가 흐를 때마다 극도로 지친 남자들의 눈꺼풀이 조금씩 더 무거워졌다. 가장 바깥쪽에 앉은 스티푸우코프스키가 가장 추위를 많이 느꼈으나 술병을 다시 꺼내지 않기 위해 몸에 밴 구두쇠 근성으로 참았다. 나머지 사람들도 이제는 한 모금씩 더 마시고 싶어 하리라는 것을 그는 알고 있었고, 그렇게 되면 남은 밀주를 전부 다 털린다는 뜻이었다. 그래서 그는 얼어붙은 채로 당나귀처럼 덜덜 떨다가 마침내 더는 견디지 못할 정도까지 왔다. 돌벽의 냉기가 내장까지 얼리는 것 같았다. 두꺼운 외투를 입고 있어도 소용없었다. '밀주 몇 모금을 낭비하는 쪽이 여기서 감기 걸리거나 폐렴이라도 앓게 되는 것보다는 낫겠군.' 그가 인정했다. 그는 안주머니에 손을 넣었다. 그러곤 유리병을 꺼내려는데 그의 머리 위에 야체크가 손을 뻗어왔다.

"이봐, 낙타. 차례를 기다려." 그가 쏘아붙였다.

야체크는 기다릴 생각이 없었다. 야체크의 손가락이 술병을 붙잡더니 다음 순간 뜻밖에도 술병이 두꺼운 유리가 아니라 종이로 만들어진 양 짓이겨 부서졌다. 유리 깨지는 큰 소리가 스티푸우코프스키의 숨 막힌 소리와 뒤섞였다. 야체크가 온몸으로 그를 짓누르고 있었고 그는 마치 뱀장어처럼 몸부림치고 있었다.

"뭐야?" 레이만이 일어서려 했으나 곧바로 엉덩이를 담벼락에 아프게 부딪치며 도로 주저앉았다. 보이테크가 이미 그의 외투를 붙잡고 있었다. 너무 가까이 있던 것이다……. 레이만은 그의 손아귀를 뿌리치려 했으나 한순간 완전히 기운을 잃고 말았다. 보이테크가 그의 목을 비틀었을 때 레이만은 신음조차 내지 못했다.

졸고 있던 마테우시가 비명을 지르며 일어나더니 코노폴을 흔들었다. 반쯤 자고 있던 코노폴은 옆으로 기울어지며 손에 쥐고 있던 식칼을 놓쳤다가 곧바로 옆에 있던 부서진 비석 아래를 더듬어 찾아냈다. 코노폴은 바로 벌떡 일어나기에는 너무 나이 들고 너무 뚱뚱했지만, 그 덕분에 목숨을 건졌다.

그는 옆에서 뭔가 움직이는 것을 눈치채고 시선을 들었다. 바로 그때 유령 같은 형체가 기울어진 대리석 십자가 뒤에서 기어 나와 긴 손톱이 달린 손가락을 펼치더니 공포에 질려 얼어붙은 소년의 팔을 잡아채 갔다. 그 옆에서 곧 두 번째 귀신이 나타났다. 아담과 비엔체크다. 여기에 어떻게 들어왔지? 철제 정문은 못 넘어왔을 텐데……. 갑자기 코노폴은 깨달았다. '저 머저리.'

그는 마음속으로 공동묘지 관리인을 욕했다. '저 술주정뱅이가 일하러 왔을 때 옆문을 안 잠갔구나.'

그는 두 짐승의 살인적인 손아귀에 마테우시가 붙잡히기 전까지 이런 생각을 했다. 소년은 쇳소리를 지르며 몸부림쳤다. 그 비명이 너무 처절해서 코노폴의 등줄기를 타고 목덜미의 허옇게 센 머리카락까지 소름이 올라오는 것을 느꼈다. 다음 순간 다시 침묵이 깔렸다. 그런 뒤에 코노폴은 천을 찢는 것 같은 커다란 소리를 듣는 동시에 무시무시한 악취를 느꼈다. 뭔가가 그의 앞에 있는 자갈길에 흩뿌려졌다. 얼굴에 따뜻하고 끈적끈적한 방울들이 튀었고 콧구멍은 끔찍한 냄새로 가득 찼다.

'저 괴물들이 애를 반으로 갈랐어! 헝겊 인형처럼! 뱃속에서 내장을 전부 꺼내고 있어!'

코노폴은 더 이상 견딜 수 없었다. 사납게 비명을 지르며 담벼락까지 달렸다. 그러곤 무너진 십자가에 황급히 몸을 기대고 반대편으로 다리를 넘긴 뒤에 힘겹게 뛰어넘어 거리로 나갔다. 맞은편 자기 가게의 열린 문이 아늑한 불빛으로 그를 유혹했다. 그는 망설였지만 한순간뿐이었다. 오, 안 돼. 저기로 들어가면 더 흉악한 함정에 빠질 수 있어. 그는 빗물에 흠뻑 젖은 포석 위에 서서 귀를 기울였다. 그러다 마침내 어딘가 멀리서, 시내 쪽에서 울리는, 귀 기울여야 간신히 알아챌 수 있는 총소리를 들었다.

저기로 가야 한다.

저기서 이 감염병과 싸울 능력이 있는 누군가를 찾아낼 것이다.

11

1963년 8월 9일 금요일 22시 46분
간호학교 기숙사, 크라쿠프스카 거리 28번지

도미니카 벤츠와베크는 흠뻑 젖은 나이트가운으로 꼼꼼하게 몸을 감쌌다. 벌써 30분째 옥상 가장자리에서 아래를 내려다보며 누군가 자신을 도와줄 사람을 찾고 있었다. 돌변한 학생들은 마치 가까이에 다음 먹잇감이 있다는 걸 느끼는 듯 계속해서 사다리 아래에 몰려와 있었다. 벤츠와베크는 옥상 통로를 조심스럽게 들여다보며 이 사실을 몇 번이나 확인했다. 매번 귀신 같은 시퍼런 팔이 벤츠와베크를 향해 뻗어오고 피투성이 손가락이 규칙적으로 허공을 휘저었다. 이쪽 출구로 도망치는 것 따위는 잊어버리는 게 낫고, 다른 탈출구도 지금으로서는 보이지 않았다.

벤츠와베크는 코를 훌쩍거렸다. 굵은 빗줄기는 쉬지 않고 내렸고, 북동쪽 타르노가이 구역 쪽에서 불어오는 돌풍으로 추위가 찾아와 온몸에 소름이 돋았다. 전쟁 세대가 모두 그렇듯이 벤츠와베크 또한 눈더미에 몸을 씻은 적이 몇 번이나 있을 만큼 단련되어 있었지만, 이렇게 쏟아지는 비를 옥상에서 몇 시간이나 그대로 맞고 있다간 감기에 심하게 걸릴 거라고 확신했다.

그러나 무기력하게 도움을 기다리는 것 외에 대체 무엇을 할 수 있겠는가? '어쨌든 저놈들이 몇 층을 한 번에 뛰어오를 수도 없을 거고, 그 방법 말고 여기 올라오려면…….' 여기서 벤츠와베크는 젖은 이마를 탁 쳤다.

피뢰침. 그 생각을 더 빨리 떠올리지 못했던 것이다.

벤츠와베크는 굵은 철사가 옥상 가장자리 아래로 사라지는 지점을 찾아냈다. 우선 한쪽 무릎을, 다음에는 양 무릎을 다 꿇고, 그런 뒤에 아래쪽을 내려다보기 위해 배를 깔고 엎드려 천천히 기어갔다. 고소공포증은 없었지만(최소한 지금까지는 그랬다) 그래도 어두운 심연을 내려다보면 뱃속이 뒤틀릴 것 같았다. 손발은 이미 너무 젖어서 땀이 나도 느낄 수 없었다.

너무 높다. 피뢰침에만 매달려서 이 정도 높이를 내려갈 수는 없다. 땅에 닿기 전에 팔에 힘이 풀릴 것이다. 고통스러운 추락과 확실한 죽음, 아니면 장애를 갖게 될지도 몰랐다. 벤츠와베크는 자신이 마비되어서 땅에 누워 있을 때 사방에서 괴물들이 자신을 향해 몰려오는 걸 무기력하게 바라봐야만 하는 광경을 상상하며 몸을 떨었다……. 부르르.

벤츠와베크는 기숙사보다 한 층 낮은, 기숙사에 이어진 옆동을 바라보았다. 그쪽 옥상은 정말로 경사가 급했고 지붕널은 미끄러웠지만, 그래도…… 조금 더 가면 가장 낮은 부분이 있는 북쪽으로 갈 수 있었다. 그곳에서는 별관 베란다로 기어 내려갈 수 있을 것이고, 그러면 지상까지의 거리를 2, 3미터 더 줄일 수 있을 것이었다.

벤츠와베크는 다시 한번 인적 없는 크라쿠프스카 거리를 내려다보았다. 벌써 30분 넘게 거리에서 살아 있는 생명체는 하나도 보지 못했다. 단 한 번, 멀리서 구급차 혹은 순찰차를 보았다. 일명 '브로츠와프의 버뮤다 삼각지대'라고 하는 오와바 지역의 낡아빠진 석조건물들 벽에 푸른 경광등 불빛이 번쩍거렸으나 사이렌 소리를 내며 달리는 자동차는 가까운 다리 쪽으로 꺾어져 니스키에 웡키로 향했다.

'어차피 개죽음인데.' 벤츠와베크는 생각했다.

옥상의 가파른 부분을 내려가는 데는 별다른 균형감각이 필요하지 않았다. 사다리를 몇 칸 내려가니 굴뚝 관리 기사들이 사용하는 좁은 층계참이 나왔는데, '층계참'이라는 게 이 경우에는 좀 너무 웅장한 단어였다. 벤츠와베크는 평범한 판자 위를 십여 걸음을 걸어 지나가야 했다. 마지막 순간 그녀는 네발로 기어서 이 구간을 지나가기로 결정했고, 그렇게 해서 아래쪽으로 이어지는, 손가락 정도 굵기의 번들거리는 철사에 닿았다. 그녀는 큰 소리로 침을 삼키고 철사를 잡은 뒤에 옥상 가장자리까지 미끄러져 내려갔다. 그리고 그곳에서 숨을 돌리고 완전히 호흡이 되돌아왔을 때 다리를 내리고 천천히, 기왓장에 배를 비비며 내려가기 시작……. 아니다. 마지막 순간에 그녀는 물에 젖은 맨손으로는 미끄러운 금속을 오래 붙잡고 있지 못하리라는 사실을 깨달았다. 푸르스름한 섬광과 그에 뒤따르는 굉음 때문에 간호학교 사감은 또 다른 위험을 떠올렸다. 자신이 면도날 위의 침팬지처럼 매달려 있을 때 건물에 벼락이 떨어지기라도 하면……. '그런 생각은 하지 마, 바보야.' 그녀는 당장 그 생각을 떨쳐내려 했으나 번갯불에 감전된 자기 몸이 시꺼멓게 그을어 연기를 내며 땅에 떨어지는 광경을 상상하지 않을 수 없었다.

그녀는 다시 한번 몸을 부르르 떨고 재빨리 다리를 지붕 위로 끌어 올렸다. 그리고 만약의 경우를 대비해서 피뢰침에서 물러난 뒤에 푹 젖어버린 가운을 살펴보기 시작했다. 두꺼운 천을 두 조각 길게 찢어낼 수 있다면 그것으로 손을 감아 보호할 수 있을 것이었다. 그러나 불행히도 가운을 만든 체코슬로바키아 브라티슬라바 지역 재봉사들은 자신들의 작품이 적절한 도구 없이는 해체될 수 없도록 단단히 신경을 써두었다. 그러므로 벤츠와베크에게는 선택의 여지가 없었다. 잠옷 셔츠를 찢는 수밖에 없었다. 이 작업은 쉬웠다. 솔기가 닳은 부분은 수없이 많았으므로 그중 하나를 찾아 당기기만 하면 되었다. 벤츠와베크는 그곳을 이로 물어뜯었고, 다음 순간 양손에 감을 보호대를 얻을 수 있었다.

천둥소리가 하늘을 뒤덮는 동안 벤츠와베크는 잠시 기다렸다가(이번 천둥은 이전보다 조금 멀어진 것 같았다) 다시 한번 다리를 지붕 가장자리 바깥으로 늘어뜨렸다. 그녀는 마음속으로 기도하면서 슬리퍼를 신은 발로 벽돌 표면을 더듬어보았다. 그러곤 벽돌에 단단히 몸을 의지해 처음에는 왼손, 그 뒤에는 오른손을 뻗었으며, 마침내 지붕에 매달린 채 벽을 마주 보게 되었다.

'제일 어려운 일은 끝났어.' 벤츠와베크는 만족스럽게 생각했다. 또다시 번갯불이 주변을 밝혔을 때 그녀의 얼굴에서 미소가 사라졌다. 이번에는 천둥소리가 훨씬 더 가까워졌다. 돌풍이 돌아온 건가? 벤츠와베크는 아래를 내려다보았는데, 이것은 실수였다. 현자들의 모험기에서 아래를 내려다보지 말라고 충고한 건 다 이유가 있었다. 당장 손발에 식은땀이 나기 시작했다.

잠옷 셔츠로 만든 면 붕대는 손에서 나는 땀을 별문제 없이 처리해 주었으나, 발에 신고 있는 낡은 가죽 슬리퍼는 돌연히 미끄러지기 시작했다. 다리를 조금 세게 움직인 것만으로도 한쪽 슬리퍼가 벗겨지더니 빗물에 젖어 번들거리는 베란다 타일 위로 철썩 떨어졌다.

벤츠와베크는 눈을 꽉 감았다. 이 곤란한 지경에서 절대로 무사히 벗어날 수 없는 가장 확실한 방법을 자신이 선택했다는 사실이 이 순간 분명하게 느껴졌다. 그녀는 다시 지붕 위로 돌아가기 위해 모든 근육의 힘을 끌어모았으나 몸을 단 몇 센티미터도 끌어 올릴 수 없었다. 이런 상황에서는 베란다로 내려가는 수밖에 없다. 그것도 양팔에 완전히 기운이 빠지기 전에, 빨리…….

'4층밖에 안 돼.' 벤츠와베크는 소름 돋는 공포와 싸우며 혼잣말로 되풀이했다. 괴로움이 심해질수록 양쪽 눈을 더 꽉 감았다. 마침내 너무 지쳐서 정신력만으로 어쩔 수 없게 되었다. 양어깨가 너무 화끈거려서 더 이상 견딜 수 없었다. 무감각해진 손가락이 하나씩 기운 없이 펼쳐졌고, 그대로 떨어지면서 그녀는 조그맣게 신음했다. 양팔로 머리를 감싸고 바로 다음 순간 찾아올 충격을 기다렸는데, 그런데…….

그녀는 처음에는 한쪽 눈을, 다음에는 다른 쪽 눈을 떴다. 어리둥절한 채 주위를 둘러보았다. 그녀는 차가운 빗물과 식은땀에 푹 젖은 채 베란다에 서 있었다. 오른손 손가락 끝은 여전히 피뢰침에 닿아 있었다. '대체 뭐지?' 그녀는 불안하게 침을 삼키며 뒤로 몇 걸음 물러섰다. 이게 어쩐 일이야! 마침내 그녀는 자신이 절체절명의 위기에서 벗어났음을 깨달았다. 베란다에서 바로 몇 센티미터 안쪽이었다. 바로 저 위층 아이들이 독서실에서 1반까지 갔던 것과 똑같다.

그녀는 슬리퍼를 찾아 신은 뒤에 난간으로 달려갔다. 몸을 내밀고 땅으로 가장 안전하게 내려갈 수 있을 만한 장소를 찾아보았다. 오른쪽에 있는 배달 트럭 짐칸에 뛰어내리면 운전석으로 갈 수 있을 것 같았고, 아니면……. 주위를 둘러보다가 벤츠와베크는 커다란 모래 더미를 발견했다. 이쪽이 훨씬 더 좋은 해결책이다. 그녀는 물에 젖어 무거워진 가운을 추켜올리고 한쪽 다리를 난간 너머로 넘겨서 베란다 가장자리에 섰다. 그러곤 뛰어내릴 준비를 하면서 마지막으로 기숙사 건물을 눈으로 훑었다.

그리고 그녀는 굳어졌다. 불이 밝혀진 1층 창문 안에 하얀 옷을 입은 유령 같은 형체들이 보였다. 짐승들이 여기까지 몰려왔어도 그녀를 덮치지는 못할 것이다. 그녀는 이미 놈들이 붙잡을 수 없는 곳에 있었다. 놈들이 아무리 미친 듯이 손을 흔들어 댄다고 해도…….

'아니, 잠깐. 손을 흔들어?' 그녀는 더 주의 깊게 살펴보았다. 창가에 선 아이들은 저 핏기 없는 괴물들에 비해 훨씬 더 능숙하게 몸을 움직이고 있었다. 그리고 마치 자신들을 봐달라는 듯이 행동했다. 그중 한 명은 뭔가 겁나는 듯 뒤를 흘낏 돌아보기도 했다.

'그 난리 통에 누군가 살아남았다고? 대체 어떻게?'

학생들의 움직임이 점점 더 불안해졌다. 그중 한 명, 검은 머리를 짧게 자른 1학년생 마리시아 키요프스카는 심지어 펄쩍펄쩍 뛰기 시작했다. 도미니카는 마리시아를 곧바로 알아보았다.

이 열여덟 살의 말차누프 지역 출신 여자애만큼 히틀러 흉내를 잘 내는 사람은 없었다. 동급생들은 어째서인지 마리시아를 '에니아'라는 별명으로 불렀다.

벤츠와베크가 망설인 것은 한순간뿐이었다. 자신이 여기서 도망쳐 버린다면, 그리고 저 학생들이 죽었다가 되살아난 괴물들의 공격을 이기고 살아남는다면, 도미니카는 이후에 엄격한 수사와 처벌을 받게 될 것이다. 그런 위험을 감수할 수는 없었다. 사실 그녀는 이런 도축 현장에서 자신이 방관했다는 혐의로 비난할 사람이 4층에 아무도 남아 있지 않다고 확신했다. 하지만 모든 일은 확실한 쪽이 좋다. 공산당 중앙당이 언제라도 이 상황에 관심을 기울이고 위협을 억제하는 데 성공한다면, 그 뒤에는 언제나 그렇듯 희생양을 찾기 시작할 것이다. 도미니카 벤츠와베크는 그런 희생양, 아니 희생 인간이 될 생각이 조금도 없었다.

그녀는 다시 한번 난간을 넘어가서, 가운을 바로잡은 뒤에 창문으로 다가갔다. 학생들은 자신들을 사냥하려는 괴물을 끌어들일까 두려운지 재빨리 불을 껐다.

"문 열어……." 그녀는 너무 무서워서 정신이 나갈 지경이 된 학생들을 보며 속삭였다. 아무도 반응하지 않자 그녀는 어떻게 하라는 거냐며 몸짓으로 보여주었다.

마리시아가 무기력하게 팔을 벌려 어쩔 수 없다는 몸짓을 했다. '창문을 열 수 없다고?' 벤츠와베크는 까치발로 서서 이마를 창유리에 댔다. 그런 다음 더 잘 보기 위해 양손으로 눈 옆을 가렸다. 창문 안쪽으로 줄지어 서 있는 칸막이가 보였다. 그렇구나, 화장실이다. 미성년 학생들이 화장실에서 몰래 담배를 피우지 못하도록 창문에 못을 박아서 막아놓으라고 지시한 게 벤츠와베크였다. 어제까지만 해도 그렇게 한 것이 교육적으로 가장 성공적인 방침 중 하나라고 자신했으나 지금 그녀는 갑자기 그렇게 결정한 것을 후회했다.

그녀는 손짓으로 학생들을 안심시킨 뒤에 한 걸음 뒤로 물러나서 상황을 가늠해 보았다. 남자 관리인이 저 못 박는 작업을 했다. 그러니 창문을 열려고 하기보다 깨는 쪽이 쉬울 것이다. '그렇다, 창유리를 깨는 것이 유일하게 합리적인 해결책이다. 하지만…….' 그 짐승들이 계속 가까이에 있다면, 그리고 학생들의 태도를 보아 실제로 그런 것 같은데, 그러면 어느 순간이라도 상황이 재미없게 돌변할 수 있다. 아주 무겁고 커다란 도구를 가지고 있다면, 창유리뿐 아니라 창살까지 부수고 몇 번 내려치는 것만으로도 창틀 안쪽 부분까지 뜯어낼 수 있다면, 저 괴물들이 화장실 문을 부수고 들어오기 전에 벤츠와베크는 입고 있던 가운을 창틀에 깔고 학생들을 밖으로 끌어낼 수 있을 것이다.

불행히도 베란다는 텅 비어 있어서 이 대담한 계획을 실행할 도구가 없었다. '생각해, 아줌마. 생각을 하라고.' 벤츠와베크는 짜증이 치솟는 것을 느끼며 자신을 재촉했다. '뭔가 다른 방법이 있을 거야…….' 창문을 들여다보면서 그녀는 황갈색 퍼티로 마감한 창틀을 손가락으로 더듬었다. '그래, 이건 성공할 거야! 하지만 지나치게 큰 소리를 내지 않고 창유리를 치워야만 해.'

그녀는 마리시아에게 손짓해서, 가장 아래쪽 창문 윗창살부터 시작해서 창유리 주변 퍼티를 다 긁어내라고 알려주었다. 학생들 모두 당장 작업을 시작했다. 단단히 굳어진 도료와 백묵 혼합물을 손톱으로 긁어냈다. 시간이 조금 걸리긴 했지만 마침내 창유리가 흔들렸다. 통통한 2학년생 카야 올브리흐트가 그 유리를 조심스럽게 빼내서 창가에 세워두었다. '일이 절반은 끝났구나.' 벤츠와베크는 마음속으로 기뻐하며 조급한 몸짓으로 학생들을 재촉했다. 두 번째 창유리는 퍼티가 오래되어 저절로 부서지고 있었기 때문에 일이 더 쉽게 끝났다. 조금 더 긁어내자 창틀에 커다란 출구가 생겨났다.

"그 안에 수건이나 윗도리 같은 거 있니?" 벤츠와베크가 기대에 찬 눈으로 학생들을 쳐다보며 물었다.

학생들은 일제히 고개를 저었다. 모두 침실에서 달려 나온 차림새 그대로였다.

벤츠와베크는 깊은 한숨을 쉬면서 허리띠를 풀고 가운을 벗었다. 살아남은 학생들이 창틀에서 튀어나온 쇠못과 남은 퍼티, 거스러미 따위에 몸을 다치지 않도록, 유리를 뺀 창틀 아래쪽에 두 겹으로 된 테리 직물로 짠 가운을 깔았다.

"차례차례 나와." 벤츠와베크가 명령했다. "제일 힘센 사람부터."

화장실 창문은 비교적 높은 곳에 달려 있어서 그 창틀에 기어오르는 것은 쉬운 일이 아니었다. 아래쪽에서 학생들이 동료를 끙끙대며 밀어 올려줄 때는 그나마 단순한 작업으로 보였으나, 마지막에 남아 있는 한 명은 전래동화에 나오는 순무 뽑는 이야기처럼 바깥에 나온 사람들이 끌어당길 수밖에 없을 것이었다. 그래서 벤츠와베크는 그 마지막 사람이 가장 체격이 작고 가벼운 사람인 편이 낫겠다고 판단했다.

카야부터 빠져나오기 시작했다. 그러나 카야는 당장 끼어버렸다. 머리와 어깨는 바깥으로 나왔는데 그 이상은 나오지 못했다. 벤츠와베크가 끌어당기고 뒤에서는 학생들이 힘을 다해 미는데도 방법이 없었다.

만약 학생들이 이미 바깥에 나와 있다면, 그래서 다 함께 당길 수 있다면…….

그녀는 옆 창문을 손가락으로 가리켰다.

"계속 뜯어내." 벤츠와베크는 마리시아와 그 친구 피쿠와에게 옆 창유리도 빼내기 시작하라고 손짓하며 속삭였다. 그리고 자신은 창틀에 낀 카야 앞에 서서 손을 잡고 위로해 주었다. "다 잘될 거야, 조금만 기다려." 그녀가 말했다. "친구들이 베란다로 나와서 다 함께 널 도와줄 테니까……."

마리시아와 피쿠와는 손톱에서 피가 나는데도 즉각 일을 시작했다. 작업 속도는 엄청났지만 그만큼 상황도 점점 더 다급해졌다. 바깥에 서 있는 벤츠와베크조차 누군가 화장실 문을 두드리는 소리를 들을 수 있었다. 문을 부수고 화장실로 들어오려는 괴물들이 점점 더 많이 복도에 모이는 모양인지, 문 두드리는 소리도 점점 커져갔다. 학생들은 등 뒤에서 점점 커지는 굉음을 들을 때마다 매번 겁에 질려 펄쩍 뛰었다. 그럼에도 불구하고 창유리 한 장은 3분 만에 떨어져 나와 벽에 세워져 있었고, 다른 한 장도 바로 뒤에 흔들리기 시작했다.

"잘한다, 여러분." 벤츠와베크가 정신없이 작업하는 학생들을 향해 미소 지으며 중얼거렸다. 그리고 창틀에 낀 카야에게 알려주었다. "벌써 다른 쪽 창문도 거의 떼어냈어. 애들이 나와서 이제 너를……."

불길한 파열음에 벤츠와베크는 말을 멈추었다. 그러나 돌연히 겁에 질린 학생들의 비명에 그녀는 화장실 문 자물쇠가 드디어 뜯어졌다는 사실을 분명하게 깨달았다. 그녀는 카야에게서 물러나고 싶었지만, 카야는 무슨 수를 쓰더라도 그녀의 손을 꽉 붙잡고 놓지 않으려 했다. 그래서 그녀는 생각을 바꾸었다. 한 발로 벽을 밀면서 온 힘을 다해 창틀에 낀 카야를 잡아당기기 시작했다. 두껍고 거대한 안경알에 가려진 카야의 커다란 검은 눈동자가 벤츠와베크의 눈에 들어왔다. 마치 최면에 걸린 듯 계속 카야의 얼굴을 들여다보다가 벤츠와베크는 유리 깨지는 굉음과 계속해서 들려오는 비명을 들었다. 그녀의 바로 등 뒤에서 뭔가 둔탁하게 부딪치는 소리가 났다. 고개를 돌리려는 순간 벤츠와베크는 무언가 강하게 당기는 것 같은 감각을 느꼈다. 카야가 마치 살가죽이라도 벗겨지듯 울부짖더니 휘둥그렇게 뜬 눈이 튀어나올 듯 커졌다가 다음 순간 화장실 안으로 들어가면서 어리둥절해진 벤츠와베크를 같이 끌고 들어갔다. 도미니카 벤츠와베크는 카야가 경련하듯 꽉 움켜쥔 손가락을 떼지 못하고 이제 피할 도리 없이 그녀를 집어삼키게 될 괴물들에 대한 두려움과 손가락의 아픔에 비명을 질렀다. 어둠침침한 화장실 안에 피투성이 형체들이 떼 지어 몰려다녔고, 그녀는 완전히 무방비 상태로 카야에게 붙잡혀 반은 창턱에 매달려 있고 반은 창틀에 끼어 있었다. 이제 곧 그녀를…….

벤츠와베크는 몸을 빼내려고 했지만 겁에 질려 비명을 지르는 카야는 여전히 그녀의 손을 놓아주지 않았다. 바로 옆에서 피쿠와가 자신을 공격하는, 소름 끼치게 형체가 일그러진 괴물을 밀어내려 하고 있었다. 아까 저기, 계단에서 괴물들에게 갈가리 찢긴 크세니아 올쿠시는(그래, 그 학생이 맞을 것이다) 가슴 아래쪽에서 상체가 끊어진 것처럼 보였다. 크세니아 뒤에는 구불구불한 내장이 바닥에 늘어져 있었고, 휘어진 창자는 다른 시체 무더기 아래로 사라졌다. 그러나 크세니아는 여기에 전혀 아랑곳하지 않고 태연하게 자기 간을 제 발로 밟았다. 크세니아보다 훨씬 작은 피쿠와는 애초에 승산이 전혀 없다는 듯 기운이 빠져 있었지만, 그래도 살인적인 손아귀에서 벗어나려고 몸부림쳤다. 미소 짓는 듯 벌어진 크세니아의 입에 피쿠와가 양손 엄지손가락을 쑤셔 넣었고, 크세니아는 당장 입을 꽉 다물었다.

이 광경을 보고 벤츠와베크는 온 힘을 모아 다시 한번 몸을 당겼다. 이번에는 기운이 빠지기 시작한 카야의 손가락에서 벗어나는 데 성공했다. 그녀는 자기 힘에 못 이겨 그대로 뒤로 날아가 빗물을 튀기며 베란다 타일 위로 넘어졌다. 심지어 그곳에서도 도미니카는 자신을 향해 뻗은, 엄지손가락이 없는 양손을 볼 수 있었다. 그러나 그 두 손은 곧 어둠 속으로 사라졌고, 그 자리에는 수많은 다른 손아귀들, 더 핏기 없고 무시무시하게 상처 입은 손들이 나타났다.

벤츠와베크는 그 괴물들 중 하나가 베란다에 나올 때까지 기다리지 않았다. 가운에 대해서는 잊어버린 채 그녀는 난간을 향해 달려갔다. 하지만 양손으로 난간을 붙잡고 무작정 뛰어내리려 했을 때, 등 뒤에서 조그맣게 자신을 부르는 소리가 들렸다.

"교장 선생님!"

"마리시아?" 벤츠와베크는 뒤를 돌아보았다.

마리시아가 베란다에 쓰러져 있었다. 얼굴과 양어깨에 유리 조각들이 박혀 있는 채로. 마리시아는 너무 겁에 질려서 마지막 창문의 유리를 들어내지 않았다는 사실을 무시하고 그냥 깨부수고 뛰쳐나온 것이다.

"저 두고 가지 마세요!" 마리시아가 애원했다.

벤츠와베크는 속으로 욕을 했다. 그리고 피투성이 괴물들 중에 밖으로 나온 놈은 없는지 확인하기 위해 창문 쪽을 흘깃 보고는, 괴물들이 아직 붙잡지 못한 희생자들을 향해서 여전히 팔을 뻗고 있다는 것을 확인하고 안심했다. 모든 상황을 종합해 보았을 때, 거의 가슴까지 오는 높은 창턱이 저 죽었다 살아난 괴물들에게는 쉽게 넘을 수 없는 장애물로 작용하는 것이 분명했다. 이 사실에 조금 마음을 놓으며 벤츠와베크가 물었다.

"일어날 수 있어?"

"몰라요……."

"모른다니, 그게 무슨 소리야?! 일어나, 당장!"

마리시아는 울면서 양손으로 바닥을 짚으며 상체를 움직였다. 하지만 다음 순간 꿇어앉은 채로 벤츠와베크를 향해 한 손을 뻗었다. 벤츠와베크는 별생각 없이 그 손을 잡아당겨 단번에 일으켜 세웠다. 마리시아의 무릎이 잠시 흔들렸으나 벤츠와베크는 여기에 신경 쓰지 않았다. 학생을 난간까지 끌고 가서—괴물이 하나라도 베란다에 나오기 전에 뛰어내릴 수 있다고 확신한 뒤에—마리시아의 상처를 살피기 시작했다.

"움직이지 마." 벤츠와베크는 마리시아의 얼굴에 박힌 십여 개의 유리 조각 중에서 첫 조각을 빼내려고 손을 가까이 가져가며 부탁했다. 유리 조각은 마리시아의 겁에 질린 비명과 함께 빠져나왔고, 나머지 모든 조각도 마찬가지였다. 빗줄기가 상처에서 흘러나오는 피를 씻어냈으나 어쨌든 그 모습은 끔찍해 보였다. "네가 시집갈 때까진 다 나을 거다." 벤츠와베크는 마리시아의 얼굴에 이어 어깨를 살피며 위로했다. 유리 파편을 전부 빼낸 뒤에는 아래쪽에 쌓인 모래 더미를 가리키며 마리시아를 살짝 밀었다. "뛰어!" 그녀가 명령했다.

마리시아가 안전하게 모래 더미 위에 내려앉는 모습을 보고 벤츠와베크도 난간을 넘어가기 시작했다. 그리고 마지막 순간에는 역겨워서 창문 쪽으로 몸을 돌리고 침을 뱉었다.

모래 위로 뛰어내리는 것은 겁냈던 만큼 그렇게 무섭지 않았다. 젖어서 부드러워진 모래는 그녀의 몸무게만큼 아래로 즉각 푹 꺼졌다. 벤츠와베크는 이 상황을 전혀 예상하지 못했고, 그리하여 얼굴부터 미끄러져 내려 거의 잔디밭까지 굴러갈 뻔했다. 이번에는 마리시아가 그녀를 일으켜 세워주었다.

"우린 도망쳐야 해, 마리시아." 벤츠와베크가 매무새를 가다듬으면서 중얼거렸다.

"안 돼요, 교장 선생님!" 마리시아가 새된 소리로 대답했다.

"왜?"

마리시아가 기숙사를 가리켰다.

"애들이 다 저기 있는데요……."

"아가야, 내 말 들어!" 벤츠와베크가 마리시아의 양어깨를 붙잡았다. "그 애들은 다 죽었어, 알겠어? 그…… 그 짐승들이 다 죽였다고."

"아니에요, 교장 선생님." 마리시아가 단호하게 고개를 저었다. "잘못 알고 계신 거예요."

"내가 살면서 여러 가지 잘못 알았지, 그건 사실이야. 그런데 이거 한 가지는 분명하게 안다, 내 말 믿어." 벤츠와베크가 설득했다. "카야하고……."

"그 애들을 얘기하는 게 아니에요!" 마리시아가 그녀의 말을 끊었다. "선생님이 직접 보세요!" 마리시아는 손가락으로 3층 창문을 가리켰다.

벤츠와베크는 고개를 들었다. 불이 켜져 있는 침실들 중에 창문 하나에서만 여자아이들의 윤곽이 보였다.

"이런 세상에……." 벤츠와베크가 신음했다.

"저는 큰 소리가 나서 무슨 일인가 하고 복도로 나왔는데 저 애들은 방문을 잠그고 안에서 막았어요. 무슨 일인지 알아내면 꼭 돌아가겠다고 제가 약속했지만 나와보니까 저…… 저……."

"괴물들." 벤츠와베크가 도와주었다.

"네, 저 괴물들이 있어서, 저는 너무 놀라서 다른 애들 세 명이랑 같이 1층으로 도망쳤어요."

"세 명?"

"네. 마우고시아 자렘바도 저희랑 같이 있었어요. 다 같이 화장실에 들어가서 문을 잠갔는데, 시간이 좀 지나니까 누가 문을 두드리기 시작했어요. 저희는 야드비가 선생님이 데리러 온 줄 알았는데, 그런데 마우고……." 마리시아는 말을 마치지 못했다.

"진정해, 마리시아, 진정해……." 벤츠와베크가 소녀의 어깨에 팔을 둘렀다.

"다행히 괴물들이 많지는 않았어요." 마리시아가 충격에 잠긴 채로 웅얼거렸다. "괴물들이 마우고시아를 붙잡아서 복도로 끌고 갔고, 저희는 그 틈을 타서 문을 다시 잠글 수 있었어요. 그런 뒤에 선생님이 베란다에 계시는 걸 봤어요." 마리시아는 울음을 터뜨렸다.

"제일 중요한 건 우리 둘이 이 악몽에서 살아남았다는 거야, 알겠니?" 벤츠와베크가 소녀의 얼굴을 양손으로 감싸고 말했다.

"네."

"좋아. 그러면 가자. 우린 도망쳐서 시내로 가야 해."

"그렇지만……."

"'그렇지만' 같은 소리 하지 마." 벤츠와베크가 단호하게 학생의 손을 끌어당겼다. "여기 있으면 위험해."

"저기도 마찬가지겠죠……." 마리시아는 총소리가 점점 더 격렬하게 메아리치는 강 쪽을 향해 고개짓을 했다.

벤츠와베크는 침을 삼켰다. 시내 상황도 즐겁지 못할 수 있다는 사실을 깨달았지만 어쨌든 기숙사에서 최대한 멀리 떨어지고 싶었다. 여기서 영웅 노릇을 할 생각은 전혀 없었고 게다가 그런 역할을 딱히 잘하지도 못했다.

"내 말 잘 들어, 마리시아." 그녀는 학생을 설득해서 정신을 차리게 하려고 애썼다. "이건 경찰이나 군대가 할 일이야. 가장 가까운 파출소로 가서 제대로 절차를 밟아 신고를 하자……."

위쪽에서 굉음이 들려와서 그녀는 말을 끊었다. 둘은 동시에 3층을 올려다보았다. 그러나 이 드라마의 다음 장면이 펼쳐지는 장소는 3층이 아니었다. 누군가 마리시아가 있던 침실에서 오른쪽으로 세 칸 가서 한 층 아래에 있는 유리창을 깨뜨렸다. 굉음은 더욱 커지다가 갑자기 멈추었다. 교장과 학생은 다시 서로를 쳐다보았다. 기숙사 안에 살아남은 사람은 마리시아의 친구들만이 아니었다. 그러니까 괴물들이 계속 먹이를 찾아

날뛰는 것이다.

“시내에 가서 도움을 청하기 훨씬 전에 애들은 다 죽을 거예요!” 마리시아가 한탄했다.

“그럼 애들을 구할 만한 뭔가 다른 방법이 있어?” 벤츠와베크가 짜증을 냈다. “위층으로 어떻게 올라갈래? 벽을 기어오를 거야? 그런 다음엔? 애들을 등에 지고 내려올래?”

“저는 못 하지만 소방관이라면 할 수도 있잖아요.”

“대체 어떻게 그런 생각을 했니…….” 벤츠와베크는 이마를 쳤다. ‘소방관!’ 지붕 위에 앉아 있을 때, 벤츠와베크는 어둠 속에서 소방서 근처 경비탑의 윤곽을 보았다. 소방서와 기숙사 사이에는 탄산 제조 공장 건물밖에 없었다. 뛰어가면 2분도 걸리지 않는다. “마리시아, 너 머리 좋구나.” 벤츠와베크는 감탄하면서 마리시아를 가장 가까운 길모퉁이 쪽으로 잡아끌었다.

* * *

소방서 문을 열 때 두 사람이 예상한 것은 이런 광경이 아니었다. 아니, 그 전에 건물 앞 광장에서 벤츠와베크는 번들거리는 빨간색 소방차 세 대를 봤을 때부터 뭔가 마음에 걸렸다. 그녀는 소방관들이 자기 배우자보다도 소방차를 더 열심히 돌본다는 것을 알고 있었기 때문에 비와 추위 속에 소중한 소방차를 저렇게 내버려두는 모습이 대단히 수상쩍어 보였다. 입구 쪽으로 걸어가면서 벤츠와베크는 지역 정부가 이 소방대를 5분 대기 태세로 준비시킨 모양이니 이상할 게 없다고 생각했다.

차고 앞에 크지 않은 트럭이 굉음을 내며 차 문이 벌컥 열 리고 문 앞에 두 명의 흠뻑 젖은 여자가 서 있는 걸 발견했을 때, 어느 쪽이 더 많이 놀랐는지는 말하기 어렵다. 나이가 더 많은 여자는 옷자락이 찢어진 더러운 잠옷을 입고 있었는데, 젖은 잠옷이 몸에 들러붙어 몸매가 드러나 보였다. 다른 하나는 아직 어린애였는데 눈을 크게 뜬 채로 나이 든 여자의 등 뒤에서 몸을 웅크리고 있었다. 이상한 일도 아니었다. 드넓은 소방서 안은 모든 차량을 일부러 다 내보냈는지 텅 비어 있었다. 오로지 맞은편에 있는 두 개의 벽 아래에 십여 명의 남자들이 제복을 풀어헤치고 티셔츠 차림으로 앉아 있었다. 그리고 중간에는…….

바로 그 점이 가장 이상했다. 벤츠와베크와 마리시아는 트럭의 두 바퀴 사이에서 웃통을 벗고 있는, 땀투성이에 끔찍하게 더러운 한 남자 무리가 서 있는 것을 보았다. 남자들은 마치 자기들끼리 싸웠거나 아니면 뭔가 아주 복잡하고 상당히 무자비한 운동경기라도 한 것처럼 보였다. 그렇다, 그것은 매일같이 신문에 실리지도 않고 라디오에서 얘기하지도 않는, 남자들만의 별로 알려지지 않은 운동경기가 분명했다. (벤츠와베크는 남자들의 팔뚝 위쪽에 띠가 묶여 있는 것을 금방 눈치채고 다섯 명씩 팀을 짰다는 것을 알았는데) 경기자들은 손에 이상한 물건을 들고 있었다. 가장 키가 큰 남자들은 기다란 지팡이를 쥐고 있었는데, 그 지팡이 한쪽 끝에는 오래된 자동차 시트에서 잘라낸 두꺼운 스펀지를 달았고 거기서부터 손잡이까지는 평범한 절연 테이프를 감아놓았다. 키가 좀 더 작은 남자들은 비슷하지만 조금 더 짧은 막대를 두 개씩 들고 있었다. 또 어떤 남자들은 판자와 곤봉을 가지고 있었다. 나머지 남자들은 긴 끈에 둥근 덩어리를 매달아 가지고 있었는데, 그 끈을 빙빙 돌리던 경기자가 여자 둘이 들어오는 모습을 보고 우뚝 멈추자 끈 끝에 달린 덩어리가 조그맣게 찰싹 소리를 내며 바닥에 떨어진 것이다.

마리시아가 벤츠와베크의 팔을 꽉 잡고는 손가락으로 경기자들 중에서 가장 키가 작고 피부가 거무스름한 남자를 가리켰는데, 그 남자는 가장 커다란 곤봉을 쥔 남자 앞에 무릎을 꿇고 앉아 있었다. 두 여자는 동시에 남자의 손을 바라보았다……. 그는 철사를 두껍게 감은, 어떤 동물의 두개골을 들고 있었다.

소방서 안에는 침묵 속에 빗소리만 들려왔다. 하지만 그 소리는 곧 멀리서 들려오는 칼라시니코프 기관총 연발 소리에 파묻혔다. 이 불길한 소리 때문에 모든 사람이 얼어붙었던 상태가 순식간에 깨졌다. 경기자들이 움직이며 편한 자세를 취했고 지도자들이 여기저기 놓여 있던 의자와 작업용 책상에서 일어나 뛰어나왔다.

"무슨 일이십니까?" 이 질문을 한 사람은 키가 크고 삭발하듯 머리를 밀어버린 남자로, 짧은 삼각형 모양으로 턱수염을 기르고 있었다. 그는 입구를 향해 걸어오면서 서둘러 제복 상의 단추를 채웠다. 그리고 그 짧은 동안에 경기자들을 돌아보며 분필로 금을 그어 만든 경기장에서 나가도록 명령했다. 경기자들은 내키지 않는 듯했지만 복종했다. 두개골은 벽에 걸렸고 잠시 후에 대부분의 경기자가 구석에 난 문으로 사라졌다. "소방계장 마레크 라우흐플레이슈입니다." 소방관이 인사했다. 그는 머리에 제모를 쓰고 있지 않다는 사실을 깨닫고 훈련된 동작으로 들어 올린 손을 가슴 높이에서 멈추었다. "서장님이 부재하셔서 이 소방대 지휘를 제가……."

"저는 간호학교 교장입니다." 벤츠와베크가 불안감에 가득한 마리시아에게 허벅지를 찔러 그의 말을 가로막았다.

"아, 그 저쪽……." 소방계장이 고갯짓으로 오른쪽을 가리켰다. "네, 소방관 여러분이 저녁마다 우리 여학생들을 꾀러 오는 그 기숙사입니다."

"오늘 저희 소방대 소방관들은 단 한 명도 이곳을 떠나지 않았습니다." 소방계장이 잘못된 결론을 내리고 즉시 확답했다. "그건 분명히 누군가……."

벤츠와베크 교장은 다시 그의 말을 가로막았다.

"알아요, 압니다. 소방서에 항의하러 온 게 아니에요."

계장 뒤에 서 있던 소방관들이 서로 의아하게 쳐다보았다. 몇몇은 벤츠와베크의 말을 알아듣지 못하는 듯 무슨 말을 웅얼거렸다. 라우흐플레이슈 계장이 그녀를 위협적인 눈초리로 쳐다보았다.

"소방서에서 저녁 미사 끝난 뒤에 담장을 넘어 다니는 건 동네 청년들이나 하는 일입니다, 선생님. 여기는 구급대와 소방대 지역본부고요."

그의 부하들이 이 악의적이지만 정확한 반박에 키득거렸다.

"이보세요!" 마리시아가 도미니카의 등 뒤에서 몸을 내밀고 소리쳤다. "기숙사에서 사람이 죽는데 우리한테 무슨 담장을 넘어 다닌다고 헛소리예요!"

"처음부터 그렇게 말씀하셨어야죠." 소방계장이 즉시 진지해졌다. 그는 이 상황이 화재와 아무 상관이 없으리라고 완전히 확신하고 있었다. 화재가 났다면 감시탑 근무조가 안개나 불꽃을 보고 신호를 했을 것이다. '어쩌면 어느 바보가 또 근무 중

에 잠들었는지도 모른다.'

"무슨 일입니까?"

"제 동급생들이 3층 침실에 갇혀 있어요." 마리시아가 한꺼번에 말하기 시작했다. "제발 사다리를 가져가서 애들을 구해 주세요, 안 그러면……."

"갇혀 있다니 무슨 말입니까?" 라우흐플레이슈가 놀라며 물었다. "문이 안 열리나요? 자물쇠가 고장 났습니까? 그건 응급 상황이 아닙니다. 열쇠공을 부르셔야지요. 저희는 그런 하찮은 일에 출동하지 않습니다."

"소방관님, 제발……." 마리시아가 다시 입을 열었으나 곧 벤츠와베크의 눈치를 받고 말을 멈추었다.

벤츠와베크는 소방관들에게 사실대로 말했다가는 비웃음을 사거나 반박을 당할 거라고, 그리고 둘 다 쫓겨날 것이라고 처음부터 예상하고 있었다. 자기 자신도 믿을 수 없는 일인데 맑은 정신의 남자들에게 말해 무엇하겠는가. 그래서 그녀는 뭔가 그럴듯한 거짓말을 지어내서 소방관들을 기숙사로 끌고 가야겠다고 궁리하고 있었다. 일단 기숙사까지 가기만 하면……. 그렇다, 어쩌면 실제로 무슨 일이 일어났는지 자기들 눈으로 직접 보기 전에 안에 갇힌 아이들을 다 빼내줄지도 모르는 일이다.

"누가 계단 전체에 화학약품을 쏟았어요." 그녀는 할 수 있는 한 최대한 침착하게, 마리시아의 팔을 움켜쥐고 말했다. "이웃한 고아원에서 어떤 아이가 멍청한 장난을 친 건지, 아니면 그냥 평범한 실수였는지는 모르겠지만 지금 너무 악취가 심해서 계단으로 다닐 수가 없어요. 여학생들 몇몇이 계단을 내려가려다 실신했어요."

"무슨 약품입니까?" 라우흐풀레이슈가 등 뒤로 부하들을 노려본 뒤에 사무적인 말투로 물었다.

운 나쁘게도 제3소방대는 하필 화학구조 전문이었는데 벤츠와베크는 이 분야에 대해서 아는 것이 전혀 없었다.

"그런 걸 내가 어떻게 알아요?" 그녀는 신빙성을 잃었다고 느끼며 폭발했다. "화학약품이 화학약품이죠. 악취가 나고…… 그리고 독하다고요!"

"약품을 중화하려면 어떤 성분인지 알아야……." 소방관이 고집스럽게 말했다.

"우선 학생들을 대피시키고 중화는 그다음에 하든지 말든지 맘대로 하세요!" 벤츠와베크는 다시 한번 소방관의 말을 가로막은 뒤에 상대방이 입을 열기 전에 몸을 돌려 마리시아를 끌고 입구 바깥으로 사라져 버렸다.

"이봐요!" 소방계장이 그들을 따라서 빗속으로 뛰어나갔다. "좀 기다리십시오, 두 분…… 마른 옷을 드릴게요." 그가 목소리를 낮추어 제안했다.

그의 등 뒤로 소방관들이 나타났다. 소방관들은 머리에 헬멧을 쓰고 장비를 완전히 갖춘 뒤 두 줄로 서 있었다. 오른쪽 첫 번째에 서 있는 소방관은 다른 사람들보다 키가 작았는데, 어깨에 커다란 도끼를 메고 있었다.

"그건 내려놔." 라우흐플레이슈가 부하들을 돌아보며 말했다. "1조하고 4조가 간다. 1조는 차 몰고 가고 4조는 화학 안전용구와 안전화를 가져간다." 명령이 떨어지자마자 소방관들은 행동에 나섰다. "나머지는 출동 준비하고 대기한다. 어떤 오염인지 확인되면 그때 가서 대기조 출동이 필요한지 결정하겠다."

* * *

"저기예요!" 벤츠와베크가 손짓한 뒤 소방관들에게 빌린 점퍼의 앞섶을 단단히 여몄다. 소방차에서 내린 소방관들이 구조 준비를 시작하자, 3층에 있던 여학생들이 기쁨에 차서 서로 껴안고 소방관들에게 손을 흔드는 모습이 창문으로 보였다.

벤츠와베크는 소방관들이 문을 부순 다음 계단을 통해 건물 안에 진입하지 못하도록 소방계장을 설득하기 위해 상당히 교묘하게 이야기를 지어내야만 했다. 라우흐플레이슈는 벤츠와베크가 히스테리를 부리며 머리카락을 쥐어뜯기 시작할 때야 어쩔 수 없이 동의했다. 마리시아도—기숙사로 돌아가는 길에 들은 벤츠와베크의 계획대로—당장 선생님을 따라 하기 시작했다. 소녀는 이제까지 쭉 너무 충격을 받고 겁에 질려 있어서 사실 그다지 연기를 할 필요도 없었다. 다행히 약간의 연기력만으로도 충분해서, 회색 화재 진압복을 입은 남자들은 건물 뒤편으로 가서 여학생들을 구출하는 작업에 돌입했다.

소방차에서 사다리를 꺼내는 작업은 순식간에 진행되었다. 그러나 여학생들 대피 작업은 훨씬 더 오래 걸렸다. 게다가 창문으로 탈출하는 여학생들을 돕기 위해 침실로 진입한 소방관 두 명이 복도에서 침실 문을 세게 두드리는 소리를 들으면서 상황은 더욱더 복잡해졌다. 그중 한 소방관이 길게 생각하지 않고 문 쪽으로 다가갔다. 독한 화학연기로 가득한 복도에 나와 있던 여학생들이 소방차가 오는 것을 보고 친구들과 함께 구조받기 위해 침실로 달려온 거라고, 이 소방관은 확신했던 것이다.

이 시점에서 침실에는 아직도 다섯 명의 학생이 남아 있었다. 다섯 명이 문을 향해 가려는 소방관을 바짝 둘러싸고 너무나 겁에 질려 떠들어대는 바람에 아래쪽에 있던 소방관들까지 불안해졌다.

"거기 대체 무슨 일이야?" 라우흐플레이슈가 고개를 치켜들었다. "클리마스!" 그가 불렀다.

"무시아웨크한테 처신 잘하라고 해, 거기 여학생들 방에 내가 들어가서……!"

"제가 아닙니다!" 부도덕한 행실을 의심받은 구조대원이 당장 창밖으로 고개를 내밀었다. "여기 학생들 전부 정신이 나갔어요! 밖에서 누가 문을 두드리는데 절대로 못 열어주게 합니다! 직접 봐도 못 믿으실 겁니다……." 그는 뒤를 돌아보았다. "학생 하나가 레이탄 대원 앞을 막아섰어요."

"뭐라고?" 라우흐플레이슈가 놀라며 시선을 돌려 도미니카를 바라보았다. "여기서 대체 무슨 짓을 하는 겁니까?" 그가 비난하는 어조로 물었다.

"잠깐만 시간을 주세요." 벤츠와베크 교장이 서둘러 대답했다. "곧 전부 말씀드릴게요." 그때 위층 침실로 진입한 소방관들에게 처음 구조된 여학생 두 명이 사다리를 타고 내려오기 시작했다. 두 명이 땅에 완전히 내려올 때까지는 다른 소방관들이 사다리를 타고 위층으로 올라갈 수 없다. '잘됐군.' 벤츠와베크는 이렇게 생각하며, 이제 소방관들에게 진실의 조각을 조금 더 드러낼 때가 되었다고 인정했다. "소방관님." 그녀는 소방계장의 옷소매를 당기며 말했다. "제가 뭘 좀 보여드릴 게 있어요."

"빨리하십시오……."

"금방 끝나요, 하지만 더 짧은 사다리가 필요해요." 벤츠와베크는 바로 얼마 전에 자신이 탈출했던 베란다를 가리켰다.

"보본!" 계장의 손짓에 가장 가까이 있던 소방관이 필요한 장비를 가지고 달려왔다.

벤츠와베크는 베란다 난간을 넘은 뒤에 계장과 보본 대원을 깨진 창문가로 데려갔다. 화장실 안은 완전히 고요했다. 그리고 무덤 속처럼 어두웠다.

"뭡니까?" 라우흐플레이슈가 화난 어조로 물으며 벤츠와베크 교장 옆을 지나 창가로 가서 안을 들여다보았다. 벤츠와베크는 창유리를 꺼낸 빈 공간으로 그가 완전히 고개를 집어넣기 전에 막았다. 소방계장은 어리둥절해서 그녀를 쳐다보았으나, 어둠 속에서 기어 나오는 손들을 주변 시선으로 눈치채고 펄쩍 뛰며 물러났다.

"세상에." 계장 바로 뒤에 서 있던 보본 대원이 신음했다.

핏기 없는 시퍼런 상처투성이 손가락들이 돌처럼 굳어진 라우흐플레이슈의 얼굴 바로 몇 센티미터 앞까지 다가왔다.

"제가 거짓말을 했어요." 벤츠와베크는 두 소방관을 창가에서 물러나게 하려고 말을 이었다. "화학약품이 아니고 저건 뭔가 전염병이에요. 그…… 그러니까 본부에서 제가 사실대로 말했다면 아마 안 믿으셨을 거예요. 저건 살아 있……." 벤츠와베크는 입을 꽉 다물었다. 미친 사람처럼 보이지 않기 위해서 벤츠와베크는 죽었다가 살아난 괴물들에 대해 떠올리지 않으려 애썼다. "대체 무슨 일이 있었던 건지 저로서는 전혀 알 수 없지만 저것들이 극도로 위험하다는 건 확실히 알고 있어요. 저

질병은 마치…… 마치 광견병 같지만 그보다 훨씬 더 무서워요. 감염된 사람들은 광란하기 시작해서 가까이 있는 사람 아무한테나 덤벼듭니다. 제가 직접 봤어요. 감염된 학생들이 건물 최상층부터 시작해서 몇 분 만에 동료 학생들을 30명 이상 살해했어요." 소방관들이 점점 더 불안한 표정으로 그녀를 쳐다보았기 때문에 벤츠와베크는 고갯짓으로 강 쪽을 가리키며 재빨리 덧붙였다. "전염병 진원지는 아마 여기가 아닐 거예요."

그룬발트 광장에서부터 들려오는 총소리는 거의 한 시간째 이어지고 있었다.

"그러니까 3층 침실 문을 두드리는 건……." 소방계장이 속삭이듯 말했으나 끝맺지 못했다.

"네. 바로 그 짐승들이에요." 벤츠와베크가 건조하게 대답했다.

소방계장은 바로 정신을 차렸다.

"여기 일곱 분 외에 또 생존자가 있습니까?"

"몰라요." 벤츠와베크가 사실대로 대답했다. "하지만 가능성이 아주 높아요. 우리가 기숙사에서 도망칠 때 그 짐승들이 다른 침실에도 부수고 들어가려고 했거든요……." 벤츠와베크는 깨진 2층 창문을 쳐다보고는 손가락으로 가리켰다.

두 소방관은 독일식 석조건물을 눈으로 검사했다.

"계장님!" 멀리서 클리마스가 부르는 소리가 들렸다. "복도에 있는 학생들이 점점 더 무서워하는 것 같은데요! 어떡하죠?!"

라우흐플레이슈는 사다리를 흘낏 쳐다보았다. 처음 탈출한 학생들은 이미 둘 다 땅에 내려왔고, 이제 소방관 세 명이 사다리를 타고 창문을 향해 올라가고 있었다.

“보이테체크!” 계장이 맨 앞에 올라가는 소방관을 향해 손짓하며 고함쳤다. “영웅놀이 하지 마! 거기서 내려와, 당장! 포보르치크, 비에르친스키, 너희도 마찬가지야! 무시아웨크, 나머지 학생들 전부 데리고 내려와. 그리고 클리마스, 그 문 절대로 건드리지 마! 알아들어?! 내 말 안 들으면 전부 대가리 뜯어버린다! 움직여, 제군들!”

그리고 그는 다시 화장실 창문 쪽으로 시선을 돌려 몇 걸음 다가갔으나 뻗어 나온 상처투성이 손들이 닿을 수 없는 거리에서 멈추어 섰다.

그 손들을 잠시 주의 깊게 바라보던 그는 주머니에서 손전등을 꺼내 화장실 안을 비추었다. 강한 불빛이 퍼져나가며 살해당했지만 되살아난 시신들과 허옇게 초점 잃은 눈동자가 드러났다. 그는 혼잣말로 욕설을 내뱉었다. 계속 소방계장 바로 뒤에 서 있던 보본 대원은 서둘러 성호를 그었다.

“하느님 맙소사. 저게 뭡니까?” 그가 속삭였다.

“나도 몰라, 보본.” 소방계장이 대답했다. “하지만 저 손아귀에 붙잡히고 싶지 않다는 건 확실하지.”

소방계장은 손전등을 끄고 빠른 걸음으로 사다리 쪽으로 갔다. 벤츠와베크도 그를 따라 내려갔고 보본 대원이 마지막으로 베란다를 떠났는데, 사다리에 발을 올리기 전에 그는 등 뒤로 침을 뱉고 성호를 세 번 그었다.

라우흐플레이슈는 소방차 운전석으로 척척 걸어가서 문을 세차게 연 다음 몸을 구겨 넣어 조수석에 앉았다. 그런 뒤에야 떨리는 손으로 주머니에서 전날 압수했던 담배를 꺼냈다. 그러나 그는 불을 붙이지 못했다. 성냥은 불붙지 못한 채로 연달아

부러졌다. 마침내 그는 구겨진 담뱃갑을 잔디밭에 내던졌다. 어차피 그는 소방관으로서 흡연에 반대하는 입장이었다.

"비에르친스키, 상황 어떤가?" 그가 창문 아래에서 상황을 통제하는 비에르친스키에게 물었다.

"지금 마지막 학생이 내려옵니다." 비에르친스키가 위쪽을 쳐다본 뒤 보고했다. "곧 땅에 닿을 겁니다."

"좋아. 대원들 전부 집합시켜, 얘기 좀 해야겠다."

"그럼 복도에 있는 학생들은 어떻게 합니까?" 비에르친스키가 날카롭게 물었다.

"바로 그 얘기를 하자는 거다." 라우흐플레이슈가 베란다 쪽을 노려보면서 조급한 어조로 그에게 확답했다. 그는 벤츠와베크 교장이 했던 대로 따라 할 작정이었다. 공연히 떠드는 대신 대원들을 전부 베란다로 데려가서 정확히 무슨 상황인지 보여줄 것이다. 그러면 자기 자신도 부하들도 바보 같은 설명을 늘어놓는 시간을 아낄 수 있다. "이 느림보들 어디 갔어?" 그는 중얼거리며 차에서 내린 뒤 사다리를 확인하러 갔다. 하지만 그곳에는 무시아웨크도, 클리마스도 없었다.

"클리마스!" 소방계장은 양손을 입에 대고 최대한 큰 소리로 외쳤다. "당장 내려와!"

"예! 저 지금……."

그것이 위층에서 들린 소리 중 이해할 수 있었던 마지막 한 마디였다. 커다랗게 부서지는 소리가 났고 파베우 무시아웨크는 고함치기 시작했으며 다음 순간 아래에 서 있던 소방관들 모두 클리마스의 목소리를 들었다. 그의 비명에는 모든 인간이 알아들을 수 있는 고통의 신음이 섞여 있었다. 오스카르 클리마스가 영원히 입을 다물기 전, 창문에 남자 형체가 나타났다. 무시아웨크가 침실에서 도망치려고 창턱에 뛰어오른 것이다. 사다리를 타려고 그가 몸을 돌렸을 때 뭔가 그의 관자놀이를 때렸다. 멀리서 보기에는 망치 같았다. 운동경기할 때 던지는 그 해머 말이다. 그런데 이상하게 가벼워 보이는 덩어리가 깜짝 놀란 소방관의 머리를 때리고 튀어나가 어둠 속으로 사라졌다. 다음 순간 그 덩어리는 부서지는 소리를 내며 나머지 소방관들의 등 뒤에 있는 잔디밭에 떨어졌다. 한편 무시아웨크는 중심을 잃고 비틀거리다가 양팔을 넓게 벌리고 비명을 지르며 추락했다. 2층 높이에서 그는 사다리 왼쪽 기둥에 부딪혔다. 몸통이 금속에 부딪히는 굉음은 그의 비명보다 더 컸다. 부자연스럽게 꺾인 몸이 봉제 인형처럼 휙 돌더니 담요를 뒤집어쓴 여학생들 쪽으로 튕겨 나갔고, 여학생들은 완전히 굳은 얼굴로 머리 위로 떨어지는 남자를 바라보았다. 사람 몸이 땅에 떨어지는 소리는 아주 특징적이라서 소방차 반대편에 서 있던 소방관들조차 무슨 일이 일어났는지 금방 알아챌 수 있었다. 순식간에 기숙사 벽 아래서 사실상 지옥도가 펼쳐졌다. 학생들은 비명을 지르며 손에 들고 있던 찻잔과 덮고 있던 담요를 내던지고 사방으로 도망쳤다. 서로 부딪치는 것도 아랑곳하지 않고 벤츠와베크 교장이 부르는 소리에도 반응하지 않았다.

벤츠와베크는 마침내 고함을 지르다 멈추었다.

"애들 잡아요." 벤츠와베크는 공포에 질린 라우흐플레이슈에게 말했다. 소방계장은 대답하지도, 그녀 쪽을 바라보지도 않았다. "정신 차려요, 소방관님!" 그녀가 소방계장의 어깨를 붙잡아 흔들면서 고함을 질렀다. 그래도 효과가 없자 벤츠와베크는 그를 남겨두고 다른 소방관들을 따라 비극의 현장으로 향했다.

그녀는 몇 걸음 걸어가다가 멈추어 섰다. 땅에 널브러진, 회색 소방복을 입은 휘어지고 꺾인 몸과 그 아래에서 튀어나온 창백한 두 발, 그리고 그 사이에 있는…… 두 손을 보았기 때문이다.

"아아, 안 돼……." 그녀는 이 무시무시한 사고의 두 희생자 주변을 빙 돌아가기 시작했다.

구조대원들이 이미 작업을 시작했다. 비에르친스키가 무시아웨크의 맥박을 확인한 뒤 슬프게 고개를 저었다. 보이테체크와 보본이 짓눌린 학생 위에서 죽은 동료를 떼어냈다. 두 사람은 무시아웨크를 들것에 눕히고 담요로 덮은 뒤 소방차 쪽으로 옮기기 시작했다.

벤츠와베크는 이 정황을 옆눈으로 보고 있었다. 그녀는 희생된 학생 쪽에 훨씬 더 관심이 있었다. 희생된 학생, 마리시아 키요프스카는(마리시아가 분명하다. 생존 학생들 중에서 저렇게 몸집이 작은 사람은 없었다) 마치 주머니칼처럼 접혀 있었다. 머리와 이상하게 편편해진, 반으로 눌린 몸통이 골반과 허벅지 위에 놓여 있었고, 마지막 순간에 방어하려고 쭉 뻗은 양팔은 다리 사이에 늘어져 있었다. 오른손에는 여전히 쭈그러진 양철 찻잔을 쥐고 있었는데, 지금 그 안에는 차보다 피가 더 많았다.

벤츠와베크는 움직이지 못하고 서서 이 끔찍한 광경에서 눈을 떼지 못했다. 그녀의 무의식 속 구석구석에서 계단에서 벌어진 참상의 파편들이 또다시 기어 나오기 시작했다. 어깨에 올라온 누군가의 손을 느끼고 그녀는 몸을 떨었다. 누군가—혹은 뭔가—그녀를 잔혹하게 뒤쪽으로 끌어당길 것이라 확신하고 그녀는 비명을 질렀다. 몸부림치며 벗어나려 했으나 상대방은 그녀보다 훨씬 더 힘이 셌다. 상대방은 그녀를 깃털처럼 휙 돌렸다. 그 즉시 그녀는 균형을 잃었다. 공포 때문에 아드레날린이 분비됐는지 마치 시간이 느려져서 연민에 찬 신이 현실의 회전목마를 돌리다가 갑자기 멈춘 것 같았다. 잔디 위에 주저앉으며 그녀는 머리 위에 떠 있는 음울한 먹구름, 아래로 천천히 떨어지는 빗방울, 하늘보다 어두운 색깔의 기숙사 건물 벽, 그 벽에 기대 세워진 사다리와 펄럭이는 하얀 가운을 입고 땅으로 내려오는 천사들을 보았다.

소방계장이 잔디 위에 앉아 있는 벤츠와베크의 잠바 목깃을 붙잡아 끌어당겼다. 그리고 소방차의 둥근 범퍼 앞에 도달해서야 그녀를 놓아주었다. 거기서 두 사람은 변질된 여학생들이 차례로 열린 창문으로 뛰어내리는 광경을 바라보았다. 이 학생들은 마치 잘 익은 배처럼 위에서 계속 떨어졌다. 그렇게 1분이 채 안 됐을 때 마리시아의 시신은 참살당한 시신들의 거대한 무더기 아래로 사라졌다.

"끝장이군." 라우흐플레이슈가 눈을 내리깔며 중얼거렸다.

"꼭 그런 건 아니에요." 벤츠와베크가 단호하게 고개를 저었다. "확실히 말씀드릴 수 있는데, 이건 진짜 악몽의 시작일 뿐이에요."

"예?"

"저기를 보세요." 그녀가 짧게 내뱉었다.

잔디밭에서 뭔가 움직였다. 처음에는 한 군데, 그 뒤에는 다른 곳에서 계속 감염된 학생들이 일어나려 했고, 위층에서 떨어지면서 지나치게 심한 손상을 입었을 경우 다른 사람들의 시신 위로 어색하게 기어다녔다. 아래턱이 없는 금발 여학생이 꿈틀거리며 움직이려 할 때 그 위로 다른 변질된 학생이 추락했고, 그 즉시 금발 여학생의 내장이 터지며 완전히 뭉개져 버렸다. 이 모습을 본 소방계장이 신음했다. 어느 순간 그들의 머리 위에서 뭔가 사다리에 부딪쳐 굉음을 냈다. 라우흐플레이슈는 펄쩍 뛰었고 벤츠와베크는 충격을 받아 거의 도로 주저앉을 뻔했다.

잔디에 앉은 그녀의 종아리 사이로 뭔가 뚝뚝 떨어졌다. 거무스름하고 진하고 악취를 풍기는 것이었다. 그녀는 위를 쳐다보았다. 사다리에 변질된 한 여학생의 참살당한 시신이 걸려 있었다. 액체가 땅에 흘러내리는 이유는 한쪽 다리가 사다리 디딤대 사이에 끼어서 여러 군데 부러졌기 때문만은 아니었다. 죽었다 살아난 짐승이 벤츠와베크 위에서 몸을 흔들며 팔을 쭉 뻗고 있었는데, 그 길고 검은 머리카락의 머릿가죽이 누군가의 머리에 매달려 손가락보다 훨씬 아래까지 뻗어 내려와 있었다. 비록 이 불운한 학생은 얼굴 살가죽이 뜯겨 있었지만, 벤츠와베크는 그가 누구인지 알아볼 수 있었다. 머리에 달고 있는 아름다운 상아 머리핀은 이 학생이 선물 받았다며 항상 자랑하던 물건이었기 때문이다. 올라 브로제크-살라는 대단히 차분한 여성이었고 세상 무엇보다 조각가인 남편과 말을 사랑했다. 경찰에서 의무복무를 하는 그녀의 남편 역시 지금 분명히 어디선가 이 감염병과 싸우고 있을 것이었다.

생각에 잠겨 있던 벤츠와베크는 뭔가를 두드리는 듯한 굉음에 정신을 차렸다. 사다리를 타고 또 한 명의 변질된 여학생이 굴러 내려오고 있었다. 그 학생은 매달려 있는 올라 옆을 지나쳐 마치 공처럼 갑자기 튀어 오르더니 소방차 뒤의 덤불숲으로 사라졌다. 벤츠와베크는 주위를 둘러보았다. 라우흐플레이슈도, 다른 소방관들도 아무도 보이지 않았다. 그녀는 혼자였다.

혼잣말로 욕설을 내뱉으며 그녀는 주저앉은 채로 몸을 돌린 뒤 일어나기 위해 네발로 엎드려 있다가 그대로 굳어버렸다. 그녀 바로 앞에 있는 잔디 위에서 뭔가 창백한 것이 움직이는 것이다. 팔! 팔꿈치에서 뜯겨 나온 팔이다! 벤츠와베크는 바로 등 뒤에 매달려 있는 올라에 대해 잊어버리고 벌떡 일어났다. 그때 뒤통수에 뭔가 축축한 것이 부딪치는 것을 느끼고 비명을 질렀다가 다시 땅에 주저앉았다. 창백한 손이 손가락을 움직이며 그녀를 향해 천천히, 그러나 거침없이 다가오고 있었다. '너무 가까워……!'

벤츠와베크는 무서워하는 환자들에게 자기 자신이 해주던 조언에 따라 눈을 꽉 감고 깊이 심호흡했다. 패닉에 빠지지 않는 것이 중요하다. 다시 눈을 떴을 때 그녀는 아주 약간 차분해져 있었다. '어떤 상황에나 빠져나갈 방법은 있어.' 그녀는 옆으로 천천히 움직이면서 생각했다. 다음 순간 그녀는 드디어 일어설 수 있었다. 그녀는 안전한 거리에서 그 역겨운 손을 다시 한번 살펴보았다. 저것은 분명 자신이 돌보던 학생들 중 누군가의 손일 것이다. 피부가 거무스름하고 골격이 섬세하고 손목에는 구슬을 꿰어 만든 팔찌를 차고 있었다. 벤츠와베크는 저런 팔찌를 아주 최근에 본 적이 있었다……. 나탈리아! 벤츠와베크는 감염병의 첫 희생자 중 한 명에게서 뜯겨 나온 팔뚝을 피해 빙 돌아서 소방차 뒤로 갔다. 그러곤 만약을 대비해 사다리를 훑어보며 위에서 또 변질된 학생이 떨어지지는 않는지 확인한 뒤, 시선을 땅으로 돌리자마자 앞서 소방계장이 보았던 것이 분명한 광경이 눈에 들어왔다. 무시아웨크에게 맞았던 둥근 덩어리다. 벤츠와베크는 호기심에 그쪽으로 두 걸음 걸었다가 돌연히 자신을 둘러싼 지옥도에 대해 잊어버렸다.

둥근 물체, 하! 멀리서 보았을 때 투포환 해머처럼 보였던 그 물체는 클리마스의 머리로, 척추 윗부분이 같이 뜯겨 나와 커다랗게 매달려 있었다. 하나 남은 눈은, 그마저 터지기 시작했지만, 멀리 서 있는 벤츠와베크를 죽일 듯이 노려보았다. 관절 부분이 부러진 아래턱은 움직일 수 없었고 근육의 대부분이 뜯겨 나갔지만, 그 시선은 모든 것을 말해주었다.

벤츠와베크는 사다리에서 또 시신이 떨어져 내리는 굉음을 들으며 몸을 웅크렸다. 거의 마지막 순간에 그녀는 펄쩍 뛰었고 드디어 다시 움직일 수 있게 되자 꿈틀거리며 기어 나오려 하는 되살아난 시신 무더기에서 물러나기 시작했다. 그러면서 그녀는 벽 아래를 따라 마당으로 이어지는 잘 다져진 오솔길에서 한순간도 시선을 떼지 않았다. 그 마당 너머에는 경비실과 크라쿠프스카 거리로 이어지는 철문이 있었다. 단층 별관을 지나가면서 그녀는 그 옆에 세워둔 자전거를 보았는데, 그것은 야드비가 선생이 몇 년이나 출퇴근용으로 타고 다니던 낡아빠진 물건이었다. 야드비가 선생은 남편이 타고 다니던, 전쟁 전에 생산된 멋진 메르세데스를 고집스럽게 가지고 있었다. 도미니카는 속도를 내서 몇 걸음 더 걸어갔지만 울타리를 지나자마자 몸을 돌렸다. 이 악몽은 이제 지겹다. 주위에서 사람이 죽는 모습도 너무 많이 보았다. 그녀는 본부…… 그러니까 소방관들이 자기들 소방서를 뭐라고 부르든, 거기로 돌아가지 않을 생각이었다. 그녀는 자전거를 철문 밖으로 끌고 나와 어느 방향으로 가야 할지 잠시 더 고민했다. 이 저주받은 도시에서 최대한 빨리 도망쳐 크시엥제 마웨 쪽으로 갈 것인가, 아니면 반대쪽으로 향할 것인가?

피아스토프스키 양조장에서 멀지 않은 곳에 벤츠와베크의 친한 친구가 살고 있으니 정부에서 새로운 감염병에 대해 뭔가 조치할 때까지 거기서 며칠은 신세 질 수 있을 것이었다. 이 생각은 유혹적이었으나 도망친다는 첫 번째 선택지보다 못했다. 도미니카 벤츠와베크는 브로츠와프도, 이 망할 감염병도, 눈앞에서 떼 지어 죽어간 사람들도 전부 진심으로 지긋지긋했다. 지금 이 순간에는 죽음을 거부하는 인간 잔해들을 계속 보고 있어야만 하는 상황에 비하면 알 수 없는 것에 대한 공포가 더 낫다고 느껴졌다……. 그녀는 자전거 안장에 올라앉아 왼쪽으로 방향을 잡고 세차게 페달을 밟았다.

그녀가 망가져 버린 들것과 그 안에 뒤엉킨 소방관을 치지 않은 것은 기적에 가까웠다. 그러나 벤츠와베크는 핸들을 완전히 통제하지 못하고 잔디밭을 향해 꺾어졌고, 자전거 앞바퀴에 장애물이 걸리고 말았다. 그 순간 그녀는 균형을 잃었고 다음 순간 도로 포석 위에 나무토막처럼 쓰러졌다. 두꺼운 잠바 덕에 심하게 다치지는 않았지만 손바닥이 쓸려 화끈거리자 그녀는 큰 소리로 씩씩거렸다. 그럼에도 불구하고 그녀는 상처에 대해 아주 빠르게 잊어버렸다. 누군가 다가오고 있었다. 크라쿠프스카 거리 한가운데를 걸어오고 있었다, 천천히, 비틀거리며…… 도미니카는 순식간에 정신을 차렸다. 벌떡 일어나서 시내 쪽으로 자전거를 돌렸다.

그녀는 순간적으로 상황을 판단했다. 눈앞에 변질된 소방관

다섯 명이 있었다. 무시아웨크는 마치 조금 전에 팔다리가 부러지지 않은 듯 피투성이 소방복을 입은 채 그녀를 향해 걸어오고 있었다. 망가진 들것에 휘감긴 보이테체크는 창자가 엉킨 채로 허우적거리고 있었다. 비에르친스키는 날아가면서 들것 일부를 뚫고 나갔으며, 이제 노면전차 철로 쪽에서 그녀를 따라오고 있었다. 포보르치크는 다리가 사라졌는데, 바로 그 끊어진 다리에 도미니카의 자전거가 걸려 넘어진 것이었다. 이제 포보르치크는 마치 아무렇지 않은 듯, 멀지 않은 무성한 관목 사이에 정성껏 윤을 낸, 정강이까지 덮는 그의 소방 신발이 튀어나와 있는데도 아랑곳하지 않고 잔디밭 위를 기어가고 있었다. 오로지 보본만이 그녀를 따라잡으려 하지 않았다. 그럴 상태가 아니었다. 다른 이들이 그를 조각조각 찢어 움직이는 경로 전체에 흩뿌려 놓았기 때문이다.

전쟁터를 둘러보다가 그녀는 멀리, 탄산 공장의 하얀 담장 뒤에 뭔가 움직이는 것을 눈치챘다. 누군가 방금 소방서 입구로 사라졌다. 그녀는 그것이 소방계장이기를 진심으로 바랐다. 벤츠와베크가 본 소방관들 중에서 오직 소방계장만이 거리에 나와 있지 않았기 때문이다.

그녀는 가장 앞서 다가오는 변질자의 발에 대고 침을 뱉었다. 그녀는 마음속으로 자신의 꿈과 피에 굶주린 학생들과 도움이 되지 않는 소방관들과 이 이해할 수 없는 감염병 전체를 저주했다. 괴물들이 덮치기 전에 그녀는 자전거에 올라앉아 트라우구트와 코시치우슈코 교차로를 향해 페달을 밟기 시작했다.

12

1963년 8월 9일 금요일 23시 07분
프라체 오드잔스키에, 격리병동 인근

대원들 중에서 제일 먼저 뛰어나온 코트 중사는 그 즉시 소대원들을 재촉하기 시작했다. 트럭 옆에는 사병 24명과 부사관 6명이 두 줄로 나란히 서 있었다. 양옆으로도 비슷한 부대들이 출동 차량을 줄지어 세워놓고 있었다. 전부 몇 명인지는 라데크 코트 중사도 짐작할 수 없었다. 줄줄이 늘어선 호송대가 앞뒤로도 계속 이어져 석탄처럼 검은 어둠과 쏟아지는 빗줄기 속으로 사라졌다. 코트는 경보가 울린 직후에 상사가 들려준 사실만 알고 있을 뿐이었다.

이것은 확실히 훈련이 아니었다. 진짜 작전을 수행하기 위해 출동한 것이다. 시 정부는 감염병을 더 이상 통제할 수 없게 되었다. 격리병동들은 전부 약탈당하고 파괴당했다. 그 안에 격리되어 있던 환자들 대부분이 도망쳤다. 현장에 남은 것은 감염된 미치광이들뿐이었다……. 여기서 사비츠키 중위의 이야기 중 가장 이상한 부분이 시작된다. 3인 위원회 의사들은 감염병이 출혈성 천연두라고 잘못 판단하는 실수를 저질렀다. 그날 저녁, 수백 배나 더 지독한 질병의 폭발적인 사례들이 기록

되었다. 현재의 과학으로도 치료법을 개발하지 못한 전염병이다. 감염된 환자들은 이상한 변신을 겪었다. 고통을 느끼지 않게 되었고, 유례없는 저항력을 얻었으며, 그래서 그들을 죽이기란 불가능에 가까웠다. 이 망할 질병에 감염되는 건 빌어먹을 만큼 쉬웠다. 보균자와 직접 접촉하기만 하면 되는 것이다. 한 번 할퀴면, 한 번 다치면, 한 방울의 피 혹은 다른 분비물과 닿으면 그것으로 끝이다.

"임시 위기대응본부의 지령은 명확하다." 중위가 놀라고 겁먹은 군인들 앞에 서서 이렇게 전달한 지 30분도 지나지 않았다. "게다가 여러분은 언제나 그렇듯이 운이 좋다. 우리 대대는 프라체 오드잔스키에에 위치한 병동을 포위하고 격리하라는 명령을 받았다. 그쪽은 외곽이므로 그룬발트 광장 같은 중심가에서 격리병동을 진압하는 것보다는 훨씬 쉬운 일이다. 안에 들어갈 필요는 없다. 우리 대대는 남쪽과 동쪽에 비상 경계선을 치고 22대대가 북쪽과 서쪽 경계선을 담당한다. 1소대와 2소대는 브로츠카와 피보바르스카 거리 교차로부터 철도까지 구역을 맡는다……." 여기서 중위는 잠시 말을 끊고, 부사관들이 지도를 펼쳐 부하들에게 표시된 구역을 보여줄 수 있도록 기다렸다. "3소대와 4소대는 토바로바 거리부터 스타브워비츠카까지 차단한다……." 중위는 다시 잠깐 말을 멈추었다. "제군들의 임무는 격리병동 남쪽에 위치한 숲을 통해 탈출하려는 감염자를 빈틈없이 막는 것이다. 방법은 간단하다. 100미터마다 탈출로가 표시될 것이다. 그 탈출로 끝에는 의료검문소가 있다. 작전구역 안에서 눈에 띄는 사람을 발견하면, 우리 작전의 경우 200미터 밖의 지정된 안전지대에서 정지해야만 한다. 정지 명령에 의심자가 제대로 반응한다면 가장 가까운 탈출로로 유도해서 보안대와 의료진에게 인도한다. 만약 의심자가 명령에 따르지 않고 안전지대로 이동하면 제군들 위치에 접근하기 전에 무력화해야 한다. 무조건이다. 다시 말한다. 무조건이다." 여기서 중위는 지시사항이 부하들의 기억 속에 깊이 각인되도록 잠시 말을 끊었다. "격리환자는 모두 잠재적인 위협이다. 필요하다고 판단되면 무엇보다 먼저 다리를 쏜다. 어떤 경우에도 몸통이나 머리를 겨냥하지 않는다. 이미 말했듯이 감염환자는 대단히 활동적이다. 작전 일정에 변동 없을 경우 새벽 6시에 23대대가 교대해 줄 것이다. 이상이다. 즉시 탄약 수령한다."

부대 총사령부 벙커 바로 앞에 있는 연병장에서 들은 내용은 이것이 전부였다. 코트는 그 직후에 잡낭과 꽉 들어찬 탄창 여섯 개를 지급받고 놀랐다. 이렇게 많은 탄환은 그 어떤 대규모 작전 때도, 심지어 사단 전체가 소련 국경에 인접한 지엘로나구라 지역에서 훈련했을 때도 본 적이 없었다. 상황이 심각할 경우 현장에서 총알을 더 지급받을 수 있을 거라고 중위가 그에게만 살짝 말했기 때문에, 코트 중사는 더더욱 놀랐다.

"이봐, 라데크……." 병사들을 호송 트럭에 나누어 실으려고 준비하고 있을 때, 중위가 그에게 소근소근 말했다. "이거 정말 심각한 일이야. 작전을 망치면 안 돼. 그 미치광이들 중에서 한 명이라도 경계선을 뚫고 나갔다간 대령이 우리 모가지를 잘라버릴 거야. 그놈들은 말이지……." 중위는 말을 계속해야 할지 망설이듯 입술을 깨물었다. "그게 말이야, 그놈들은 죽일 수가 없다는 거야." 중사이자 사촌의 얼굴에 나타난 놀라움의 표정을 보고 중위는 씁쓸하게 웃었다. "농담이 아니야, 라데크. 그것만 아니었다면 우리는 밤에 숲으로 잠입하라는 명령을 받았을 거야. 이 얘기 어디 가서 흘리면 안 돼. 애들이 겁먹으면 절대 안 된다고. 하지만 잘 기억해, 부하 중에 총을 쏘지 않으려는 놈이 있으면 무슨 수를 쓰더라도 쏘게 만들어. 명령대로 실시하지 않으면 완전히 끝장이야. 보안대 전체가 우리 목덜미를 잡아 누를 거라고."

중사는 그때까지도 자신이 들은 말을 믿을 수가 없었다. 그러나 안제이 사비츠키 중위는 농담을 하거나 쉽게 겁먹는 성격이 아니었다. 그때까지 사비츠키는 한 번도 거짓말을 한 적이 없었다. 군인들 대부분이 저녁이면 한잔 걸치기를 좋아했지만 사비츠키는 취했을 때조차 헛소리를 하지 않았다.

그러니까 상황이 정말로 어려운 모양이었다. 윗선에서 현장에 군대를 보내기로 결정한 데다 탄환을 무섭게 내주고 명령에 따르지 않는 자는 전부 총격하라고 지시하는 걸 보면 말이다. 이제까지 정치하는 겁쟁이들은 무슨 일이 있을 때마다 제국주의자와 시오니스트들이 우리가 일반 시민들에게 법규에 어긋난 무력을 사용하기만 기다리고 있다고 주둥이를 털어댔다. 코트 중사가 마지막으로 그런 얘기를 들었던 게 바로 그저께였다. 동시에 그는 당 중앙과 경찰은 완벽하게 대응하고 있으며, 상황은 철저하게 통제되어 지역 인민정부와 여기에 협력하는 감염병 위원회가 방역 규제 정책을 몇 가지 중단하는 것도 검토 중이라는 얘기도 들었다.

현실의 삶이 이런 입에 발린 소리를 '시정'해 주는 데는 이틀밖에 걸리지 않았다. 사비츠키 중위가 거짓말하는 게 아니라면—그리고 중위는 자기 휘하 부사관을 속일 이유가 없기에—

그룬발트 광장 인근 격리병동 중화 작전에는 그 유명한 11연대에서 2개 대대 병력을 꽉 채워 보냈다. 11연대는 보안대 소속이다. 반면 프라체 오드잔스키에 작전에는 이 무시무시한 보안대에서 2개 소대만 파견하고 내무부 헌병대 곤봉잡이들 몇 소대를 덧붙여 주었는데, 그러니까 실제로 사령부가 이쪽에서는 큰 저항을 예상하지 않는 눈치였다.

재빨리 점호를 마친 뒤 사비츠키 중위가 이끄는 부대는 보도 위를 빠르게 전진하여 모퉁이에서 꺾은 후 황무지와 벌판으로 내려갔다. 잘 포장되고 가로등 불이 밝혀진 거리는 코트 중사와 부하들의 등 뒤로 멀어져 갔다. 1소대는 철로 바로 옆에 있는 풀밭을 경계하는 임무가 주어졌으므로 그다지 멀리 행진할 필요가 없었다. 그 밤은 칠흑 같은 어둠이 지배했지만, 코트 중사는 문제없이 길을 찾을 수 있었다. 공병대가 미리 군대 주둔지와 숲을 구분하기 위해 가시철망을 쳐놓았는데, 그때 공병대 트럭이 지나가며 부드러운 땅에 찍어놓은 깊은 바큇자국을 따라가기만 하면 되었다. 중위가 전달한 정보대로 100미터마다 좁은 탈출로가 표시되어 있었으며, 탈출로 양옆은 가시철망으로 구획이 표시되어 있었다. 이 탈출로들만이 경계선으로 가로막힌 현장에서 나갈 수 있는 유일한 통로다. 그 출구마다 지금 천막이 세워져 있었고 천막에는 커다랗고 눈에 잘 띄는 적십자 표시가 찍혀 있었다. 천막마다 뒤쪽에는 트럭이 두 대씩 대기하고 있었으며, 100미터 거리의 중간 지점마다 소련제 BTR-60 수송용 탱크가 석탄처럼 검은 숲속을 향해 기관총을 겨누고 배치되어 있었다.

"망할 탱크는 뭐 하러 배치했답니까?" 코트 중사 바로 뒤에서 걷는 병장이 물었다. “부상병 호송 차량이 공격할까 봐서요?”

“입 다물어, 야쿠보프스키.” 중사가 반사적으로 대답했다. “자꾸 떠들면 너 저 탱크 앞으로 보내서 안에 있는 멸치 새끼들이 조준을 제대로 하는지 확인하는 용으로 쓴다. 그럼 네가 직접 부상병 호송대로 전출 갈 수 있겠지.”

병사들은 이 지나치게 경박한 농담을 듣고 큰 소리로 낄낄거렸다. 이런 스트레스받는 상황이라면 공산당 서기장 고무우카 동지의 연설을 들어도 분위기가 풀릴 것 같다고 생각했다가, 코트는 인민의 지도자 동지가 얼마 전에 보여준 명연설을 떠올리고는 자기도 모르게 혼자서 웃었다. “암소들이 인간에 의해 수태하게 된 이후로 가축 개체수가 유의미하게 증가했습니다.” 서기장 동지는 이런 현명한 말씀으로 연단을 채우곤 했다. “분뇨 손수레 하나하나가 서구 제국주의에 가하는 타격입니다.”

‘그래, 그것도 확실히 백만장자들의 숭고한 똥 냄새에 살인적인 타격이겠지. 헤헤…… 아니, 정신 차려.’ 코트는 스스로 야단쳤다. 그러나 자신도 어떻게든 이 압박에 반응할 수밖에 없다는 걸 그도 알고 있었다. ‘앞으로 이 밤이 어떻게 될지 생각하는 편이 나을 거야. 누워서 떡 먹기는 절대로 아닐 테니까.’

13

1963년 8월 9일 금요일 23시 09분
그룬발트 광장 인근

그들은 항공학교와 슈치트니츠키 다리 사이, 부이비다 거리 인근에 전쟁 전부터 있었던 공지 사항 붙이는 기둥 바로 앞에 도착해 트럭에서 내렸다. 등 뒤에는 학교가 있었고 앞에는 독일인들이 남기고 간 공항의 옛 활주로와 그룬발트키 거리 사이 웃자란 덤불숲이 펼쳐져 있었다. 150미터 앞에서 의료 경계선이 시작되었는데, 그곳이 그들의 입장에서는 최전선이었다. 그보다 약간 가까운 곳에 작전 목표물이 있었다.

커다란 트럭의 엔진 소음이 멀리 사라져 버린 지금, 그들에게는 끊임없는 사격음만 들려왔다. 연달아 메아리치는 칼라시니코프 기관총 소리, 기침하듯 들려오는 최루탄 발사기 소리, 귀청을 찢을 듯한 모신 소총의 단속적인 발사음이 합쳐져 한순간도 멈추지 않는 불협화음을 만들었다.

자다가 끌려 나온 토마시 두신스키는 자기 눈과 귀를 믿을 수 없었다. 그가 지금까지도 잊지 못한 전쟁이 끝난 지 18년이 지났는데 브로츠와프 시내 한가운데에서 아무렇지 않게 전투가 벌어지고 있었다. 군인 수백 명이 주요 격리병동 세 곳 중

한 군데를 단단히 포위해서 퍼져 나가는 감염병을 통제하려 했다. 어제까지만 해도 전염병의 존재 자체를 아무도 믿지 못했다. 특히 15년 경력의 의사인 그는 더욱 믿을 수 없었다. 그러나 토마시가 자신의 직업과 인생에 대한 관점 전체를 180도 바꾸는 데 15분밖에 걸리지 않았다. 내무부 병원에 파견된 음울하고 말 없는 안전부 요원들이 그를 데려갔고, 그곳에서 그는 의학지식은 물론 건강한 이성까지 거스르는 어떤 것을 목격했다. 게다가 그것은 몇 가지 인접한 과학 분야에서 논쟁의 여지가 없는 이론이나 공리에 완전히 어긋났다.

내무부 의사는 목이 부러지고 피가 모두 빠져나가고 심장이 으스러졌는데도 자기 힘으로 움직이는 여자를 그에게 보여주었다. 그리고 머리에 총을 두 방 맞은 남자도 보여주었는데, 정상적인 사람이라면 그런 일을 겪고 살아남을 리 없었으나 그 남자…… 그 괴물은 너덜너덜해진 손가락으로 붙잡을 수 있는 반경 안에 있는 사람 누구에게나 끊임없이 덤벼들려 했다.

그를 안내한 아렌지코프스키 의사가 설명한 내용은 아주 무시무시한 악몽의 서막에 불과했다. 그리고 그 악몽 속에서도 그곳에 모여 설명을 듣는 의사들은 다리에 보호대를 차고도 작지 않은 역할을 수행해야 했다.

그들은 대단히 빨리 지옥 한가운데로 진입했다. 내무부 병원에서 도착 신고를 마치자 그들은 풀 먹인 하얀 가운, 방수 앞치마, 두꺼운 장갑, 보안경, 마스크와 방역 안전모를 지급받았다. 그런 뒤에 의사들을 태운 군용트럭은 텅 빈 거리를 미친 듯이 달려가더니, 잠시 후 탄탄하게 둘러쳐진 경계선 바로 바깥에 줄지어 서 있던 군용 구급 차량과 서둘러 세워놓은 사각형 천막 옆에 성공적으로 도착했다. 특징적인 보안대 제복을 입은 경비병들은 의사들을 데려온 중사에게서 서류 같은 걸 받았고, 그 뒤에 의사들을 5인 1조로 나눈 뒤 조별로 서로 다른 방향으로 안내했다.

두신스키는 중앙에 있는 가장 큰 천막으로 안내되었다. 안은 아주 밝았다. 벽 뒤에서 진동하는 발전기가 안에 있는 수많은 전등을 다 켤 만큼 충분한 전력을 생산했다. 이런 곳에서 일하는 토마시 두신스키와 같은 사람들, 마찬가지로 가운을 입고 그의 뒤에 어리둥절한 채 서 있는 동료들에게는 잘 밝혀주는 조명이 반드시 필요했다.

천막 중앙부에 5개 1열씩 좁은 부스들이 늘어섰고, 부스는 평범한 병원용 칸막이로 나누어져 있었다. 각 부스 위에 달린 가끔씩 깜빡이는 전등은 부스 안에 놓인 단순한 탁자를 비추고 있었고, 탁자 하나마다 의사 두 명과 간호사 한 명이 근무했다. 환자들은 금속 방벽을 세워 만든 좁디좁은 통로를 따라 의사들에게 안내되었다. 진찰이 끝나면—그 진찰이 무슨 의미이건 간에—방호복을 입은 군인들이 환자를 인계받아 옆쪽 출구로 데리고 나갔다. '도살장이랑 완전히 똑같군.' 두신스키는 수의학을 공부하던 시절에 몇 번 가보았던 도살장과 이곳의 공통점을 몇 가지 찾아내면서 이렇게 생각했다.

잠시 후 의사들은 실제로 이 장소가 임시 진료소보다 도살장에 더 가깝다는 사실에 대해 긴 얼굴, 적은 머리숱, 튀어나온 코, 눈 사이가 먼 장교에게 들어서 알게 되었다. 장교는 의사들에게 다가와 성의 없이 경례했다.

"나는 포들레프스키 대위입니다." 그가 짧게 인사했다. "이 시간부터 여러분은 내 명령에 따릅니다."

"우리가 뭘 해야 합니까?" 두신스키가 의사들이 계속 들어오는 사람들을 진료하는 좁은 부스들을 흘긋 바라보며 물었다.

"단순한 일입니다." 대위도 같은 방향을 바라보며 대답했다. "선별 작업으로……."

"선별?" 두신스키 뒤에 서 있던 남자가 불안한 듯 말꼬리를 잡았다.

"무슨 상황인지 아무도 얘기 안 했습니까?" 포들레프스키가 그들을 주의 깊게 훑어보았다. 모두가 정직하게 고개를 젓자 그 모습을 보고 포들레프스키는 혼자서 피식 웃었다. "그렇군……." 그가 중얼거렸다. 그리고 그는 마치 훈련병들 앞에 선 것처럼 양손을 열중쉬어 자세로 등 뒤에서 마주 잡고 설명하기 시작했다. "여러분이 부스 가림막을 열면 내 부하들이 죄수를 데리고 들어갑니다. 죄수에게 전체 탈의를 명령한 뒤 여러분은 몸 전체를 상세하게 검사합니다. 피부 표면 전체를 빠르지만 주의 깊게 관찰하라는 의미입니다. 아주 작은 찰과상, 할퀸 상처나 물린 자국을 발견할 경우 더 시간 낭비하지 말고 검사를 끝내고 예방주사를 처방한 뒤 환자를 파란 카드로 표시하고 내보냅니다. 검사한 사람이 깨끗할 경우 노란 카드로 표시합니다. 파란 카드와 노란 카드는 저기 모퉁이에 있는 주사기 통 옆에 있습니다. 알겠습니까?" 의사들은 대위의 질문하는 듯한 눈빛에 대답하여 모두 고개를 끄덕였다. "순환 교대 근무입니다. 두 시간 근무하면 한 시간 휴식입니다. 대단히 길고 힘든 밤이 될 것이니 할 수 있는 한 잠을 주무시오, 동무들. 그리고 근무하는 동안 최대한 경계 태세를 유지해야 합니다. 이 감염병의 싹을 자르는 일의 성공 여부가 동무들의 태도에 달려 있습니다. 이상입니다." 대위는 전달받은 시간표를 쳐다보았다. "토마시 두신스키 동무와 우카시 자드코프스키 동무……." 대위는 손목시계를 흘끗 쳐다보았다. "6분 뒤에 근무 시작합니다. 아담 비타시아크 동무, 바르토시 아다미아크 동무, 도미니크 야쿠비아크 동무는 잠시 쉬어도 좋습니다." 대위는 천막 구석에 놓인 의자들을 가리켰다. "근무시간이 되면 부르겠습니다."

그리고 대위는 돌아서서, 마치 관심 없는 채소가게를 떠나는 것처럼 걸어 나가기 시작했다.

"죄송합니다만, 대위 동무!" 자드코프스키가 뒤에서 불렀다. "이 카드 색깔이 무슨 의미입니까?"

"호기심은 지옥으로 가는 첫걸음이오, 의사 동무." 포들레프스키가 빈정거렸다. "그 질문에 대한 대답을 정말로 듣고 싶습니까?"

"제가 무슨 일을 하는지는 알면 좋겠습니다."

"좋습니다, 알려드리겠습니다. 노란 카드로 표시된 죄수는 이 거리 맞은편에 있는 학교에 격리됩니다. 그곳에서 동무들이 뭔가 놓쳤을 경우를 대비해서 계속 관찰합니다. 어쨌든 누구나 뭔가 놓칠 수 있으니 말입니다." 대위는 의사의 실수를 확신하는 듯 날카로운 시선으로 그들을 훑어보았다. "파란색 환자는 즉시 구급차에 태워 그룬발트 광장으로 이송합니다."

의사들은 불안한 표정으로 서로 쳐다보았다.

"저 화톳불을 여러 군데 피워놓은 거기 말입니까?" 두신스키가 모두를 대표해 물었다.

이곳으로 실려오면서 그 장소를 안 볼 수 없었다. 의사들은 공과대학 건물 바로 뒤 과학자의 집 맞은편 광장이 가장 넓게 펼쳐진 위치에서, 일요일마다 장이 서고 생명력이 넘치던 곳에서 불길을 보았다. 두신스키도 처음에는 그곳에 불이 났다고 생각했지만, 주변에 소방차가 단 한 대도 없었다는 걸 기억하고는 그 사실이 이해되기 시작했다.

"화톳불이 아니고 화장장이오." 대위가 두신스키의 말을 고쳐준 뒤 다시 등을 돌리고 나가버렸다.

14

1963년 8월 9일 금요일 23시 20분
지역소방본부, 크라쿠프스카 거리 40-42번지

"아닙니다. 그럴 리가 없어요." 땀에 젖은 라우흐플레이슈가 창백해진 얼굴로 마침내 이야기를 끝냈을 때, 그들은 모두 고개를 저었다.

"진짜야, 맹세해!" 소방계장이 주먹으로 가슴을 두드렸다. "다들 날 알잖아. 난 헛소리 같은 건 하지 않아."

"아니, 그렇지만 대체 어떻게……." '도끼'라는 별명을 가진 신데라 대원이 소방계장의 팔뚝에 난 할퀸 상처를 치료하고 붕대의 마지막 매듭을 묶어주며 놀라움을 그치지 못했다. "머리만 따로, 폐와 뜯겨 나갔는데도 계속 살아 있단 말입니까?"

"제군들, 실제로 일어난 일만 말한 거야, 꾸며낸 건 하나도 없어." 라우흐플레이슈가 붕대를 꽉 감고 있는 팔을 휘저었다가 아파서 이를 악물고 당장 술잔에 손을 뻗었다. 밀주는 품질이 좋았지만 독해서 한 모금 넘긴 그의 입이 더욱 일그러졌다. "거짓말이면 내가 당장 여러분 앞에서 벼락 맞아 죽을 거야." 그가 떨리는 손으로 입술을 문질러 닦은 뒤 덧붙였다.

그는 떨리는 손가락을 의심스럽게 바라보았다. 그는 한 번도 이 정도로 충격받은 적이 없었다. 이전에 정말로 어려운 작전에도 참여했고 많은 것을 보았는데도 말이다. 죽음도 그는 낯설지 않았다. 화재가 나면 유독가스와 연기와 불길이 아주 많은 것을 앗아갔다. 불탄 시신은 별로 아름다운 모습이 아니었다.

그러나 라우흐플레이슈가 간호학교 기숙사 아래에서 보았던 광경은 아름다운 경험의 영역과는 아주 거리가 멀었다. 그러므로 그의 부하들이 이 비전형적인 감염병에 대한 정보를 전혀 신뢰할 수 없다는 반응을 보이는 것도 그에게 놀라운 일은 아니었다. 그는 방금 나갔던 작전에서 일어난 일을 있는 그대로 전달했고, 자신의 상상을 덧붙이거나 과장하지도 않았다. 그럴 필요가 없었다. 그 어떤 술꾼의 허풍보다도 진실이 더욱 다채롭고 더욱 엄청났기 때문이다.

그를 둘러싼 소방관들이 말없이 침묵을 지키며 방금 들은 이야기를 곱씹었다.

몇 분 전에 마레크 라우흐플레이슈는 머리부터 발끝까지 피투성이인 채로 혼자 소방서 차고에 뛰어들자마자 모두를 작업에 동원했다. 우선 그는 남아 있는 소방차들에 시동을 걸어 소방서 관내로 진입하는 길을 전부 막으라고 명령했다. 가장 큰 소방 트럭으로 정문을 막고 다른 차량 두 대로 본관 접근을 차단했다. 대원들은 탄산 공장 부지와 단독 건물인 행정관 사이를 갈라놓은 담벽에 차량들을 비스듬하게 세워놓은 다음 차량에 있던 낡은 타이어와 소방호스, 다른 쓰레기를 밀어 넣어 차량 아래로 아무것도 기어들어 갈 수 없게 막았다.

대원들은 무슨 일인지 아무도 짐작조차 하지 못했지만, 소방대 근무가 원래 그랬기 때문에 질문도, 불평도 하지 않고 그저 명령받은 대로 수행했다. 모든 준비가 끝난 뒤에 소방계장은 대원들을 차고에 집합시켰고 신데라가 그의 상처를 치료해 주는 동안 그제야 기숙사 아래에서 무슨 일이 일어났는지 자세하게 이야기했다.

대원들은 처음에 계장의 말을 어떻게 받아들여야 할지 어리둥절해했다. 계장이 충격을 받았다는 것, 팔꿈치부터 손목까지 찢어진 상처가 있다는 것은 다들 보았으나 어쨌든 계장이 하는 말을 그대로 믿을 수가 없었다. 게다가 계장은 감염자들이 죽은 뒤에 다시 살아났고, 그들을 다시 죽일 방법이 없었으며, 클리마스의 머리가 척추 일부를 매단 채 뽑혀 나온 뒤에도 마치 여전히 살아 있는 듯 계장을 노려보았으며, 잔혹하게 살해당해 사망한 것으로 확인된 무시아웨크가 살인적인 광기에 휩싸여 자신을 대피시키려고 들것에 싣고 가던 동료들에게 덤볐다고 미사여구 없이 진술한 것이다. 이렇게 믿을 수 없는 사건은 영화에서도 본 적이 없었다. 소방대장은 굉장한 영화광이라서 소방서에서 무료 상영회를 몇 번이나 열었으므로 대원들은 폴란드와 소련 영화의 전형적인 소재들을 대부분 알고 있었다.

"그런데 여왕 폐하는 어떻게 됐습니까?" 두 명의 당직자 중 하나인 카밀 브렐스키가 물었다.

소방계장은 그에게 사무실에 남아서 소방청이나 경찰에 연결될 때까지 전화하라고 명령했다. 하지만 브렐스키는 너무나 정신없는 나머지 그 사실을 완전히 잊어버리고 자리를 비웠고, 계장은 그런 브렐스키를 혼내는 대신 기숙사 아래의 장면들과, 대원들이 악의 없이 '여왕 폐하'라고 별명을 붙인 교장 선생을 생각했다.

"나도 몰라." 잠시 후 계장이 고개를 숙인 채 인정했다. "철수해서 거리로 나올 때 우리를 따라오지 않았고, 그다음에는……." 그는 말을 멈추었다. 그리고 마지막 기억들을 씻어버리고 싶은지 '스보이치츠키 최상품'이라고 상표가 붙은 술을 크게 한 모금 들이켰다. "그 빌어먹을 괴물들이 분명히 선생을 덮쳤을 거야……." 그가 목소리를 낮추어 덧붙였다.

"그럼 우리가 운이 나쁘네요." 카밀 브렐스키가 중얼거렸다.

"왜?" 소방계장이 컵을 내려놓았다. 양철 컵이 탁자에 부딪혀 텅 빈 소리를 냈다.

"안토노비치가 방금 경비탑에서 보고했는데 철문에, 그러니까 강 쪽을 향한 문에 유령 같은 형체 세 개가 들어오려고 철문을 두드리고 있답니다."

라우흐플레이슈는 굳어졌다.

"벌써 왔군." 그가 속삭이고 더더욱 창백해졌다.

브렐스키는 상사의 반응을 잘못 이해하고 고개를 끄덕였다.

"예, 들여보냈습니다. 옆 차고에 있습니다."

"미쳤어?! 그 괴물들을 여기로 끌어들였다고?! 그놈들이 우리를 전부 다……." 라우흐플레이슈는 방금 신데라가 그를 앉혔던 탁자에서 벌떡 일어섰다. "그놈들을 도…… 도끼로 찍어야 해. 그리고 시체는 내다 버리고……." 그는 선 채로 비틀거렸고 부하들의 도움의 손길이 아니었다면 넘어졌을 것이다.

"진정하십시오……." 브렐스키가 신데라를 도와 계장을 다시 앉혔다. "그저 기숙사 아래에서 놓쳤던 여학생들일 뿐입니다. 계장님만큼 겁을 먹었지만 확실히 살아 있어요." 카밀 브렐스키가 이를 드러내고 웃으며 계장에게 장담했다. "비현실적인 얘기들을 떠듭니다."

"말을 한다고?" 소방계장이 힘겹게 침을 삼켰다. 그의 양팔이 점점 더 심하게 떨렸고 열이 많이 날 때처럼 목구멍이 바짝 말랐다. "말을 한다고……." 그가 안심하며 반복했다.

"쉬지 않고 수다를 떱니다." 브렐스키는 소방계장의 경험담을 듣는 즐거움을 누리지 못했기 때문에 어리둥절해서 다시 말했다. "그리고 계속 반복해서 여왕 폐하에 대해 물어봅니다. 학생들한테 뭐라고 해야……." 브렐스키는 부상당한 소방계장이 핏발 선 눈으로 이상하게 두리번거리는 것을 보고 불안하게 말을 끊었다.

라우흐플레이슈는 대답하지 않았다. 그는 등을 벽에 기대고 마치 졸음을 참을 수 없을 때처럼 눈을 감았다. 신데라가 상사의 땀투성이 이마에 손을 대보고 얼굴을 찡그렸다.

"시체처럼 차가운데." 그가 중얼거렸다. "출혈이 너무 심했나 봐. 아무나 나 좀 도와줘, 계장님을 의무실로 모셔 가서 잘 덮어드려야겠어. 좀 주무시는 게 좋겠어. 라파우, 미워시, 움직여." 신데라가 가장 가까이 서 있는 소방관들에게 고갯짓을 했다. "내가 여학생들한테 가볼게. 치료가 필요한지 확인도 하고." 신데라는 구급약 가방을 닫고 계단 쪽으로 가면서 덧붙였다.

브렐스키가 그를 따라갔다.

"잠깐! 기다려!"

흐미엘레프스키가 그를 붙잡았다.

"왜요?"

"대장하고 전화 연결 됐어?"

"안 됐습니다." 브렐스키가 고개를 저었다. "백 번은 전화했는데 청에선 아무도 안 받고 경찰은 계속 통화 중입니다. 희망이 없습니다."

브렐스키는 다음 질문을 기다리며 잠시 더 서 있었다. 그러다가 흐미엘레프스키가 더 이상 붙잡지 않자 몸을 돌려서 부상당한 계장을 부축해 가는 동료들 옆을 지나 문밖으로 사라졌다.

라우흐플레이슈는 몸무게가 가벼운 사람이 아니라서 오르칸과 시만스키는 무척 힘겹게 그를 계단 쪽으로 끌고 갔다. 나머지 소방대원들은 이제 어떻게 해야 할지 알 수 없어 불안하게 서로 쳐다보았다. 그들은 믿을 수 없는 이야기 때문에 여전히 어안이 벙벙했다. 하지만 창밖에서 들리는 총소리, 도망쳐 온 여학생들의 존재, 전화 연결이 되지 않는다는 브렐스키의 말은 상황을 증명해 주고 있었다. 니에스포지에바니 소방장이 그 침묵을 깨뜨렸다.

"계장님 상태가 나아질 때까지 지휘는 흐미엘레프스키 소방위가 맡는 게 좋겠어." 소방장이 단호한 어조로 말했다.

그는 그 자리에서 가장 계급이 높은 흐미엘레프스키 소방위를 가리켰고, 흐미엘레프스키는 마치 깊은 생각에 잠겼다 깨어난 듯 몸을 떨었다. 흐미엘레프스키의 귓가에 계속 브렐스키의 말이 울렸다. 소방청에는 전화신고본부가 있어서 수많은 전화기가 설치되어 있는데, 그곳에서 아무도 받지 않는다면…….

"뭐?" 그가 조금 멍하게 되물었다.

"지휘하시라고." 소방장이 그의 어깨를 두드렸다. "대장님이 나타나거나 계장님 몸 상태가 나아질 때까지."

"아, 그래, 그래……." 흐미엘레프스키가 고개를 끄덕였다. 그때 침묵이 깨졌다. 2층에서 시끄러운 굉음이 들려왔기 때문이다. 그것은 누군가 가구라도 집어 던진 듯한 충격음이었다. 거의 같은 순간에 바로 옆 차고에서 젊은 여성들의 겁에 질린 비명이 들려왔다. "야쿠프 그라브코프스키, 올라가서 무슨 일인지 보고 와." 흐미엘레프스키는 한순간에 정신을 차렸다. "나머지는 날 따라온다."

그들은 다 함께 문으로 달려가서 계단에서 갈라졌다. 그라브코프스키는 위층으로 올라갔고 나머지 소방관들은 계속해서 비명이 들려오는 옆 차고로 이어지는 문으로 달려갔다.

"신데라!" 흐미엘레프스키 소방위가 조금 전까지 대원들이 운동경기를 했던 커다랗고 텅 빈 공간으로 달려 들어가며 고함을 질렀다. 신데라가 양팔을 넓게 벌리고 구석에 서 있었다. 그리고 그 바로 뒤에 브렐스키가 있었다. 두 대원이 울부짖는 여학생들을 구석으로 모아놓은 것처럼 보였는데, 학생들은 달려 들어 온 소방관들을 보고 더 큰 소리로 비명을 지르기 시작했다. "대체 무슨 일이야, 이런 시발?" 흐미엘레프스키가 가까이 다가가며 소리쳤다. "신데라! 브렐스키!"

"큰 소리가 나니까 학생들이 겁을 먹었습니다." 신데라가 팔을 내리지 않고 설명했다. 그는 몸을 돌리지 않고 뒤만 슬쩍 돌아보았다. "도망치려고 하는 걸 우리가 막았습니다."

브렐스키가 고개를 끄덕여 동료의 말을 뒷받침했다.

"애들 진정시켜!" 흐미엘레프스키 소방위가 나머지 대원들에게 손짓했다.

모두 힘을 합쳐 끈질기고 부드럽게 달랜 끝에 그들은 공포에 질린 소녀들의 마음을 가라앉혀 벽 아래 세워둔 의자에 도로 앉힐 수 있었다.

“진정해요, 차분하게.” 신데라가 그들을 설득했다. “다 괜찮을 거예요, 그러니까 겁먹지 말고 도망치지 말아요. 여기는 안전해요. 기숙사에서 무슨 일이 있었는지 우리도 알아요.”

“벤츠와베크 선생님은 어디 있어요?” 키가 작고 통통한 여학생이 물었다. 검은 머리카락은 짧게 잘랐고 피부는 약간 거무스름했으며 짙은 눈동자는 안경에 가려져 있었다.

“몰라요.” 흐미엘레프스키가 소녀에게 손수건을 주었다. 소녀는 코를 풀고 눈물에 젖은 눈을 닦았다. “여러분처럼 아마 도망치셨겠죠, 사고가 났을 때…….”

브렐스키가 그 옆에 앉으며 여학생들이 도망치려 할 때 내던진 담요를 건네주었다. 학생들은 담요로 몸을 꼼꼼히 감쌌다. 그럼에도 불구하고 소녀들은 쉴 새 없이 몸을 떨었는데, 추워서라기보다는 무서워서인 것 같았다.

“이름이 뭐예요?” 흐미엘레프스키가 검은 머리 학생 앞에 쭈그리고 앉았다.

“엘라예요.” 학생이 중얼거리고 다시 코를 풀었다. “엘라 그라프.”

“잘 들어요, 엘라.” 흐미엘레프스키는 어린아이에게 맛없는 음식을 먹으라고 설득할 때와 같은 어조로 말하기 시작했다. “이제 금방 여러분이 입을 마른 옷을 찾아줄게요. 위층에는 개인실도 여러 개 있어요.” 그가 손가락으로 천장을 가리키자 학생들은 불안한 표정으로 서로 쳐다보았다. 흐미엘레프스키가 계속 말했다. “개인실에 들어가 있어도 돼요. 원한다면 안에서 문을 잠그고 있어요. 여기는 아무것도 위험할 게 없어요. 우리가 곧 경찰에 전부 보고할게요." 그가 과장해서 약속했다. 어디에도 연락이 닿지 않는다는 사실을 공포에 질린 학생들에게 알려줄 생각은 전혀 없었다. "중앙에서 누군가 보내서 여러분을 돌봐주고 기숙사 상황도 정리해 줄 거예요. 벤츠와베크 선생님도 아마 가장 가까운 파출소에 있을 가능성이 높아요." 나머지 소방대원들도 학생들을 격려하려는 듯 흐미엘레프스키가 한마디 할 때마다 옆에서 고개를 끄덕였다. "예, 교장 선생님도 무슨 일이 일어났는지 보고 시내에 도움을 청하러 간 게 분명해요……."

학생들은 차츰 차분해졌다. 마르고 얼굴이 긴 금발 여학생은 울음을 멈추었다. 그래도 눈가와 코끝은 여전히 빨갛게 물들어 있었다.

"신데라, 브렐스키, 이분들 4호실로 안내해." 그곳은 기숙사 아래에서 사망한 대원들이 사용하던 침실이었다. "깨끗한 수건하고 비누도 주고, 창고에서 제복 제일 작은 사이즈가 있는지 찾아봐, 여기 있다가 다들 감기 걸리지 않게."

"예, 알겠습니다."

학생들은 얌전히 신데라와 브렐스키를 따라갔다. '제복을 입고 단호하게 행동하는 남자의 권위는 항상 먹히는 법이지.' 소방관 두 명과 여학생 세 명 모두가 출구로 나가는 모습을 보면서 흐미엘레프스키는 만족스럽게 생각했다. 브렐스키가 계단으로 나가는 문을 열어준 뒤 예의 바르게 옆으로 비켜서서 여학생들을 먼저 올려 보냈다. 브렐스키는 자주 기숙사 아래에 얼씬거렸다. 간호 학생 몇 명과 알고 지내기도 했다. 그러나 이 세 학생과는 이제까지 만나본 적이 없었다.

검은 머리 학생이 첫 번째로 올라가서 흐미엘레프스키의 시야에서 빠르게 사라졌고 다음으로 금발 학생이 뭔가 말하려는 듯 브렐스키를 향해 몸을 돌렸다…….

또다시 굉음이 들려와 모두 제자리에서 얼어붙었다. 그 소리는 아주 크고 잘 울려서 머릿속까지 진동하는 것 같았다. 여학생 두 명이 반사적으로 물러났다가 겁을 먹고 굳어졌다. 신데라가 깜짝 놀라 부르르 떨고 계단 위쪽을 내다보더니 주위가 조용해지기도 전에 계단으로 나가는 문을 서둘러 닫고 유일한 방책인 자물쇠를 돌려 잠갔다.

"뭐야?" 흐미엘레프스키가 눈살을 찌푸리며 그를 쳐다보았다.

신데라는 여전히 문손잡이를 잡은 채 뒤를 돌아보았다. 하얀 아연가루를 두 겹쯤 칠한 것처럼 얼굴이 창백했다.

"그라브…… 그라브……." 그가 더듬거렸다.

"그라브코프스키?" 흐미엘레프스키가 그에게 다가갔다. "그라브코프스키 뭐?"

"그라브…… 학생을……." 계단 문에 뭔가 부딪친 것처럼 진동하자 신데라가 말을 멈추었다.

"그 문고리 놔, 신데라!" 흐미엘레프스키는 이제 학생들과 두 걸음 정도 거리에 있었다. 다음 순간 그는 금발 학생을 감싸안았다. 학생이 담요를 어깨에 덮었는데도 얼마나 심하게 떨고 있는지 느낄 수 있었다. 그는 즉시 브렐스키에게 학생을 넘겨주었다. "도망치려 들기 전에 저 다른 학생도 잡아." 그가 신데라에게 충고했다.

신데라가 겁먹은 여학생을 데리고 내려와서 벽 앞에 놓인 의자에 앉혔다. 브렐스키도 금발 학생을 데리고 내려와 똑같이 했다. 두 학생 모두 겁에 질려 도살장의 양들처럼 잔뜩 웅크린 채 움직이지 않았다.

"정확히 뭘 본 거야?" 흐미엘레프스키가 신데라를 한옆으로 끌고 갔다.

"그라브코프스키가 계단에 서 있었는데, 얼굴이 핏기 없이 퍼렇고 이상하게 비뚤어진 자세로 있었습니다. 처음 올라간 그 까만 머리 여학생의 머리채를 이렇게 붙잡고요." 그가 양팔을 들어 보여주었다. "제복은 얼뜨기 농부가 생전 처음 돼지를 잡은 것처럼 완전히 피투성이였습니다. 그리고 그 학생은 마치 가죽이라도 벗겨지는 것처럼 몸부림을 쳤습니다. 그러다가……."

신데라가 입술을 깨물었다.

"그러다가 뭐?" 흐미엘레프스키는 물어보면서도 그 뒤를 알고 싶지 않다고 희미하게 느꼈다.

"아마…… 아마 그 학생 머리를 으깬 것 같습니다."

"아마 그런 거야, 확실한 거야?"

"아마 확실한 것 같습니다."

흐미엘레프스키는 땀에 젖은 머리카락을 손으로 쓸어 넘겼다. 진짜로 이럴 리가 없었다. 감염병이 어떻게 이 벽 안쪽으로 들어왔지? 라우흐플레이슈가 옳았다. 저 여학생들이 병을 옮겨왔으니 애초에 죽였어야 했던 건가? 아냐, 생각해 봐. 그라브코프스키는 학생들하고 아무런 접촉도 없었어. 처음에 큰 소리가 왜 났는지 보려고 위층에 올라갔는데……. 파베우 흐미엘레프스키 소방위는 위층을 주의 깊게 바라보았다.

"카밀!"

브렐스키가 그에게 달려왔다.

"예?"

"학생들이 아까 너한테 뭐라고 말했나?" 소방위가 물었다.

"많이 떠들었습니다. 태엽이라도 감은 것처럼 계속 말했어요."

"감염병 말이야. 병이 어떻게 퍼지는지에 대해서 얘기한 거 있나?"

브렐스키는 깊이 생각에 잠겼다.

"요안나, 그 갈색 머리에 날씬한 학생이 말하기를 감염자 두 명이 자기와 제일 친한 친구를 죽이는 모습을 보았다고 했습니다. 그냥 내장을 꺼내서 마치……."

"요약할 수 있나?" 흐미엘레프스키가 그의 말을 막았다.

"알겠습니다." 브렐스키가 입술에 침을 발랐다. "그 학생은 잠시 후에 일어나서 나머지 학생들과 합류했다고 합니다. 생선처럼 내장이 튀어나왔는데 말입니다."

"알았어. 그거면 됐어. 가도 좋아."

브렐스키가 경례하고 다시 뛰어갔다. 흐미엘레프스키는 하루치 수염이 비죽비죽 솟아나기 시작한 아래턱을 쓰다듬었다. 그가 모든 상황을 연결 짓는 데는 한순간이면 충분했다. 라우흐플레이슈가 여기까지 감염병을 끌고 들어온 것이다. 도망치다가 감염됐을 것이다. 감염된 소방관들 중에서 누군가 그를 건드려서 팔에 상처가 생긴 게 분명하다. 대원들이 의무실로 데려갈 때, 망할 계장 놈이 죽어버렸을 것이다. 2층에서 변해버린 뒤에 대원들을 공격했을 것이다. 대원들은 저항했지만 이길 수가 없었고, 그래서 큰 소리가 난 것이다. 그런 뒤에 그라브코프스키가 위층으로 올라갔다. 그라브코프스키도 당했다. 아마 다 같이 기습한 모양이다. 그러니까 그 뒤에 아무 소리도 안 난 것이다……. 그래, 이렇게 생각하면 모든 일이 대단히 즐겁지 않지만 논리적으로 다 연결이 된다.

그는 마음속으로 승산이 얼마나 될지 계산했다. 남은 대원은 경비탑에서 근무 서는 당직자까지 여덟 명. 학생들은 앞으로 벌어질 격투에 도움이 되기보다 방해될 가능성이 컸으므로 포함하지 않았다. 퇴치해야 할 괴물은 넷, 아니다, 다시 계산해 봐, 다섯 명. 감염병이 퍼지는 기제를 제대로 이해했다면 위층에 가장 먼저 올라간 엘라도 괴물에 포함해야 한다.

지금으로서는 살아 있는 사람 수가 변질자보다 두 배 정도 많았다. 남은 대원들이 제대로 기운 내서 소방서를 탈환하고 앞으로 상황에 잘 대비한다면 적들을 물리칠 수 있을 것이다. 그는 차고 구석에 있는 장비함을 바라보았다. 적절한 도구는 갖추어져 있다. '꽤 좋은 도구도 있지.' 그는 방수천으로 덮어놓은 하키 경기 도구들을 떠올리며 생각했다.

대원들은 평소처럼 차고 뒷문을 열고 강으로 도망쳐서 더 안전한 은신처를 찾을 수도 있었고, 심지어 이 도시에서 완전히 도망칠 수도 있었다. 그것은 아주 유혹적인 생각이었으나 멀리서 칼라시니코프 기관총의 특징적인 사격음이 들려오자 그는 도망치는 것을 포기했다. 중심가의 총소리가 점점 더 격해졌다. 이제는 한 번씩 쏘는 소리가 아니라 끊임없는 총싸움 소리였다. 기관총 쏘는 소리도 점점 더 자주 들려왔다. 그것은 단 하나를 의미했다. 감염병이 번개 같은 속도로 퍼지고 있는 것이다. 가까운 기숙사와 같은 감염병의 진원지도 아마 수백 군데일 것이다. '그게 사실이라면 밖에 나간다고 해서 절대로 더 안전하지 않다…….'

그러므로 선택지는 단순해 보였다.

"제군." 그가 뒤에 서 있는 소방대원들을 돌아보았다. "오늘 경기를 한 번 더 해야겠다."

* * *

흐미엘레프스키는 대원들에게 무엇을 해야 하는지 정확하게 설명했다. 이전에 그들은 그저 즐기기 위해서 보호구 없이 경기를 했지만 지금은 하키용 헬멧을 쓰고, 가장 많이 닳은 타이어를 잘라 만든 연결띠를 양철판에 이어 붙인 몸통 보호판도 장착했다. 내일 실롱스크에서 원정을 오는 그들과 수준이 비슷한 동료들과의 경기를 위해 만든 장비들이었다. 땀에 젖은 손에는 서둘러 보강한 무기를 들었다. 하키스틱 끝에 붙여놓은 부드러운 스펀지를 금속 보강재로 대체하는 데는 15분이면 충분했다. 짧은 무기와 끈에 매단 공 대신 대원들은 화재진압용 도끼와 정기적으로 소방서 뒤 광장의 풀을 벨 때 사용하던 낫을 지급받았다.

몇 년 전, 국가소방대 최고의 대원들이 참여한 공동 훈련에서 몸에 익힌, 진짜 소방대원들을 위한 잔혹한 경기규칙이 이제는 훨씬 더 위험한 상대를 제압하는 데 도움이 될 것이었다. 대원들은 준비를 마치고 신호만 기다리고 있었다. 학생들에게는 열쇠를 주고 후문으로 가 있으라고 알려주었다. 학생들은 경비탑에서 끌려 나온 안토노비치와 함께 그곳에서 기다리기로 했는데, 그것은 조금이라도 상황이 잘못되면 최대한 빨리 도망치기 위해서였다.

흐미엘레프스키는 문가에 서 있었다. 그런데 누군가 한참 전부터 문을 두드리고 있었다. 그의 계획은 단순했다. 문을 열고 감염자 한 명을, 혹은 달리 방법이 없다면 결국 두 명을 안으로 들이고(그는 계단에 그라브코프스키와 그가 죽인 학생이 있을 거라고 예상했다), 그런 뒤에 문을 도로 닫고 대원들이 낫으로 감염자들을 베는 것이다. 감염자들이 쓰러지면 대원들이 하키스틱으로 움직이지 못하게 찍어 누르고, 그러면 신데라와 다른 도끼잡이들이 재빨리 감염자들의 팔다리를, 마지막으로 목을 자른다. 그리고 시신을 자루에 넣어서 담 너머 탄산 공장 부지로 내던진다.

조금 전까지만 해도 흐미엘레프스키는 자신의 계획에 대한 의심을 전부 억눌렀지만, 문가에 서자마자 손바닥이 땀범벅이 되어 기름이라도 부은 듯 미끈미끈해지고 심장이 갈비뼈를 뚫고 뛰쳐나오려 하는 것같이 느껴졌다. 그는 장비를 갖추고 기다리는 대원들을 바라보았다. '우리 대원들이 나만큼 겁먹었다면 이 싸움은 우리가 질 수도 있어.' 그는 한순간 눈을 감고 생각했다.

그는 천천히 자물쇠를 풀고 문손잡이를 돌렸다. 문을 들이받던 변질자들이 차고 안으로 뛰어들었다. 흐미엘레프스키가 예측한 대로 둘이 있었다. 온몸에 피 칠갑을 한 그라브코프스키와 머리가 으스러진 학생이었다. 그라브코프스키는 천천히 움직였고 학생은 최고속도로 달리는 증기기관차 같은 기세로 오른쪽 가까이에 있는 소방대원을 향해 양팔을 벌린 채 달려들었다. 이 광경을 보고 샤데 대원은 완전히 겁에 질렸고 나머지 대원들도 마찬가지였다. 흐미엘레프스키 소방위가 문을 도로 닫기 전, 변질된 엘라가 샤데에게 덤볐다. 엘라의 손가락이 1센티미터 두께의 타이어로 만든 몸통보호대 연결판을 파고들었고, 너무나 강한 힘으로 움켜쥐는 바람에 가슴판 두 개가 마치 평범한 스펀지처럼 구겨져 버렸다. 아드리안 샤데 대원이 아파서 비명을 질렀다.

샤데의 고함 소리에 다른 대원들 모두 정신이 번쩍 들었다. 미하우 니에스포지에바니 소방장이 제때 들어 올린 낫을 내리찍어 비틀거리던 그라브코프스키의 다리에서 무릎 바로 아래를 잘라냈고, 그라브코프스키는 신음조차 내지 않고 바닥에 그대로 넘어졌다. 디레크 루트코프스키 소방장이 단단히 보강한 하키스틱 끝으로 그라브코프스키를 눌러 시멘트 바닥에 고정했고, 동시에 신데라에게 움직일 공간을 내주었다. 신데라는 도끼를 처음 내리칠 때만 잠시 망설였다. 한때 동료였던 그라보프스키의 오른팔을 잘라내기 위해서 신데라는 다시 한번 도끼질을 해야 했지만, 왼팔부터는 단번에 쳐냈고 목도 마찬가지였다.

다른 대원들은 훨씬 더 고생했다. 샤데는 등을 부딪치며 넘어져서 변질된 학생에게 깔렸고 학생은 마치 물에 빠진 사람에게 달려드는 물귀신처럼 그의 몸통보호대를 파고들었다. 루트코프스키가 하키스틱으로 학생을 떼어내려 했으나 별 소용이 없었다. 이 상황을 보고 흐미엘레프스키가 어쩔 줄 모르는 루트코프스키에게서 낫을 빼앗아 신데라를 밀어내고 샤데와 학생을 향해 달려갔다. 흐미엘레프스키는 낫의 손잡이 끝을 감염자와 샤데의 몸통보호대 사이에 밀어 넣고 아래에서부터 강하게 눌렀다. 이 지렛대 덕분에 감염된 학생이 넋을 잃은 아드리안 샤데에게서 어느 정도 밀려났다.

"찍어." 흐미엘레프스키가 등 뒤에 있던 니에스포지에바니를 보며 씩씩거렸다.

미하우 니에스포지에바니는 팔을 치켜들고 겨냥했고…… 조용하게 긁히는 소리가 들린 뒤 감염자의 팔 한쪽이 거의 정확히 반으로 잘렸다. 감염된 학생은 여기에 신경도 쓰지 않는 것 같았다. 흐미엘레프스키가 하키스틱을 더 깊이 밀어 넣고 한 번 더 아래쪽부터 강하게 눌렀다. 몇 번이나 시도한 뒤에 그는 죽었다 살아나서 공격을 계속하는 학생을 밀어 처음에는 바닥에 옆구리를 대고, 다음에는 등을 대고 벌렁 눕게 할 수 있었다. 신데라가 즉시 감염자에게 달려들어 도끼로 겨드랑이 바로 아래를 내리쳐 어깨 관절을 반으로 잘랐다. 디레크 루트코프스키가 팔 잘린 감염자의 신발을 잡아 벽 아래로 끌고 갔다. 그곳에서 하키스틱을 든 대원들이 감염자를 바닥에 찍어 눌렀고 신데라와 브렐스키가 작업을 끝냈다.

그러나 샤데는 비명을 멈추지 않았다. 그의 몸통보호대에 파고든 두 손은 계속해서 비인간적인 힘으로 그를 붙잡고 있었다. 이 상황은 아무도 예견하지 못했다. 게다가 대원들은 감염자가 사지를 잘린 뒤에도 계속 위험하다는 사실을 눈으로 확인하고 겁에 질리기 시작했다. 흐미엘레프스키는 뭔가 효과적인 방법을 생각해 내지 않으면 라우흐플레이슈가 기숙사 아래에서 그랬듯이 그의 부하들도 잠시 후에 도망쳐 버릴 것이라는 사실을 깨닫고 혼잣말로 욕을 했다.

다행히 그는 완전히 넋이 나가지 않았다. 흐미엘레프스키는 주머니에서 접이식 칼을 꺼내 여전히 땀범벅이 되어 미끈거리는 손가락으로 칼날을 편 뒤, 샤데 대원의 몸통보호대에 달라붙은 두 손 중 한쪽을 밟아 고정하고, 팔의 힘줄을 전부 잘랐다. 깊고 넓게 잘랐다. 그런 뒤에 다른 팔에도 똑같은 작업을 했다.

마침내 샤데가 비명을 멈추었다. 그가 간신히 몸을 돌려 엎드리자 동료들이 그의 어깨를 잡아 일으켜 세웠다. 변질된 감염자의 양팔은 큰 소리를 내며 바닥에 떨어져 그곳에 떨어진 채로 있었다. 손가락이 계속 꿈틀거리기는 했지만 더 이상 두껍고 탄력 있는 타이어 고무를 움켜쥘 기운은 없었고, 마침내 손가락들은 힘없이 벌어졌다.

"왜 그러고 뻣뻣하게 서 있었어?" 흐미엘레프스키가 씩씩거리며 피투성이가 된 주머니칼을 구석으로 집어 던졌다.

"저는…… 저는……." 넋이 나간 샤데가 신음했다.

"다쳤나?"

"모…… 모르겠습니다."

샤데 대원의 힘없는 항의를 무시하고 다른 대원들이 그의 보호대를 벗겨냈다. 흉곽 부분의 피부는 푸르스름한 보라색이 되었고 몇 군데는 찢어져 있었다. 흐미엘레프스키는 타이어 고무 보호대를 주의 깊게 살펴보았다. 보호대는 찢어지지도 구멍이 나지도 않았으나, 경험 많은 소방관인 흐미엘레프스키는 나중에 후회하는 것보다는 뭐든지 확실히 하는 쪽을 택했다.

"신데라, 브렐스키!" 그가 몸을 곧게 펴고 나머지 대원들을 향해 돌아서며 불렀다. “샤데를 기둥에 묶어.” 그가 명령했다. “감염되지 않았는지 확인해야만 한다. 오래 걸리지 않아…….” 흐미엘레프스키는 대원들이 망설이는 것을 보고 덧붙였다.

“저 두 놈과 찌꺼기들은 어떻게 합니까?” 니에스포지에바니가 신발 옆에서 기어다니는 그라브코프스키의 손을 낫 손잡이로 밀어냈다.

“어떻게 하긴? 자루에 넣어서 담 너머로 던져. 그러면 나머지는 위에서 알아서 할 거야.”

15

1963년 8월 9일 금요일 23시 57분
프라체 오드잔스키에, 격리병동 인근

숲 가장자리에 처음 사람이 나타난 것은 자정 무렵이었다. 경찰 제복을 입은 키 큰 남자가 공터에 있는 낮은 관목들 사이를 비틀거리며 걸어 나왔다. 회색 제복이 주변 색깔과 비슷했기 때문에 지루해서 졸고 있던 3중대 대원들은 그가 안전지대 안으로 들어와 철로 근처까지 왔을 때야 눈치를 챘다. 다음 순간 회색 제복의 신원 불상자와 가장 가까이 있는 탱크에 설치된 조명등 불빛이 쏟아졌다. 그러나 회색 제복 남자는 그것을 별달리 신경 쓰지 않았다. 물에서 걸어 나오는 사람처럼 다리를 질질 끌며 웃자란 관목 사이를 서투르게 배회할 뿐이었다. 그가 움직일 때마다 군인들이 정지명령을 외쳤지만 그는 반응하지 않았다.

코트 중사는 조금 멀리 있어서 상황이 어떻게 전개되고 있는지 정확하게 다 볼 수 없었다. 대신 그는 모든 상황을 똑똑히 들었다. 칼라시니코프 기관총이 짧게 연사하고 그런 뒤에 권총이 두 발 더 쏘고 나서 기관총의 무거운 사격 소리가 둔탁하게 울렸다. 5초간 사격이 이어지고 다시 침묵이 내려앉았다.

나머지 조명등에도 불이 켜졌고 환한 불빛이 숲을 훑었다. 중사는 조명등 불빛이 어둠 속에 묻힌 비슷한 유령 같은 형체들을 수없이 드러내는 것을 보며 속으로 욕을 했다. 그의 소대가 담당한 구역에는 그런 형체들이 몇 명쯤, 많아도 열 명 정도 있었다. 선두에 너덜너덜한 제복을 입은 경찰 세 명이 걸어왔다. 한 명은 머리에 투명 플라스틱 보호대를 내린 헬멧을 계속 쓰고 있었고 두 명은 방패를 가지고 있었는데 신변 보호에 사용한다기보다 질질 끌고 있었다. 그 뒤로 닳아빠지고 피투성이가 된 환자복을 입은 환자 무리가 보였다. 대부분 남자였으나 조금 더 살펴보니 여성 하나와 잘해야 열 살도 안 돼 보이는 어린 소녀도 있었다.

"대기!" 그는 불안하게 자신을 바라보는 병사들에게 외쳤다. "날 쳐다보라는 게 아니다, 제군, 작전구역을 봐라! 확성기는 누가 가지고 있나?" 1조 병장이 대열 뒤에 서 있는 병사를 가리켰다. "크라브치크! 그래, 너한테 하는 말이다. 서서 자냐? 움직여, 병사, 움직여!"

크라브치크가 입술에 침을 바르며 대열을 지나 천천히 앞으로 나온 뒤 확성기를 들어 올려 입에 댔다.

"시민 여러분, 마지막 경고다. 명령에 따르지 않으면 격발하겠다. 반복한다. 당장 정지하라. 명령에 따르지 않으면 격발한다." 크라브치크는 확성기를 내리고 작전구역을 바라보고는 중사를 쳐다보며 어깨를 움찔해 보였다.

감염자들은 이 장황한 경고 메시지의 단 한 문장도 들리지 않는 듯 계속 앞으로 걸어왔다. 작전구역 안의 다른 위치에서 군인들이 되풀이해 경고해도 마찬가지였다. 다음 순간 스타브워비츠카 거리 쪽 어느 나무 뒤에서 단발 사격 소리가 메아리쳤다. 축축한 공기 속에서 총소리는 실제보다 훨씬 가깝게 들렸다. 숲 너머 어딘가 오른쪽에서 경기관총 소리가 짧게 반복적으로 이어졌다. 감염자들이 동시에 여러 방향으로 도망치려 하고 있었다.

"사격 준비!" 중사가 명령했다.

노리쇠 당기는 소리가 동시에 울렸다.

"무릎 앉아!"

군인들이 한쪽 무릎을 꿇었다.

"조준!"

총구가 눈 위치로 올라왔다.

"발사!"

사비츠키 중위가 단발로만 사격하되 조준을 정확히 하라고 모두에게 경고했다. 상대는 흠뻑 젖은 군인들 대열에서 30미터 거리에 있었지만, 불안하고 지쳐 있을 뿐 아니라 날씨로 인해 시야가 좋지 못해서 중위가 원하는 정도의 정확한 조준은 힘들었다. 특히 소련제 수다예프 자동소총은 원래 별로 정밀한 무기가 아니었다. 게다가 201부대가 지급받은 총기는 이미 대단히 오래되고 많은 사람의 손을 거친 물건들이었다. 경계구역 북쪽에서 사용하는 칼라시니코프 기관총은 이쪽 소대 군인들에게는 그저 꿈이나 꿀 수 있는 것이었다.

첫 사격에서 총알이 거의 비껴간 것을 보고 코트 중사는 얼굴을 찡그렸다. 그는 옆에 한쪽 무릎을 꿇고 있는 소대원들의 손이 점점 더 심하게 떨리는 것을 눈치챘고, 비록 이 밤이 비바람이 불고 따뜻하지 않았지만 절대로 추위 때문에 떠는 게 아니라는 걸 알고 있었다. 다들 신경이 날카로워지는 것이다. 그의 부하들은 대부분 시골이나 소도시 출신이었다. 미신을 믿는 젊은이가 많았고 대부분은 가톨릭 신자였다. 몰래 기도하는 사람이나 잠자기 전에 습관적으로 성호 긋는 사람을 붙잡은 적이 한두 번이 아니었다. 그래도 밀고하지는 않았다. 코트 중사는 생각 없는 열성 정치꾼과는 거리가 멀었고 게다가 그 자신도 저 신이라는 존재가 대체 뭔지 확실히 알지 못했다. 어찌 됐든 그는 주위를 둘러싼 어린 남자애들의 반응을 보고 눈앞에 걸어오는 것이 병든 인간이 아니라, 가슴팍에 총알을 꽂아줘도 죽어 넘어지지 않는 변질자라는 사실을 다들 차츰 깨닫기 시작했음을 알게 되었다.

"계속 쏴!" 그가 모두 다 자기 말을 들을 수 있도록 목소리를 높여 외쳤다. "놈들이 철조망에 다가오지 못하게 해!"

병사들이 더 이상 명령을 기다리지 않고 쏘기 시작했다. 총알이 우박같이 쏟아져 다시 어둠 속으로 사라졌다. 이제는 일제사격이 아니라 병사들 각자 서로 다른 속도로 방아쇠를 당기고 있었다. 좀 더 차분한 쪽은 채 2분이 지나지 않아 탄창을 비웠고 겁에 질린 병사들은 그보다 훨씬 더 빨리 총을 다시 장전했다. 두 번째로 쏟아진 총알은 비록 조준은 엉망이었지만 결과적으로 효과가 있었다. 이제는 감염자들이 사격 위치에서 10미터 떨어진 곳에 쳐져 있는 가시철망 앞까지 가까이 다가와 있었다.

중사는 부하들의 등 뒤로 돌아갔다. 그곳에서 왔다 갔다 하면서 그는 가르치고 혼내고 격려했다. 그러면서 작전구역과 그 안에서 천천히 비틀거리며 다가오는 경찰들에게서 눈을 떼지 않았다. 군인들이 탄약의 절반을 사용하기 전에 철조망 뒤로 다가온 유령 같은 형체들은 얼마 남지 않았다. 총성이 약해지기 시작했다. 마침내 숲과 4소대 사이에 줄무늬 잠옷을 입은 형체가 하나만 남았다. 이전에 코트 중사가 지켜보았던 어린 소녀였다. 소녀는 총격이 처음 시작되었을 때 넘어지는 바람에 빽빽하게 얽혀 있는 나뭇가지에서 빠져나오는 데 시간이 오래 걸렸기 때문에 총에 맞지 않았던 것이었다.

소녀는 총성이 멈추고 몇 초 뒤에 일어섰다. 그러나 몸을 돌리지 않고 계속해서 철조망과 군대가 있는 쪽으로 비틀비틀 걸어오는 모습이 마치…… 마치 술에 취한 것 같았다. 코트 중사는 이 시점에서 오른쪽 대열로 돌아와 그곳에서 불안하게 서로를 쳐다보는 병사들을 관찰했다. 조금 전까지 다른 병사들과 함께 총을 쏘던 크라브치크가 곧바로 총을 내려놓고 확성기를 잡았다.

"야, 이 멍청아, 뭐 해?"

"두 번째로 경고하면 돌아갈지도 모르잖습니까."

"크라브치크……." 중사가 말을 마칠 필요가 없었다. 크라브치크는 고분고분 총을 집어 들었다. 하지만 소녀를 조준하지는 않았다. 여자아이는 이제 철조망에서 세 걸음 거리에 다가와 있었다. "작전 초대장이라도 써서 보내줄까?"

코트 중사는 병사들 중 그 누구도 총을 쏠 생각을 하지 않는다는 것을 깨닫고 고함을 질렀다.

"어린애잖습니까." 2조나 3조에 있던 누군가가 투덜거렸다. 이런 어둠 속에서 빗소리까지 시끄럽게 구니 누가 말했는지 알아내기 어려웠다.

코트 중사는 명령을 반복하기 위해 입을 열었으나 미처 말을 하지 못했다. 탱크에서 터져 나온 짧은 기관총 소리가 이 불편한 상황을 종료했다. 소녀는 봉제 인형이 거센 바람에 날아가듯 그렇게 날아가 경계구역에서 모습을 감추었다.

16

1963년 8월 9일 금요일 23시 58분
그룬발트 광장 인근

두신스키와 함께 1조에 근무하러 온 의사 미슈탈은 한 시간 반 동안 25명을 검사했는데 대부분 미로 공원 옆에 있는 석조 건물에 사는 주민들이었다. 그중 환자 17명이 푸른 카드를 받았다. 8명은 노란 카드와 함께 내보냈다. 26번째는 믿을 수 없을 정도로 더러운 10대 소년이었다. 두 의사는 이전처럼 질문지를 보면서 검사를 시작했다. 의사들의 업무를 간소화할 의도로 고안된 간단한 질문 열 개를 던졌다. 시간을 절약하기 위해 한 명이 질문하고 다른 한 명이 검사했다.

"성과 이름?" 두신스키가 물었다.

"하비흐트예요. 옝제이 하비흐트." 소년이 갈라지는 목소리로 대답했다.

"나이?"

"5월에 만 열일곱 살이 됐어요, 선생님."

"나이!" 두신스키가 지금 막 멸균기에서 주사기를 꺼내는 간호사를 고갯짓으로 가리키며 더 강하게 물었다.

소년은 큰 소리로 침을 꿀꺽 삼켰다.

"열다섯 살이에요. 곧 열여섯이 돼요. 한 달 뒤에."

"주소?"

"리스키 거리 16-33번지요."

"할퀴거나 물리거나 쓸린 상처가 있나?"

소년은 대답하지 않았다. 미슈탈이 소년의 머리를 검사하기 시작하다가 물러나서 소년의 온몸을 눈으로 훑어보고는 오른쪽 팔꿈치를 붙잡아 두신스키에게 조그만 핏방울이 맺혔던 흔적을 보여주었다. 그런 뒤 미슈탈은 재빨리 물러나 간호사에게 손짓해서 소년에게 '예방주사'를 놓으라는 신호를 주었다.

"어디서 다쳤어?" 두신스키는 동료들이 놀라서 쳐다보는데도 취조를 멈추지 않았다. "말해!"

"군인들이 왜 총을 쏘는지 보고 싶어서 집에서 뛰어나갔었어요. 집 앞에 하수구가 있는 걸 잊어버렸어요. 지난주에 누가 뚜껑을 훔쳐 갔거든요. 거기 걸려서 넘어졌어요."

"그 하수구가 어디 있는데?"

"우리 집 정문 바로 앞 차로에 있어요, 선생님."

"16-33번지가 리스키 거리 처음이야 끝이야?"

"소포츠카 거리 공동묘지 바로 앞이에요."

"언제 다쳤어?"

"몰라요…… 총 쏘기 시작하고 바로 뒤에요……. 정확히 한 시간 좀 더 됐어요."

두신스키는 소년의 크게 뜬 눈을 들여다보고는 미슈탈과 바로 그 옆을 지나가는 간호사에게 시선을 돌렸다.

"간호사 선생님, 잠깐만 기다리시죠." 그가 부탁했다.

"선생님, 어쩌려는 겁니까?" 미슈탈이 두신스키에게 팔을 잡혀 임시 칸막이 아래로 끌려가며 씩씩거렸다.

"애한테 사형선고를 내릴 수는 없어요." 두신스키가 소근소근 말했다.

"선생님도 팔꿈치의 쓸린 상처 보셨잖아요. 피도 보셨고요. 대위 동무가 분명히 말하기를……."

"다친 지 한 시간 넉넉히 지났는데 저 애는 아직……."

"한 시간 지났다고 말한 건 저 앱니다. 내가 보기엔 방금 출혈했어요."

"상처가 간지러워서 긁었을 수도 있어요. 아직 애잖아요. 어린애가 왜 거짓말을 하겠습니까?" 두신스키가 짜증을 냈다.

"그럼 애초에 왜 열일곱 살이라고 했겠습니까?" 미슈탈은 굽히지 않았다. "다들 목숨 구하려고 아무 말이나 하는 겁니다, 선생님. 정해진 절차는 분명하다고요."

"하지만…… 미슈탈 선생님, 저 애를 확실히 죽을 곳으로 보내고 싶으신 건 아니죠?"

미슈탈은 환자 옆에 서 있는 간호사를 쳐다보았다.

"아니, 전 그런 위험은 감당할 수 없습니다. 그 괴물들이 어떤지 선생님도 보셨잖아요. 하나만 놓쳐도 감염병이 퍼져서 죄 없는 사람들이 또 수백 명씩 죽을 겁니다. 절대 우리가 마음대로……."

"군인들이 재를 길거리에 풀어주는 게 아니지 않습니까, 학교에 가둬놓고 지켜보잖아요." 두신스키가 고집을 부렸다.

"예, 그건 사실입니다만, 선생님도 아시다시피 거기에 몇 명이나 갇혀 있습니까? 저 애는 혼자 격리되는 게 아니에요. 저 애가 같은 병실 환자들을 감염시키면 그 환자들도 전부 죽여야 합니다…… 다섯 명, 아니 열 명일 수도 있어요. 그런 죄책감을 짊어지고 살고 싶어요? 전 싫습니다."

두신스키는 입술을 깨물었다. 그의 생각에 위협은 무시할 만한 수준이었다. 모든 상황을 고려할 때 옝제이 하비흐트는 다친 지 한 시간 이상 지났고 게다가 격리병동에서 먼 곳에서 다쳤으므로 감염자들과는 그 어떤, 심지어 간접적인 접촉도 갖지 않았다…….

"문제 있습니까?" 등 뒤에서 대위의 목소리를 듣고 두신스키는 몸을 떨었다.

"아닙니다." 그가 돌아서며 대답했다. "지금 상의하는 중이라……."

"저 남자애 팔꿈치가 쓸렸습니다." 미슈탈이 그의 말을 가로막았다.

두신스키가 잡아먹을 듯한 시선으로 동료를 쳐다보았다.

"한 시간 훨씬 전에 미로 공원에서 멀리 떨어진 거리에서 다쳤다고 합니다. 그러니까 우리가 아는 바에 의하면……."

"우린 개뿔 아무것도 모릅니다." 포들레프스키가 그의 말을 끊었다. "당분간은 아렌지코프스키 의사의 추측과 이론에만 전적으로 의지하고 있지만 그것도 언제 바뀔지 모릅니다. 절차는 알고 계실 겁니다, 동무들."

두신스키와 미슈탈은 고개를 끄덕였다. 미슈탈은 즉각, 두신스키는 조금 뒤였다. 대위는 부스를 나가며 간호사에게 신호했다.

"겁내지 마, 꼬마야, 그냥 예방주사야." 간호사가 풀 먹인 하얀 가운을 바스락거리며, 유령인 듯 혹은 죽음 그 자체인 양 소년에게 다가갔다. "이제 차 타고 병원에 가면 거기서 의사 선생님들이 더 꼼꼼하게 검사하고 감염된 데가 없는지 확인할 거야." 간호사는 소년의 때투성이 팔을 알코올 솜으로 문지르며 달랬다.

소년은 뭔가 이상하다고 느꼈다. 어쩌면 두신스키의 자세에서 뭔가 읽어냈는지도 모른다. 소년은 뿌리치고 나가려 했다. 하지만 미슈탈이 그 소년을 붙잡아 옷을 입힌 뒤에 가슴 주머니에 파란 카드를 꽂았다. 소년을 출구로 데리고 나가면서 미슈탈은 다정하게 소년의 등을 두드려주었다.

17

1963년 8월 10일 토요일 00시 21분
오우빈구(區), 담로타 거리

도미니카 벤츠와베크는 비에초르카 거리 마지막에서 두 번째 블록, 텃밭이 시작되는 곳에서 꺾었다. 그녀는 땀을 비 오듯 흘리고 있었다. 전염병이 퍼진 기숙사에서 목숨을 걸고 도망친 뒤 30분 동안 온 힘을 다해 페달을 밟았기에 이제 그녀에게는 더 이상 기운이 남아 있지 않았다. 게다가 또 얼마나 시끄러운지! 자전거에서 바퀴가 돌아갈 때마다 울려 퍼지는 아주 날카로운 소리는 바닷속에 있는 고래도 불러낼 수 있을 정도였다. 아니면 무덤 속의 죽은 사람을 불러내거나.

다행히 그녀는 이 진 빠지는 여행의 목적지에 거의 도달해 있었다. 몇 미터만 더 가면 익숙한 정문이 나오고, 그곳에 독일인들이 버리고 간 이 삐걱거리는 고철 덩어리 자전거를 내던진 다음 두 층만 올라가면, 이 모든 악몽과 피에 굶주린 시체 무리는 잊어버리고 부드러운 소파 위에 푹 쓰러져 순식간에 잠들 수 있을 것이다…….

도미니카는 한때 밝은색이었으나 지금은 거의 시꺼멓게 변한 도료를 칠한 석조건물 앞에 멈추었다. 이 주변에 있는 집들이 대부분 그렇듯 이 건물도 2차 세계대전의 흔적을 간직하고 있었다. 건물 벽 여기저기에 총알구멍이 보였고 거대한 문 양편에도 화살표 표시들이 하얗게 보였다. 독일인들이 살던 시절에 브로츠와프 사람들은 잦은 폭격에 몸을 피할 지하 방공호를 이렇게 표시했다. 전쟁 전부터 있던 인근 네덜란드식 도자기 공장에서 툼스키섬 주변까지 연결된 넓은 대로와 이어진 이 조그만 거리는 상당히 운이 좋았다. 전쟁 중에도 거리의 아주 일부만 파괴되었을 뿐 아니라 석조건물들이 무너진 자리에 지금은 깔끔하게 새로 지은 학교가 들어섰기 때문이다. 또 운동장과 체육관, 원자폭탄 공격을 대비해서 학생들이 몸을 숨길 수 있는 진짜 방공호까지 갖춰져 있었다.

도미니카는 이 지역에 대한 이야기를 지겹도록 들었다. 지금 그녀가 신세를 지기 위해 찾아가는 여성은 아주 친한 친구이며 가깝게 지내던 78번 학교 미술 선생이다(폴란드를 포함한 많은 구 공산권에서 초중고등학교에 이름이 아니라 번호를 붙인다). 지금은 각자 많이 변했다고 해도, (이런 걸 뭐라고 하더라) 둘은 오래전부터 서로 알고 지냈고 많은 일을 함께 겪었으며 술도 수없이 마신 사이였다.

요아시아는 멀리 크라쿠프에서 태어나 자랐고, 그녀의 가장 큰 열정은—그림만 빼고—잘 알려진 장소들의 역사를 파고드는 것이었다. 브로츠와프는 폴란드의 다른 도시와는 달리 미술과 역사라는 이 두 가지 관심사를 펼치기에 이상적이었다. 요아시아는 아버지를 따라서 1948년 브로츠와프 기술대학교에서 열린 평화 수호를 위한 세계 지식인 대회에 오게 되었고, 그때 이 아름다운 남실롱스크주 수도의 바닷가에 숨겨진 아름다운 잔해들에 매료되었다. 1950년대 중반에 대학을 졸업하자마자 요아시아는 브로츠와프로 돌아와 재건작업에 참여했다. 그리고 그때 바르샤바 출신의 도미니카를 알게 되었다. 기차역에서 같은 방을 쓰고 재건작업 중에 같은 부대에 배치되었던 두 사람은 나중에—재건작업을 마치고 부대를 떠난 뒤에—삶의 경로가 달라졌어도 연락을 끊지 않았다.

누군가를 원망하듯 세게 내던져진 자전거가 연석에 떨어지며 벨이 날카롭게 울렸지만, 총소리를 이기기에는 확실히 너무 약했다.

"그것 참 괜찮은 자전거인데 아가씨는 낡은 양말짝처럼 취급하네."

도미니카는 발을 내디디려다 말고 멈추었다. 익숙한 목소리가 반쯤 열린, 옛 마당으로 이어지는 문 안에서 흘러나왔다. 마당은 이제 관리실에 연결되어 다용도실로 쓰이고 있었다. 도미니카는 다용도실에는 신경 쓰지 않은 채 커다란 정문을 지나 안으로 들어갔다. 아마도 그쪽에 불이 켜져 있지 않았기 때문일 것이다.

"마치에이 아저씨인가요?" 도미니카는 조심하기 위해 보도 가장자리에 멈추어 서서 물었다.

"그럼 달리 누구겠수?" 이 건물과 옆 건물을 돌보는 관리인 마치에이 피타와가 대답했다.

그가 어둠 속에서 걸어 나오자 도미니카는 그의 작업용 패딩 점퍼와 염소수염, 그리고 장난기 어린 눈을 알아보았다. 그는 한쪽 손에 거대한 빗자루를, 다른 손에는 양철 양동이 두 개를 들고 있었다.

"이렇게 늦은 시간까지 일하세요?" 도미니카가 놀라서 물었다.

"방금 다 마쳤지." 그가 시끄러운 소리를 내며 청소도구를 한옆에 세워놓고 말했다. "저녁 7시에 의료자문단이 왔거든." 그가 열쇠를 찾아 뒤적이며 설명했다. "15호에. 정문에서부터 순식간에 전부 잡아갔어요. 게다가 15호하고 친하게 지내던 이웃 가족들도 세 집이나."

"좋지 않군요……." 도미니카는 3층 창문을 올려다보았다.

"리핀스카 댁은 안 잡아갔어요." 피타와가 그녀의 생각을 짐작한 듯 서둘러 덧붙였다. "그 맞은편 집 말썽쟁이들만 데려갔지."

도미니카는 고개만 끄덕여 그에게 감사를 표했다. 때때로 그녀는 피타와 관리인에게 일부러 말 걸기를 즐겼는데, 피타와는 여러 가지를 아는 데다 자신이 관찰한 일들을 기꺼이 이야기했기 때문이다. 그가 비록 항상 옳다고는 할 수 없었지만 어쨌든 주변의 여러 수다쟁이들에 비하면 확실한 정보의 원천이었고, 그가 돌보는 건물에는 흥미로운 사람들이 살았다. 그러나 오늘 도미니카는 수다를 즐기기에는 너무 지치고 정신이 없었다.

하지만 피타와 관리인은 이런 것을 눈치채지 못했다. 그는 그저 도미니카의 괴상하고도 대단히 엉망인 옷차림, 맨발과 헝클어진 머리카락에 놀라워했다. 그가 기억하는 한 도미니카는 언제나 깔끔하고 단정했다. 높은 계층의 제대로 된 숙녀였다.

"아가씨는 시내에서 왔지요?" 관리인이 내키지 않지만 확인한다는 듯, 정문에서 들어가는 길을 막으며 물었다.

"네."

"거기에서 왜 그렇게 총을 쏴대는 거요?"

도미니카는 뭐라고 대답해야 할지 잠시 망설였다. 모든 진실을 밝힐 생각은 없었다. 죽었다 살아난 학생들과 찢겨 나와도 계속 움직이는 팔다리에 대해 들으면 피타와 관리인은 웃어버릴 것이 분명했다.

"전염병이에요." 그녀는 할 수 있는 한 가장 간단하게 대답했다.

"전염병이라." 피타와가 고개를 끄덕이며 말했다. "그러니까 환자들한테 총을 쏜단 말이지?"

"그런 것 같아요." 도미니카는 건물에 들어가고 싶다는 의미로 그가 서 있는 쪽으로 다가갔다. "그렇게 들었어요."

"믿을 수가 없군!" 피타와 관리인이 마침내 물러나서 길을 터주었다. "아니, 자전거는 어쩔 거요?" 도미니카가 계단을 반쯤 올라갔을 때 관리인이 뒤에서 외쳤다.

"아저씨가 가지세요." 도미니카가 대답했다. "저한텐 이제 필요 없어요."

"그게 무슨 말이오, 가지라니?" 관리인은 방금 들은 말을 믿지 못하고 도미니카를 따라 올라왔다. 그가 사는 세상에는 모든 물건에 그 나름의 가격이 있었다. 강요당하지 않는다면 아무도 아무에게도 아무것도 공짜로는 주지 않았다.

"말 그대로예요, 마치에이 아저씨. 누가 저한테 준 거라서 저도 아저씨께 드리는 거예요. 안녕히 주무세요."

도미니카는 이미 땀투성이에 숨을 몰아쉬면서도 걸음을 재촉했다. 피타와 관리인은 이 갑작스러운 행운과 그녀의 관대함을 계속 신기하게 여겼으나 1층에 그대로 남아 있었다. 낡아빠진 자전거가 피타와를 붙잡아 두기에 충분했던 것이다. 피타와는 소중한 자전거를 끌고 다용도실로 들어가서 재빨리 불을 켰다.

도미니카는 문 앞에 서서 숨을 고른 다음, 머리카락을 매만지며 화장품도 손거울도 없는 것을 아쉬워했다. 그리고 까만 초인종을 누르고 한참 기다렸다. 하지만 문 위에 난 유리창에 불이 들어오지 않았다. 세 번째로 대단히 고집스럽게 초인종을 누른 뒤에야 문 안쪽에서 부스럭거리는 소리가 들렸다.

"이 밤중에 대체 누구세요?" 그녀는 친구의 자다 깬 목소리를 들었다.

"나야!" 그녀는 약간 언성을 높여 대답했다.

"도미니카?"

체인을 벗기는 소리에 이어서 자물쇠를 돌리는 소리가 철컥철컥 울렸다. 문짝과 문설주 틈에 요아시아의 형체가 가느다랗게 나타났다.

"어머나 세상에, 너 몰골이 왜 그 모양이니!" 요아시아의 커다란 눈이 더욱 둥그렇게 변했다. 통통한 얼굴에도 안타까움의 그림자가 드리워졌다. "너 무슨 일이라도 당한 게……."

"나? 그런 용감한 남자는 아직 세상에 안 태어났어." 도미니카는 고개를 젓고 현관으로 밀고 들어갔다. "악몽 같은 일이 있었어, 그건 사실인데, 네가 생각하는 그런 일은 아니야."

"천만다행이다." 요아시아 리핀스카는 마치 문설주에 묶인 양 그대로 문가에 서 있었다.

도미니카가 곧바로 본론으로 들어갔다.

"나 좀 여기서 재워줘."

"그건 힘들어." 요아시아가 끙끙거렸다.

"왜……?" 이번에는 도미니카의 눈이 커졌다. "누가 있어?"

요아시아는 도미니카의 마음에 들지 않을 정도로 너무 빠르게 고개를 저었다.

"그런 거 아냐, '여왕 폐하'." 당황한 바람에 요아시아는 간호학교 학생들을 쫓아다니는 소방관들이 붙인 별명으로 도미니카를 불렀다.

"아니라고, '기폭제'?" 도미니카도 똑같이 별명으로 받아쳤다. "그럼 뭔데?" 갑자기 도미니카는 전혀 다른 이유를 떠올렸다. 그녀가 불쑥 물었다. "'머리핀'이 왔어?"

"아냐." 요아시아가 목소리를 낮추고 도미니카를 부엌으로 끌고 갔다. "그것보다 더 복잡해……."

두 사람은 곧장 식탁에 앉았다. 지금 시간에 커다란 화덕에 불을 지피는 건 너무 늦었지만 달리 물을 끓일 방법이 없었다. 요아시아가 동독에서 가져온 간이 전열기도 며칠 전에 고장 난 상태였다. 도미니카는 따끈한 걸 한 잔 마시면 소원이 없겠다고 생각했지만, 어쩔 수 없이 두 사람은 차 마시는 것을 포기했다. 대신 식탁 위에는 반주용 담금술을 반쯤 채운 술병이 놓여 있었다. 그것은 독하고 다디단 체리 술이었다. 그런 것도 사람의 몸을 덥혀줄 수 있었다.

"얘기해 봐." 도미니카가 첫 잔이 뱃속으로 퍼지는 것을 느끼며 부탁했다.

"너부터 말해." 요아시아의 눈에 호기심이 넘쳤다.

"절대 안 돼. 너 다음에 나야. 토론 끝."

"알았어. 1층 사는 그 교수 기억해?"

"기억하지. 이름이 야네체크였던가."

"야니츠키야. 하지만 그게 중요한 게 아니고, 저녁에 우리 집에 와서는 독일에서 자기 사촌이 왔는데 재워줄 수 있냐는 거야. 이상했지, 그 교수도 혼자 살고 집 크기도 똑같은데 자기 손님을 나한테 넘기려고 하다니? 그래서 할 수 있는 한 단호하게 거절했는데, 태도가 싹 바뀌는 거야." 요아시아는 음울하게 웃었다. "사촌이 무슨 대중음악 쪽 거물인데 실수로 클래식 음악 축제에 초대받았대. 그 있잖아, 무슨 몇 주년 기념 음악회인지 하는 그거. 동명이인이라는 거야, 알아? 그리고 일이 꼬이려다 보니까 도로 가라고 할 수도 없게 됐대, 왜냐하면 그 사촌이 서독 연맹에서 왔다는 거야."

"서독 연방이겠지." 도미니카가 자기도 모르게 고쳐주었다.

"그래, 그거. 하여간 서방 출신이라고, 알아들어?"

"진짜 꼬였다. 그런 줄거리로 코미디 영화 찍어도 되겠다. 서유럽 대중가수가 실수로 철의 장막 안에 초대되다니." 그리고 도미니카는 순식간에 진지해졌다. "그래, 좋다고 쳐. 그런데 거기서 네 역할은 뭔데? 그리고 그 교수는 또 뭐야?"

요아시아가 체리 술을 한 잔씩 더 따랐다.

"격리정책 때문에 그 사람을 도시에서 내보내 주지 않는대, 그래서 호텔에서 난리를 피웠대."

"거물이 어련하시겠어." 두 사람은 잔을 부딪쳤다.

"호텔 직원 누군가가 교수한테 전화했대, 그러곤 교수가 음악회 초대 손님을 승인하는 사람이니까, 호텔에서 에카르 좀 데려가라고 부탁했대……. 에카르가 그 거물 이름이래. 에카르가이거, 방사능 계수기 이름하고 똑같은 그거 말이야. 누군가 그 사람을 경찰에다 밀고까지 했나 봐, 여기서야 다 그러니까. 나이 든 사람들은 젊은이들의 요구를 이해하지 못하지…….” 도미니카는 아파트 1층에서 자주 성악가의 노랫소리나 심지어 리드미컬한 재즈 음악이 들려오던 것을 떠올렸다. 야니츠키 교수가 그렇게 중요한 행사의 조직위원으로 들어갈 기회를 붙잡은 것도 이상한 일은 아니다. “교수가 호텔에서 그 사람을 데리고 왔는데 잔뜩 취해서 그런지 가수를 아무도 재워주려고 하지 않는대, 게다가 독일인이고 서방 출신이잖아. 그래서 교수가 자기 집에 재웠는데, 경찰이 지금 계속 골칫덩이를 찾아다니고 있다 보니 제일 먼저 여기로 올 거라고 계속 조마조마했다는 거야. 그래서 우리 집에 에카르트를 몰래 던져놓기로 한 거지. 맞은편 집 사람들은 다 프시에 폴레에 잡혀가서 격리됐고 두신스키 의사도 방금 가운 입고 불려 나갔거든. 관리실에선 우리 집에 손님이 있다는 걸 아무도 모를 거라고 교수가 부탁하더라고……. 네가 이렇게 찾아올 줄 알았으면 나는 당연히 거절했겠지.” 요아시아는 양손을 가슴에 얹으며 맨 끝에 이렇게 덧붙였다.

도미니카는 체념하여 고개를 저었다.

“그럼 난 이제 어디로 가면 좋아?”

“기숙사로는 돌아갈 수 없어?” 요아시아가 불안한 목소리로 물었다.

도미니카는 원망하듯 친구를 바라보았다.

“너 내 꼴 안 보이니?” 도미니카는 이렇게 묻고 재빨리 단숨에 털어놓았다. “이젠 기숙사 없어. 내 학생들도 없어. 감염병이 전부 다…… 피타와 아저씨가 마당 쓰는 것보다 더 빠르게 쓸어 가버렸어." 도미니카는 눈이 오나 비가 오나 자기 할 일을 하는 열정의 관리인을 예로 들었다.

"군인들이 총으로 쐈어?" 창백해진 요아시아가 속삭였다.

"너 정말 아무것도 모르는구나!" 도미니카가 친구의 눈을 똑바로 들여다보았다. "그 총소리 말이야……. 사람한테 총을 쏘는 게 아니야. 너 내가 지금부터 하는 말 절대로 못 믿을 거다……."

18

1963년 8월 10일 토요일 00시 44분
프라체 오드잔스키에, 격리병동 인근

침묵. 그들은 배급된 전투식량을 씹고 빗물에 섞여 묽어진 맛없는 커피를 홀짝거리며 그 고요한 모든 순간을, 1분, 1분을 세어가며 한껏 즐겼다. 또다시 비바람이 도시 위로 다가오고 있었다. 멀리 지평선 위로 수많은 도깨비불 같은 번개가 보였다.

코트 중사는 시계를 보았다. 자정이 지나고 있었다. 정확히 말하자면 00시 44분 18초다. 그가 소련제 새 폴조 시계의 형광 시곗바늘을 마지막으로 확인한 지 30초도 지나지 않았다. 부하들만큼이나 중사도 신경이 바짝 곤두서 있었다. 중위가 미리 귀띔해 주었지만, 그래도 그는 철조망 너머에 방호복을 입은 사람들이 나타났을 때 갑자기 목구멍이 말라붙는 것을 느꼈다. 의료진과 보안대원들이 감염자가 아니라 시신을 전부 수거한 뒤 작전구역에서 비상 경계선 바깥으로 멀리 싣고 나가 계획대로 태워버리려는 것이다.

중사는 자기도 모르게 몸을 떨었다. 이 괴물들은 죽일 수 없다고 했던 사비츠키의 말은 거짓이 아니었다. 살해당한 경찰과 환자들은 치명상에도 불구하고 계속 움직였다. 그래서 의무대가 추가로 그들의 시신에서 여기저기 총 맞은 사지를 잘라서 한 부분씩 갈고리나 삽으로 들어 올려 두꺼운 마대에 넣고 바퀴 두 개짜리 손수레에 던졌다. 이런 광경이 30분 이상 이어졌고 마지막 의무병이 어둠 속으로 사라지자 소대 작전구역 위로 무덤 같은 침묵이 내려앉았다. 그 누구도 속삭이거나 마음을 가라앉히기 위해 휘파람을 불지 않았다.

'지금 그 죽지 않는 괴물들이 두 번째로 몰려온다면.' 코트 중사는 부하들의 긴장감을 느끼며 생각했다. '우린 승산이 전혀 없겠지. 그러니까 어떻게든 해야 해.' 그는 식어가는 커피가 들어 있는 반합을 단호하게 내려놓았다. 그는 좋은 리더였으며 그래서 자기 할 일을 찾아서 했고 자기 휘하에서 복무하는 병사 한 명 한 명을 속속들이 잘 알았다. 그 덕분에 그는 자기 부대에서 누가 가장 약한 고리인지 완벽하게 알고 있었다.

"비시니에프스키, 키에츠만, 비르코프스키! 이리 와!"

그가 부대 사격장 뒤에 있는 잘 다져진 곳으로 건너가서 가장 문제적인 삼총사를 불렀다.

"예, 알겠습다!" 세 명이 벌떡 일어나 상관 앞에 한 줄로 섰다. 중사가 짐작했듯이 셋은 창백한 얼굴로 벌벌 떨고 있었다. 자동소총을 걸어 어깨에 멘 권총띠를 꽉 붙잡은 양손이 추위 때문이라기에는 너무 지나치게 떨리고 있었다.

"너희 셋이 보급을 맡는다." 코트 중사가 세 명의 둥그렇게 뜬 눈을 똑바로 들여다보며 말했다. "보급 트럭에 가서 탄약 상자를 가져와라. 그리고 소대원들이 다 비웠거나 일부 비운 탄창을 모아 온다. 탄창을 다시 채운다. 빨리 움직여, 아가씨들,

빨리!"

셋은 경례를 하고 거리 쪽으로 달려갔는데, 너무 멀어서 여기서는 보이지 않았지만 그곳에 보급품을 실은 트럭이 서 있었다. 명령을 완수하려면 셋이 최소 30분은 걸릴 것이었다. 그러나 셋이 그렇게 서두르지 않을 거라고 중사는 예견하고 있었다. 그게 더 낫다. 바로 그 점을 중사는 계산에 넣은 것이다. 총구가 세 개 빠진다고 해서 전체적인 결과에 커다란 변동은 없고 오히려 중사는 소대원 사이에 패닉이 번져나갈 위험을 제거한 것이다. 이런 순간에 패닉은 아주 쉽게 전염되기 때문이었다. 부하들 전체가 통제 불능 상태가 되는 데는 병사 한 명이 총을 던지고 도망치는 것만으로 충분하다. 중사는 전선에서 그런 광경을 몇 번이나 보았고 가능한 결과에 대해서도 완벽하게 알고 있었다.

소대 위치 맞은편에서 숲을 훑던 조명등 불빛이 갑자기 멈추더니 뒤로 물러나면서 어둠 속에 있던 피투성이 사람의 윤곽을 드러냈다.

"접촉!" 정찰 임무를 맡은 병장이 외쳤다.

경계선을 따라 조장들의 호각 소리가 들려왔다. 손전등이 차례차례 켜지고 서둘러 격발 준비를 하느라 권총에서 쇠 부딪치는 소리가 났다.

"가만……." 코트 중사가 쌍안경을 눈에 가져다 댔다.

너덜너덜한 환자복을 입은 젊은 남자가 이전의 다른 사람들처럼 비틀거리며 걸어왔다. 지금 그 사람들은 가솔린을 들이부은 거대한 화톳불 쪽으로 실려 나갔고, 이제 화톳불은 공기 중에 충만한 번개보다 더 밝게 타오르고 있었다. 밝은 불빛 속에 떠오른 변질자는 마치 귀신 같았다. 피부는 푸르스름했고 양볼에 묻은 피가 검게 번들거렸다. 중사는 쌍안경을 약간 오른쪽으로 움직여 가까운 관목숲을 살펴보았다. 잠깐. 안에서 뭔가 움직였다. 그렇다. 그 안에 상당히 많은 사람이 있었다. 아니, 사람이 아니고 짐승이다. 중사는 눈에 쌍안경을 댄 채로 기다렸다. 나무 사이에서—이전보다 훨씬 더 숫자가 많은—감염자들의 무리가 또 걸어 나왔다. 중사는 이미 서른 개 이상 비틀어진 형체들을 헤아렸는데 어둠 속에서는 계속해서 다음 형체들이 또 나타났다.

"이럴 수가……!" 그는 조명등이 비추는 숲의 다른 부분을 쌍안경으로 훑으며 중얼거렸다.

비틀거리는 무리는 이전처럼 길게 줄지어 오는 게 아니라 단단히 뭉쳐서 무리 지어 소대를 향해 곧바로 다가오고 있었다. 중사는 다시 한번 변질자들의 숫자를 세어보려 했으나 금방 포기했다. '100명이 넘을 수도 있어.' 그는 이 사실을 받아들이며 등 뒤로 방어선을 흘끗 보았다. 많은 병사가 그들을 바라보며 어쩔 줄 몰라 하고 있었다.

"위치로!" 그가 고함쳤다. 계속 우왕좌왕하게 내버려 둘 수는 없었다. 한순간만 더 지나면 이 바보들이 총을 내던지고 도망치기 시작할 것이다. "위치로, 안 들리나! 쏘지 마!" 야쿠보프스키가 자동소총 개머리판을 어깨에 대는 것을 보고 중사가 서둘러 덧붙였다. "탄환 낭비하지 마!"

그는 주위를 돌아보았다. 키에츠만, 비르코프스키, 비시니에프스키는 아직 보급 트럭에 도달하지 못했다. 그게 더 나을지도 모른다. 한 가지 걱정은 덜어냈으니까. 비록 또 다르게 생각해 보면 한 명이라도 더 총을 쏘는 편이 좋을지도 모르지만…….

가장 앞에 선 감염자들이 이미 안전지대 가장자리에 닿으려 했다. 그들은 완전한 침묵 속에 무심하게 계속 전진했다. 어깨를 나란히 하고.

"발사!" 중사가 병장들에게 손을 흔들어 신호했다. 병장들이 조금 더 멀리 무릎을 꿇고 앉은 병사들에게 명령을 전달했다. 귀가 먹먹해지는 굉음이 비상경계선 위로 터져 나왔고 화약 냄새가 시큼하게 퍼졌다. "조준 잘해!" 중사는 자기 역시 축축한 개머리판을 어깨에 대고 다가오는 변질자들의 다리를 겨냥했다.

병사들이 상대를 쓰러뜨리기는 했지만 원하는 만큼 빠르지는 못했다. 사비츠키가 그들이 맡은 구역에 소대 전체를 모조리 보내준 덕분에 병사들이 빽빽하게 두 줄로 설 수 있었으나 그조차도 도움은 되지 않았다. 감염자들이 너무 많았다. 확실히 100명은 넘었고 어쩌면 200명도 더 되어 보였다. 게다가 이전의 첫 번째 무리보다 약간 더 능숙하게 움직이는 것 같았다. 더 서두르는 건지, 아니면 더 배가 고픈 건지…….

선두에 있던 감염자들이 이제 막 철조망에 닿았고 가시가 튀어나온 철사가 피부를 찢는데도 아픔을 느끼지 못하는 듯 그대로 걸어 들어갔다. 그들은 단 한 순간도 쉬지 않고 걸어가다가 우박처럼 쏟아지는 총알을 맞고 하나씩 넘어졌다. 그들의 몸이 걸리며 철조망이 휘어져서 열린 틈이 생겼고, 그 뒷줄에 있던 귀신 같은 짐승들이 아무 소리도 내지 않고 앞줄의 몸 위로 넘어가기 시작했다. 피와 뼈로 이루어진 존재의 행진이라기보다는 어디선가 훔쳐 온 마네킹을 앞세운 영혼 없는 덩어리들처럼 넘어가기 시작했다.

탱크에서 가장 가까운 곳에 대기하던 기관총들이 오랫동안 총알을 퍼부었다. 중위가 호출한 다른 탱크가 지금은 내버려져 있는 철로 쪽을 향해 뒤에서 달려오고 있었다. 이 철로는 아주 자주 이용되는 구간은 아니어도 밤이면 화물열차가 몇 대 지나가기에, 지휘부는 사람들이 기찻길 위에 늘어서 있지 않도록 경계하는 쪽이 좋겠다고 결정한 것이다. 그래서 약 30미터 정도 출구를 남겨두고 문제가 생길 경우 이 구간을 탱크 두 대로 막게 되어 있었다. 그중 한 대는 사비츠키 중위의 부하들 뒤에서 따라오는 중이고, 다른 한 대는 지금에서야 철로와 평행한 거리에서 나오고 있었다.

지휘부의 계획대로 모든 일이 진행된다면 이 정도 지원으로 충분할 것이었다. 불행히도 전투 현장의 첫 번째 원칙은 자본주의자들의 머피의 법칙이라 이름 붙인 것으로, 명확하게 이렇게 선언하고 있다. '잘못될 수 있는 것은 반드시 잘못된다.' 코트 중사는 멀리 보이는 조그만 기차역 너머로 선명한 조명등 불빛 두 개를 보고 혼자서 욕설을 내뱉었다. 다음 순간 기적 소리가 길게 울렸다.

바로 그때 예정된 첫 번째 화물열차가 닥쳐왔다.

철로를 막고 있는 탱크 승무원들은 아직 다가오는 위협을 눈치채지 못했다. 맞은편 거리에서 나오고 있던 탱크는 다행히 그쪽에 배치된 보병대가 막아서 정지했다.

'거기 있지 말고 나와, 탱크 조종사.' 코트는 총에서 다 쓴 탄창을 꺼내며 마음속으로 생각했다. 그리고 세 번째 탄창에 손을 뺐었다. 부하들도 비슷하게 탄환을 소비했기에 중사는 이제 조금만 더 있으면 다들 탄환이 떨어질 것이라고 거의 확신했다. 총격이 이어지는 사이, 줄지어 선 병사들이 보급품이 오고 있는지 두리번거리는 모습을 중사는 주변 시야로 보고 있었다. 그러나 중사는 굳이 뒤돌아보며 확인하지 않아도 짐작할 수 있었다. 키에츠만과 동료들이—어디 다른 길로 새버리지 않았다면—지금에야 보급 트럭에 도착해서 탄환을 꺼내고 있으리라는 것을.

사비츠키 중위도 아마 뭐가 문제인지 알았을 것이다. 중위는 지금 비상경계선의 멀리 떨어진 구역에서 몇 조를 차출하려고 시도하고 있었는데, 불행히도 성공할 가능성은 거의 없었다. 4소대 위치에서 고작 몇 미터도 떨어지지 않은 곳에 감염자들이 우글거리는데도 불구하고 사격을 중단하면 진짜 대재난으로 이어질 수 있었다. 그러니까 아마도…….

철로 쪽에서 모래 위에 제동장치가 긁히는, 찢어지는 듯한 쇳소리가 들려왔다. 기관사가 철로 위에서 작전 중인 탱크를 보고 훈련받은 대로 반응한 것이다. 탱크에 타 있던 승무원들은—예상대로—패닉에 빠졌다. 탱크 조종수는 빠르게 달려오는 기차가 자신이 탄 탱크를 짓이겨 버리기 전에 철로에서 서둘러 도망치려고 조종간을 오른쪽으로 틀었다.

사람들한테 소리 질러 보아도 아무 소용이 없었다. 기차 제동장치의 굉음, 전력으로 가동 중인 탱크 엔진의 소음, 약 100개의 총구에서 터져 나오는 총성. 이 소란의 와중에 중사의 목소리를 들을 수 있는 사람은 아무도 없었다. 확성기를 들었다 해도 말이다.

코트 중사는 자신이 할 수 있는 단 하나의 일을 했다. 총을 내리고, 사격 중인 군인들이 자신을 볼 수 있도록 앞으로 조금 달려 나가 양팔을 휘둘렀다. 군인들 몇 명만이 그에게 주의를 기울였으나 그것으로 충분했다. 중사는 바로 뒤에 널려 있는 만신창이가 된 시신들을 불안하게 돌아보면서 부하들에게 퇴각하라고 손짓했다. 그리고 확실히 하기 위해서 다시 한번 부하들에게 서둘러 도망치라고 손짓했다. 그런 다음 중사 자신도 하얀 환자복을 입은 감염된 남자가 양손을 쭉 뻗어 붙잡으려고 하는 바로 그 순간에 펄쩍 뛰어 몸을 피했다.

그의 작전은 성공했다. 사격하던 병사들 중 몇 명이 뒤로 물러선 것만으로도 충분해서, 나머지 전체가 그 뒤를 따랐다. 병사들은 아무것도 신경 쓰지 않고 그저 달렸다. 그리고 병사들은 움직일 수 없게 된 변질자들을 빠르게 앞질러, 이제는 양옆에서 변질자들을 포위할 수 있게 되었다. 사비츠키 중위가 중간에 따라잡았는데, 코트 중사는 그렇게 될 것이라 미리 계산하고 있었다. 사비츠키 중위는 제때 부하들을 재정비해서 변질자들을 옆에서 사격하여 진압하기 시작했다. 잠시 후 이 구역을 지원 나온 탱크가 더 가까이 다가와서 기찻길의 통로를 막았다. 탱크에 장착된 기관총이 바로 몇 미터 거리에서 지속적인 사격을 퍼부어 마지막으로 공격해 오는 변질자들의 무리를 막아냈다.

코트 중사는 탱크 옆을 지나가며 호각을 입에 댔다. 기차가 이미 멈추어 섰기 때문에 이제는 병사들을 시신 무더기 앞에 다시 집합시킬 수 있었다. 지금 부하들은 진압된 변질자들이 조각조각 잘려 타오르는 거대하게 빛나는 화톳불로부터 멀리 떨어져 있었다. 그리고 이제 곧 그 화톳불에 또 다른 시신들이 더해질 것이다. 게다가 이번에는 훨씬 더 많을 것이었다.

19

1963년 8월 10일 토요일 01시 15분
그룬발트 광장 인근

두신스키는 접이식 의자에 무겁게 주저앉았다. 커피가 담긴 컵을 고맙게 받았으나 코 밑에 컵을 갖다 대자마자 얼굴을 찡그렸다. 인스턴트 커피는 다 식어서 차가웠지만 두신스키는 인민정부가 용사들에게 뭔가 괜찮은 걸 아주 조금이라도 나누어 주려는 노력이라도 했을지 모른다는 희망을 놓지 않았다. 그는 목구멍을 적시기 위해 커피를 한 모금 마신 뒤 돼지기름을 바른 빵을 집어 들었다.

포들레프스키는 임시 사무실에 앉아 서류를 확인하고 있었다. 밖에서 총소리가 들려도 그는 신경 쓰지 않았다. 마치 아무 소리도 들리지 않는 것처럼 행동했다.

"대위 동무." 두신스키가 두꺼운 빵 조각을 씹어 삼키며 말을 걸었다. 아무 반응이 없자 다시 한번 목소리를 높여 그를 불렀다. "포들레프스키 동무!"

대위는 흠칫 놀라 의심에 찬 눈으로 주위를 돌아보았다. 당직을 마친 의사들은 대개 눈을 붙이기 위해 곧장 구급차로 향했기 때문이다.

"듣고 있소." 대위가 양손을 귀에 갖다 대며 퉁명스럽게 말했다. 두신스키는 그제야 대위의 귓바퀴에 뭔가 하얀 것이 튀어나와 있는 모습을 보았다. "왁스요." 포들레프스키가 설명했다. "보고서를 집중해서 읽어야 하는데 이런 상황에서는……." 그가 의미심장하게 고갯짓을 했다.

"총소리는 현실적으로 막을 수가 없지요." 두신스키도 인정했다.

"무슨 총소리?" 대위가 의아하게 그를 쳐다보았다. "빗소리가 짜증 난단 말이오. 비가 오는 걸 견딜 수가 없소." 이 대답에 놀란 나머지 두신스키는 당장 말을 멈추고 입안에 빵을 다시 가득 집어넣었다. "무슨 말을 하려고 했소?" 포들레프스키가 차가운 인스턴트 커피를 집어 들며 물었다.

"싸십 그앴쓰이다." 두신스키가 입안에 빵이 가득한 채로 대답했다. 그러나 곧이어 자기 말이 그에게 어떻게 들렸을지 깨닫고는 얼굴을 붉혔다.

"커피 드시오, 목 막히겠소." 대위는 자신이 마시던 커피를 그에게 내밀었다.

두신스키는 빵을 삼킨 뒤에 누구 컵인지 생각하지 않고 대위가 내민 커피를 마셨다. 한순간 그의 눈이 튀어나올 것 같았다. 대위의 커피는 전깃불을 집어넣은 것 같았다.

"괜찮아졌습니다." 목이 불타는 느낌이 가라앉은 뒤에 그가 장담했다.

"그 어린애가 계속 마음에 걸립니까?" 포들레프스키는 천막 지붕 부분의 솔기 틈새로 샌 빗방울이 자기 군모 위에 떨어지는 것도 아랑곳하지 않고 더 편한 자세로 의자에 퍼져 앉았다.

'조금 있으면 빗물 떨어지는 걸 느끼겠지…… 모자가 푹 젖은 것도.' 두신스키는 대위가 미리 경고 없이 자신에게 술을 탄 커피를 먹인 데 화가 나서 심술궂게 생각했다.

"당연합니다. 제 생각에는 그 애를 보낼 필요가 없었는데……." 그는 '화장장으로'라고 말하려 했으나 그 단어가 목구멍에서 나오지 않아서 덧붙였다. "……광장으로 말입니다."

대위는 이 대화를 어떻게 이어나가야 할지 궁리하듯 의사를 눈으로 훑어보았다. 상대를 단번에 짓밟을 것인가, 아니면 피할 수 없는 결말을 향해 그를 서서히 괴롭히며 끌고 갈 것인가? 두신스키는 대위 같은 사람이 그 외에 다른 방식으로 행동할 수 있을 것이라고는 솔직히 믿지 않았다.

그러나 포들레프스키가 입을 열기 전에 밖에서 비명이 들리고 갑자기 누군가 총을 쏘기 시작했다. 깜짝 놀란 두신스키가 의자에서 벌떡 일어났고, 그 바람에 탁자가 흔들려 컵에 남아 있던 술 탄 커피가 쏟아졌다. 대위는 마치 아무 일도 없다는 듯 계속 앉아 있었다.

"정신 차리십시오, 의사 선생." 대위는 마치 공원에서 산책하다 만난 친한 사람에게 말하듯이 잠시 후에 이렇게 말했다. "선생은 분명히 내가 낯짝 두꺼운 망할 자식이고 당의 명령을 단 한 번도 어긴 적이 없어서 공산당이 나를 이 작전에 보냈다고 생각할 거요……." 대위는 어떤 대답을 할지 확신한다는 듯 잠시 입을 다물었다. 의사가 다시 접이식 의자를 펴고 무겁게 주저앉았다. 그러자 대위는 그가 대답할 때까지 기다리지 않기로 했다. 포들레프스키가 다시 말을 시작했다. "그게 전부 사실은 아닙니다. 나는 명령받은 대로 군말하지 않고 행합니다, 그건 사실이오. 하지만 내가 양심 없는 쓰레기라서 그런 게 아니오. 의사 선생과 비슷하게 나도 한때 의학교에 다녔소. 그리고 10년 동안 군병원에서 일했고 그중 7년은 전선에 나가 있었소." 의사가 믿을 수 없다는 듯 눈살을 찌푸리는 것을 보고 대위는 안심시키려는 몸짓으로 한 손을 들었다. "2차 대전을 말하는 게 아니오. 쿠바, 한국, 그런 곳에 있었소. 댁들 경험을 전부 합친 것보다 더 많은 고통을 실컷 보았소. 그러니까 지금 이 상황이 (고갯짓으로 부스를 가리키며) 나한테 아무 영향을 끼치지 못하는 게 이상한 일이 아니란 말이오."

"그럼 이전에도 이렇게…… 부자연스러운 상황을 보셨습니까?"

대위는 술을 타서 '강화'한 커피를 한 모금 들이켰다.

"아니. 이런 건 한 번도 마주친 적 없소. 그러니까 직접 본 적은 없는데, 쿠바에서 아바나에 있을 때 여러 가지 이야기를 들은 적은 있소……." 대위는 갑자기 말을 멈추고 잠시 그때의 기억으로 돌아갔다.

"1958년도에 베라노 작전이 실패하고 몇 주 지났을 때 우리 부대가 산티아고에 간 적이 있었소. 그때 빨치산들이 이기는 바람에 여러 나라 사람들이 우리와 합류하게 됐지. '엘 코만단테'(지휘관)는 라틴아메리카 전체에서 찾아온 친구들에게 둘러싸여 있었소. 그때 나는 아이티에서 온 동무와 알게 되었지……. 아이티는 카리브해에 있는 섬인데 쿠바에서 좀 떨어진 곳에 있소. 옛날에 나폴레옹이 우리 폴란드 부대를 보낸 적 있는, 거기 말이오." 두신스키의 놀란 표정을 보고 대위는 서둘러 설명했다. "이 얘기를 왜 하냐고? 이유는 아주 간단합니다, 의사 동무. 그쪽 토박이 아이티 사람들은 자기네 사제들이, 미안하지만 그 이름이 뭐였는지는 잊어버렸소, 하여간 아이티 사제들이 죽은 사람을 되살릴 수 있다고 믿는단 말이오. 죽은 자를 좀비로 만든다더군. 딱 이렇게 피에 굶주린 짐승이라는 뜻이오." 대위는 총소리가 들려오는 북동쪽을 가리켰다. "정확히 저렇게……." 대위는 다시 회상에 잠겼다.

"그 사람들이 저지른 짓이라고 생각하는 겁니까?" 두신스키가 날카롭게 물었다.

회상에서 깨어난 대위는 불쌍하다는 듯 의사를 쳐다보았다.

"뭐 잘못 먹고 돌았소?"

"대위 동무가 직접 그렇게 말했잖습니까……."

"난 아이티 사람들이 나한테 그런 존재가 있다는 얘기를 해줬다고만 말했소. 나중에 아바나에 있는 도서관에 가서 그런 주제에 대한 책이 뭐가 있나 찾아봤지만 별거 없었소. 그러니까 우리 폴란드 사람들이 악마나 물귀신에 대해 떠드는 것과 마찬가지로 그냥 전해오는 미신이라는 거지."

"경험상 완전히 미신은 아니던데요."

두신스키가 간결하게 대꾸했다.

포들레프스키는 피식 웃었다.

"100년 전에는 아무도 원자 같은 건 꿈도 꾸지 못했소. 그런데 지금 소련은 나라 몇 개쯤 지구상에서 날려버릴 수 있는 폭탄을 가지고 있소." 두신스키는 끼어들어서 소련 말고 다른 나라들도 원자폭탄을 가지고 있으며 소련이 맨 처음 발명한 것도 아니라고 말하고 싶었으나, 대위의 열띤 눈빛을 보고 계속 입을 다물고 있었다. "그러니까 어쩌면 아이티 좀비가 무슨 '수리

수리 마수리' 해서 생긴 비법이 아니라 우리가 여태까지 몰랐던 평범한 질병일 수도 있단 말이오."

"사람을 불멸의 괴물로 만드는 바이러스라고요?" 두신스키가 비웃었다. "그런 건 현존하는 의학 지식에 어긋나는데요."

"그렇지." 대위가 인정했다. "하지만 문제는 인간이 우리를 둘러싼 세계에 대해 개뿔 아무것도 모른다는 사실이오." 대위는 손가락으로 하늘, 그러니까 실제로는 천막 지붕을 가리키며 몸을 뒤로 한껏 젖혔다. 그때 새어 나오던 빗방울이 그의 눈으로 떨어졌다. "이런 시발!" 대위는 의자에서 벌떡 일어나 정열적인 동작으로 푹 젖은 모자를 벗었다. "이런 조건에서는 일할 수가 없잖아!" 가까운 부스들이 전부 갑자기 조용해져서 대위는 현실로 돌아왔다. "하던 일 계속하시오, 동무들." 대위가 목소리를 낮추어 임시 칸막이를 향해 말했다. "아무 일도 아닙니다. 아무것도." 대위는 두신스키 옆에 의자를 더 가까이 밀어놓고는 군모에서 빗물을 털어내고 다시 앉으면서 낡아빠진 양철 컵에 손을 뻗었다. "내가 무슨 얘기를 하고 있었지……?"

"우리 인간이 개뿔 아무것도 모른다고요." 의사가 알려주었다.

"아, 그렇지, 그렇지." 포들레프스키는 컵을 들고 한 모금 듬뿍 마셨는데, 너무 쉽게 들이켜서 70퍼센트 알코올음료가 아니라 생수라도 마시는 것 같았다. 대위가 소련 군인들을 대할 일이 많았다는 게 분명해 보였다. 그것도 오래전부터 해왔을 것이다. "의사 선생은 현존하는 지식이라고 하는데, 그게 대체 뭐란 말이오? 완벽하게 확인되지 않은 추정과 이론을 모아놓은 것이지. 손에 쥘 수 있는 게 사실은 딱히 별로 없단 말이오. 아주 기본적인 질문 하나만 대답해 주시오. 우주에 끝이 있소, 아니면 없소? 대답할 수 없지. 아무도 대답할 수 없소. 왜냐하면 아무도 이 질문을 이해하지 못하거든. 이유가 뭐냐, 우주에 끝이 있다면 그 끝 너머에 무언가 있겠지. 그리고 끝이 없다면…… 우우우, 끝이 없는 게 뭔지 아시오?" 대위는 다시 한 번 듬뿍 들이켰다. 그의 양 볼이 이전에 비해 살짝 붉어지더니 눈이 흐려지고 혀가 살짝 굳어졌다. 겉보기만큼 그렇게 머리가 단단한 사람은 아닌 것 같았다.

"뫼비우스의 띠 같은 것이군요, 예를 들면……." 두신스키가 지금 자기의 상사인 대위를 더 짜증 나게 할까 봐 조용히 말했다.

"선생, 제법 이해가 빠르군." 대위가 칭찬했다. "하지만 그 고양이 얘기까지는 가지 맙시다. 누구더라, 그 슈타딩거(슈뢰딩거를 잘못 말한 것). 그러니까 질문을 바꿔서 말해봅시다. 뫼비우스의 띠 말고 끝이 없는 걸 알고 있소? 오, 계단이 생각나겠지, 그렇지 않소, 의사 동무? 그러니까 바로 그 얘기를 하는 거요. 우리 인간은 지금 막 어둠 속에서 기어 나오기 시작한 거요. 주렁이…… 주릉이…… 아니, 그 지렁이들이 젖은 땅에서 기어 나오듯이 말이오. 우리가 우주나 삶에 대해서 대체 뭘 알겠소? 개뿔도 모르지. 그 저기…… 좀비들." 대위는 고갯짓으로 진압이 완료된 격리병동 쪽을 가리켰다. "양해해 주시오, 편의상 그냥 그렇게 부를 테니. 그 좀비들은 아주 특별하거나 초자연적인 것일 필요가 없단 말이오. 어머니 자연이 진화의 다음 단계로 한 걸음 나아간 것일지도 모르잖소?"

"제 생각에 그건……."

“댁의 생각이라고, 하! 그럼 댁은 대체 뭐요?” 포들레프스키가 화를 냈다. “아인슈타인의 계승자? 아니면 그 빌어먹을 슈타딩거의 고양이라도 됩니까? 왜 그 사람들의 이름은 다들 그렇게 기억하기 힘든 거요? 마르크스, 엥겔스, 레닌, 스탈린, 카스트로, 이런 이름들은 다 몇 글자 안 되니까 사람이 한잔하고 나서도 제대로 기억하는데.”

“레닌과 스탈린은 이름이 아니고 가명입니다.” 두신스키가 고쳐주었다.

“나한테 잘난 체하지 마시오, 무슨 말인지 다 알지 않습니까.”

두신스키는 애초에 이 대화를 시작한 것 자체를 후회하기 시작했다. 대위는 아마도 그의 표정에서 그 생각을 읽어냈는지 갑자기 입을 다물고 의자에 똑바로 앉아 손등으로 입을 닦았다.

“전 가보겠습니다.” 두신스키가 컵을 내려놓고 단호하게 말했다.

“기다리시오.” 포들레프스키가 그의 눈을 똑바로 바라보았다. “나한테 그 남자애 얘기를 하려고 왔겠지. 힘들겠지요. 의사 선생, 압니다, 나도 마음이 좋지 않아요. 하지만 그건 댁의 결정이 아니라 내 결정이었소. 알겠습니까?” 두신스키는 잠시 망설인 뒤에 고개를 끄덕였다. “그러니까 내가 왜 여기에 배치됐는지 이제 알겠습니까? 내가 댁의 상관이 된 이유는 의사 선생들이 양심의 가책 없이 집에 돌아가서, 내일 아침과 그다음 날과 그 모든 다음 날에 일어나서 거리낌 없이 거울 속의 자기 얼굴을 마주할 수 있게 하기 위해서요. 오늘 여기서 해야만 했던 일을 통째로 책임져야 할 누군가가 필요하기 때문이오. 간단히 말하자면 그렇게 돌아가는 거요."

두신스키는 조금 더 주의 깊게 그를 살펴보았다. 자신이 이 사람을 완전히 잘못 본 것일까? 정말로 대위는 위에서 내려오는 명령을 전부 거리낌 없이 수행하는 영혼 없는 기계가 아니었던 걸까?

"조금 전 총소리 기억합니까?" 대위가 난데없이 물었다. "의사 선생이 그 소리를 듣고 기운을 북돋는 커피를 나한테 쏟았잖소?" 두신스키가 고개를 끄덕였다. "그게 뭔지 압니까?" 이번에 두신스키는 여전히 말없이 고개를 저었다. "누군가 댁의 실수를 바로잡은 거요. 댁들, 그러니까 이 천막에서 일하는 의사들 말이오. 감염자를 놓아줬더니 그자가 학교에서 좀비로 변한 거요. 그놈 때문에 죄 없는 사람이 몇 명이나 죽었겠소? 아직은 알 수 없지만 얼마 후에 분명히 내가 세부 상황을 전부 기록한 보고서를 받게 될 거요. 이 서류철에 더해서." 대위는 평범한 돌멩이로 눌러놓은 서류 더미를 손가락으로 두드렸다. "그래, 이게 전부 오늘 밤에 일어난 비슷한 상황들을 기록한 보고서요. 내일 집으로 돌아갈 수도 있었을 사람들 17명이 화톳불로 보내졌소. 누군가 뭔가를 놓쳤기 때문이오. 아직 내 말 다 안 끝났소." 대위가 경고하듯 한 손가락을 세우고 뭔가 말하려는 두신스키를 막았다. "주의를 게을리했기 때문에 나는 벌써 부하를 네 명이나 잃었소. 경비 부대 손실을 말하는 거요, 부상당한 군인이나 경찰은 이제 아무도 돌봐주지 않으니까. 위협이 되는 군경은 예외 없이 저 오른쪽에 있는 작은 천막으로 보내집니다. 거기서 모두 '예방주사'를 맞지요. 그 덕분에 그룬발트 광장까지 가는 구급차 안에서 조용히 잠들 수 있고, 광장에 도착하면 즉시 아래로 내려가서 가솔린 범벅이 되어 횃불처럼 활활 타오르는 거요. 그 소년을 내가 비인간적으로 대했다고 생각한다면, 이 도시의 미래를 위해서 내 부하들이 겪어야 하는 희생을 생각해 보시오. 그 애가 죽어야 다른 애들 천 명이 살아남을 수 있소. 알아듣겠소?"

이번에 두신스키는 즉시, 그리고 더 단호하게 동의했다. 만족한 대위가 고개를 끄덕였다.

"아주 좋습니다. 그러면 가서 주무시오, 의사 동무. 자고 일어나면 다음 근무 때는 실수하지 않겠지."

20

1963년 8월 10일 토요일 01시 17분
프라체 오드잔스키에, 격리병동 인근

군사재판은 빨라야 했다. 중사가 병사들을 데리고 학살당한 감염자들의 시신이 몸부림치고 있는 이전 위치로 가까이 다가왔을 때, 보안대는 중사의 소대를 포위했다. 보안대 장교 데스카 대위와 코웨츠키 대위가 앞에 서서 두 조로 나뉜 흠뻑 젖은 병사들을 음울한 눈으로 훑어보았다.

"이건 무슨 상황입니까? 시발, 빌어먹을!" 데스카 대위가 고함쳤다. 그는 무섭게 키가 크고 충격적으로 마른 사람이었다.

코트 중사는 차렷 자세로 서서 용수철이 달린 듯 빠르게 경례한 다음, 어둠 속을 멀리 바라보며 무감정한 어조로 대답했다.

"사비츠키 중위 휘하 부대들이 목표물을 명확하게 조준할 수 있도록 후퇴했습니다. 저희는 탄환이 다 떨어져서……."

"후퇴해?!" 키가 좀 더 작은 대위가 중사의 말을 중간에 끊고 외쳤다. "최전선에서 병사들을 이딴 식으로 후퇴시킨다고?! 엿이나 처먹으시오, 동무! 좆으로 처먹으시오!" 그는 욕설을 멈추지 않으면서 코트 중사에게 다가왔다. 그리고 그의 바로 앞에서 멈추었다. 대위의 아가리에서 훈제 물고기와 그보다 더 지독한 뭔가의 악취가 흘러나왔다. "방금 그건 탈주요!"

"잘못 아신 겁니다, 대위 동무." 코트 중사가 평온을 유지하려고 애쓰면서 그 말에 반대했다. 보안대 대위의 말이 옳았다. 물론 어느 정도까지만 말이다. 최전선에서 도망친 건 맞지만 중사 혼자 결정한 게 아니라 명령에 따랐을 뿐이었다.

"잘못 알았다고!" 코웨츠키의 얼굴이 붉으락푸르락했다. "내가 잘못 알았다고?!"

"상황이 긴급했음을 보고드립니다. 즉시 결정을 내리지 않으면 4소대가 제 부하들에게 총을 쏠 수밖에 없었습니다. 아군에게 총을 쏜단 말입니다. 최전선에서 빠르게…… 물러나는 것보다 아군에게 공격당하는 편이 다른 병사들의 사기를 훨씬 더 꺾을 것이 분명했습니다. 이동 작전이 탈주로 보였을 수도 있습니다만, 제가 말씀드리고 싶은 것은…… 저희 소대원 중에서 명령받지 않고 위치에서 움직인 사람은 아무도 없습니다. 그리고 저는 상관을 계속 지켜보면서 거리를 유지한 채로 명령을 내렸습니다." 중사는 멀찍이 서 있는 중위를 고갯짓으로 가리켰다.

성질 더러운 대위가 갑자기 몸을 돌리는 바람에 그의 견장에서 빗물이 사방으로 튀었다.

"대위 동무, 중사가 하는 말이 사실임을 보고드립니다." 사비츠키가 내키지 않아 하면서도 동의를 했다. 그는 이 대화가 어떻게 끝날지 너무 잘 알고 있었다. "제 판단으로는 그것이 가장 합리적인 결정이었습니다. 특히 기차 때문에 수송 수단과 철로 반대편을 경계하는 부대와 단절되면서 상황이 급격히 악화되었기 때문입니다." 보급 트럭은 이미 시내로 떠났다. 화톳불에서 비추어 나오는 핏빛 불꽃을 피해 멀리 사라져 가고 있었다. "빨리 물러난 덕분에 저희 부대가 대규모로 사격을 가할 수 있었고, 그래서 경계선이 실질적으로 침투당하기 전에 위험분자들을 진압할 수 있었습니다."

성질 더러운 대위가 진흙탕을 밟으며 중위에게 다가갔는데, 가까이 가서 보니 대위의 키는 중위의 턱에도 닿지 않았다. 그리고 대위는 이 때문에 아주 마음이 상한 것이 분명했다.

"그러니까 그게 전형적인 후퇴 작전이었다고 지금 주장하는 겁니까?" 대위가 쏟아지는 빗속에서도 고개를 치켜들고 독살스러운 어조로 물었다.

사비츠키는 대답하기 전에 입술을 핥았다. 그는 자기 부하들을 보호하고 싶었지만 자기 부대에 대한 충성심을 너무 지나치게 밀어붙일 수도 없었다. 보안대는 이런 상황을 대부분 예쁘게 봐주지 않았고, 게다가 대위 두 명은 보안대의 평판이 명실상부하다는 사실을 증명하고 싶다는 의도를 노골적으로 드러내고 있었다.

"그래서 이런 조건에서는 저희가 아무래도……." 중위가 불분명하게 말하기 시작했다.

"아무래도 뭐?!" 코웨츠키가 그에게 덤벼들었다. "숨이 차서 전투 중에 쉬었다고?!"

"그런 말씀이 아닙니다." 사비츠키가 중얼거렸다.

"상황은 분명합니다." 데스카 대위가 입을 열었다. 그는 이상하게 단호하게 말했다. 북쪽의 포모제 아니면 마주르 지역 출신이 분명했다. "이 사건은 전형적인 비겁 행위입니다. 탈주는 아닌데, 그 이유는 병사들이 명령받은 뒤에야 위치에서 벗어났기 때문입니다. 이것 때문에 사건의 성격이 약간 달라지는 건데, 사실은 사실입니다. 계획된 후퇴가 아니라 어쩔 줄 모르고 도망친 겁니다. 중위가 집합시킨 소대들이 옆쪽에서 상황을 정리하지 않았다면 의료 경계선까지 침투당했을 겁니다. 동무들은 책임을 지고 그에 걸맞은 처벌을 받아야 합니다." 그가 코트의 소대와 그들을 지지하는 동료들을 가리켰다.

코웨츠키는 중위를 내버려 두고 보안대 총구에 둘러싸인 병사들에게 돌아갔다. 그러곤 또다시 코트 앞에 서서 생선 냄새 풍기는 얼굴을 그에게 들이대었다.

"그래." 코웨츠키는 중사의 눈에서 두려움을 읽어내고 만족스럽게 중얼거렸다. "그래." 코웨츠키는 이 순간의 승리감과 상대를 억눌렀다는 만족감을 한껏 음미하며 다시 말했다. "처벌받아야지, 다른 놈들도 전부. 전투 상황에서 명령 불복종은 있을 수 없다는 사실을 영원히 기억할 만한 처벌이어야 해."

못돼먹은 코웨츠키는 데스카 대위 뒤로 가서 섰다.

"중사." 그가 친근하게 웃으며 말했다. "집합 장소에 마지막으로 나타난 다섯 명 골라내시오."

코트 중사는 굳어졌다. 보안대 대위들은 중사의 손에 피를 묻혀 상황을 처리하려 했다. 중사는 어느 병사들이 가장 패닉에 빠졌는지 알고 있었으나 이 보안대 개들의 앞발에 자기 부하들을 넘겨주는 것은 너무나 옳지 못한 일이라서, 그는…….

"너무 어두워서 잘 모르겠습……."

"그럼 이렇게 하지……." 못돼먹은 대위가 말을 끊었다. "다섯 명의 이름을 중사가 말하든가, 아니면 전원 처벌받든가."

데스카와 코웨츠키는 명백하게 자기들 업무를 잘 파악하고 있었다. 작전 수행할 공간을 빼앗긴 코트 중사는 몰려서 있는 부하들을 돌아보았다. 이 상황에서 다섯 명의 이름을 말하는 것이 차악이라는 사실을 그는 빠르게 이해했으나, 계속 저항감을 느꼈고 목구멍에서 뭔가 치솟아 올랐다. '마치 거친 털 한 뭉치를 삼킨 것 같군…… 이게 무슨 바보 같은 비유람.' 그는 두 명의 보안대 대위를 바라보며 자신을 꾸짖었다. 그러나 중사가 입을 열기 전에 등 뒤에서 떨리는 목소리가 들려왔다.

"대위 동무, 피오트르 야쿠보프스키 일병 보고드립니다. 제가 집합 장소에 마지막으로 도착했습니다."

보안대 대위 두 명이 동시에 몸을 돌렸다.

"대위 동무, 카밀 브넹크 일병 보고드립니다. 저도 마지막으로 도착했습니다."

코트 중사는 뒤를 돌아보았다. 동료들 뒤에서 병사들이 계속 나서고 있었다. 이미 다섯 명을 넘었다. 그 당시 지배하던 어둠과 혼란 속에서 집합 장소에 누가 누구 뒤에 도착했는지 확인하기는 어려웠다.

데스카와 코웨츠키는 병사들이 연대감을 표출하는 장면을 무관심한 얼굴로 바라보았다. 그런 뒤에 둘 중에서 키 큰 쪽이 고개를 끄덕이며 앞에 나선 사람들을 한 줄로 세우도록 헌병에게 신호했다. 전부 여덟 명이었다. 야쿠보프스키와 브넹크 외에 중사는 또 한 명, 마테우시 야니슈크 병장을 알아보았는데, 야니슈크는 말수가 적은 슈체친 출신 청년이었다. 그 세 명 외에 나머지 다섯은 중위가 사격 당시에 지원하라고 보내준 조에 속했다.

성질 더러운 대위가 만족한 웃음을 지으며 중사의 눈을 똑바로 바라보았다.

"중사는 명령대로 비겁자의 이름을 내놓지 않았으니 저들과 함께 가지." 그가 감정 없는 어조로 내뱉으며 코트 중사의 뒤에서 있는 헌병들을 불렀다. "중사 동무도 나머지 비겁자들과 함께 가도록 해주게."

사비츠키가 불안하게 움직거렸다. 그는 곤봉잡이들의 경계선을 뚫고 나가고 싶었으나 보안대원들이 그렇게 내버려 두지 않았다.

"제 부하들을 어떻게 하실 겁니까?" 중위가 키 큰 헌병 뒤에서 외쳤다.

코웨츠키가 불쌍하다는 듯 그를 바라보았다.

"어떻게 할 것 같소?" 그가 물었다.

"저는 명령을 수행할 뿐이지 추측은 하지 않습니다." 신경이 곤두선 사비츠키가 대꾸했다.

"바로 그거요, 중위 동무!" 데스카 대위가 꼬투리를 잡았다. "바로 그거라고! 제군은 명령을 수행하면 된다고. 그리고 얌전히 대가리 처박으면 그만이잖아!" 그리고 그는 입가에서 침을 닦아낸 뒤 돌아서서 겁에 질린 병사들을 날카로운 눈으로 훑어보았다. "전쟁터에서 비겁자보다 나쁜 건 반역자밖에 없어!" 그가 천둥처럼 소리쳤다. "그런데 너희들은 비겁자다. 여자처럼 도망을 치다니!" 그는 정도는 다르지만 겁을 먹고 움츠러든 아홉 명의 남자들 앞을 천천히 걸어 다니며 비웃었다. "염소나 닭처럼 너희들 전부 최전선으로 쫓아 보냈어야 했는데!" 그가 양치기 흉내를 내며 뼈마디가 튀어나온 손을 넓게 벌렸다.

그의 갑작스러운 동작에 몇몇 병사들이 깜짝 놀라 한 걸음 물러섰다. 대위는 이것을 보고 자신이 거둔 효과에 노골적으로 즐거워하며 더욱더 활짝 웃었다. 조금 멀리 서 있던 성질 더러운 코웨츠키는 이 장면을 우아한 침묵 속에 관찰하고 있었다. 그는 뭔가 열심히 씹으면서 움츠러든 젊은 병사들을 경멸의 눈으로 바라보았다. 그러는 동안 말라빠진 데스카 대위는 마침내 진정한 듯 웃음을 멈추고 한 걸음 뒤로 물러나 코웨츠키 옆에 서서 이렇게 덧붙였다.

"미꾸라지처럼 빠져나가게 내버려 두지 않을 거다! 반드시 처벌한다! 엄격하게……." 두 사람은 마치 한 몸인 듯 또다시 덜덜 떨었다. "가장 엄격하게 처벌할 것이다, 앞으로 아무도 최전선에서 도망칠 엄두도 낼 수 없도록."

"이럴 수는 없습니다……." 중위가 시작했으나 당장 가로막혔다.

"이럴 수 있지." 데스카가 재밌어하며 그에게 장담했다.

"우리는 뭐든지 할 수 있어." 코웨츠키가 입술을 일그러뜨리며 비뚤어진 웃음을 짓더니, 단 한 번, 단호하게 고개를 끄덕였다. "데려가!"

곧이어 헌병들이 멀리서 밝게 빛나는 화톳불을 향해 아홉 명 모두를 재촉했다.

21

1963년 8월 10일 토요일 01시 50분
그룬발트 광장 인근

도미니크 야쿠비아크가 큰 소리로 기침하며 천막 안으로 들어왔을 때, 두신스키는 고개조차 들지 않았다. 야쿠비아크 의사는 두신스키와 함께 일을 시작하다가, 휴식을 끝낸 동료들이 같은 시간에 근무 교대를 해주어 동시에 휴식할 수 있게 되었다. 지금 야쿠비아크의 얼굴과 흰 가운은 재투성이였고 기침소리는 결핵 환자 못지않게 심했다. 두신스키를 제외하고 모두가 놀란 표정으로 동료 의사를 쳐다보았다.

“전부 다 망할…….” 야쿠비아크가 잠시 폐를 토해내는 듯한 기침을 멈추고 말을 내뱉었다. 그러곤 오래전에 꺼져버린 난로 위로 손을 뻗어 커피가 담긴 주전자를 집었다. 그는 컵을 찾을 생각조차 하지 않았다. 주전자 부리의 뚜껑을 젖히고 곧바로 쓰디쓴 액체를 입에 부었다. 게걸스럽게 마시는 도중에 다시 경련하듯 기침하기 시작했다. 그러나 이번 기침은 이전만큼 심하지 않았다.

“뭘 피운 거요?” 구석에 앉아 있던 포들레프스키가 귀에 끼고 있던 왁스 덩어리를 빼며 퉁명스럽게 물었다.

"내가 뭘 피워요?" 야쿠비아크가 손등으로 입술을 문질러 닦으며 되물었다. "그럼 댁들은 광장에서 뭘 태우는 겁니까? 연기하고 재가 여기까지 밀려와서……." 그는 가운을 털어내려 했으나 옷에 길고 검은 자국만 남기며 오히려 더 지저분해져 버렸다.

"바람 방향이 바뀌었나?" 대위가 옆문으로 사라졌다. 다음 순간 다시 돌아왔을 때 대위의 높은 이마에는 두꺼운 재 덩어리가 붙어 있었다. "곧 다시 바뀔 거요." 대위가 다른 쪽에서 들려오는 기침 소리를 들으며 덧붙였다. 이번 기침 소리는 야쿠비아크의 기침 소리보다 얌전하지 않았고 게다가 합창으로 들려왔다.

천막 안으로 밀려 들어온, 잠옷 입은 남자 두 명이 반쯤 죽어가며 폐에서 재와 연기를 뱉어내려 애쓰고 있었다. 그들을 호송해 들어온 군인들도 마찬가지였다.

두신스키는 천막 벽에 뚫린 셀룰로이드 창문을 바라보았다. 창 너머에 있는 것은 뚫을 수 없는 검은 어둠이 아니었다. 어둠 대신 넘치는 회색빛이 차올라 있었다. 안개 같은 형태다. 의료 천막 안에서는 돌연 기침하는 야쿠비아크에게서 흘러나오는 은은한 탄내만 맡을 수 있을 뿐이었다. 두꺼운 덮개를 덮은 잠금장치가 제 역할을 다해서, 화장장에서 풍겨오는 짙고도 비인간적인 악취가 선별 작업 중인 의사들에게는 닿지 않았다.

포들레프스키는 야쿠비아크가 뒤집어쓴 얼룩무늬를 전혀 의식하지 못한 채 주머니에 손을 넣고 손수건을 꺼낸 다음 텅 빈 부스를 지나 척척 걸어갔다. 조금 전부터 새로 진료받을 환자들이 들어오지 않았다. 대위는 계속 기침하는 죄수들 곁을 지나 밖으로 나갔다. 이번에 대위는 밖에 나가서 한동안 돌아오지 않았다.

3분이나 4분쯤 지나 대위는 아까 연기가 새어 들어오는지 확인했던 바로 그 옆문에서 다시 나타났다. 눈자위가 벌겋고 제복과 머리가 재투성이였으나 대위는 기침을 하지 않았다.

"해결됐소." 대위가 손수건으로 얼굴을 문지르고는 손수건이 순식간에 시꺼멓게 변한 것을 보고 욕을 했다. "이젠 바람이 남쪽에서 붑니다."

"언제 또다시 바뀔지……." 야쿠비아크가 말을 하기 시작했다가 대위의 얼굴을 보고 중간에 멈추었다.

"병사들은 이런 진창 속에서 싸워야 하니 더 힘들어요." 포들레프스키가 의자에 주저앉아 즉시 '강화'한 커피에 손을 뻗었다. "의사 선생들은 그냥 담배 한 대 피우고 싶어 밖에 나갔을 뿐이지 않소."

"신경이 곤두서서요, 대위 동무, 가라앉혀야 할 거 아닙니까." 야쿠비아크가 차분하게 대답했다. "긴장 푸는 데는 느긋하게 담배 한 대 피우는 것만큼 좋은 게 없지요."

포들레프스키는 대답하지 않고 재빨리 술 들어간 커피를 한 모금 들이켜고는 마치 아침에 양치하듯 입안에 굴리며 천천히 즐기다가 마침내 삼켜버렸다.

두신스키는 시계를 흘긋 보았다. 거의 2시, 그의 휴식 시간이 끝나기까지 15분도 채 남지 않았다.

22

1963년 8월 10일 토요일 01시 51분
프라체 오드잔스키에, 격리병동 인근

변질자들의 시체가 불타고 있는 구덩이에서 너무나 강력한 열기가 뿜어져 나와 마치 금속을 제련이라도 하는 것 같았다. 코트 중사는 또다시 손을 이마로 가져가 땀을 닦아냈다. 이전에 수백 번 했던 반사적인 동작이었으나 그는 고무장갑이 방독면 유리 마스크에 닿기도 전에 팔을 반쯤 든 채로 멈추고 욕설을 내뱉었다.

중사는 붙잡힌 병사들의 행렬 맨 앞에 서서 하늘에 펄럭이는 불길을 향해 끌려가면서 자신이 죽음을 향해 가고 있다고 확신했다. 그들을 호송하고 있던 헌병들은 붙잡힌 병사들이 모든 면에서 그렇게 생각할 수밖에 없도록 만들었다. 붙잡힌 병사들이 가솔린을 삼킨 불길이 미친 듯이 타오르는 화톳불 옆 방벽 아래 섰을 때, 코웨츠키는 그들에게 방벽 쪽을 향해 서라고 명령했다. 곧이어 허리띠를 풀고 제복 상의를 벗으라는 명령이 떨어졌다. 코트 중사는 떨리는 손으로 단추를 풀며 옆에 선 부하들을 바라보았다. 모두 사시나무처럼 떨고 있었다. 몇몇은 울었다. 중사는 놀라지 않았다. 젊고 앞날이 창창한 그들은 곧 그 앞날을 잃게 될 것이었다. 코트 중사는 '뒤로 돌아'라는 명령을 듣고 돌아서면 자기 가슴을 겨눈 총구를 볼 거라는 데 평생 번 돈을 다 걸 수 있을 만큼 확신했다. 하지만 줄지어 선 병사들의 눈에 들어온 것은, 다리를 넓게 벌리고 서 있는 성질 더러운 대위가 더러운 낯짝에 가학적인 웃음을 띠고 그들을 바라보는 모습이었다.

"탕탕!" 대위가 상상의 방아쇠를 당기며 말했다. 몇몇 병사들의 눈에서 희망을 읽어내고 대위는 고개를 저었다. "아니야, 동무들. 너희가 생각하는 그런 게 아니다. 나는 처형을 즉각 집행하고 싶었지만, (손으로 데스카 대위를 가리키며) 나의 착하디 착한 동료가 더 좋은 생각을 내놓았다. 우리 부하들은 이 난리통을 정리하느라 비지땀을 흘리는데 너희들은 인민 조국을 위한 의무를 이렇게 간단히 건너뛰시겠다고? 안 되지, 동무들. 우선 일부터 하고 재미 보는 건 그다음이다. 마지막 감염자를 완전히 태운 뒤에 모든 부대의 모든 병사가 보는 앞에서 처형을 집행한다." 대위는 잡낭을 잔뜩 짊어진 헌병에게 한 손을 흔들어 보였다.

붙잡힌 병사들의 발밑에 방독면과 OP-1 방호복이 든 잡낭이 내던져졌다. 성질 더러운 대위는 빈말을 하지 않았다. 양면으로 방수 처리되어 공기가 전혀 통하지 않는 화학 방호복을 입고 화톳불 앞에서 중노동하는 것은, 비바람이 분 뒤에 날이 조금 시원해졌다고 해도 그 자체로 고문이었다.

병사들은 흙 둔덕 아래 깔린 수송 벨트 앞에 세 팀으로 나뉘어 일했다. 체포된 병사들 중 한 명은 수송 벨트에 실려 오는 시신 조각 자루를 갈고리에 걸어 금속 바구니에 넣었고, 다른 두 명은 그 바구니를 가져다 끊임없이 위쪽으로 움직이는 검은 벨트에 던져놓았다. 수송 벨트에 실린 시신들은 방벽 위로 올라갔다. 그러곤 벽 너머 약간 덜 가파른 경사를 따라가다가 타오르는 불꽃 속으로 곧바로 내려갔다. 작업이 쉽지 않았기에, 중노동의 첫 한 시간이 지났을 때 병사들 중 몇몇이 이 고통을 누군가 끝내주기를 비밀리에 바라게 된 것은 놀랄 일도 아니었다. 작업 후에 예정된 처형이 그들에게는 일종의 석방으로 여겨지기 시작했다.

가장 처음으로 견디지 못하게 된 병사는 남부 도시 벵진 출신 파베우 크비아테크였는데, 그는 더 나은 삶을 찾아 이 불길 옆의 중노동에서 탈출해야겠다고 결심했다. 어느 순간 그는 방독면과 갈고리를 내던져 버리고 마치 아무 일도 아니라는 듯 가까운 철로를 향해 걷기 시작했다. 멀리 가지는 못했다. 체포된 병사들을 감시하던 헌병들이 경고의 말을 딱 한 번 외쳤지만, 파베우는 불길이 타오르는 굉음 때문에 그 소리를 듣지도 못했다. 다음 순간 헌병 두 명이 소총을 어깨에 대고 거의 동시에 발사했다.

파베우가 열 걸음을 채 걷기도 전에 총알이 그를 관통했다. 헌병 중 한 명만 그를 맞혔으나 그것은 명중이었다. 방호복의 회색 머리덮개에 검은 구멍이 생겼고 병장은 어린이가 놀다 버린 봉제 인형처럼 힘없이 땅에 쓰러졌다.

코트 중사는 굳어져 버린 부하들을 바라보았다. 그들의 얼굴이 보이지 않았지만 바로 옆에 서 있는 야쿠보프스키와 팔키에비치 병장의 눈을 보고 그는 모든 것을 이해했다.

"야쿠보프스키, 팔키에비치……." 그가 입을 열었으나 이 소음 속에서 방독면을 쓴 채로는 의사소통할 수 없다는 사실을 빠르게 깨달았다.

그래서 그는 양팔을 들고 세계 공통의 몸짓을 했다. '침착해라, 제군들, 침착해…….' 부하들은 잠시 후에야 그에게 주의를 돌렸고, 이제는 상황이 진정되었다고 중사가 생각했을 때 이 드라마의 다음 장면이 펼쳐졌다. 중사는 부하들을 바라보느라 수송 벨트의 다른 부분에서 일하던 나머지 사람들을 잊고 있었다. 크비아테크 팀 병사들은 지나치게 충격을 받아 아무것도 할 수 없었는데, 무엇보다 크비아테크의 오른쪽에서 일하던 마르친 파슈코프스키, 야쿠프 보지흐, 카롤 미트카가 패닉에 빠졌다.

그들은 방독면을 벗어 던지고 어둠 속으로 달리기 시작했다. 이 시각, 헌병 다섯 명은 모두 살해된 병사를 내려다봤다. 밤이 어두웠기 때문에 어쩌면 그들은 도망치는 데 성공할 수도 있었지만, 운이 나쁘게도 바로 이 순간 불길에 가솔린을 붓는 기계가 작동하기 시작했다. 불꽃의 기다란 혀가 주위를 휘감아 환하게 비추면서 생각에 잠겨 있던 헌병들을 깨웠고, 어둠 속으로 사라지려던 도망자들의 윤곽이 드러났다.

다시 사격 소리가 울렸다. 이번에는 헌병 네 명이 발사했고 나머지 한 명은 욕을 하며 무전기로 본부에 호출하기 시작했다. 마침내 연락병이 일어나서 나머지 헌병들과 합류했을 때, 그의 등 뒤로 멀리 군용차량 전조등이 빛나고 있었다. 헌병들을 가득 태운 지프차 두 대가 도망자들의 뒤를 추적했다. 야쿠프가 가장 먼저 사살되었다. 처음에 총알은 그의 허벅다리에 맞았다. 그가 고통에 못 이겨 몸을 똑바로 세우는 순간 이어서 두 발이 그의 등에 맞았다. 그는 한 바퀴 빙그르 돌아 나무토막처럼 잔디 위에 쓰러졌다. 미트카는 야쿠프보다 멀리 가지 못했다. 총알이 그의 어깨를 뚫었다. 그는 빽빽한 관목숲 사이 어딘가에 누워 무시무시한 비명을 질렀고 그러다가 전속력으로 달리던 지프차가 그의 머리를 밟고 지나갔다.

코트 중사는 지프차 운전수가 일부러 그렇게 한 것인지, 아니면 우연이었는지 알 수 없었다. 그가 알고 있는 건 그저 지프차가 지나가자마자 카롤 미트카가 총을 맞고 누워 있던 곳에서 마치 칼로 자른 듯 비명이 멈췄다는 사실뿐이었다. 방벽 너머로 소용돌이치는 불꽃의 굉음이 돌연히 다른 소리를 모두 덮어버렸다. 목격자들은 그저 번쩍이는 빛을 보았을 뿐이었다. 그 불빛은 스무 개가 넘었고, 그런 뒤에 황무지 위로 다시 먹물 같은 어둠이 내렸다.

잠시 후, 지프차들이 돌아왔다. 한 대는 수송 벨트 바로 앞까지 와서야 멈추었고, 다른 한 대는 작업하고 있는 두 팀을 더 지나간 뒤에 멈추었다. 곧 밝혀진바, 이 추적을 지휘한 사람은 성질 더러운 코웨츠키 대위였다. 코웨츠키는 첫 번째 지프차가 멈추자마자 뛰어내려 방독면을 빙글빙글 돌리며 남은 다섯 명의 체포된 병사들 맞은편에 섰다.

“이런 식으로 보답한다고?!” 그가 화가 나서 얼굴이 시뻘게진 채 포효했다. “내가 처형을 연기해 준 보답이 이거야?!”

“은혜가 지나치셔서요!” 중사가 말리기도 전에 야쿠보프스키가 방독면을 이마로 밀어 올리고 소리쳐 대꾸했다.

“방금 뭐라고 했냐, 쓰레기야?” 코웨츠키가 굳어졌다.

“이렇게 고생하느니 뒈지는 게 낫지…….” 야쿠보프스키가 도전적으로 대꾸했다. 그는 이미 모든 것이 아무래도 상관없었다.

코트 중사는 야쿠보프스키가 참을성이 많지만 단 하나, 더러운 걸 싫어한다는 사실을 알고 있었다. 누군가 다른 사람 때문에 제복이 더러워지면 그는 깔끔한 아가씨처럼 성을 냈다. 부대의 모든 대원에게 돌아가며 성을 내다가 야쿠보프스키는 결국 보급품 중에서 가장 새것 혹은 가장 덜 닳아빠진 물품을 빼돌리곤 했다. 그는 보기 좋은 군인이기를 원했으므로 이 쓰레기장 노동에 다른 병사들보다 더 짜증이 나 있었다.

"아, 영웅 동무." 성질 더러운 대위가 잠시 궁리한 끝에 말대꾸한 병사를 특정했다. "첫 번째로 조져지고 첫 번째로 뒤집어쓰시겠다……."

"야, 바퀴벌레, 좀 올라와서 말해라, 내 불알이 네가 웅얼거리는 거 못 알아들으신단다." 야쿠보프스키가 방독면을 완전히 벗고 대위를 비웃었다. 야쿠보프스키는 못돼먹은 대위보다 머리 두 개 정도 더 키가 컸다.

코웨츠키는 벌겋게 부풀어 올랐고, 벼락을 맞은 듯 온몸을 떨었다. 중사는 이 보안대 대위가 혹시 쓰러지지 않을까 한순간 희망을 가졌다. 불행히도 이것은 그저 분노의 폭발일 뿐이었다. 보안대 대위가 떨리는 손을 권총집으로 가져갔다. 한동안 권총집 덮개를 만지작거리다 마침내 총을 꺼내 얼굴 높이로 들어 올렸다. 그가 조준을 끝내기 전에 방벽 옆에 그의 말라깽이 동무가 나타났다. 키 큰 말라깽이는 천성적으로 빌어먹게 차분한 것 같았다.

"코웨츠키." 데스카 대위가 외치더니 한 손을 코웨츠키의 어깨에 얹었다.

“죽일 거야!” 코웨츠키가 손을 뿌리치려 애쓰며 고함쳤다.

“죽이는 건 나중에 하고 일단 내 말 좀 들어봐.” 데스카가 그를 달래는 동시에 양쪽 지프차에 탄 인원과 주위를 둘러싼 헌병들에게 총을 내리라고 손짓했다. 긴장이 조금 풀어지자, 데스카는 아직 살아 있는 병사 다섯 명을 눈으로 훑어보았다. “죽고 싶어 하는 사람한테 죽이겠다고 위협하는 건 그다지 합리적인 해결책이 못 되지.” 그가 얼굴에 비웃는 미소를 띠고 말했다. “안 그런가, 동무?” 데스카 대위가 야쿠보프스키와 코트 중사를 바라보았다. 둘은 대답하지 않았지만, 코트는 야쿠보프스키가 또다시 독설로 대꾸하고 싶어 근질거리는 것을 보았다. 야쿠보프스키는 그 말투로 유명했다. “그럴 것 같았지.” 대위가 두 사람 앞에 다리를 넓게 벌리고 뒷짐을 지고 서서 말했다. “간단히 말하지. 이 작업은 누군가 해야만 한다. 그리고 내가 감독하는 한 여러분은 감염자들 시체 조각을 다 태운 뒤에 총살당할 것이다.”

“어디 해봐라, 광대 새끼야!” 야쿠보프스키가 발밑에 침을 뱉으며 외쳤다.

“기꺼이 해주지.” 데스카가 또다시 자신의 손에서 벗어나려는 성질 더러운 대위를 달래며 대답했다. “여러분한테 한 가지 더 제안하겠다. 죽음의 손길에서 벗어나 도망치는 사람이 있으면 그 숫자만큼 소속 부대에서 여기로 데리고 오겠다.” 데스카가 고개를 약간 기울이고 매우 다정한 미소를 띤 채 그들을 바라보았다. “알아듣겠나?”

야쿠보프스키는 얼굴이 붉으락푸르락해져 처음에는 중사를,

그다음에는 팔키에비치를 바라보았다. 빌어먹을 보안대 개새끼들은 사람의 인생을 꼬아놓는 방법을 잘 안다. 그리고 한마디로 하극상을 잠재워 버렸다…….

"예." 코트 중사가 부하들을 대신해 자신도 방독면을 이마 위로 올리며 대답했다. "알겠습니다."

"아주 좋아. 그렇다면 나는 동무의 부대에서 다섯 명을 데리러 가지, 그래야……."

"어째서 다섯 명입니까, 대위 동무……?" 코트 중사가 깜짝 놀라 그의 말을 가로막았다. "사살된 건 네 명입니다."

"코웨츠키, 이 선동꾼은 이제 마음대로 쏴버려도 돼." 말라깽이 보안대 대위가 내뱉고는 마치 중사의 말이 들리지 않는 듯 돌아서 버렸다.

이어서 들려온 총소리에 체포된 병사들은 모두 몸을 떨었다. 코웨츠키가 야쿠보프스키의 배 한가운데 총알을 박아 넣은 것이다. 야쿠보프스키는 몸을 반으로 접더니 무릎 꿇었고, 양손을 상처에 대고 눌렀다. 그의 얼굴이 굳어졌다. 목과 관자놀이의 모든 혈관이 피부를 찢을 듯이 튀어나왔다. 일그러진 그의 입술에서 침과 피가 흘러나왔다. 뭔가 말하려고 하는 것이 분명했으나 고통이 너무 심했다. 야쿠보프스키가 이를 악물었고 턱이 쇳덩이처럼 굳어졌다.

두 번째 지프차의 군인들이 사살된 도주 병사들의 시신을 코트 중사 옆에 있는 수송 벨트 위로 던졌다. 보안대원들이 크비아테크의 시신을 치우도록 팔키에비치와 야니슈크를 재촉했다. 코웨츠키는 그대로 같은 자리에 서서 권총을 만지작거리며 체포된 병사들이 멈추었던 작업을 다시 시작하기를 기다리고 있었다. 병사들은 더 이상 재촉할 필요가 없었다. 동료들의 시신이 연달아 수송 벨트에 놓이더니 이내 방벽 위로 실려 가 그들이 진압하기 위해서 왔던 감염자들의 조각난 시신과 합류했다.

크비아테크의 시신이 마지막 여정인 수송 벨트 위에 올랐을 때, 병사 네 명이 여전히 고통에 몸부림치는 야쿠보프스키 옆에 어쩔 줄 모르고 서 있었다.

"특별 초청장이라도 기다리나?" 코웨츠키가 물었다.

"아직 살아 있습니다……." 코트가 두려움에 가득 찬 눈으로 코웨츠키를 바라보았다.

코웨츠키가 부상자의 상태를 확인하려는 듯 몸을 굽혔다.

"아닌데, 동무. 내가 보기엔 차가운 시체야." 그가 겁먹은 병사들에게 장담했다.

"계속 움직입니다……." 중사는 이 가학적인 보안대 대위의 말에 무슨 의도가 있는지 짐작하면서도 굽히지 않았다.

"그건 아무 의미도 없어." 대위가 차분하게 대답했다. "감염자들도 모두 죽은 다음에도 움직이니까." 대위가 화장을 기다리고 있는 자루 더미를 가리킨 뒤에 극적인 동작으로 안전장치를 젖히고 권총 총구를 병사들에게 하나씩 차례로 겨누었다. "너희 소대에 비겁자는 넘치니까, 누군가 반드시 또 너희 자리를 채우겠지……."

코트 중사는 몸을 떨지 않았다. 그는 자신이 죽고 다른 누군가가 자기 자리를 채우는 것을 원하지 않았다. 그에게는 다른 계획이 있었다. 그는 야쿠보프스키의 부상이 심각하다는 것을 알고 있었다. 따라서 이 대화를 1, 2분만 더 끌고 갈 수 있다면, 야쿠보프스키가 의식을 잃고 그 뒤에……. 중사가 총소리를 듣기도 전에 총알이 그의 귓가를 스쳐 지나갔다. 뺨에 한 줄로 그어진 열기가 느껴졌다. 그는 아파서라기보다 놀라서 펄쩍 뛰었다. 팔키에비치와 야니슈크가 부상당한 동료를 붙잡은 다음 인정사정없이 단번에 밀어서 그를 수송 벨트 위에 올렸다. 벨트가 천천히 위로 올라가자, 야쿠보프스키는 이제 고통뿐 아니라 상상할 수 없는 열기 때문에 신음했다. 방벽의 절반 정도 올라갔을 때 야쿠보프스키는 울부짖기 시작했다. 그의 입에서 산 채로 가죽이 벗겨지는 듯한 비인간적인 고통의 비명이 터져 나왔다. 방벽 너머 넘실거리는 불꽃 속에 그의 몸이 곧바로 던져지기 몇 초 전에야 그는 비명을 그쳤다.

23

1963년 8월 10일 토요일 02시 27분
그룬발트 광장 인근

변화는 훨씬 더 조용히 시작되었다. 처음 15분 동안 두신스키는 겨우 두 명 정도 진찰했는데, 양쪽 모두 검사 결과 양성이었다. 또한 미로 공원에서 끌려온 재투성이 잠옷을 입은 여성과 학교 뒤 방벽 인근에서 발견된 넋 나간 노인도 파란 카드를 받고 예방주사를 맞은 뒤 구급차로 끌려 나갔다. 그 뒤로 세 명이 더 천막에 들어왔지만 모두 옆에 있는 다른 부스들로 갔다.

총소리가 천천히 잦아들자 두신스키는 격리병동 진압이 곧 끝날 것 같다는 예감에 진심으로 기뻤다. 비록 수많은 다른 사람을 살리기 위함이라 해도 사람들을 죽을 곳으로 보내는 것은 그에게 진정 고문과 같았다. 순환근무 덕분에 그 열성분자 미슈탈과 함께 일하지 않아도 되는 것도 다행스러운 일이었다. 이번에 그는 리비츠키 의사와 같은 조가 되었는데, 리비츠키는 이전에 카미엔스키 거리에 있는 병원에서 일할 때 알게 된 사이였다.

"리비츠키 선생, 보아하니 말입니다." 그가 구석의 동글 의자에 앉아 있는 동료에게 말을 걸었다. "우리가 과로하게 될 것 같진 않네요."

"그렇죠, 그렇죠." 리비츠키가 의료 장갑을 벗고 두신스키 옆에 앉았다.

"제일 힘든 대목은 지나갔나 봅니다." 두신스키가 자신의 예측을 내놓은 뒤 커피를 권했다. 그리고 그룬발트 광장 쪽으로 고갯짓을 하며 덧붙였다. "그리고 다행히 바람도 방향을 또 바꿨어요……."

이전 휴식 시간이 끝나갈 때쯤 화톳불에서 나온 연기가 15분 이상 주위를 뒤덮으며 시야를 가렸고, 운 나쁘게 인근에 있었던 모든 사람의 호흡을 막았다. 바람에 실려 온 불탄 기름 냄새가 너무나 고약해서 선별진료소에 있던 모든 사람이 스스로 방독면을 찾아 써야 했다. 심지어 호송대와 휴식 중이던 의사들까지. 그리고 대부분은 아무리 담배가 당겨도 한 대 피우러 나가는 것을 포기했다.

"그럴 때도 됐죠!" 리비츠키가 미적지근한 커피를 한 모금 들이켰다. "저는 이제 익숙해진 줄 알았어요. 죽은 지 며칠 혹은 심지어 열흘 이상 지난 죄수들 시체도 몇 번이나 검사했거든요. 그런데 이건……." 그는 얼음장 같은 바람에 휘말린 듯 온몸을 떨었다. "그 악취는 정말 내장이 다 뒤집힐 정도예요."

두신스키는 말없이 고개를 끄덕였다. 불탄 시신의 냄새가 앞으로도 오랫동안 그들의 꿈속을 따라다닐 것이라고 그는 확신했다. 이 천막과 환자들의 옷에 꽂힌 파란 카드도.

"3번 부스!" 그들은 입구 앞에 선 보안대원의 목소리를 들었다. 예정에 없던 휴식이 끝났다는 뜻이었다. 경비병이 그들의 부스에 다음 환자를 보낸 것이다.

그들은 탁자 앞에 자리를 잡았다. 두신스키는 서류를 준비했고 리비츠키는 서둘러 장갑을 끼었다. 곧 재를 뒤집어쓴 군인 두 명이 여기저기 찢어진 셔츠를 입은 어린 소년을 부스 안으로 데리고 들어와 탁자 앞에 앉혔다. 소년은 여전히 어리둥절해하며 용수철 달린 장난감처럼 의사들 앞에서 고개를 주억거리더니 흐린 눈으로 주위를 둘러보았다.

"끌려오지 않으려고 고집부려서 한 대 먹인 겁니까?" 리비츠키가 나가려는 경비병들에게 물었다.

"그렇소." 호송대원 하나가 중얼거렸고, 둘 다 사라져 버렸다.

"그럼 일 시작해야지." 환자 앞에 선 두신스키는 그 환자가 자신을 쳐다보게 하려고 손가락을 소리 내어 튕겨야만 했다. "성, 이름?" 그는 정해진 질문들을 시작했다. 그러나 아무 반응이 없다. "성하고 이름?!" 그가 더 강하게 물었으나 결과는 똑같았다. "내 말 들리나, 이봐?!"

리비츠키는 성공했다. 간호사의 도움을 받아 소년의 상의를 벗긴 것이다. 그러나 진료는 거기서 끝났다.

"그만하셔도 될 것 같습니다, 선생님." 리비츠키가 환자의 등 뒤에서 고개를 내밀고 의미심장하게 머리를 흔들었다. "확실히 파란 카드예요. 등에 있는 상처들은 방금 전에 할퀴인 겁니다. 관계 중에 흥분한 아가씨가 손톱으로 온통 긁어놓은 것 같아요."

"그러면 주사를 놓는 게 1번이죠." 두신스키가 발견된 상처의 특징을 서류에 기록하며 대답했다. "개인정보 보고는 2번이고."

“성명불상이면 되겠지요.” 리비츠키가 탁자 옆으로 돌아 파란 카드를 꺼냈다.

“우리야 그거면 되지만, 가족은 그렇지 않지요.” 두신스키가 내뱉었다. “이 난리 통이 끝나면 누군가 분명히 이 애를 찾을 겁니다.”

“분명히 뭔가 신분증이 있을 텐데…….” 리비츠키가 의사 가운 주머니에 파란 카드를 집어넣고 전문가다운 손길로 탁자에 놓인 셔츠를 더듬었다. 그러나 아무것도 찾아내지 못하자, 그는 다시 소년에게 다가가 단번에 일으켜 세운 뒤 몸을 굽히고 바지 주머니를 살폈다. “아하!” 그가 한쪽 주머니에 손을 넣고 웃음을 지었다. “여깁니다. 학생증이 있어요. 성은 브조조프스키입니다.” 리비츠키는 환자에게 등을 돌리고 서서 학생증에 적힌 정보를 읽었다. “이름이 특이하군요, 알란, 외국식이에요. 아마 어머니나 아버지가…….”

리비츠키는 말을 마치지 못했다. 두신스키는 무엇 때문에 광란의 공격이 벌어졌는지 설명할 수 없었다. 어쩌면 손에 주사기를 든 채 다가오는 간호사 때문인지도, 아니면 갑자기 번득이는 기억의 파편, 얼마 전에 일어났던 극적인 사건의 장면들이 떠올랐기 때문인지도 모른다. 어찌 됐든 누군가 대응하기 전에 알란 브조조프스키는 자기 앞에 선 의사의 옆구리를 밀어젖히고 출구를 향해 달려갔다. 출구를 가린 커튼 뒤에서 넘어졌는데 호송대원들을 보고 순식간에 일어났다. 브조조프스키를 이곳으로 데려온 바로 그 대원들이었다.

리비츠키가 재빨리 정신을 차렸다.

“망할 자식…….” 그가 분개하여 내뱉고는 양팔을 넓게 벌리고 소년에게 달려들었다.

그것은 커다란 실수였다. 막다른 곳에 몰린 소년은 등 뒤에서 군인들이 부르는 소리를 듣고 자신보다 체격은 훨씬 더 크지만 덜 민첩한 의사에게 맞서기로 결정한 것이다. 소년은 야만적인 고함을 지르며 의사에게 달려들었다. 비록 순식간에 반쯤 붙잡혔지만 재빨리 떨치고 빠져나오면서 의사를 마구잡이로 할퀴고 깨물었다.

리비츠키는 자신이 멍청한 방식으로 감염에 노출되었다는 사실을 깨닫고 불에 덴 듯 펄쩍 뛰어 물러났다. 소년은 겁에 질려 비명을 지르는 간호사 옆을 지나 출구 앞 커튼을 젖히고 천막 뒤편으로 달려나갔다. 거의 동시에 총격 소리가 울려 퍼지고, 계속해서 흔들리던 하얀 커튼에 뭔가 검은 액체가 흩뿌려졌다.

호송대원들이 권총을 손에 들고 부스 안으로 들어왔으나 소년이 그곳에 없다는 사실을 확인하고는 피투성이 커튼 뒤로 사라졌다. 그리고 바로 그곳에서 포들레프스키의 분노에 찬 고함소리가 들려왔다.

"혹시…… 혹시 저……." 리비츠키가 더듬거리며 창백해진 두신스키를 쳐다보았다.

리비츠키의 얼굴이 빨갛게 부어올라 있었고 할퀸 자국에서는 선명한 피가 배어 나오기 시작했다. 여전히 의사 가운에 꽂혀 있는 파란 카드에 루비처럼 붉은 핏방울이 떨어졌다.

24

1963년 8월 10일 토요일 02시 29분
프라체 오드잔스키에, 격리병동 인근

보안대는 15분 안에 체포된 병사들의 수를 보충했다. 코트 중사가 탄환을 가져오라고 보냈던 병사 세 명이 방벽 아래로 끌려왔다. 그들이 아무리 해명해도 소용없었다. 성질 더러운 코웨츠키가 그들을 탈주병으로 선언했는데, 보급 지점에서 멀리 떨어진 벌판에서 붙잡힌 데다 그들이 말한 사건 전개를 소대원 중 아무도 확인해 주지 않았기 때문이다. 코트 중사는 다른 병사들이 눈치채지 않게 조용히 그들을 보냈는데, 그런 행동을 이제는 무척 후회하고 있었다. 그들과 함께 병사 두 명이 더 잡혀왔다. 시몬 크라브치크가 끌려올 때 펑펑 울어서 모두를 민망하게 했는데, 반면에 마지막 포로의 등장은 모두에게 굉장한 충격이었다. 보안대 장교들이 부대 전체를 먹잇감으로 삼은 것이 분명했다. 중위를 체포한 것이다.

새로 잡혀온 다섯 명은 완전한 침묵 속에 방호복을 입은 뒤—소총 총구가 겨누고 있는—수송 벨트 앞으로 보내졌다. 상황은 명확했다. 불복종할 경우 빈자리에 그들의 동료가 들어오게 되며, 게다가 체포된 병사가 대가를 치르더라도 그 이유를 자기 목숨만 구하려 했기 때문이라고 모두 알게 될 것이었다.

달리 방법이 없었다. 병사들은 분노와 억울함에 이를 악물고 그들을 둘러싼 자루 무더기를 체계적으로 옮겼다. 1시가 지나자 작전구역에서 더 이상 수송될 게 없었기에 코트는—다음 학살이 다시 시작되지 않는 한—대략 30분이 지나면 이 중노동이 끝나고 자신들이 불길 속에 던져지리라고 짐작했다. '어쨌든 야쿠보프스키처럼 되지는 않기를.' 그는 속으로 기도했다.

돌풍이 시 외곽 지역에서 조금씩 물러났고 비도 거의 그쳤으나 바람은 또다시 방향을 바꾸었다. 짙은 안개가 방벽 꼭대기에서 뿜어져 나와 땅에 깔렸는데, 마치 하늘이 그 연기를 삼키지 않으려 하는 것 같았다. 곧 인근지역 전체가 악취를 풍기는 회색 연기에 휩싸였다. 화이트 크리스마스인 듯 사람들의 머리 위에 재가 두껍게 내려앉았다. 다만 색깔은 눈과 달랐다. 경비병들이 점점 더 자주, 더 큰 소리로 기침하면서 죄수들이 시야에서 벗어나지 않도록 가까운 수송 벨트에 다가섰다. 이제 경비병들은 일하는 죄수들에게서 스무 걸음도 떨어져 있지 않았지만, 그런데도 죄수들이 잘 보이지 않았다. 죄수들은 자신들이 방독면을 쓰고 있으며 악취를 풍기는 시체 태운 연기를 들이마시지 않아도 된다는 사실에 처음으로 안도감을 느꼈다.

코트 중사는 몇 시나 되었는지 알지 못했다. 시계도 볼 수 없는 단조로운 작업이 시간 감각을 빼앗아 갔다. 시간이 흐른다는 유일한 표시는 점점 작아지는 자루 무더기였다. 자루가 거의 다 사라질 무렵 멀리서 호각 소리가 들려왔다. 그것은 또다시 처형이 미루어지고…… 이 강제노동이 지속된다는 의미였다.

사비츠키 중위가 자루를 수송 벨트에 올려놓는 데 쓰는 갈고리를 내던졌다. 나머지 죄수들도 마찬가지로 일을 멈춘 뒤, 짙은 안개를 뚫고 어떻게든 주위를 보려고 애썼다. 곤봉잡이들 또한 보이지 않는 경계선 쪽을 향해 뒤를 돌아보았다. 그러나 보안대원들은 곧 정신을 차리고 평소 하던 대로 수송 벨트 앞에 있는 죄수들을 재촉했다. 보안대원들의 얼굴에 가학적인 만족감이 떠올랐다.

25

1963년 8월 10일 토요일 02시 57분
그룬발트 광장 인근

선별진료소는 2시 45분에 작업을 끝냈다. 작전에 투입되었던 군인과 경찰들이 짧은 점호가 끝나고 막사로 돌아가기 위해 다리 앞에 집합하기 시작했을 때, 포들레프스키 대위는 당직 의사들에게 부스에서 나오라고 명령했다. 그런 다음 얼굴과 손을 씻을 수 있도록 몇 분 정도 시간을 주고 나서 의료진을 전부 천막 뒤편에 집어넣었다.

"당과 인민의 이름으로 감사드립니다, 동무들." 그가 당 대회에서 연설하듯 근엄한 어조로 시작했다가 앞에 선 사람들의 몽롱한 시선과 흙빛 얼굴을 보고 곧 접근 방식을 바꾸었다. "기타 등등, 어쩌고저쩌고 그렇고 저렇습니다." 그가 분위기를 풀기 위해 덧붙였다. "힘든 일을 잘해주셨습니다. 여러분은 수백 명, 아마도 수천 명의 목숨을 살렸습니다." 의사 한 명이 큰 소리로 기침을 했다. 조금 뒤에 다른 흡연자가 또 기침을 했다. 밖에서 시간을 너무 많이 보내면서 담배 연기 말고 다른 것도 들이마신 모양이다. "곧 다들 귀가하시게 됩니다." 다시 주위가 조용해졌을 때 대위가 약속했다. "구급차가 이미 여러분을 기다리고 있습니다." 그가 한 손으로 옆쪽 출구를 가리켰다. 파란 카드로 표시된 환자들이 나가던 출구였다. 30분쯤 전에 강제 '예방주사'를 맞은 리비츠키 의사가 바로 그곳으로 끌려나갔다……. 포들레프스키는 의사들의 시선에서 불신과 망설임을 보고 미소 지었다. "겁낼 것 없습니다, 동무들. 속임수가 아닙니다. 정말로 귀가하시는 겁니다. 저도 여러분과 함께 나갑니다."

의사들은 서류 가방을 집어 들고 앞장서는 대위의 모습을 보고서야 천막에서 나가기 시작했다.

그런데 그들에게 안내된 군용 구급차 내부에서 연기 냄새와 또 뭔가 훨씬 더 역겨운 냄새가 계속 풍겨 나왔다. 알고 보니 구급차 옆 넓고 황폐한 공간에서 불타는 시신의 숨 막히는 악취가 계속 풍겨왔던 것이다. 그날 밤 구급차 대원들은 광장 뒤쪽 부지로 열 번이 넘게 왕복했는데, 그곳에서 공병대가 깊은 참호를 여섯 개 파고 그 안에서 감염된 격리병동 환자들의 시신 조각을 태웠다.

구급차 운전병이 누구보다 심하게 기침을 했다. 이상한 일도 아니다. 건물 안에 있거나 얼굴에 방독면을 쓰고 일한 사람들보다 이 시신 태운 연기를 훨씬 더 많이 들이마신 것이다. 두신스키는 몇몇 동료들과 달리 자기 방독면을 한순간도 벗지 않았는데, 다른 동료들의 표정을 보니 성급하게 벗기로 했던 결정을 후회하는 게 분명했다. 두신스키는 자신이 직접 처형장으로 보낸 사람들의 시체 가루를 들이마시기보다 이상하게 보이고 답답하게 느끼는 편을 택했다. 함께 구급차에 탄 의사들은 시간이 조금 지나자 되는대로 아무거나 꺼내서 얼굴을 가렸다. 실전 경험을 수없이 보유했다는 대위조차 결국은 주머니에서 손수건을 꺼내 보라색으로 변한 코를 가렸다.

그들은 굽은 길을 돌 때마다 흔들렸고, 엔진의 굉음을 들으며 침묵 속에 구급차를 타고 갔다. 구급차는 광장을 피해 시엔키에비치 거리로 빠져 노보비에이스카 거리로 돌아서 갔다. 첫 정차는 베스테르플라테 수호자들 광장이었다. 구급차가 멈추고 뒷문이 열리자 의료진은 거리 끝에서 흔들리는 화톳불의 불빛을 보았다. 구급차를 운전하는 도미니크 코리츠키 병장이 가까운 철문 앞에 간호사 두 명을 데려다준 뒤 구급차 문을 도로 닫았을 때, 안에 있던 사람들은 모두 안도의 한숨을 쉬었다. 이것이 이 드라마의 마지막 장면이라고 그들은 확신하고 있었다.

잠시 후, 그들은 바깥에서 들려오는 시끄러운 기침 소리를 들었다. 운전병이 길옆에 차를 세우고 차 옆면을 주먹으로 때린 것 같았다. 최소한 의사들의 귀에는 그렇게 들렸다. 운전병은 당장이라도 폐를 토해낼 듯 기침을 했다. 마침내 바깥이 조용해졌다.

두신스키는 몇 초간 기다렸으나 계속 아무 일도 일어나지 않자 옆에서 졸고 있는 포들레프스키를 바라보았다. 그는 대위의 어깨를 건드리기 위해 몸을 굽혔다.

“뭐요? 다 왔소?” 대위는 여기가 어디이며 무슨 일인지 전혀 이해하지 못했는지 흠칫 놀랐다. “보고하시오…….” 대위가 중얼거리더니 곧 잠이 깨었는지 그제야 물었다. “무슨 일입니까?”

“운전병이 갑자기 심하게 기침을 합니다.” 두신스키가 설명했다. “아마 기절한 것 같습니다. 도와줘야 할 것 같은데, 여기서 어떻게 나가야 할지 잘 모르겠습니다.”

"내가 나가보겠소." 포들레프스키가 서둘러 몸을 일으키며 중얼거렸다. 차 안을 비추는 유일한 전등 불빛으로는 안이 잘 보이지 않았지만, 대위는 손으로 문을 몇 번 미는 것만으로 확인할 수 있었다. "망할." 그가 신음했다. "작전 전에 내부 문손잡이를 떼어내라고 내가 명령했소, 그 왜, 만약의 경우를 대비해서 말이오. 그런데 그 뒤에……." 대위가 양손을 벌렸다. "그냥 잊어버렸소. 자주 있는 일이지."

대답 대신 의료진의 불만스러운 웅얼거림이 차 안을 채웠다.

"그럼 이제 우린 여기서 어떻게 나갑니까?" 맞은편에 앉은 비타시아크 의사가 마침내 기침을 멈추었을 때, 두신스키가 물었다.

포들레프스키가 어둠침침한 차 안을 둘러보았다. 구급차에는 문이 하나밖에 없었고 그 문에는 내부 손잡이가 없었다. 그 외에 바깥으로 나가는 길은 천장에 뚫린 사각형 환풍구가 있었지만 성인 남성이 빠져나가기에는 너무 작았고, 운전석과 구급차 뒤편을 연결하는 조그만 창문이 있었다. 그 창문을 대위가 손가락으로 가리켰다.

"창유리를 깨야겠소." 그가 자신 없는 어조로 말했다. "우리 운전병이 곧 정신 차리고 돌아와서 우리를 꺼내주지 않는다면 말이지." 대위가 덧붙이고 주먹으로 차 옆을 두드렸다. "병장! 무슨 일인가?! 내 말 들리나?!"

바깥에는 혼란스러운 침묵이 감돌 뿐이었다.

두신스키가 최대한 앞쪽으로 가서 운전석과 연결된 창문을 주의 깊게 들여다보았다. 미닫이형 유리창이 가로로 긴 사각형 틀에 끼워진 형태였다. 그는 두꺼운 창유리와 고무 틀을 떼어냈을 경우 창문으로 몸을 빼낼 수 있을지 가늠해 보았다. 또다시 누군가의 격심한 기침 소리에 그는 궁리하다 깜짝 놀랐다. 그러나 이번에 기침 소리는 바깥이 아니라 구급차 안에서 들려오고 있었다. 비타시아크가 몸을 반으로 접은 채 금방이라도 토할 듯이 푹 숙이고 있었다.

짜증이 난 포들레프스키가 다시 주먹으로 차 옆면을 치기 시작했으나 이전과 같이 효과는 없었다. 운전병이 완전히 의식을 잃은 것이 틀림없었다.

두신스키는 가운을 벗어서 그것으로 주먹을 감쌌다. 그런 다음 창유리를 때렸다가 너무 아파서 씩씩거렸다. 강화유리는 그의 손보다 훨씬 강했다.

"빌어먹을……." 그가 아픈 손을 겨드랑이에 파묻고 신음했다.

"비키시오, 의사 동무." 그는 누군가 자기 어깨를 건드리는 것을 느꼈다.

포들레프스키가 운전석과 구급차 뒤쪽을 가로막은 칸막이로 밀고 들어와 권총집에서 총을 꺼냈다. 두신스키가 짐작했듯 대위는 총을 쏘는 게 아니라 총구를 손으로 잡은 뒤 손잡이로 유리를 때렸다. 대위의 동작이 너무 빨라서 차 안을 감싼 어둠 속에 잠든 의사들은 거의 아무것도 눈치채지 못했다. 그러나 창유리가 깨지는 소리와 수십 개의 면도날처럼 날카로운 조각으로 부서지는 것은 모르고 지나칠 수가 없었다. 몇 번 더 때리고 나서 대위는 창틀에서 두꺼운 고무 마감재를 벗겨냈다.

"의사 동무 차례요." 대위가 중얼거리더니 규정에 따라 차 벽에 반으로 접어서 걸어놓은 캔버스 들것 아래로 옮겨 앉아 권총을 다시 총집에 넣고 변명하는 어조로 말했다. "난 몸집이 너무 커서……."

두신스키가 조심스럽게 작은 창문에 몸을 넣어보았다. '머리가 들어가면 나머지 부분도 들어가겠지.' 그는 일견 말이 안 되는 원칙을 떠올리며 생각에 잠겼다. 어렸을 때는 그 원칙을 확인하려고 몇 번이나 시도해 보았다……. 아니다, 강가에서 남의 배에 침입하던 청소년 시절로 돌아갈 생각은 전혀 없었다. 그 배에 겉보기에는 작아 보였지만 하나라도 완전히 잠기지 않은 창이 있는 것만으로 충분했다…….

십수 년이 지난 지금, 두신스키는 그때처럼 능숙하지 못했다. 기술이 모자란 것이 티가 났다. 그리고 나이만큼 몸무게도 늘었다. 지금은 다행히 누군가 그를 도와 다리를 잡아주었다. 두신스키는 천천히 1센티미터씩 기어서 운전석으로 넘어갔다. 이 작업에 성공하기 위해서는 가운뿐 아니라 셔츠도 벗어야만 했으므로 그는 창문을 넘어가면서 헐벗은 몸통을 다치지 않기 위해 조심했다. 그는 뒤에서 사람들이 점점 더 자주, 점점 더 격렬하게 기침하는 소리를 들었다. '계속 이런 식이라면 코리츠키 병장만 도움이 필요한 건 아니겠는데.' 그가 생각했다.

마침내 한껏 힘주어 끌어당긴 배가 창문을 넘었고 그다음에 그는 양다리를 창문 너머로 끌어당기기만 하면 되었다. 숨을 몰아쉬며 두신스키는 넓은 운전석에 떨어졌다. 그곳에 누워 한 손으로 운전대를 붙잡고 다른 손으로 이마의 땀을 닦았다. '예전엔 쉬웠는데…….' 여기까지 생각했을 때 운전석 문을 누군가 세게 두드렸다.

"빨리도 정신 차리는군." 두신스키는 신음하며 몸을 일으켜

편한 자세를 취했다. "병장, 조금만 더 일찍 깨어나지 그랬어요……." 그는 이 사이로 내뱉으며 문손잡이를 잡았다. "그러면 창문을 깰 필요도 없고 내가 기어……."

두신스키가 힘주어 운적석 문을 열어젖히자, 그 문에 맞아 코리츠키가 밀려났다. 코리츠키 병장은 술 취한 듯 비틀거리며 보도 위에서 몸부림치기 시작했다. "염병!" 두신스키가 운전병의 상태가 온전하지 못한 것을 보고 욕설을 내뱉었다. "지금 도와줄게요!" 이렇게 덧붙이고 그는…… 굳어졌다.

코리츠키는 완벽하게 침묵을 지키며 어색하게 다가왔다. 마치 코리츠키는 좀비가 된 것 같았다. 두신스키는 그를 주의 깊게 살펴보았다. 전조등 불빛에 코리츠키의 뒤집힌 눈과 반쯤 벌어진 입에서 흘러나오는 거무스름한 분비물이 보였다.

바로 그 순간 누군가 비명을 질렀다. 안에 있는 사람들이 서로 싸우기 시작하면서 구급차가 좌우로 가볍게 흔들린 것이다. 또다시 누군가 비명을 질렀고 또 다른 누군가 무섭게 기침을 했으며 그런 뒤에 지옥도가 펼쳐졌다. 두신스키는 운전석에 무릎을 꿇고 앉아 어쩔 줄 몰랐다. 차 앞에는 어째서인지 변질되어 버린 운전병이 있었고, 뒤쪽에서도 최소한 한 명이 좀비로 변해버린 것이 분명했다. '하지만 어떻게? 하느님 맙소사, 전원 다 검사를 받았는데. 아무도 감염자와 직접 접촉하지 않았어. 이럴 수가 없…….' 갑자기 그는 깨달았다. '연기. 기침. 그래, 그 외에는 설명이 안 돼. 하지만 변질자들은 그 어떤 단백질 기반 생명체도 몇 분의 1초조차 버틸 수 없는 온도에서 불탔단 말이야! 그러면 어떻게……? 감염의 다른 벡터가 있는 걸까?'

두신스키는 총소리를 듣고 정신이 들었다. 이제는 모두가 악마라도 들린 듯 비명을 지르고 있었고, 구급차는 브로츠와프에 지진이라도 난 듯 마구 흔들렸다. 코리츠키 병장은 운전석에서 두 걸음 떨어진 곳으로 다가와 열린 문 안으로 손을 뻗으려 했다.

두신스키는 몸을 기울여 운전석 문을 닫았다. 이제 조수석으로 가야만 한다. 그런 다음 운전석 뒤쪽으로 돌아가 포들레프스키 대위와 의사들을 풀어주어야만 변질자 혹은 변질자들과 계속 싸울 수 있다.

계획을 실행하기 위해 그가 몸을 돌렸을 때, 누군가 그의 머리카락을 붙잡더니 동시에 다른 손으로 그의 목을 눌렀다.

"뭐……." 그는 강력한 손아귀에서 벗어나려고 애쓰며 내뱉었다.

차의 열린 창문으로 하얀 소매에서 뻗어 나온 팔뚝이 여러 개 보였다. 그들 사이에 미슈탈의 시퍼런 얼굴도 있었다.

"살려줘……." 미슈탈이 새된 소리로 중얼거렸으나 누군가 그를 붙잡아 뒤얽힌 사람들 사이로 끌어당겨 버렸다.

두신스키는 그의 목에 뒤엉킨 손가락을 부러뜨려서 뜯어낸 뒤 머리채를 잡은 손을 비틀었다. 마침내 그는 차 앞 유리창에 몸을 납작하게 붙이고 조수석 쪽으로 물러날 수 있었다. 그는 마음을 가라앉히려 애쓰며 숨을 몰아쉬었다. '아직 전부 망한 건 아냐.' 그가 생각했다. 비타시아크만 변했다면, 그리고 오로지 비타시아크만 그렇게 심하게 기침하던 것으로 미루어 볼 때 명백히 그 한 사람만 변한 것이 틀림없었는데, 그러면 구급차에 갇힌 열댓 명의 의사들은 대부분 살아남을 가능성이 있다.

그는 조수석 문손잡이를 열고 보도로 뛰어내렸다. 몸을 일으키자마자 이번에는 총알이 쏟아졌다. 이번에는 포들레프스키가—혹은 그의 총을 빼앗아 간 누군가가—탄창이 완전히 빌 때까지 방아쇠를 놓지 않았다. 두신스키는 총소리가 완전히 사라질 때까지 숨도 쉬지 못했다. 첫 번째 총알이 차 옆구리를 뚫고 나와서는 쇳소리를 내며 얼굴 바로 앞을 지나쳐 석조건물 벽에 박히며 군데군데 벗겨진 검은 도료를 또 한 군데 벗겨내었다. 가장자리가 조금 더 밝은색이라는 점만 빼면 TT 권총 총알이 지나간 자국은 2차 세계대전 시기에 생긴 수십 개의 비슷한 총알 상처와 구분할 수 없을 것이었다.

두신스키는 다시 침묵이 내려왔을 때 성호를 그었다. 죽음을 이토록 가까이에서 마주 대한 적은 없었다. 그는 차 옆구리의 매끈한 철판을 눈으로 훑으면서 다 합쳐 총알 자국 세 개를 발견했다. 그때 중간 총알 자국에서 피가 흘러나왔다. 구급차가 흔들리기를 멈추었고 비명도 그쳤다.

두신스키는 조심스럽게 차 뒷문으로 향했다. 그러나 그는 뒷문을 열 수 없었다. 병장이 가슴에 수많은 구멍이 뚫렸는데도 불구하고 총알에도 굽히지 않고 더 빨리 뒷문에 도착했다. 두신스키는 뒷걸음질 치더니 주먹으로 구급차 옆구리를 때렸다.

"제 말 들립니까?" 그가 외쳤다. "누구 살아 있어요?!"

아무 반응이 없다. 그는 주먹으로 몇 번 더 두드렸다. 다시 고함치기 시작했다. 침묵. 그러다 뭔가 긁는 듯한 소리가 들렸다. 누군가 손톱으로 두꺼운 철판을 긁어 뚫으려는 것 같았다. 두신스키는 부어오른 입술에 침칠을 했다. 그동안 도미니크 코리츠키는 구급차 뒤쪽에 도달했다. 그러나 연석을 못 본 탓에 발이 걸려 얼굴부터 철퍽 넘어졌다. 코리츠키는 팔을 뻗어 막으려고 하지도 않았고 다른 어떤 방법으로도 자신을 보호하려 하지 않았다. 뭔가 부러졌다. 코리츠키가 일어섰을 때(그는 거의 즉각 일어섰다) 피투성이가 된 보도 포석 위에 치아 몇 개가 남아 있었다.

좀비를 뒷덜미에 붙인 채로 두신스키가 아직 살아 있는 동료들을 구해 낼 가능성은 없었다. 그래서 그는 우선 죽었다 되살아난 운전병을 처리하기로 결심했다. 그런 다음에…… 그건 그 다음에 생각하자.

말은 쉬울지 몰라도 실행은 어려웠다. 총알을 맞아도 아랑곳하지 않는 자를 대체 어떻게 해야 한순간이라도 제압할 수 있단 말인가? 한순간이 뭐야! 저자를 어떻게 해야 영원히 거리에서 없애서 주민들에게 위협이 되지 않게 한단 말인가? 주민들이 언젠가는 집에서 나올 게 아닌가?

의사의 시선이 하수구로 향했다. '제일 가까운 하수구는 때맞춰 열 수가 없어, 좀비가 그보다 빨리 나한테 덤빌 거야.' 그는 운전석 옆면을 따라 비틀비틀 돌아다니는 운전병과 자기와의 거리를 가늠하며 판단했다. '그리고 하수구에 집어넣기에는 입구가 너무 작아. 그러면 하수구는 안 되고 운하로 들어가자.' 그가 결정했다. 커다랗고 둥근 주철 뚜껑은 15미터 정도 떨어져 있는 차로 한가운데 있었다. '그래, 그거다, 그런데 어떻게 열지? 맨손으로는 안 돼. 하수구 인부들이 사용하는 지렛대나 특별한 고리 같은 게 있어야 해.'

두신스키는 뒤로 물러나 운전석을 들여다보았다. 첫눈에 보기에는 안에 쓸 만한 물건이 아무것도 없었다. '구급차 운전병이 공구를 어디에 둘까? 구급차 뒤쪽이나 아니면…… 좌석 아래?' 그는 재빨리 계단을 오른 다음 운전석에 들어가 문을 닫았다. 그런데 그가 좌석을 들어 올리기도 전에 코리츠키가 주먹으로 문 옆을 때리기 시작했다. 좌석 아래 더러운 걸레에서 석유와 용해제 냄새가 풍겨왔고, 그 사이에 수많은 쓸모없는 쓰레기와 빈 술병 몇 개가 놓여 있었다. 그 쓰레기 밑바닥에서 두신스키는 마침내 짧은 지렛대를 찾아냈다. 이것이 적절한 도구인지 그는 확신할 수 없었지만 그 외에는 사용할 만한 게 없었다.

뭔가 그의 정수리에 있는 머리카락을 건드렸다. 그는 전기라도 감전된 듯 펄쩍 뛰었다. 손목에서 팔꿈치까지 찢어진 팔이 너덜너덜한 살점을 매달고 그의 얼굴 쪽으로 뻗어오고 있었다. 피투성이 손가락이 그의 눈 바로 십여 센티미터 앞에서 경련하듯 구부러졌다. 구멍투성이 칸막이에 익숙한, 그러나 이 상황에서 낯설게 보이는 얼굴이 나타났다. 미슈탈. 한쪽 눈이 사라지고 입은 한쪽 끝이 귀까지 찢어졌으나 분명히 미슈탈이었다.

지렛대로 두 번 내리치자 괴물의 손이 힘없이 늘어졌다. 두신스키는 쓸데없는 위험을 무릅쓰고 싶지 않아 조심스럽게 운전석과 구급차 뒤편 사이의 창문에 다가가려 했는데, 그때 완벽한 침묵의 어둠 속에서 또다시 그를 향해 세 개의 팔이 뻗어 나왔다. 두신스키는 너무나 거세게 뒤로 물러나서 거의 운전대 위에 올라앉아 몸으로 경적을 눌렀다. 찢어지는 듯한 자동차 경적 소리가 귀를 뚫을 듯이 울려 퍼져 마치 누군가 구급차의 가면 아래 나팔을 숨겨두고 여리고 성벽이라도 무너뜨리려는 것 같았다. 구급차가 또다시 흔들리며 창문에서 팔이 뻗어 나왔으나 이번에 그 팔을 감싼 소매는 하얀 가운이 아니라 군복이었다. 포들레프스키 대위도 적들의 편으로 넘어간 것이다…….

두신스키는 차창 밖을 내다보았다. 운전병은 차를 한 바퀴 돌고는 범퍼를 따라 운전석 문을 향해 다가오고 있었다. 조금만 더 지나면…… 조금만 더…… 좀비가 운전석으로 들어오려고 차의 철판을 긁기 시작했을 때, 두신스키는 칸막이 사이로 뻗어오는 수많은 팔 아래로 몸을 던져 재빨리 반대편 문을 열고 보도 위로 뛰어내렸다. 거리 한가운데로 달려 나오는 데는 몇 초면 충분했다. 비록 무거운 하수구 뚜껑을 여는 데는 훨씬 더 오랜 시간이 걸렸지만, 코리츠키가 그를 따라잡기 전에 뚜껑을 밀어내는 데 성공했다.

의사는 계속 등 뒤를 살피며 한 걸음 뒤로 물러났다. 등 뒤에 죽음처럼 조용한 죽지 않는 자들의 무리가 다가와 있을 것이라는 확신을 떨쳐버릴 수 없었다. 그러나 거리는 텅 비어 있었다. 브로츠와프 시민들이 총소리를 들었다 해도 시민들은 라디오로 공지를 들으며 자기 집의 평온 속에 남아 있는 쪽을 택했다. 창문 여기저기에 꼭꼭 닫은 커튼이 보였다.

두신스키는 큰 소리로 침을 삼켰다. 운전병은 이제 운하로 빠지는 하수구 구멍에서 두 걸음 떨어져 있었다. 좀비는 움직이지 않고 자신을 기다리는 사람에게만 완전히 집착하는 듯 다른 어떤 것에도 주의를 기울이지 않고 앞으로, 앞으로 움직였다. 이제 팔을 뻗고, 이제 입을 벌린다. 조금 더…… 운전병이 사라졌다. 커다란 굉음에 이어서 철퍽, 하고 물에 빠지는 소리가 나며 이 대결이 마무리됐다.

두신스키는 하수구 뚜껑을 다시 제자리로 밀어놓고 잘 닫혔는지 꼼꼼하게 확인한 뒤 마침내 구급차 뒷문으로 갔다. 그곳에 그는 한참 동안 서서 어떻게 해야 할지 생각했다. 그리고 동료들이 모두 죽었다고 확신했다. 어떻게 그렇게 짧은 시간 동안 그렇게 되었는지는 알 수 없었으나 설명이 가능한 이유를 두 개 정도 찾아냈다. 연기에 감염된 몇 명이 동시에 변질되어 나머지도 감염시켰거나, 아니면 포들레프스키가 패닉을 일으켜 타고 있던 의료진을 쏘았고 잠시 후 죽었다가 살아난 의료진이 포들레프스키에게 너무 아름답지 못한 보답을 해준 것이다……. 그러나 실제로 어떻게 되었든 간에 그는 구급차를 열어서는 안 된다고 생각했다. 그리고 그가 떠난 뒤에도 다른 사람들이 구급차를 열지 못하도록 반드시 경고해야만 한다. 하지만 어떻게……?

이리저리 궁리하다가 그는 방법을 찾아냈다. 수의학과 의학이라는 두 개의 쉽지 않은 전공을 우수한 성적으로 마친 데는 다 이유가 있었다.

26

1963년 8월 10일 토요일 03시 00분
인민경찰 지역본부, 포드발레 거리 31-33번지

브란디스는 시간을 확인하기 위해 시계를 보았다. 3시 정각. 바로 그 순간 그룬발트 광장에서 최신 보고가 들어왔다. 작전을 지휘하는 보안대 대위는 짧게 이렇게만 썼다.

> 미로 공원 인근지역 진압 종료. 그룬발트2 작전 완료되었습니다.

'훌륭하군!' 브란디스는 보고서를 가장 작은 서류 더미 위에 내려놓은 뒤 만족한 듯 양손을 비비며 벽에 걸린 도시 지도에 다가갔다. '어쩌면 나쁘지 않게 끝날지도 몰라.'

그는 지도에 여기저기 꽂힌 조그만 깃발들의 표시를 바라보며 생각했다. 프라체 오드잔스키에 부대가 보낸 보고서에도 인근 격리병동 통제를 회복했다고 적혀 있었다. 201대대와 202대대가 독일인들이 남기고 간, 현재 격리 중인 의료시설이 위치한 마을을 둘러싼 비상경계선을 뚫으려는 시도를 전부 무력화했다. '사망자는…….' 대위는 정확한 숫자를 기억해

내기 위해 집중해야 했다. '감염자 316명입니다. 우리 군 손실은 그 20분의 1도 안 됩니다.' 여기에 더하여 몇몇 병사들이 작전 중에 전사한 게 아니라 보안대 활동의 결과로 사망했는데, 보안대는 전형적으로 효율적인 무자비함을 발휘하여 탈주병을 처리했다. '그룬발트 광장 작전이 쉽게 진행되지 않은 것은 대단히 유감스러운 일이다.' 미로 공원 진압 보고서가 그다지 장밋빛으로 보이지는 않았기 때문이다. 보안대와 내무부 특수부대가 대단히 고갈된 경찰 차량부대를 대신해 작전을 진행하여 350명이 넘는 감염자를 정리했으며 병사와 부사관 83명이 작전 중에 사망했다. 여기에 더하여 경찰 예비부대원 63명과 야누시 니에치비에치 경위가 지휘하는 경찰 차량부대원 38명이 순직했으며 니에치비에치 경위 본인도 지원이 도착하기 전에 순직했다. 자호르스키가 현명하게 예견했듯이, 일반 경관을 최전선에 보낸 것은 실수였다. 일반 경관은 적절한 훈련과 장비가 부족하기에 살해할 수 없는 적과 충돌하자 속절없이 쓰러졌다. 이렇듯 경찰 대부분이 부상을 입고 정규 군부대가 현장에 도착하기 전에 전투에서 탈락했다.

경찰 예비부대가 패닉에 빠지거나 도망치지 않은 단 한 가지 이유는 가장 가벼운 할퀸 상처마저 얼마나 치명적인 결과를 가져올 수 있는지 전혀 몰랐기 때문이다. 작전을 설명하면서 경찰부대 지휘관은 선견지명을 발휘하여 부하들에게 모든 세부사항을 밝히지 않았고 보안대 또한 물리거나 할퀸 상처를 입은 대원들을 최전선에서 빠르게 '후퇴'시켰는데, 이 덕분에 경찰은 '예방주사'로 처치된 동료들이 광란하는 변질자들과 함께 트럭에 실려 불타는 가솔린으로 가득한 참호에 끌려갔다는 사실을 깨닫지 못했다. 작전에서 살아 돌아온 경찰 예비부대원은 49명뿐이며 그중 대다수가 진압 작전이 마무리될 즈음에 현장에 도착했다. 약 15분 전에 운 좋게 생존한 대원들이 마침내 포드발레 거리에 후송되었다. 더 나은 장소를 찾을 수 없어서 이들은 본부 1층 복도에 배치되었으며, 그곳에서 휴식과 식사를 하고 접근 가능한 위생시설을 이용하여 신변을 돌볼 수 있었다. 경찰대원들의 몰골은 처참했다. 전투 현장에서 약 1킬로미터 떨어진 곳에서 타오른 화톳불의 연기가 경찰대원들에게 적지 않은 영향을 미쳤다. 짙은 연기 덩어리가 인근지역 전체를 휘감았고, 바람의 방향이 계속 바뀌어 연기가 시내는 물론 도시의 동쪽 끝까지 퍼졌다. 악취를 풍기는 연기는 슈치트니츠키 다리 인근지역과 다리 너머 공원까지 곧바로 내려앉았다. 경찰 예비부대원 대부분이 굴뚝 청소부처럼 보이는 것도 놀랄 일은 아니다…….

브란디스는 흠칫 몸을 떨고 정말로 중요한 부분에 집중했다. 포들레프스키 대위가 지휘하는 선별진료소 의사들의 헌신적인 노력 덕분에 167명의 잠재적인 감염자가 화톳불로 향했다. 작전 현장에 의료진을 투입한 것이 또 하나의 유효한 결단이었다. 브란디스는 천막에서 선별된 사람들이 전부 감염되지는 않았다는 사실을 인식하고 있었다. 그러나 건강한 사람 몇 명을 죽이는 쪽이 감염병이 더 널리 퍼지게 내버려 두는 것보다는 낫다는 의견에 그는 동의했다. 감염병이 더 퍼진다면 몇 사람 정도가 아니라 수백 명 혹은 수천 명 시민들의 목숨이 위험해질 수 있기 때문이다. 그러나 그가 이런 해결책에 동의한 것은 안보부가 보고서에서 과잉 대응의 흔적을 전부 지워주겠다고 확실히 약속한 뒤였다. 아침이 되어 상부에 해명해야 할 때가 오면 그룬발트2 작전은 정교하게 계획된 거대한 성공으로 발표될 것이다.

브란디스는 혼자서 승리의 미소를 지으며 도시 지도에서 슈치트니츠키 다리를 둘러싼 빨간색과 초록색 깃발들을 떼어냈다. 프라체 지역 깃발들은 지금은 그냥 두기로 했다. 이 지역 숲을 모두 훑는 작전은 동이 튼 뒤에 시작될 것이고 세 시간 뒤에 203보병대대가 새롭게 작전에 합류할 것이었다. 첫 보고서에는 감염자 수십 명을 정리했으며 그 뒤에 나타난 두 번째 무리는 처음보다 세 배 이상 숫자가 많았다고 나와 있었고, 방금 받은 소식에는 아군의 손실과 감염자 36명을 추가로 정리했다는 보고가 나와 있었다. 이 숫자들을 전부 더하고 여기에—한 명도 살아남지 못한 것으로 보이는—변질된 경찰 차량부대원 40명까지 더하면 농업학교 부지에는 10명도 안 되는 적들만 남아 있는 것이다. 이 나머지 감염자들은 거의 200명 가까이 되는, 충분히 휴식하고 무슨 일이든 할 준비가 된 군인들이 새벽에 작전에 나서 쉽게 처리해 줄 것이다.

브란디스는 다시 프라체 오드잔스키에에서 전사한 군경에 대해 생각하기 시작했다. 보안대 보고에 따르면 경계선을 침투하는 시도 중에 경찰 차량부대원 33명이 무력화되어 화장되었다. 그중 하나는 경위 제복을 입고 있었다. 신원을 확인하기에는—탱크에 장착된 기관총이 그의 상체를 전부 가루로 만들어서—시신 훼손이 너무 심했으나, 의심할 바 없이 자호르스키가 언제나 칭찬하던 젊은 경찰간부 알베르트 포고젤스키가 분명했다. '아까운 젊은이인데, 창창한 앞날이 연기가 되어 날아갔

군. 비유적인 의미뿐 아니라 글자 그대로…….'

3시 5분. 도시는 다시 침묵과 평온이 지배하고 있었다. 30분 전부터 순찰대에서 아무런 특이점도 보고되지 않았다. 공원과 인근 주택가는 샅샅이 수색을 한 상태였다. 오드라강을 건너는 모든 다리는 통행금지되었고 다리 양끝에 설치된 검문소는 탱크와 추가 투입된 보병대로 강화되었다.

마베트 경위의 변질된 부하들은 중고차 판매소에서 곧바로 붙잡혔는데, 경위가 이른 저녁에 끌어들인 곳에 그대로 있었다. 내무부 특수부대가 현장에 도착했을 때도 변질자들은 여전히 철장 너머에 서서 겁먹은 늑대개들 쪽으로 넘어가려 했다. 결국 그들도 그룬발트 광장에서 연기가 되었다. 내무부 병원은 더 이상 의사들에게 보여줄 변질자를 필요로 하지 않았다. 거의 40명의 변질자들—혹은 포들레프스키 대위가 최근 보고서에 언급하기 시작한 대로 좀…… 존…… 좀비들—만으로도 앞으로 연구하는 데는 충분할 것이다. 나머지 감염자들은 즉각 불태웠다.

다리를 일찍 통제한 덕분에 오드라강 남쪽으로 넘어간 도망자는 한 명도 없었다. 순찰대가 이제까지 항공학교에서 도주 중인 자들을 170명 이상 체포했는데, 다시 말해 그것은 프시에 폴레 지역에 아직도 수백 명의 잠재적인 바이러스 감염자들이 돌아다닌다는 뜻이었다. 이들은 출혈성 천연두 보균자인지, 신종 바이러스에 감염된 것인지 전혀 알려진 게 없는 '잠재적' 존재다. 체포 직후 검사받은 사람들은 전부 완전히 건강했다. 만약을 대비해서 체포된 자들은 모두 올림픽 경기장 앞 호텔에 임시로 만들어진 격리병동에 격리되었는데, 그들은 그곳에서 미로 공원 인근 거주민 수십 명과 함께 무기한 격리될 예정이다. 이들은 모두 폐쇄된 호텔에서 끊임없이 감시당하고 있으며 '돌다리도 두드려보고 건넌다'는 원칙에 따라 움직일 때마다 뭔가 검사를 받는다.

꼼꼼한 포들레프스키 대위는 초기 선별진료를 성공적으로 통과한 일정 숫자의 감염자를 학교에 격리했다. 감염된 사람이 한 명이라도 의료 경계선을 넘어갔다가 나중에—시내에 도착해서—좀비로 변했다면 어떻게 되었을지 생각만 해도 무시무시하다. 아렌지코프스키가 파견한 의사들이라 해도 현재의 검사 단계에서 올림픽 경기장 호텔에 격리된 사람 중에 비슷한 경우가 없다고 확신할 수 없었기 때문에, 축구장에 미리 깊은 참호가 몇 군데 준비되고 그 옆에 가솔린도 적절하게 축적되었다.

아렌지코프스키 의사의 준비성 덕분에 또 한 가지 중대한 문제를 피할 수 있었다. 이 감염병 전문가는—자기 병원에 실려 온 변질자를 처음 보았을 때 의심할 바 없이 충격을 받았으나 그 이후에—시에 있는 공영 시체공시소와 병원 영안실에서 압수된 시신들을 활용할 구체적인 계획을 세웠는데, 왜냐하면 합리적으로 생각했을 때 이 문제가 분명 감염자와 직접 접촉한 사람들에게만 생기지 않을 것이기 때문이었다. 처음 좀비로 변한 브로츠와프 시민의 감염 매개물과 이후 변이된 바이러스가 잠복기 몇 주 동안 도시 전체로 퍼질 수도 있는 것이다.

감염병 전문가 아렌지코프스키의 예측은 정확했다. 그와 비에드지츠키가 파견한 요원들이 한 시간만 더 늦었다면 세 군데가 아니라 열몇 군데 지역을 진압해야 했을 것이고, 희생자는 수백 명 수준이 아니라 수천 명을 넘었을 것이다. 브로츠와프에서 가장 인구밀도가 높은 구역을 진압할 때 일어났을 혼란에 대해서는 말할 필요도 없다.

'그래.' 브란디스가 속으로 결론을 내렸다. '저승사자와의 체스 경기에서 이번엔 우리가 이겼어. 한잔 마시며 이 성공을 축하해야겠지.'

27

1963년 8월 10일 토요일 03시 04분
프라체 오드잔스키에, 격리병동 인근

바람이 또 방향을 바꾸었다. 이제 푸르스름한 연기를 브로츠와프 북서쪽 외곽으로 밀고 나갔다. 그것은 이상한 광경이었다. 마치 거대한 계곡에서 짜낸, 털이 북슬북슬하고 풍성한 융단이 전염병과 싸우는 도시를 덮는 것 같았다. 최소한 코트 중사는 달빛이 환하게 비추는 방벽 가장자리 너머를 바라보며 그런 인상을 받았다. 15분 전에 수송 벨트 아래로 계속 태워야 할 자루들이 또 들어왔다. 시신은 이전만큼 많지는 않았다. 하지만 군인들은 몇 번이나 왔다 갔다 하며 자루를 쌓아놓고 다시 어둠 속으로 사라졌다.

'아직 한 시간은 더 살 수 있어.' 코트 중사는 느릿느릿 움직이는 회색 형체들을 헤아리며 예측했다. '사람들이 전부 지쳤으니까 더 오래갈 수 있을지도 모르지.' 보안대원 개새끼들은 주변 공기가 화톳불 열기에 사막처럼 끓어오르는데도 죄수들에게 물 한 방울 주지 않았다. 수송 벨트 고무는 너무 달아오른 나머지 표면이 여기저기 부풀어 오르고 물집이 생기기 시작했다.

중사는 경비병들을 바라보았다. 보안대원들은 화톳불의 열기에서 멀리 떨어진 처음 위치로 다시 돌아가서는 목소리를 낮추어 이야기하고 있었다. 방독면이 대부분의 소리를 막아버렸지만, 죄수들은 군인들이 점점 더 자주 손을 입에 대고 몸을 깊이 숙인 채 격하게 기침하는 모습을 분명하게 보았다.

'저렇게 연기를 들이마시다니, 잘됐군!' 이전에는 어스름 속에 쌓여 있는 자루 뒤에서 끊임없이 조그만 오렌지색 불빛이 보였는데 이제는 아무도 담배조차 피우지 않았다. '너희들 전부 기침하다 폐를 뱉어내면 좋겠다!' 코트 중사가 또 다른 경비병이 기침하고 난 뒤에 숨차하는 모습을 보면서 증오를 담아 생각했다. '우리 부대 애들도 이 연기 때문에 고생할 텐데, 안된 일이지…….'

동료들을 생각하며 중사는 안타까움과 슬픔에 잠겼다. 무엇보다 보안대가 자신의 소대를 대하는 방식이 대단히 정의롭지 못한 데에 그는 화가 나 있었다. 수백 번이나 마음속으로 그 생각을 했으며 언제나 중사는 같은 결론에 도달했다. 병사들은 벌을 받을 이유가 없었고 책임은 중사 자신에게 있다는 것이다. 병사들이 패닉에 빠진 건 사실이지만 그렇다고 곧바로 총살당할 일인가? 견책하고 그 사실을 문서에 남긴다거나, 한두 번 감봉당한다거나, 한 달 내내 화장실 청소를 하는 것. 원칙적으로 생각해 보면 이렇게 규정에 따른 처벌조차도 너무 심하다고 할 수 있다. 저 사디스트 둘이 내린 결정은 아무런 합리적인 근거도 없는 것이다. 게다가 저 빌어먹을 코웨츠키가 야쿠보프스키에게 저지른 짓을 아무도 모를 것이라는 사실이 가장 나쁘다. 비겁 행위와 자기 위치에서 탈주한 죄로 생을 끝마치게 될 나머지 병사들에 대해서도 마찬가지다…….

경계선 쪽에서 총소리가 들렸다. 코트는 생각에 잠겨 그 소리를 듣지 못할 뻔했으나 경비병들이 불안하게 반응했다. 두 명은 땅에 엎드렸고 세 명은 의료 경계선 쪽을 돌아보며 웅크리고 앉았다. 다음 순간 죄수들은 방독면을 쓰고도 길게 연발하는 자동소총 소리를 분명히 들을 수 있었다. 또한 어둠 속에서 규칙적으로 번쩍이는 섬광도 보았다. 시간이 지날수록 총소리가 커졌으나 이상하게도 미리 경고하려고 부는 지휘관들의 호각 소리는 들리지 않았다.

사비츠키 중위가 가장 먼저 작업을 중단했고 부하들이 그 뒤를 따랐다. 이제는 모두가 수송 벨트 주위에 고무 인형처럼 서서 나머지 부대원들이 있는 장소를 쳐다볼 뿐이었다. 지평선에서 뭔가 이해할 수 없는 일이 벌어지고 있었다. 총소리가 경계선 전체를 따라 격렬하게 들려오고 있었는데, 마치 감염자들이 전면 공격을 개시한 것 같았다. 감염자들이 수백, 아니 수천씩 몰려온 것 같았는데, 중사의 생각에 그것은 불가능해 보였다.

코트 중사는 방독면을 벗으려다가 경비병들이 작업을 재개하라고 명령하는 경우를 대비해 다시 이마에 밀어 올렸다. '그래, 경비병들…….' 총소리에 정신을 빼앗겨 경비병에 대해서는 완전히 잊고 있었지만, 중사가 시선을 들어 제복 입은 다섯 명을 바라보았을 때 경비병 두 명은 잔디 위에 납작 엎드려 있었고 세 명은 총을 내리고 서서 엎드린 두 명을 소생시키려 애쓰고 있었다. '자비로우신 하느님께서 별로 열성적인 종은 아니지만 그래도 순종하는 자의 소원을 드디어 들어주신 것인가?' 코트는 혼자 웃음을 지었다. '잘됐군, 망할 새끼들. 뒈져라, 너희

도 자루에 넣어서 저기로…….'

쓰러진 동료들을 소생시키는 남자들이 갑자기 동작을 멈추고 비상경계선 쪽을 쳐다보았다. 다음 순간 어둠 속에서 달려오는 형체가 나타났다. 그 뒤로 또 한 명이 보였고, 뒤에도 한 명, 다시 한 명 더. 눈 깜짝할 사이에 주위는 도주하는 병사들로 둘러싸였다. 수십 명은 되었다. 몇몇은 여전히 손에 총을 쥐고 있었고 다른 사람들은 군장도, 철모도 모두 버리고 젖 먹던 힘까지 다해서 도망치고 있었다. 그룬발트 작전은 아직은 알 수 없는 이유로 인해서 완전한 실패로 끝나고 있는 게 분명했다.

탈주 장병들의 무리가 방벽을 지나 철로를 향했고, 바로 그곳에 넓은 반원형의 회색 연기 융단이 땅에 닿을 정도로 낮게 깔려 있었다. 가장 패닉에 빠진 몇 명만이 그 푸르스름한 회색빛 속으로 뛰어들어 갔고 나머지는 도망치다가 이미 폐가 지쳐 있었는데, 여기에 따가운 연기까지 스며들자 격렬하게 기침하며 재빨리 방향을 돌렸다. 기절하지 않은 경비병들은 죄수들 쪽을 바라보았다. 그중 한 명이 뭐라고 고함을 치자 세 명이 모두 총을 들었다. 코트 중사는 굳어졌다. '저 십새끼들이 지금 우리를 처리하려는 건가, 이런 때에……?' 그러나 아니었다. 보안대원들은 어둠 속으로 사라지는 탈주병들을 쫓아 달려갔다.

이 광경을 보고 중사는 안도감을 느꼈으나 자동차 전조등이 번쩍이자 순식간에 두려움이 몰려왔다. 엔진 소음이 점점 커졌다. 지프차는 보안대 주둔지에서 수송 벨트 위치까지의 거리를 십몇 초 사이에 달려왔고 깜짝 놀란 죄수들은 작업 도구를 내던지거나 도망치는 동료들이 버리고 간 총을 집어 들 새도 없었다. 데스카와 코웨츠키가 지프차에서 뛰어내려 잔디밭에 쓰러진 부하들을 향해 달려갔다. 말라깽이가 곧 손수건을 입에 대고 갑자기 격렬하게 기침하며 몸을 반으로 접듯이 숙였다. 반면 코웨츠키는 시체 태운 연기가 그에게 아무 영향도 없는 듯 완전히 건강해 보였다. 그저 움직이지 않는 두 명의 시신을 흘끗 보고는 시선을 돌려 아홉 명의 죄수들을 바라보고 이를 드러내고 웃으며 권총집에 손을 가져갔다.

코트 중사는 계속 남아 있을수록 죄수들이 더욱 커다란 대가를 치를 수밖에 없음을 깨달았다. 죄수들이 여러 다른 방향으로 흩어져 도망치면 저 성질 더러운 개새끼가 전원 다 쏘아 죽일 수는 없겠지만 분명히 두 명, 아니면 세 명 정도는 맞힐 것이다. 나머지는 어쨌든 그 혼란 속에서 도망칠 수 있을 것이었다. 그는 동료 죄수들에게 소리치기 위해 고개를 돌리려다 우뚝 멈추었다. 고개를 돌리면서 그는 주변 시야로 코웨츠키가 뭔가에 발이 걸린 듯 양팔을 휘두르다가 균형을 되찾자마자 총을 쏘기 시작하는 것을 보았다…… 코웨츠키는 쓰러진 경비병들을 쏘고 있었다.

말라깽이 보안대 장교 데스카는 패닉에 빠진 동료의 고함에 반응하지 않았다. 다만 잔디 위에 몸을 잔뜩 굽히고 손수건에 자기 폐를 토해낼 듯 기침하고 있었다. 중사는 미소 지었다. 이 모든 혼란의 이유를 이해하기 시작했던 것이다. 연기다. 연기가 불탄 변질자들의 재를 실어 날라 연기를 들이마신 사람들을 감염시킨 것이다. 이미 끝장난 것이다. 그들이 여기에 들어온 시점에서 군인들 일부가 변질되어 동료들을 공격하기 시작했을 것이다. 저 코웨츠키가 총으로 쏘는 경비병처럼 말이다. 아군이 서로 죽이는 전투가 시작되고 건강한 사람들은 빠르게 패배한다. 이것은 당연하다. 감염자는 뭘 어떻게 해도 죽일 수 없으니 말이다.

코웨츠키는 자신의 다리를 움켜쥔 변질자를 향해 탄창을 모두 비웠지만 별 소용은 없었다. 총을 쏠 때마다 휘청거리긴 했지만, 총알로도 이 짐승들을 막을 수 없을지 모른다. 코트 중사는 갈고리를 움켜쥐고 비틀거리는 대위 쪽으로 다가갔다. 마침 대위는 권총에 탄창을 새로 장전하려 하고 있었다. 중사는 가까이에서 총알로 변질자를 막을 수 없는 게 사실이라는 점을 확인했다. 경비병은 머리가 완전히 으깨졌고 가슴에 구멍이 최소한 일곱 개는 나 있었다. 코웨츠키는 정확히 쏘았지만 이 싸움에선 전혀 승산이 없었다.

코트 중사는 길게 생각하지 않았다. 갈고리 끝으로 코웨츠키를 붙잡은 손을 찍은 뒤 코웨츠키의 어깨를 붙잡아 변질자의 손아귀에서 떼어냈다. 두 명 모두 세차게 휘청거렸다. 대위는 대량 출혈이라도 한 듯 창백했고 자기 힘으로 간신히 서 있었다. 권총이 그의 굳어진 손가락에서 떨어져 날아갔다. 코트 중사가 등 뒤로 데스카를 돌아보았는데, 데스카는 낯짝부터 잔디에 처박고 쓰러져 있었다.

“키에츠만, 비시니에프스키!” 중사가 부하들 쪽으로 소리쳤다. “그 폐병환자 여기로 데려와!”

명령을 반복할 필요는 없었다. 두 명은 달려오면서 방독면을 벗다가 비틀거렸고 반쯤 의식을 잃은 데스카 대위의 양팔을 잡아 방벽 쪽으로 끌고 왔다. 코트 중사는 그동안 저항하는 코웨츠키를 가장 가까운 수송 벨트로 끌고 갔다.

"야니슈크, 이 쓰레기 새끼 붙잡아……." 중사가 소리치자, 등 뒤에 있던 야니슈크 병장이 코웨츠키를 붙잡았다. 그러곤 코웨츠키의 허리띠를 벗겨 그것으로 그의 손을 묶은 뒤 얼굴을 수송 벨트에 대고 눌렀다. "보이나……?"

코웨츠키가 기운을 차리기 시작했다. 한 번, 두 번 몸부림쳤으나 시골에서 자라 힘이 장사인 야니슈크가 철근처럼 그를 꽉 누르고 있었다.

"어떻게 하면 좋습니까?" 헐떡거리는 키에츠만이 데스카의 어깨를 놓으며 물었다.

코트 중사는 가까운 수송 벨트를 가리켰다.

"실어 보내!" 그가 내뱉었다.

병사들은 제대로 된 인간답게 이런 행동을 하는 것에 저항했다. 따라서 중사가 그들의 책임을 짊어지고 직접 의식을 잃은 데스카 대위를 수송 벨트 위에 올렸다. 수송 벨트는 그를 방벽 위로 싣고 올라가 여전히 미친 듯이 타오르는 불길 쪽으로 끌고 갔다.

"이럴 수는 없어……." 겁에 질린 코웨츠키가 갈라진 목소리로 말했다.

"이럴 수 있지." 코트 중사가 이전에 보안대원들이 했던 대화를 따라서 차분하게 대답했다. "우린 뭐든지 할 수 있어."

코웨츠키는 더더욱 창백해졌다.

"난 아내와 자식이 여덟 명 있네." 죄수들이 그를 수송 벨트로 끌어당기자 코웨츠키가 비명을 질렀다.

"축하하오." 중사가 중얼거리며 수송 벨트 속도를 최저로 낮추었다. 코웨츠키가 손쉬운 결말을 맞이하도록 할 생각은 전혀 없었다. 오늘 일어난 일들을 목격한 뒤에는 절대로 그럴 수 없었다.

방벽 꼭대기에 도착하자 데스카는 정신이 들었는지 겁을 먹고 비명을 지르다가 반대쪽으로 떨어진 뒤에야 조용해졌다. 코트 중사는 코웨츠키를 수송 벨트에 내던지고 나서 나머지 죄수들과 함께 보안대 대위의 모습을 지켜보았다. 보안대 대위는 욕하기도 하고 애원하기도 하며 천천히 목적지에 도달했다. 그러다 열기를 견딜 수 없게 되자 그는 고함치며 한 번, 두 번, 점점 강하게 몸부림치다가 마침내 몸을 돌려…… 벨트에서 떨어졌다. 방벽의 가파른 경사를 굴러떨어져 그는 죄수들 발치까지 굴러와서 신음했다.

"너희들 전부 쓰레기야." 그가 몸을 묶은 허리띠를 풀며 씩씩거렸다. "나하고 데스카 대위한테 한 짓은……."

코웨츠키는 운이 좋았다. 한두 군데 정도 부러질 법도 한데, 기운찬 움직임을 보아서는 아무 데도 부러지지 않은 듯했다. 그러나 코트 중사는 그가 일어나도록 내버려 두지 않았다. 갈고리 손잡이로 몇 번이나 빠르게 내리쳤고 코웨츠키는 제대로 움직일 수 없게 되었다. 이제 팔다리가 부러졌으니 몸부림칠 수도 없을 것이었다. 코트 중사는 다른 두 명과 함께 그를 수송 벨트에 올리고 몇 걸음 물러났다. 그런 다음 안전한 거리에서 대위가 전혀 움직일 수 없게 된 채 자비를 구걸하며 위로 실려 올라가는 모습을 관찰했다. 그들의 시야에서 대위가 사라졌을 때, 그리고 그 바로 직전에 하늘에서 번갯불이 번쩍이기 전에, 죄수들은 함께 몸을 돌려 이 무시무시한 장소와 거기에서 일어난 악몽을 뒤로하고 어둠 속으로 달려갔다.

잠시 후, 격리병동 쪽에서 유령 같은 형체들의 두 번째 무리가 쏟아져 나왔다. 감염된 군인들이 조용하지만 비틀거리는 걸음으로 가까운 건물들을 향해 가고 있었다.

28

1963년 8월 10일 토요일 03시 05분
프시에 폴레, 바르샤바 다리 철로

코노폴은 주저앉았다. 전쟁이 끝난 뒤로 이렇게 오래 걸어본 적이 없었다. 그는 철로를 따라서 프시에 폴레에서 오드라강 둔치까지 걸었고 중간에 두 번밖에 쉬지 않았다. 한 번에 30분 혹은 조금 더 오래, 철도 노선 두 개가 만나는 곳에서 쉬었다. 그곳은 건물이 빽빽하게 들어선 시내와 외곽 지역을 가르는 지점이었는데, 그는 거대한 풀밭 한가운데 있는 신호기 옆 배전 상자에 앉아 숨을 돌렸다. 뻣뻣해진 관절에 통증이 느껴질 때마다 수없이 욕설을 내뱉으면서도 그는 힘겹게 일어났다. 어쨌든 계속 가야만 했다.

소우티소비체의 버려진 기차역을 그는 아무 일 없이 지나쳤다. 그렇게 그 누구에게도 방해받지 않고 제분소와 설탕 공장 근처까지 도달했다. 그는 그곳에서 커다란 건물과 아무 일도 없는 듯 연기를 뿜어내는 굴뚝 사이에 세워진 담장을 따라 돌아다니며 자신이 과민하게 반응하는 건 아닌지 스스로 의심하기까지 했으나, 기차역의 넓은 철문을 한 번 쳐다보는 것만으로도, 바람에 비누 거품이 터지듯이 모든 의심을 빠르게 떨쳐낼 수 있었다.

그는 삐걱거리는 철문 너머로 수많은 괴물이 말없이 모여든 것을 보았다. 오늘 그의 고객들을 전부 살해한 그놈들 같은 괴물들이다. 그를 향해 수십 개의 피투성이 팔이 뻗어왔는데, 몇 개는 손가락이 없었고 몇 개는 손 전체가 사라지고 없었으며, 심지어 몇 개는 너덜너덜한 덩어리가 되어 있었다.

그는 부엌칼 손잡이를 힘껏 움켜쥐고 뒷걸음질 쳤지만, 저 짐승들이 쇠사슬을 끊거나 경첩을 부수기라도 하면 이 하찮은 무기로는 확실한 죽음 앞에서 자신을 보호할 수 없다는 사실을 잘 알고 있었다.

다행스럽게도 변질자들은 철문을 미는 일을 아주 쉽게 그만두었다. 그들은 철문을 놓고 너덜너덜한 양팔을 늘어뜨린 채 입을 크게 벌리고 서 있다가 뱀 장수가 부는 피리 소리에 홀린 코브라처럼 몸을 흔들기 시작했다. 이 광경을 보고 미코와이 코노폴은 너무 놀란 나머지 우뚝 멈추어 섰다. 한참 동안 그는 그들을 관찰하며 어째서 자신을 버려두고 돌아섰는지 알아내려 애썼다. 마침내 어떤 생각이 떠올라 그는 다시 철문으로 갔다.

그는 한 번 걸을 때마다 발을 한 뼘씩 정도만 앞으로 내밀며 천천히 다가갔다. 그러다가 감염자들이 몸을 흔드는 그 괴상한 춤을 멈추고 굵은 철문의 드문드문한 쇠창살 사이로 피투성이 손을 뻗어 허공을 붙잡기 시작했을 때 멈추어 섰다. 코노폴은 실험의 일환으로 뒤로 크게 물러서 보았다. 죽지 않는 괴물들이 그 즉시 그에게 신경 쓰지 않았다.

정확하게 계산하기 위해서 그는 다시 철문에 다가가야 했으나 마음이 내키지 않았다. 눈대중으로 저들이 대략 열 걸음 정도 거리에서 자신을 '냄새 맡는다'고 짐작했다. 이 데이터를 그는 잘 기억해 두었다. 그는 조그만 것이 사람의 목숨을 구할 수도 있다는 사실을 알고 있었다. '이제는 길에서 괴물을 마주치면 안전한 거리를 유지하면서 피해 가면 된다…….' 그는 불운한 설탕 공장과 그곳의 달콤하지 않은 괴물들을 뒤로하고 멀리 떠나며 이렇게 생각했다.

이런 모험을 겪은 뒤에 그는 제대로 쉴 생각이었다. 그는 철로 옆에 놓인 콘크리트판 위에 앉았는데, 그 콘크리트판들은 지난 전쟁 때 남겨진 여러 비밀스러운 유물 중 하나였다. 코노폴은 총소리가 조금 전에 잦아들었고 눈꺼풀은 누가 속눈썹마다 1킬로그램짜리 무게추를 달아놓은 듯 무거웠지만 어쨌든 한 순간도 잠들 수 없었다. 저 괴물들이 너무 조용해서 마음에 들지 않았다. 그리고 이미 한 번은 자는 도중에 깜짝 놀란 적도 있었다.

그는 근육통이 조금 가시고 난 뒤 2시 반이 되어서야 다시 걷기 시작했다. 굳어진 팔다리를 상당히 빨리 푸는 데 성공했다. 다행히도 시간이 일렀고 어제 비바람이 지나간 직후처럼 그렇게 춥지도 않았다.

카토비체 중심부에 도착한 그는 인적 없는 거리를 몇 블록 지나갔으나 그때도 철로를 떠날 엄두를 내지 못했다. 철로 바로 위에서 걷는 동안 변질자를 단 한 명도 마주치지 않았으므로 코노폴은 이것이 시내에 도달하는 가장 안전한 방법이라고 인정했고, 목적지까지는 거리가 정말로 얼마 남지 않았다. 그는 보이젤렌스키 거리 위에 걸쳐진 짧은 굴다리를 지난 다음 주철 공장 뒤로 돌아 긴 철교 위로 나갔다. 3시가 되기 직전에 그는 장애물을 마주쳤는데, 그 장애물로 인해 그는 계속 불안하게 여기던 몇 가지 수수께끼 중 하나를 풀게 되었다. 코노폴은 얼마 전부터 자신이 매우 자주 이용되는 노선을 따라 걷고 있는데도 기차를 하나도 못 본 것을 이상하게 여기고 있었다. 교외 노선이나 화물열차가 한 대도 다니지 않았다.

한편 그는 홍수 조절용 하수구와 넓은 옛 오드라강 둔치 사이 방벽에서 철로를 가로막은 채 버려진 탱크와 마주쳤다. 바르샤바 다리 입구 근처에서 그는 다리로 올라가는 도로를 막고 있는 지프차 몇 대와 그리고…… 군인들을 보았다. 군인들은 마치 브로츠와프 사람들을 덮친 감염병에 대해 아무것도 모른다는 듯 자유롭게 행동했다.

코노폴은 이 군인들에게 다가갈지, 아니면 검문소를 피해 앞으로 채 1.5킬로미터가 안 되는 장소까지 가면 나오는 다음 교차로까지 방벽을 따라 걸을지 궁리하기 시작했다. 그러나 어느 쪽으로 가도 비슷한 검문소에 닿을 것이라는 결론에 빠르게 도달했다. 군대가 도시에서 나가는 길을 모두 막고 있었으므로 사방에 검문소가 있었다. 게다가 그는 안전하게 보호받을 수 있는 곳을 찾아 여기까지 허덕이며 걸어오지 않았던가? 군장을 하고 총을 든 군인들보다 그를 더 잘 보호해 줄 사람이 누가 있겠는가?

마침내 이렇게 결론을 내리고 그는 차분한 걸음으로 지프차를 향해 걷기 시작했다. 조금 뒤에 경비를 서던 병사가 그를 보더니 즉시 경계 태세를 취했다. 지프차 안에서 녹색 제복을 입은 남자들이 안전장치를 푼 기관총을 들고 나왔다. 커다란 조명등 불빛에 한순간 눈이 보이지 않을 때 코노폴은 자신을 부르는 소리를 들었다.

"서라, 누구냐?!"

코노폴은 즉시 멈추어 서서, 예전에 감자 캐는 도중에 독일인들이 그를 불렀을 때처럼 양손을 치켜들었다. 평화 시기이고 자기 나라 군인이니 그때보다는 조금 더 상냥하게 대해주리라 희망했다. 점령당했을 때 곤봉에 맞아 다친 흉터가 요즘에도 가려웠지만 그 정도로 끝난 것을 그는 감사하게 여겼다—지인들은 제3제국에서 도둑질했다는 이유로 붙잡혀 다음 날 아침 햇빛을 영영 볼 수 없게 된 것에 비해—점령군은 그를 예외적으로 부드럽게 대했기 때문이다.

"난 미코와이 코노폴입니다!" 그가 군인들이 잘 들을 수 있도록 목소리를 높여 이름을 말했다.

"프시에 폴레에서 왔소!"

"격리병동에서 탈출했나, 미코와이 코노폴?" 군인이 물었다.

"아니요!" 그가 눈이 부신 나머지 눈물이 나오자 눈을 더 강하게 찡그리며 단호하게 고개를 저었다. "난 격리된 적 없어요. 시초프스카 거리에서 술집을 운영합니다. '코노폴 가게'예요. 혹시 알지도 모르는데……." 그가 자신 없게 덧붙였다.

군인들은 그의 가게를 몰랐지만 크게 상관없었다. 군인들은 그에게 가장 가까운 지프차 범퍼 쪽으로 건너오라고 지시한 뒤 꼼꼼하게 몸수색을 하고 부엌칼과 신분증이 든 지갑을 가져갔다.

"누가 캡틴 아메리카한테 보고 좀 해!" 마침내 그를 심문하던 중사가 외쳤다. 머리를 짧게 깎고 북슬북슬한 콧수염을 기르고 있었다.

군인들은 그를 커다란 군용차량 옆에 경비병과 함께 남겨두고 갔다. 그는 그곳에 우두커니 서서 가까운 양조장 환기구에서 흘러나오는 발효된 보리 냄새를 맡으며 길 맞은편에 있는, 여전히 열려 있는 술집 창문의 불빛을 바라보며 기다렸다. 군대가 주둔하고 있지 않았다면, 우연히 지나가는 사람은 이 도시에 사람을 걸어 다니는 시체로 바꿔놓는 감염병이 돌고 있다는 사실을 짐작조차 하지 못할 것이었다.

다리 입구 바로 옆에, 정확히 말하자면 왼쪽 가로등 뒤에 단 한 채의 독일식 석조건물이 서 있었다. 민족단합대로 이쪽 편에서 유일하게 살아남은 건물이다. 밤의 어둠 속에서 넓은 잔디밭과 드문드문 서 있는 참나무에 가려진 검은 건물을 분별하는 건 어려운 일이었다. 독일인들도 가까운 방벽 꼭대기에 저런 참나무를 심었다. 코노폴은 석조건물 계단실에 불이 들어왔을 때야 건물을 확실히 볼 수 있었다. 잠시 후 문이 열리는 특유의 삐걱 소리가 나더니 갑자기 문이 쾅 닫혔으며, 그런 뒤에 잘 다듬어진 관목숲 뒤에서 기운찬 걸음으로 잘생긴 금발 남자가 대위 제복을 입고 걸어 나왔다. 보도에서 기다리던 병사들이 대위에게 손짓하며 코노폴의 존재를 알려주었다.

취조는 짧았다. 미코와이 코노폴은 몇 가지 통상적인 질문들을 받았는데 거의 프시에 폴레 상황에 대한 내용이었다. 그가 자기 술집에서 일어난 사건을 짧게 설명하고 설탕 공장과 예측 가능한 감염자들의 행동 방식 정보까지 덧붙인 뒤에야, 대위는 안심한 표정으로 고개를 끄덕였다. 곧 그는 신분증을 돌려받았고 덧붙여 군용 담요까지 두 장 받은 다음 병사 한 명을 따라 통제선 한가운데 있는 탱크 안으로 들어갔다. 안에는 높은 천장 아래 이미 몇 사람이 누워 있었다. 아이 두 명을 데리고 있는 여성과 나이 든 남성, 그리고 10대 소년이었다.

코노폴은 자신이 우연히 감염자들과 같은 자리를 배정받았을지도 모른다는 생각에 그들에게서 최대한 멀리 있는 구석에 자리를 잡았다. 또한 이번에는 절대로 잠들지 않겠다고 그는 결심했다. 이전에 공동묘지 예배당에서 잠시 눈을 붙였을 때 즐겁지 않은 상황에서 깨어났으므로 그는 또다시 무서운 상황을 무릅쓰기보다는 마음과 눈을 혹사하는 쪽을 택했다.

커다란 금속 상자 안에서 그는 졸음과 싸우며 노인의 코골이 소리와 목소리를 낮추고 대화하는 군인들의 목소리를 들었다. 그는 군인들의 이야기를 들으며 부대가 격리병동으로 이동시킬 감염환자들을 실은 트럭을 기다리고 있다는 사실을 알게 되었다. 가장 처음에 그를 심문했던 퐁고프스키 중사는 유일한 무전기를 고치려고 끊임없이 애쓰면서, 공격적인 도망자를 뒤쫓다가 무전기에 총을 갈겨버린 머저리를 수없이 들먹이며 폭포처럼 욕설을 쏟아내고 있었다.

29

1963년 8월 10일 토요일 03시 07분
인민경찰 지역본부, 포드발레 거리 31-33번지

계속 조용하고 평화롭다. 브란디스는 다시 책상 앞에 앉았다. '5시까지 경계경보가 없으면…… 아냐!' 그는 스스로 정신을 차렸다. '위험을 무릅쓰면 안 된다는 비에드지츠키 소령의 말이 맞다. 인민위원회 동무들의 전형적인 특징인 근거 없는 낙관주의에 빠질 수는 없다. 심지어 자틸니 동지가 선동 목적으로 도시를 개방하는 데 동의한다고 해도.' 브란디스는 문을 살짝 열고 고개만 밖으로 내민 다음 비서실에서 최근 몇 시간 동안 일한 본부 부사관이 누가 있나 내다보았다. 최악의 순간이 지나간 지금, 부사관들 대부분이 배정된 방에서 잠을 자거나 혹은 경찰 예비부대원들과 함께 아래층에 앉아 전투 현장의 피투성이 이야기를 듣고 있었다. 브레메르도 얼마 전에 아래층으로 내려갔고, 니에시토는 지역 인민위원회 누군가의 명령을 받고 공항에 갔으며, 비에드지츠키는 또다시 자틸니를 만나러 갔다. 만약 모든 일이 잘 풀린다면 30분 뒤에는 그들 모두 다시 이 사무실에 앉아 끝나가는 작전의 결과보고서를 짜맞추고 있을 것이다. 그리고 그렇게 되면 즐거운 마음으로 책상의 넓은 서

랍 안에 손을 넣어 보드카병을 꺼낼 수 있다. 한잔 마시고 잊어버릴 자격이 있는 것이다…….

그는 넉넉하게 세 손가락 높이에서 술을 따른 다음 유리잔을 빠르게 기울여 벌컥 비웠고 마른 빵을 안주 삼아 한 입 먹었다. 안타깝게도 절인 오이는 이미 다 먹었다.

조용하고 평화롭다. 성공의 전조다. 문제가 생길 조짐이 보이자마자 도시에서 도망친 비겁자들은 대가를 톡톡히 치를 것이다. 젊은 늑대들이 발톱을 보였으나 뒤로 밀려났던 부관들은 세상이 예상했던 바와 달리 굴하지 않았다. 정반대로 되찾은 폴란드 공화국 역사상 가장 심각한 위기를 부관들이 해결했다. 피를 흘린 것은 사실이었지만 희생자는 예외 없이 열성적인 경관, 영웅적인 군인과 좀비, 아니—그 단어는 사용하지 않는 게 좋겠다—감염자들이 적당한 단어다. 적절한 감정적 무게를 지니고 있으며 보편적으로 이해하기 쉽다.

몇 주가 지나면 공산당 서기장 고무우카 동지가 긴 연설을 할 것이고, 그런 뒤에 공산당 중앙당 당원들은 어둡고 검은 밤의 영웅들을 기리는 기념비를 세우고, 거기에 유럽 현대사에서 가장 무시무시한 전염병의 싹을 자른 공적을 쌓은 사람들의 이름을 새길 것이다.

통상적인 방법으로 어떻게 해도 죽일 수 없었던 짐승들이 박멸되었다. 그들을 태워서 가루로 만들고 수십 톤의 생석회를 부어서 몇 미터 깊이의 땅속에 파묻었다. '문제 해결. 디 엔드, 피니토. 비에드지츠키가 어쨌든 머리는 좋아.' 브란디스는 그를 부러워하며 생각했다. '나 혼자서는 절대로 상상도 하지 못했을 텐데, 비에드지츠키는 이렇게 저렇게, 뚝딱 해치워. 이런 놈은

잘 붙들고 있어야 해, 분명히 높이 올라갈 테니까.'

조용하고 평화롭다. 전화도 오지 않는다. 공을 쫓아가는 고양이처럼 뛰어다니는 사람도 없다. 아무도 고함치지 않는다. 그러니까 어쩌면……. '한 잔만 더 비워도 별일 없겠지.' 브란디스는 긍정하고 술병을 기울였다. 이번에는 잔을 꽉 채울 생각이었다. 그는 그럴 자격이 있었다.

보드카가 술잔에서 넘쳐흘러도 브란디스는 거기에 신경 쓰지 못했다. 그는 술병을 손에 든 채 마당에서 나는 억눌린 비명, 그리고 총소리에 얼어붙었다. 술잔에 가득한 알코올이 흘러넘쳐 책상 위에 점점 더 큰 웅덩이를 만들더니 곧 서류 더미 하나, 그리고 두 개에 스며들기 시작했다. 종이는 그 어떤 술꾼 못지않게 보드카를 빠르게 들이마셨다. 아래층의 소란은 그치지 않았다.

"대위 동무!"

브란디스는 비서의 고함을 듣고서야 정신을 차렸다. 멍하니 비서를 쳐다보다가 책상으로 시선을 옮겨 거의 다 비어버린 술병을 내려놓고 속으로 온갖 욕설을 퍼부었다.

서류. 보고서. '전부 다 술 냄새가…….' 그는 생각을 끝마치지 못했다. 칼라시니코프 기관총 소리가 담벼락에 부딪쳐 몇 겹의 메아리가 되어 울렸다. 그 뒤에 TT 권총의 특징적인 발사음이 들려왔다.

"대체 바깥에 무슨 일이오, 빌어먹을?" 그가 겁에 질린 비서를 쳐다보았다.

"몰라요." 비서가 속삭였다.

"그럼 알아내시오!" 비서의 겁먹은 목소리에 짜증이 난 브란디스가 소리쳤다. 비서든 아니든 지역본부에서 일하면 그만한 책임이 있는 것이다. 인민경찰은 눈물을 봐주는 곳이 아니었다.

"어떻게요?" 비서가 어쩔 줄 몰라 하며 새된 소리로 말했다. "중앙본부가 전화를 안 받는데……."

총소리가 잦아들었으나 뭔가 계속 시끄러운 소리가 들려왔다. 브란디스는 고개를 저으며 그우슈친스카 비서를 찌를 듯한 눈으로 노려보았다. '여자들이란!' 브란디스는 쾅 소리를 내며 술병을 책상 위에 내려놓고 창가로 갔다. 그리고 두꺼운 커튼을 열었다. 약한 불빛 속에 먼지 안개가 휘몰아쳤다. 브란디스는 창문 손잡이에 손을 댔으나 잠시 생각한 뒤 여는 걸 그만두었다. 비바람은 이미 그쳤지만 바람이 계속 강했고 작전이 아직 끝나지 않았으니 서류를 엉망으로 만들지 않는 쪽이 나았다. 성공이 눈앞에 있는 지금은 그럴 때가 아니었다.

그는 차가운 창유리에 볼을 대고 창밖의 공간을 최대한 눈으로 훑었다. 아래층에서 무슨 일이 벌어지고 있었지만 보이지 않았다. 누군가 본부를 비추는 조명등을 꺼버린 데다 창문으로 흘러나오는 불빛만으로는 여러 가지 자세히 볼 수가 없었다.

그때 비서실 문이 큰 소리를 내며 열렸다.

노크도 하지 않고!

그우슈친스카 비서가 엉덩이를 말벌에 쏘인 듯 펄쩍 뛰어 일어났고, 브란디스는 창문에서 물러서며 권총집에 손을 가져갔다. 그러나 권총집에서 총을 뺄 수가 없었다. 손이 너무 떨렸던 것이다. 다행히 총은 필요하지 않았다. 사무실에 들어온 것은 땀투성이에 숨을 몰아쉬는 시치에셰크 원사였다. 방금 귀신이라도 본 것 같은 모습으로 러닝셔츠와 속옷만 입은 채 문턱 바로 앞에 멈추어 서 있었다. 사실 대위는 그 모습에 놀라지 않았다. 본부 군인 중 누구든 필요한 사람은 빨리 끌고 오라는 명령을 받았기 때문이다. 마레크 시치에셰크 원사는 아마 자기 집에서 생일 축하주 한잔을 들이켜다가 그대로 끌려 나온 것 같았다.

“자네들 막사에서 대체 무슨 짓을 하는 건가?” 브란디스가 다시 창문을 향하며 고함쳤다. “문에 노크하는 거 못 배웠나?”

긴장한 부사관이 즉시 경례를 했다.

“대위 동무, 보고합니다, 노크를 배웠습니다만…….”

“저기에 무슨 일이 일어났는지 아는 거 있나?” 브란디스가 성급하게 그의 말을 가로막고 마당을 가리켰다.

“보고드립니다, 경찰 예비부대원 몇 명이 미쳤습니다.” 여전히 긴장한 듯 차렷 자세로 서서 원사가 대답했다.

“무슨 소리야, 미쳤다니?” 브란디스가 수상쩍은 눈길로 그를 바라보았다.

“짐승처럼 저희한테 덤벼듭니다.” 시치에셰크가 설명했다.

“경찰 예비부대원 몇 명이나 공격성을 보이나?”

“대부분입니다. 거의 대부분 그렇습니다.”

브란디스는 아랫배에 불쾌한 압박감을 느꼈다. 이 묘사가 기묘하게 익숙하게 느껴졌다. ‘감염병이 여기까지? 하지만 어떻게? 어디서?’ 군경은 전부 선별검사를 마쳤다. 한 명이라면, 최대한 두 명 정도는 실수로 빠져나갈 수도 있지만 아래 있는 사람은 20명이 넘는다.

“무슨 근거로 그렇게 단정하나?” 브란디스가 조금 더 관심을 가지고 물었다.

"제 눈으로 봤습니다."

"얘기해 봐." 브란디스가 책상으로 돌아와 앉으면서 술병을 내려놓았다. 가득 차 있는 술잔은 책상 위에 그대로 두었다.

"보고드립니다, 소대원들과 함께 1층으로 내려갔습니다. 작전에서 돌아온 대원들의 이야기를 다 함께 듣고 싶었습니다. 그러다 2층에서 잠시 멈췄는데……." 시치에셰크가 말을 끊고 불안하게 입술을 깨물었다.

"관계없는 얘기는 건너뛰고." 브란디스는 군인들이 2층에 왜 들렀는지 짐작하고 이렇게 중얼거렸다. 브란디스 혼자만 뭔가 더 독한 걸 원한 게 아니었으며 이런 상황에서는 누구든 그를 비난할 수 없었다. "핵심만 얘기해."

"알겠습니다!" 원사가 마침내 긴장을 풀었다. "전신통신실에 들어간 순간 총소리를 들었습니다. 그래서 가장 가까운 계단으로 뛰어가서 아래쪽을 보니까, 보니까……." 원사가 말을 더듬기 시작했다.

"제대로 말해!" 브란디스가 화를 내며 고함쳤다.

"놈들이…… 놈들이 제 눈앞에서 서로 죽였습니다." 시치에셰크가 간신히 말했다. "경찰 예비부대원들이 이미 우리 애들한테 덤비기 시작했습니다, 대위님, 저보다 먼저 1층에 내려간 애들이 있었단 말입니다. 클라우디우시 야쿠보프스키, 시메크 와치시, 마르친 우르바니아크, 후베르트 므위나르차크……."

"지금 내 앞에서 점호라도 하는 건가?!" 대위가 성급하게 그의 말을 끊었다. "난 상황이 어떻게 돌아가는지 알고 싶다는 거지 원사 부대에서 누가 먼저 내려갔는지 부르라는 게 아냐!"

"하지만 그 애들 전부……. 놈들이 물어뜯었습니다……. 제가 보는 앞에서……."

"자네 눈앞에 곧 별이 번쩍이겠지!" 대위가 위협했다. "요점만 집중해서 말해!"

시치에셰크가 큰 소리로 침을 삼켰다.

"경찰 예비부대원들이 앞을 막아서는 자를 전부 다 죽였습니다, 대위 동무. 1층에 가득 있었습니다. 경비대원 몇 명이 막아보려 했지만 그 애들마저 승산이 없었습니다. 마당으로 도망가서 총을 쐈지만, 그런데도……."

"그런데 뭐?"

"총을 쏘는데도 놈들이 탱크처럼 덤벼들었습니다. 총알도 아무렇지 않다는 듯 말입니다."

"그래서 어떻게 됐나?"

"경비대원들의 행동 덕분에 미치광이들이 주의를 빼앗겼고, 그러면서 저희가 부상자 십수 명을 대피시킬 수 있었습니다."

"부상자?!" 브란디스가 의자에서 벌떡 일어섰다.

"예." 깜짝 놀란 원사가 다시 반사적으로 경례를 했다. 너무 당황해서 무엇을 어떻게 해야 할지 모르는 것 같았다. "제가 그래서 그걸 여쭤보려고……."

브란디스는 혼잣말로 욕을 했다. 시치에셰크는 감염병의 진짜 특성이 무엇인지 보고받지 못했다. 므워치츠카 간호사를 본 적도 없을 것이다. 마베트 경위가 찾아왔을 때 시치에셰크는 아마 본부에 없었던 것 같았다.

"그 부상자는 어디 있나?"

"392호에 임시로 대피시켰습니다, 대위 동무. 구급상자가 필요합니다……."

392호는 복도 끝 화장실 바로 옆, 중앙 계단 바로 앞에 위치해 있다. 당연히 이 상황에서는 건물 내부 계단 대부분에 접근이 제한되었고, 밤에 본부 업무가 느슨해질 때만 중앙 통로를 이용해서 이동할 수 있었다. 정상적인 상황에서는 당직자를 불러 적당한 계단을 열어달라고 하면 되지만 지금은 불행히도 불가능했다. 열쇠가 전부 1층에 있었다.

'이런 젠장……!'

"여기 오는 데 시간이 얼마나 걸렸나?"

예상치 못한 질문에 원사는 대단히 놀라워했다.

"전혀 모르겠습니다……."

"그래, 그 점은 이미 확인했다. 뇌가 있으면 생각 좀 해보지?!" 브란디스가 참지 못하고 소리쳤다. "얼마나 걸렸어?"

"몇 분 정도입니다."

"좋다. 그럼 돌아가서 아래층에서 전혀 부상을 입지 않은 사람들만 전부 여기로 데려와. 그리고 392호는 잠가버린다. 자물쇠로. 알아들었나?"

"알겠습니다." 시치에셰크가 돌아서려다 동작을 멈추었다. "구급상자는 어떻게 합니까?" 그가 불안하게 물었다.

"명령대로 해!" 대위가 손가락으로 문을 가리키며 고함쳤다. 원사가 시야에서 사라지자 그가 불렀다. "그우슈친스카!"

비서가 즉시 문간에 나타났다.

"예, 대위 동무."

"외부 통화는 아직도 가능한가?" 브란디스가 물었다.

"네." 비서가 고개를 끄덕이며 대답했다.

"좋아, 그러면 아렌지코프스키 의사에게 연결해 주게……. 아니, 잠깐만. 우선 비에드지츠키 소령부터. 아마 아직 본부에 있을 거야."

그우슈친스카는 고개를 끄덕이고 비서실 안으로 사라졌다. 브란디스는 보드카 150밀리리터가 든 술잔을 집은 다음 기울여서 거의 단번에 털어 넣었다. 그리고 입을 손등으로 문질러 닦은 뒤 빵 껍질을 씹으며 불쾌한 시선으로 책상 위에 생긴 보드카 웅덩이를 가늠해 보았다. 그가 흘린 술은 대부분 서류에 흡수되었다. 그것도 가장 중요한 서류들이었다. '어떻게든 궁리를 해서 서류를 다시 꾸미든지, 아니면 말리기라도 해야……. 에휴, 무슨 짓을 해도 보드카 냄새가 풍길 거야.'

책상 구석에 세워둔 전화기가 울렸다.

"바르토시 소령님?" 브란디스가 수화기를 귀에 대자마자 질문하듯 불렀다.

"비에드지츠키 소령님은 본부에 안 계십니다."

그우슈친스카가 보고했다. "여기로 오고 계십니다. 하지만 본인 차량이 아닙니다. 지프차가 뒤집혀서 근무용 차량을 빌렸다고 합니다. 하지만 그 차량에는 라디오 전화기가 없습니다."

"이런 시발!" 대위는 책상에 내리치려는 듯 수화기를 쥐고 흔들었다. 그러나 순식간에 마음을 가라앉히고 비서에게 부탁했다. "아렌지코프스키 의사를 연결해 주게. 제발 빨리."

비서는 말없이 전화를 끊었다. 그는 천천히 평소의 꾀바른 자신으로 돌아오기 시작했다. '솔직히 잘된 일이야, 여기서 내가 필요한 건 비서이지 울고 짜는 아줌마가 아니니까.'

시치에셰크가 군경 여섯 명을 데리고 돌아왔다. 브란디스는 그중 세 명을 알아보았다. 토메크 스타제츠 병장은 무전병이었고, 피오트르 프와테크 중사와 카츠페르 로지에비치 소대원은 A분과에서 근무하는 정말로 훌륭한 암호해독 전문가들이었으나 지금은 다른 사람들과 함께 전화 받는 업무를 하고 있었다. 나머지 세 명은 얼굴을 봐도 누군지 알 수 없어서 브란디스와 관련 없는 다른 부대 소속이 분명했다.

"다들 총 있나?" 브란디스가 쓸데없는 서론을 자르고 바로 물었다. 모두 서로 불확실하게 바라보았으나 없다는 의미로 고개를 저었다. "그렇군……."

이러면 일이 복잡해지지만, 다른 한편으로는……. '좀비로 변한 군인과 경찰들은 거의 죽일 수가 없는데 낡아빠진 권총 몇 정이 무슨 소용이겠어? 생각을 해, 머리를 써. 이 난장판에서 빠져나갈 방법이 있을 거야. 보기보다 쉽고 간단한 방법이 있을지도 몰라.'

브란디스 대위의 사무실은 건물 한가운데 있어서, 복도 끝에 있는 계단으로 가서 세 층을 내려가야만 본부 로비에 도달할 수 있고, 거기로 가야 마당이나 거리로 나갈 수 있었다. 한데 1층은 좀비들이 점령했고 그 숫자가……. 브란디스는 이 혼란이 시작되었을 때 아래층에 경관이 몇 명이나 와 있었는지 기억해 내려고 애썼다. 경찰 예비부대원은 작전에서 돌아온 사람들만 계산한다면 40명 가까이 되었다. 거기에 당직자와 경비원, 보조 인력도 있다. 전부 다 합치면 그가 상대해야 하는 것은 100명 가까이 되는 감염자인데, 거기에 죽지 않는 자들이 언제라도 수십 명씩 늘어날 수 있었다. 시치에셰크가 별생각 없이 4층으로 끌고 온 감염된 군경들이 이미 변하기 시작했을 가능성도 계산해야 했기 때문이다. '문을 잠그라고 해둔 게 그나마 다행

이지.' 브란디스가 생각했다. '이 건물은 문이 두껍고 자물쇠도 튼튼하니까…….'

전화벨 소리에 그는 깊은 생각에서 깨어났다. 그리고 책상에서 일어나 사무실에 있던 부하들 일곱 명을 모두 비서실로 내보냈다. 아렌지코프스키와의 전화 통화 내용을 부하들에게 들려주고 싶지 않았기 때문이다.

"병원과 연결됐나?" 그가 수화기에 대고 물었다.

"네, 대위 동무."

분리기가 익숙하게 끽끽거리는 소리를 냈다.

"아렌지코프스키?"

"아니, 산타클로스다."

브란디스는 의사의 코맹맹이 목소리를 곧바로 알아들었다.

"아렌지코프스키, 문제가 생겼어. 큰 문제야."

"그…… 저기 거기…… 그 좀비들이 경계선을 뚫었나?"

"아니, 하지만 내 생각에 우리가 빌어먹을 큰 실수를 저지른 것 같아."

"말 빙빙 돌리는 거 그만하지? 무슨 일인데?"

"감염자 태우는 거 말이야."

"그거 아주 좋은 생각이었어. 비에드지츠키한테 훈장 줘야 해."

"그래, 그런데 아니야."

"무슨 소리야, 아니라니? 내가 직접 봤어. 감염자들 아주 깔끔하게 연기가 됐다고."

"연기가 돼서 도시로 퍼졌어."

"브란디스, 말 빙빙 돌리지 말라고 내가 예의 있게 부탁했잖

아. 요점만 말해!"

대위는 잠시 말을 멈추고 애써 단어를 골랐다.

"감염 원인은 불에 타서 없어지지 않아."

"헛소리." 아렌지코프스키가 항의했다.

"아, 그래? 그러면 그룬발트 광장 작전에서 방금 돌아온, 거의 40명 가까이 되는 경찰 예비부대원들이 왜 변질됐을까? 참고로 진압 작전 중에 전혀 부상당하지 않은 사람들이야. 우리가 다 확인했어……."

"전혀 이해가 안 돼." 의사의 목소리에서 이제까지 들려오던 자신감이 사라졌다. "그러니까 네 생각에는 화장장에서 날린 재가 어쩌면……."

"재, 연기, 뭐든. 이 사람들이 감염병하고 접촉한 경로는 그것밖에 없어."

"이런 시발……."

"두 번 시발이다."

"프라체 진압 작전 지휘관들한테 최대한 빨리 연락해."

"못 해."

"못 하다니 무슨 소리야? 해야지. 경고해야 할 거 아냐……."

"본부 1층에 그 괴물들이 100명은 우글거리는데, 우리는 나까지 여덟 명이야. 총도 없어. 그리고 통신본부가 전화를 안 받아."

"통신본부가 막혔다고?" 아렌지코프스키가 놀랐다. "나는 연락됐는데."

"그거 시내 통화야. 만약의 경우를 위해 대비한 거야."

"아, 그럼 새로운 위협에 대해서 내가 최대한 모든 사람한테 알려볼게."

"고마워, 그렇지만 아무래도 이미 늦은 것 같아. 경찰 예비부 대원들이 변하기 시작했으니까 미로 공원에서 진압한 군인들도 막사로 돌아간 뒤에 똑같은 일을 겪고 있을지 몰라."

"그건 그래……." 의사가 동의했다.

브란디스가 한숨을 쉬었다.

"말이 나왔으니 말인데, 이것 말고도 문제가 더 있어. 연기가 도시를 반쯤 덮었다고. 그룬발트 광장 주위에 수만 명이 살고 있어. 생각도 하기 싫지만 그중에 몇 명이나……."

"진정해." 아렌지코프스키가 그의 말을 막았다. "그렇게까지 상황이 나빠진 않을 수도 있어. 브로츠와프 전 지역에 비바람이 불어서 거주민 대부분이 창문을 닫고 잤을 거야."

"총소리 때문에 깼을지도 모르는데."

"그건 그래." 아렌지코프스키가 인정했다. "하지만 민간인들은 겁이 많으니까. 전부 다 거리로 나오진 않았을 거야. 그리고 대담하게 거리로 나온 사람들도 시체 태우는 냄새를 맡은 순간 도로 집에 들어갔겠지. 화장장 연기 냄새가 굉장했을 테니까."

"하지만 한 번 들이마시는 걸로도 충분하다면……."

"그만해!" 의사가 언성을 높였다. 시신을 태울 때 아렌지코프스키 자신도 시내에 있었기 때문에 겁을 먹은 것이 분명했다. "재수 없는 소리 하지 마. 지금 당장은 아주 조용해. 15분 전에 내가 피브나 거리 병원에서 나왔을 때는 이상한 일이 전혀 없었어. 브로츠와프가 전부 죽은 듯이 조용했다고."

"무서운 소리 하지……."

"아니, 그건 좋은 징조야." 아렌지코프스키가 다시 그의 말을 막았다. "내가 어떻게 하면 도움이 되는지 알아듣게 말해봐."

"프라체에 있는 격리병동과 그룬발트 광장에서 진압 작전에 참가했던 부대에 연락을 해봐. 지휘관들한테 연기와 접촉한 병사들이 위험하다고 경고해. 아직 늦지 않았을 수도 있고 잠재적인 감염자들을 나머지 부대원들과 분리해서 격리하면 비극을 막을 수 있을지도 몰라."

"알았어. 그리고 또?"

브란디스는 잠시 생각했다.

"크시키에 있는 라디오 방송국에 사람을 보내. 시민들의 집 밖 출입을 금지하겠다고 공지해. 도시 전체가 패닉에 빠지지 않게 뭔가 합리적인 이유를 지어내 봐."

"당연하지. 걱정하지 마. 어떻게든 할게."

"좋아. 하지만 만에 하나 일이 제대로 돌아가지 않으면……."

"재수 없는 소리 하지 마, 브란디스!" 아렌지코프스키가 세 번째로 그의 말을 막았다. "빠져나올 수 있어, 부하들하고 너까지 여덟 명 모두. 문 단단히 잠그고 지원을 기다려."

브란디스는 혼자 웃었다. 아렌지코프스키가 옳았다. 본부에 비에드지츠키가 오기만 기다리면 된다. 비에드지츠키라면 눈 세 번 깜짝할 사이에 상황을 파악하고 지원을 부를 것이다. 허둥거릴 필요가 없다. 그는 수화기를 내려놓고 빠른 걸음으로 문으로 다가갔다. 비서실을 내다보고 두 가지 지시를 내렸다. 그우슈친스카에게 아렌지코프스키의 연락을 전담하라고 지시하고 두 조로 나누어진 부하들을 다시 자기 집무실로 불렀다.

부하들이 자기 앞에 한 줄로 서자, 브란디스는 한 명 한 명에게 아래층 상황에 대해 자세히 물었다. 상황은 그의 짐작보다 나빴다. 첫 변질자들이 나타난 것은 본관 중앙 통로 부근이었는데, 몸 상태가 나빠진 경찰 예비부대원들을 밖으로 내보내려 할 때였다. 놀란 장교들이 1층으로 도망치려 했고, 그 때문에 유일하게 사용 가능한 계단 통로에 공격적인 좀비들 대부분이 모여들었다. 스타제츠 병장은 이십여 명의 경관이 계단 절반쯤에서 아래층에 우글우글 모여 있던 죽지 않는 시체들이 위로 올라오지 못하게 막은 과정을 상세하게 이야기했다. 부상자들은 나중에 위층으로 대피시켰는데, 이들이 바로 계단을 막은 그 사람들이었다. 경비대 동료들이 도주하려고 시도하지 않았다면 계단에서 모두 다 죽었을 것이다. 절박해진 경비대원들이 화물용 뒷문으로 빠져나갈 수 있으리라는 희망을 가지고 마당 쪽으로 달려갔다. 이들이 미친 듯이 도망친 덕분에 계단에 있던 좀비들 중 상당수가 따라갔고, 그 덕분에 부상당한 경관들이 현장에서 살해당하지 않고 뒤쪽으로 대피할 수 있었다.

또한 토메크 스타제츠 병장은 도망치는 와중에 가장 심하게 다친 동료들 몇 명이 계단 중간에 남았는데, 그들이 거기서 더 올라갈 수는 없을 것이라고 말했다. 이 얘기를 하면서 그의 눈에 눈물이 고였다. 나머지 사람들도 확실히 죽을 곳에 남겨진 동료들을 생각하며 고개를 숙였다. 건강한 사람들은 가벼운 부상을 입은 동료를 부축했다. 계단에 남아 있던 대원들은 자기 힘으로 걸을 수 없는 상태였고, 부상이 없는 사람이 너무 적어서 부상자를 전부 다 구출할 수가 없었다.

"자네들은 최선을 다했어." 대위는 부하들이 부상자를 구해봤자 소용없다는 사실을 알고 있었으나 단호하게 이렇게 말했다. "구할 수 있는 사람은 전부 다 구했으니까." 앞에 서 있던 부하들이 바닥을 내려다보는 모습을 보며 그는 한 가지 질문을 더 했다. "혹시 브레메르 동무를 봤나?"

대원들이 어리둥절한 눈으로 서로 쳐다보았다.

"그런 분은 모릅니다." 시치에셰크가 모두를 대신해서 대답했다. "어느 부대 소속이신지……."

"민간인이야. 위기관리본부. 키가 꽤 크고 통통하고, 밝은색 정장을 입고, 모자랑 안경 쓰고……." 그가 묘사했다.

"웃기는 턱수염 기른 분입니까?" 로지에비치가 물었다.

"그래, 예레미아시가 턱수염을 길렀지." 브란디스가 활기를 띠었다. "그 사람 봤나, 로지에비치?"

로지에비치는 입을 열어버린 자기 자신에게 한 대 먹이고 싶은 표정을 짓고 있었다. 대위가 자신에게서 시선을 떼지 않는 것을 알고 그가 마침내 천천히 고개를 끄덕였다.

"예……."

브란디스는 이제 곧 어떤 대답을 듣게 될지 확실히 알 것 같았다.

"말해봐. 괜찮아."

로지에비치 일병이 큰 소리로 침을 삼켰다.

"공격하는 감염자들 중에서 민간인을 한 명 보았습니다, 눈에 안 띌 수가 없었습니다." 그가 동료들을 흘끗 쳐다보았다. "누가 도끼로 그 사람을 처치했습니다." 그가 얼굴을 찡그렸다. "도끼가 얼굴에 박혀서, 한중간에……."

"자호르스키 경감이 처치하고 그런 뒤에 경찰 예비부대원들이 팔을 잘랐습니다." 토메크 스타제츠가 보고를 끝마쳤고 로지에비치도, 스타제츠도 입을 꾹 다물었다.

그러나 브란디스는 더 이상 캐묻지 않았다. 지금 들은 내용만으로도 아주 충분했기 때문이다. 그는 브레메르 얼굴에 쇠도끼날이 박혀서 손잡이가 흔들거리는 모습을 상상했다……. 그리고 브란디스는 그 끔찍한 광경을 눈앞에서 치우기 위해 고개를 흔들었다. 그러다가 그는 책상 위에 놓인 종잇조각을 보았다. 브레메르가 바로 30분 전에 마지막으로, 거의 예언적인 낙서를 끄적거린 종이였다. 브란디스는 손가락으로 그 종잇조각을 끌어당겼다.

이 코끼리의 이름은 좀비라네
코가 길지만 냄새는 맡지 못하네
왜냐고? 이유는 간단하네
머리뼈에서 뇌가 튀어나왔기 때문이라네

브란디스는 몸을 떨었다. '회상에 잠길 시간은 나중에도 있을 거야. 지금은 감염되지 않기 위해서 뭐든지 해야만 해.'

"스타제츠." 그가 명령했다. "프와테크와 계단으로 가서 아래층 상황을 보고 오게. 좀비들이 우리 층으로 올라오려 하거든 즉각 여기로 돌아와." 그리고 그는 원사를 돌아보았다. "시치에셰크, 392호 문 잘 잠근 거 확실하지?" 원사는 대답 대신 빠르고 단호하게 고개를 끄덕였다. 브란디스는 잠시 생각하며 집무실 안을 훑어보았다. "좋아……. 다들 신중한 사람이라면 어떤 선택을 하는지 알고 있겠지."

"예. 알고 있습니다, 대위 동무." 원사가 자랑스럽게 대답했다. "국영보험사입니다."

브란디스는 어리둥절한 눈으로 원사를 바라보았으나 이 엉뚱한 대답에 대해서는 논평하지 않았다. 나중에서야 그는 깨달았다. 밤이면 종합상가 건너편의 커다란 네온 광고판이 그와 비슷한 문구를 광고하고 있었다는 사실을.

"동료들이 자물쇠보다 강할 경우를 대비해서 392호 문 앞에 바리케이드 설치한다. 원사하고 함께……." 그가 손가락으로 모르는 부사관을 가리켰다. 빨간 머리 젊은이였다. "이름이 어떻게 되나?"

"라데크 마르키에비치 소대장입니다, 대위 동무."

"마르키에비치 소대장은 원사와 함께 가서 책상으로 392호 문을 막는다. 알겠나? 복도 가로질러서, 그리고 필요한 경우 책상과 벽 사이에 뭔가 더 집어넣어서 내부에서 문짝을 부술 수 없도록 꽉 채워둔다."

"대위님, 하지만 어째서입니까……." 원사는 완전히 혼란에 빠졌다. "애들은 치료가 필요합니다……."

"그중에 누군가 감염됐을 수도 있다." 브란디스가 부하의 말을 가로막았다. 상황이 정말로 어떻게 돌아가는지 밝힐 생각은 없었다. 아주 조그맣게 할퀴기만 해도 사람이 좀비로 변할 수 있다는 사실을 부하들이 알게 된다면, 이 짐승들 손아귀에 그 혼자 남겨두고 다들 내뺄 것이 분명했다. "지금은 여기까지 한다. 계획대로 실행하고……." 그가 나머지 두 명을 위협적인 눈으로 쳐다보자 부하들이 제대로 관등성명을 댔고 그제야 문장을 마쳤다. "플루타 상병과 로시에크 병장은 뭔가 아주 예외적인 사건이 일어나서 상황을 통제할 수 없는 경우를 대비해 나와 함께 이 집무실에 바리케이드를 설치한다. 비에드지츠키 소령이 곧 도착할 것이다." 두 명이 망설이는 것을 보자 그는 덧붙였다. "소령은 즉각 보안대 지원을 요청할 것이다. 군인들이 건물을 점령할 때까지 우리는 기다리면서 버티기만 하면 된다. 보안대는 이미 저 괴물들을 어떻게 상대하면 좋을지 잘 알고 있다." 이 말에 부하들이 전원 안도의 한숨을 쉬었다. "자, 그럼 움직이자, 동무들. 이웃 집무실을 둘러보고 책장이든 안락의자든 끌고 올 수 있는 건 다 여기로 끌고 온다."

* * *

단 한 가지, 그러나 결과적으로 치명적인 실수가 아니었다면 그들의 작업은 몇 분 만에 끝났을 것이다. 브란디스는 본부 사무실 배치도를 외우고 있지 않았기에 392호가 옆 집무실과 연결되어 있다는 사실을 알지 못했다. 한편 부하들 역시 너무 당황해서 제때 기억해 내지 못했다. 그래서 시치에셰크가 마르키에비치를 데리고 391호에 책상을 가지러 들어갔을 때 그들은 피에 굶주린 괴물들의 손아귀에 곧바로 떨어진 것이나 다름없었다.

부상자 14명 중에서 6명이 이미 좀비로 변해서 죽어가는 동료들을 해치웠고, 옆방에서 가구 옮기는 소리를 듣고 다 함께 잠기지 않은 문을 통해 391호로 들이닥쳐 무방비 상태의 시치에셰크와 마르키에비치를 뒤에서 덮쳤다. 마르키에비치는 도살장의 송아지처럼 찢어져 현장에서 사망했다. 시치에셰크도 그보다 더 운이 좋지는 않았다. 복도로 나가는 무거운 문을 열려고 할 때 죽지 않는 괴물들의 손아귀에 제복 목깃을 붙잡혀서 문턱을 넘지 못했다. 한 번 잡아당긴 것만으로 그는 뒤로 날아가 피투성이 시체들 사이에 넘어졌다. 그는 악마에 씐 것처럼 비명을 지르기 시작했다.

그의 비명에 나머지 사람들이 긴장했다. 스타제츠 병장과 함께 나간 프와테크 중사는 자신들이 오도 가도 못하는 지경에 떨어졌음을 곧바로 깨달았다. 한쪽에는 아래층으로 내려가는 계단이 있고, 그 아래에는 계단 중간에 버려졌던 마지막 부상자들이 죽지 않는 괴물로 변해서 엄청난 결단력으로 우글우글 몰려 올라오고 있었다. 아직도 변하지 않은 키에진스키 중사는 1층에서 좀비에게 양쪽 다리를 뜯긴 채로 넓은 층계에 핏자국을 길게 남기며 이를 악물고 기어 올라오고 있었다. 그는 이미 거의 끝까지 다 올라와서 이제 마지막 층계 몇 단만 남겨놓고 있었다. 그리고 그 몇 걸음 뒤에서 수십 명의 굶주린 좀비들이 밀고 올라왔다. 좀비들이 키에진스키를 붙잡지 못한 단 한 가지 이유는 좀비들의 움직임이 너무 서툴러서 계속 동료에게 걸려 넘어지거나 자빠졌기 때문이다.

"마르친……." 스타제츠는 키에진스키의 이 명백하게 영웅적인 노력이 그들 모두를 죽음으로 몰아넣을 수도 있다는 사실을 깨달으며 신음했다.

등 뒤에는 보안대가 차지한 공간에 접근을 차단하는 닫힌 철문이 있었다. 그들이 3층에 열댓 명의 죽지 않는 괴물들이 올라와 있는 것을 보았을 때, 브란디스 대위의 집무실과 그들 사이에 있는 복도에 유령 같은 형체가 나타나 앞을 막아섰다.

"돌아가야 해." 프와테크 중사가 동료를 뒤로 당기며 말했다.

"어디로요?" 스타제츠가 신음했다.

중사는 재빨리 가능성을 계산했다.

"뚫고 나가자. 소화기 들어!" 중사가 철문 근처에 달린 빨간 원통을 가리켰다. "벽에 딱 붙어서 지나가는 거야! 놈들 눈을 때려!"

스타제츠 병장은 아래층에서 무시무시하고 새된 고함이 들려오자 마침내 완전히 정신을 차렸다. 계단 쪽으로 눈을 돌리던 그는, 시치에셰크의 옛 부하이기도 했던 마르친 우르바니아크가 얼굴 반쪽과 팔 하나가 사라졌는데도 아랑곳하지 않고 몸부림치는 키에진스키를 붙잡는 모습을 보았다.

유일하게 살아 나갈 방도는 브란디스 대위 집무실로 돌아가는 것이었다. 그래서 두 사람은 벽에 딱 붙은 채 조심스럽게 움직였다. 스타제츠가 소화기로 방어한 채 앞장섰고, 프와테크는 한 걸음 뒤에서 동료의 어깨를 잡고 따라갔다. 화장실 바로 앞에서 스타제츠가 소화기 밸브를 열었다. 사염화탄소 줄기가 복도에 서 있던 유령 같은 형체 쪽으로 뿜어져 나왔다. 복도는 즉각 눈 따가운 연기로 가득 찼다. 스타제츠와 프와테크는 가만히 있지 않았다. 둘은 좀비가 당황해서 잠시 움직이지 못할 것이라 믿으며 달리기 시작했다.

그러나 두 사람은 운이 나빴다. 죽지 않는 괴물들은 시각, 청각, 후각 같은 일반적인 감각을 사용하지 않았다. 사염화탄소는 벽에 붙어 기어가는 사람들의 숨을 막고 눈을 따갑게 찔렀으나 좀비들에게는 아무런 효과가 없었다. 이런 조건에서도 너덜너덜한 팔들은 움직이는 목표물을 향해 살인적으로 정확하게 뻗어 나왔다. 살가죽이 벗겨진 손가락들은 도망치는 병장과 중사의 제복 일부를 붙들어 두 사람의 달리는 속도를 늦추었다. 스타제츠는 다 써버린 소화기를 버리지 않고 이제는 무기처럼 사용했다. 그는 눈물로 흐려진 눈앞에 나타나는 그림자는 뭐든 소화기로 내리쳤다. 둔한 충격음이 스타제츠가 제대로 내리쳤음을 증명했다. 어느 순간 좀비 하나가 그의 왼쪽 어깨를 잡았다. 그 힘이 너무 강해서 스타제츠는 거의 뒤로 벌러덩 넘어질 뻔했다. 그러나 대단히 다행스럽게도 왼쪽을 붙잡힌 덕분에 스타제츠는 오른팔을 반사적으로 크게 휘둘렀고, 소화기가 넓은 반원을 그리며 흐려지는 소화기 연기 속에 드러난 좀비의 어깨에 명중했다. 동시에 스타제츠는 프와테크에게 떠밀려 앞쪽으로 날아갔고, 이제는 거의 눈이 보이지 않게 된 프와테크가 무작정 코뿔소처럼 앞으로 돌격했다.

다음 순간 두 명 모두 사염화탄소 안개 속에서 빠져나왔다. 집무실까지는 이제 몇 걸음밖에 남지 않았다. 스타제츠가 동료의 팔을 잡아 자기 쪽으로 끌어당겼다.

"성공입니다!" 그가 만족스럽게 숨을 몰아쉬었다.

그때 문가에 서 있던 플루타가 뒤로 물러서며 그들을 안으로 들였다.

"시치에셰크 원사님하고 마르키에비치는 어디 있습니까?" 그가 복도의 연기가 천천히 걷히면서 비틀대며 걸어오는 형체들이 차례차례 나타나는 모습을 보며 불안하게 물었다.

병장은 그를 비서실 안으로 끌어당긴 뒤 문을 닫았다.

"이미 끝장이야." 스타제츠가 내뱉었다.

익숙한 목소리를 듣고 브란디스는 집무실에서 나와 숨을 헐떡이는 부하들을 위협적인 시선으로 훑어보았다.

"어떻게 된 건가?" 그가 고함쳤다. "보고해!"

멀리서도 그에게서 풍겨오는 술 냄새를 맡을 수 있었다.

“변해버린 경찰 예비부대원들이 이미 계단을 절반쯤 올라왔습니다.” 스타제츠가 대답했다. “키에진스키 뒤에서 기어 올라왔습니다.”

로시에크가 혼잣말로 욕설을 내뱉었다. 브란디스는 레몬이라도 삼킨 듯 얼굴을 찡그렸다.

“시치에셰크 원사는?”

“당했습니다.”

“무슨 말이야? 놈들이 계단을 절반 올라왔다고 자네들이 말하지 않았나…….”

“부상병입니다.” 스타제츠 병장이 서둘러 설명했다. “우리 쪽 부상자들이 둘을 덮쳤습니다. 놈들이 이미 복도까지 왔습니다. 391호에서 나왔습니다.”

“어떻게?” 브란디스가 입을 떡 벌렸다.

“모르겠습…….” 그때 누군가 문을 마구 두드렸고, 병장은 말을 멈추었다.

그우슈친스카가 비명을 지르기 시작했다. 그러자 모두가 한꺼번에 입구 쪽을 바라보았다.

“책상으로 문을 막아, 그리고 내 집무실로 후퇴해!” 대위가 권총을 꺼내며 명령을 내뱉었다.

움직일 수 있는 가구를 전부 옮겨서 흔들리고 있는 문 앞을 막았다. 심지어 서류 캐비닛도 밀어놓았다. 이 바리케이드는 꽤 오래 버틸 것 같았지만, 지원이 올 때까지 버티려면 정말로 시간을 많이 벌어야만 했다.

집무실 안에 있는 가구들까지, 브란디스가 서류를 올려둔 커다란 책상도 서류가 쌓여 있는 그대로 가죽으로 뒤덮인 문 앞으로 옮겨졌다. 작업을 마치고 일곱 명 모두 문에서 가장 먼 벽 앞에 모여 서 있었다. 대위, 부하 다섯 명, 그리고 비서였다.

"이제 어떻게 합니까?" 프와테크가 피가 흐르는 어깨를 붙잡고 속삭이는 소리로 물었다.

"부상을 입은 건가?" 브란디스가 유심히 들여다보았다.

"아닙니다." 중사가 웅얼거렸다. "개새끼들한테 두 번이나 붙잡혔지만 제가 뿌리쳤습니다."

"그 피는 뭐야?"

"제 피는 아니지만 좀 할퀴어서 여기……."

그는 말을 마치지 못했다. 대위의 권총이 불을 뿜었고, 프와테크는 말하던 중간에 쓰러졌다. 그우슈친스카 비서는 그녀답게 큰 소리를 내며 나무 바닥에 쓰러져 정신을 잃었다. 부하들 역시 순식간에 창백해지며 살해당한 프와테크에게서 물러섰다.

"뭘 그렇게 쳐다보나?" 브란디스가 고함쳤다. "감염당했잖아……." 그는 부하들의 얼굴에서 이들이 아무것도 모른다는 사실을 읽어냈다. "부상당한 동료들? 392호에 있는 그 사람들? 정말로 아무것도 눈치채지 못했나?"

파베우 플루타가 길게 신음했다.

"그렇게 감염력이 강합니까?"

"아니, 그보다 더 심하지." 대위가 대답했다. "창문을 여는 게 좋겠어." 그가 권총집에 총을 넣으며 덧붙였다. "프와테크를 들어 올리게 좀 도와줘."

부하들은 대위의 명령을 곧바로 따르려 하지 않았다. 그래서 그는 두 번이나 더 명령을 되풀이해야 했고, 마침내 로지에비치와 로시에크가 시신의 팔을 들었다. 브란디스가 프와테크의 다리를 잡았고 셋이서 그를 창문까지 끌고 갔다. 집무실에 플루타가 조금 전에 열어놓은 창문으로 신선한 공기가 조금 들어오고 있었다. 세 명이 힘을 합해 살해당한 중사를 창턱 위로 넘겨 마당으로 떨어뜨렸다. 프와테크의 시신은 벽에 몇 번 부딪친 뒤 둔한 소리를 내며 시멘트 위에 떨어졌다. 하지만 아래에서 빙빙 도는 죽지 않는 괴물들은 아무도 관심을 보이지 않았다. 마치 피오트르 프와테크 중사가 그들의 눈에는 전혀 존재하지 않는 것 같았다.

브란디스는 뒤를 돌아보았다. 부하들이 그에게서 최대한 멀리 떨어지려는 듯 다시 반대편 벽에 모여 서 있었다. 그우슈친스키는 쓰러진 곳에 그대로 누워 있었다. '잘됐군, 최소한 잠깐은 조용하겠지.' 그가 창문에서 물러나며 생각했다.

"난 미친 게 아니야." 그가 부하들을 안심시켰다. "프와테크를 죽여서 우리 모두의 목숨을 구한 거야. 저놈들처럼 변해버렸다면……." 그가 말을 끊고 문으로 가서 귀를 기울였다. 그러곤 잠시 뒤에 몸을 굽혀 입구를 막은 커다란 책상의 서랍에서 아직 뚜껑도 따지 않은 새 보드카 한 병을 꺼냈다. "우린 다 한 잔씩 해야 해. 토 달지 말게."

* * *

그들은 순식간에 술잔을 비웠다. 그 외에는 할 일이 없었다. 남은 것은 그저 기다리는 일뿐이었다. 잔이 몇 번 돌고 나자 젊은 경관들은 구석에 쭈그리고 앉았다. 마치 납이라도 매단 듯 눈꺼풀이 무거워졌다. 술과 피로가 마침내 무의식에 자리 잡은 두려움을 이겼다. 그들은 하나씩 잠들었다가 뭔가 움직이는 기척이 날 때마다 벌떡 일어나 숨을 몰아쉬었다. 다만 남자들이 모두 실컷 마신 뒤에 깨어난 그우슈친스카 비서만이 한옆에서 무릎에 턱을 괴고 앉아서 바리케이드로 막은 문을 쳐다볼 뿐이었다. 그리고 몇 분 뒤에 그녀의 비명에 모두가 깨어났다.

브란디스가 벌떡 일어서면서 계속 손에 꽉 쥐고 있던 빈 술잔을 떨어뜨렸다. 그가 완전히 정신을 차리기 전에 그우슈친스카가 먼저 창가로 달려가서 단번에 문을 열어젖혔고 피투성이 창턱으로 뛰쳐나갔다. 두 다리가 공중에 흔들리는 것이 보였다. 페디큐어를 칠한 한쪽 발이 위로 솟아올라 창틀에 부닥치더니 바닥으로 떨어졌고, 비서의 찌르는 듯한 비명과 그보다 덜 무시무시한 둔탁한 충격음이 나며 영원히 조용해졌다.

비서의 행동에 어리둥절해진 브란디스는 창밖을 내다보았다. 이번에는 죽지 않는 괴물들이 망가져서 식어가는 시신 주변에 모여들었다. 시신 위로 기어다니면서 부러진 팔다리를 잡아당기고 피와 내장 속에 머리를 처박았다.

'대체 무슨 일이야?' 대위가 몸을 곧게 펴며 생각했다. '혹시 그우슈친스카도……'

그는 몸을 돌렸다. 한 걸음 떨어진 곳에 스타제츠가 서 있었다. 얼굴이 퍼렇고 눈은 흰자위만 번들거렸다. 입에서 빨간 피가 흘러나오고 있었다. 브란디스는 입속으로 욕설을 중얼거리며 총으로 죽지 않는 괴물을 겨누었다. 가까운 거리에서 머리에 겨누어 쏜 한 발이 병장의 뇌를 마룻바닥 전체에 뿌렸으나 스타제츠를 막아내지는 못했다. 이어서 몇 번 더 총알이 발사되었으나 역시 아무 소용 없었다. 병장이 대위 쪽으로 팔을 뻗었다…….

'안 돼!' 이 짧은 생각과 함께 브란디스는 뜨거운 총구를 입에 넣고 즉시 방아쇠를 당겼다. 그는 고통이 무서웠고 괴물이 자신에게 무슨 짓을 할지 무서웠다. 스스로 끝장내는 편이 나았다. 빠르고 깔끔하게. 공이치기가 메마른 찰칵 소리를 냈다. 탄창에 총알이 없었다.

브란디스는 몸을 돌려 그우슈친스카의 본보기를 따라 창밖으로 뛰어내리려 했으나 미처 한 걸음도 가지 못했다. 병장이 뼈다귀 같은 손가락을 그의 목덜미에 박아 넣고 잡아당겼다. 브란디스는 아픔을 느꼈으나 그가 짐작했던 것만큼 무시무시하지는 않았다. 머리가 어지러웠고 눈앞이 흐려져 마치 두뇌에 전기가 나간 것 같았다. 그는 어둠 속으로 헤엄쳐 들어가면서 이전에 중사를 무시했던 괴물들이 어째서 비서에게 덤벼들었는지 마침내 이해했다.

남은 세 명의 부사관들이 두려움에 찬 눈으로 서로를 바라보았다. 로시에크는 얼굴에 할퀸 상처 자국이 있었고, 그 빨간 줄이 그어진 상처에서 피가 배어 나오기 시작했다. 로지에비치는 잡아 뜯긴 팔뚝을 손가락으로 감쌌다. 오직 스타제츠에게서 가장 멀리 떨어져 졸고 있던 플루타 혼자만 살아남았다. 그러나 그 또한 두 동료와 마찬가지로 자신이 오래 버티지 못하리라는 것을 알고 있었다.

병장 발치에 누운 브란디스가 경련하듯 몸을 떨었다. 손에 쥔 빈 권총이 시끄러운 소리를 내며 마룻바닥에 떨어져 문을 막고 있는 책상 아래로 굴러 들어갔다.

30

1963년 8월 10일 토요일 03시 24분
볼노시치 광장

폴란드 국방군 대위 제복을 입은 남자는 방금 세운 임시 지휘본부 천막 앞에 지프차가 멈추자마자 뛰어내렸다. 그는 말끔히 면도한 달걀형 얼굴에 곧고 좁은 코와 생기 있는 푸른 눈을 가진 잘생긴 남자였다. 높은 이마는 낡은 장교 군모 챙 아래 가려져 있고, 손에는 둘둘 만 하얀 가운을 쥐고 있었다.

"비에드지츠키 소령님 어디 계시지?" 그가 뒤에서 지나다니는 탱크들의 소음보다 높게 목청껏 특징적인 코맹맹이 소리로 고함쳤다.

"잘 못 들었습니다, 대위 동무?" 보급 트럭에서 장비 내리는 작업을 감독하던 중위가 귀에 한쪽 손을 댔다.

"비에드지츠키 소령님은 어디 계신가?" 남자가 더 큰 소리로 다시 물었다.

"요새에 계십니다, 대위님!" 중위가 대답했다.

"어디?"

"저기 육교입니다." 군인이 해자 위에 놓인 통로를 가리켰다.

의사는 고개를 끄덕여 감사를 표한 뒤 근처에 있던 탱크 바퀴에서 일어나는 먼지구름 속으로 사라졌다. 지금 무거운 탱크들이 줄지어 들어오는 곳은 오페라 극장 뒤에 있는 커다란 광장이었다. 탱크와 그 옆에 함께 따라온 트럭들이 광장 한가운데 고르게 줄을 맞춰 늘어섰는데, 이 광장은 전쟁 전까지 매년 농업용 기계 전시회가 열리던 곳이었다.

군인이 가리킨 육교는 임시 지휘본부에서 수십 미터 정도 거리에 있었는데, 거기까지 가려면 두 겹으로 깔린 가시철조망을 지나 포드발레 거리 쪽에서 들어오는 교차로를 막은 가파른 바리케이드 위를 지나가야 했다.

소령은 기관총 두 개가 장착된 요새 앞 한쪽 기관총 옆에 서 있었다. 군인들이 바리케이드 위에 자동소총도 장착하는 중이었는데 외국 군대의 기습을 대비하여 광장을 사수할 준비라도 하는 것 같았다. 사방에서 사람들의 고함 소리와 망치 두드리는 소리가 들렸다. 해자 북쪽 기슭은 공병대가 보강하는 중이었고, 종합상가와 법원 건물 쪽은 탱크가 늘어서서 차로를 막고 있었다.

본부 앞에 트럭과 좀 더 가벼운 차량이 십여 대 늘어서 있었다. 담장 아래 군인과 경찰 차량부대원들이 수없이 보였는데, 경찰 차량부대는 조를 짜서 건물 모든 입구 안에 차례로 들어가는 중이었다. 인민경찰본부 탈환 작전이 바로 몇 분 전에 시작된 것이다.

"상황이 어떻습니까?" 사다리 마지막 디딤대에서 뛰어내린 대위가 숨을 몰아쉬며 물었다.

비에드지츠키는 깊은 생각에서 깨어난 사람처럼 몸을 흠칫 떨었다.

"보그단?" 그는 옆에 서 있는 의사 아렌지코프스키를 보고 놀랐다. "여기서 뭐 해?"

"브란디스가 전화했습니다." 아렌지코프스키가 설명했다. "30분쯤 전에." 감염병 전문의는 소령의 질문하는 듯한 표정을 보고 재빨리 덧붙였다. "소령님하고 연락이 안 되니까, 저한테 전화해서……."

"소령 동무!" 요새로 달려온 경찰 차량부대 경위가 서슴없이 의사의 말을 끊었다. "명령받은 대로 1층 전체를 진압했으나 마당에 아직도 좀비가 30명 이상 남아 있음을 보고드립니다." 새벽 2시부터, 전사한 포들레프스키 대위의 제안에 따라 모든 감염자를 '좀비'라는 용어로 지칭하게 되었다. "지금 진압할까요, 아니면 위층을 먼저 진압하는 쪽이 낫겠습니까?"

"마당에선 도망 못 치겠지." 비에드지츠키가 고민하지 않고 바로 대답했다. "출구를 전부 단단히 막고 2층으로 진입한다. 최대한 빨리 브란디스 대위 집무실에 들어가야 한다."

"예, 알겠습니다!" 차량부대 경위가 경례하고 돌아서서 건물 중앙 출입구 쪽으로 뛰어갔다.

"기다려, 마베트!" 소령이 그를 불렀다. "그 전에 브레메르를 발견하면 곧바로 나한테 보내."

경위가 부어오른 입술을 핥았다.

"그건 문제가 있습니다." 경위가 자신 없는 말투로 말했다.

"브레메르가……?" 비에드지츠키의 목소리가 떨렸다.

"브레메르 동무는 저희가 마주친 첫 번째 좀비 무리 안에 있었습니다. 누군가 한참 전에 소방용 도끼를 꺼내서 브레메르 동무를 공격한 것 같습니다." 마베트가 손을 펼치더니 콧볼 바로 옆에 대며 말했다. "이미 트럭에 태웠습니다. 조금 전에 그룬발트 광장으로 떠났으니 어쩌면 벌써……."

"소령님!" 경위가 말하는 도중에 아렌지코프스키가 끼어들며 소령의 어깨를 잡았다. "내가 바로 그 일 때문에 왔습니다. 화장장은 이제 더 이상 가동되지 않아요. 내가 당장 화장을 중단하고 참호를 다 모래로 덮으라고 명령했습니다."

"어째서?" 비에드지츠키가 놀랐다. "아직 작전이 끝나지 않았잖아."

경위도 흥미가 동한 듯 그들 사이를 갈라놓은 바리케이드에 더 가까이 다가왔다.

"좀비를 태워도 아무것도 해결되지 않습니다." 의사가 설명했다. "연기인지 재인지 아직 확실히 밝혀내진 못했지만, 독성이…… 극도로 높아서 감염병을 퍼뜨리고 있어요. 브란디스가 나한테 알려줬습니다. 본부는 아무도 공격하지 않았는데 변질된 경찰 예비부대원들이 이렇게 만든 겁니다. 작전을 마치고 돌아와서 이유 없이 갑자기 차례차례 광란하기 시작했어요. 작전 중에 아무도 부상당하지 않았는데도 말이죠."

비에드지츠키는 마치 미친 사람을 보듯 의사를 바라보았다.

"그러니까 자네 말은……." 소령이 입을 열었으나 말을 끝마치지 못했다. 그리고 순식간에 경위를 향해 몸을 돌렸다. "마베트, 부하들한테 명령 전달해. 최대한 빨리 브란디스의 집무실에 진입해야 해." 경위가 가까운 트럭 뒤로 사라지고 나서 비에드지츠키는 아렌지코프스키를 쳐다보았다. "그게 사실이라면…… 젠장, 내가 다 망쳤어. 그것도 아주 장엄하게."

"자책하지 마십시오……." 아렌지코프스키가 소령을 달랬다.

"소령님이 어떻게 알았겠습니까, 그저…… 그게…….." 의사는 적절한 용어를 찾으려고 애썼으나 확실히 문제는 바이러스도, 박테리아도 아니었다. "뭔가 불에 태워도 살아남는 게 있을 줄 어떻게 알았겠습니까. 나도 그런 건 생각조차 못 했는데요. 나는 감염병 분야의 전문가란 말입니다. 이런 건 그냥 예측 불가능이라고요."

"자네가 뭐라고 말해도 오로지 내 잘못으로 이렇게 전부……." 비에드지츠키가 본부 건물을 가리켰으나 곧 팔을 축 늘어뜨렸다. "떠들어서 뭐 하겠나, 앞으로도 죄 없는 사람들이 수천 명 더 죽을 텐데!"

소령은 주먹으로 모래 자루를 내리쳤다. 그의 얼굴이 시뻘겋게 달아오르고 혈관이 피부를 뚫으려는 듯 관자놀이에 불끈 튀어나왔다. 아렌지코프스키는 젊은 소령의 폭발을 마음속으로 대비했으나 소령은 간신히 스스로 신경을 가라앉혔다. 그는 어둠에 잠긴 인민경찰본부 담장을 쳐다보며, 그토록 앞날이 밝았던 커리어를 뭉개버리고 어쩌면 그의 인생조차 망쳐놓은 대실패를 마음속으로 곱씹었다. 윗선은 분명히 그의 불운을 용서하지 않고 그를 당과 국방부의 희생양으로 삼을 것이다. 그러나 지금은 그런 게 문제가 아니었다.

죽지 않는 괴물들을 화장하자는 제안은 그가 바로 몇 시간 전에 위기관리본부 회의에서 내놓은 것이었지만, 그로 인해 본부에 있던 수백 명의 군경과 브레메르가 새벽에 죽었다. 그리고 그것은 빙산의 일각일 뿐이었다. 화장장에서 피어오른 연기를 타고 퍼진 감염병이 얼마나 큰 피해를 끼쳤는지 사람들은 몇 시간 혹은 며칠이 지난 뒤, 군대가 위험에 처한 구역들을 훑는 작업을 마치고 난 뒤에야 알게 될 것이다. '아니, 구역이 아니고 도시 전체다. 그리고 군대도……. 그 연기가 실제로 감염병을 퍼뜨린다면 작전에 참여한 군인들도 저 경찰 예비부대원들과 같은 운명에 처할 것이다.' 소령은 갑자기 깨달았다. 프라체 오드잔스키에에서 격리병동을 진압한 대대들은 아직도 교외에 있었으나 그룬발트 광장 작전은 벌써 한 시간쯤 전에 끝나서 작전 참가자들은 이미 부대로 돌아갔거나 지금 막 부대에 도착했을 것이었다.

"전부 다 빌어먹을……." 소령은 중얼거리고 아렌지코프스키를 향해 몸을 돌렸다. "화장장을 닫으라고 했다고? 내가 제대로 들은 게 맞나?"

"그래요. 그렇게 명령했습니다."

"누구한테?"

"내 부관한테요." 아렌지코프스키가 조심스럽게 대답했다.

"그러니까 그 명령이 실행되었는지는 자네도 확실히 모른단 뜻이지?"

"모르다니!" 의사가 성을 내었으나 곧 마음을 가라앉혔다.

"그러니까 그래요, 내가 직접 확인한 건 아닙니다……. 소령님은 그러니까 내 부관들도 이미……."

비에드지츠키가 고개를 끄덕였다.

"도시 전체를 격리해야 해." 그가 이를 악물고 내뱉었다. "지금 즉시."

아렌지코프스키가 무겁게 한숨을 쉬었다.

"격리해야 하는 건 사실이지만 소령님 생각처럼 그렇게 쉬운 일이 아닙니다."

비에드지츠키는 혼자서 웃음을 지었다.

"나에게는 쥐새끼 한 마리 못 빠져나가게 브로츠와프 전체에 통제선을 둘러칠 만큼 충분한 인력이 있어. 그리고 새벽까지 여기로 그 인원의 절반이나 3분의 1 정도를 끌어올 거야. 아침이 되면 우리가 브로츠와프 전체를 훑을 거야, 집집마다, 거리마다……."

"이봐요, 정신 차려요!" 아렌지코프스키가 흥분한 소령의 말을 끊었다. "뭘 찾으라고 명령할 건지 생각해 봤습니까?"

"뭘 찾다니?" 비에드지츠키가 짜증을 냈다. "감염자, 그러니까 좀비지."

"그렇게 하면 소령님 생각엔 문제가 해결될 것 같습니까?"

소령이 그를 뚫어져라 쳐다보았다. 아렌지코프스키가 무슨 뜻으로 하는 말인지는 완전히 이해하지 못했으나 소령은 어쨌든 고개를 끄덕였다. 생각에 잠겨서 천천히.

"그래."

"아닙니다." 감염병 전문의가 고집스럽게 반대했다. "해결 안 됩니다."

"자네, 그게 무슨 말인가?"

"소령님, 생각해 봐요, 우리가 지금 맞서는 건 모든 논리를 벗어난 상대입니다."

"내가 모르는 걸 말해봐." 짜증 난 비에드지츠키가 퉁명스럽게 말했다. "내가 알아듣게. 자네의 그 의학적인 헛소리 말고."

"좋아요. 할 수 있는 한 가장 간단하고 가장 알기 쉽게 말해볼게요. 소령님이 싸우려는 상대가 뭔지 개뿔 아무것도 모른다고요." 그는 소령이 입을 여는 것을 보고 의미심장하게 손가락을 치켜들었다. "끝까지 들어봐요……! 소령님 말대로 도시를 샅샅이 훑고, 그래서 감염돼서 돌아다니는 죽지 않는 괴물들을 다 붙잡는다고 쳐요. 좀비가 수천 명이라도 군대는 어떻게든 해내겠죠. 하지만 말입니다, 소령님, 문제는 해결되지 않아요. 사람이 좀비로 변하는 진짜 이유가 무엇인지, 그런 변화를 일으키는 병리…… 그러니까 원인균의 잠복기가 얼마나 되는지 알지 못하면 문제를 해결할 수 없단 말입니다." 의사는 소령의 얼굴을 보고 서둘러 '병리학'을 빼고 단어를 고쳐 말했다. "그리고 장담하는데, 난 소령님네 군인들이 누가 감염됐고 누가 감염되지 않았는지 확실히 구분할 수 없다고 생각해요. 건강하다고 인정받은 사람이 조금 뒤에 아니면 다음 날에 죽지 않는 괴물로 변할지도 모른다고요."

이 강의를 들으며 비에드지츠키는 점점 더 눈을 크게 떴다.

"그러면 자네는 이제까지 시행된 방법들이 전부 아무 의미가 없다고 말하고 싶은 건가?" 소령이 양팔을 벌려 광장에 뛰어다니는 군인들을 가리켰다.

"아니요." 아렌지코프스키가 대답했다. "내 말은 이런 겁니다. 잠깐, 무슨 말을 하려고 했는지 잊어버렸네요……. 작전은 의미가 있어요. 그리고 도시를 격리해야 해요, 거기엔 나도 동의해요. 지금 이 순간엔 그게 최선의 해결책입니다. 단단하게 격리정책을 시행해서 감염병이 더 이상 퍼지지 못하게 막아야 해요. 일주일이나 2주일이 아니라 감염된 사람을 밝혀내는 확실한 방법을 누군가 찾아낼 때까지. 그러지 않으면 상황은 도로 똑같이 반복될 겁니다. 색출, 잠시 평화, 또 다른 진원지에서 감염병 폭발. 그리고 그렇게 끝없이……." 그때 완전히 다른 생각이 떠올라 의사는 잠시 말을 멈추었다. "한 가지 문제가 더 있어요." 그가 잠시 후에 선언했다. "감염자는 어떻게 하지요? 불태울 수는 없어요. 죽일 수도 없고. 그런데 내 계산이 맞다면 얼마 후에는 감염자가 수천 명으로 늘어날 겁니다."

비에드지츠키가 고개를 숙였다. 지금까지 그에게는 문제가 단순했다. 좀비를 붙잡아 산 사람들한테서 격리하면 작업 끝이었다. 그런데 문제가 그보다 훨씬 더 심각하고, 도시에서 감염자를 전원 색출하려는 시도가 손으로 모래나 물을 붙잡으려는 것과 다름없다는 사실은 그가 한 번도 생각해 보지 않았던 것이었다. '그렇다, 그것이 정확한 비유다. 손가락 사이로 빠져나간 모래 한 알이나 물 한 방울이 모두 다 또 다른 감염병 유행의 시작이 될 수 있다는 점에서 말이다.' 그는 아렌지코프스키의 눈을 들여다보았다.

"자네라면 어떻게 해결하겠나?"

"나요?" 아렌지코프스키는 턱을 쓰다듬었다. 그의 높은 이마에 깊은 주름이 잡혔다. "내 생각에 당분간은 도시를 격리하는 데만 집중해야 합니다. 그다음 순서로……."

"소령 동무!" 마베트 경위가 숨을 몰아쉬며 요새를 덮은 모래 자루 더미로 달려왔다. "자호르스키 동무를 찾았습니다." 그가 들고 온 라디오 전화기를 가슴에 꽂으며 숨을 몰아쉬었다.

"천만다행이군……." 비에드지츠키가 주위를 둘러보았다. 그러나 경위의 눈에 번쩍인 불길한 눈빛은 보지 못했다. "대체 어째서 자호르스키 동무를 여기로……." 소령은 말하다 말고 경위의 표정을 보고 말을 끊었다. "자호르스키도 당했나?"

"예. 지금까지 건강한 사람을 한 명도 찾아내지 못했습니다.

저희 대원들이 이미 3층까지 올라갔습니다. 조금 전에 기습 진입했습니다." 그가 라디오 전화기를 툭툭 쳤다. "상황이 진행되면 즉시 보고가 들어올 겁니다."

"기습?" 비에드지츠키가 놀랐다.

"좀비로 가득합니다, 소령 동무."

"젠장!" 비에드지츠키가 자신 없는 눈으로 의사를 바라보았다. "너무 늦지 않아야 할 텐데."

"브란디스에게 내가 얘기했습니다." 아렌지코프스키가 서둘러 말했다. "부하들을 모아서 집무실 안에 바리케이드를 치라고요. 거긴 문이 단단해요. 가구도 독일식이라 무겁고. 나라면 좋은 쪽으로 생각하겠습니다……."

"나도 좋은 쪽으로 생각하고 싶어." 소령이 대꾸했다. "내 전화만 받는다면 말이야."

"나한테 전화했을 때는 전화선이 하나만 연결됐습니다." 아렌지코프스키가 상황을 떠올렸다. "그리고 아수라장에 정신없는 와중이니 그의 부하들이 전화선이나 전화기를 망가뜨렸을 수도 있지요."

"그럴 수 있어." 비에드지츠키가 동의했으나 그 말을 진심으로 믿지는 않았다.

그들은 기다리는 수밖에 없었다. 잠시 침묵한 뒤에 소령이 손가락으로 기관총 덮개 잠금장치를 두드리기 시작했다. 이윽고 소령은 참지 못하고 라디오 전화기에 손을 뻗었다.

그가 차갑고 무거운 라디오 전화기를 집어 들기 전, 조용히 신호가 울렸다. 소령이 깜짝 놀란 틈을 타서 마베트가 재빨리 전화를 받았다.

"그래. 그런가, 알았다. 전달하겠다." 통화는 짧았다. "대원들이 387호에 진입했습니다. 문이 안에서 바리케이드로 막혀 있었답니다. 비서실 문도, 집무실 문도 안에서 막혀서 시간이 이렇게 오래 걸렸……." 경위는 말하다 말고 뭔가를 잊어버린 것처럼 중간에 끊었다.

"계속해, 경위, 브란디스는 어떻게 됐나?" 극도로 신경이 곤두선 소령이 고함쳤다.

"모릅니다. 집무실은 비어 있었답니다. 바닥에 핏자국이 있고 창턱에 누군가 살해당해 창밖으로 던져진 흔적이 있다고 합니다."

31

1963년 8월 10일 토요일 03시 25분
마실리체 지구와 필치츠키 숲 인근

그들은 십여 분 동안 달리면서 숨을 고르기 위해 두 번인가 세 번만 멈추었다. 처음에는 도주하는 군인 무리를 따라 무작정 앞으로 달려갔지만 죽어가는 병사들과 변해버린 병사들을 마주치고 나서부터 사비츠키 중위는 연기를 뚫고 들어가야 하더라도 마실리체 방향으로 꺾으라고 명령했다. 탈주자 거의 대부분이 독한 연기와 더 이상 접촉하지 않으려고 최선을 다했다. 그러나 그들은 연기에 닿아도 괜찮았다. 아직도 OP-1 방호복을 입고 있었기 때문이다. 팔키에비치는 달리는 도중에 방독면을 잃어버렸는데 중사가 재빨리 다른 방독면을 찾아주었다. 그것은 두 번째로 멈추었을 때 철로 인근에서 마주친, 폐를 쏟아낼 듯 기침하는 다른 소대 병사에게서 가져온 것이었다. '그 병사에게는 이제 아무 소용이 없지만 팔키에비치의 목숨을 구할 수 있어.' 코트 중사는 목쉰 소리로 살려달라고 애원하는 청년을 무시한 채 잡낭을 벗겨내며 그렇게 스스로 변명했다.

잠시 후에 그들은 푸르스름하고 군데군데 남빛으로 보이는 연기 덩어리 속에 잠겼다. 연기는 축축한 공기 때문에 땅 위로 내려앉아 지면 위로 안개의 목도리를 만들었다. 가시거리는 몇 미터로 줄어들었지만, 장애물이나 변질자와 마주칠 걱정을 하지 않고 천천히 달리기에는 그 정도로 충분했다. 그들은 본능적으로 연기 속에서 모습을 드러내는 건물들을 피하기 위해 멀리 돌아갔다. 몇 분 뒤, 그들은 진심으로 기뻐하며 방독면을 벗었고 이후 15분 더 빠르게 행군해서 마침내 마실리츠카 거리를 가로질렀다. 중위의 추정에 따르면 인근지역은 인적이 없어 보였다. 그들은 아무도 마주치지 않았고 땅 위에 단 하나의 시체도 보지 못했다.

그들은 조그만 뒷골목 옆에 있는 작은 공동묘지를 뒤로하고 가까운 풀밭을 건너 슐렝자강 둔치에 도달했을 때야 걸음을 늦추었다. 그들은 인근 지리를 잘 알지 못했지만, 그것은 이상한 일이 아니었다. 아무도 브로츠와프 출신이 아니었기 때문이다. 국방부는 이와 관련해서 아주 명확한 정책을 시행하여 징집병을 국토의 반대편에 던져놓도록 명령했다. 북부 포모제 출신 병사라면 같은 지역 사람을 상대할 때보다 지리적으로나 문화적으로 낯선 실롱스크 사람이나 남부 산지 사람을 진압하는 데 저항감을 훨씬 적게 느낄 것이라는 현명한 원칙이 있어서다. 여기에 더하여 중위도, 부사관도 보안대에 잡혔을 때 지도를 빼앗겼기 때문에 탈주병들은 어디로 가야 강을 건널 수 있는 다리나 징검다리를 찾을 수 있는지 전혀 알지 못했다. 그들은 필치츠키 숲 가장자리를 오랫동안 돌아다니며 어떻게든 강을 건널 수 있는 방법을 찾으려 애썼으나, 결국 찾지 못하고 마실리츠카 거리로 돌아갔다.

이미 병사들이 쓰러지기 시작했으므로 코트 중사는 중위에게 인근지역 주민들이 창고로 사용하는 가까운 헛간 어딘가에 숨는 편이 좋겠다고 말했다. 중위는 잠시 생각한 뒤에 이 제안을 받아들였다. 그들 뒤에서 불빛은 이미 대단히 수그러들었는데, 그것은 다가오는 동녘 햇빛 때문만은 아닌 것 같았다. 모든 정황을 종합해 볼 때 불은 이미 천천히 꺼지고 있었다. 바람이 시내 쪽에서 불어오기 시작해서 연기에 중독될 위험을 줄여주었고, 휴식을 갖기 전에 그들은 단 한 가지, 불침번 순서를 정했다.

그들은 강가의 첫 번째 헛간을 선택했다. 안이 아주 좁았고 벽의 판자가 너덜너덜한 것으로 보아 히틀러가 점령하기 전 시대에 지어진 것 같았다. 그러나 지쳐버린 병사들에게 그런 것은 아무 문제도 되지 않았다. 병사들은 여기저기서 졸다가, 준비성 철저한 어느 농부가 가축에게 먹이려고 모아놓은 향기로운 건초 위에서 잠들어 버렸다.

'누군가 잠들기 위해서 누군가는 잠들지 말아야 하지.' 코트 중사는 학창 시절에 강제로 외웠던 셰익스피어 인용구를 떠올리고 이 상황에 완벽하게 들어맞다고 생각했다. 사비츠키는 첫 불침번을 중사가 서야 한다고 주장했다. 사비츠키 중위는 병사들을 지나치게 믿지 않았다. 중위가 옳았다. 코트 중사가 건초를 모아 잠잘 곳을 정리하기도 전에 다들 코를 골며 곯아떨어졌으니 말이다.

32

1963년 8월 10일 토요일 03시 54분
인민경찰 지역본부, 포드발레 거리 31-33번지

새 위기관리본부는 해가 뜰 때까지 한 시간 반 이상 남은 새벽 3시 45분부터 가동되었다. 애초 계획대로 볼노시치 광장의 천막이 아니라 경찰본부 건물에서 일을 시작했는데, 4층은 아니었고 본관이 아닌 다른 별관에 위치해 있었다. 비에드지츠키는 부하들이 감염자의 피와 전혀 접촉하지 않도록 확실히 해두기를 원했으나, 1층 로비 전체와 중앙 계단 그리고 이전에 열려 있던 복도까지 전부 피 칠갑이 되어 있었다. 전부 다 닦아내고 소독하려면 상당한 시간이 걸릴 텐데 소령은 시간이 없었다. 1분 1초 늦을 때마다 희생자가 늘어날 수 있었다. 인민경찰 지역본부는 독일인들이 남긴 거대한 석조건물 단지로 별관이 여러 개 있었는데, 그 별관은 변질된 경찰대원들의 자리를 대신할 군인들이 사용했다. 비에드지츠키에게는 다행스러운 일이었다.

위기관리본부 직원들은 박물관 거리와 드루츠키 거리 교차로에 위치한 입구 바로 위, 동관 2층의 로비부터 자동차 출입문 부근까지 차지했다. 그곳에서 위관급 장교들이 작전의 다음 단계, 즉 브로츠와프 전체를 격리하는 작업을 담당하게 되었다.

도시를 둘러싸는 외부 통제선을 형성하는 부대들에게 명령을 내릴 때 비에드지츠키는 여전히 볼노시치 광장에 있었는데, 이는 박물관 거리와 드루츠키 거리 양쪽을 내려다보는 큰 창문이 달린 집무실이 준비될 때까지 기다리고 있는 것이었다. 그 집무실은 바로 몇 시간 전 브레메르, 브란디스, 니에시토와 다 함께 모였던 장소와 비슷하다(아주 비슷하다)고 생각했고, 그래서 집무실보다는 주로 문 앞이나 혹은 훨씬 더 옆에 있는 접수실에 가 있었다. 접수실에는 책상 몇 개를 모아놓은 곳이 있었고, 그 위에는 4층에서 가져온 도시 전체 지도가 펼쳐져 있었다. 그 지도는 군대가 보유한 두 장짜리 작전지도보다 훨씬 크고 덜 복잡했다. 그래서 비에드지츠키는 상황 대응 계획을 수립할 때 동료들과 이 지도를 사용하기로 마음먹었다.

상황은 낙관적으로 보이지 않았다.

일단 프라체의 격리병동과 연락이 닿지 않았다. 무전병 한 명이 15분 넘게 양쪽 대대 지휘부를 계속 호출하고 있었고, 다른 한 명은 보안대 야전지휘부와 연락하려 애썼다. 이들은 끊임없이 애쓰고 있었지만 무전기에서 흘러나오는 것은 오로지 불길한 침묵뿐이었다.

그것이 의미하는 바는 단 한 가지였다. 2개 대대, 그리고 함께 파견된 보안대까지 모두 경찰 예비부대와 경찰본부 근무자들과 같은 운명을 맞이한 것이다. 연기가 실어 나른 질병에 감염되어 살인적인 짐승으로 변해버린 군인들은 이제 도시 북서쪽 지구, 다행히도 인적이 별로 없는 구역을 휩쓸고 있었다. 게다가 그룬발트 광장과는 달리 이쪽 화장장은 여전히 기세 좋게 타오르며 인근 농촌과 주택가에 감염병을 퍼뜨리고 있어 위험성이 더욱 컸다.

비에드지츠키는 이 화장장의 불을 끄고 좀비들의 재가 쌓인 참호를 막아버리는 것이 지금 이 순간 가장 중요하다는 결론에 빠르게 도달했다. 경찰본부 건물에 위기본부가 옮겨 가서 자리 잡기 전부터 그는 이 작전을 시작했다. 우선 그룬발트 광장에 화장장을 만드는 작업에 참여한 군인들의 명단을 작성하도록 지시하고, 그런 뒤에 공병대 지휘관들과 협력하여 접근성에 근거해서 바로 연락이 닿는 사람을 중심으로 명단의 이름을 여섯 개로 줄였다. 이 시점에서 비에드지츠키와 공병대 지휘관들은 아직도 볼노시치 광장의 요새에서 일하고 있었기에, 선별된 여섯 명 모두가 당장 달려왔다. 소령은 이들 앞에서 직접 간단하게 상황을 브리핑하며 작전의 핵심이 무엇인지 설명했고, 브리핑이 끝난 뒤 그들은 OP-1 방호복을 입고 BRDM 수륙양용장갑차 두 대에 나눠 타고 작전지로 향했다.

비에드지츠키는 위험을 피하는 쪽을 선호했다. 프라체 상황을 알지 못했으므로 그는 최악을 상정했다. 감염자들이 계속해서 화장장 근처에 대부분 몰려 있다 해도 장갑차가 이동하는 중이거나 그 이후에는 공병대원들을 충분히 보호할 수 있을 것이었다.

여기까지는 전부 계획대로 진행되었다. 장갑차 대원들은 몇 분마다 한 번씩 검문소를 지날 때마다 연락해서 보고했다. 이미 필치츠 인근에 도달하여 이제 공항과 그 맞은편의 공동묘지를 지나고 있을 것이었다. 지금으로서는 좀비의 기척이 전혀 없었다. '좋은 징조야……'

문이 열리는 날카로운 소리에 소령은 생각에서 깨어났다. 집무실 입구를 보니 지역 인민위원회 부위원장 크시슈토프 니에시토가 넋을 잃고 문간에 서 있었다.

“자네 대체 왜…….” 니에시토가 손가락으로 천장을 가리키며 말하기 시작했으나 비에드지츠키의 시선에 주눅이 들어 말을 멈추었다.

“자네 지금까지 어디 처박혀 있었나?” 소령이 시계를 쳐다보며 고함쳤다.

니에시토는 자정이 되기 전에 본부를 나갔을 때부터 지금까지 단 한 번, 새벽 1시가 조금 지났을 때 연락했으며, 그것도 지역 인민위원회에서 내놓은 별 내용 없는 정보를 전달했을 뿐이었다. 그런 뒤에 그는 마치 증발한 것처럼 소식이 뚝 끊겼다. 브란디스는 그 어떤 알려진 전화번호로도 니에시토를 찾아낼 수 없어서 무척 화를 냈다.

“신경질 내지 마, 비에드지츠키.” 니에시토가 방어적인 몸짓으로 양손을 올리며 부탁했다. “내가 다 설명할 테니까. 오스타프추크 의원님이 나한테 중요한 임무를 맡겼어. 거절할 수 없었다고.”

소령이 분개한 눈으로 그를 바라보았다.

“이 빌어먹을 도시를 구하는 것보다 더 중요한 임무가 뭔데?” 그가 화를 내며 물었다.

“누구를 공항에 좀 데려다줘야 했어.”

“누구?”

“그건 말할 수 없어…….” 니에시토가 몸을 꼬았다. “오스타프추크 의원님한테 절대로 입 열지 않겠다고 약속했어.”

“정치인들이란…….” 비에드지츠키가 코웃음을 쳤다. “개똥 같은 비밀 좋아하네."

"자네도 알잖아." 니에시토가 체념한 듯 손을 흔들고는 마침내 등 뒤로 문을 닫았다. "그런데 말이야……. 왜 브란디스의 집무실이 아니고 여기에 자리를 잡았나?"

비에드지츠키는 당황했다.

"아, 그렇지, 자네는 아무것도 모르는군……."

"내가 뭘 몰라?"

"전부 다." 비에드지츠키는 심호흡을 했다. "우리는 방금 전에 본부를 되찾았어. 브란디스하고 브레메르는 죽었어. 자호르스키도."

"죽었다니?" 니에시토는 창백해졌다. 벽에 기댔다가 휘청거리며 가까운 의자에 가서 무겁게 주저앉았다. "대체 어떻게……." 목이 막혀 그는 제대로 말할 수 없었다.

"평범하게. 자네가 심부름꾼 놀이를 하는 동안 살해당했어."

"하지만…… 어째서……?"

"좋은 질문이야. 우리가 짐작한 바로는 좀비를 태운 게 원래 의도와 정반대 효과를 냈어."

"좀비가 뭐야?" 니에시토는 드디어 충격보다 놀라움을 더 크게 느끼기 시작한 것 같았다.

"자네가 있어야 할 곳에 있었으면 이미 알았겠지."

"그러지 마, 비에드지츠키. 내가 개인적으로 도망쳤던 것도 아니잖아. 여기로 전화했을 때는 모든 상황이 정리돼 있었어. 브란디스가 새벽까지는 상황 종료할 거라고 확신했다고. 그렇게 말했어. 그게 마지막인 걸 내가 어떻게……." 니에시토가 잠시 말을 끊었다. "북조선 여성 노동 지도자 사절단을 환송해야만 했어."

"아가씨들을 돌봐줬다고?" 소령이 눈을 크게 떴다. "장난해? 우리를 엿 먹인 이유가 그거야?"

"이보게, 내가 자원한 게 아니야. 명령을 받았다고. 바르샤바에서 압력이 들어왔어. 라파츠키가 직접 대피시키라고 명령한 것 같아."

"작전은 전부 틀어지고 감염병이 날뛰고 사람들이 수백 명씩 죽는데, 이 나라 외무부 장관이 아시아 어느 구석에서 온 우유 짜는 아가씨들하고 재봉사 아가씨들한테만 신경 썼다는 말을 나보고 믿으라는 건가?!" 비에드지츠키가 폭발했다.

"그게 전부 그런 건 아니야……." 니에시토가 웅얼거렸다. "내가 자네 입장이었다면 북한에서 온 동무들을 그런 식으로 무례하게 얘기하지는 않을 걸세. 자네도 두고 보면 알겠지만 거긴 강대국이 될 거야. 핵무기 보유국이 될 거라고. 지금 당장은 아니지만 십수 년만 지나면…… 내 말을 떠올리게 될 걸세."

"그래, 그래, 당연하지." 비에드지츠키가 그의 말을 끊었다. "그래서 외무부가 자네한테 그 북한 아가씨들을 돌보라고 했다고?"

"아니야." 니에시토가 짧게 반박했다. "사절단 중에 김일성 가족이 있었어."

소령이 입술을 꽉 물었다. 마지막 말은 확실히 정당성이 있었다. '그렇다고 해도…….'

"귀띔이라도 해줄 수 있잖아!" 그가 내뱉었다.

"무슨 수로? 난 오스타프추크 의원하고 얘기를 끝내자마자 사절단이 가득 탄 버스로 끌려갔다고."

"공항에서 전화할 수도 없었나?"

니에시토는 고개를 저었다.

"그럴 수가 없었어. 그 북한 사람들이 위대하신 수령님에 대해서 얼마나 호들갑을 떠는지 아나?"

"비슷한 얘기를 들은 것 같긴 해."

"굉장하다니까, 그 사절단 전체가 완전히 사기였어. 김일성이 폴란드에 자기 혈족을 보내서 바깥세상을 좀 보고 오라고 한 거야. 물론 극비로, 그들이 항상 하듯이 말이야. 그런데 이 아가씨가 하필 감염병이 폭발한 브로츠와프에 발이 묶인 거지. 평양에서는 위험한 상황이 진정될 때까지 아가씨를 안전한 곳에 보호하라고 주장했어. 그래서 크시키에 있는 정부 안전가옥에 앉혀뒀지. 그런데 여기서 진짜로 무슨 일이 벌어지는지 바르샤바가 알게 되니까 외무부에서 누군가 패닉이 된 거야. 이 아가씨한테 무슨 일이라도 생기면 우리는 다 골로 간다는 거지."

"우리?"

"그래, 우리…… 그러니까 자네하고 내가 아니라 폴란드 전체가 말이야."

"그렇군, 우리한테 그 폭탄을 던지겠지." 비에드지츠키가 경멸했다. "원자폭탄. 알아, 알아, 당장은 아니고 십수 년 뒤에. 북한 사람들은 기억력이 좋으니까." 비에드지츠키는 이 대화에 짜증이 나기 시작했다. 그는 시계를 보았다. 다음 브리핑까지 2분 남아 있었다. 이 대화를 끝낼 때가 되었다. "수다는 이제 됐어." 그가 책상에서 일어서며 말했다. "일해야 해."

"정말로 무슨 일이 있었는지 그거라도 좀 말해주게." 니에시토가 부탁했다. "놈들이 어떻게…… 그랬는지 말이야."

"감염자들은 태울 수 없어. 불에 타서 재가 되어도 뭔가…… 그 매개, 병을 퍼뜨리는 원인은 불타서 없어지지 않아. 아렌지코프스키는 그게 연기를 타고 퍼져서 연기를 마시는 사람을 전부 감염시킨다고 생각해."

"이런 망할." 니에시토가 다시 창백해지며 신음했다.

"혹시 자네도……." 소령이 조심스럽게 물으며 갑자기 상대방을 주의 깊게 살펴보았다. 자기도 모르게 권총집에 손을 가져갔다.

"아냐, 아냐!" 니에시토가 양손을 앞으로 내밀고 열심히 고개를 저었다. "비에드지츠키, 진정해. 나는 브로츠와프 안에서도 완전히 다른 지역에 있었다고. 하지만 나머지 얘기도 해줘. 이 모든 일이 본부 집무실하고 무슨 상관이야?"

"그건 말이야……." 비에드지츠키가 다시 한번 시계를 쳐다보았다. 정말로 얘기를 끝내야 했다. 당장이라도 브리핑룸에 부하들이 들어올 것이었다. "그룬발트 광장 작전에 참가했던 경찰 예비부대원들이 여기로 왔어. 그 사람들을 어떻게 해야 할지 아무도 몰랐으니까. 그리고 소란스러운 통에 거기에 대해서는 잊어버렸지. 그런데 브란디스는 그 대원들을 가까운 데 대기시키려고 했어. 만약의 경우에 필요해질지도 모르니까. 대원들 대부분이 처음부터 무시무시하게 기침을 했고 그런 다음에는…… 좀비로 변하기 시작했어." 질문하는 듯한 니에시토의 눈빛을 보며 그가 덧붙였다. "감염자와 죽었다가 살아난 자들을 이제 좀비라고 부르기로 했네. 현장에서 누가 알려준 용어야. 그 괴물들한테 어울리는 단어지. 하던 얘기로 돌아가면……. 본부 건물에서 진짜 지옥도가 펼쳐졌어. 이런 일에는 아무도 대비가 되어 있지 않았어. 파리처럼 떼죽음을 당했다가 되살아난 괴물들의 무리에 합류했지. 도살장에서 아무도 살아남지 못했어. 브레메르는 가장 처음에 죽었어, 1층에서." 비에드지츠키는 극단적인 세부 사항을 동료에게 알리지 않기로 했다. "자호르스키도 거기에서 찾아냈고. 브란디스는 집무실에서 부하 몇 명과 함께 바리케이드를 치고 틀어박혀 있었어. 지원이 올 때까지 거기서 기다리기로 했는데……." 소령은 잠시 말을 끊고 생각을 정리했다. 살해당한 친구들을 생각하는 것은 그에게도 괴로운 일이었다. "브란디스의 부하들 중 누군가가 이전에 전투 중 부상을 당했고 그 사실을 보고하지 않은 것 같다고 의심하고 있어. 한 명이 아니라 여러 명일지도 모르지. 어찌 됐든 우리가 건물을 탈환했을 때는 4층 집무실에 아무도 없었어."

"살아 있는 사람이 아무도 없었다는 말이겠지." 니에시토가 확인했다.

"아니. 집무실이 비어 있었어. 좀비를 피해서 달아나다가 브란디스와 부하들이 창문으로 뛰어내렸어. 우리가 찾아냈을 때는……." 비에드지츠키는 입을 다물었다.

추락해서 사망했어도 계속해서 몸을 움직이던 브란디스와 그의 비서에 대해 생각하기만 해도 그는 몸이 떨렸다. 그리고 본부 마당을 정리한 뒤에 자신에게 그 광경을 보여주었던 마베트를 몹시 원망했다.

33

1963년 8월 10일 토요일 03시 59분
프라체 오드잔스키에, 격리병동 인근

프라체에 파견된 장갑차 1호는 마실리츠카 거리에서 브로츠카로 꺾어지더니 거리 모퉁이에서 멈추었다. 1조를 지휘하는 시몬 벵그지츠키 중사는 폴란드 지도에서 브로츠와프의 북동쪽 반대편에 있는 비아위스토크 출신으로, 할아버지의 증조할아버지 때부터 비아위스토크 토박이였다.

벵그지츠키는 장갑차 안에 앉은 병사들을 훑어보았다. 그들의 얼굴은 방독면에 꼼꼼하게 가려져 보이지 않았고 둥근 유리에 덮인 눈은 약한 불빛 속에서 들여다볼 생각조차 할 수 없었다. 그러나 중사는 자기만큼이나 병사들도 신경이 곤두서고 겁이 날 것이라고 짐작했다.

“자, 다 왔다.” 그가 노래하는 듯한 특유의 동부 사투리로 말했다. 방독면이 귀를 가리고 있고 차 안이 엔진 소리로 시끄러워도 병사들은 문제없이 그의 말을 알아들었다. 세 명이 거의 동시에 단호하게 고개를 끄덕였다. “좀만 기다려.” 공병대원들이 바깥을 보려고 고개를 움직이자 중사가 서둘러 덧붙였다. “우선은 연락을 해야 해. 2조하고 얘기해야지.”

병사들이 다시 순순히, 말없이 고개를 끄덕여 답했다.

중사는 부하들이 듣지 못하도록 혼자 한숨을 쉬고는 다시 한 번 옆쪽 창문으로 황무지를 바라보았다. 바깥은 아주 밝았다. 그러나 그것은 수많은 조명등 때문이 아니었다. 하늘을 향해 높이 치솟은 불꽃이 가까운 풀밭을 환하게 밝히고 있었다. 화장장은 최대 화력으로 가동 중이었다. 다행히 바람이 더 이상 연기를 마실리체 지구 쪽으로 실어 가지 않았으므로 벵그지츠키 중사는 주의 깊게 주변에 있는, 글자 그대로 죽은 듯이 조용한 땅을 전부 살펴볼 수 있었다.

잠시 후, 장갑차를 운전하는 토마시 비시니에프스키 병장이 2호 장갑차를 호출했다. 다른 경로로 파견된 지토비에츠키 중사 휘하 2호 차량은 몇 킬로미터를 더 가야 했고, 그래서 목적지에 좀 더 늦게 도착할 예정이었다. 하지만 지휘부는 양쪽 차량 모두 지속적으로 협조하라고 요구했다. 다행히도 무전기에서 거의 즉각적으로 짧게 지직거리는 소음이 들린 뒤 선명한 단어가 흘러나왔다.

"송골매 하나, 여기는 송골매 둘, 이상."

"송골매 둘, 여기는 송골매 하나, 어디 있나, 이상." 병장이 서둘러 물었다.

"스타브워비츠카 거리에서 중앙로로 꺾어 들어간다. 곧 위치에 도달한다, 이상."

"수신 완료. 작전 시행 준비되면 정해진 신호를 보내라, 이상 끝." 비시니에프스키 병장은 무전기에서 들려온 벵그지츠키의 마지막 문장에 고개를 끄덕이며 무전기를 내려놓았다. 중사가 좌석에서 몸을 돌려 부하들을 평가하듯 바라보았다.

"질문 있나?"

세 명 모두 고개를 저었다. 그들은 아주 간단하고 분명한 지시를 받았으며 그러므로 논의할 것이 없었다. 우선 수송 벨트를 장갑차에 연결한 다음 방벽 아래에서 벨트를 제거하여 불도저가 들어올 공간을 만든다. 그동안 동료들은 불도저 두 대에 모두 시동을 걸고 신호가 떨어지면 참호를 매립하기 시작한다. 마지막 불꽃이 전부 꺼지고 흙이 모든 잿가루를 덮을 때까지 작업을 계속해야 한다. 그뿐이었고, 그게 전부였다.

무전기가 세 번 울렸다.

"가자, 토마시, 가!" 중사가 병장의 어깨를 두드렸다. 병장이 즉시 기어를 넣자 장갑차가 엔진 소리를 내며 가장 가까운 골목으로 나가 풀밭으로 꺾어 들어갔다. 여기는 포석도, 아스팔트도 깔리지 않았다. 비포장도로 위에서 모두가 통 속의 장난감처럼 흔들렸다. 벵그지츠키가 부하들을 부르는 말, 즉 '공대원'들은 앉은 자리에서 튀어나가지 않기 위해 손 닿는 대로 아무거나, 심지어 동료라도 붙들고 버텨야 했다. 다행히 흔들림은 잠시 후에 멈추었다. 비시니에프스키가 조심스럽게 장갑차를 세웠다.

중사가 다시 몸을 돌리고 다급하게 손을 흔들었다.

"움직여라, 이제! 움직여!"

잔뜩 흔들린 탓에 여전히 당황해하던 병사들은 자신 없는 듯 몸을 일으키더니 장갑차 문을 열고 한 명씩 좁은 차에서 내리기 시작했다. 마지막 한 명이 잔디 위로 뛰어내리자 중사가 다시 무전기를 들었다.

"둥지, 여기는 송골매 하나, 이상." 그가 무전기에 대고 말했다.

“송골매 하나, 여기는 둥지. 보고하라, 이상.” 두 번 호출했을 때 비로소 볼노시치 광장 당직 병사가 답했다.

“송골매 하나 보고한다. 목적지에 도착했다. 공대원들은 현장에 나가 작전을 시작한다, 이상.”

“수신 완료.” 지휘본부 무전병이 사투리가 심한 중사의 말에 약간 불확실하게 대답했다. “상황 어떤가, 이상.”

“불길이 지옥 한가운데를 파낸 것처럼 막 타는데, 다행히 연기는 반대쪽에 깔려 있다. 괴물은 현장에 한 놈도 없고 불도저도 둘 다 여기 있다. 이상.”

“수신 완료. 화장장은 계속 가동되고, 시야 좋고, 현장에 장비도 있나, 이상.”

“그렇지, 이상.”

“근처에 누가 보이나, 이상.”

“왜 그걸 계속 물어, 아까 한 놈도 없다고 내가 말했잖여. 우리 아버지 대머리처럼 사방이 깔끔히 비었다, 이상.”

“송골매 하나, 다시 말하라, 이상.”

중사가 얼굴을 찡그렸다. 그는 이쪽 사람들 말투로 말해야만 하는 상황을 좋아하지 않았다.

“송골매 하나 보고한다. 아무도 안 보인다. 이상.” 그가 무전기에 대고 내뱉었다.

“수신 완료, 이상 끝.”

“암탉이 새끼돼지한테 말하듯이 몇 번을 말해야 알아듣네.” 벵그지츠키가 중얼거리며 무전기를 내려놓았다.

작전 중일 때는 고향에서 흔히 사용하는 지역적인 표현들 없이 보고하느라 그는 특별히 신경을 썼다. 그럼에도 불구하고 이 서쪽 지역 머저리들은 그가 외국어로 떠들기라도 하는 양 전혀 이해하지 못했다. 다행히도 병장이 중사의 말투를 배웠는데, 1년 넘게 이 바닥에서 함께 복무하고 있었으므로 서로 이해할 시간이 많이 있었으니 이상한 일은 아니었다.

* * *

그들은 마치 활짝 열린 지옥문으로 곧장 걸어 들어가는 것 같았다. 약간 습기가 차서 흐려진 방독면 유리 너머로 지켜보며 구바와 중위는 그렇게 생각했다. 땅에 뚫린 직사각형의 거대한 구멍에서 하늘을 향해 오렌지색과 노란색 혓바닥을 날름거리는 불길은 귀가 먹먹해질 정도로 포효했다. 그 열기 때문에 그들은 스무 걸음 이상 가까이 다가갈 수 없었다. 사방에는 전부 푸르스름하고 검은 연기가 깔려 있었고 그 두껍고 짙은 덩어리가 땅에 파인 구멍에서 뿜어져 나와 반대편으로 사라지는 모습은 뭔가 보이지 않는 힘이 연기를 아래로 누르는 것 같았다.

군인들은 구덩이 옆 방벽으로 건너갔고, 중앙 수송 벨트 위치 앞에서 구바와 중위가 한 손을 들어 뒤에 오는 병사들에게 정지 신호를 했다. 그들은 지정된 위치에 도착했고 이제 다른 장갑차를 기다려야 했다. 중위는 멀리서 지토비에츠키 소대 차량의 전조등 불빛과 그 불빛에 비친 나머지 병사 세 명의 모습을 보았는데, 이 세 명은 중위를 도와 불 끄는 작전에 투입된 인력이었다. 중위는 사실 자기 부하들이 직접 작전을 실행하는 것만으로 충분하다고 여겼지만 소령은 반드시 지원 인력이 작전 인력만큼 따라가야 한다고 고집했다. "만약의 경우를 대비해서"라면서. 소령은 "일이 틀어지지 않게"라는 말도 했다. 무슨 이유에서인지 이 임무가 아주 중요했던 것이다.

브리핑에서는 별다른 얘기를 듣지 못했다. 그저 화장장에서 나오는 연기에 독성이 있어서 연기를 대량으로 들이마신 사람들이 죽을 수 있고, 그러면 지금 상황에서 슈치트니츠키 다리 근처 격리병동을 돌아다니는 그 죽일 수 없는 괴물들을 뜻하는 좀비인지 뭔지로 변해버릴 위험이 있다는 것만 들었다.

구바와 중위 부대는 저녁에 그룬발트 광장에 이와 비슷한 참호를 몇 개 파는 임무를 받았었다. 여기 이 구멍은 다른 공병대가 판 것이지만 똑같은 설계에 따라 만들어졌다. 그러니까 구멍을 도로 막는 작업도 마찬가지로 쉬울 것이었다. 그룬발트 광장의 화장장들은 15분쯤 전에 전부 막혔다. 중위는 자신들의 경우 구멍 여섯 개가 아니라 하나만 막으면 되므로 작업이 더 빨리 끝날 것이라 예상했다. 연기에 중독되거나 그로 인해 변질될 걱정도 없었다. 그와 부하들은 모두 방호복을 입고 방독면을 쓰고 있었다.

다른 조가 정해진 대로 도착 보고를 하자 구바와는 임무를 나누어주었다. 불도저가 장애물 없이 들어와서 둔덕을 파내고 불타는 구멍을 묻어버릴 수 있도록, 병사들에게는 수송 벨트를 치우게끔 준비시켰다. 불도저 두 대가 풀밭 어딘가에 서 있었으나 연기 때문에 보이지 않았다. 불도저를 찾아서 구멍으로 안내하는 작업은 스토나프스키 병장과 무지카 중사가 맡았다. 중위는 부하들이 일을 끝낼 때까지 무료하게 기다리지 않고 이

전에 불에 붓기 위해 펌프로 연결해 놓은 석유탱크를 안전하게 처리하는 작업을 시작했다. 석유탱크가 구멍에 너무 가까이 있다고 생각했기 때문이다. 그 석유탱크가 왜 거기 있는지는 짐작할 수 있었다. 이 정도 거리에 있어야 불이 꺼지려 할 때마다 계속 기름을 붓기가 쉽기 때문이다. 그러나 원칙적으로 군인들은 매번 석유탱크를 사용한 뒤에는 그 즉시 위험지역에서 치워야만 했다. 하지만 유감스럽게도 최악의 순간에 패닉에 빠졌기 때문에 누군가 그 원칙을 명백히 잊어버린 것 같았다.

중위는 병사들이 모두 각자 맡은 일을 시작할 때까지 기다린 뒤 작전지도를 어깨에 걸치고 버려진 석유탱크 쪽으로 갔다. 한 걸음 다가갈 때마다 더워졌다. 목표물에서 20미터 거리에 이르자 그는 멈추어 서야만 했다. 열기가 견딜 수 없을 정도였다. 게다가 그는 군복뿐 아니라 고무 방호복까지 입고 있었다. 구바와 중위는 몇 걸음 물러섰다가 진행 방향을 바꾸기로 했다. 구덩이에서 물러나 석유 운반 트럭 쪽으로 가서 트럭 자체를 열기를 가려줄 보호벽으로 사용하려는 것이다.

또다시 더워졌다. 그러나 조금 전만큼은 아니었다. 중위는 구닥다리 5.5톤 '스타르' 트럭 앞까지 갔으나 차 안에 들어갈 수가 없었다. 중위는 한 번, 또 한 번 시도해 보았다. 두 번 모두 몇 초 만에 포기해야만 했다. 그래도 어쨌든 차 문이 양쪽 모두 잠겨 있다는 사실은 확인했다. '생각해 봐, 즈비셰크, 생각해…….' 중위는 불빛으로 밝혀진 잔디를 더듬기 시작했다. 이 주변 토양에는 돌이 많지 않은 편이었기에 잠시 후 중위는 원하던 것을 발견할 수 있었다.

그는 트럭 운전석으로 돌아가서 절반 정도 깨져 있는 벽돌로 앞 창문을 후려갈겼다. 그러나 깨지지 않았다. 망할. 두 번째도 마찬가지였다. 세 번째로 벽돌을 휘둘렀을 때 마침내 강화 유리가 수천 개의 반짝이는 조각으로 깨져 흩어졌다. 그리고 다음 순간 중위는 운전석으로 들어가면서 열기에 튀겨질 걱정에서 벗어나게 되었다. 그러나 이 조그만 성공은 별다른 소용이 없었다. 운전석 주변을 다 뒤졌지만 짐작할 만한 곳에 운전병이 예비 열쇠를 두지 않았던 것이다.

중위는 등 뒤에서 불길하게 부서지는 소리를 듣고 양팔로 머리를 가렸다. 오랫동안 불에 달아오른 차체가 일그러지기 시작했고, 그것은 즉 당장이라도 말로 다 할 수 없는 대재난이 일어난다는 뜻이었다. 이 정도 분량의 석유가 폭발하면 팔로 머리를 가리는 정도로는 아무 도움이 되지 않을 것이다. '머리를 엉덩이에 집어넣는다고 해도 갈가리 찢어지는 걸 피할 수 없겠지…….' 중위는 위험을 완벽하게 이해하고 있었으나 무의미한 반사행동이라도 하지 않을 수는 없었다.

최대한 빨리 위험을 중화시키지 않으면 작전을 중단하고 부하들을 폭발 반경에서 대피시켜야만 할 텐데, 그것은 지도부 마음에 들지 않을 것이 분명했다. 중위가 추정해 볼 때 석유탱크는 십몇 분 정도 더 버틸 수 있었다. 그래서 그는 더 이상 고민하지 않고 점화전 뚜껑을 깬 뒤 전선을 뜯어냈고, 입에 문 손전등 불빛을 비추어 적당한 선을 찾기 시작했다. 선은 어렵지 않게 찾아냈다. 중위는 불안하게 입술을 깨물며 전선 끝을 마주 대었다.

보통 상황이었다면 그는 절대로 이런 실수를 저지르지 않았을 것이다. 그러나 그날 밤에는 여러 가지를 한꺼번에 생각할 수 없었기에 가장 중요한 것을 잊고 말았다. 기어 레버 위치를 확인하지 않았던 것이다. 그는 트럭의 시동을 거는 데 성공했으나 덜컥 흔들리는 것은 예상하지 못했다. 트럭은 후진기어가 들어가 있어서 뒤로 가기 시작했다. 중위는 좌석에서 운전석 바닥으로 내던져졌다. 팔을 뻗었지만, 운 나쁘게도 손에 닿은 것은 브레이크도 클러치도 아니고 세 번째 페달이었다. 중위가 그 사실을 깨달았을 때…….

밤이 낮보다 밝아졌다. 한순간이었지만, 그러나 거대한 불덩어리가 꺼진 뒤에도 땅은 수십 미터 반경까지 활활 타오르는 불꽃에 휩싸였다. 멀리 수송 벨트 앞에서 일하던 군인들은 커다란 구멍 반대편에 있었고 그 덕분에 즉각적인 화형을 면하고 살아남았다. 라데크 테클라크 이병은 그렇게 운이 좋지 않았다. 충격파가 그를 장갑차 측면에 뭉개버렸다. 그의 몸이 지나간 자리에 지글지글 끓어서 생긴 길고 검은 얼룩이 남았다.

바로 그 충격파가 한순간에 융단 같은 연기의 대부분을 날려버리고 무거운 수송 벨트에 묶인 장갑차를 흔들었다. 장갑차는 물리학의 법칙대로 곧바로 날아가는 대신 차량을 붙들고 있는 1.2센티미터 굵기 철삿줄을 따라 반원을 그리며 굴러가기 시작하더니 속도를 내며 전진하여 앞을 막는 모든 것을 으깨버렸다.

중간 수송 벨트 앞에서 기다리던 도미니크 데르카치 이병은 자신이 무엇에 살해당했는지 깨닫지도 못했다. 불타는 철조각으로 뒤덮인 5.5톤 트럭이 가시철망 뭉치처럼 그의 몸 위로 굴러갔다. 불타는 트럭은 눈 깜짝할 사이에 거대한 철삿줄에서 벗어나 옆면으로 방벽 기슭을 때렸고, 얼마 전까지 사람이었던 피투성이 잔해가 땅에 금을 그었다. 송골매 둘 소대원들의 유해는 거의 남지 않았다. 마치에이 지토비에츠키 중사와 그의 운전병 시신에서 뼈 한 점이라도 온전하게 찾아내는 자는 무척 놀랄 것이다. 장갑차의 좁은 내부에 너무 많은 장비가 꽉 들어차 있었기 때문에 중사도 운전병도 피투성이 고깃덩어리로 변하는 데는 몇 초도 걸리지 않았다.

고철 더미가 되어버린 장갑차가 완전히 멈춰 서기 전에 이 드라마의 2막이 시작되었다. 하늘에서 불타는 잔해들이 비처럼 땅으로 내리기 시작한 것이다.

바르테크 차르토리스키 상병은 송골매 하나 장갑차 뒤에 입을 딱 벌린 채 서 있었는데, 중사의 재빠른 대응이 아니었다면 이 재앙의 다음 희생자가 되었을 것이다. 폭발이 일어났을 때 벵그지츠키 중사는 자기 장갑차 안에 앉아서 차르토리스키가 움켜쥔 철삿줄 끝 갈고리의 고정쇠를 돌리는 열쇠를 찾고 있었다. 폭발 소리에 중사 역시 나머지 병사들만큼 놀랐지만 전투 경험이 풍부했기 때문에 주변의 젊은이들보다 더 빨리 충격에서 벗어날 수 있었다. 그는 장갑차 밖으로 몸을 내밀고 능숙한 동작으로 단번에 어리둥절해 있는 상병의 목깃을 붙잡아 안으로 끌어당겼다. 심지어 중사는 석유탱크 조각들이 장갑차에 날아오기 바로 전에 문도 닫았다.

"밟아, 토마시, 밟아!" 중사가 바닥에 쓰러져 있는 차르토리스키를 내려다보며 운전병에게 고함쳤다. 운전병에게 두 번 말할 필요는 없었다. 엔진이 순식간에 최대속력으로 돌기 시작하자 장갑차 바퀴가 불타는 잔디를 찢으며 달려나갔다.

* * *

불도저는 두 대 모두 구덩이에서 어느 정도 떨어진 곳에 있었다. 이 거대한 쇳덩어리를 누가 훔쳐 갈 것이라고는 아무도 생각하지 않았으므로 운전병들이 그냥 황무지 한가운데 세워 둔 것이다. 어느 미치광이가 도둑질하러 온다고 해도 장비를 되찾는 데 특별히 노력이 필요하지는 않을 것이었다. 걸어서 200미터만 따라가면 되찾을 수 있으니까 말이다. 11톤짜리 불도저는 각진 철판 아래 무거운 탱크 못지않게 기름을 들이마시는 18.5리터짜리 디젤 엔진을 숨기고 있었으며, 평평한 길에서라면 마음 편하게 걷는 사람과 대략 비슷한 속도를 내었다.

카밀 무지카 중사는 타르친에 있는 농장에서 일할 때 이 기계를 알게 되었다. 그의 후배 미하우 스토나프스키는 불도저 운전하는 법을 막 배우기 시작했는데, 시골 출신이 아니라 그가 언제나 말하듯이 '옛 수도'인 크라쿠프 출신이었지만 중장비 다루는 데 흥미가 있었다.

두 사람은 석유탱크가 폭발하기 전에 불도저의 각진 엔진커버 위에 주저앉아 중위의 신호를 놓치지 않으려고 귀 기울이며 지켜보고 있었다. 어디서든 중위의 신호를 알 수 있었지만, 그래도 짙고 치명적이고 안에 무엇을 숨기고 있는지 알 수 없는 연기보다 높이 앉아 있는 쪽이 확실하게 느껴졌다. 이 지나친 조심성 때문에 역설적으로 그들은 죽음을 맞이했다. 사실 그들은 폭발 지점에서 150미터가 넘게 떨어져 있었으며 이 덕분에 그들은 중위처럼 그 자리에서 불덩이가 되지는 않았다. 그러나 보호막이 전혀 없었기 때문에 충격파의 파괴적인 후폭풍에서 몸을 피할 수가 없었다. 이 충격파는 영화나 소설에 묘사된 것과는 달리 휘말린 사람이 전혀 피할 수 없었다. TNT가 폭발할 때 일어나는 것 같은 압축공기의 흐름보다는 훨씬 느리지만 소리보다 빠르게 움직였다. 무지카와 스토나프스키가 무슨 일이 일어났는지 이해하고 대응하는 데 쓸 수 있는 시간은 4분의 1초 미만이었다. 이 때문에 불도저 위에 있는 그들이 미처 몸을 돌리기도 전에 콘크리트처럼 단단한 압축공기의 벽은 그들을 날려 보냈고, 그와 동시에 땅에 목도리처럼 깔린 연기를 펴 올렸다.

불도저는 그저 흔들렸을 뿐이지만 그 위에 있던 사람들은 심각한 부상을 입었다. 충격파의 힘이 너무 강해서 두 사람은 십여 미터를 날아가서 빽빽한 산사나무 덤불 속에 박혀서야 멈추었는데, 산사나무의 날카로운 가시가 두 사람의 방호복과 방독면을 마구 찔렀다.

무지카가 스토나프스키보다 운이 좋았다. 무지카는 단단한 땅에 부딪히자마자 바로 정신을 잃고 나서 쭉 깨어나지 못했다. 반면 스토나프스키는 십여 초 뒤에 정신을 차리고 즉각 고통에 울부짖기 시작했다. 그는 아픔 외에 다른 것은 생각조차 하지 않았고 방독면 유리를 온통 긁어놓은 흠집 너머로 뭔가 움직인다는 것, 핏빛 불길을 가리며 매 순간 다가오고 있다는 것을 알아채지도 못했다. 스토나프스키는 돌연히 무시무시하고 찌르는 듯한 악취를 느꼈으며 기관지가 짙은 연기로 가득 찼을 때 그의 비명 소리는 숨 가쁜 신음 소리로 바뀌었다.

* * *

“이런 시브럴.” 벵그지츠키가 열린 차 문 밖을 바라보며 중얼거렸다. “토마시, 지휘부에 무전 쳐라.” 그가 고개를 숙이며 말했다.

차르토리스키가 옆문도 열었다. 그는 여전히 충격에서 헤어나지 못해 사시나무처럼 떨었고 턱은 마치 누군가 경첩을 풀어버린 듯 벌어져 있었다. 중사의 번개 같은 대응이 아니었다면 그는 무의미하게 죽었을 것이다. 구덩이 뒤의 땅이 불타고 있었다. 불꽃이 너무나 격렬하게 타올라 멀리서 보면 불의 벽 같았다. 땅에는 환상적인 형태로 뜯어지고 구부러진 석유탱크 조각들이 여기저기 박혀 있었다. 수송 벨트 세 개 중 두 개가 뒤집혀 심하게 손상된 채 굴러다녔고 다른 하나는 제자리에 있었지만 고무벨트 부분이 거의 다 불타고 있었다.

장갑차도 그다지 보기 좋은 모양새는 아니었다. 수백만 개의 조그마한 손이 차 겉면의 칠을 벗겨내려고 긁은 것처럼 보였다. 곳곳에 아직 꺼지지 않은 불꽃들이 반짝였다.

토마시 비시니에프스키는 상관의 다리를 두드렸다. 그러자 중사가 손을 내밀었고, 그는 중사의 손아귀에 무전기를 쑤셔 넣었다.

“여기는 송골매 하나. 둥지 나와라, 이상!” 중사가 지휘본부를 호출했다. 순식간에 답이 왔다.

“송골매 하나, 여기는 둥지다. 보고해라, 이상.” 이번에 받은 사람은 여자였다.

“여기 싹 다 불붙어서 홀딱 골로 갔다, 이상.” 그의 보고가 사투리투성이여서 중사는 완전히 신경이 곤두서 있었다. 잠시 조용하던 무전기에서 갑자기 여성 무전병의 밝은 웃음소리가 들려왔다. "뭐가 재밌어서 깔깔거려?!" 중사가 성이 나서 내뱉었다. "여기 거의 전원 다 산산조각 나서 죽을 뻔했다, 이상."

"아유, 신경질 내지 말고 계속 말해요." 여성 통신병이 능숙한 사투리로, 그러나 금방 진지해져서 대답했다. 중사에게는 다행히도 고향 사람인 것이다. "그렇지만 죄다 얘기해 봐요, 이상." 통신병이 좀 더 구체적으로 말하라고 끝에 덧붙였다.

"여기 지금 나하고 토마시만 살아남았다. 우리하고 공대원 한 명이다. 뭐가 터지더니 다 터져버려서 우리 모두 날아가서 죽을 뻔했다. 그래도 금방 정신 차리고 차에 뛰어들었다. 다른 장갑차가 공대원들을 다 밀어버렸다. 내가 봤다. 순식간에 뼈도 못 추렸다. 현장에 인제 아무도 없다, 이상."

"아니, 이게 무슨 술 취한 당나귀 같은 소리래요……." 통신병이 믿을 수 없다는 듯 신음했다.

"내 맹세할 수 있다……." 상대방의 반응에 흥분하여 중사가 서약할 때처럼 손가락 두 개를 들었다.

"그럴 필요는 없고요……." 통신병이 중사의 말을 막았다.

중사는 통신병이 저편에서 지휘본부의 누군가에게 무전 내용을 전부 '폴란드어'로 반복하는 것을 들었다. 잠시 후에 지휘본부 당직 장교가 무전기를 잡았다.

"송골매 하나, 여기는 둥지. 뭐가 폭발했나, 이상."

"그건 모릅니다, 이상."

"모른다니, 그게 무슨 말인가, 이상!" 장교가 언성을 높였다.

"아까 다 터져서 우리도 넋이 나가버렸단 말입니다." 중사가 설명하기 시작했다.

"무슨 소리야?! 알아듣게 말하라, 이상!"

"알겠습니다!" 벵그지츠키가 즉시 말투를 바꾸었다. "제 생각에는 폭발한 게 그, 빌어먹을, 석유탱크 같습니다, 이상."

"무슨 석유탱크 말인가, 이상."

"여기 불붙일 때 쓰는 거 말입니다, 이상."

당직 장교는 대답하지 않았다. 대신 무전기를 손으로 막은 듯 뭔가 알아들을 수 없는 말을 중얼거렸다.

"수신 완료." 당직 장교가 잠시 후에 다시 대답했다. "작전 참가 인원 전원 사망 확인하라, 이상."

"대체로 그런 것 같습니다만 100퍼센트는 아닙니다." 중사가 망설이며 대답했다.

"뭐라고?!"

"봐야 알지요…… 아니, 가서 확인하고 오겠습니다, 이상 끝." 중사는 무전기를 던지고 머리에 썼던 헤드폰을 벗더니 화를 내며 장갑차 밖으로 집어 던졌다. 그리고 여전히 어리둥절한 차르토리스키를 위협적인 눈으로 바라보았다. "뭘 계속 기다리나?" 중사가 외쳤다.

"저요?" 상병이 놀랐다.

"그럼 너 말고 누구겠냐?" 벵그지츠키가 꺼져가는 불꽃을 고갯짓으로 가리켰다. "장갑차는 화덕이 아니야. 폭발해서 엉망이지만 이젠 불 꺼진다. 누가 아직 살아 있는지 가서 확인해야 해."

* * *

구덩이 주변을 확인하는 건 쉽게 끝났다. 차르토리스키 상병은 조각난 장갑차부터 시작했다. 구부러진 금속이 차 문을 대부분 막고 있었으나 그중 하나를 간신히 열어서 안으로 고개를 들이밀었다.

"누구 있어요?!" 차르토리스키가 대답을 기대하지 않고 어둠 속에 대고 외쳤다.

창문 덮개를 들었을 때부터 느꼈던 악취가 그에게 세상 모든 말보다 더 많은 것을 알려주었다. 굶주린 곰에게 잡아먹힌 생선처럼 여기서 누군가의 내장이 아무렇게나 꺼내진 것이다. 차르토리스키는 확인하기 위해서 차량 안에 머리를 들이밀었으나 즉시 후회했다. 그는 손전등 불빛 속에서 장갑차 바닥이 번들거리고 번쩍이는 덩어리로 뒤덮여 있는 것을 보았다. 장갑차 안에는 벽에서 튀어나온 장비들이 많았는데, 그 장비 하나하나마다 피투성이 살 조각이 걸려 있었다. 이쪽에는 뼛조각이 튀어나온 신체 부위가, 저기에는 검고 끈적끈적한 머리카락이 달린 살가죽이 있었다.

가장 끔찍한 것은 이렇게 조각난 시신이 계속 움직이는 듯 보인다는 사실이었다. 처음에 차르토리스키는 그것이 환각이거나 뜨거운 철에 살 조각이 닿아서 그렇게 보이는 것이라 여겼다. 그러나 곧이어 장갑차 자체는 얼음처럼 차갑다는 사실을 깨달았다. 최소한 그가 만질 수 있는 부분은 그랬다.

그는 구석구석을 제대로 확인하기 위해 억지로 한 번 더 안을 들여다보았다. 이 또한 불운한 결정이었다. 그는 앞 좌석 사이에서 파블루추크 병장을 발견했는데, 그의 머리가 기어 위에 트로피처럼 박혀 있었다. 그리고 남아 있는 한쪽 눈으로 그를 노려보고 있었다.

겁에 질린 차르토리스키는 뒤로 펄쩍 물러났다가 열린 창 덮개에 뒤통수를 부딪혔다. 그 바람에 머리가 어지러워서 방독면을 쓴 채로 토할 뻔했다.

그는 방호복 머리덮개에 손상을 입히지 않으려고 조심스럽게 물러났다. 그러곤 밖으로 나와 찢어지고 터진 타이어 옆에 무겁게 주저앉았다. 신경을 가라앉히기 위해 오랜 시간이 필요했다. 그리고 억지로 일어나기 위해서 또 1분쯤 애썼다.

연기가 방벽 너머에서 계속 흘러나왔으나 지금은—분명 석유탱크 화재 때문에 달아오른 공기가 끌어당긴 결과—조금 전의 수송 벨트 위치 뒤쪽에서 겨우 십여 미터 거리에 있는 땅에 내려앉아 있었다. 전에는 낮게 깔려 있던 연기 덩어리가 차르토리스키의 시야에서 자루 더미를 가리고 있었다. 그 자루 안에는 아직 타지 않은 감염자들의 시체 토막이 들어 있었고 그중 일부가 흔들리는 장갑차에 밀려 내던져지고 찢어졌다. 그리하여 주변에 타다 만, 뜯어진 시체 토막들이 널브러져 여전히 움직이고 있었다.

차르토리스키는 산산이 으깨져서도 계속 떨고 있던 데르카치 이병의 시신을 피해 갔듯이 이 시체 토막들도 멀리 피해서 돌아갔다. 석유탱크가 폭발한 자리에 남은 구덩이는 굳이 가까이서 들여다보지 않았고, 운 나쁜 중위가 당연히 완전히 타버렸을 것이라고 논리적으로 생각했다. 그래서 그는 불도저 운전을 담당한 병사들이 어떻게 됐는지 확인하려고 곧장 반대 방향으로 움직였다.

그는 연기 속으로 들어갔다. 싫었지만 어쨌든 들어갔다. 잠시 아무것도 보이지 않을 때 뭔가 부드러운 것에 발이 걸렸다. 그것은 단단한 군화 아래 뭉개졌다. 차르토리스키는 즉시 펄쩍 뛰며 손전등을 비추었으나 주변의 안개가 너무 짙어서 아무것도 보이지 않았다. 차르토리스키가 마침내 다시 걷기 시작했을 때야 그는 자기 발에 걸린 물건이 사람의 몸통 일부라는 사실을 알았다. 찢어진 군복 소매에서 팔뚝 전체가 튀어나와 있었고 어깨 일부와 흉곽도 보였는데, 마치 톱으로 썰린 듯 끊어진 갈비뼈가 몇 개 튀어나와 있었다. 견장을 보고 차르토리스키는 눈앞에 있는 것이 테클라크 이병의 유해임을 알았다. 그는 아무도 자신을 보지 않기를 바라며 떨리는 손으로 성호를 그었다. 그러나 죽은 동료의 손이 그의 군화 바로 옆 불탄 풀뿌리를 붙잡았을 때는 아무것도 신경 쓰지 않고 다시 한번 성호를 그었다.

차르토리스키는 도망쳤으나 멀리 가지 못했다. 주위의 연기가 또다시 짙어지면서 그는 걸음을 늦추었다. 푸르스름한 웅덩이 속에 또 무엇이 발에 걸릴지 모른다는 두려움이 뜯겨 나간 시신이 불러일으킨 역겨움보다 훨씬 더 강했다.

몇 걸음 더 가자 차르토리스키는 목까지 연기에 덮였다. 어스름 속에서 그는 불도저의 각진 윤곽을 알아보았다. 그 주변에 조그만 불꽃들이 여전히 타고 있었다. 이상한 일도 아닌 것이 이쪽으로 폭발의 잔해가 가장 많이 날아온 것이다. 차르토리스키는 가까운 불도저에 조심스럽게 접근했다. 엔진이 안정적으로 돌아가고 있었으나 운전석은 비어 있었다. 다른 불도저도 상황은 비슷했다. 운전병은 둘 다 사라졌다.

차르토리스키 상병은 생각을 정리하기 위해 멈추어 섰다. 연기 덩어리 속으로 계속 걸어 들어가고 싶지는 않았다. 그리고 장갑차에서는 이미 너무 멀리 왔다. 여기서 감염자를 마주친다면 그는 살아 나갈 수 없을 것이었다. 그러나 상병은 동료들이 모두 어떻게 되었는지 확인하고 싶었다. 어쨌든 누군가는 살아남았을 수도 있었다. 어쩌면 지금 그에게서 바로 몇 걸음 떨어진 곳에 누워 도움을 기다리고 있을지도 몰랐다. '이 유독한 연기 속에서?' 그렇게 생각하자 그는 온몸에 소름이 돋았다. 반사적으로 그는 뒷걸음질 쳤다. 가까운 불도저 운전석을 바라보았다. 좌석은 칼날처럼 날카로운 쇳조각에 여러 군데 뚫려 있었다. 차르토리스키는 불도저 뒤로 펼쳐진 어둠 속을 목적 없이 쳐다보았다. 아직 꺼지지 않은 불꽃만 여기저기 보였다.

그는 눈을 깜빡였다. 그런 다음 확실히 하기 위해 방독면 유리를 문질렀다. 불꽃 몇 개가 움직였다. 그는 맹세라도 할 수 있었다. 그러나 불꽃이 흔들리듯이 움직이는 게 아니었다……. 그는 선 채로 수십 개의 불꽃들이 커지고 더 선명해지는 모습을 한동안 쳐다보다가, 어째서 불꽃들이 점점 가까워지는 것처럼 보이는지 마침내 이해했다.

* * *

벵그지츠키는 세 번째로 시계를 보았다. 그는 여전히 실전에 나간 전투병의 사고방식을 가졌으므로 다른 사람들처럼 방호복 소매 안에 시계를 찬 게 아니라 방호복 바깥에 차고 있었다. 저 어리숙한 공대원이 연기 속으로 사라진 지 시간이 너무 많이 흘렀다. 너무너무 많이 흘렀다. 중사는 겁쟁이가 아니었으나 오늘 이 모든 일을 겪은 뒤에—그리고 브리핑에서 들은 것들을 생각하면—푸르스름한 연기 장막 속에서 무슨 소리가 들릴 때마다 목덜미 털이 곤두섰다. 바로 조금 전에도 그는 또다시 '둥지'에서 호출하는 성급한 장교를 상대해야 했는데, 당직 장교는 기다릴 수 없다는 듯 상황이 어떠냐고 계속 질문을 해댔다. 빌어먹을, 너희들이 와서 직접 보고 대답하라지.

"지금쯤 올 때가 됐는데, 이 느림보 새끼." 그는 연기 깔린 땅 주변을 눈으로 훑으며 혼잣말로 중얼거렸다. 그때 갑자기 그의 말대로 눈앞에 뭔가 나타났다. 연기 덩어리 속에서 회색 방호복을 입은 형체가 모습을 드러낸 것이다. 걸어오는 게 아니라 양팔을 휘두르며 장갑차 쪽으로 달려왔다. "돌았나, 이 새끼가." 중사는 상병에게서 눈을 떼지 않고 중얼거렸다. "토마시!" 그가 불렀다. "시동 걸어! 당장!" 엔진이 부드럽게 돌아가기 시작하자, 중사는 달려오는 병사를 향해 팔을 뻗어 몸을 움직였다. 그리고 단번에 그를 끌어당겼다. 차르토리스키는 숨을 몰아쉬며 장갑차 안으로 쓰러졌다. "이 자식 왜 이렇게 호들갑이냐? 누가 쫓아오냐?"

"옵니다." 차르토리스키가 씩씩거렸다.

"누가 와?" 중사가 민감하게 주변을 둘러보았으나 아무도 보이지 않았다. 상병이 더듬거리며 계속 말했다.

"불타는데, 와요……."

벵그지츠키는 안개 깔린 땅 저 먼 곳을 쳐다보았다. 뭔가 기어오는 게 불빛 같았지만 정확히 무엇인지는 분간할 수 없었다. 상병이 무슨 말을 하는지 중사가 깨닫기까지는 한순간도 걸리지 않았다. 회색 안개 벽 속에서 형체들이 연달아 나타났다. 까맣게 불탄, 혹은 여전히 타오르는 형체들이었다. 수십 개는 되었다. 최소한 서른 명은 넘었다. 그리고 군용 회색 방호복을 입은 사람은 아무도 없었다.

"이런 썩을……." 중사가 차르토리스키 상병을 붙잡아 당기며 소곤거렸다. 몇 초 뒤에 그들은 장갑차 문을 단단히 닫고 들어앉아 있었다. "토마시, 둥지하고 연결해라." 중사가 창에서 눈을 떼지 않고 병장에게 부탁했다.

병장이 중사의 손에 수화기와 헤드폰을 쥐여주자마자 중사는 지휘본부를 호출하기 시작했다.

"송골매 하나, 둥지 나와라, 이상."

"송골매 하나, 여기는 둥지다." 곧바로 답변이 왔다. "보고하라, 이상."

"생각보다 더 심하다, 이상." 중사가 잠시 창에서 몸을 돌려 수화기에 대고 말했다.

"더 구체적으로 말하는 게 좋겠다, 이상." 당직 장교는 짜증을 숨기지 않았다.

"우리 애들이 죽었고 현장에는 괴물들이 가득 돌아다닌다, 이상." 중사는 최대한 상세하게 보고했다.

"무슨 개소리인가, 이상."

"저기 그 거기, 안 죽고 살아난 것들 말이다, 이상."

"몇이나 있는가, 이상." 당직 장교가 짜증을 가라앉히기 위해 숫자라도 센 듯 잠시 침묵했다가 응답했다.

"대충…… 서른은 넘겠다, 이상." 벵그지츠키가 다시 두꺼운 유리에 코를 대고 대답했다.

"서른 명. 수신 완료. 대기하라." 무전기가 십여 초 동안 침묵했다. "중사, 명령은 다음과 같다. 임무를 중단하면 안 된다. 스스로 알아서 대처하라. 여기는 병력이 없고 다른 구역에서 차출하려면 30분 이상 걸린다. 기다릴 시간이 없다. 불을 끄고 화장장을 파묻는다. 알겠나? 무슨 수를 써서라도 완수하라! 이상."

"하지만……." 중사가 더듬거렸다. "하지만……."

"하지만은 없다." 당직 장교가 말을 막았다. "작전지역에서 후퇴하면 탈주로 간주하겠다. 알겠나, 이상!"

"알습다!"

벵그지츠키가 머리에서 헤드폰을 벗고 구석에 몸을 웅크리자 비시니에프스키와 차르토리스키가 기대에 찬 눈으로 그를 바라보았다.

"뭘 까마귀가 지렁이 보는 눈으로 쳐다봐!" 중사가 고함쳤다. "우린 망했다." 그리고 곧 덧붙였다. "알아서 나가야 한다."

* * *

논의는 짧았다. 본부는 선택의 여지를 남기지 않았다. 소대원 대부분이 이미 사망했지만 그들은 일을 마쳐야만 했다.

벵그지츠키는 오래 고민하지 않았다.

"불도저 운전할 줄 아냐?" 중사가 구석에 앉아 있는 차르토리스키에게 물었다. 상병은 재빨리 고개를 저었다. "나도 몰라." 중사가 운전병을 바라보았다. "너밖에 없다, 토마시."

"저렇게 큰 기계는 평생 한 번도 몰아본 적 없습니다." 비시니에프스키가 신음했다.

"저런 기계가 이런 장갑차하고 많이, 많이 다르냐?" 중사가 문제를 축소하려 했다.

"제가 보기엔……." 병장이 말하기 시작했으나 끝마치지 못했다.

"보고만 있으면 우린 여기서 다 죽어." 벵그지츠키가 그의 말을 끊었다. "우리가 할 일은 이거야. 너는 장갑차를 길 절반 지점에 끌고 와라. 나하고 재는 (상병을 가리키며) 나가서 정찰할게. 저놈들을 죽이고……."

"죽일 수 없어요." 비시니에프스키가 항의했다.

"야, 봐라!" 중사가 손을 흔들었다. "저 망할 고깃덩어리들 처치해야지." 그가 기관총을 향해 시선을 들었다. "네가 불도저 운전해서 퍽, 퍽 퍼부으면 일 끝나는 거야." 비시니에프스키는 여전히 확신이 없어 보였다. "자, 그럼 너 여기 와서 봐라. 저놈들 왜 저러는지." 벵그지츠키가 창을 가리켰다. "저러고 벌벌 기어다닌다. 후딱 뛰어가면 우리가 도와주지 않아도 다 피해 갈 수 있어."

그렇게 하기로 했다. 병장이 구덩이와 불도저들 사이에 장갑차를 세웠고, 벵그지츠키와 차르토리스키가 가장 가까이 있는 되살아난 괴물들을 쓰러뜨렸다. 그동안 비시니에프스키는 대기하다가 신호가 떨어지자 차에서 뛰어내렸다. 중사의 능숙한 손과 눈으로 조종한 기관총이 좀비들을 차례로 처치했다. 죽일 수는 없었지만, 다리에 총을 쏘아 쓰러뜨리기에는 효과적이었다. 차르토리스키의 임무는 연달아 나타나는 죽지 않는 시체들에게 총을 쏘고 다음 목표물을 중사에게 가리켜 주는 것이었다.

비시니에프스키는 서두를 필요가 없었다. 그는 사방에서 나타나는 좀비들을 멀리 피해 안전한 곳에 중간중간 멈추면서 지그재그로 빠져나갔다. 중사와 상병이 비시니에프스키 인근의 위협을 제거하면 그는 다시 빠져나와 이동하는 식이었다. 3분 뒤에 병장은 마지막 감염자 무리 뒤로 탈출했다. 짙은 연기 속에 그는 이제 혼자였다. 그에게는 다행히도, 가장 심하게 다치고 가장 움직임이 덜한 좀비 둘이 계속 불타면서 자신을 뒤쫓아 땅을 기어오고 있었다. 둘 다 회색 방호복이 아직도 몸에 남아 있었다.

병장은 첫 좀비의 팔에 걸려 잔디 위에 넘어졌다. 단단한 땅에 배부터 떨어지는 바람에 손에 들고 있던 칼라시니코프 기관총을 놓칠 뻔했다. 그러나 방금 이 충격은 좀비에게 반쯤 뜯어먹혔지만 여전히 익숙한 미하우 스토나프스키의 얼굴이 방독면 유리 너머로 나타나면서 곧바로 날아가 버렸다. 그의 얼굴은 너덜너덜한 살갗에서 튀어나온 턱이 한쪽 관절로만 매달려 덜렁거렸고 늘어진 눈꺼풀이 텅 빈 눈구멍을 가리고 있었다. 비시니에프스키는 벌떡 일어나 칼라시니코프 기관총을 찾을 생각도 하지 않고 멀리서 흐리게 빛나는 불도저 쪽으로 전력 질주했다.

그는 가까운 쪽 불도저에 뛰어오른 뒤 운전석으로 가서…… 욕설을 내뱉었다. 이 기계는 운전대가 없고 레버만 몇 개 있었기 때문이다. 어떻게 해야 조종할 수 있는지 이해하기까지 시간이 오래 걸렸다. 금속 날을 다루는 것이 가장 큰 문제였다. 날을 들어 올리기 위해서 뭔가 스위치를 넣거나 기어를 바꿔야 했다. 비시니에프스키는 손에 닿는 조종장치는 다 움직여 보았지만…… 소용없었다. 분명히 생각보다 더 복잡한 장치인 것이었다.

그는 뒤를 돌아보았다. 연기 속에서 연달아 좀비가 나타나고 있었다. 어느 쪽으로 몸을 돌려도 푸르스름한 연기 장막 속에 서투르게 움직이는 유령 같은 형체들이 보였다. '저편에 있는 중사와 상병이 여기까지 총을 쏘지는 못할 것이고, 운이 좋으면 불도저를 장갑차 근처까지 움직일 수 있을 것이다.' 그는 겁낼 필요가 전혀 없고 최악의 경우 불도저로 눈앞의 흙을 밀어내면 된다는 사실을 재빨리 깨달았다. 가장 큰 레버를 당겨 1단으로 기어를 넣고, 조금 기다렸다가 2단, 그리고 곧 3단을 넣었다. 그리고 그대로 유지했다.

11톤짜리 기계는 장엄하게 움직였다. 뒤따라오는 살아 있는 시체들보다 천천히 앞으로 나아갔다. 그리고 금속 날이 가장 낮은 위치에 있었으므로 움직이면서 앞의 땅을 갈랐다. 그 때문에 느린 움직임이 더욱 느려졌다. 게다가 불도저 앞창으로는 여전히 푸르스름한 연기 융단만 보였다. 불도저는 1분 동안 채 25미터를 나아가지 못했고, 뒤에서 쫓아오는 죽지 않는 자들은 같은 시간 동안 두 배의 거리를 나아갔다. 임무를 완수해야 하는 병장에게 이것은 절대로 좋은 징조가 아니었다. 조금만 더 있으면 이 옛날 포병대 트랙터를 개조한 불도저 바로 뒤에 첫 번째 짐승이 다가올 것이었다. '총이 있었으면…….' 비시니에프스키가 이런 생각을 하며 속으로 자신을 욕했다. 스토나프스키를 보고 깜짝 놀라 도망갈 때 어째서 총을 던져버렸을까? 어째서 칼라시니코프를 도로 찾아오지 않았지?

운전석 뒤에서 뭔가 그를 긁었다. 비시니에프스키는 깜짝 놀라 뒤를 돌아보았다. 두 쌍의 손이 서투르게 뒤판을 움켜쥐고 매끄러운 금속을 기어오르려 하고 있었다. 죽었다 살아난 병사들이 비틀거리면서 그의 등을 붙잡기까지 이제 얼마 남지 않았다.

세 번째 좀비가 왼쪽에서 다가왔지만 비시니에프스키는 별로 무섭지 않았다. 폭넓은 캐터필러가 동료들의 총알보다 더 확실하게 그를 보호해 주었다. 몇 초 뒤 좀비가 거대한 바퀴 아래 으깨지고 나서야 이 사실을 알게 되었다.

마침내 불도저 앞에 장갑차의 윤곽이 어른거리기 시작했다. 조금만 더…… 조금만…….

시야에 장갑차가 제대로 들어오자 병장의 입이 딱 벌어졌다. 전혀 예상하지 못했던 광경을 목도한 것이다. 장갑차가 수백 명의 죽지 않는 시체들에 둘러싸여 있었다. 어디서 기어 나왔는지 짐작조차 할 수 없었으나 주변이 시체들로 들끓었다. 벵그지츠키 중사와 차르토리스키 상병은 당장 차 안으로 들어가서 차 문을 단단히 닫았다. '지원은 없고 저게 최선이란 말이지.' 비시니에프스키가 깨달았으나, 다행히 그는 불도저에 앉아 있는 한 비교적 안전했다.

그는 혼자서 웃음 지었다. 빌어먹을 구덩이를 묻어버리는 임무를 완수한 다음, 장갑차로 가서 운전석 위의 입구를 열어달라고 할 것이다. '저 느려빠진 시체들은 날 붙잡지 못해. 그렇게 쉽게 당하지 않을 거다…….'

* * *

차르토리스키가 창밖을 내다보았다.

"병장이 해냈습니다, 중사 동무." 그가 중사를 돌아보지 않고 목쉰 소리로 말했다. "불도저가 구덩이를 향해 곧장 가고 있습니다. 주변에 시체 수십 마리가 들끓고 있지만 병장한테 닿지 못합니다. 운전석이 너무 높습니다."

"그래…… 잘됐네……." 벵그지츠키가 속삭였다.

병장을 엄호하느라 정신이 팔려 있을 때, 뭉개진 놈 하나가 조용히 뒤에서 기어오고 있었다. 벵그지츠키는 아픈 등을 위해 좀 더 편하게 몸을 기대려는 참이었다. 장갑판에 손을 대는데 갑자기 누군가 자기 손가락에 나사못을 박은 듯한 아픔을 느꼈다. 눈앞이 깜깜해지고 다리가 솜을 채운 듯 구부러졌다. 차르토리스키 상병이 아니었다면 그는 미끄러져 떨어졌을 것이다. 마지막 순간에 그는 무슨 상황인지 알고 정신을 차렸다. 그러곤 상병의 군복을 붙잡고 장갑차 안으로 들어가서 양쪽 차 문을 모두 닫아버렸다.

차 안은 안전했다. 중사는 짓이겨진 손바닥을 살펴보았다. 되살아난 뼈다귀들이 빌어먹을 손가락을 처박았던 자리 세 군데에서 깊은 상처가 나고 피가 배어 나왔다. 이렇게 다가오게 그냥 두다니. 어린애도 아닌데. 하지만 괜찮다. 살아 있으니 됐다. 그러나 어째서 이렇게까지 지치는 걸까? 좀 있다가 상처를 치료해야겠다. 상병과 하…… 함께……. '잠들지 마, 시몬.' 중사는 생각했다. '잠들면 안…….'

그의 눈이 저절로 감겼다.

* * *

비시니에프스키는 다시 한번 후진했다가 기어를 바꿔 마침내 구덩이의 마지막 부분을 막으면서 광기 어린 웃음을 터뜨렸다. 조금 더 지나면 축축한 흙이 저 구덩이에서 타고 있던 불길을 꺼버릴 것이다. 그러나 뒤통수 아래서 뭔가 세게 당기는 것을 느끼고는 그의 입에서 웃음이 사라졌고, 불도저 엔진은 불길하게 기침하기 시작했다. 그는 계기반을 쳐다보았다. 그렇다, 300리터짜리 기름통이 벌써 거의 비어 있었다. '이 쇳덩이가 대체 기름을 얼마나 태우는 걸까?' 병장은 이제까지 아주 많은 군용차량의 운전석과 조종석에 앉아보았다. 그러나 그가 이제까지 운전해 본 모든 차량보다 기름을 훨씬 더 많이 잡아먹는 것은 분명했다.

결정을 내려야 했다. 그것도 빠르게. 엔진이 또 한 번 기침하는 것이 가장 분명한 방증이었다. 구덩이의 남은 부분을 전부 다 막으면 그 후 장갑차에는 돌아갈 기름이 남지 않을 것이고, 그것은 확실히 죽는 길이나 다름없다. 반면 남은 기름을 사용해서 장갑차로 돌아간다면 임무를 완수하지 못할 것이고, 그러면 임무 불이행과 탈주에 대해 엄격한 지휘부의 처벌을 받아야 했다. 그는 쉽지 않은 선택지 사이에 서 있었고 게다가 몇 초 안에 결정을 내려야만 했다. 그는 주먹으로 허벅다리를 때렸다. 갈 때 가더라도 조용히는 가지 않는다. 그는 1단을 넣고 불길 쪽으로 다가갔다.

엔진이 세 번 더 기침했고, 그런 뒤에 무거운 불도저가 장갑차 쪽으로 방향을 돌렸다. 뒤집힌 수송 벨트 옆을 지나면서 비시니에프스키는 주변을 주의 깊게 살펴보았다. 죽지 않는 시체들이 사방에서 기어 나왔고 그 숫자는 이미 수천, 아니 그 이상은 되어 보였다. 그러나 그들은 장갑차에는 전혀 관심을 두지 않고 오로지 불도저만을 목표로 삼고 있었다.

'잘됐군.' 그가 생각했다. '장갑차에 곧장 가서 아주 가까워졌을 때 앞유리를 기어올라 장갑판 위로 뛴 다음, 저 시체들 중에 누군가 쫓아오기 전에 위쪽 입구를 통해서 안으로 들어가면 된다.'

생각 자체는 좋았으나 그는 자기 계획에 한 가지 약점이 있다는 것을 깨달았다. 그러나 여기까지 해내는 데 성공했으니 행운이 그를 완전히 버리지는 않……. 엔진이 다시 숨 막히는 소리를 내고 불도저가 한 번, 두 번 떨리더니 엔진이 으르렁거리다가 꺼져버렸다.

'왜 지금이야?! 왜 하필 지금이냐고?!'

그는 난폭하게 욕을 퍼부으며 겨우 몇십 미터 거리에 서 있는 장갑차를 바라보았다. 죽지 않는 시체들이 떼를 지어 사방에서 기어오고 있었다. 어떤 좀비들은 서로 긁었고, 다른 놈들을 타고 기어오르기도 했는데, 무슨 수를 쓰든 먹잇감에 다가가려 하는 모습이 마치 그 하나의 욕구를 억누를 수 없는 것 같았다……. 먹이의 냄새, 체온, 모습, 어쩌면 소리에 이끌리는 걸까? 비시니에프스키는 알 수 없었다. 사실 무엇 때문에 변질자들이 그에게 이끌리는지 그는 생각해 본 적이 없었다. 반면 지금 당장 뭔가 제대로 대응하지 않으면 갈가리 찢긴다는 사실은 완벽하게 이해했다.

감염자들이 가장 많이 모인 곳은 왼쪽 앞, 불도저와 장갑차 사이였다. 오른쪽에는 시체들이 더 적은 편이었지만 어쨌든 너무 많았다. 불도저 뒤에는 비시니에프스키가 오면서 깔아뭉갠 시체들이 널려 있었다. '만약에 내가 아주 빠르게 뛰어내리면……? 그래, 그게 내 유일한 기회야.' 좀비들은 지치지 않았으나 대신 느렸고, 반면 그는 모든 훈련을 할 때마다 물속의 물고기 같았다. 멀리뛰기도 가장 멀리 뛰었고, 등반할 때도 가장 높이 올라갔으며, 심지어 밧줄 타기도 가장 높이 도달했다. 무엇보다 달리기는 대대 전체에서 그를 이길 사람이 없었다. 훈련을 훌륭하게 마쳤다는 증서와 상장이 이미 여행 가방 절반을 채우고 있었다. 그는 더 이상 고민하지 않고 운전석에서 일어나 거대한 기계의 가장 앞면으로 갔다. 그런 다음 몸을 돌리고 완벽한 침묵 속에 마지막 시체 덩어리가 좀비 떼에 합류할 때까지 잠시 기다렸다. 돌아다니던 죽지 않는 시체들이 전부 불도저 근처에 모인 것을 보고 그는 재빨리 성호를 그었다…… 그리고 엔진 뚜껑 위를 전력으로 달렸다. 운전석 앞에 직각으로 펼쳐진 철판 위에서 그는 할 수 있는 한 가장 세게 뛰어올라 머리를 앞으로 내밀고 전형적인 호랑이 뜀뛰기처럼 공중으로 날았다.

그러나 그것으로는 부족했다. 안전한 공간까지 겨우 1미터가 모자랐다. 그는 본능적으로 몸을 공처럼 웅크리며 가장 바깥쪽에 모여 있던 죽지 않는 시체 무리 위로 떨어졌다. 그가 상당한 속력으로 시체들 위에 떨어지는 바람에 그에게 깔린 몇몇이 원을 그리며 옆으로 튀어나갔다. 비시니에프스키는 두 번 구르고 멈춰 서자마자 벌떡 일어난 다음 그 즉시 달리기 시작했다. 죽음의 악취를 풍기는 변질자들이 가장 많이 모여 있는 부분을 멀리 돌아서 피해 갔다. 그는 자기 기록을 전부 깨면서 바람처럼 앞으로 질주했다. 그의 생각만큼 다리가 빠르게 움직이지 않았으나 움직임은 흐트러지지 않았다. 죽지 않는 시체들 대부분이 몸을 돌려 몇 걸음 걷기도 전에 그가 장갑차 반대편에 도달했다. 성공이었다.

그는 장갑판을 기어올라 가장 가까운 입구를 주먹으로 두드렸다.

"중사님, 접니다!" 그가 불렀다. "열어주십시오!"

침묵. 안에 아무도 없는 것 같다. 그는 뒤를 돌아보았다. 수많은 좀비가 그를 향해 천천히 쉬지 않고 죽음을 부르는 물결처럼 떼 지어 움직이고 있었다.

"잡히겠어요, 열어주세요!" 그가 다시 손이 아프도록 두드렸다. 또다시 그에게 돌아온 것은 침묵이었다. "안에 아무도 없습니까……!"

그는 입구 덮개를 당겼다. 안에서 잠겼는지 꼼짝도 하지 않았다. 옆에 있는 두 번째 입구, 세 번째 입구를 똑같이 당겼다. 가장 가까이 있는 죽지 않는 시체들이 장갑차 뒤로 겨우 몇 걸음 거리에 와 있었다. 비시니에프스키는 혼자 욕을 하며 공포에 질려 운전석 바로 위에 있는 마지막 쇠 덮개에 손을 뻗었다. 손잡이에 손가락을 감고 온 힘을 다해 잡아당겼다. 쇠 덮개가 날카로운 소리를 내며 열렸다.

그는 두 번 생각하지 않고 깜깜한 차 안으로 뛰어들었다.

"아주 재미있습니다." 그는 자기 운전석에 자리를 잡고 열쇠를 꺼내며 중얼거렸다. "대체 왜 문을……." 목에 차가운 손가락을 느끼고 몇 초 전에 맡았던 역겨운 냄새의 원인이 무엇인지 이해했을 때 그가 하려던 말은 목구멍에서 막혀버렸다.

34

1963년 8월 10일 토요일 04시 11분
인민경찰 지역본부, 포드발레 거리 31-33번지

아렌지코프스키가 들어오자 비에드지츠키는 문을 닫았다. 그들 외에 넓은 집무실 안에는 니에시토와 마베트가 있었는데, 마베트는 조금 전에 남실롱스크 경찰 차량부대 파견단 지휘관으로 승진한 참이었다. 그들은 중대한 사안을 논의하기 위해 이곳에 모였다.

"곧장 본론으로 들어가지." 비에드지츠키가 책상 앞에 앉아서 제안했다. "우리는 천 명 이상의 군인과 천 명 가까이 되는 경찰을 브로츠와프에 끌어오는 데 성공했다. 그 외 군인 이만 오천 명이 지금 의료 경계선을 형성하여 도시를 폴란드 나머지 지역에서 고립시켰다. 7시까지 통제를 완료하여 쥐새끼 한 마리 빠져나가지 못하게 할 것이다. 그러나……." 그는 모인 사람들의 얼굴을 훑어보며 잠시 말을 끊었다. "그러나 뭔가 효과적인 방법을 생각해 내지 못하면 그 모든 일이 아무짝에도 쓸모없게 된다……." 그가 적절한 단어를 찾지 못해 다시 말을 끊었다. "……감염자들을 무력화하는 방법을 찾아야 한다. 우리 예측이 절반이라도 맞는다면, 우리는 현재 수천 명, 심지어 수만 명의 좀비에게 맞서고 있다."

마베트가 불안하게 몸을 움직였다. 방 안의 인원 중 마베트 혼자만이 이전 논의에 참여하지 않았고, 그래서 그는 아렌지코프스키 의사 팀이 일한 결과에 대해 듣지 못했다.

"브로츠와프에 그 괴물들이 수만 명씩 돌아다닌단 말입니까?" 그가 믿을 수 없다는 듯 되물었다.

비에드지츠키가 진중하게 고개를 끄덕였다.

"내무부 병원 전문가들이 작성한 최악의 시나리오에 따르면……."

"지레 겁먹지 맙시다." 아렌지코프스키가 그의 말을 막았다. "최악의 시나리오가 실제로 벌어지는 일은 거의 없어요. 감염병 위원회 의사 몇 명이 내 부탁을 받고 상황이 가장 나쁜 방향으로 전개되는 경우를 예측해 봤지만, 그게 현실에서도 벌어지고 있다는 증거는 지금으로서는 없습니다. 상황이 나빠지겠지요, 그건 사실입니다. 그렇지만 도시의 가장 중추적인 지점들에 병력이 모여 있으니 우리는 이 감염병을 통제할 수 있을 겁니다. 그러니 잠재적인 감염자가 수만 명 정도 된다는 예측에 의거하도록 합시다."

"좋아." 비에드지츠키가 말을 이었다. "지휘본부 계산에 따르면 아침까지 육천, 최대 팔천 명 정도 좀비를 중화할 수 있다고 한다. 낮 동안 또 그 정도 붙잡을 수 있다. 그러나 그들을 효율적으로 태울 수도, 죽일 수도 없으니 문제가 아주 심각하다. 붙잡아서 어떻게 할 것인가?"

니에시토는 이야기를 들으면 들을수록 얼굴을 점점 더 찌푸렸다.

"브로츠와프 안에 죄수가 몇 명이지?" 그가 물었다.

소령이 의미심장하게 마베트를 쳐다보았다.

"저한테 묻지 마십시오." 마베트가 중얼거렸다. "저는 루블린 출신입니다. 석 달 전에 전출되었습니다. 이 감염된 도시에 감옥이 몇 개나 되는지 저는 전혀 모릅니다."

아렌지코프스키도 무기력하게 양팔을 벌렸다. 사용 가능한 병상이 몇 개인지는 즉시 대답할 수 있었으나 아무도 거기에 대해서는 묻지 않았다.

"그러면 결론을 내릴 수가 없군. 이 문제를 잘 아는 사람이 필요해……." 비에드지츠키가 전화기에 손을 뻗었다. "브로츠와프에 대해서 잘 아는 사람이 거기 누가 있나?" 몇 초 뒤, 그가 수화기에 대고 묻고 오랫동안 침묵을 지키다가 마침내 고개를 저었다. "나는 기간시설을 잘 아는 사람을 말한 거였네. 그래. 바로 그거야. 훌륭해. 이쪽으로 오라고 해. 그래, 즉각!" 그가 수화기를 제자리에 내려놓았다. "해결됐네."

잠시 후에 누군가 작은 소리로 문을 두드렸다.

"들어와!"

문가에 큰 키에 반삭의 금발 머리, 달걀형 얼굴, 전형적인 슬라브인의 체형을 가진 남자가 서 있었다. 그는 소령을 보고 뒤꿈치를 부딪쳐 경례했다.

"스와보미르 니즈네르 소위가 명 받고 보고드립니다." 그가 규정대로 등을 똑바로 세우고 외쳤다.

"그렇게 뻣뻣하게 굴지 말고 바람 들어오니까 문 닫아." 소령이 시간을 아까워하며 중얼거렸다. "앉게, 몇 가지 구체적인 질문을 하겠네."

"예, 알겠습니다!" 니즈네르가 소령이 가리킨 자리에 조심스럽게 앉았다.

"오해 없도록. 이 집무실에서 들은 얘기는 전부 극비다. 누구한테 한마디라도 지껄이면……." 비에드지츠키가 의미심장하게 목소리를 낮추고 고갯짓으로 마베트를 가리켰고, 마베트는 부하를 밟아줘야 할 때는 언제나 그렇듯 찌르는 듯한 눈빛으로 소위를 바라보았다. "알아듣겠나?"

소위가 눈을 더 크게 뜨고 불안하게 침을 삼켰다. 그의 이마에 땀방울이 맺혔다.

"예, 알겠습다!" 그가 약간 갈라지는 소리로 대답했다.

비에드지츠키는 더 이상 위협하지 않고 본론으로 들어갔다.

"브로츠와프에 감옥이 몇 개 있는지 혹시 아나?"

"예, 암다!"

"그게 진짜 내 질문이었네."

"예, 알겠습다. 도시에 교도 시설이 두 개 있습니다. 1호는 클렝치코프스카, 2호는 피오우코바 거리입니다."

"피오우코바?" 니에시토가 신음했다. "그게 어디지?"

"보아하니 지도가 없으면 전혀 알 수 없겠군." 그러곤 비에드지츠키가 책상에서 일어나서 제안했다. "옆방으로 가지."

모두 순식간에 자리를 옮겼다.

비에드지츠키는 접수실에서 일하던 장교들을 전부 복도로 내보내고 문 앞에는 경비를 세우도록 명령했다.

접수실에 펼쳐진 지도 앞에 모두 다가서자 니즈네르가 두 교도 시설 위치를 가리켰고, 마베트가 빨간 깃발로 표시했다.

"이게 전부인가?" 비에드지츠키가 믿을 수 없다는 눈으로 소위를 바라보았다.

“구치소가 있습니다, 여기 옆에 시비에보츠카 거리입니다.”

“그렇습니다.” 경찰차량대 소속인 마베트가 눈을 빛냈다. “법원 건물 뒤입니다. 제가 거기서 얼마 멀지 않은 곳에……”

비에드지츠키가 마베트의 말을 서슴없이 끊고 소위를 계속 주의 깊게 바라보면서 물었다.

“니즈네르, 거기 좀비를 몇이나 집어넣을 수 있는지 아나?”

“어디 말씀이십니까, 소령 동무?” 소위가 어리둥절해하며 물었다.

“감옥이지 어디겠나?” 비에드지츠키가 짜증을 냈다. “집중해.”

“구치소는 800명 정도 수용 가능합니다. 1호 교정 시설도 비슷하고 2호는…….” 니즈네르가 잠시 말을 멈추었다. “2호는 지금 막 제대로 된 교도 시설로 갖추려는 중입니다.”

“그러면 대략 우리가…….” 니에시토가 계산했다. “천오백 명 정도 수용 가능하군.”

“좀비는 딱정벌레가 아닙니다.” 마베트가 끼어들었다. “감방이 좁다고 불평하지 않을 겁니다. 그 세 배쯤, 아니면 감방에서 침대를 치우면 그보다 더 밀어 넣을 수도 있을 겁니다.”

소령이 턱을 긁었다.

“그럼 더 잘됐군.” 그가 말했다. “감방이 가득 차면 나머지는 복도나 마당에 집어넣으면 되겠지.” 그가 손가락으로 지도를 두드렸다. “해결책을 찾은 것 같군.” 소령이 선언했다. “부분적이라도 말이지. 어쨌든 좋은 방향으로 한 걸음 더 나아갔어.”

“그럼 현재 수감자는 어떻게 하지?” 아렌지코프스키가 관심을 보였다. "지금 수감자도 천오백 명은 될 텐데."

비에드지츠키가 입술을 깨물었다.

"어딘가로 옮겨야지……. 그런데 어디로?"

니즈네르가 선생님에게 대답하는 학생처럼 손을 들었다.

"경기장 어떻습니까?"

"올림픽 경기장?" 니에시토가 말꼬리를 잡았다. "큰 시설이고 외진 곳에 있으니 자원을 적게 사용해서 경비할 수 있을 것 같은데."

"흥미로운 생각이야……." 비에드지츠키가 커다란 지도의 다른 부분을 보려고 자리를 옮겼다. "아주 흥미로워."

마베트도 지도 위로 몸을 숙였다.

"수감자를 옮기는 대신 경기장에 좀비를 집어넣으면 어떻습니까?" 그가 제안했다.

"어째서?" 비에드지츠키가 고개도 들지 않고 짧게 물었다.

"그런 선택지는 없어요, 여러분!" 아렌지코프스키가 당장 항의했다.

"기다려봐, 보그단." 소령이 부탁했다. "계속해 보게, 경위."

"경기장에 그 많은 수감자를 집어넣는 것은 좋지 않은 생각입니다. 감옥에 들어앉은 게 어떤 사람들인지 아십니까? 수감자 대부분이 최악의 분자들, 확정된 범죄자, 재범자입니다. 그런 놈들이 조금이라도 상황을 눈치채면 당장 지옥도가 펼쳐집니다. 끊임없이 폭동을 일으키거나 도주하려 할 것입니다. 집단으로 도주를 시도할지도 모릅니다. 한 명이든 여러 명이든 반드시 도망칠 것이라는 데 이론의 여지가 없습니다. 어쩌면 다 도망갈지도 모릅니다. 그 무리를 지키는 데 경관을 몇이나 차출할 수 있습니까? 소대 규모? 중대 규모? 절대로 충분하지 않을 겁니다."

"과장하는군, 경위." 비에드지츠키가 중얼거렸다.

"과장 아닙니다!" 경위가 항의했다. "저는 그런 상황에 대비하도록 훈련받았습니다만, 소령 동무는 아닙니다. 좋지 않은 생각이라고 말할 때는 이유가 있는 겁니다. 하지만 죽었다 살아난 시체는 전혀 이야기가 다릅니다. 중추지점 몇 군데만 적절하게 확보하고 입구에 돌아가며 바리케이드를 치면 놈들이 전부 똥 싸고 죽을 때까지 잡아둘 수 있을 겁니다. (경위가 소령을 바라보고 손가락으로 지도를 두드린다.) 그리고 경기장이라면 놈들을 수천 명은 넣어둘 수 있습니다. 수만 명도 가능할 겁니다."

비에드지츠키가 마침내 굽혔던 허리를 펴고 아렌지코프스키에게 시선을 돌렸다.

"자네는 왜 경기장에 좀비를 집어넣으면 안 된다는 건가?"

"올림픽 경기장 옆 호텔에 바로 몇 시간 전에 새 격리병동을 마련했는데 그게 지금 가동 중인 유일한 격리병동입니다. 도망치다 붙잡힌 사람들과 진압 작전 중에 연행된 사람들 전부 거기로 간다고요. 수백 명은 되는데 여자와 아이들도 많고 오늘 밤에 진짜 지옥을 겪고 살아나온 사람들입니다. 다른 장소를 마련하려고 지금 준비하고 있지만 코앞의 경기장에서 무슨 일이 벌어지는지 격리환자들 중에서 한 명이라도 눈치챈다면 그 호텔은 완전히 아수라장이 될 겁니다……."

"알겠네." 비에드지츠키가 손짓으로 그를 진정시켰다. "양쪽 해결책 모두 완벽하지는 않지만 장단점을 비교해 보기로 하지.

감옥 자체는 좀비처럼 위험한 짐승들을 격리하기에 딱 알맞다. 두껍고 높은 담장으로 둘러싸여 있고 내부는 잠겨 있어서 감시가 잘되고 있지. 하지만 이 해결책에는 커다란 단점 세 가지가 있다. 첫째는 감옥 자체가 인구가 가장 많은 지역 한가운데 위치해 있다는 것이다. 둘째는 수백 명의 위험한 범죄자들을 어떻게든 해야 한다는 것이다."

"언제든 쏴버릴 수 있습니다." 마베트가 끼어들었으나 모두가 노려보자 입을 다물었다.

"마지막 세 번째는." 소령이 말을 이었다. "양쪽 감옥을 합하면 최대 육천 명의 죽지 않는 시체들을 잡아둘 수 있으나 그것은 전체 감염자 숫자에 비하면 아주 작은 일부분에 불과하다는 것이다. 그러므로 계획이 빠르게 진전된다면 몇 시간 혹은 열몇 시간 뒤에는 다른 접근 가능한 공간을 활용해야 할 수도 있다. 즉, 경기장이다. 그럼 이제 두 번째 해결책으로 넘어가기로 한다. 경기장을 거대한 감옥으로 바꾸는 것인데, 인간이 아니라 붙잡은 좀비들을 가두는 감옥이다. 이 장소는 일단 주택가에서 멀리 떨어져 있으며 둘째로 거대하다. 괴물들을 수만 명 정도는 문제없이 집어넣을 수 있다. 그런 면에서 교도 시설보다 더 나은 측면이 있으나 최소한 두 가지 단점이 있다. 첫 번째는 유일하게 운영 중인 격리병동을 어디론가 옮겨야 한다는 것이다. 그것도 환자들과 어물어물하지 않고 즉시 옮겨야 한다. 그래, 보그단." 이때 소령이 손을 들어 아렌지코프스키의 말을 막았다. "환자들이 어떤 일을 겪고 살아남았는지 나도 이해하지만, 시민들의 마음의 평안보다 좀 더 격리환자들을 배치할 수 있는 대체 공간만 찾아낸다면, 그리고 내 생각엔 아마 찾아낼 수 있을 것인데, 그러면 몇 시간 안에 이동시킬 수 있다." 소령은 자신이 말한 두 번째 단점으로 넘어가기 위해 숨을 들이마셨다. "두 번째 문제는 경기장에 수천 명의 피에 굶주린 짐승을 가둘 예정이므로 적절한 보안을 확보해야 한다는 것이다. 평범한 쇠창살과 철문으로는 부족하다. 작업 전선을 계획하고 전문가, 벽돌공, 용접공 등등을 차출하고 부족한 건설재료를 보충하는 등의 준비가 필요하다. 이런 작전은 생각보다 시간이 오래 걸린다. 그렇게 되면 우리는 임시 해결책을 찾아내야 한다. 간단히 말하면 체포 작전 중에 붙잡힌 시체 괴물들을 경기장으로 이송, 감금할 수 있을 때까지 잡아둘 장소를 찾아야 하는 것이다. 어떻게 생각하나?"

침묵 속에 모두가 오랫동안 생각에 잠겨 전원 다 만족할 만한 해결책을 찾으려 애썼다.

"배!" 니에시토가 열정적으로 외쳤다. "배에 실으면 돼!" 그는 책상 앞으로 가서 지도 위에서 바르샤바 다리부터 미워시치 섬까지 이어지는 홍수 조절용 운하를 손가락으로 가리켰다. "배에 태워두면 준비 작업을 마칠 때까지 경기장에서 모자 던지면 닿을 거리에 놈들을 붙잡아둘 수 있어. 화물선은 시 항구에서 몇 시간이면 끌어올 수 있고, 수리소에서 가져오면 더 빨라. 그런 배의 화물칸은 닫아 잠글 수 있으니까 좀비 수백 명, 아니 수천 명도 집어넣을 수 있어." 그가 의기양양하게 동료들을 바라보았다.

마베트가 니에시토의 어깨를 두드렸고, 아렌지코프스키는 인정한다는 듯 고개를 끄덕였으며, 비에드지츠키는 언제나 하던 대로 입술 반만 웃음을 지었는데 이는 최고의 칭찬을 뜻하는 것이었다.

소위가 조용히 입을 열어 이 기쁨에 찬 분위기에 찬물을 끼얹었다.

"홍수 조절용 운하에는 배를 띄울 수 없습니다. 바르샤바 다리 쪽 모래톱이 강의 흐름을 막고 있어 시 정부가 2년 전부터 제거한다고 말만 하고 있는 중입니다. 그리고 미워시치섬 쪽은 둑이 막고 있습니다."

"두기가 아니고 부기우기겠지요." 니에시토가 옆에서 말했다.

"음악이 아니라 강을 막은 댐에 대해서 말씀드리는 겁니다."

"댐이 어째서 문제가 됩니까?" 마베트가 놀랐다. "그런 건 넘어가면 되는 것 아닙니까. 화물선이 댐 안으로 지나가는 걸 제가 직접 본 적이 있습니다. 섬 옆에서 열든지 들어 올려서 말입니다. 애초에 그러라고 있는 시설 아닙니까."

"댐이 아니라 수문을 생각하시는 것 같습니다, 경위 동무. 댐은 그냥 강을 막은 시설입니다." 니즈네르가 서둘러 설명했다. "정해진 구간에 물을 가둬놓는 조그만 벽 같은 것입니다. 화물선이 절대로 넘어갈 수 없습니다, 제 말 믿으십시오."

"그럼 망했군." 아렌지코프스키가 실망해서 중얼거렸다.

"꼭 그런 건 아닙니다……." 소위가 다시 입을 열었다. "화물선에 좀비를 실어서 항해 가능한 운하에 띄우면 됩니다. 홍수 조절용 운하에 평행하게 흐르는 그 두 번째 운하 말입니다."

"화물선이란 말이지." 비에드지츠키가 도시 지도에서 오드라 강과 운하를 표시하는 푸른 곡선들을 전부 따라서 손가락을 움직였다. 방 안에 있는 사람 모두 살면서 최소 한 번은 강 하류와 상류에 떠다니는 선박을 본 적이 있었고, 그런 배들은 석탄부터 곡물까지 대량으로 실어 날랐다. "그 생각이 점점 더 마음에 드는데……." 소령이 허리를 곧게 폈다. "완벽한 해결책이야. 화물선은 쇠로 되어 있지. 짐칸은 철문으로 단단히 잠글 수 있어. 그리고 죽지 않는 시체들이 뭔가 초능력을 써서 갑판으로 기어 나온다고 해도 아무에게도 위협이 되지 않을 거야. 그 떠다니는 감옥을 강 한가운데 세워두면 되니까. 강폭이 가장 넓은 곳에." 소령이 활짝 웃었다. "경기장도, 감옥도 필요 없어. 그 누구를 아무 데도 옮길 필요 없고. 이거면 된다고! 내가 시 항구와 수리소를 점령하라고 명령하지. 괴물들을 배에 태우는 지점으로 사용하도록……." 그때 크게 문 두드리는 소리가 나서 소령이 말을 끊었다. "들어와!"

문가에 서류철을 손에 든 부사관이 서 있었다. 대단히 겁먹은 것 같았다.

"소령 동무, 니에비아돔스키 대위 대신 보고드립니다. 조금 전에 프라체 오드잔스키에에 보낸 부대와 연락이 두절되었습니다." 부사관은 차렷 자세로 서서 더듬거렸다. "그리고 가장 심하게 감염된 지역에 파견된 순찰대 보고도 전달드리겠습니다. 거의 모든 대원이 감염자와 밀접 접촉했다고 합니다."

"이리 줘!" 비에드지츠키가 손을 내밀었다. "지휘본부로 돌아가도 좋아."

문이 세게 닫혔다.

"시작됐군." 마베트가 책상 끄트머리에 놓여 있던 군모에 손을 뻗으며 중얼거렸다.

"조금만 기다리시오." 소령이 보고서를 열심히 들여다보며 부탁했다.

보고서는 20쪽이 넘었다. 첫 장에 프라체 상황이 상세하게 적혀 있었다. 요약하자면 작전 중에 그곳에서 뭔가 폭발로 인한 비극적인 상황이 벌어졌으나 몇 안 되는 생존 병사들이 임무를 끝까지 마칠 계획인 것으로 보였다. 연락이 두절되기 전에 장갑차 소대 지휘관 한 명이 수백 명의 좀비가 나타났으며 불도저 한 대를 가동하고 화장장 구덩이를 일부 막았다는 사실을 지휘본부에 전달했다. 다른 부대에서 보낸 보고도 마찬가지로 흥미로웠다. 연기가 가장 심한 지역에 파견된 부대들은 감염자와 자주 접촉했다고 보고했다. 거리의 전투가 다시 열띠게 펼쳐졌다. 그러나 이번에는 이전 미로 공원 진압 작전 때보다 군대 병력도 더 많았고 준비도 훨씬 더 잘되어 있었다. 좀비들의 숫자가 아주 많다는 보고가 사방에서 들어왔다. 지휘관들은 붙잡은 변질자들을 어디에 격리하면 좋은지 자주 물었다. 죽지 않는 시체들을 화물선에 싣는다는 작전은 완벽한 해결책으로 보이기는 했지만 지금 당장으로서는 유감스럽게도 그저 계획일 뿐이었다. 비에드지츠키는 항구나 수리소에 당장 항해 가능한 빈 화물선이 있는지 없는지조차 몰랐다. 또한 화물선 승무원을 어디서 데려와야 할지도 알지 못했다. 이 모든 사항이 물론 조직되고 진행될 것이지만 아직은 아무것도 없었다.

소령이 보고서에서 눈을 떼고 니즈네르를 쳐다보았다.

“소위, 좀비 수백 명을 지금 당장 격리해야만 한다면 동무는 어떻게 하겠나?” 그가 물었다.

침묵이 길어졌다. 젊은 소위는 생각에 잠겨 이마에 주름을 잡고 지도를 들여다보았다. 비에드지츠키는 재촉하지 않았다.

나머지 사람들과 마찬가지로 차분히 기다렸다.

"저라면 기차에 태우겠습니다." 니즈네르가 마침내 중얼거렸다.

"뭐라고?" 비에드지츠키가 눈을 크게 떴다.

마베트와 니에시토가 믿을 수 없다는 듯 고개를 저었다. 다만 아렌지코프스키만 무슨 얘기인지 즉시 알아들었다는 듯 환하게 웃었다.

"브로후프역에 빈 석탄 운반차가 수백 대는 있습니다." 소위가 설명했다. "화물기차에 연결하는 커다란 차량인데, 위는 열려 있지만 쇠로 만든 높은 벽으로 둘러싸여 있습니다. 필요할 경우 그 안에 수천 명의 감염자를 실을 수 있습니다."

소령이 안도의 한숨을 쉬었다.

"경위." 그가 우선 마베트에게 시선을 돌렸다. "브로후프역 확보하는 일을 맡으시오. 남아 있는 경찰 차량부대원 전부 다 동원해도 좋소. 니에시토, 자네는 통신본부로 가서 위원회에 전화해서 자틸니 동무에게 위기본부가 이미 계획을 완료했고 감염병이 이른 아침까지는 통제될 거라고 확실하게 전해. 다만 자틸니 동무가 또 잔소리하기 시작하면 곤란하니까 자세한 얘기는 하지 마. 그리고 소위 동무." 비에드지츠키가 날카로운 시선을 니즈네르에게 고정했다. "상관에게 가서 이제부터 내 직속으로 차출됐다고 보고하게. 지금 즉시."

35

1963년 8월 10일 토요일 04시 14분
마실리체 지구와 필치츠키 숲 인근

코트 중사는 눈을 떴다. 자신이 어디 있는지, 무엇을 하는지 알지 못한 채 그는 잠에 취해 어둠 속을 잠시 쳐다보았다. 강렬한 건초 냄새와 몇 군데에서 동시에 들려오는 코 고는 소리를 듣고 그는 변질자들과 전투했던 일련의 사건들과 그 후 황급히 도주했던 일들을 빠르게 기억해 냈다. 망했다. 그것도 엄청나게 말아먹었다. 그러나 그 사실을 깨닫기도 전에 그는 흠칫 몸을 떨었다. 사비츠키 중위가 그에게 불침번을 서라고 했는데 그는 마치 고양이처럼('고양이'를 뜻하는 자신의 성을 생각하고 그는 얼굴을 찡그렸다) 근무 중에 잠든 것이다! 극도로 지쳤다는 말은 변명이 되지 않았다. 딱 15분만 눈을 감고 있었다는 말도 마찬가지였다. 마지막으로 시계를 보았을 때는 4시가 되어가고 있었다. 지금은 4시 15분이었다. 이 잠시간의 연약한 모습을 아무도 알지 못할 거라고 자신을 설득해도 전혀 위안이 되지 않았다. '만약 내가 잠든 시간 동안 바람이 방향을 바꿔 연기가 또다시 필치츠키 숲 인근을 뒤덮기 시작했다면…….' 그런 부주의의 결과가 어떻게 되었을지는 생각도 하고 싶지 않았다. 다른 사람들은 모두 방독면을 벗었다. 마치 일주일은 눈도 감지 못한 것처럼 다들 푹 잠들어 있었다.

중사는 똑바로 일어나 앉았다. 헛간 벽의 거멓게 변색된 판자에 등을 기댔다. 엄지손가락만큼 두꺼운 판자는 거의 들리지 않게 삐걱거리는 소리를 내며 가볍게 휘어졌다.

밤의 침묵을 깨는 것은 병사들의 코 고는 소리뿐이었다. 바닥과 벽에 나 있는 수많은 구멍 사이로 맑은 어둠이 스며들었다. 한기가 새어 들어왔다. 그리고 뭔가 악취가 풍겼다. 코트 중사는 건초의 따뜻한 냄새 외에 스쳐 가는 듯한 익숙한 악취를 느꼈다. 탄내도 섞여 있었으나 아주 강하지는 않았다. 그보다 콧구멍에 더 세게 스며드는 것은 토할 듯 들척지근한…….

중사는 갑자기 굳어졌다. 뭔가 바깥에서 판자에 기대고 있었고, 이제 그것이 명확하게 느껴졌다. 연달아 미는 힘이 점점 더 강해졌다. 또한 긁는 듯한 소리도 들려왔다.

중사는 건초 위를 네발로 기어 재빨리 벽에서 물러났다. 그가 기억하는 한 중위가 문에 가장 가까이 누워 있었다. 이 어둠 속에서 중위를 찾아내려면 시간이 좀 걸릴 것이었다. 게다가 운이 나쁘려니 중위는 코를 심하게 골고 있었다.

"안제이……." 코트 중사가 사촌의 어깨를 살짝 건드리며 속삭였다.

"뭐? 나……."

"쉿." 중사는 반쯤 잠이 덜 깬 사비츠키의 입을 막았다.

중위는 즉시 조용히 하고 재빨리 고개를 흔들었다. 그 움직임을 느끼고 중사는 손을 떼었다.

"무슨 일이야?" 중위가 갈라진 목소리로 속삭였다.

"밖에 누가 있어." 중사가 대답했다.

"누구?"

"아마 그놈들……."

"에휴!"

두 사람은 두꺼운 판자로 막아놓은 문을 향해 함께 기어갔다. 문에는 틈이 많았기 때문에 바깥은 여전히 어두웠지만 반대편에서 뭔가 움직임이 있다는 것을 눈치챌 수 있었다. 중사가 등을 기댔던 판자 바깥과 마찬가지로 문 바깥에도 분명 누군가 있는 것이다. 산 사람보다 훨씬 더 조용한 누군가…….

사비츠키가 코트 중사의 어깨를 문지르더니 가볍게 잡아당겨 뒤로 물러나자고 신호했다.

"애들을 깨워야 해." 두 사람이 헛간 한가운데, 방수천으로 덮어놓은 장작더미 옆에 웅크리고 앉은 뒤 중위가 소곤거렸다. "그렇지만 소리 내지 말고 이리 데려와."

중사는 헛간을 돌며 잠든 병사들을 차례로 흔들어 깨웠다. 병사 한 명만이 깊고 불안한 잠에서 깨어나면서 소란을 피웠다. 중사가 입을 가리기 전에 큰 소리로 신음한 것이다. 나머지는 상황에 적절하게 행동했고, 중사가 집합 장소를 가리키자 전혀 소리 내지 않고 건초 더미에서 기어 내려왔다.

3분 뒤, 중사가 중위와 합류하여 방수천에 걸터앉았다.

"바깥에 변질자들이 있다." 사비츠키 중위는 변죽을 울리지 않았다. "최대한 빨리, 놈들이 몇이나 기어왔는지 확인하고 안전한 대피로를 찾아야 한다."

"어떻게 합니까. 여긴 창문이 없고 문은 안 여는 편이 좋은데 말입니다." 키에츠만이 의견을 표했다.

“나도 아는 걸 또 말하지 마라.” 중위가 반박했다.

키에츠만은 즉시 입을 다물었다. 한편 야니슈크도 자기 생각을 내놓고 싶어 했다.

“어둠 속에서 더듬거려서는 뭘 별로 찾아낼 수가 없습니다.”

“그건 그렇다.” 사비츠키가 인정했다. “손전등이 있지만 불을 켰다간 득보다 해가 더 많을 것 같다.”

“왜 그렇습니까?” 비르코프스키가 놀랐다.

“불빛을 보고 더 기어들어 오면 어떡해?”

모두 한동안 침묵을 지켰다. 중사가 이 고요를 깼다.

“제 생각에 놈들은 우리가 여기 있는 걸 이미 압니다. 벽 긁는 소리를 들어서…….” 깜빡 졸았던 것을 떠올리고 중사는 말을 끊었다. “그렇지만 불빛이 없으면 시간만 낭비할 뿐입니다.”

사병들이 말없이 고개를 끄덕여 그를 지지했다.

“좋다.” 중위가 양보했다. 처음부터 그는 손전등을 사용하고 싶었지만, 불빛이 적들을 도발해 공격을 당했을 때 부하들로부터 불평을 듣고 싶지 않아서 손전등을 켠다는 결정을 혼자 내릴 수 없었다.

그는 잡낭을 더듬어 찾고는 그 안을 오랫동안 뒤졌다. 그리고 마침내 모두에게 눈을 잠시 감으라고 명했다. 헛간 안에 눈부신 빛줄기가 가득했을 때 모두가 자기도 모르게 몸을 세게 떨었다. 밝은 빛에 눈이 익숙해지기까지 시간이 좀 걸렸다. 마침내 제대로 볼 수 있게 되었을 때 모두 안도의 한숨을 쉬었다. 밖에서 몸부림치는 짐승들이 갑자기 켜진 손전등 빛에 어떤 방식으로도 명확한 반응을 하지 않았기 때문이다. 죽지 않는 시체들이 판자에 들러붙어 조용히 삐걱거리는 소리만 들려왔고,

몇 군데서 긁거나 할퀴는 소리가 흐릿하게 전해졌다.

사비츠키는 손전등으로 헛간 안을 샅샅이 비추고 나서 천장 대들보도 훑어보았다. 창문이나 혹은 바깥을 내다볼 만한 구멍은 전혀 없었다. 중위는 방수천 위에서 자신을 기다리는 병사들에게 돌아가기 전에 하나 더 확인하기로 했다. 그는 문 위에 난 틈으로 손전등 빛을 비춘 뒤 그 바로 아래에 난 구멍에 눈을 가져다 댔다. 푸른 불빛에 휘청거리는 형체 몇 개가 드러났다. 형체들은 마치 눈이 전혀 안 보이는 듯 반응하지 않았다.

"어이!" 중위는 언제든 물러설 준비를 하고 불렀다.

무의미한 행동이었다. 변질자들은 나뭇등걸인 양 아무 소리도 듣지 못하는 것 같았다. 그러나 그들이 살아 있는 인간에게 이끌리는 요인은 분명 있어 보였다. '과학적으로 알려지지 않은 뭔가 다른 감각인가?' 사비츠키는 냄새일 리는 없다고 확신하며 이렇게 생각했다. 여기서 비인간적인 냄새를 풍기는 건 병사들이 아니었다. 중위는 손전등을 끄지 않고 뒤로 물러나서 자신을 점점 더 불안하게 지켜보는 부하들에게 다가갔다.

중위가 자신이 왜 그렇게 거리낌 없이 행동했는지 설명하는 동안에도 코트 중사는 끊임없이 해결책을 찾고 있었다. 자신이 부주의했기 때문에 모두가 함정에 빠졌다고 느꼈고, 그는 이 상황을 복구해야만 했다. 방수천을 보고 그의 머리에 어떤 생각이 번득였다.

"지붕으로 올라가야 합니다." 그가 자기도 모르게 내뱉었다.

"브라보." 중위가 그들의 머리 위 3미터 높이에 달려 있는 대들보를 손가락으로 가리키며 대답했다. "날개 달린 사람이 아무도 없다는 게 문제로군."

“압니다…….” 중사는 한때 누군가 방수천을 묶는 데 사용했을 밧줄을 손에 쥐었다. 손가락 정도 굵기였고 길이는 10미터 정도 되어 보였다. “날개 대신 이거면 될 겁니다.” 그가 자리에서 일어나며 덧붙였다.

그는 자신의 생각을 몇 문장으로 요약했다. 밧줄에 매듭을 몇 개 묶은 뒤에 서까래 위로 던지고, 그 밧줄을 타고 기어올라 칼을 사용해서 천장 판자 몇 개를 떼어내자는 것이다. 이렇게 하면 출구가 생기므로 그곳을 통해 모두가 지붕으로 나갈 수 있다.

팔키에비치와 브넹크가 판자 세 개를 능숙하게 흔들어 떼어냈다. 곧 모든 탈주병이 지붕 위에 올라앉아 풀밭과 그 위로 떼지어 돌아다니는 감염자들을 내려다보고 있었다.

해 뜰 때까지 30분이 채 남지 않았다. 천구를 뒤덮었던 먹구름이 사라지고 동쪽 하늘이 밝아지기 시작하자 멀리 한쪽으로는 슐렝자강 근처까지 자라난 나무들로 뒤덮인 지평선이, 반대쪽으로는 텃밭 깊은 곳까지 시야에 들어왔다. 헛간은 대체로 울타리조차 없는 조그만 부지로 잘게 나뉜 지역의 가장 끝에 있었다. 인근에 이와 비슷한 다른 오두막과 헛간들이 흩어져 있었으나 그중 한 곳에만 죽지 않는 시체들이 모여 있었다.

사비츠키가 쌍안경에서 오랫동안 눈을 떼지 않았다. 마침내 그가 뭔가 중얼거렸다. 짧고 작고 알아듣기 힘든 소리였다.

“왜 저기로 끌리는 겁니까?” 가장 가까이 앉은 중사가 물었다.

“퇴끼야.” 중위가 좀 더 잘 들리게 반복했다.

“잘 못 들었습니다?” 키에츠만이 놀랐다.

“토끼라고.” 브넹크가 설명했다.

"토끼 우리에 들어가려고 하는 거야." 사비츠키가 말했다. "하지만 저거 제대로 만든 것 같아. 금속 틀에 굵은 쇠창살로 막혀 있어서 당장은 못 들어갈 거야."

"다행입니다. 우리가 다음이니 말입니다." 야니슈크가 몸을 더욱 웅크리며 중얼거렸다.

"중사님!" 누군가 부르는 소리를 듣고 중사는 급히 몸을 돌렸다. 지붕의 반대쪽 끝에서 흥분한 팔키에비치가 그에게 고갯짓을 했다.

"뭐야?" 중사가 깊은 생각에서 억지로 끌려 나와 화를 내며 중얼거렸다. 바로 조금 전에 천재적인 발상이 머릿속에서 어른거리기 시작했는데 누가 부르는 바람에 중간에 끊어져 버렸다.

"여기에도 토끼장이 있습니다!" 병장이 아래를 가리키며 보고했다.

중위와 중사가 지붕 가장자리로 조심스럽게 건너갔다. 배를 깔고 엎드려 두 사람은 고개를 처마 밖으로 내밀었다. 실제로 땅에서는 철장에 달라붙은 수많은 괴물 떼가 우글거리고 있었다.

"재수 없는 토끼가 저놈들을 여기까지 끌고 왔군." 사비츠키가 신음했다.

"우리 낌새 때문이기도 해요." 코트가 반박했다. "문밖에 있던 놈들은 토끼장에 별로 관심 없어 보였어."

"흠…… 맞는 말이야." 중위가 잠시 생각한 뒤에 인정했다. "어찌 됐든 우리는 아주 빌어먹을 상황에 처했어." 중위가 편한 자세를 취했다. "몇 명이나 되는지 세어봐. 무슨 수를 쓰든 막아내고 말 테니까……."

중사는 고개를 끄덕였다. 명령을 확인했다기보다 사촌의 말에 습관적으로 긍정한 쪽에 가까웠다. 머릿속에 무슨 생각이 떠올랐지만 팔키에비치의 낮짝 때문에 끊어졌는지 여전히 기억해 내지 못했다. 그러는 동안 병장이 얼굴에 활짝 웃음을 띠고 그들에게 기어왔다.

"놈들의 주의를 혼란시키면 어떻습니까?" 병장이 제안했다.

중위와 중사가 딱하다는 표정으로 그를 바라보았으나, 이내 확신에 찬 그의 얼굴을 보고 두 사람 모두 진지해졌다.

"무슨 생각인지 말해봐." 중사가 내뱉었다.

"저 토끼들을 우리에서 꺼내서 헛간 뒤에 풀어놓으면 됩니다. 걸어 다니는 시체들이 토끼를 따라 기어가면 우리는 한 명씩 지붕에서 뛰어내려 반대쪽으로 달려가면 됩니다."

코트 중사는 거의 손바닥으로 자기 이마를 때릴 뻔했다. '그래, 이거였어! 팔키에비치 병장이 내 마음을 읽은 것 같군…….'

하지만 사비츠키는 동의하지 않는 것 같았다.

"토끼를 어떻게 꺼낼 건데?" 그가 병장을 비웃었다. "네가 감염자들 사이로 내려갈래? 놈들한테 네가 토끼장 여는 동안 건드리지 말라고 부탁하고, 토끼를 전부 헛간 반대편으로 내모는 동안에도 잠깐 기다려달라고 할 거야? 그게 될 거라고 생각하나?"

"그건 아닙니다…… 저는……." 팔키에비치가 더듬거렸다. 그는 전반적인 개념만 떠올리는 데 그쳤을 뿐이었다.

그 순간 중사가 바통을 넘겨받을 준비를 했다. "이렇게 하면 훨씬 더 간단합니다……."

* * *

그들은 모두 힘을 합쳐 손에 잡히는 도구를 사용해서 벽 한 면을 뜯어냈다. 다행히 토끼장은 앞면과 옆면만 철판과 철사로 보강되어 있어서 뒷면은 판자에 박힌 못을 뽑기만 하면 뜯을 수 있었고, 병사들은 총검, 칼, 심지어 도망치는 길에 죽어가는 동료들에게서 빼앗아 온 휴대용 숟가락까지 동원해서 토끼장을 해체한 뒤 겁에 질린 토끼들의 귀를 잡아 끌어냈다. 그런 뒤에 방수천 아래에서 찾아낸 자루에 몇 마리씩 집어넣었다.

그렇게 토끼장에서 빼낸 토끼들이 거의 쉰 마리 정도 지붕 위로 올라왔다. 죽지 않는 시체들은 예상대로 반응했다. 텅 빈 토끼장 주변에 더 이상 모이지 않았고, 헛간 뒤에서 토끼 자루를 가지고 다음 전개를 기다리며 대기하는 병사들이 있는 쪽으로 모여들었다.

"이제 어떡하지?" 준비가 끝난 뒤에 중위가 물었다.

중사는 몇 가지 생각해 둔 게 있었으나 논의할 주제로 내놓고 싶지는 않았다. 논의가 어떻게 끝날지 알고 있었기 때문이다.

"아래쪽에 철망이 있는 걸 봤습니다. 그걸로 임시 철장 모양을 만들어 안에 토끼를 몇 마리 넣어서 저기로 던지면 어떻습니까." 그는 헛간들 사이의 공간을 가리켰다.

"철장은 왜 만듭니까?" 키에츠만이 반대했다. "토끼를 그냥 놔주면 됩니다. 저 시체 토막들은 분명히 빨리 따라잡지는 못할 겁니다."

"네 말이 맞다, 빨리 따라잡지 못하지. 하지만 저 불쌍한 토끼들한테 네가 선택한 방향으로 뛰어가라고 명령할 수도 없어. 토끼들이 다 우리가 있는 쪽으로 몰려오면 어떡할래? 철망을 최대한 가져다가 철장을 한두 개쯤? 아니, 두 개가 더 좋겠지, 그걸 만들어서 던지면 안에서 토끼들이 제자리에 있을 거고 저 망할 시체들이 곧바로 토끼들을 붙잡지도 못해. 그러면 우리는 시간을 벌게 된다."

병사들이 그 말에 고개를 끄덕였다. 그들은 누군가 제대로 머리를 써서 계획을 세웠다는 사실에 기뻐했다.

적절하게 크고 단단한 철장을 만드는 작업은 쉽지 않았으나 병사들은 어떻게든 해냈다. 철사와 노끈을 철망에 몇 번씩 엮어서 납작하고 튼튼한 일종의 구형을 만들었다. 그런 다음 판자를 구조물의 뼈대로 삼아 철사를 세로로 세우고 나무 속으로 더 깊이 들어갈 수 있게 철사 양쪽 끝을 잘라냈다. 그들은 지붕을 잘라낸 구멍에서 헛간 바닥으로 몇 번 시험적으로 던져본 끝에 적절하게 강한 철장을 얻었다. 그리고 만약을 대비해 그런 철장을 세 개 만들었다. 물론 그 안은 토끼가 비교적 자유롭게 움직일 수 있는 공간으로 만들었다. 철장 하나마다 토끼를 다섯 마리씩 집어넣었고, 나머지 토끼들은 변질자들 사이에 최대한 혼란을 불러일으키기 위해 그냥 풀어주기로 했다.

단 한 가지 걱정이라면, 토끼를 이 높이에서 이 정도 거리에 던졌다가 살아남지 못할까 하는 것이었다. 그러나 여기에 대해서도 해결책을 찾아냈다. 그들은 죽지 않는 시체들이 인간이 가진 감각을 사용해서 희생물을 탐지하지 않는다는 결론에 도달했으므로, 토끼 철장에 건초를 채워 땅에 부딪치는 충격을 최소화한 뒤에 풀밭에 기어다니는 감염자들 바로 위에 던지기로 했다.

마침내 새벽 5시가 되기 직전, 하늘이 밝아지기 시작했을 때 그들은 마지막 단계에 진입했다. 팔키에비치와 비르코프스키가 그들 중 가장 강했으므로 첫 철장을 휘저어서 죽지 않는 시체들 열몇 명이 모여 있는 방향으로 던졌다. 토끼 철장은 부드러운 곡선을 그리며 곧바로 감염자들에게 날아갔고 몇 개는 빙글 돌아 잔디 위에 비교적 가볍게 내려앉았다.

헛간 주변이 술렁거리기 시작했다. 수십 명의 소리 없는 변질자들이 제자리에서 빙빙 돌다가 건초에 싸인 토끼들을 향해 방향을 돌렸는데, 철망이 움직이는 걸 보아 토끼들은 추락을 견디고 꽤 괜찮은 상태로 살아남은 것 같았다.

이어서 두 개의 철망이 몇 초 사이를 두고 십여 미터 간격으로 잔디 위에 착륙했다. 그중 하나는 상당히 날카로운 각도로 땅에 부딪혀 완전히 터졌다. 철망을 지지하고 있던 판자가 부서지며 안에 있던 낡은 마 자루가 찢어졌는데, 충격에 어리둥절해진 토끼들은 곧바로 도망치지 않았고 그사이에 피에 굶주린 짐승들이 철망을 덮쳤다.

"지금이다!" 중위가 손으로 신호하며 명령했다.

브넹크, 크라브치크, 비르코프스키, 비시니에프스키, 키에츠만이 토끼를 헛간에서 최대한 먼 곳에 내려앉도록 조준하여 철망 주변에 모여든 감염자들에게 곧장 던지기 시작했다. 예상대로 죽지 않는 시체들 사이에 혼란이 가중되었다.

"가자!" 중사가 이어서 명령했다.

그들은 텅 빈 토끼장 위로 내려와 거기에서 풀밭으로 뛰어내렸다. 아직도 털 뭉치 여섯 마리가 든 자루를 들고 있었다. 소대의 가장 선두에 선 병사들이 각각 세 마리씩 나눠 받아 팔키에비치가 알려준 대로 목을 잡아 들고 있었다. 만약 죽지 않는 시체가 병사의 앞을 가로막으면 결정적인 순간에 토끼를 던질 계획이었다.

넓은 풀밭의 이쪽 부근에는 감염자가 적지 않았으나 헛간 주변처럼 일정하게 무리를 이루어 뭉쳐 있지는 않았다. 적절히 속도를 내면 피할 수 있어서 첫 30미터는 병사들이 별문제 없이 달려갔고 토끼 한 마리도 잃지 않았다.

그러나 그 뒤의 상황은 내리막길이었다.

우선 브넹크가 발목을 삐었다. 되살아난 시체 두 명을 동시에 유인하다가 그들의 손에 붙잡히지 않으려고 집중하면서 잔디에 떨어져 있던 나뭇가지에 발이 걸렸다. 최소한 옆에서 달리던 야니슈크의 눈에는 그렇게 보였다. 야니슈크는 즉시 방향을 돌려 동료를 도와주려 했으나 두 걸음 가서 우뚝 멈춰 서고 말았다. 그가 나뭇가지라고 생각했던 것은 몸통에서 무시무시한 모습으로 튀어나온 사람 다리였다. 망설였기 때문에 와지스카 출신의 젊은 카밀 브넹크 일병은 목숨을 잃었다. 그가 피해서 달아났던 죽지 않는 시체들이 이제 그가 완전히 떨구어내기 전에 따라와서 덮친 것이다. 다음 순간 마테우시 야니슈크도 브넹크 일병의 뒤를 따랐다. 야니슈크는 고통에 울부짖으면서도 일어서서 두 걸음 걷는 데까지는 성공했지만, 토끼 두 마리를 던져도 도움이 되지는 않았다. 대부분의 변질자들이 작은 희생물은 무시하고 곧바로 사람에게 덤벼들었다.

좀비들은 20미터를 더 가서 비르코프스키를 붙잡았다. 그는 패닉에 빠졌다. 자신을 향해 걸어오는 변질자 몇 명을 피했으나 그보다 훨씬 더 숫자가 많은 시체 무리를 향해 곧바로 달려가고 있다는 사실은 알지 못했다. 시체 무리는 놀란 사슴을 둘러싼 늑대 떼처럼 그를 둘러쌌다. 그는 불운한 사슴처럼, 혹은 비교적 더 나쁜 상황에서 목숨을 잃었다. 감염자들이 그에게 무슨 짓을 하는지는 아무도 멈추어 서서 확인하지 못했으나 미하우 비르코프스키가 충분히 오랫동안 비명을 질렀으므로 다들 짐작은 할 수 있었다.

강까지의 거리가 절반 정도 남았을 때, 그들은 여섯 명으로 줄어 있었다. 중사와 중위는 여전히 토끼를 한 마리씩 들고 있었다. 다행히 텃밭에서 멀어질수록 마주치는 적의 숫자도 줄어들었다. 그러나 그들은 끊임없이 움직여야만 살아남을 수 있다는 사실을 깨달았으므로 숨을 몰아쉬면서도 속도를 늦추지 않았다.

강까지는 4분의 3을 지났다. 살아 있는 병사들 모두 폐에 불이 붙은 것 같았고 이제는 다섯 명이 남았다. 크라브치크가 조금 전 방향을 틀다가 발이 걸려 넘어졌다. 훈련 중에 배웠던 것처럼 반사신경이 작동되어 올바르게 몸을 웅크리고 낙법을 사용했으나 운이 나빴다. 그가 일어나면서 방향을 혼동한 것이다. 이렇게 지치고 겁을 먹었을 때는 이상한 일도 아니었다. 크라브치크는 나머지 동료들 뒤를 따르지 않고 반대로 달려갔다. 몇 초가 지나고 난 뒤에야 중위가 뒤를 돌아보고 그 모습을 발견했다. 중위는 부하를 불렀으나 이 때문에 상황이 오히려 더 나빠졌다. 시몬 크라브치크는 정신을 차렸으나 단 한 순간뿐이었고 이어서 완전히 패닉에 빠져 넋을 잃었다. 처음 덤벼든 몇몇 변질자들을 물리치다가 조금 할퀴인 상처를 입었는데, 그는 이 조그만 상처들이 무엇을 의미하는지 깨달은 듯 달리다 말고 갑자기 멈추어 섰다. 그리고 동료들이 보는 앞에서 포기했다. 그는 쓰러지듯 무릎을 꿇으며 하늘을 향해 양팔을 벌렸고, 그대로 차가운 손이 자신을 붙잡는 것을 느끼면서도 움직이지 않았다. 비르코프스키와 반대로 그는 순간적으로 침묵했다. 그리고 다음 순간 꿰뚫는 듯 너무나 처절하게 비명을 지른 나머지 중위마저 목덜미의 털이 곤두섰다.

사비츠키는 창백하게 반짝이며 흘러가는 슐렝자강의 회색 강둑에서 몇 걸음 떨어진 곳에 멈추었다. 몇 초 뒤 그의 곁에 코트가 도달했고, 나머지 병사들은 그보다 좀 더 오랜 시간이 필요했다. 그래도 마침내 다섯 명 모두 쉴 수 있었다. 그들은 변질자들 몇몇이 모인 조그만 무리를 다 함께 지나쳤는데, 이 변질자들은 흥미롭게도 숨을 몰아쉬는 남자들에게 전혀 관심을 보이지 않았다. 그저 고개를 숙이고 팔을 내려뜨린 채 요란스러운 잔치에서 마음껏 마신 술주정뱅이처럼 특유의 리듬에 맞추어 휘청거리며 불안하게 서 있을 뿐이었다. 그것은 무섭고도 기괴한 광경이었으나, 이 변질자들이 그저 잠시 무기력 상태에 빠졌는지를 자기 목숨을 걸고 직접 확인하려는 병사는 아무도 없었다. 그들이 지나쳐 온 죽지 않는 시체들 대부분이 마치 레이더가 꺼진 듯 희생물에 대한 관심이 없어 보였다. 강에서 가장 가까운 곳에 있던 되살아난 시체들 몇몇만이 그들을 향해서 기어오려고 할 뿐이었다.

중위는 숨을 고르고 몸을 곧게 펴면서 짧은 휴식을 취했다. 그러곤 가장 가까이 있는 되살아난 시체를 쳐다보고 숨을 몰아쉬며 말했다.

"이게 끝이 아니야. 강 건너로 헤엄쳐 가야 해……." 그가 겉보기에 느릿느릿 흐르는 강물을 손가락으로 가리켰다.

병사들은 내키지 않았지만 체념한 채 지휘관을 따라갔다. 코트가 강물 바로 앞에 멈추고는 물에 들어가는 부하들을 훑어보았다.

"키에츠만!" 그가 갑자기 소리쳐 절룩거리는 병사를 멈춰 세웠다. 키에츠만이 몸을 획 돌려 중사를 바라보더니 발목까지 오는 찬물 속에 고분고분하게 멈추어 서 있었다. "너 왜 그래?!"

"아닙니다, 중사님. 쥐가 났습니다."

"보여줘." 코트가 몸을 굽혔으나 부하의 발목을 보기 전에 중위가 고함치는 소리가 먼저 들려왔다.

"움직여, 이 자식들아!" 사비츠키는 반대편 강가에 서서 그들 뒤에 있는 뭔가를 가리키며 팔을 휘두르고 있었다.

중사는 몸을 굽힌 채 뒤를 돌아보았다. 드문드문 자라난 관목숲 사이로 그에게서 2미터도 채 떨어지지 않은 곳에 감염자가 모습을 드러내고 있었다. 불탄 방호복을 입은 커다란 사내였다. 양손의 피부는 완전히 탄화되었고 얼굴이 있어야 할 자리에 부어오른 새까만 가면이 덮여 있었다. 입술과 코, 눈꺼풀은 그저 흔적만 남았을 뿐이었다. 그러나 이런 상태조차 되살아난 시체가 희생물을 향해 움직이는 데 전혀 방해되지 않는 것 같았다.

그들은 붙잡히기 직전에 동시에 물에 뛰어들었다. 죽었다 살아난 시체는 강가로 와도 멈추지 않았다. 다만 병사들처럼 헤엄치지는 않고 물속으로 몇 걸음 걸어 들어오더니 진흙에 발이 파묻혔고, 다음 순간 시체는 얼굴부터 앞으로 넘어져 크게 첨벙, 소리를 내며 물 아래로 사라져 버렸다.

그때 반대편 강둑에서 거의 들리지 않을 정도의 조그만 비명이 날아왔다. 코트 중사는 되살아난 시체에 닿지 않도록 키에츠만에게 경고하던 중에 중위의 무시무시한 비명을 듣고 멈추어 섰다. 슐렝자강 반대편 강둑에 자라난 숲 가장자리를 바라보았다. 강둑의 가파른 경사면을 기어오르던 비시니에프스키가 뭔가에 놀란 듯 뒤쪽으로 펄쩍 뛰었다가 강둑으로 헤엄쳐 나오려던 팔키에비치 위로 곧장 떨어졌다.

물속도, 강둑도 들끓었다. 사비츠키는 누군가와 몸싸움을 하면서 계속 비명을 질렀다. 어느 순간 그들 사이에 거리가 있음에도 불구하고 커다랗게 헐떡거리는 소리가 들렸고, 중위는 몸에서 공기가 전부 빠져나간 듯 순식간에 축 늘어졌다. 공격자는 전혀 소리 내지 않고 살해당한 중위 위로 돌아섰다. 나무 사이 어둠 속에서 연달아 유령 같은 형체들이 나타났다. 그 숫자는 방금 건너온 강둑에서 본 것만큼 많았다.

팔키에비치와 비시니에프스키가 재빨리 정신을 차리고 강 한가운데로 헤엄쳐 나갔다. 그때 첫 번째로 되살아난 시체들 무리가 강둑 경사면에 도달했는데, 그 뒤에서 몰려오는 괴물들에게 밀려 물속으로 빠지기 시작했다.

“흐름을 따라가!” 코트 중사가 잠시 수면으로 떠올라 외쳤다. “흐름을 따라 헤엄쳐!”

그것이 그에게는 가장 합리적으로 보였다. 강물의 빠른 흐름을 거슬러 올라갈 수는 없을 것이고 하류까지는 얼마 남지 않았다. 슐렝자강이 오드라강 본류와 합쳐지는 지점까지 갈 수만 있다면—병사들은 다들 수영을 꽤 잘했기 때문에—분명히 한적하고 안전한 장소를 찾을 수 있을 것이었다.

몇 분 뒤, 감염자들에게서 20미터 이상 떨어져 있을 때 중사는 병사들에게 휴식을 허용했다. 그런 뒤에 서로 딱 붙어서 되살아난 시체들보다 훨씬 더 빠르게 슐렝자강 하류로 헤엄쳤다.

어느 순간 키에츠만이 헐떡거리더니 1~2초간 물속으로 사라졌다. '강변에 닿기 바로 전에 쥐가 났으면 지금쯤 어마어마하게 괴로울 텐데.' 중사가 생각했다.

"팔키에비치, 키에츠만 붙잡아." 그가 옆에서 헤엄치는 팔키에비치에게 부탁했다.

그것으로 상황이 해결된 줄 알았다. 그런데 그때 침묵을 깬 것은 추위 때문에 이를 딱딱 맞부딪치는 비시니에프스키였다.

"중사님!"

"뭐냐?" 코트가 물었다.

"우리가 브로츠와프에서 살아남은 마지막 사람이면 어떻게 합니까?"

코트는 이렇게 긴 문장으로, 게다가 상세한 단어를 사용해서 던진 질문에 대답하기 위해 정신을 집중해야만 했다.

"개소리 그만해라, 비시니에프스키. 살아 있는 걸 다행으로 여겨."

"하지만……."

"'하지만' 하지 마. 저 연기가 우리 애들을 어떻게 만들었는지 봤잖아. 여기도 비슷할 거야."

"바로 그 얘기입니다. 만약에 저 연기가……."

"연기는 화장장에서 1킬로미터, 잘해야 2킬로미터 정도 퍼졌다.” 중사가 참을성을 잃고 자신도 무슨 말을 하는지 확실히 모르면서 내던졌다. 푸르스름하고 끈적끈적한 연기 장막은 기체 분자가 아니라 마치 아주 미세하고 끊기 어려운 섬유로 만들어진 듯 공기를 타고 퍼졌다. “연기는 빠르든 늦든 흩어지게 마련이다.” 중사는 마음을 가라앉히기 위해 재빨리 덧붙였다. “그리고 어찌 됐든…….”

“야!” 동료를 끌고 오느라 약간 뒤처졌던 팔키에비치가 갑자기 소리쳤다. “그렇게 몸부림치지 마…….” 그는 숨이 찬 듯 불분명하게 말했다. “이젠 위험하지 않으니까…….”

키에츠만은 그의 말을 듣지 않았다. 몸을 돌려 얼굴을 물속에 처박으려는 듯 한 번, 또 한 번 발길질을 했다.

“놔줘, 팔키에비치!” 키에츠만이 다리를 절었던 이유가 꼭 쥐가 났기 때문이 아닐 수도 있음을 순간적으로 깨닫고 중사가 고함쳤다. ‘사비츠키는 그때 왜 나를 막으려 했지?’

팔키에비치가 손을 놓았으나 그도 눈 깜짝할 사이에 키에츠만에게 붙잡혀 물속으로 끌려 들어갔다. 그러나 전혀 저항하지 않았다. 완전히 기운이 빠졌거나 아니면 기절한 것 같았다.

“어떻게든 해주십시오, 중사님!” 야네크 비시니에프스키가 양팔로 물을 때리며 외쳤다.

“그냥 둬!” 코트가 헤엄쳐서 물러나며 소리쳤다. “최대한 빨리 도망쳐!”

36

1963년 8월 10일 토요일 04시 27분
인민경찰 지역본부, 포드발레 거리 31-33번지

그 후 15분간 더 많은 정보가 흘러들어 왔다. 대부분 긍정적인 소식이었으나 그중에는 쓰디쓴 보고도 있었다. '포위' 작전은 계획대로 진행되었으나 개시 후 첫 한 시간 동안 비에드지츠키는 부하를 100명 이상 잃었다. 그러나 올림픽 경기장 앞 격리병동의 파괴에 비하면 이 손실은 아무것도 아니었다. 새로운 감염병 증상이 없는 항공학교와 미로 공원 격리병동 도주자들이 밤새도록 올림픽 경기장 앞 호텔 격리병동으로 이송되었다. 운 나쁘게도 몇몇이 개별 격리장소에 도달하기 전에 독성 있는 연기를 너무 들이마셨고, 새 격리병동에 도착한 사람들의 연기 흡입 여부를 검사해야 한다는 사실을 의료진에게 누가 알리기도 전에 이미 학살이 시작되었다. 시설에 소요가 벌어지는 것을 막기 위해 감염병 위원회는 이송된 격리환자에게 강한 진정제 투여를 권고하였다. 그 결과 무감각해진 환자들이 자신을 공격하는 짐승들 앞에서 스스로 방어하지도 않고 심지어 도움을 청하지도 않았다. 많은 환자가 주변에 무슨 일이 일어나는지 전혀 이해하지 못했다. '그게 유일한 위안이로군.' 비에드지츠키는 지도에서 올림피아 호텔 위치에 빨간 깃발을 꽂으며 생각했다.

할 수 있는 일은 많지 않았다. 인근지역은 인적이 드물기 때문에 해가 뜬 뒤에, 도시 일부를 수색하던 부대들이 계획된 작전을 마친 뒤에 수색이 시작될 것이다. 우선 브로츠와프 중심가를 확보하는 것이 더 중요했다. 가장 중요한 정부기관과 시설이 위치한 지역, 거주인구가 가장 많은 지역 등 밀집 지역이 계속 기능하기 위한 중추적인 지점들 말이다. 비에드지츠키는 전부 합쳐 거의 오천오백 명에 달하는 병력이 옛 중심가와 시내 서쪽 부분을 7시까지는 전부 수색해 주기를 바라고 있었다. 연이어 확인된 지역들의 경계선에는 오드라강과 그 강에 연결된 수많은 운하가 표시되어 있었다. 이 운하와 많은 섬 때문에 브로츠와프는 가끔 '북쪽의 베네치아'로 불렸다. 도로를 완전히 통제했기 때문에 소령은 이미 수색 완료된 지역에서 또다시 감염자가 나타날 걱정은 하지 않았다. 좀비들은 수영을 할 수 없고 강의 진흙투성이 바닥과 경사가 급한 강둑은 좀비들에게 넘을 수 없는 장애물이라고 각 부대 지휘관들이 밤새 비에드지츠키에게 여러 번 보고했던 것이다.

이 사실을 떠올리고 소령은 주머니의 수첩을 꺼내 지상 작전이 완료된 후에 쓸데없이 놀랄 일을 없애기 위해서 수로를 전부 훑어야 한다고 적어두었다. '되살아난 시체를 한 놈이라도 놓쳤다가는 이 모든 난리가 처음부터 다시 시작될 테니까.' 비에드지츠키는 이렇게 생각하고 온몸을 떨었다.

그는 다시 한번 지도를 눈으로 훑다가 시내에서 시선을 멈추었다. 이 부분에는 아직도 빨간색이 수없이 꽂혀 있었다. 빨간 깃발 하나하나가 감염자가 발견된 지점을 표시하고 있었고, 시내에는 분명 발견되지 않은 좀비들이 더 있을 것이었다. '시 소방본부를 예로 들 수 있겠지…….' 그곳은 포드발레 거리의 경찰본부와 비슷하게 학살이 벌어졌으나 여기에 대해서는 한 시간 전에야 보고를 들었다. 그것도 상관들이 대답이 없어 불안해진 부하들이 크렝타 거리에 소방차를 보냈기 때문에 완전히 우연하게 발견된 것이었다. 소방서가 내무부 병원 가까이에 위치해 있었는데도 이곳에서 거대한 비극이 벌어진 사실을 몇 시간이나 아무도 깨닫지 못했다. 상급 소방관 대부분이 변질자들에게 희생되었으며 소방서장은 회의에 불려 가고 없었다는 사실 외에 여전히 별다른 세부 사항이 알려지지 않았다.

지도에서 인민경찰본부 건물을 보면 바로 옆에 있는 기차역과 철로가 눈에 들어오지 않을 수 없었다. 비에드지츠키는 시선을 더 동쪽으로 향하여 외로운 단 하나의 파란색 깃발과 그 뒤에 펼쳐진 텅 비고 넓은 공간을 바라보았다. 이 지역에서는 아직 아무런 작전도 시행되지 않았기 때문에 단지 그 이유만으로 텅 빈 것이다. 브로후프 화물 철도역. 니즈네르의 말에 따르면 폴란드에서, 심지어 유럽에서 가장 큰 화물 철도역이다. 호기심 많은 시선과 사람이 사는 건물에서 멀리 떨어진 이 역에 석탄 운반차가 150대 이상 서 있었다. 이제 비에드지츠키와 부하들이 그 차량들을 임시 수용소로 사용하다가 더 나중에는 지선으로 연결되는 강 항구에 감염자들을 실어 가는 교통수단으로 이용할 것이었는데, 거기서부터—불필요하게 큰 소리는 내지 않고—차후에 차출될 화물선으로 감염자들을 옮겨 실을 것이었다. 그리고 체포된 되살아난 시체들을 수백 명 태운 열몇 대의 트럭으로 구성된 호송대를 지휘한 마베트 경위가 방금 전 브로후프역에 도착했다. 비에드지츠키는 책상 끄트머리에 놓인 구겨진 보고서를 집어 들었다.

'잘됐군. 경찰 차량부대가 동쪽의 작은 지선을 선택했으니 여기를 따라가면 철로에서 제일 붐비는 구간을 피해서 석탄 운반차를 운행할 수 있어.'

또한 마베트는 이 지대의 안전을 확보하고 '물품 상차'를 완료했으며 다음 수송품도 계속 받아들일 준비가 되어 있다고 보고했다. 경찰본부에 돌아온 뒤에 비에드지츠키가 받은 보고 중에서 가장 좋은 소식이었다. 얼마 전에 병사들이 200개가 넘는 구역에서 도시 수색을 중단해야 했는데, 그 이유는 체포한 좀비들을 어디에 붙잡아 둬야 할지 몰랐기 때문이었다. 이제 소위의 뛰어난 발상 덕분에 상황이 빠르게 회복될 것이었다. 비에드지츠키는 방금 시내에 트럭 50대를 추가로 끌어오라고 명령했고 또한 진압된 지역에서 찾을 수 있는 대규모 교통수단은 전부 차출하라고 지시했다.

'추가적인 장비가 이 정도 확보되면 지선과 최전선 사이에 안정적인 운송망을 유지할 수 있을 거야.' 그는 만족스럽게 생각했다.

그때 전화벨 소리가 그를 기쁜 생각에서 깨웠다. 그는 접수실과 집무실을 연결하는 문을 내키지 않는 듯 바라보았다. 이것은 좋은 소식일 수가 없었다. 좋은 소식은 지휘본부를 통해 평범하게 서면으로 작성되어 그에게 전달되었다.

그는 손에 쥐고 있던 깃발 표시를 아직 읽지 않은 얇은 보고서 위에 내려놓고 단호하게 약간 열린 문 쪽으로 다가갔다. 전화벨이 여덟 번 혹은 아홉 번 울린 뒤에야 그는 전화를 받았다.

"비에드지츠키 소령이오." 그가 불길한 예감을 느끼며 당당하게 대답했다.

"소령, 당장 여기로 와!" 그는 수화기 너머 니에시토의 목소리를 알아들었다.

니에시토가 이렇게 간결하고 고집스럽게 말하는 일은 별로 없었고, 그래서 비에드지츠키의 불안감은 더욱 커졌다. 밤새 너무 많은 일들이 잘못되었다.

"'여기'가 대체 어디야?"

"위원회."

"대체 왜? 난 자틸니한테 알랑거리는 것보다 훨씬 더 중요한 일을 맡고 있어."

"그건 아니네."

이 두 마디에 소령은 일어나서는 안 될 일이 일어났다는 사실을 깨달았다.

"무슨 일인데?" 그가 좀 더 부드러운 어조로 물었다.

"그냥 여기로 와. 당장."

그리고 니에시토는 수화기를 내려놓았다. 너무나 니에시토답지 않은 행동이라서 비에드지츠키는 어리둥절한 채로 서 있었다. 목덜미 부근에 익숙한 차가운 기운이 느껴졌다. 그것은 이제 불안감이 아니라 공포였다.

37

1963년 8월 10일 토요일 04시 40분
폴란드 통일노동자당 지역위원회,
동브로프슈차쿠프 광장 9번지

위원회 앞 광장에 수많은 차가 서 있었다. 수많은 폴란드제 '바르샤바'와 동독제 '바르트부르크' 자동차들 사이에 검은색의 대표적인 소련제 대형차 '차이카'도 보였다. '무슨 일이 벌어지고 있어, 그것도 큰 사건이.' 겉보기에는 소박해 보이지만 여러 층짜리 거대 건물로 들어가는 중앙 입구 앞에 운전기사가 내려주었을 때, 비에드지츠키는 이렇게 생각했다. 그곳은 이 도시에 독일인들이 세운 마지막 건물들 중 하나였다.

니에시토는 '정지/출입금지' 표지판에 기대어 모퉁이에 서 있었는데, 대단히 불안해 보였다.

"무슨 일이야?" 소령이 인사는 생략하고 그에게 물었다.

"나도 몰라." 니에시토가 대답했다.

"하지만 자틸니가 우리 등 뒤에서 뭔가 꾸미고 있는 것 같아. 저거 봐." 이제 막 타이어 긁히는 소리를 내며 입구 앞에 멈춰서는 자동차를 그가 고갯짓으로 가리켰다. 그것은 군대가 정부와 당 건물을 경호하는 부대에 속한 지프차였다. 그 부대는 비에드지츠키 직속 부대였다.

“여기서 나 좀 기다려.” 비에드지츠키가 돌아섰다.

그러곤 지프차에서 여행 가방을 내리는 군인에게 차분하게 다가갔다. 군인이 싣고 온 승객들은 여성 하나와 어린이 둘이었는데, 그들은 이미 건물 안으로 사라지고 있었다.

“중사!” 운전기사가 차렷 자세로 섰으나, 갑자기 나타난 상관의 모습에 너무 놀란 나머지 조그만 직사각형 여행 가방을 그대로 손에 쥐고 있었기 때문에 경례를 붙이지 못했다. “중사, 여기서 뭐 하나? 그리고 왜 나한테 아무도 보고하지 않았나?”

“저는…… 저는…….” 겁에 질린 청년이 더듬거렸다.

“나 여기 있는데 왜 ‘저, 저’거리나?!” 비에드지츠키가 고함쳤다. 그때 광장에 또 다른 군용차량이 나타났다. 그리고 그 뒤로 또 한 대가 다리를 건너고 있었다. 브로츠와프시 정부 건물들을 경호하는 부대들에 배정된 차량을 자틸니 동무가 전부 차출해서 일을 시키는 모양이었다. “그 짐 가방 내려놓게. 당장! 자네는 누구 하인이 아니야! 관등성명!”

“소령 동무, 슈미트 중사 보고합니다!” 운전기사는 여행 가방을 땅바닥에 내려놓자마자 뒤꿈치를 마주치게 하고 섰다. “3호 차량입니다. 주 인민위원회 경호 담당입니다.” 마침내 그의 두 손가락이 군모 챙에 닿았다.

“쉬어.” 비에드지츠키가 중사에게 다가갔다. 두 사람의 코끝은 이제 5센티미터도 채 떨어져 있지 않았다. “대체 어째서 주 인민위원회 건물을 경호하지 않고 누군지도 모를 사람의 짐 가방 같은 걸 끌고 다니나?”

“명 받은 대로 수행하고 있습니다.”

“누구 명령?”

"상관의 명령입니다."

비에드지츠키는 고개를 저었다. 그의 등 뒤로 또 다른 지프차 두 대에서 겁먹은 민간인들이 내리고 있었다. 양쪽 차량 운전기사들은 지휘관을 보고 민간인 승객들이 불안하게 말을 걸어도 반응하지 않고 그저 어쩔 줄 모르고 차 문 앞에 서 있었다.

"저기 주차해." 비에드지츠키가 중사에게 치불스키 거리로 나가는 지점을 가리켰다. "그리고 날 기다리게. 저 두 명도 마찬가지야." 그가 손짓으로 나머지 두 차량을 가리켰다. "그리고 내가 돌아오기 전에 여기 나타나는 차량 전부 다."

그는 활짝 열린 위원회 문을 향해 움직였다. 니에시토가 그의 뒤를 따라 들어가려 했지만 소령이 손을 들어 그를 막았다.

"상황을 지켜보고 있어. 난 금방 나올 테니까." 그는 이렇게 부탁한 뒤에 거대한 건물의 검은 입 안으로 사라졌다.

* * *

소령이 문을 두드리지도, 비서들의 말을 듣지도 않고 지역 인민위원회 서기장 자털니의 집무실에 곧바로 쳐들어가자, 여성 비서들이 엄청나게 소리를 질러댔다. 서류철 서랍 옆에서 문서들을 분류하는 일에 매달려 있던 여자들은 소령의 진입을 막지 못했다. 양쪽으로 열리는, 인조가죽을 씌운 거대한 문은 열려 있었는데, 그곳은 먼지 냄새가 나는 통로로 이어졌다. 자털니는 서류철 안의 무슨 보고서를 들여다보고 있었다. 벽 뒤에서 행정직원들의 비명이 울려 퍼졌지만 그는 하던 일을 멈추지 않았다. 비에드지츠키가 집무실 안에 들어섰을 때도 그저 뒤를 돌아보았을 뿐이었다.

"뭔가?" 자틸니가 내뱉었다.

"그건 제가 물을 말입니다, 여기 무슨 일입니까!" 비에드지츠키는 서기장의 그 유명한 심리전에 참여할 의향이 전혀 없었다.

"무슨 일이냐고?" 자틸니는 서랍에서 또 다른 두꺼운 서류를 꺼내 능숙하게 넘기며 훑어본 뒤에 책상 위에 던져놓았다. 서류는 비슷한 두께의 커다란 서류들 무더기 위에 착륙했다. "당신의 실수를 수정하고 있소, 비에드지츠키 동무." 그가 문가에서 있는 비서에게 익숙하게 고갯짓을 했다. 비서가 물러나더니 두 사람만 남기고 두꺼운 문을 닫고 나갔다.

"내 실수?" 비에드지츠키가 한 걸음 더 다가섰다.

"그렇소. 당신 실수." 서기장이 마침내 그에게 고개를 돌렸다. "뭘 그렇게 뚫어져라 쳐다보고 있소? 전부 다 기록적으로 말아먹었소, 당신과 당신 휘하 그 머저리들. 젊은 늑대들." 그가 또다시 서류철 쪽으로 돌아서고는 경멸을 담아 내뱉었다.

"무슨 말을 하는 겁니까?"

"무슨 말을 하냐고?" 서기장이 피식 웃었다. "천재적인 계획들을 연달아 내놓아서 나하고 바르샤바에 알랑거렸지. 그래서 어떻게 됐나? 결과는 쓰레기요. 감염병을 통제하고 격리병동을 진압하기로 하지 않았소? 한 명도 몰래 빠져나갈 수 없을 거라고 약속했지. 그런데 어떻게 됐소? 시내 한가운데에서 총질에, 강제 연행에, 수백 명이 살해됐소. 끼어들지 마시오, 내 말 아직 안 끝났소." 비에드지츠키가 입을 열기도 전에 자틸니가 권위 있게 선언했다. “경찰 인력 절반을 잃었소. 우리 경찰 차량부대가 10분의 1로 풍비박산 났고. 군 병력은 그동안에 얼마나 죽었는지 생각도 하기 싫소. 이건 반드시 수행해야만 하는 꼭 필요한 작전이라고 중앙당 동무들을 설득하기 위해 내가 얼마나 기운과 신경을 낭비했는지, 소령은 알지도 못할 거요. 그렇소, 소령 동무. 라파우 자틸니, 당 제일의 수완가, 당신들이 이 사건의 처음 시작부터 나를 말아먹었는데 나는 당신들을 위해서 내 대가리를 걸었소. 하지만 이젠 호락호락하지 않을 거요. 간단히 묻겠소. 당신과 당신의 그 천재들 중에서 되살아난 시체들을 태우자는 계획을 내놓은 사람이 누구요?”

소령은 이를 악물었다. 이 망할 자식에 대해서는 자신이 생각하는 바를 털어놓고 싶어 좀이 쑤셨지만 그는 여기서 상황에 기름을 붓고 싶지 않아 침묵을 지켰다.

“그것이 좀비를 무력화하는 가장 합리적인 방법이었습니다, 동무도 알지 않습니까.” 소령이 억지로 마음을 가라앉히며 대답했다. “아렌지코프스키 의사도 그 점은 예상하지 못…….”

“여기서 그 아렌지코프스키를 들먹거리지 마시오. 당신들이 상황을 다 망쳤으니 최소한 그걸 인정할 정도의 용기는 보이시오. 당신들이 도시 절반에 감염병을 퍼뜨렸소. 본부 인력까지 감염시키고 멀쩡한 경찰 병력을 수없이 죽게 만들었소. 그 멍청한 브레메르가 하필 그렇게 된 것도 나는 아깝지 않소. 나를 구워삶아서 자기 맘대로 하려고 들었으니까. 하지만 올곧은 사람들이 안됐지.”

“본부를 탈환했고 시내 상황도 통제하고 있습니다.” 비에드지츠키가 확실히 말했다.

"전에도 전부 다 통제하고 있다고 장담하지 않았소?"

"이 위기를 겪으면서 우리는 점점 더 현명해지고 있습니다, 서기장 동무. 이 위협은……." 비에드지츠키는 헛기침을 했다. "역사적으로 이런 일은 아직 한 번도 없었습니다. 동무도 직접 보시지 않았습니까, 그 므워치츠카 간호사……."

"봤소. 그러니까 오로지 그것 때문에 이전에 댁들한테 백지수표를 줬지. 하지만 당신들은 약속대로 감염자를 진압하는 대신 브로츠와프 전체에 병균을 퍼뜨렸다고! 지금은 어제보다 더 나빠졌어! 이건 나도 알고 바르샤바도 알고 있소."

신경이 곤두선 비에드지츠키가 반박했다. "동무가 전부 다 알지는 못합니다!"

"바로 그래서 내가 걱정하는 거요." 서기장이 중얼거리고 또 다른 서류를 집어 들었다.

"우리가 새로운 계획을 세웠습니다." 비에드지츠키는 양손을 책상에 대고 몸을 숙였다. "이번에는 확인되지 않은 위험한 요소가 없는 계획입니다. 연기에 감염된 자들을 전부 붙잡을 겁니다. 놈들을 화물선에 가둬서 운하와 오드라강에 띄울 겁니다. 놈들을 완전히 박멸할 효과적인 방법을 누군가 찾아낼 때까지 거기서 썩게 내버려 두면 됩니다. 시내에 군인 오천오백 명이 지금 어떤 상대를 무력화해야 하는지 전부 알고 무엇이든 할 준비가 되어 있습니다. 몇 시간 뒤에 시내 서쪽과 옛 시가지 전체에 감염자가 하나도 없게 될 겁니다. 그런 뒤에 남은 지역을 수색할 계획입니다. 브로츠와프 전체에 의료 경계선을 둘러치도록 내가 명령했으니 그 안에서 모든 지역을 샅샅이 수색해서……."

"아름다운 계획이군, 정말로. 쓰레기라는 점에선 당신들이 전에 내놓은 발상들과 똑같소."

"뭐라고?" 서기장의 조롱이 담긴 목소리에 비에드지츠키는 거의 숨이 멎을 뻔했다.

"그래, 켐파 미에슈찬스카섬에 몇 층짜리 높은 담장을 둘러치고 헬리콥터로 그 안에다 감염자들을 던져 넣을 생각은 가끔 안 해봤소?" 서기장이 재미있어하며 고갯짓으로 창문을 가리켰다.

"장난하지 마십시오, 서기장 동무. 아침이 되면 내가 옳았다는 걸 알게 될 겁니다."

"아침에 알게 될 건 아무것도 없소. 두 시간 전에도, 그 전에도 그랬듯이 당신들은 헛소리하며 날 엿 먹이겠지. 상황이 정말로 어떤지 알고 싶소?" 서기장은 비에드지츠키가 고개를 끄덕일 때까지 그를 들여다보았다. "검문소에 의료 경계선 따위는 전혀 없소."

"없다니, 그게 무슨 소리입니까?" 소령이 신경을 곤두세웠다. "내가 직접……."

"소령은 직접 똥이나 닦으시오. 자기 엉덩이를 찾아낼 수 있다면 말이오. 장관님이 내 보고를 듣고 당신이 끌어온 부대를 전부 도시 경계선에서 200미터 거리까지 후퇴시키라고 명령했소."

"언제?"

"한 시간 전에."

"당신들 정말 전부 미쳤습니까? 그럼 도시 안에서 활동하는 부대들은?"

"그 부대들을 어쩌란 말이오?" 자틸니가 놀랐다. "그런 부대들은 이미 없소."

"누군가 동무에게 거짓말한 겁니다, 서기장 동무. 손실은 극소수일 뿐입니다. 15분 전에 최신 보고를 받았습니다. 들어보십시오……."

"아니." 서기장이 말을 끊고 마치 책상을 돌리려는 듯 이상하게 붙잡았다. "당신이야말로 내 말 들어보시오, 전직 소령 동무. 당신의 시간은 이미 지나갔소. 국방부 결정에 따라 당신은 보직 해제 및 강등되었소."

"흉미롭군, 나는 왜 그런 소식을 전혀 못 들었지!" 비에드지츠키가 내뱉었을 때 문이 열리는 날카로운 소리에 신경질적으로 흠칫 몸을 떨었다. 그가 등 뒤를 돌아보자 기관단총으로 무장한 경비병 두 명이 보였다.

"내가 십새끼들한테 낭비할 시간이 없으니까 그렇겠지? 동무 덕분에 나는 여러 가지 난리 통을 정리해야 하니까." 비에드지츠키가 다시 자틸니를 바라보자 그가 재미있어하며 내뱉었다. "지난밤에 무슨 일을 얼마나 벌였든 당신이 전부 말아먹었소. 상황을 통제하고 있다고 장담했지만 실제로는, 그러니까 애초에 당신이 요청해서 초빙한 감염병 위원회의 예측에 따르면 도시의 독성 연기에 오염된 민간인 중에 칠만 오천 명이 넘는 희생자가 발생했을 수 있소……."

"그건 최악의 시나리오 얘기입니다. 아렌지코프스키 의사 본인이……."

"내 말 아직 안 끝났소." 자틸니가 그의 말을 막았다. "시내로 새로운 부대들을 진입시킨 이후 병력의 거의 절반을 잃었고, 그것도 전투 시작하고 두 시간 이내에 벌어진 일이라는 건 당신에게 다시 설명할 필요도 없겠지."

"그건…… 그건 모함입니다!" 비에드지츠키가 반박했다. "누가 그런 바보 같은 소리를 보고랍시고 했습니까?"

"난 내 정보원을 가지고 있소. 당신들보다 더 믿을 만하지." 소령의 얼굴이 빠르게 자줏빛으로 변하는 모습을 보면서 서기장은 경비병들에게 고개를 끄덕였고, 경비병들은 그 즉시 비에드지츠키 양쪽으로 와서 그가 갑작스러운 동작, 특히 총을 뽑는 등의 움직임을 전혀 할 수 없도록 경계했다. "좋은 충고를 하나 해주지, 비에드지츠키. 더 이상 방해하지도 말고 도망치려 하지도 마시오. 당신도 이제 당신 친구인 니에시토처럼 끝장이오. 바르샤바 전체에 이미 보고했소, 알겠소? 전부 다." 서기장이 강조했다. "뭔가 기적이 일어나서 당신이 오늘 밤 살아남아 이 도시에서 빠져나간다고 해도, 군사재판과 총살형이 기다리고 있소. 아니면 교수형이든가."

"하지만……." 비에드지츠키가 책상에서 손을 떼었다. 그러자 옆에 서 있던 경비병 두 명이 그가 움직이지 못하도록 붙잡았다. "그건 전부 다 더러운 거짓말입니다." 그가 으르렁거렸다. "쉽게 확인할 수 있……."

"확인할 수 있지." 자틸니가 인정했다. "하지만 그럴 시간이 없소. 오늘 새벽 4시 6분, 내가 새 위기관리 본부장으로 임명된 사실을 확인하고 나서 이 위기를 결정적으로 종료하는 사안에 대해 말리노프스키 동무와 연락했소."

"돌았습니까?" 비에드지츠키는 몸부림치기를 멈추었다. 이 썩을 놈이 소비에트연방 국방장관한테 전화했어! "우리 애들을 빼내고 도시에 러시아군을 들여보내겠다고? 그래서 뭘 얻겠다는 겁니까?"

"내가 우리 군을 소련군으로 대체한다고 말한 적이 있었나?" 자틸니가 질문하는 듯한 눈으로 경비병들을 바라보았다. "난 그런 기억이 없는데."

"그럼 어쩌자는 겁니까?" 당황한 비에드지츠키가 책상 너머에 자틸니 대신 좀비라도 본 듯 눈을 크게 떴다.

"정말로 알고 싶소?" 서기장의 물음에 비에드지츠키가 고개를 끄덕였다. 그러자 서기장이 연극적으로 한숨을 쉬었다. "좋아, 말해주지. 모스크바의 동무들에게 예방 차원에서 브로츠와프를 폭격해 달라고 부탁했소."

"뭐라고?!"

"폭격기가 이미 이쪽으로 오고 있소, 0시까지 정확히……." 자틸니가 시계를 쳐다보았다. "47분 남았군."

비에드지츠키는 공포에 질렸다. 지금에야 자틸니가 한 말의 뜻이 온전히 머리에 들어왔다. '폭격기, 0시.' 오해의 소지가 없었다.

"브로츠와프에 원자폭탄을 떨어뜨리라고 러시아인들한테 부탁했단 말입니까?!"

서기장이 천천히 고개를 끄덕였다.

침묵이 길게 이어졌다.

"그렇게 해서 도대체 얻는 게 뭡니까?" 비에드지츠키가 마침내 더듬거리며 입을 열었다. "감염자들 시체 조각을 태우기 시작했을 때 무슨 일이 일어났는지 기억 못 합니까?"

"기억하지."

"그럼 그 폭탄을 떨어뜨리면 어떤 일이 벌어질지 동무도 알지 않습니까?"

"알지."

"아니, 아마 모르는 것 같은데? 도시 전체가 불탈 겁니다. 폴란드 절반이 원폭 피해를 입는 것은 물론이고 그 저주받을 감염병까지 퍼질 거라고."

"당신보다 저들이 그 문제에 대해 더 현명한 판단을 내렸소, 비에드지츠키." 서기장이 그에게 장담했다. "이 도시는 불타는 게 아니라 증발할 거요. 우리 계획에 비하면 히로시마는 인공 화재의 좋은 예시라고 할 수 없소." 서기장은 마치 최근 실롱스크 축구 경기 결과라도 이야기하는 듯 무관심한 어조로 말했다. "이 상황에서 유일하게 적용 가능한 해결책이오. 우리 인민 조국의 나머지 부분, 심지어 세상 나머지 부분의 운명이 걸린 일이오."

"미친 짓입니다!"

"당신들 손에 이 상황을 맡겨놓는 것이야말로 미친 짓이오." 자틸니가 조롱했다. 뭔가 더 덧붙이려 했으나 전화가 울렸기 때문에 그만두었다. 자틸니는 수화기를 들고 경비병들에게 손님을 데리고 나가라고 신호했다. 저항하기도 전에 비에드지츠키는 집무실에서 밀려났고, 그의 등 뒤로 서기장이 애인에게 말하는 달콤한 목소리가 들려왔다. "짐 다 쌌어, 자기? 그래, 아직 10분 시간 있어, 자기 필요하면 기다릴게. 차가 지금쯤 집 앞으로 갔을 거야. 운전병이 벌써 여행 가방을 차에 실었어? 잘 됐네. 사진첩 잊지 말고 잘 챙겨."

* * *

니에시토는 아까와 똑같은 '출입금지' 표지판 앞에서 성냥개비를 씹으며 비에드지츠키를 기다리고 있었다. 그는 비에드지츠키를 보고 기댔던 몸을 벌떡 일으켰지만 소리를 내지는 않았다. 비에드지츠키의 표정을 본 니에시토가 얼어붙어 버렸다.

"가자." 비에드지츠키가 치불스키 거리에 주차된 차량 쪽으로 니에시토를 끌고 갔다.

두 사람은 인민위원회 경호부대 차량들을 지나 비에드지츠키가 위원회까지 타고 온 차량 앞에서 멈추어 섰다.

"지휘부에 연결해 주게." 비에드지츠키가 손을 내밀며 운전기사에게 말했다. 잠시 후 그는 귀에 헤드폰을 쓰고 손에는 마이크를 들고 있었다. "둥지, 여기는 독수리 하나. 니에비아돔스키 대위 바꿔라, 이상."

몇 초 뒤에 그는 대답을 들었다.

"독수리 하나, 여기는 니에비아돔스키 대위, 이상."

"대위, 지금 당장 모든 부대를 퇴각시켜!" 비에드지츠키가 명령했다. "작전이고 나발이고 다 그만두고 당장. 반복한다, 당장 도시를 떠나라. 다들 원대 복귀하되 최단시간 경로를 선택하고, 무슨 일이 있어도 멈추지 마라. 30분 내로 시내에서 최소한 20킬로미터는 떨어져 있어야 한다. 알겠나? 이상!"

"예, 하지만……."

"토 달지 마, 대위! 대위도 대피하라."

"그럼 장비는 어떻게 합니까?"

"다 남겨둬. 얼른 차에 타고 비엘라니 쪽으로 도망쳐."

"하지만 대체 무슨 일……."

"자네들 목숨이 달린 일이다, 이상 끝."

그는 겁에 질린 운전기사를 쳐다보지도 않고 헤드폰을 벗어 차량의 창문 안으로 던져 넣었다. 니에시토 또한 옆에서 이 불안한 대화의 모든 내용을 들었기 때문에 회벽처럼 창백해진 채로 보도 한가운데 서 있었다. 비에드지츠키는 그의 눈에서 그가 대놓고 말하지 못하는 질문을 읽었다.

"자틸니 저 개새끼가 자기 가족과 지인들만 전부 방공호로 대피시키고 있어." 비에드지츠키가 신경질적으로 주먹을 움켜쥐며 설명했다. "브로츠와프에 수소폭탄을 떨어뜨릴 계획이야. 그것도 큰 걸."

니에시토는 더 이상 창백해질 수 없을 것 정도로 더욱 창백해졌다.

"언제?" 그가 속삭였다.

비에드지츠키가 시간을 확인했다. "대략 35분 뒤에."

"그러면 우리도 도망쳐야지!" 니에시토의 얼굴이 핏기를 잃었을 때만큼 빨리 혈색을 되찾았다. 그는 단호하게 지프차 문을 열었다. "차에 타!"

"아니." 비에드지츠키가 문을 도로 닫았다. "여기서 빠져나가게, 형제." 그가 운전기사에게 말했다. "오소보비체로 가서 오보르니키 쪽으로 꺾어."

그는 다른 차들이 주차된 쪽으로 니에시토를 끌어당겼다. 보도에 모여 서 있는 운전병들은 두 남자가 다가오는 모습에서 눈을 떼지 않았는데, 특히 그중 한 명이 여전히 소령 계급장이 달린 군복을 입고 있기 때문이었다.

"하나만 물어보겠다……." 비에드지츠키가 그들에게서 몇 걸음 떨어진 곳에 멈추어 섰다. "운행 계획이 어떻게 되나?"

"한 바퀴 더 돌고 늦어도 5시 20분까지는 위원회 앞으로 돌아오라고 명령받았습니다." 비에드지츠키가 위원회에 들어가기 전에 질책했던 중사가 대답했다. "그런 뒤에 자대 복귀합니다."

"그래? 그렇단 말이지……. 서기장 동무가 자기 정치 인생을 위해서 여러분을 모두 희생 제물로 바치기로 했다. 시내에서 무슨 일이 벌어지는지 아나?" 운전병들이 대답 대신 거의 동시에 고개를 끄덕였다.

"좋아. 하지만 당이 감염병을 불태워 없애기로 한 건 아직 모르겠지. 원자폭탄으로." 운전병들이 불안하게 몸을 떨었다. "충격파 반경에서 벗어날 수 있는 시간이 앞으로 30분 남았다. 다들 차량에 탄 다음에 할 수 있는 한 최대로 밟아서 달리라고 제안하겠다. 연료가 가장 많이 남은 차를 가져가라!" 비에드지츠키는 각자 흩어지기 시작하는 운전병들 등 뒤에 대고 외쳤다.

니에시토는 운전병들이 퇴각하는 모습을 눈을 크게 뜨고 바라보았다. 비에드지츠키는 전혀 놀라지 않았다. 그가 니에시토였다면 벌써 오래전에 나자빠졌을 것이다.

"그런데 우리는 왜……." 니에시토가 마침내 시야에서 사라지는 마지막 차량을 가리키며 중얼거렸다.

"우리는 죽었으니까." 비에드지츠키가 도움이 안 되는 대답을 내놓았다.

"무슨 말을 하고 싶은 거야?"

"자틸니가 지휘부를 교체하라고 바르샤바 윗대가리들한테 들이밀었어. 간단히 말하자면 우리를 팔아넘긴 거야. 우리가 희생양이 됐다고. 보안대 손에 넘어가면 우린 확실히 처형이야." 그는 검지를 들어 관자놀이에 총구가 꽂히는 시늉을 했다. "하긴 자네는 분명히 목이 매달리겠지만."

니에시토는 큰 소리로 침을 삼켰다.

"그럼 자네는 앉아서 기다리겠다는 건가?" 그가 물었다.

"절대 그럴 순 없지." 비에드지츠키가 대답했다. "어떻게든 휘저어서 서기장 동무도 함께 총살당하도록 할 예정이네."

38

1963년 8월 10일 토요일 04시 44분
마실리체 인근, 오드라강 강변

코트 중사는 무시무시하게 지쳐버린 비시니에프스키 앞으로 헤엄쳐 간 뒤, 사람 몸 두 개 정도 거리 앞에서 그를 이끌었다. 중사 역시 숨 쉬기도 힘들 만큼 지쳐 있었다. 움직일 때마다 목덜미에 무시무시한 통증이 느껴졌고 종아리는 따끔따끔하면서 쥐가 나려는 전조가 보였다. 그러나 중사는 수영 경험이 많았기에 물이 아무리 깊어도 절대로 겁먹지 않았고, 그래서 자기 걱정은 하지 않았다. 반면에 중사 자신을 제외하고 토끼와 함께한 도주에서 유일하게 살아남은 병사 야네크 비시니에프스키의 상태는 심각하게 불안했다. 야네크는 중사만큼 상태가 좋지 못했고 스스로 말했던 것만큼 수영을 잘하지도 못했다. '조금이라도 쥐가 나면 돌멩이처럼 강바닥으로 가라앉을 거야.' 중사는 시간이 지날수록 야네크가 약해지는 모습을 지켜보며 생각했다.

강둑으로, 그것도 빨리 나가야 했다. 중사는 양팔의 움직임을 멈추고 몸이 천천히 수직으로 가라앉도록 내버려두었다. 맨발 아래로 진흙도, 돌도 느껴지지 않았고 강물은 점점 깊어지고 유속도 빨라지고 있었다. 그는 주변의 회색빛을 뚫고 어떻게든 앞을 보려고 애쓰며 두리번거렸다. 두 사람은 땅이 조그맣게 튀어나온 돌출부를 지나가는 것 같았고, 그 너머에는 강이 좀 더 넓게 휘어지는 부분으로 흘러가는 것 같았다. 그는 비시니에프스키의 상태를 확인하려고 몸을 돌렸다. 병사는 팔을 두세 번 휘두를 때마다 머리가 물속에 잠기며 절망적인 개구리헤엄으로 뒤를 따라오고 있었다.

"조심해!" 야네크가 바위에 부딪혀서 가라앉는 것을 막기 위해 중사가 손을 뻗으며 외쳤다.

차가운 손이 닿았을 때 야네크는 기계적인 움직임의 리듬을 잃었다. 그런데 그렇게 생각하기 전에 그는 반응했다. 깜짝 놀라 몸부림치다가 즉시 물속으로 빠져든 것이다. 몇 초 뒤에 야네크는 물에서 머리를 내밀고 조용한 흐름 속에 팔을 휘두르며 공기를 몇 모금 들이마시고는 다시 중사의 눈앞에서 사라졌다. 이번에는 가라앉는 시간이 더 짧았다. 그대로 빠져 죽는다는 두려움 때문에 야네크는 몸에 남은 마지막 힘을 짜낼 수 있었다. 몇 모금 더 공기를 마시고 중사에게서 2미터 떨어진 곳에서 천천히 강물을 타고 흘러갔다.

"죄송합니다." 야네크가 기침을 하고 목구멍에서 물을 뱉어낸 뒤 중얼거렸다.

"최대한 빨리 강둑으로 나가야 해……." 중사가 몸을 돌려 경사면을 손가락으로 가리키다가 돌연히 공포에 질려 입을 다물었다.

반대쪽으로 몸을 돌렸지만, 눈앞에는 번쩍이는 수면만 보일 뿐이었다. 강둑까지의 거리는 십여 미터 정도였다. 그런데 어떤 힘이 그의 다리를 비트는 듯 몸이 흔들렸다. 그는 조그맣게 꿀렁거리는 소리를 들었다. '변질자인가?' 그의 머릿속에 이 생각이 스쳐갔다. 다행히 패닉에 빠지기 전에 그는 그것이 물속의 조그만 소용돌이라는 사실을 깨달았다.

두 사람은 편하게 강둑으로 나갈 수 있는 마지막 지점을 못 보고 지나쳐 슐렝자강 하류에 도달했다. 슐렝자강보다 훨씬 더 커다란 오드라강이 그들을 붙잡아 드넓은 강물 한가운데로 그들을 밀어냈다. 그리고 그곳에서…… 몇 분, 혹은 길어봤자 십몇 분 뒤에 근육이 지쳐서 더 이상 움직이기를 거부하면 두 사람이 어떻게 될지, 중사는 이런 생각은 하고 싶지 않았다. '지금 아니면 늦어.' 그는 회색빛 속에 어른거리는 가까운 강둑을 향해 다시 몸을 돌리며 결심했다.

"야네크!" 그는 점점 조여오는 목구멍으로 고함을 내뱉었다. "내 뒤를 따라와! 내일이 없는 것처럼 있는 힘껏 헤엄쳐!"

병사도 자신을 둘러싼 물이 조금 전보다 훨씬 더 커졌다는 사실을 눈치챘지만 왜 그런 건지는 완전히 이해하지 못한 것 같았다. 몇 초 망설이는 동안 슐렝자강과 오드라강 양쪽의 흐름이 뒤섞이는 곳의 강력한 물살이 꿀렁거리는 소용돌이를 향해 그를 싣고 갔다.

중사는 혼잣말로 욕을 했다. 비시니에프스키에게 헤엄쳐 가서 구해 올 힘이 남아 있지 않았다. 멀지 않은 강둑에 스스로 헤엄쳐 갈 수는 있을지 그것도 확실하지 않았다. 그는 선택해야 했다. 지금. 당장.

그리고 선택했다.

그는 잔디가 웃자란 높은 강둑 경사면까지 남은 거리를 자유

형으로 헤엄쳐 가려고 애썼다. 그러나 팔을 한 번 움직일 때마다 힘이 빠지고 삶에 대한 희망도 함께 사라졌다. 그는 강둑에서 3미터 떨어진 곳에서 포기했다. 심술궂은 운명이 그의 어깨 관절에 뜨거운 기름을 부은 듯, 이제는 어깨를 단 한 번도 움직일 수 없는 상태가 되었다. 분노하고 무기력한 상태로 그는 눈앞에서 사라지는 관목숲을 바라보았다. '이렇게 가까운데, 저렇게 멀다니…….' 그는 강둑에 온통 정신이 쏠려 있었기 때문에 그의 오른쪽 강물 속에서 나타나는 불길한 그림자를 마지막 순간에야 눈치챘다. 그는 강판처럼 거칠거칠한 시멘트 표면에 부딪히기 전에 양팔로 몸을 가렸다. 불어 있는 물이 그를 거대한 장애물을 따라 빠르게 싣고 흘러갔다. 그는 이 시멘트벽만이 지금 그를 구해줄 수 있다는 사실을 선명하게 인식하며 움직일 때마다 그 가장자리를 붙잡으려고 애를 썼다. 기운도, 아드레날린도 모자랐다. 손가락 끝으로 시멘트벽을 긁었지만, 이런 행동은 그저 물살이 그를 끊임없이 강으로 끌고 들어가는 속도를 조금 늦출 뿐이었다. 시멘트 구조물 모서리를 지나갈 때 그의 머리 위로 뭔가 그림자가 보였다. 밧줄인가? 그는 반사적으로 양팔을 머리 위로 뻗었다. 양손이 그의 머리 위에 가벼운 반원을 그리며 걸려 있던 쇠줄의 차가운 고리를 잡았다. 그의 피투성이 손가락이 점점 더 쓰려서 미끄러지기 시작했지만 쇠줄을 잡는 일은 시멘트벽을 더듬는 것보다 훨씬 쉬웠다.

'포기할 수 없어.' 중사는 마음속으로 계속 되뇌었다. 조금 진정한 뒤 그는 자신이 무엇을 붙잡았는지 깨닫고 지쳤음에도 불구하고 혼자 웃음을 지었다. 여객선이다! 기운을 조금만 더 짜낼 수 있다면 그는 이 쇠줄을 타고 가까운 부두 기둥으로 기어

올라갈 수 있을 것이다.

말이 쉽지, 실제로는……. 마침내 세 번째 시도 끝에 그는 쇠줄 위로 다리를 걸치는 데 성공했다. 그런 뒤 천천히, 손을 차례로 움직여 배를 향해 갔다. 사실 이 상황에서 멈추면 아무것도 얻을 수 없다는 사실을 알고 있었다. 그래서 그는 중단하지 않으려고 했지만, 어디서 솟아났는지 모를 마지막 한 방울의 아드레날린이 퍼진 뒤에도 뻣뻣해진 손에는 기운이 별로 남아 있지 않았다. 십여 미터밖에 되지 않았지만 영겁의 시간이 지나간 것 같았다. 그는 드디어 단단한 시멘트 위에 떨어질 수 있었다. 그는 자갈처럼 굴렀고 물론 아팠지만 신경 쓰지 않았다. 그런 뒤에 그는 양팔을 벌리고 깊고 빠르게 숨을 쉬며 그대로 쭉 뻗어 누워 있었다.

부하들은 한 명도 남지 않았지만 그는 살아남았다. 중사도 자칫 거대한 강물이 잡아먹은 수많은 희생자와 함께할 뻔했다. 하지만 지금 그는 계속 숨 쉬고 있었다. 모든 관절과 근육이 고통스럽게 쓰라렸고 온몸이 계속 떨렸다. 그럼에도 불구하고 그는 어린아이처럼 기뻐했다. 마침내 그는 양팔에 힘을 주고 몸을 일으켜 앉았다.

쉬는 동안 그는 시간 감각을 완전히 잃었다. 시계는 멈추었고 슐렝자강에 뛰어들자마자 물속에 빠뜨려 버렸다. 다만 점점 더 밝아지는 하늘은 시간이 멈추지 않았다는 사실을 말해주고 있었다. 지평선 바로 위의 구름을 물들이는 연엇빛 광채로 보아 5시 정도 된 것 같았다.

네 시간 전과 상황이 전혀 다르게 보였다. 그러나 그 뒤에……. 그 뒤에 한순간 만에 중사는 모든 것을 잃어버렸다. 미래도, 전망도, 계속 살아갈 기회도. 눈사태 같은 변화가 찾아와 이제까지 존재했던 세상을 쓸어 갔다. 지금 세상은 어떤 모습일까? 중사는 생각하는 것조차 겁이 났다. '브로츠와프에 아직도 살아 있는 사람이 있긴 있을까……?' 그는 숲으로 가려진 남서쪽, 도시 외곽이 시작되는 방향을 바라보았다. '감염병이 희생자를 집어삼키는 속도로 판단해 보면…….'

부두 기둥을 뒤덮어 씻어내는 단조로운 물결 속에서 들려온 소리 때문에 그는 무감각 상태에서 깨어났다. 코트 중사는 잠시 귀를 기울였다. 아무 소리도 들리지 않았다. 자신이 환청을 듣고 있다는 사실을 인정하기 전에 그는 머리 위에 걸린 쇠줄이 가볍게 떨리는 것을 알았다. 그는 앞으로 몸을 숙이고 들여다보았다. 주위는 훨씬 더 밝아졌으나 강에서 올라오는 안개가 섬세한 푸른 덮개가 되어 주변을 전부 감싸고 있었다. 건너편 강둑을 향해 가볍게 반원을 그리며 이어진 쇠줄은 시야 끝에서, 그러니까 20미터 정도 앞에서 뭔가 무거운 게 걸린 듯 물속으로 사라지는 것처럼 보였다.

"……여어어줘어어어……." 이번에는 소리가 더 분명하게 들렸다.

"야네크?" 중사가 벌떡 일어나며 눈을 가늘게 떴다. "비시니에프스키, 너야?!" 그가 양손을 입에 대고 소리쳤다.

"……에에에."

주변이 쥐 죽은 듯 고요하지 않았다면 그는 이 짧은 대답을 듣지 못했을 것이다.

그러나 조용하다고 해서 안전한 것은 아니었다. 코트 중사는 불안하게 등 뒤의 풀밭을 바라보았다. 아무런 움직임도 보이지 않았다. 심지어 물안개도 너무 짙어서 칼로 자를 수 있을 것 같았다.

"버텨, 야네크!" 중사가 쇠줄을 잡으며 고함쳤다. "내가 간다!"

그는 피로와 통증에 대해 잊어버렸다. 너덜너덜해진 손바닥을 더 다치지 않기 위해 셔츠에서 찢어낸 천으로 양손을 감싼 뒤 쇠줄을 붙잡고 거기에 한쪽 다리를 걸쳤다. 그런 다음 그 자세로 물속에서 자신을 부르는 병사를 향해 다가가기 시작했다. 조금 뒤 비시니에프스키가 보였다. 불운한 야네크는 늘어진 쇠줄 위로 팔을 걸쳤고 오로지 거기에만 의존해서 이토록 오래 버틴 것이다. 중사가 이전에 그랬듯 손으로만 쇠줄을 잡았다면 오래전에 기운이 빠졌을 것이다.

"꽉 잡아!" 중사가 부하에게 가까이 가면서 다시 말했다.

비시니에프스키는 간신히 숨만 붙어 있었다. 줄에 매달린 자세는 헤엄칠 때만큼 기운이 빠지지 않았지만 그 자세가 편하다고는 절대 말할 수 없었다. 코트는 상황을 가늠했다. 두 사람은 위험천만한 소용돌이에서 멀리 떨어져 대략 물살 한가운데 있었다. 바람이 잠시 안개를 날려버렸고 중사는 반대편 강둑에 어른거리는 여객선의 선체를 볼 수 있었다. 낮고 넓고 검다. 중사가 지나왔던 시멘트 둑보다 여객선이 훨씬 더 가까이 있었다. 선택지는 아주 간단해 보였다. 도시로 안전하게 돌아가려면, 특히 오드라강의 북쪽 강변으로 넘어가야만 하는 상황에서는 더욱 그러했다.

비시니에프스키는 너무 지쳐서 입술도 제대로 움직이지 못했다. 자기 힘으로 부두까지 가는 건 불가능했다. 다른 방법을 찾아야만 했다.

중사는 물속으로 들어가서 조심스럽게 부하를 지나쳐 갔다.

"여기서 잠깐만 기다려." 그는 커다랗게 뜬 눈에 나타난 두려움의 그림자를 보고 달래듯 말했다. "구명튜브 가지고 곧 돌아올 테니까."

그는 자신이 치명적인 실수를 저질렀다는 사실을 이미 이해하고 있었다. 그가 떠나온 여객선 기둥에는 구명튜브가 두 개 있었다. 그중 하나를 미리 가지고 왔다면 지금 부하를 혼자 남겨둘 필요가 없었다. 그는 쇠줄을 따라 계속 움직이면서 돌아왔을 때 비시니에프스키가 살아 있기를 기도했다. 그러나 과연 그렇게 될지는 전혀 확신할 수 없었다.

안개로 뒤덮인 여객선에 돌아가는 데 몇 분이 걸렸다. 쇠줄은 기둥 끝의 솟아오른 부분에 걸려 부드러운 곡선을 그리며 늘어져 있었고, 거기서부터 이 배를 항구로 당기는 윈치에 연결하도록 되어 있었다. 마침내 중사는 손으로 여객선 갑판 가장자리를 잡을 수 있었다. 그리고 몸을 끌어당겨 왼쪽 팔꿈치로는 차가운 금속에 기대고, 오른손으로는 손에 잡히는 것을 아무거나 잡으려고 더듬었다. 손가락이 금방 뭔가 덩어리에 닿았으나 그것은 단단하지는 않았다. 그는 위를 올려다보고…… 즉시 물을 튀기며 강으로 가라앉았다. 그리고 마지막 순간에 쇠줄에 매달릴 수 있었다.

여객선 갑판에는 감염자들이 들끓고 있었다. 그중 하나인 회색 턱수염을 기른 뚱뚱한 사내는 방금 전에 중사의 무거운 작업용 신발을 붙잡으려 했다. 코트는 쇠줄을 붙잡은 채로 물러난 다음 고개를 들어 비틀거리는 형체들 사이를 조심스럽게 내다보았다. 그중 몇몇이 그를 향해 돌아섰다. 곧 움직일 것이고, 그러면…….

"야!" 그는 한 손을 내려 뚱뚱이에게 물을 튀기며 불렀다. "나 여깄다, 더러운 시체 토막들아!" 그는 거대한 여객선을 흔들기라도 하려는 듯 쇠줄을 당겼으나 곧 그만두었다. 오드라강 한가운데인 그의 뒤쪽 어딘가에서 극도로 지친 비시니에프스키가 그 줄에 매달려 있었기 때문이다.

그는 죽지 않는 시체들이 전부 갑판 가장자리로 나올 때까지 더 이상 물러나지 않고 기다렸다. 그러다 좀비들이 그를 향해 팔을 흔들며 몸을 기울이기 시작했을 때야 비로소 뒤로 움직였다.

"이리 와, 바보들아, 이리 와." 뒤쪽에 서 있던 시체 괴물들이 앞쪽 시체들을 밀어서 강에 빠뜨리는 것을 보며 그가 이렇게 내뱉었다.

변질자들은 커다란 소리를 내며 강에 빠져 즉시 시야에서 사라졌다. 부패 가스로 가득 찬 몇몇은 가까이에 떠올랐지만 강한 물살에 쓸려 안개 속으로 연달아 사라져 버렸다.

그는 이렇게 거의 전부 다 물에 빠뜨렸다. 단지 좀비 셋만 희생물에게 무관심했다. 살아 있는 사람에게 덤빌 생각이 전혀 없는 듯했다. 그는 격리병동에서 진압된 환자들 중 일부가 바로 이렇게 행동했음을 떠올렸다. 그 괴물들은 다른 시체 괴물들과 함께 철조망을 따라 이동했지만 대단히 어리둥절한 듯 천천히 움직였고 아무도 공격하려 하지 않았다.

그는 소리를 지르고 주먹으로 선체를 때려 그들을 꼬여내려 했다. 그러나 시체들은 갑판 위 그들의 발아래로 느릿느릿 흘러드는 안개 때문에 배에 붙어버린 듯 그를 무시했다. 마침내 중사는 포기하기로 했다. 다시 기둥을 타고 올라가 여객선 가장자리에 몸을 뻗었다. 남은 변질자들은 본드를 마시고 취한 시인들처럼 침묵의 춤을 계속하며 흔들거렸다.

코트는 갑판 난간 고리에서 긴 갈고리를 벗겨냈다. 고리 끝으로 가장 가까이 있는 감염자를 건드렸다. 그러나 아무 반응이 없다. 그래서 그는 감염자를 갑판 가장자리로 밀어냈다. 감염자는 몇 걸음 가서 다시 멈추어 섰다. 성공에 용기를 얻은 중사는 미는 작업을 두 번 더 해서 시체 괴물을 강으로 밀어 넣었다. 남은 두 명도 똑같이 했다. 마침내 전부 여객선에서 사라지자 그는 필요 없게 된 갈고리를 던져버리고 가장 가까이 있는 오렌지색 구명튜브를 향해 손을 뻗었다.

* * *

15분 뒤에 이를 딱딱 맞부딪치는 비시니에프스키가 갑판에서 담요를 덮고 누워 천천히 정신을 차리고 있었다. 그리고 그 옆에 선 코트 중사는 난간 손잡이에 손가락과 팔꿈치로 몸을 기댄 채 '파이프 담배를 한 대 피웠으면' 하고 꿈꾸고 있었다. 불행히도 파이프는 그의 나머지 소지품과 함께 화장장 옆 황무지 어딘가에 남아 있었다. 잇자국이 깊게 파인 그 파이프를 언젠가 다시 이 사이에 무는 날이 과연 오게 될는지, 그는 전혀 알 수 없었다. 파이프를 잃어버린 것이 그는 어째서인지 다른 무엇보다도 가슴 아팠다. 파이프보다 훨씬 더 많은 것을 잃었는데도 말이다. 그의 사촌이 죽었고, 소대원 대부분이 목숨을 잃었다. 그의 세상 전체가 무너졌다.

"중사님?"

코트는 비시니에프스키 옆에 쭈그리고 앉아 갑판 창고에서 찾아낸 담요를 그에게 꼼꼼히 덮어주었다.

"쉬어." 그가 부하에게 명령했다. "기운을 찾아야 해. 이게 끝이 아니야……."

"죽기 싫어요." 비시니에프스키가 약간 엉뚱한 대답을 했다.

"누군 죽고 싶대?" 코트가 그의 옆에 앉아 양손으로 무릎을 껴안았다.

"중사님은 그렇게 말하기 쉽겠죠."

"헛소리하지 말고 자. 내가 지켜줄 테니까." 마지막 말을 뱉어놓고 그는 소름이 끼치는 것을 느꼈다. 헛간에서 잠들지 않았다면 수많은 훌륭한 군인들이 아직도 살아 있을 수도 있었다.

"농담 아니에요." 비시니에프스키가 고집스럽게 말을 이었다. "중사님은 어떤 상황에서도 빠져나가는 방법을 알고, 몸 상태도 완벽하고, 언제든 살아남았잖아요, 전쟁에서도."

코트는 오랫동안 대답하지 않았다. 병사가 방금 한 말을 생각하고 있었다.

"잘못 안 거야, 야네크." 마침내 그가 말했다. "경험에서 나오는 말이니까 잘 들어. 전쟁이 진짜로 뭔지 알아?" 비시니에프스키가 고개를 저었다. "도박이야. 진짜로 죽음의 도박이라고. 최고로 잘 훈련된 지휘관이 전투 시작하고 몇 초 만에 죽어버리기도 하고 대대 전체에서 최악의 고문관이 살아남기도 해. 훈련과 몸 상태가 중요하긴 하지, 그건 맞아. 적군하고 직접 백병

전을 해야 한다면 그 덕분에 승산이 더 생기기는 해. 하지만 더 넓은 관점에서 전쟁을 바라보면 그 안에 강자가 없다는 걸 이해하게 될 거야. 바로 그 무작위성 때문이야. 포병대원이 지휘관한테 발사하라는 명령을 받고 너를 똑바로 조준하는지 마는지, 적의 참호까지 달려갈 수 있는지 아니면 가다가 죽는지, 그저 다 우연에 달린 거야. 기관총 총구가 어디로 1밀리미터 더 기울어지는지에, 방아쇠를 당기는 그 몇 분의 1초에 달렸다고. 가끔은 총알이 장애물에 맞고 튕기는지 아닌지에 달려 있기도 하고. 전쟁터에서 너는 아무런 영향력도 없어. 나는 총알에도 굽히지 않는 인민의 영웅도 봤고 진격한다는 생각만으로도 바지에 오줌을 싸는 겁쟁이도 봤어. 그런데 어떻게 되는지 알아? 영웅도 겁쟁이도 똑같이 죽어."

"믿을 수 없어요……." 충격을 받은 비시니에프스키가 중얼거렸다.

"믿고 안 믿고의 문제가 아냐. 오늘 일어난 일을 봐봐. 중위님도, 우리하고 같이 도망친 병사들 절반도 너보다 더 뛰어난 군인들이었어. 그런데 어떻게 됐어? 저 피에 굶주린 짐승으로 변해서 풀밭을 기어다니고 있어. 너는 뭐 고문관까진 아니더라도 대대 최고라고도 할 수 없는데, 최전선에서 살아남은 경험 많은 부사관인 나하고 같이 여객선에 누워 있고, 이 감염병을 뚫고 나갈 확률은 우리 둘이 똑같이 가지고 있지. 넌 그냥 나머지보다 운이 좋았기 때문에 살아남은 거야. 나도 마찬가지고."

"아니에요, 중사님. 제가 살아남은 건 운 좋게 중사님이 가까이 계셨기 때문이에요."

코트는 고개를 저었다. 그렇게 간단하면 정말 좋을 것이다.

"난 죽은 애들 옆에도 있었어." 그는 조금 화가 난 듯 말했다. "그런데 걔들 어떻게 됐는지 봐."

39

1963년 8월 10일 토요일 05시 00분
폴란드 통일노동자당 지역위원회,
동브로프슈차쿠프 광장 9번지

"보고 배워." 비에드지츠키가 치불스키 거리에 버려진 지프차 운전석의 무전기를 켜기 전에 말했다. "여기는 독수리 하나, 폴란드 통일노동자당 지역위원회 명령으로 차출된 특별 부대 차량 전체에 알린다. 여러분은 지역위원회와 군사위원회 구성원들의 가족을 대피시키는 작전에 참여하고 있다. 목록에 기재된 사람들을 동브로프슈차쿠프 광장으로 늦어도 5시 20분까지 데려온 뒤에 자대 복귀하라는 명을 받았을 것이다. 그러나 지정된 시간이 왜 중요한지는 설명을 듣지 못했을 것이다. 그 이유는 자틸니 동무가 바르샤바에 현 상황에 대한 거짓 정보를 보고하고 예방 차원에서 도시를 폭격하는 데 동의할 것을 요청했기 때문이다. 벨라루스 군기지에서 출발한 폭격기가 5시 30분에 브로츠와프 중심가에 수소폭탄을 떨어뜨릴 것이다. 그 위력은 히로시마와 나가사키를 잿더미로 만들었던 폭탄보다 수천 배나 더 강하다. 내일까지 살고 싶다면 즉시 대피하라. 이 명령은 민간 정부가 내린 모든 명령에 우선한다. 지시된 임무를 중단하고 승객들을 하차시키고 대략 30킬로미터 반경으로 예상되는 위험지역에서 당장 벗어나라. 이상 끝."

그는 헤드폰을 벗어 무전기 위에 던져놓았다.

"이봐." 그 옆에 앉은 니에시토는 어쩔 줄 모르고 덜덜 떨고 있었다. "자네 정말 이대로 가만히 앉아서 수천 개의 조각으로 찢어질 때까지 기다릴 건가?"

"아니." 비에드지츠키가 주머니에서 수첩을 꺼내며 차분하게 대답했다. "그 시발 새끼 작전을 막기 위해서 내가 할 수 있는 일은 다 할 거야."

40

1963년 8월 10일 토요일 05시 02분
크시키, 오제우 거리, 자틸니 서기장 별장

"……대략 30킬로미터 반경으로 예상되는 위험지역을 당장 벗어나라. 이상 끝."

무전기가 조용해졌지만 니에시치우르 중사는 자리에서 움직이지 않았다. 여행 가방을 든 채로 지프차 뒷좌석 앞에 서서 하늘을 보기도 하고 무도회에 가려는 듯 차려입은 금발 여성이 걸어 나오는 주택을 쳐다보기도 했다. 그리고 마침내 결정을 내렸다. 여행 가방을 보도에 내려놓고 지프차 뒷좌석의 또 다른 여행 가방도 꺼내서 뒷좌석을 비우려다가 그 즉시 포기했다. 서기장 애인의 소유물을 꺼내는 데 시간을 낭비하고 싶지도 않았고, 그녀의 흐린 눈을 들여다보고 싶지도 않았다.

중사는 운전석에 올라타서 페달을 밟았다. 독일인들이 남긴 주택에서 걸어 나온 여자가 담쟁이로 뒤덮인 철문으로 달려 나오기 전에 차가 타이어 긁히는 소리를 내며 움직이기 시작하여 울라노프스키 거리로 꺾어졌다. 잘된 일이었다. 이 여자는 자신과 다르게 중사가 살아남을 가능성이 전혀 없다는 사실을 완벽하게 알고 지난 15분 동안 무슨 하인처럼 부려먹었다.

소콜라 거리에 들어섰을 때 중사는 자기 부대의 또 다른 차량을 보았다. 소대 동료 크시시에크 바라노프스키가 또 다른 오만방자한 공무원의 가족을 실어 나르는 중이었는데, 더 정확히 말하면 어떻게든 떼어버리려고 애쓰는 중이었다. 그러나 바라노프스키의 상황은 니에시치우르만큼 쉽지 않았다. 남자와 그의 아내가 이미 차 안에 타고 있었고 내릴 생각이 전혀 없어 보였다.

니에시치우르는 오래 망설이지 않았다. 거리 한중간에 차를 세우고 후진해서 다른 차에 나란히 멈추어 섰다.

"내려, 크시시에크!" 그가 운전석에서 몸을 일으키고 동료에게 손을 흔들며 외쳤다.

그러나 운전석에 도로 앉기도 전에 그는 자신의 실수를 깨달았다. 총성을 먼저 들었는지 강한 흔들림과 가슴의 통증을 먼저 느꼈는지 그는 알지 못했다. 충격이 너무 커서 운전석과 조수석 사이로 밀려 들어갈 뻔했다. 그리고 그와 동시에 그는 바라노프스키의 목소리와 또 이어지는 총성을 들었다.

"미코와이치크 씨, 무슨 짓입니까!" 그는 양팔로 머리를 감쌌으나 이번 총알은 그를 겨눈 것이 아니었다.

그다음 총성과 이어지는 다섯 발도 역시 그를 겨누지 않았다. 누군지 모르지만 미코와이치크가 거리 한가운데 서 있는 지프차 뒤에 몸을 숨긴 바라노프스키를 향해 쏘고 있었다.

니에시치우르는 천천히 팔을 펴서 권총집을 잡으려 했다. 하지만 가슴의 통증 때문에 왼팔이 마비되었고 이제 통증은 점점 강하게 오른쪽으로도 퍼져 있었다. 그래도 그는 멈추지 않았다. 총을 꺼내고 그는 손목을 차체에 기댔다. 조준을 더 잘하기 위해서 고개도 내밀고 싶었지만 이미 그럴 수 없는 상태였다. 고통이 덮쳐와 그는 거의 눈이 보이지 않았다. 빠르게 굳어가는 손에서 당장이라도 총을 놓칠 것 같았다. 그는 되는대로 쏘아야만 했다. 거리는 멀지 않아서 잘해야 2미터였으므로 맞힐 가능성은 상당히 컸다.

여자가 중사 쪽에 더 가까이 앉아 있어서 상황이 어떻게 돌아가는지 더 빨리 눈치챘다. 여자는 남편의 세련된 더블버튼 정장 재킷 소매를 붙잡아 당기며 알아들을 수 없는 무슨 말을 소리쳤다. 그사이에 부상당한 중사는 방아쇠를 당겼다. 한 번, 두 번, 세 번, 그는 쏘았다. 여자는 다섯 번째 쏘고 나서 조용해졌고 그 남편의 커다란 외침 소리는 여덟 번째 쏜 뒤에야 칼로 자른 듯 갑자기 그쳤으며, 그러고 나서 니에시치우르의 무감각해진 손에서 권총이 떨어져 포석 위로 굴러갔다.

바라노프스키는 총성이 멎자마자 숨어 있던 곳에서 나왔다. 그는 동료보다 운이 좋아서 전혀 상처를 입지 않았다. 총알 하나가 그의 왼쪽 귓바퀴를 스쳤고 또 하나는 무릎 바로 위를 가볍게 두드리고 지나갔다.

바라노프스키는 차량 사이로 들어서면서 가장 먼저 남녀 승객이 둘 다 죽었는지부터 확인했고, 그런 뒤에야 운전석에 앉아 의식을 잃어가는 동료의 상태를 살폈다. 피투성이 제복을 조심스럽게 열어젖히고 상처를 살폈다. 총알이 비스듬히 한쪽 폐를 뚫고 어깨로 빠져나갔다. '니에시치우르는 단단한 놈이니 빨리 병원에 옮기기만 하면…….' 바라노프스키는 시계를 보았다. 폭탄 투하까지 20분도 남지 않았다. '시내로 돌아갈 방법은 없어…….'

그는 시선을 들어 자기 차를 쳐다보았다. 아니, 시체 두 구를 뒷좌석에 싣고 달려갈 수는 없다.

"미안해." 그가 계속 웅얼거리는 동료의 오른손을 붙잡고 운전석에서 끌어 내리며 말했다.

그러나 그 일은 그가 생각했던 것보다 어려웠다. 니에시치우르는 놀랄 정도로 무거웠고 게다가 당기는 대로 무기력하게 그의 팔에 쓰러졌다. 의식을 잃어버린 것이다.

"망할 놈아!"

바라노프스키가 등 뒤에서 분노에 찬 고함을 듣고 굳어졌다. 그 바람에 그는 니에시치우르를 놓쳤고, 니에시치우르의 다리가 아직도 운전석에 잡혀 있었기 때문에 머리부터 땅으로 떨어졌다. 커다랗게 부딪치는 소리가 부상자의 신음 소리를 덮었다.

바라노프스키는 지프차에서 뛰어 물러나며 마침내 손을 권총집으로 가져갔다. 울라노프스키 거리 쪽에서 챙이 넓은 모자를 쓴 체격이 큰 금발 여자가 다가오고 있었다. 오른쪽 어깨 위로 흘러내린 곧은 금발이 가까운 가로등 불빛에 비쳐 가볍게 녹색이 도는 우윳빛으로 빛났다. 신년 무도회라도 가는 듯 멋지게 차려입고, 손에는 빛나는 금속 장식을 단 여행 가방을 들고 있었다.

"내가 가만 안 두겠어! 우리 남편이 너 아주 확실히 정신 차리게 해줄 거다! 아니, 기다려주지도 않고……." 그 순간 여성은 자신이 운전사에게 해서는 안 될 말을 했다는 사실을 깨닫기라도 한 듯 말을 멈추었다.

그녀는 상대방이 얼마나 들었는지 알지 못했으므로 그냥 입을 다무는 쪽을 선택했다.

여성이 보도에서 차도로 내려오기 전, 바라노프스키는 떨리는 손으로 권총집을 풀었다. 권총을 꺼내려 했을 때 그는 무언가가 신발을 건드리는 것을 느꼈다. 아래를 내려다보고 그는 니에시치우르가 의식을 되찾았다는 것을 알았다. 니에시치우르는 불편한 자세를 바꾸기 위해 몸을 옆으로 돌리려 애쓰면서 오른팔을 무기력하게 휘둘렀고, 왼손은 동료의 종아리를 꽉 붙잡았다. 그러곤 손가락으로 바라노프스키의 군화 바로 위의 피부를 있는 힘껏 눌렀다. 바라노프스키는 깜짝 놀라면서도 아파서 신음했다. 갑자기 머리가 어지러워졌고 세상이 눈앞에서 회색으로 변했다. 어쨌든 그는 당장 넘어질까 두려워 다리를 흔들어 니에시치우르의 손을 뿌리치고 뒤로 물러나다가 등을 자기 차에 부딪쳤다. 그의 권총이 날카로운 소리를 내며 땅에 떨어져 차 밑으로 사라졌다.

바라노프스키는 더 이상 참을 수 없었다. 그래서 다리를 절룩이면서도 몸을 돌려 '실롱스크 저항군' 거리 쪽으로 달리기 시작했다. 당 고위직들의 가족을 대피시키던 차량 운전기사들 모두에게 마지막 지시 사항이 전달되었다면 바로 그곳에서 그들을 만나게 될 것이다. 어쩌면 누군가는 차를 세우고 곤경에 처한 동료를 데려가 줄지도 모른다. 소콜라 거리 끝에서 전속력으로 달리는 올리브색 차량이 그를 지나쳤다. 곧 엔진 소리가 멀어지다가 사라졌다. '저게 비엘라니 쪽으로 가는 마지막 자동차가 아니어야 할 텐데…….'

* * *

아멜리아 미쇼르는 다리를 절룩이는 운전기사를 쫓아가지 않았다. 가진 것 중에 가장 높은 하이힐을 신고서는 포석 위를 전력으로 질주해도 성공할 가능성이 별로 없었다. 자신을 태우고 대피하기로 했던 지프차 옆에 멈추어 선 그녀는 여행 가방을 나머지 짐 무더기 위로 던져 넣었다. 그러곤 한 손은 서늘한 금속 차체에 대고, 또 다른 손으로는 부채질을 하며 숨을 골랐다. 마지막으로 이런 거리를 달려본 것은 학창 시절이었다. 100년 전쯤 되는 것 같았다.

그녀는 다른 지프차를 쳐다보았다. 어스름 속에서 방수천 지붕 아래 익숙한 형체 두 개가 보였다. 저건 미코와이치크 부부잖아, 올가랑 그 남편 파베우. 파베우 미코와이치크는 주 감찰단속위원회 부위원장이었다. 바로 몇 시간 전에 아멜리아는 올가와 전화했고, 올가는 일요일에 그들이 결혼 10주년을 맞이하여 자기들 주택 정원에서 파티를 할 계획이라고 이야기했다. '벙커 안에서는 딱히 뭘 기념할 수가 없지.' 아멜리아는 약간 심술궂은 만족감을 느끼며 생각했다. 오래전부터 그녀는 미코와이치크 부부의 행복한 결혼생활을 부러워했다. 그녀와 자틸니는 최근에 점점 사이가 나빠지고 있었다. 자틸니는 이제 아내를 떠나겠다는 말도 더 이상 하지 않았고 위원회에서는 심지어 그가 아내를 브로츠와프로 데려오려 한다는 소문도 떠돌았다. 아멜리아는 그 생각만 해도 몸이 떨렸고, 그러다가 뒤늦게 땅에 길게 누워 있는 운전기사를 보았다. 운전기사의 다리는 여전히 차 운전석에 얽혀 있었다.

"기다려, 금방 해결해 주지!" 그녀가 말했다. 그리고 가까이 가서 피투성이 군인 위로 몸을 굽혔다. "잘됐구나, 쓰레기 새끼야." 그녀는 자신의 목소리가 천천히 돌아가고 있는 차 엔진 소리를 뚫고 군인에게 들릴 수 있게 큰 소리로 중얼거렸다. "괴로워하며 뒈져라." 군인의 피투성이 옆구리를 발로 차줘야 할지 잠시 생각했으나, 그녀는 계속해서 분노를 뱉어내는 건 그만두기로 했다. 저 군인도 충분히 혼이 났고, 좋아하는 신발에 피가 튀면 그녀 자신이 견디지 못할 것 같았다. "그러지 말고 나와 봐요!" 그녀는 짜증 난 목소리로 소리쳤다. 마치 그녀가 자신의 소지품도 내팽개치고 차를 운전해서 미코와이치크 부부를 벙커로 데려다줄 거라고 믿는 듯 그들이 두 번째 차량 안에 가만히 앉아 있는 게 화가 났기 때문이다. 다시 한번 훨씬 더 날카롭게 재촉했다.

그러나 미코와이치크 부부는 반응하지 않았다. 그녀는 차 안으로 들어가 보기로 했다. '왜 저렇게 양 떼처럼 날 보고만 있는 거야?'

사실 그녀는 두 사람을 여기 운명의 손에, 아니 원자폭탄의 손에 남겨두고 저 멀리 푸른 지평선으로 차를 몰아 가버리고 싶었다. 그러나 여기에는 한 가지 조그만 문제가 있었다. 아멜리아는 죽어가는 운전기사를 차에서 끌어 내리기에 너무 힘이 약했고, 시간이 돌이킬 수 없이 흘러가고 있었다. 그녀는 지난 30분을 바쳐 짐을 꾸린 여행 가방들을 절망의 시선으로 바라본 뒤에 마침내 결정을 내렸다. 소유물보다는 목숨이 중요했다. 이 악몽이 끝나면 물건은 새로 살 수 있다. 그리고 올가와 올가의 소중한 파베우가 이 모든 일에 대한 대가를 웃돈까지 얹어서 치르게 하고야 말 것이다.

아멜리아는 가장 위에 놓인 여행 가방 두 개를 들어서 미코와이치크 부부가 탄 차량의 조수석에 놓았다. 그런 다음 하이힐을 벗고 스스로 운전석에 올라앉았다.

그런데 점화전에 손을 뻗다가 자신의 어깨에 올가의 손가락이 닿는 것을 느끼고 아멜리아는 화가 나서 으르렁거렸다. '이미 늦었는데 이제 와서…….'

한 번 비틀어 꺾은 것만으로도 목이 부러졌으므로 아멜리아는 고통을 느끼지 않았고, 변질자들은 그녀를 지프차 뒷좌석으로 끌어당겼다.

41

1963년 8월 10일 토요일 05시 05분
폴란드 통일노동자당 지역위원회,
동브로프슈차쿠프 광장 9번지

비에드지츠키는 운전석에 앉아 백미러로 모든 움직임을 바라보고 있었다. 몇 분 전부터 위원회 건물 앞에 차가 한 대도 오지 않았다. 모든 정황으로 미루어 볼 때 운전병들이 그의 지시에 따라 고위직들을 벙커로 데려가는 대신 도망치는 쪽을 택한 것이 분명했다.

그는 손에 쥔 종이를 흘끗 내려다보았다. 그의 부하들에게 전달된 배차표에 따르면 차량 한 대가 최소한 세 개 경로를 돌게 되어 있었다. 선별된 첫 번째 승객들은—스스로 알아서 동브로프슈차쿠프 광장에 온 사람들을 제외하면—4시 30분에서 45분 사이에 위원회에 도착했다. 폭격에 관한 소식이 무전을 타고 전해지기 전에 두 번째 승객들 절반이 벙커에 들어갔다. 그 뒤에 치불스키 거리 입구에 나타난 차량은 이미 위원회로 오고 있던 세 대뿐이었다.

비에드지츠키는 손목시계를 보았다. 아무런 움직임 없이 7분째 시간이 지나고 있었다. '잘됐군. 다음 단계로 넘어갈 때가 됐어.' 그는 무전기 스위치를 돌렸다. 니에시토가 희망찬 눈으로 그를 바라보았으나 둘의 눈이 마주치자마자 눈빛은 곧 풀이 죽었다. 이 겁에 질린 민간인이 어떻게든 그를 설득해 대피시키려고 시시때때로 애썼으나, 비에드지츠키는 가까운 공중폭격 대비 방공호에 숨을 생각이 전혀 없었다.

그들은 근처 공중전화 부스로 차를 몰아갔다. 비에드지츠키는 차에서 내려 자털니 개인 번호로 전화했다. 서기장은 세 번 신호가 간 뒤에 받았다. 자털니의 목소리는 이상할 정도로 차분했지만 상대방이 누군지 깨닫고 나서는 그 어조에 가볍게 놀란 기색이 드러났다.

"기다릴 필요 없습니다, 더 이상 아무도 오지 않을 테니." 비에드지츠키가 빈정거리는 말투를 강조하며 내뱉었다.

"유감이군." 자털니는 작년 『인민 신문』 구독 기간이 만료됐다는 사실을 알게 됐다는 듯 무심한 어조로 중얼거렸다.

예상치 못한 상대의 침착함에 비에드지츠키는 어떻게 반응해야 할지 몰랐다. 이 한마디로 자털니 서기장은 그를 당황시켰고 마지막 세부 상황 하나까지 꼼꼼하게 생각해 둔 계획을 부숴버렸다. 비에드지츠키는 자신 없는 말투로 더듬거렸다.

"사람들이 오늘 다 죽어야만 하는 건 아니지 않습니까……."

"그래야 하는 건 아니지만 그럴 수 있지. 상황이 그렇게 진행되면 내가 말하는 사건의 경과가 훨씬 더 그럴듯하게 들릴 거요."

"당신 애인의 죽음도 그렇게 가볍게 넘길 겁니까?" 더 좋은 생각이 나지 않았기 때문에 비에드지츠키는 미리 선택한 전략을 붙잡고 가기로 했다.

서기장이 웃음을 터뜨렸기 때문에 그는 또 한 번 놀랐다.

"그건 덤이라고 생각하오."

"덤?"

"그렇소. 결과적으로는 당신에게 고맙다고 해야겠지. 아주 어려운 삶의 선택을 대신 처리해 주었으니까. 그리고 부탁인데, 이제는 더 이상 헛소리를 하거나 끼어들지 마시오. 나한텐 지금 중요한 일들이 많이 밀려 있어서 죽은 애인을 떠올리……."

"맞아!" 비에드지츠키는 상대방이 수화기를 내려놓지 않게 하려고 중간에 말을 끊으며 끼어들었다. "중요한 문제가 있습니다. 당신이 손실이라고 결정해 버린 수천 명의 군인들이 댁의 그 폭탄을 피해서 지금 폭발 반경 바깥으로 탈출하고 있습니다. 그들에게 어째서 거짓말을 했는지 중앙당 동지들한테 설명하려면 상당히 힘들 겁니다. 이 상황이 끝나고……"

"그런 일에 골치 썩이지 마시오." 자털니는 이 대화를 점점 더 지루해하는 것 같았다. "당신들이 나한테 손실에 대한 정보를 과장해서 보고한 덕분에 시내에 더 많은 병력을 투입하게끔 유도했다고 말하는 것으로 충분하니까. 쉽소? 쉽지. 중앙당 동지들은 그런 설명을 분명히 잘 받아들일 거요. 그리고 어쨌든 모든 증거는 댁들과 함께 날아가 버릴 테니까. 그건 내가 벌써 살펴두었소."

"그럴 수도 있겠군." 비에드지츠키가 대답했다. "하지만 난 당신한테 골칫거리를 최대한 만들어줘야겠습니다."

"댁의 그런 점이 항상 마음에 들었지, 전직 소령 동무!" 서기장이 수화기에 대고 다시 큰 소리로 웃었다. "견디기 힘들 정도로 솔직한 것 말이오. 뼛속까지 고집쟁이에다……." 뒤에서 새된 여자의 목소리가 울려 퍼져 자털니는 갑자기 말을 끊었다.

"미안하지만 바빠서 이만." 그리고 자틸니는 몇 초간 말을 멈추었다가 이어서 입을 열었다. "내 동료와 친구들의 안타까운 죽음도 당연히 당신들이 저지른 끔찍한 범죄의 긴 목록에 추가하지. 끊소."

커다란 '뚜, 뚜' 소리가 대화의 끝을 알렸다.

비에드지츠키는 수화기를 제자리에 걸었다. 그는 머리끝까지 화가 나 있었다. 목덜미가 뻣뻣해지고 귀가 울렸다. '개새끼. 어떻게 이렇게까지 썩은 놈일 수가 있지?' 그는 공중전화 부스 유리벽에 몸을 기댄 채 주먹을 쥐었다. 그러곤 화를 가라앉히려고 애썼다. '뭔가 방법이 있을 거야. 출구 없는 상황이란 없는 법이니까. 아직 시간이 있어……. 시간이 많진 않지만 그래도 있어. 원자폭탄 공격을 어떻게 막아야 하지?' 국방부에 전화해서 장군들에게 이성을 찾으라고 설득해 봤자 소용이 없을 것이다. 비에드지츠키는 자신이 아무도 설득하지 못하리라는 것을 알고 있었다. 이와 비슷한 상황에서 누군가 그에게 전화해서 모든 죄목을 부정하며 공격을 취소하라고 주장한다면 비에드지츠키 자신도 믿지 않을 것이었다. 사람은 자기 목숨을 구하기 위해서라면 무슨 일이든, 무슨 말이든 한다. 이것은 세상의 역사만큼 오래된 진실이다. 그리고 이 경우에는 새로운 감염병에 대한 공포도 염두에 두어야만 했다. 사람을 죽지 않는 괴물로 바꿔버리는 전염병이라니. '그쪽은 길이 아니야, 비에드지츠키. 그쪽은 안 돼. 그러면 뭐가 남아 있지? 생각해 봐, 이 사람아, 생각해…….'

그는 전략실 벽에 걸려 있던 시계를 떠올렸다. 로켓 발사까지 몇 초가 남았는지 알려주는 시계다. 그는 혼자서 웃었다. 그렇다, 그게 그의 마지막 기회였다.

그는 공중전화 부스에서 나와 지프차까지 달려가서는 타이어 마찰음을 내며 차를 돌렸다. 니에시토가 놀란 나머지 질문을 퍼부었지만, 비에드지츠키는 반응하지 않고 액셀이 차 바닥에 닿을 정도로 밟았다. 위원회 입구에서 차를 세웠을 때, 둘은 앞으로 고꾸라질 뻔했다.

"가자!" 그는 이렇게 내뱉고는 친구가 그의 말을 들었는지는 확인조차 하지 않고 차 문을 열고 나왔다.

위원회 문은 열려 있었고, 당 고위직들은 버려진 건물에 누가 들어오든 상관하지 않는 것 같았다. 고위관료들은 파멸의 선고를 받은 도시와 자신들 사이에 놓인 지하 방공호 철문이 어떤 힘으로도 열리지 않으리라는 것을 잘 알고 있었다. 안쪽에서 잠긴 철문이 몇 개나 줄지어 이어져 있어서 원자폭탄으로 인한 화재도 막을 수 있을 것이 분명했다. 그리고 만약 어떤 예상치 못한 상황이 일어나서 누군가 들어와 몇 톤씩 나가는 철문을 막아버린다 해도 고위관료들은 독일인들이 남긴, 그리고 전쟁 후에 추가로 파낸 여러 터널을 통해 몇 개의 출구를 선택해서 나갈 수 있었다. 그러나 주 위원회 제1서기장에게는 불운하게도, 비에드지츠키는 불이 꺼지고 방사능 먼지가 떨어지는 날을 염두에 두고 방공호에서 바깥으로 나오는 출구를 막으려 하는 게 아니었다. 비에드지츠키의 목적지는 중앙 통신본부였다. 가까운 지역에 있으면서 정부와 군대의 모든 건물에 직접 전화할 수 있는 유일한 장소다.

니에시토는 단 한 번, 비에드지츠키가 지하로 내려가는 계단을 재빨리 지나갈 때 멈춘 것을 제외하고는 숨을 몰아쉬며 비에드지츠키를 끈질기게 따라왔다. 그를 불러봤자 소용이 없다는 사실을 깨달았다. 그래서 계속해서 어떻게 된 일인지 전혀 이해하지 못하면서도 그저 비에드지츠키를 따라서 움직였다.

마침내 비에드지츠키가 가슴이 두근거리는 걸 느끼며 높고 커다란 거즈로 감싼 문손잡이를 잡았다. 문 경첩이 불길하게 삐걱거리자 그는 안심했다. 대피하는 전화교환수들도, 당 본부를 지키는 경비병들도 모두 문을 잠그는 데까지 신경 쓰지 않은 것이다.

"앉아." 그는 가장 먼저 보이는 빈 의자를 가리키며 니에시토에게 말했다. "원한다면 누구에게든 전화해도 돼. 그저 날 방해하지만 마."

니에시토는 힘겹게 의자에 주저앉아 중앙 계기반 앞에서 왔다 갔다 하는 친구를 비난하는 눈으로 바라보았다.

한편 비에드지츠키는 전화번호부를 재빨리 넘겨보았다. 자신이 찾던 페이지에 도달했는지 그는 앞에 있는 빨간 전화기 세 대 중 한 대의 수화기에 손을 뻗었다.

"오드라 00." 그가 말했다.

당직 전화교환수는 그가 부어오른 입술을 핥기도 전에 되물었다.

"어디로 연결할까요?"

비에드지츠키는 '본부 7215……'라고 생각하다가 곧 다시 궁리하더니 입맛을 다신 뒤에 큰 소리로 말했다.

"7215번, 내선 206번입니다."

"알겠습니다."

'뚜, 뚜' 소리가 세 번 들리고 반대편에서 누군가 수화기를 들었다.

"당직 장교 카지미에르차크 소령, 통신보안. 누구십니까?"

"마치에크, 나야, 바르토시!" 비에드지츠키는 상대방이 전화를 끊기 전에 할 말을 전부 해야겠다는 듯 빠르게 대답했다. "자틸니가 무시무시하게 사고를 쳤어. 바르샤바에 처음부터 끝까지 거짓 보고를 올렸다고. 우리가 거의 두 시간 전부터 도시에서 좀비를 효율적으로 제거할 작전을 수행하고 있었어. 지금으로선 손실은 최소한이야. 아침까지 감염병 진원지를 전부 통제할 거야."

"왜 나한테 그런 얘기를 하나?" 흥분한 비에드지츠키가 숨이 차서 말을 멈추자 카지미에르차크가 물었다.

"거대한 실수를 저지르는 걸 막기 위해서야."

"실수?" 라스키 출신의 카지미에르차크 소령이 놀랐다. "그 비행대는 우리가 보낸 게 아냐."

"하지만 비행대를 막아줄 수는 있잖아." 비에드지츠키가 열띠게 말했다.

"어떻게?"

"자네도 알잖아……."

카지미에르차크 소령은 오랫동안 대답하지 않았다. 마침내 그가 헛기침을 하고는 가볍게 떨리는 목소리로 대답했다.

"대담하군, 친구. 나더러 소련 폭격기를 떨어뜨리라고 명령하라는 건가? 그랬다가 내가 어떻게 될지는 알고 있지?"

"그렇게 하지 않았을 때 어떻게 될지는 알고 있네. 자틸니가 으스대면서 이건 보통 원자폭탄이 아니라고 했어. 3메가톤급 수소폭탄이라는 얘기라고. 러시아인들이 그걸 떨어뜨리면 브로츠와프는 기억 속에만 남을 거고. 그게 문제가 아니라 폴란드의 4분의 1이 개박살 난단 말이야! 바람이 이렇게 불면 바르샤바조차 방사능 낙진에 파묻힐 거야! 알아들어, 마치에크?! 이건 미친 짓이라고."

카지미에르차크는 또다시 침묵 속에 대답을 질질 끌었다. 그가 다시 응답했을 때는 완전히 목소리가 가라앉아 있었다.

"바르토시…… 전부 다 말해줄 수는 없지만 내가 아는 한 그 결정은 최고 윗선에서 내려온 거야. 우리가 아니라고, 그 점은 오해 없었으면 좋겠어." 카지미에르차크가 너무 큰 소리로 마른침을 삼킨 나머지 비에드지츠키의 귀가 울렸다. "내가 설령 뭔가 할 수 있다 해도 말이지……."

"아니, 그저……." 비에드지츠키가 끼어들었다.

"내 말 끊지 마!" 소령이 언성을 높였다. "자네가 부탁하는 대로 내가 실행한다고 해도 얻을 수 있는 게 많지 않아. 도시가 파괴되는 걸 그저 몇 분 정도 늦출 수 있을 뿐이야."

"자네 대체 무슨……."

"이봐, 한 시간 전 브리핑에서 아주 노골적으로 들었네. 소비에트연방은 감염병이 더 이상 퍼지는 걸 막기 위해 무슨 일이든 한다고 말이야. 그 폭탄이 터지지 않으면 2차 작전이 시작될 거야. 브로츠와프에 로켓 여러 대가 날아올 거라고. 우크라이나 아니면 칼리닌그라드에서."

"시발……."

러시아인들이 한 시간 전에 폴란드 측에 이렇게 통보했다면 로켓에 연료를 채울 시간이 충분히 있었을 것이다. 이제 빨간 버튼을 누르기만 하면 된다……. 우크라이나 군부대에서 발사한 중거리 미사일은 15분이 채 못 되어 브로츠와프에 도착할 것이고, 폴란드 인민군은 이런 폭격을 막을 만한 무기를 가지고 있지 않았다.

“어디 있나?” 카지미에르차크가 갑자기 화제를 바꿨다.

“주 위원회 통신본부.” 비에드지츠키가 사실대로 대답했다.

“아, 그러면 자네…….” 카지미에르차크가 말하다 말고 침묵했다.

“여보세요?” 비에드지츠키가 수화기를 흔들었다.

‘어째서 이 빌어먹을 전화기는 가장 적절하지 못한 순간에 끊어져 버리는 거야?’ 그는 분노가 점점 커지는 것을 느끼며 생각했다. 아직 시간이 있었고, 작별 인사를 하고 싶었는데, 이 쓰레기 덩어리 전화기가…….

“잠깐 기다려!” 카지미에르차크가 이렇게 두 마디를 던진 뒤 손바닥으로 마이크를 가린 듯 수화기에서 또다시 완전한 침묵이 흘러나왔다.

비에드지츠키는 전화교환대 앞에 고개를 푹 숙이고 앉아 있는 니에시토를 바라보았다. 멀리서 보면 마치 잠든 것처럼 보였다. 그러나 비에드지츠키는 동료가 잠들어 있는 게 아니라는 사실을 알고 있었다. 체념한 사람, 남은 시간이 얼마 없다는 사실을 아는 사람은 저렇게 보이는 것이다. 니에시토는 광란하지도 않고 울지도 않고 머리를 쥐어뜯지도 않았다. 빠져나갈 방법이 없다는 사실, 어딘가 방공호에 숨더라도 고작 며칠, 어쩌면 몇 시간 정도 목숨을 부지할 수 있을 뿐이라는 사실을 깨닫고 그는 자기 안에 틀어박혀 영영 입을 다물어버렸다. ‘집에 전화하라고 했는데 그 기회를 활용하지 않았군…….’ 비에드지츠키는 고개를 절레절레 흔들었으나 동시에 깨달았다. 자신이었어도 아내와 아이들, 부모님이 폭탄에 대해 아무것도 모르는 쪽을 택했을 것임을. 가족들이 이 마지막 15분을 비교적 평온하게 보내기를 바랄 것이다. 운이 좋다면 니에시토의 가족들은 무슨 일이 벌어지는지 깨닫기도 전에 증발해 버릴 것이다. 그러나 다른 한편으로 그는 분명 사랑하는 사람의 목소리를 마지막으로 한 번 듣고 싶을 것이다…….

"아직 거기 있나?" 귀에서 떼어놓은 수화기를 통해서 들려오는 카지미에르차크의 목소리는 이상하게 기계적이었다.

"그래, 여기 있어. 무슨 일인가?"

"내가 하는 말을 못 믿을 걸세."

"오늘 겪은 일들을 생각하면 뭐든지 믿겠어. 말해봐."

"지금 복도에 밤하늘에 뜬 것보다 별이 더 많이 떠 있네."

"대체 무슨 헛……." 비에드지츠키가 짜증을 내려다 중간에 입을 다물었다.

'장군들!' 핵전쟁이 일어날 경우에 예비 지휘본부로 쓰이도록 예정된, 새로 지은 비밀 벙커에 별들이 떼를 지어 몰려온 것이다. 망할 놈들이 평생 한 번이라도 진짜 군인 같은 기분을 느끼고 싶어서 브로츠와프에 핵폭탄이 떨어지는 걸 맨 앞줄에서 보려고 거기 와 있는 것이다.

"잠시 후에 폴란드의 대표적인 대도시에 버섯구름이 피어오를 거야. 유럽 대륙에서 처음으로. 똥무더기에 몰려드는 파리처럼 몰려드는 것도 놀랄 일은 아니지."

"그게 목적은 아닐 거라고 생각하네만." 카지미에르차크가 수수께끼 같은 말을 해서 또다시 비에드지츠키의 머릿속이 바빠졌다.

'맞아! 놈들이 전쟁놀이를 하고 싶었으면 벌써 오래전에 기어들어 왔겠지, 0시 몇 분 전이 아니라. 그러면 남부 실롱스크 수도가 파괴되는 걸 구경할 목적이 아니라면 대체 뭘 하는 걸까?'

"거기 자네 본부에서 대체 무슨 일이 벌어지는 건가?" 비에드지츠키가 정신을 차리고 물었다.

"나도 몰라." 카지미에르차크가 대답했다. "하지만 점점 더 흥미로워지고 있어. 시발!"

"왜? 무슨 일이야?"

"조금 전에 전략실에 고무우카가 들어왔어. 그리고 이제 치란키에비치도 합류했네. 행정부 절반이 여기 와 있어……." 그의 목소리 뒤에서 사이렌 소리가 들렸다. "빌어먹을, 전면 폐쇄다. 끊어!"

"알겠네. 한 가지만 부탁하지. 아내에게 내가 사랑한다고 전해줘. 그리고 아이들도……." 비에드지츠키는 말을 끊었다. 감정이 끓어올라 목이 메어 말을 마칠 수 없었다.

뭔가 더 말하고 싶었지만 가장 단순한 소리도 낼 수 없었다. 이것이 그 순간이었다. 자신이 졌으며, 이제 아무것도 할 수 없고, 잠시 후에는 삶과 영원히 작별해야 한다는 것을 드디어 깨닫는 순간이었다. 그는 근처에 앉아 있는 니에시토보다 자신이 더 무기력하다고 느꼈다.

"확실히 전해주겠네, 친구. 잘 가게." 카지미에르차크 또한 목소리가 떨렸다.

비에드지츠키는 마른침을 삼키며 눈에 고이는 눈물을 억지로 참았다. 수화기를 귀에서 떼었으나 내려놓지는 않았다. 그저 수화기를 빨간 전화기 몸통에 두들겨서 원자폭탄이 터져 으깨지기 전에 수백만 조각으로 부술 생각이었다. 몸 안을 가득 채운 분노를 쏟아낼 곳이 필요했다. 그 압력을 조금이라도 빼내야만 했다. 그러나 그는 미처 손을 들어 올리지 못했다.

42

1963년 8월 10일 토요일 05시 06분
브로후프 화물역 지선

마베트는 또다시 시계를 쳐다보았다. '여기 뭔가 이상해.' 그는 생각했다. 명령받은 대로 그는 지선을 확보했고(특별히 어려운 일은 아니었는데, 이 구석탱이에서 지금까지 생물체는 죽었든 살았든 단 하나도 못 보았기 때문이다), 그런 뒤에 사실 별달리 애쓸 필요까지는 없었지만 본선에서 근무하는 철도원들을 새벽부터 깨워서 도움을 청해 적절한 숫자의 화물 차량을 준비했다. 인근 역에서 빌려 온 증기기관 화물 차량을 가까운 자갈길 위에 놓인 북쪽 지선 철로 위로 끌고 갔고 그런 뒤에 완전한 화물 운반차 편성을 위해 석탄 운반차 몇 대를 더 이어 붙였다.

네 바퀴 위에 놓인 이 철제 감방 하나에 경찰 차량부대는 최대 200명까지 죽지 않는 시체들을 집어넣을 수 있었다. 1호차에는 인민경찰부대 학살의 희생자들을 거의 모두 꽉 채워 실었다. 경찰대원들의 손이 떨린 것은 단 한 번, 그들의 상관이었던 자호르스키 경감의 짓이겨진 시체 조각들을 화물차로 이어지는 수송 벨트에 실을 때였다. 그 외에 작전은 큰 사건 없이 진행되었다. 그러나 어느 순간 작전을 중단하고 십여 명의 변질된 경찰본부 직원들을 남겨두어야만 했는데, 군용 트럭을 최대한 빨리 비우는 것이 우선순위가 되었기 때문이었다. 게다가 시내에서 호송대가 줄지어 몇 분에 한 번씩 도착하고 있었다.

마베트는 부하들을 한 조에 열다섯 명씩 두 조로 나누었다. 1조는 브로후프역 지선 이쪽 구간을 지켰고 2조는 좀비를 화물차에 태우는 일을 맡았다. 죽지 않는 시체들 거의 대부분이 팔다리가 묶인 채로 지선으로 실려 왔다. 비에드지츠키의 부하들은 이전의 불행에서 교훈을 얻어 감염자들을 어떻게 대해야 하는지 꼼꼼하게 지시를 내렸다. 그 덕분에 경찰대원들의 작업은 훨씬 쉬워졌다. 호송대에 썩은 달걀(묶인 팔다리를 어떻게든 풀어버린 좀비들을 '썩은 달걀'이라고 불렀다)이 하나도 없다면 석탄 운반차를 전부 채우는 데 몇 분이면 충분했다. 수송 벨트가 세 대였으므로 2조도 세 팀으로 나누어 나란히 작업하여 5시가 될 때까지 3700명이 넘는 좀비들을 차에 실었다. 잠시 후에 텅 빈 마지막 군용 트럭이 화물역을 떠났다.

마베트는 시내 쪽을 바라보았으나 지선을 따라 이어진, 포석이 깔린 좁은 골목에는 불빛이 하나도 보이지 않았다. '뭐가 어떻게 된 거야?' 그는 자신에게 배정된 장갑차에 다가가며 생각했다.

"프레이스!" 그는 가장 가까운 수송 벨트 앞에 서 있는 젊은 청년을 불렀다. "당장 차에 가서 본부 연결해!" 그가 명령했다.

경찰대원이 즉시 경례하고 부대 연락본부 역할을 하는 장갑차 쪽으로 달려갔다. 지난 40분간 아무도 무전기를 지키지 않았는데, 마베트 경위가 인력이 모자라서 쓸 수 있는 대원들을 전부 좀비를 싣는 작업에 내보냈기 때문이었다.

"본부에서 응답을 안 합니다, 경위 동무." 잠시 후에 젊은 무전병이 운전석에서 머리를 내밀고 보고했다.

"응답을 안 한다니, 무슨 말이야?" 마베트가 짜증을 내며 내뱉었다. "계속 시도해!"

"예, 알겠습니다!"

'여기 정말로 뭔가 이상해……. 처음에는 수송이 더 이상 오지 않게 되더니 이제는 지휘본부하고 연락이 안 된다니. 이 작전도 실패로 끝난 건가? 하지만 어째서? 운전병들은 완전히 성공이라고 했는데. 거짓말할 이유도 없고…….' 불안해진 경위는 장갑차 차체에 몸을 기대고는 귀를 기울였다. 그러나 있는 힘껏 돌아가는 발전기 소음 때문에 별다른 소리가 들려오지 않았다. 그래서 그는 차에서 뛰어내려 입가에 양손을 대고 고함쳤다.

"수송 벨트 끄고 발전기도 차단하고 다들 입 다물어!"

경찰대원들이 명령대로 이행한 뒤 지선은 물을 뿌린 듯 조용해졌다. 이미 익숙해진 총성과 메아리는 완전히 멈추어서, 마치 군대가 시내에서 작전을 중단한 것 같았다. 마베트는 큰 소리로 마른침을 삼켰고 그의 부하들은 지휘관이 어째서 불안해하는지 아직 이해하지 못한 나머지 어리둥절해하며 서로 쳐다보았다.

"아담, 무전 어떻게 됐나?" 경위가 운전석의 프레이스에게 몸을 돌렸고, 프레이스는 계속 쉬지 않고 지휘본부를 호출하는 중이었다. 프레이스는 입에서 마이크를 떼고 체념한 듯 고개를 저었다. "그럼 다른 부대를 호출해 봐." 경위는 그렇게 해도 결과는 똑같으리라는 사실을 예감하면서 명령했다. "그리고 너희들.” 그는 풀밭에서 쉬고 있는 첫 화물차 팀을 가리켰다. “본부 호출하는 동안 나머지 시체 뺏뺏이들 치워.”

* * *

파벵스카는 잠시 멈추고 헐떡이는 온데르카를 기다렸다. 그는 온데르카보다 젊을 뿐만 아니라 몸도 더 날렵했다. 턱수염 난 기관사 온데르카는 마침내 관목숲으로 달려 올라왔다. 그곳에서는 경찰부대가 점령한 지선 구간을 훤히 다 볼 수 있었다.

“빨치산 놀이를 하기엔 난 너무 늙었어.” 땀투성이 기관사가 무성한 관목숲의 초록 그늘 안에 쭈그리고 앉아 안경을 바로잡으며 신음했다.

“몸이 너무 무거운 거겠죠.” 짜증 난 파벵스카가 잎사귀로 뒤덮인 나뭇가지를 조심스럽게 젖히며 투덜거렸다.

“너 가만 안 둔다.” 온데르카가 웅얼거렸다. “야, 다미안, 저 사람들한테 무슨 짓 하는지 봐라…….”

경찰대원들이 지금 트럭에서 한때는 흰색이었으나 지금은 회색으로 더러워진 정장을 입은 정신 나간 남자를 끌어내는 중이었다. 경찰 한 명은 동물 포획 때 쓰는 도구 같은 것을 손에 들고 있었다. 긴 막대 끝에 올가미가 달린 그 도구는, 동물의 목에 걸면 꽉 조여서 숨을 막고 저항할 의지를 꺾어버릴 것 같았다. 더러워진 정장 차림의 남자가 움직일 수 없게 되어 엎드린 자세로 뒤집히자 다른 경찰이 비슷한 올가미를 그의 다리에 걸었다. 그러곤 두 경찰이 함께 이 불운한 남자를 끌고 가기 시작했다…… 수송 벨트 쪽으로?

보통 때는 화물을 옮기는 데 쓰는 넓은 고무벨트 위에 피해자가 실려서 위쪽 석탄 운반차가 있는 높은 철제 벽 너머로 사라졌다. 그 모습을 본 두 철도원은 너무 충격을 받아 숨을 몰아쉬었다. 파벵스카도, 온데르카도 자기 눈을 믿지 못했다.

"저것들은 짐승이지 사람이 아냐." 온데르카가 반사적으로 성호를 그으며 중얼거렸다.

"짐승을 모욕하지 마세요." 다미안 파벵스카가 선배를 관목숲 안으로 더 깊이 잡아당기며 속삭이는 소리로 대답했다.

철로를 따라 누군가 오고 있었다. 두꺼운 작업화 바닥에 밟히는 자갈이 부스럭거리는 소리가 선명하게 들렸다. 철도원들은 움직이지 않고 숨을 죽였다. 제복 입은 세 사람이 주변을 의식하지 않고 담배를 피우며 그들이 숨어 있는 관목숲으로 다가오고 있었다. 그들은 드문드문한 나무 사이를 가끔씩 훑듯이 둘러보면서 느긋한 걸음으로 멀어져 갔다.

파벵스카는 1분을 꼬박 기다렸다가 다시 나뭇가지를 젖히고 밖을 내다보았다. 경찰들은 트럭에서 계속 죄수를 끌어 내리는 데 바빴는데 이번 피해자는 피투성이 블라우스에 너덜너덜한 치마를 입은 여성이었다.

파벵스카와 온데르카가 이 상황을 자세히 관찰하기에는 너무 멀리 있었지만 무서워서 더 가까이 갈 수는 없었다. 두 사람은 지선 철로를 멀리 피해서 거의 1킬로미터쯤 우회한 다음 철로와 라드바니체 사이에 있는 황무지 쪽에서 접근했다. 그곳에서 그들은 의심의 여지 없이 모든 걸 확인할 수 있었다. 공산주의자들은 숙청을 하고 있었다. 안전부와 그들에게 복무하는 제복 입은 짐승들이 감염병에 관련된 혼란을 틈타 시내에서 붙잡은 사람들을(분명 파벵스카나 온데르카 자신과 마찬가지로 지하 저항활동가들일 것이다) 철도 지선으로 끌고 와서 석탄 운반차에 태워 사라지게 하려는 것이다. 두 철도원이 스테판 사제의 보증 덕분에 가입하게 된 비밀 환경 활동 단체를 지도하는 교수가 예견한 것과 똑같았다.

그들이 계속 지켜보는 사이 경찰대원들이 또 다른 피해자를 괴롭히고 있었고 이번 피해자는 묶인 것을 풀고 자신을 방어하려 했다. 그러나 펄떡이는 당의 심장인 경찰에게 자비심은 없었다. 저항활동가는 즉시 제복 입은 사람들에게 둘러싸여 몽둥이로 짓이겨졌다. 공권력의 잔혹성을 목격한 철도원들은 행동에 나서야만 했다.

"선배, 여기서 쉬고 있어요." 파벵스카는 여전히 숨을 헐떡이는 온데르카의 어깨에 손을 얹고 속삭였다. "저놈들 잘 보고 있어요. 난 통제실로 돌아갈게요. 교수님한테 전화할래요. 어떻게 하면 좋을지 교수님은 알 거예요. 통제실에서 만나요."

온데르카는 고개를 끄덕였다. 아까 1킬로미터가 넘게 헐떡거리며 걸었는데 지금 또 역까지 뛰어가야 한다니, 생각만으로도 열이 났으나 좀 쉬고 나면 어떻게든 갈 수 있을 것 같았다. 그는 잠시 땅바닥에 누워 쉬었다. 호흡이 다시 깊고 고르게 돌아오자 그는 옆으로 굴러 배를 깔고 엎드린 뒤 아주 조심스럽게 나뭇가지를 젖혔다. 바로 그 순간 그의 눈앞에 지금 천천히 떠오르는 태양보다도 수백 배나 더 밝은 무언가가 번쩍였다.

43

1963년 8월 10일 토요일 05시 20분
오소보비체, 시 항구 앞 굴다리 인근

사병은 코트 중사의 뒤를 따라 길 가장자리로 걸어갔다. 중사는 손을 주머니에 깊숙이 넣고 고개를 옆으로 확 기울이고 있었다. 뭔가에 아주 깊이 관심이 끌린 사람처럼 보였다. 중사는 마지막 남은 부하가 무슨 생각을 하는지 잘 알고 있었고 이 비바람 덕분에 단 한 가지 효과를 거둘 수 있기를 바랐다. 30분 동안 논쟁했던 주제로 절대 다시 돌아가지 않는 것이다.

그들은 이제 막 이상하게 생긴 굴다리에 도착했다. 철도 이중 분기점으로 나가는 길은 교외 방향에 서 있는, 빨간 벽돌로 지은 거대한 팔각형 보루가 막고 있었다. 저렇게 단단한 요새는, 특히 폴란드 인민공화국 대도시에서는 흔히 볼 수 없다. 중사는 진심으로 놀라워하며 낡은 보강재를 들여다보았다. 그는 역사에 관심이 있었고 그중에서도 군대의 역사를 좋아했다. 그래서 중사는 전에 이 건물을 한 번도 본 적이 없었지만 이 요새가 정확히 언제 지어졌으며 무슨 용도로 사용되었는지 알 수 있었다.

독일인들은 '되찾은 땅'에 이와 비슷한 기념물을 여러 개 남기고 갔다. 그의 죽은 사촌 사비츠키 중위가 바로 얼마 전에 중사에게 교각을 보여주었는데, 특이하게 짧았지만 이 요새만큼이나 흥미로웠다. 사비츠키는 1중대 부사관 몇 명을 차에 태워 보이젤렌스키 거리로 데려가서 철로 옆 경사면에 뚫린 통로를 직접 보게 했다. 그들은 석탄 더미 옆에 오랫동안 서서 비뚤어진 담벽에 뚫린 짧은 터널을 들여다보았다.

기술자들이 어째서 이렇게 이상한 건조물을 고안해 냈을지 묻는 질문에 아무도 대답하지 못했다. 통로는 뱀처럼 일방통행으로 휘어져 거리를 축으로 할 때 약간 빗나간 각도로 뻗어 있었는데, 공간이 충분해서 그 이전이나 이후에 만든 통로들처럼 여기도 넓고 곧게 만들 수 있었을 것이었다. 사비츠키 중위는 웃으면서 지금 보는 건조물은 군용 무장 차량이나 탱크들이 속도를 늦추게 하는 방어 시설이라고 설명했다. 적이 이 통로로 탱크 부대를 진입시킨다면 상당한 문제를 겪게 될 것인데, 탱크가 굴다리 아래에서 아주 천천히 꺾어 돌면서 포격에 노출될 것이기 때문이었다. 대전차무기를 든 군인 한 명이 1개 사단 전체를 막을 수 있을 것이다.

그러나 오드라강 근처의 요새는 대단히 오래되었다. 19세기 후반 건물로 이곳의 유일한 철도 분기점을 방어하는 용도로 건설되었다. 전쟁 뒤에 남부 실롱스크 권력자들은 새로운 종류의 무기들이 나타나 요새가 기능을 잃자 더 이상 관리하지 않게 되었고, 그래서 확장한 둔덕 위에 한때 설치되어 있던 포좌가 사라졌다.

단지 철길 굴다리만이 예전의 기능을 그대로 수행하여, 이제는 감염병마저도 그런 상황을 바꾸지 못했다. 중사는 심하게 녹이 슨 채 이어지는 철로 위에서 텅 빈 승강장과 두 개의 액체 탱크를 보았는데, 이곳은 훨씬 더 긴 화물열차 편성의 시작점이었고 나무 뒤, 오소보비츠카 거리 양편으로 나머지 화물차들의 거무스름한 형체들이 어른거렸다.

코트 중사는 벽돌 요새에 도달하기 전에 비시니에프스키를 멈춰 세웠다. 떠오르는 태양의 광휘 속에 중사는 길고 곧은 포석이 깔린 거리와 그 위로 뻗은 노면전차 철로가 지평선으로 멀어지는 모습을 바라보았다. 주위는 완전히 고요했다. 여객선을 떠난 뒤로 아무도, 심지어 변질자 한 명조차 마주치지 않았다.

"위로 올라가 보자." 중사가 건축물 꼭대기로 이어지는 계단을 가리키며 말했다. "철로를 따라가면 시내에 더 빨리 도착할 수 있어. 그리고 공동묘지를 지나가지 않아도 돼."

굴다리를 지나면 바로 브로츠와프에서 가장 큰 묘지가 시작되었다. 코트 중사는 바로 전날 밤의 여러 사건을 겪었기에 수없이 넓은 공간에 이어진 묘지와 비석들은 가능하면 보고 싶지 않았다.

비시니에프스키가 서둘러 그의 제안에 동의했다. 지치긴 했지만 십만 명 이상 망자들이 묻혀 있는 장소만은 무슨 수를 쓰든 피하고 싶었고, 게다가 최근에 겪은 사건들에 비추어 볼 때 이 시신들이 언제든 살아나서 무덤에서 튀어나올 가능성을 배제할 수 없었다. 프라체에서 죽어간 군인들이 즉시 되살아났으니 브로츠와프의 다른 사망한 주민들이라 해서 땅 밑에 그대로 묻혀 있으리라는 법은 없었다.

그들은 확실히 하기 위해 다시 사방을 둘러보고 나서 포장된 통로를 천천히 건너 반대쪽으로 갔다.

"그럼 폭격기 조종사는요?" 비시니에프스키가 갑자기 물었다.

코트 중사는 무겁게 한숨을 쉬었다. 전쟁과 희생자에 대한 대화에 무심코 끌려 들어간 것을 그는 진심으로 후회하기 시작했다. 이 젊은 병사는, 무력 충돌이란 전부 거대한 도박일 뿐이며 노년까지 살아남을 확률은 최악의 놈팡이나 최고의 특전사나 똑같다는 사실을 받아들일 수 없거나 아니면 받아들이려 하지 않았다.

"비시니에프스키, 백 번은 말했지만 다시 한번 말하겠다. 다른 모든 군인이 그렇듯이 조종사도 적절한 경험과 능력을 가졌다면 직접 전투에 참가할 수 있지만 세상에 보기 드문 최고의 에이스라도 대공포 사거리 안에 들어가면 공중에서든 땅에서든 죽을 수 있어. 제발 그걸 알아들어라. 전투 중에는 현실의 아주 조그만 한 조각을 통제할 수 있을 뿐이고 나머지 전체는 그냥 아주 거대한 불확실성일 뿐이야. '총은 군인이 쏘지만 총알은 신이 움직인다'는 말이 그냥 만들어진 게 아니다." 중사는 말을 마쳤다. 그리고 이 금언 덕분에 병사가 마침내 자명한 진실을 깨달았기를 소망했다. "죽을 운명이면 물구나무를 서도 죽는 거야. 그걸 받아들여야……." 그는 갑자기 말을 끊고 귀를 기울였다.

오드라 쪽에서 금속을 두드리는 익숙한 소리가 들려왔다.

기차.

'좋은 징조다.' 중사는 생각했다. '이 도시에 우리 말고도 살아남은 사람들이 있어.'

"잠깐 기다려." 그가 비시니에프스키에게 말했다. "물 좀 빼고 올게……."

그는 보도에서 풀밭으로 내려서면서 사과하듯 웃음 지었다. 방광에서 한참 전부터 신호가 왔고, 이제 철길에 도달했고 기차가 계속 다니고 있으니, 엿보는 눈길이 없는 외딴 요새의 이끼 낀 방벽 앞에서 일을 보는 쪽이 편했다.

비시니에프스키는 좁은 보도에서 상관에게서 등을 돌리고 섰다. 양손은 주머니에 쑤셔 넣고 시선은 가까운 공동묘지를 둘러싼 담장 모서리를 바라보았다.

'저 녀석이 반박하는 예시라도 들면서 멍청한 주장을 계속하려고 한다면 내 손으로 죽여버려야지.' 중사는 눈을 질끈 감고 생각했다. 점점 시원해졌다. 기차가 다가오면서 굉음이 점점 커질 때도 그의 행복한 기분은 그대로였지만, 앞섶을 잠그고…….

예의 바르게 등 돌리고 기다리고 있는 부하를 향해 몸을 돌리는데, 눈 깜짝할 사이에 주변에서 지옥도가 펼쳐졌다. 땅은 다친 짐승처럼 포효했고 중사는 중심을 잃고 넘어졌다. 사방을 뒤덮는 포효 소리에 그는 잠시 귀가 먹먹해졌다. 그는 짓밟힌 잔디 위에 쓰러졌다. 그리고 머리 위에서 어마어마하게 커다란 불덩이를 보았는데, 하늘의 절반을 차지하고 있는 그것은 끊임없이 커지고 있었으며 세상 전체를 집어삼키려는 것 같았다. 불타는 열기가 그의 폐에서 남은 공기를 전부 빨아내고 피부조직을 전부 재로 만들어 바싹 구워진 살을 뼈에서 떼어내기 전에, 중사는 이토록 화려하지만 비극적인 방식으로 마침내 부하에게 자신의 지혜를 증명하게 되었다고 생각했다. 생존은 정말로 우연한 일이었다.

그러나 비시니에프스키에게는 이미 아무래도 상관없었다. 그는 새하얗게 달아올라 말발굽 모양으로 휘어진 물탱크 아래 깔려 몇 분의 1초 전에 이미 사라져 버렸기 때문이다.

44

1963년 8월 10일 토요일 05시 28분
폴란드 통일노동자당 지역위원회,
동브로프슈차쿠프 광장 9번지

위원회 건물이 밑바닥부터 진동하기 시작했다. 어스름에 잠긴 통신본부 천장에서 우윳빛 먼지가 폭포수처럼 떨어졌다. 충격파의 힘에 밀려 경첩들이 한꺼번에 구슬프게 삐걱거리는 소리와 함께 문이 활짝 열렸다. 어딘가 위층에서 깨진 유리가 우수수 떨어졌다.

깜짝 놀란 비에드지츠키는 손을 머리 높이로 든 채 멈추었다. '대체 무슨 일이지? 뭔가 폭발했지만 확실히 원자폭탄은 아니야. 러시아 놈들이 폭탄을 너무 일찍 떨어뜨렸거나 바람 때문에 낙하산을 타고 떨어지는 폭탄이 십여 킬로미터 정도 날아간 건가……. 아니, 헛소리야, 그렇게 강력한 탄두라면 오와바 너머로 날려갔다고 해도 땅에 닿는 순간 도시 절반을 초토화했을 거야. 애초에 경험 많은 조종사라면 절대로 그런 기초적인 실수는 저지르지 않을 테고. 게다가 이런 종류의 임무는 최고 중의 최고에게만 맡기는 법이지. 그러니까 이건 뭔가 다른 거야.' 비에드지츠키는 수화기를 받침대에 내려놓으며 이렇게 결론을 내렸다.

그는 손목시계를 본 다음 겁에 질린 니에시토에게 시선을 돌렸다. 친구의 눈에서 그는 말로 표현되지 않은 질문을 보았다. 그는 천천히 고개를 저었다. 0시까지는 아직 1분이 채 안 되는 시간이 남아 있었다.

니에시토가 다시 고개를 떨구었다. 움직이지 않고 어깨를 움츠리고 하얀 먼지에 뒤덮인 채 어스름 속에 서 있는 모습은 죽은 비듬의 군주나 아니면 전화기의 신들의 지하 묘지를 장식한 먼지투성이 조각상처럼 비현실적으로 보였다.

'10초…… 9초…….'

비에드지츠키는 자신의 외양도 별로 나아 보이지 않으리라는 사실을 갑자기 깨달았다. 마음속으로 카운트다운을 계속하면서도 그는 이제 와서 외모가 무슨 의미라도 있는 듯 서둘러 제복의 먼지를 털었다. 카운트다운이 끝났을 때 특징적인 소리가 무거운 침묵을 깼다. 그러나 비에드지츠키가 예상한 것과는 완전히 다른 소리였다.

그의 앞에 놓인 빨간 전화기 중 한 대가 귀신이라도 들린 듯이 울려대기 시작했다. 비에드지츠키는 다시 한번 니에시토를 쳐다보았다. '어쩔 수 없는 낙관주의자로군.' 니에시토의 눈에서 다시 희망의 빛이 반짝이는 것을 보고 비에드지츠키는 마음속으로 결론지었다. 전화는 계속 울렸다. 찢어지는 벨 소리가 몇 초씩 간격을 두고 규칙적으로 침묵을 깼다. 마치 위원회에 밀고 들어온 사람이 곧 닥칠 종말에 대해 모르고 있는 것 같았다. 아니, 전화한 사람은 아마 제때 대피하지 못한 당 고위관료가 분명하다. '똥이나 싸고 죽어라, 쓰레기야.' 비에드지츠키는 약간의 만족감을 느끼며 생각하고 다시 손목시계를 쳐다봤다.

0시 이후 10초가 지났다.

안도감 대신 그는 분노를 느꼈다. 러시아인들에게 스위스와 같은 정밀함을 바라는 건 무리다, 그건 사실이었다. 정확성이라고는 눈을 씻고 찾을 수도 없고, 러시아 시계는 나머지 세상과 완벽하게 일치하지 않았다. 1, 2분 정도 틀리든 저쪽으로 틀리든 뭐가 다르겠는가? 사형선고를 기다리는 입장에서는 똑같다. 백만 개의 태양보다 밝은 섬광 속에 수십만 명의 도시 주민들과 함께 무존재 속으로 날아갈 뿐이다.

전화는 계속 울렸다. 비에드지츠키는 저 기이한 폭발이 일어나기 전에 전화기를 부숴버리지 않은 걸 서서히 후회하기 시작했다. '공산당 기생충 놈이 왜 나를 조용히 죽게 내버려두지 않는 거야?!'

그는 한숨을 쉬고는 단호한 동작으로 수화기를 들었다. 자틸니와 그 일당에 대한 자신의 생각을 수화기 저편의 쓰레기에게 솔직하게 알려줄 심산이었다. 그러나 입을 열기도 전에 그는 친숙한 목소리를 듣고 거의 무너질 뻔했다.

"바르토시? 거기 있나?"

그것은 카지미에르차크의 목소리였다. 감정에 겨워 약간 잠겼지만 어쨌든 알아들을 수 있다.

"그래." 비에드지츠키가 힘겹게 대답했다.

"잘 들어, 친구." 카지미에르차크는 곧바로 본론으로 들어갔는데, 뭔가 배경의 굉음을 이겨내려고 소리치는 듯 힘껏 목청을 높이고 있었다. "나한테 시간이 얼마나 남았는지 모르겠으니까 간단히 말할게. 미안하네. 폭탄 걱정하지 마. 러시아인들이 돌아갔어……."

"하지만……." 비에드지츠키는 그의 말에 끼어들려 했다.

"돌아갔다고, 알아들어? 브로츠와프에 더 이상 관심이 없고 러시아인들은 그보다 더 큰 자기들 문제가 생겼어. 감염병…… 감염병이 이제 사방으로 퍼졌네."

"사방이라니 무슨 소리야?" 비에드지츠키는 수화기 저편의 배경에서 들리는 소음의 원인이 무엇인지 갑자기 이해했다. "거기에도 감염자가 있나?"

"그래. 장군과 인민의 지도자에 대해서 얘기한 거 기억하나? 그 빌어먹을 새끼들이 모스크바에서 확정된 대로 브로츠와프가 불타는 걸 구경하려고 여기까지 기어들어 온 게 아니었어. 다들 감염병을 피해서 내뺀 거야. 확실한 정보야. 현장에서 보고가 쏟아져 들어오기 시작한 직후에 우리도 좀비 공격을 받기 시작했네. 자네들이 처음이었고, 시발, 이유는 알 수 없지만 부하들이……." 그의 목소리가 갈라졌다. "지금 상황은 아무래도 뭔가 망할 전 세계적인 팬데……." 커다란 굉음에 그의 목소리가 끊어졌고 그 뒤에 더욱 시끄러운 소란이 들려왔다.

"거기 대체 무슨 일이야?" 비에드지츠키가 어깨에 누군가의 손이 닿는 것을 느끼고 펄쩍 뛰어 일어섰다. 그의 등 뒤에 죽은 듯이 창백한 얼굴로 서 있던 니에시토가 당장 손을 내리고 똑같이 물었다. "거긴 대체 무슨 일이야?"

비에드지츠키는 무기력한 얼굴로 어깨를 으쓱해 보였다.

"어떤 시발 새끼가 복도에서 수류탄을 껴안고 날아갔어." 카지미에르차크가 몇 초 뒤에 설명했다. "다행히 우리하고는 멀리 있어서 문이 잘 버텨줬네."

"자네는 어디 있나?"

"우리 쪽 열댓 명하고 지하 3층 작업실에 들어와 있어. 이걸로 해결되지 않는다는 건 알지만 최소한 숨을 돌리고 앞으로 어떻게 할지 생각할 수 있으니까……."

"어쩌다가 그렇게 됐나?" 비에드지츠키는 7215본부에 감염자가 들어가게 된 경위로 화제를 돌려 물었다.

"전혀 모르겠어, 바르토시. 자네하고 통화한 직후에 도살이 시작됐어. 전략실에 피투성이 당 고위직들이 십수 명 달려왔어. 가까이 있는 사람 아무한테나 덤벼들었어. 놈들이 고무우카 동지를 해치우는 걸 내가 봤네. 고무우카 총서기장은 문가에서 치란키에비치하고 장군 두 명하고 얘기하고 있었어. 좀비들이 1초 만에 그 사람들을 전부 덮쳤는데, 교활한 고무우카가 대머리 치란키에비치 뒤에 숨었다가 계기반 쪽으로 빠져나갔어. 하지만 결국은 다리가 찢겼단 말이야! 놈들이 삶은 닭처럼 조각내 버렸다고. 맹세하건대 정말로 일어난 일이야, 바르토시. 하나도 지어낸 거 없어. 나머지 당 고위직들도 이걸 보고는 엄청난 소란이 벌어졌어. 총격이 시작돼서 나는 부하들에게 아래층으로 빨리 도망치라고 했지. 출구가 이미 막혔거든. 그런데 계단에서 변질자들을 몇 명 마주쳤네. 힘들어도 어떻게든 뚫고 나왔지만, 그래도 좋은 애를 두 명쯤 잃었어. 파베우 마이카 기억나나? 자네하고 사관학교 동기였지."

"노바 후타 출신 그 파베우? 그래, 기억하지. 파베우가 왜?"

"망가진 문을 자기 몸으로 막아서 우리한테 약간의 시간을 벌어주었어. 놈들이 파베우를 갈가리 찢었네. 바르토시, 갈가리 찢었다고. 평생 그 광경을 잊지 못할 거야……."

"알아, 마치에크. 내가 세상 누구보다도 자네 말을 잘 이해하네, 내 말 믿어."

"작업실에 도달했을 때는 보안대에 전화해 봐야겠다고 생각했어. 자네가 여전히 거기 있기를 바랐거든. 자네한테 좋은 소식을 전하고 되갚음을 부탁하고 싶었어."

"되갚음?"

비에드지츠키가 놀랐다. "무슨 되갚음?"

"조금 전에 나한테 뭘 부탁했는지 기억 안 나나?"

"기억하지. 문제는 내가 자네 고향 쿠트노에서 상당히 멀리 떨어져 있다는 거고……. 잠깐, 이봐, 과장하지 마, 자네 아직 살아 있잖아. 본부에서 살아남을 확률은 우리가 여기서 살아남을 확률과 같거나 아니면 더 클 거라고."

"약속해." 카지미에르차크의 어조에는 어딘가 불길한 데가 있었다.

"확실히 전해주겠네, 친구." 비에드지츠키는 몇 분 전에 카지미에르차크가 했던 말을 그대로 되풀이하며 재빨리 대답했다. "다만……."

"이봐……. 우린 지금 최소한 200명의 좀비로 가득 찬 건물에서 벙커 가장 밑바닥 층에 앉아 있네. 먹을 것도, 물도 없어. 내가 방금 본 걸 생각하면 권총으로 할 수 있는 일은 관에 못 박는 것 정도야."

"그건 그래." 비에드지츠키가 동의했다. "하지만 살아 있는 동안에는 가능성이 있어. 나만 해도……." 그는 손목시계를 쳐다보았다. "3분 전만 해도 새빨갛게 달아오른 원자 300만 톤이 낯짝에 처박힐 거라고 굳게 믿고 있었으니까."

"머리가 나빠도 운이 좋은 사람도 있게 마련이지." 카지미에르차크가 피식 웃었다.

"개소리 그만하고, 내 말 제대로 들어주면 자네 목숨을 구하는 데 도움이 될 만한 지혜를 알려주지."

"경청하고 있네."

"첫 번째로, 좀비들은 돌변한 직후에 손에 잡히는 대로 아무나 공격하는데……."

"좀 새로운 얘기를 해봐." 카지미에르차크가 그의 말을 끊었다.

"……하지만 시간이 지나면 대부분 얌전해져, 첫 피해자를 공격하는 게 끝날 때쯤." 비에드지츠키가 차분하게 말을 이었다. "우리 감염병 전문가 아렌지코프스키 의사 말로는, 죽었다 살아난 시체들이…… 웃지 마! ……자기 희생자의 생명력을 흡수한다는 거야. 자기 몸을 되살리기 위해서 그런 생명력이 필요하다는 거지. 내 말이 웃긴다는 건 나도 알고 있어. 그런데 실제로 그렇게 보여. 그 짐승들은 상처를 많이 입을수록 그만큼 공격적인 상태가 더 오래 지속되고, 그만큼 사람도 더 많이 죽여야 해. 하지만 그러다가 마침내 성에 차게 되면 바로 옆을 산책하며 지나가도 손가락 하나 건드리지 않을 거라고 확신할 수 있네."

"그건 좀 새롭군." 카지미에르차크가 인정했다.

"계속 들어봐. 무감각 상태는 십몇 분 정도에서 최대 두 시간 정도 지속되니까 자네가 서두르면 좋겠네. 지금 이 순간에 자네 쪽에 있는 감염자들 절반 정도는 활동이 없는 상태일 거야. 빨리 뚫고 나가야……."

"하!" 카지미에르차크가 끼어들었다. "말하긴 쉽지."

"알아, 마치에크. 어떻게 해야 살아남을 가능성이 커지는지 말하고 있는 거야. 계속하지. 이 짐승들은 죽일 수 없고 그건 자네도 직접 경험해서 알고 있을 테니 놈들의 심장이나 얼굴에는 총을 쏘지 마. 그건 그저 시간 낭비에 총알 낭비일 뿐이니까. 그리고 또 하나, 아주 중요한 게 있어. 우연히라도 절대로 놈들을 건드리지 마! 생명력을 빨아들인다고 한 거 기억하지? 좀비와 직접 접촉하면 살아 있는 생명체는 다 비극적인 끝을 맞이하게 돼. 썩은 놈이 자네를 물어뜯거나 잡아 찢지 않아도 놈에게 걸려 넘어져서 움직이지 못하게 되는 것만으로 충분하다고. 30초면 끝장이야. 자네도 숨이 멎었다가 다음 순간 희생자를 찾아 나서게 돼……. 그럼 이제 잘 들어, 마치에크. 도끼나 쇠지레 같은, 뼈를 부수고 사지를 잘라낼 수 있는 도구가 필요해. 그게 임시방편이라도 위협을 제거할 수 있는 유일한 방법이야……."

"임시방편?" 카지미에르차크가 그의 말을 끊었다. "왜 임시방편이야?"

"그거야말로 지금 전혀 중요하지 않아. 건물 내부 구조가 정확히 기억나지 않아서 구체적인 계획은 자네한테 맡겨야겠네……." 수화기에서 억눌린 고함 소리가 들려 그는 말을 멈추었다.

"미하우를 진정시켜." 카지미에르차크가 수화기 너머에서 부하들에게 말했다. "미안하네, 바르토시, 푸테르가 등을 긁혔어, 여기 들어오기 전에 어떤 놈이 손톱으로 할퀸 모양……."

"거기 부상자가 있나?" 비에드지츠키가 그의 말을 끊으며 의자에서 몸을 똑바로 세웠다.

"당연하지, 두 명쯤." 카지미에르차크가 대답했다. "하지만 다행히 긁힌 정도야."

"지금부터 내가 하는 말 잘 들어, 친구……." 비에드지츠키는 비밀스럽게 목소리를 낮추었다. "당장, 그러니까 지금 당장, 전혀 부상당하지 않은 애들만 골라서 그 작업실에서 도망치게."

"바르토시, 무슨 헛소리야? 어떻게 내가……."

"좀비에게 피가 날 정도의 상처를 입은 사람은 전부 다 감염병 보균자야. 100퍼센트라고. 여기서도 그런 광경을 여러 번 보았네. 늦어도 15분 뒤에는 죽어서 돌변할 거야. 내 말 믿어, 이건 정말 확……."

그가 말하는 도중에 카지미에르차크가 외쳤다.

"끊어야겠어, 바르토시!" 그의 어조에 아주 불안한 위기감이 묻어나왔다.

"하지만……."

"아그니에슈카한테 전해줘……. 뭐라고 말해야 할지는 자네가 알겠지."

"하지만……."

"잘 버텨, 친구. 썩은 놈들한테 물리지 말고 살아남아."

커다란 굉음과 함께 통화가 끝났다.

비에드지츠키는 어안이 벙벙한 채 믿을 수 없다는 듯 수화기를 들여다보았지만 수화기에서는 통화 중 신호만 규칙적으로 흘러나올 뿐이었다 .

"대체 뭐에 물린 거야아아?" 그는 바로 옆에 서 있는 니에시토를 바라보기 위해 고개를 들며 중얼거렸다 .

45

1963년 8월 10일 토요일 05시 29분
브로후프 화물역 지선

"손 들어!"

온데르카는 깜짝 놀라 즉시 명령대로 했다.

"일어나!"

트럭 전조등 때문에 그는 눈이 완전히 보이지 않게 되었다. 너무 눈이 부셔서 눈을 꽉 감아야 했다. 목소리로 보아 경찰은 최소 두 명이었지만, 실제로 순찰하는 중이라면 어딘가 가까운 곳에 세 번째 재수 없는 놈이 있을 것이었다. 어쩌면 지금 그의 등 뒤에서 다가오고 있을지도 몰랐다.

"쏘지 말아요." 온데르카가 서둘러 관목숲에서 나오며 중얼거렸다.

"무릎 꿇어!"

강한 불빛이 여전히 그의 눈을 비추고 있었다. 그래서 그는 경찰이 지금 이 자리에서 자신을 총으로 쏴 죽이거나 시내에서 잡아 온 저항활동가들과 함께 석탄 운반차에 집어넣지 않기를 소망하며 단단한 땅 위에 고분고분 무릎을 꿇었다.

"무슨 일인가?"

세 번째 목소리가 옆에서 들렸는데 이 목소리는 앞의 두 명보다 차분했다.

"보고드립니다, 경위님. 관목숲에서 이자를 발견했습니다."

"관목숲?" 장교가 바로 옆에 멈추었다.

"예, 거기 앉아 있었습니다. 포드그루드니가 마침 그때 불을 켜지 않았으면 이 개새끼를 못 보고 지나칠 뻔했습니다."

"이름이 뭡니까?"

패닉에 빠진 온데르카는 잠시 후에야 이 질문이(게다가 존댓말이다) 자신에게 향한 것이라는 사실을 깨달았다.

"마르친입니다, 온데르카는 성이에요." 그는 고개를 숙여 인사하려 했으나 꿇어앉은 자세에서 게다가 양손을 높이 들고 있는 채로는 어려운 노릇이었다.

"어디서 왔습니까?" 보이지 않는 경위가 취조했다.

"환적소에서 일합니다. 여기서 뭔가 일이 나는 걸 보고 확인하러 왔습니다." 철도원이 설명했다.

"그렇게 모범적인 시민입니까?"

"모범적은 무슨 모범적입니까, 경위 선생님. 역장이 화물차를 잘 지켜보라고 해서요. 이 동네 사람들은 아무거나 훔쳐 가니까, 만약 카토비체까지 가서 석탄이 없어진 걸 알게 되면 문제가 생기거든요."

"그렇군요……."

몇 초간 침묵이 흐른 뒤 천천히 돌아가던 엔진이 더 빠르게 웅웅거리기 시작했고, 눈을 찌르던 빛줄기가 옆으로 움직였다. 온데르카는 조심스럽게 눈을 떴다. 그저 아직도 눈앞이 전혀 안 보이는지 확인하기 위해서였다. 눈을 깜빡여도 별 도움은 되지 않았다. 뭔가 볼 수 있게 되려면 넉넉히 몇 분은 기다려야 한다는 사실을 그는 알고 있었다. 그래도 귀는 여전히 잘 들렸기 때문에 멀리서 마른하늘에 날벼락이라도 떨어진 듯 뭔가 굉음을 냈을 때 그는 깜짝 놀라 몸을 떨었다.

"또 무슨 일이야!" 경위가 고함쳤다.

"세상에, 엄청 크게 터졌지 말입니다." 곧이어 경찰 중 누군가가 덧붙였다. 말투로 보아 실롱스크 토박이였다.

온데르카는 무슨 일이 일어나는 것인지 전혀 알 수 없었다. 그러나 시내에서 뭔가 폭발했다는 것 정도는 짐작했다. 그것도 여기에서 들리고 보일 정도니까 상당히 강한 폭발이다. 그는 혼자 속으로 웃었다. '누군가 싸우고 있어, 누군가 적들에게 손실을 입혔어……!' 그는 곧 진지해졌다. 자신이 기뻐하는 모습을 경찰이 보는 것을 원하지 않았다. '여기서 무사히 빠져나가려면 천진무구한 바보 연기를 해야 해. 스테판 신부님이 항상 말하는 대로.'

* * *

땀에 젖은 다미안 파벵스카는 계단을 뛰어올라 육교로 올라가서 사무실에 들어갈 수 있었다. 문을 열고 그는 곧바로 하나밖에 없는 의자에 주저앉았다. 그는 철로를 따라 폐가 터지도록 뛰었다. 석탄 운반차에 실리는 그 불쌍한 사람들의 모습이 그의 상상력을 자극했다. 지금까지도 그 공포심을 떨쳐낼 수 없었다. 이전에는 비밀 모임에서 스테판 신부가 하는 말을 전부 다 믿지 않았다. 물론 공산주의자들은 나쁘고, 그놈들 때문에 폴란드가 완전한 독립국이 되지 못했다는 건 다 알고 있지만, 개인적으로 그는 공산주의자는 그저 자신과 다른 생각을 가진 사람들이고 가끔은 그래도 그들을 진실의 길로 안내할 수도 있다고 여겼다. 오늘에야 그는 스테판 신부가 과장한 게 아니라는 것을 깨달았다. 실제로 놈들은 짐승이었다. 사실 그보다 더 나쁜, 인간의 탈을 쓴 괴물이었다.

그는 수화기를 들고, 신경을 가라앉히려고 몇 번 심호흡을 한 뒤에 외우고 있는 번호를 돌렸다.

일곱 번 신호가 간 뒤에야 상대방이 전화를 받았다.

"브와디스와프 빅토르 야니츠키 전화 받았습니다." 깊이 잠에 취한 목소리였다.

"파벵스카예요, 교수님 저 아시죠, 브로후프역 철도원. 교수님이 제 아내한테 신선한 달걀을 부탁하셨잖아요. 그래서 교수님 드리려고 모아놨어요. 가져가세요. 빨리 오시는 게 좋아요."

스테판 신부는 절대로 있는 그대로 말하지 말라고 강하게 주장했다. 그래서 그들은 여러 가지 암호를 정해놓았다. 이것은 당장 접촉해야만 한다는 뜻이었다.

"고맙습니다." 야니츠키가 짜증 난 어조로 중얼거렸다. "학교 가는 길에 들르지요, 하지만……." 교수가 잠시 말을 멈추었다. "하지만 다음번에 이런 빌어먹을 일이 생기면 좀 사람다운 시간에 전화하시오."

"교수님한테 편하신 시간에……." 파벵스카는 처음에는 수화기 안에서, 다음에는 창밖에서 커다란 굉음을 듣고 몸을 움츠렸다.

멀리 지평선에서, 밝아지는 하늘을 향해 검은 연기 기둥이 솟아오르고 있었다. 다음 순간 그의 바로 옆에서 거대한 불덩어리가 활짝 피어났다.

46

1963년 8월 10일 토요일 05시 45분
볼노시치 광장

니에시토는 커다랗고 텅 빈 광장에서 모래 자루로 토대를 보강한 천막에 등을 돌리고 서 있었는데, 그 천막은 이전에 임시 지휘본부가 있던 곳이었다. 주위는 완벽하게 조용했다. 군인들이 시내에서 퇴각하며 장비를 챙길 시간이 없어서 보급품 탄약 상자와 주 막사로 쓰던 천막들, 그리고 가장 무겁고 그 때문에 가장 느린 장갑차 수송부대가 사용하던 시설 일부를 버리고 갔다. 오페라 극장 근처에 수륙양용 캐터필러 차량 BTR-50들이 길게 한 줄로 서 있었는데, 이들은 바람이 잘 불 때도 달팽이처럼 느리게 기어다녔다. 약간 더 멀리 트럭도 여러 대 보였다.

니에시토는 공동묘지 뒤의 무너진 굴다리에서 흘러나오던 불의 강을 떠올리고 몸을 떨었다. 그는 폭발의 진짜 원인이 무엇인지 확인하기 위해 지역위원회 건물을 나와 곧장 그곳으로 갔다. 그러나 그곳에는 브로츠와프에서 가장 큰 묘지를 둘러싼 담장 절반은 찾을 수 없었다. 주위의 모든 것이 불타고 있었다. 나무도, 땅도, 건물도. 석공들 작업실은 흔적만 남았고 묘지의 철제 정문 앞 건물은 돌무더기로 변했으며 벽 한 면도 성하게 남은 것이 없었다. 철로 옆의 긴 방벽은 마치 녹아서 저절로 증발한 것처럼 사라지고 그 자리에는 계속 불타고 있는 거대한 구덩이가 나타났다.

그들은 단 한 가지만 확인할 수 있었다. 화물선이 겨울에 정박하는 곳 인근에서 화물기차들이 충돌했으며 그 화물 중에 연료가 든 액체탱크가 있었던 것이 분명했다. 주변이 너무 많이 파괴되어 더 이상 할 수 있는 일이 없었다. 그래서 그들은 당장 퇴각하여 인적 없는 거리를 달려 시내로, 정확히는 이 광장으로 왔다. 후퇴해 버린 군부대와는 오로지 이곳에서만 연락을 취할 수 있기 때문이다.

비에드지츠키가 즉시 무전기의 마이크를 잡았다. 니에시토는 죽었다 살아난 시체들이 몰래 접근할 수 없도록 경비소에 가서 섰다. 이제 시내에 군인이 단 한 명도 없으니 무슨 일이든 일어날 수 있었다.

"여기는 독수리, 둥지 나와라, 이상." 비에드지츠키가 다섯 번째로 호출했다.

두려움이 그의 마음속에 파고들었다. 니에비아돔스키 대위는 이렇게 생각 없이 행동할 사람이 아니었다. 이 잘생긴 루블린 출신 남자는 프랑스의 세브르에서 킬로그램과 미터 단위 표준과 함께 군인의 표준으로 만들어야 할 사람이었다. 또한 폴란드 전체에서 가장 뛰어난 방사능 낙진 전문가이기도 했다. 그리고 그는 실수했을 때 인정하는 것을 부끄러워하지 않았다. —대단히 드문 일이기는 한데—실수한 것이 드러나면 그는 그저 이렇게 말했다. "실수는 진리로 향하는 길일 뿐이야." 마리우시 니에비아돔스키는 말 그대로 철석같이 단단하게 믿을 수 있는 사람이었다.

그런데도 지금 그는 대답하지 않았다. 그의 무전기는 몇 번이나 호출했는데도 답변이 없었고 그러므로 최악의 상황을 상상할 수밖에 없었다.

"여기는 독수리, 둥지 나와라, 이상!" 여섯 번째 호출했으나 또 응답이 없었다.

"혹시……." 니에시토가 천막 입구에서 말을 시작했다가 문장을 마치지 않고 곧 입을 다물었다. 가장 자명한 설명 외에는 마리우시가 연락을 피할 만한 그 어떤 그럴듯한 이유도 찾을 수가 없었다.

비에드지츠키는 다시 한번 무전기를 확인했다. 모든 것이 제대로 작동했다. 자기 차량과 연결할 때는 아무런 문제도 없었다. 다른 채널에 연결했을 때 천막 옆에 세워둔 지프차 스피커는 익숙하게 떨렸다. 세 번이나 확인했는데, 주파수도 분명히 일치하는 것 같았다.

"여기는 독수리, 둥지 나와라, 이상." 그는 턱수염이 거뭇거뭇하게 돋아난 턱을 불안하게 문질렀다.

이번에는 뭔가 지직거리는 소리가 응답했다. 비에드지츠키는 읽을 수 없는 신호의 원천에 가까이 가기라도 하려는 듯 몸을 숙였다. 니에시토도 까맣고 각진 무전기를 들여다보았다가 자신이 경비를 서고 있다는 사실을 재빨리 깨닫고 민감한 시선으로 텅 빈 광장에서 눈에 보이는 부분을 훑은 뒤에 밖으로 나갔다.

스피커가 두 번째로 지직거렸을 때는 단어 일부가 들렸다.

"여기는 독수리, 둥지 나와라. 들리긴 하는데 아주 불분명하다. 송신기를 재조정해서 다시 시도하라, 이상."

"……는 둥지……." 점점 더 분명하게 들려오는 목소리는 니에비아돔스키가 아니었고 그 점은 비에드지츠키도 니에시토도 확신했다. "이제는 좀 낫습니까, 이상."

"그렇다, 명확하고 선명하게 들린다." 비에드지츠키가 대답했다. "그쪽은 누구인가, 이상."

"보고합니다, 여기는 마치에이 스트젱파 중사, 본부대대 통신중대 소속입니다, 이상." 무전병이 정해진 대로 관등성명을 대었으나 목소리가 갈라졌다.

"확인했다. 니에비아돔스키 대위 바꿔라, 이상."

"죄송합니다만 소령 동무, 그건 불가능합니다, 이상."

비에드지츠키는 입술을 깨물었다. 안도의 감정이 순식간에 사라지고 그 자리에 익숙한 무거움이 들어찼다.

"그렇다면 직무 대행하는 장교나 니즈네르 소위를 바꿔라, 이상."

중사는 즉시 대답하지 않았다. 그리고 마침내 대답했을 때 그의 목소리에서는 망설이는 기색이 들렸다.

"죄송합니다만 소령 동무, 저하고만 말씀하실 수 있습니다."

"규정대로 답변하라, 이상!" 비에드지츠키가 호령했다.

"예, 알겠습니다, 이상."

"상황 어떤가, 이상."

"중대 전체에서 저만 남았습니다, 이상."

"뭐라고?" 이번에는 비에드지츠키가 규정에 대해 잊어버렸다.

"전부 뜯어 먹고……. 덤벼들어서……." 스트젱파 중사의 목소리가 점점 작아졌다.

“큰 소리로 말하라, 중사!” 비에드지츠키가 다시 포효했다. “무슨 일이 있었는지 대답하라. 차분하게 순서대로. 이상.”

“퇴각하던 운전병 한 명이 길에서 차를 버려야만 했던 동료를 태워주었습니다.” 중사가 보고하기 시작했다. “저는 세부 사항을 전부 알지 못합니다만, 어딘가에서 아군과 대피자들 사이에 총격이 벌어진 것 같습니다. 저희는 소령님 지시대로 시내에서 정확히 30킬로미터 떨어진 요르다누프 근처 도로에 정차했습니다. 대위가 저희를 차 옆에 집합시켜 마지막으로 점호를 하고 폭탄이 터질 때를 대비하려고 했습니다. 대위가 뭔가 말하기도 전에 전속력으로 달려온 지프차가 저희를 덮쳤습니다. 모두 다 정말 놀랐습니다. 충격이었습니다. 아무도 예상하지 못했습니다. 저희 지프가 처음에는 옆으로 누웠고 그다음에는 튕겨서 구르기 시작했습니다. 타작용 콤바인처럼 사람들을 베었습니다. 그 상황에서 거의 아무도 무사히 도망치지 못했습니다. 대위 포함해서 11명이 현장에서 사망했습니다. 운전병은 차량 잔해 속에서 산 채로 끄집어냈습니다만, 죽기 전에 모든 걸 이야기했습니다. 승객이 톨게이트를 지나자마자 곧바로 잠들었는데, 처음에는 자기도 만 하루가 넘게 뛰어다녔기 때문에 그게 이상하다는 생각을 못 했다고 합니다. 그런데 승객이 자면서 몸부림을 치더니 운이 없게도 차가 코너를 돌기 직전에 멈추었다고 합니다. 나머지는 순식간에 일어났습니다. 모르는 새에 공격당한 운전병이 당황해서 액셀을 밟았습니다. 죽었다 살아난 시체가 공격하는 바람에 차가 어디로 가는지 몰랐다고 합니다…….” 중사가 말을 끊었다. 다 잊어버리고 일상으로 돌아가기에는 모든 일이 그의 기억 속에 너무 생생했다.

비에드지츠키는 중사가 오랫동안 침묵하게 내버려두지 않았다. 그에게 지금 시간은 금이었다. "계속 보고하라, 이상!"

"예, 알겠습니다. 처음에는 어떻게 해야 할지 몰랐습니다. 사방에서 동료들이 죽어가고 부상자들이 도움을 청했습니다. 카츠페르, 그러니까 얀친스키 중위가 이 혼란을 통제하려고 했습니다. 저에게 다른 부대와 연락하라고 명령했습니다. 저는 즉시 무전기로 달려갔습니다. 저는 부상이 가장 가벼운 편이었습니다." 그는 자신이 어째서 살아남았는지 설명해야만 한다고 여기는 듯 해명하는 어조로 덧붙였다. "307대대와 311대대에 연락했습니다만, 311대대만 저희 위치에서 상당히 가까운 곳에 있었습니다. 보레크 스트젤린스키 마을에 자리 잡고 있었지만 지휘관이 우리 쪽으로 와서 도와주는 걸 거부했습니다. 저는 중위에게 이걸 보고하려고 돌아갔는데 그때 보니까……." 이번에 스트젱파 중사는 오랫동안 침묵했고 비에드지츠키는 그를 내버려두었다. "죽었던 시체들이 살아났고 심하게 부상 입은 동료들은 도망칠 수 없었고 몇몇 병사들만 벌판으로 도망쳤습니다. 그건…… 그건……."

"그 순간은 넘어가게." 비에드지츠키는 중사가 곧 정신적으로 무너질 것을 예감하고 제안했다. "그 뒤에 어떻게 됐는지 말해봐."

"그 뒤에는 별다른 일이 없었습니다. 저도 도망치고 싶었지만 그건 좋은 생각이 아니었습니다. 그 즉시 몸을 돌렸는데 사방에 죽었다 살아난 것들이 우글거렸고, 차까지 몇 걸음 안 되었습니다만 저도 공격을 당했습니다." 비에드지츠키는 눈을 질끈 감았다. "오스카르와 크시시에크였습니다. 그러니까 마치오웨크 병장과 코스크 일병입니다. 그나마 제가 운이 좋아서 둘이 아주 심하게 다쳤기에 망정이지 그렇지 않았다면 저는 지금 소령님과 이렇게 얘기하지 못할 겁니다……. 못 믿으실 겁니다, 소령 동무, 제가 마치오웨크의 팔을 뜯어냈어요, 전체를 다……. 지금 무전실 제 옆에 있는데 마치 살아 있는 것처럼 계속 움직입니다……."

"이 일이 다 언제 일어났나?" 비에드지츠키가 그의 말을 끊고 물었다.

"저는 정말 절대로……." 부사관은 점점 더 두서없이 말하기 시작했다. "모르겠습니다. 아마 의식을 잃었던 것 같습니다……."

'그러면 이전에 왜 응답하지 않았는지 알겠군.'

"정신 차려, 중사." 비에드지츠키가 말하기 시작했으나 상대방은 이미 듣고 있지 않았고, 알아들을 수 없는 말을 뭔가 중얼거리다가 완전히 침묵해 버렸다.

비에드지츠키는 무전기를 껐다. 잠시 양손으로 얼굴을 가리고 앉아 있었다. 니에비아돔스키가 사망했으므로 그는 이전에 지휘했던 부대들 대부분과 연락할 수 없게 되었다. 주파수도 암구호도 암호도 알지 못했다. 되는대로 연락을 시도할 시간은 없었다. 브로츠와프가 원자폭탄 불길에 휩싸여 파멸하는 운명은 면했다 해도, 도시에는 이제 수천 명의 감염자가 고립되었으며 그 감염자들은 이미 좀비로 변했거나 언제라도 변할 것이었다. 그리하여 이곳은 거대한 죽음의 함정이 되었다. 살아남고 싶다면 도망쳐야 했다. 그러나 어디로?

카지미에르차크는 어쨌든 거짓말을 하지 않았다. 감염병

이 그사이에 전국으로 퍼졌고, 심지어 동쪽 국경도 넘었으며, 그것은 즉 천연두가 이 사태의 근본적인 원인이 아니라는 뜻이었다. 천연두 병원균은 사람을 걸어 다니는 시체로 변화시키는 매개체의 발생을 촉진했을 뿐이다. 아렌지코프스키 의사는…….

“이런 세상에.” 비에드지츠키가 창백해지며 신음했다.

“뭐?” 니에시토가 땀에 젖은 손으로 잠시 빌린 권총을 움켜쥔 채 천막 안으로 뛰어들어 왔다. “뭐야?”

비에드지츠키는 큰 소리로 한숨을 쉬었다.

“내가 어떻게 그를 잊어버릴 수가 있지.”

“누구를?”

“아렌지코프스키.”

‘아무리 혼란스럽다고 해도 그렇게 중요한 사람을 잊고 있었다니? 이 상황에서 아마도 유일하게 감염병을 정복할 수 있는 사람을?’ 비에드지츠키는 고개를 저었다. 자털니를 물어뜯는데 바빠서 나머지 세상에 대해 완전히 잊고 있었다.

“마베트 경위에 대해서도 아마 특별히 기억하진 않았겠지.” 니에시토가 약간 진정을 한 뒤 고개를 바깥으로 내밀며 말했다.

47

1963년 8월 10일 토요일 05시 55분
브로후프 화물역 지선

"여러분, 우리에게도 마침내 때가 왔습니다." 야니츠키 교수가 확신에 찬 목소리로 말했다. "공산주의자들이 브로츠와프에서 도망치고 있습니다. 이건 사실입니다." 그는 자기 말을 듣는 철도원들의 눈에 나타난 의심의 빛을 보고 덧붙였다. "여기로 오기 전에 스테판 신부님을 만났습니다. 추기경이 우리를 지켜보고 있습니다. 요원들은(사실은 평범한 신도들이었지만 그는 일부러 이 용어를 사용했는데, 그가 신도는 아니지만 신도들이 스테판 신부의 비밀회합에 참여하는 사람들과 마찬가지로 그에게 도시에서 일어나는 흥미로운 일들은 뭐든지 다 말했다. 다만 지하 조직에 보고하고 있다는 사실은 전혀 몰랐다) 몇 시간 전부터 주교 대행인 자용츠 신부님께 공산주의자들이 무리 지어 브로츠와프를 떠난다고 보고하고 있습니다. 지난밤에 공항에서 비행기가 열 대가 넘게 떴습니다. 그 비행기에는 모두 정부 고위관료들이 타고 있었습니다. 하지만 그게 전부가 아닙니다. 한 시간쯤 전에 도시에서 군대와 경찰이 모두 퇴각했습니다. 이곳으로 들어오기 위해서 저는 시내 중심가를 지나야만 했습니다. 오는 길에 군인이나 경찰은 한 명도 못 보았습니다. 이게 무슨 의미인지 아십니까? 서방이 우리를 도와주러 오는 것입니다!" 그는 마지막 문장이 청중의 마음속에 적절한 인상을 남길 수 있도록 잠시 말을 멈추었다. 지금 이들은 두려워해서는 안 된다. 지금은 아니다. "터지는 소리 들었습니까? 폭발을 보았습니까?" 그는 잠시 사이를 두고 마치 자신이 폭발을 일으킨 것 같은 어조로 물었다. 사람들이 고개를 끄덕이자 그는 활짝 웃었다. "우리만 싸우는 것이 아닙니다, 여러분. 여러분을 믿고 제가 들은 기밀 정보를 알려드리겠습니다. 폴란드의 다른 여러 도시에서도 소요와 대규모 활동이 일어나고 있습니다. 아무래도 공산당은 새롭게 태어난 모든 애국적인 운동과 사상들을 감염병을 기회로 삼아 단번에 뿌리 뽑으려 하는 모양입니다. 대교구 전화기가 끊임없이 울리고, 크라쿠프, 루블린, 하, 심지어 자크로침 주교까지 자기 교구 도시에서 일어난 투쟁에 대해 보고하고 있습니다. 사람들이 공산 정부의 끝없는 잔혹성을 자기 눈으로 보고 마침내 일어서기 시작했습니다. 공산주의자들은 라디오와 텔레비전을 통제할 수 있지만 브로츠와프 시민들의 눈과 귀를 막지는 못했습니다. 저들이 감염병의 진원지를 없애야 한다는 핑계 뒤에 숨어 저항활동가들에게 총을 쏘는 소리를 모두가 들었습니다. 활동가들을 수백 명씩 끌고 가는 모습을 모두가 보았습니다." 그는 멀리 사라져 가는 화물기차를 고갯짓으로 가리켰다. "1956년에 했던 짓을 저들은 다시 되풀이하려 했지만 이번에는 저들이 졌고, 이번에는 우리가 승리의 저울추를 우리 쪽으로 당겼습니다. 비인간적인 공산 정권 아래 수천 명의 피해자를 해방합시다. 그리고 크시키에 있는 라디오 방송국을 되찾아, 2차 세계대전 이후 우리 조국을 노예로 만든 근본 없는 도적놈들을 완전히 무너뜨릴 증거를 세상에 보여줍시다. 이번에야말로 서방은 아주 단호하게 반응할 것입니다, 그것만은 확신하셔도 좋습니다." 그는 더욱 활짝 웃었고 철도원들도 이에 화답하듯 이를 드러냈다. '내가 저들에게 영감을 주었어! 다행이야, 우리 앞에 놓인 활동은 쉽지 않을 테니까…….' "모두 힘을 합쳐 빨갱이들을 타도합시다!"

"신이 우리를 도우실 것입니다!" 철도원들이 그의 말을 받아치며 성호를 그었다. 그런 다음 묵주를 들고 있을 때처럼 주먹을 쥐고 손에 입을 맞추었다.

"여러분, 시계를 맞출 때가 왔습니다." 교수가 말했다. "6시에 움직입시다. 바로 그 시간에 모든 교회에서 종을 울려 정권의 희생자들에게 바치는 특별 미사에 신도들을 부를 것입니다. 여러분이 필요한 일을 완수하신다면 신부님들이 여러분의 순교에 대해 알고 도시 전체에 알리도록 제가 직접 나서서 살피겠습니다."

감동에 찬 철도원들이 양파를 먹으려고 손을 뻗었다. 돈벌이를 위해 실롱스크까지 온 크라쿠프 출신의 음울한 다비드 빅토르스키는 이곳에 모인 사람들 중에서 가장 멋진 시계를 가지고 있었다. 한때 바르샤바-비엔나 구간 열차 차장이었던 큰아버지에게 물려받은 것이다. 은뚜껑에 이니셜이 새겨진 회중시계가 그보다 훨씬 더 작은, 기관사 조수 우카시 자크의 독일제 시계, 그리고 그보다 더 소박한 파벵스카의 소련제 시계와 시계판을 맞대었다. 나머지 음모자와 철도 노동자들은 손목에 평범한 손목시계를 차고 있었다. 다만 가장 어린, 갓 열다섯 살 된 철도

학교 학생 카밀 주치드워는 아직 자기 돈으로 진짜 시계를 사지 못했고 그래서 정확한 시간을 알 필요가 없는 역할을 맡게 되었다.

그들은 머뭇거리지 않고 시곗바늘을 같은 시간에 맞추었다. 야니츠키 교수가 민감한 시선으로 모두의 시계판을 훑어보고 대단히 만족한 얼굴로 고개를 끄덕였다.

"여러분을 믿습니다." 그가 철도원들과 차례차례 악수하며 말했다. "조국도 여러분을 믿습니다……."

파벵스카의 차례가 되었을 때 교수는 희미하게 미소 지으며 눈짓으로 감사를 표했다. 그는 온데르카가 붙잡힌 사실에 대해 파벵스카가 입을 다물어준 것이 고마웠다. 온데르카가 약속 장소에 나타나지 않으면서 불안해진 동료는 다시 석탄 운반차 근처로 숨어 들어갔고, 그때 경찰 두 명이 수갑을 찬 온데르카를 화물차 옆으로 끌고 가는 것을 보았다. 모임 직전에 이 사실을 알게 된 교수가 처음 보인 반응은, 비밀작전이 밝혀지고 서둘러 고안해 낸 계획이 실패할까 두려워서 활동 전체를 취소하자는 것이었다. 그러나 냉정하게 모든 사실을 분석하고 나서 그는 온데르카가 음모에 참여했다는 사실을 인정하지 않았으며, 설령 경찰에게 뭔가 털어놓았다고 해도 같은 비밀 모임 동료들이 무슨 계획을 세웠고 정치범에 대해서 뭔가 할 생각이 있긴 있는지 전혀 모르는 상태였으므로 나머지 사람들에게 해가 되지 않을 것이라는 결론에 도달했다.

파벵스카가 묘사한 경찰들의 행동도 야니츠키에게 생각할 거리를 안겨주었다. 파벵스카의 말에 따르면 경찰은 전혀 불안해하는 것 같지 않았다. 심지어 경계를 강화하지도 않았다. 순찰 담당자들은 이전과 똑같이 졸면서 지선을 돌아다녔고 나머지 경찰들은 작업이 끝난 수송 벨트 옆에 앉아 카드놀이를 하거나 잠을 잤다.

교수는 이 모든 것이 함정이거나, 또 한편으로는 경찰이 대체 무슨 지원을 받겠느냐는 생각도 했다. 그리하여 마침내 그는 천재적으로 단순해 보이는 계획을 바탕으로 철도원들에게 급진적인 행동을 하도록 설득할 수 있었다.

'이 활동은 성공할 수밖에 없어. 그리고 만약 뭔가 잘못된다면…… 어쩌겠어, 모든 혁명에는 희생자가 필요한 법이지.'

48

1963년 8월 10일 토요일 05시 57분
볼노시치 광장

"마베트 경위, 신의 가호로군요!" 비에드지츠키는 무전기에서 마베트의 목소리를 듣고 안도의 한숨을 쉬었다.

"뭐라고요?" 마베트는 당장 얼굴을 찡그렸다. "신이 어쩌고 비이성적인 얘기는 하지 말고, 어째서 다음 수송이 오지 않는지부터 말해주십시오."

"바로 그 얘기를 하려고 했소." 상대방이 짜증 내는 이유를 알지 못해서 비에드지츠키는 신경 거슬린 부분은 무시해 버렸다. "그러니까 전부 망했소. 자틸니가 틈을 봐서 중앙당을 구워삶았소. 짧게 말하면 수송은 이제 없소. 여기에서 나가고 싶지는 않지만, 나는 이 작전의 지휘권을 빼앗겼고 내가 시내를 정리하라고 보낸 부대는 전부 도시에서 퇴각했소……."

"무슨 말입니까, 퇴각이라니?"

"자세한 얘기는 하지 맙시다. 이 상황에서 당신의 임무는 이제 더 이상 의미가 없소. 그 화물차량들을 할 수 있는 한 잘 지키고……." 비에드지츠키는 잠시 말을 끊었다. "내 말 잘 들으시오, 경위, 나는 더 이상 당신 상관이 아니오……."

"실질적으로 상관이었던 적도 없습니다." 마베트가 내뱉었다.

"말 끊지 말아주겠소?" 비에드지츠키가 언성을 높였다. "고맙소. 시내로 돌아갈지 다른 지역으로 후퇴할지 결정을 내리기 전에 당신이 상황을 명확하게 알았으면 좋겠소. 이 감염병이 브로츠와프에서만 터진 게 아니오. 조금 전에 라스키에서, 그러니까 수도에서 소식을 들었는데 새벽에 다른 여러 도시에서도 감염병 진원지가 발견되었소. 폴란드에만 국한된 게 아니오. 이건 팬데믹이오."

"뭐라고요?"

"팬데믹이오. 모든 감염병의 어머니란 말이오. 어딜 가든 사방이 다 똑같을 거요."

마베트는 오랫동안 침묵했다.

"그럼 어떻게 하면 좋겠습니까?" 마베트가 훨씬 덜 자신 있는 어조로 물었다.

"부하들을 모아서 최대한 빨리 볼노시치 광장으로 오시오. 나는 이 도시를 아니까, 여기……." 그는 익숙한 소리가 들려오자 놀라서 말을 끊었는데, 시간이 지날수록 그 소리에 이어서 같은 소리가 합류했고, 어떤 소리들은 멀고 작았고 어떤 소리들은 명백히 더 크고 가까웠다. 도시 전체에 교회 종이 동시에 울리고 있었다.

"……무슨 일입니까?!" 마베트가 무전기에 대고 고함쳤다.

"나도 모르겠소." 그러더니 비에드지츠키가 사실대로 말했다. "갑자기 교회 종이 울리기 시작했소."

"화려한 옷을 차려입은 바보들." 경관이 내뱉었다. "사람들을 거리로 불러내서 곧장 저 괴물들의 손아귀에 들어가게 할 겁니다."

"그런 만큼 더 서둘러야 해요. 볼노시치 광장으로 곧바로 오시오, 나한테 계획이 있으니 우리가 힘을 합치면 반드시 살 수 있을 거요."

"뭐 좋습니다……." 마베트가 잠시 말을 끊었다가 한껏 목청을 높여 소리쳤다. "야누슈코프스키! 거기 대체 무슨 일이야?!" 누군가 그에게 대답했지만 비에드지츠키는 한마디도 알아들을 수 없었다. "소령, 난 이만 끊어야겠습니다. 분명히 지선 이쪽 구간으로는 들어오지 말라고 확실하게 명령했는데, 화물열차가 계속 들어오고 있습니다!"

"진정하시오." 비에드지츠키가 상대를 이성적으로 설득하려 했다. "그건 이제 아무 의미도 없소."

"나한텐 있습니다." 경위가 반박하고 대화를 종료했다.

49

1963년 8월 10일 토요일 05시 59분
툼스키섬, 프라와츠카 거리 2번지

열린 문과 문설주 틈으로, 늘어진 쇠줄 바로 위에 주름으로 뒤덮인 볼의 일부가 보였고 그 위에 짓무른 한쪽 눈이 빛났다.

"뭐요?" 잔뜩 화가 난 브론카가 내뱉었다.

"그렇게 퉁퉁거리지 마세요, 브론카 선생님." 장례식이라도 가는 듯 차려입은 마지요바가 6호 아파트 앞에서 지저귀듯 말했다. "채비하세요."

"어딜 간단 말이오, 미할리나 씨?" 브론카가 문을 열고 물었다.

"어디라뇨?" 그의 이웃인 미할리나 마지요바가 활기를 띠었다. "성당이죠."

"이 시간에?" 브론카는 시계를 찾아 주머니를 뒤적이며 웅얼거렸다.

"금방이라도 종이 칠 거예요. 신발 신어요, 티모테우시 아저씨. 이웃들 전부 벌써 아래층에 있어요."

'전부?' 사람들이 이렇게 한뜻으로 움직이는 것이 그는 놀라웠다. 이 아파트에서 늦잠 자는 것을 좋아하는 사람은 그 혼자만이 아니었다.

"갑니다." 그가 문을 닫으며 웅얼거렸다. "가요."

그는 이렇게 이른 시간에 거의 일어나지 않았다. 은퇴한 뒤로 아침에는 언제나 느긋하게 침대에 누워서 7시 반이 될 때까지 일어나지 않았는데, 오늘은 뭔가 빌어먹을 소란이 일어나서 말도 안 되는 새벽에 깨어야 했다. 실제로 그는 자신이 어쩌다가 바르샤바의 모교 복도에서 자랑스럽게 걸어 다니는 꿈에서 갑자기 깨었는지 알지 못했지만, 눈을 떠보니 집 전체가 토대부터 흔들리고 있었다. 샹들리에 두 개 모두 그의 머리 위에서 마치 스트리퍼의 가슴처럼 흔들리고 있었다. 그는 이런 현상에 겁을 먹고 서둘러 보청기를 끼었으나, 장비를 갖췄어도 아무것도 들리지 않았다.

그는 오랫동안 침대에 누워 다시 잠들려고 애썼다. 그러나 다시 눈을 붙일 수가 없었다. 완벽한 고요 속에 오래 누워 있을수록 그는 점점 더 확신이 없어졌다. 정말로 진동이 있었던 걸까, 아니면 환각이었을까? 다시 쳐다보니 샹들리에 두 개는 전혀 흔들리지 않았다. 오래전부터 그는 자신이 이제 젊지 않고 몸이 점점 말을 듣지 않는다는 사실을 깨달았지만, 그의 이성만은 아직 단 한 번도 그를 속인 적이 없었고 운이 좋아 앞으로도 그러지 않기를 기원했다. 최소한 오늘까지는 그랬다. '좋지 않아.' 티모테우시 브론카는 생각했다. '아아, 좋지 않아.'

심장이 세게 뛰기 시작했다. 불구의 몸은 무섭지 않았지만 (사실 그는 이미 익숙해지기 시작했다. 안경이 없으면 사람을 알아보지 못했고 보청기가 없으면 나뭇등걸처럼 귀가 들리지 않았으며, 움직이려면 지팡이가 필요했다) 자신의 뇌가 다른 신체 기관들을 따라가고 있다는 조짐이 보일 때마다 무시무시한 공포가 그를 덮쳤다.

이번에도 그랬다. 혈압이 순식간에 뛰어올랐다. 귀가 먹먹해지고 목이 뻣뻣해졌다. '오호! 약초가 필요한 때가 왔구나.' 그는 따뜻한 이불 속에서 몸을 일으키며 인정했다. 그리고 부엌으로 가다가 정원으로 난 창문 앞에 걸음을 멈추었다. 저 바깥은 전부 다 저렇게 평화롭고 순진무구해 보이는데…….

그는 떨리는 손으로 유리컵에 수면제 15방울을 떨어뜨리고 한 번 더 그만큼 떨어뜨린 뒤 컵의 4분의 1 분량의 미지근한 물과 섞었다. 그는 물을 단번에 들이켜고 시계를 보았다. 몇 분 뒤면 6시다. 야만적인 시간이다.

침대로 돌아가는 길에 그는 다시 창가에서 걸음을 멈추었다. 창을 열었다. 아침 공기는 신선하면서도 이미 충분히 따뜻했다. 파자마 위에 제대로 된 누비 가운을 입고 있던 그는 잠시 그렇게 서서 심호흡하다가 갑자기 불안감을 느꼈다. 바깥이 마치 찬물을 뿌린 듯 조용했다. 새들이 지저귀는 소리조차 들리지 않았다.

이상하다. 야만적으로 이른 시간이긴 하지만, 단지 그 때문만은 아니었다. 도시는 이 시간에 생기로 가득 차 있어야 했다. 노면전차 바퀴의 쇳소리, 버스 엔진 돌아가는 소리, 말발굽이 포석을 때리는 소리, 우유 장수가 대문 앞에 우유병을 내려놓는 소리. 이 모든 것이 브론카가 완벽하게 잘 알고 있는 도시 생활의 음향적인 바탕을 형성했다. 그런데 오늘 귓가에 들리는 것은 고요뿐이었다. '보청기 설정이 잘못된 걸까, 아니면 혹시 완전히 망가졌나?' 그는 이것을 확인하기로 했지만 우선 옷부터 갈아입어야 했다. 침대로 돌아갈 필요가 없어졌으므로 파자마를 입고 집 안을 행진할 이유도 없었다.

그는 돋보기를 손에 들고 식탁 앞에 앉아 몸을 깊이 숙이고 분압계를 만지기 시작했다. 그의 AS-3 분압계는 이런 종류의 폴란드 기기 중에서 최신식이었다. 브론카는 언제나 최고 품질의 물건을 손에 넣기 위해 신경 썼지만, 그런 물건들조차 최신 기술이 항상 그렇듯이 가끔은 망가졌다. 'AS-3…….' 그는 혼자서 피식 웃었다. '이 유용한 기계에 최악의 소련제 자동운항 로켓 이름을 붙이다니, 누군가 괜찮은 유머 감각을 가지고 있었던 모양이야.' 브론카는 '자유 유럽 라디오'를 몇 번이나 들었기 때문에 소련제 로켓 이름 같은 걸 알고 있었다.

'자, 이젠 괜찮아졌겠지.' 그는 이렇게 생각하고 청력 테스트의 일환으로 장식장 문을 세게 닫아보았다. 그러나 곧이어 마지요바가 현관문을 양산 손잡이로 부술 듯이 두드리기 시작했을 때 전혀 괜찮지 않다는 사실을 확실히 알게 되었다. 굉음이 너무 시끄러운 나머지 폭격을 하는 것 같았다. 그래서 그는 곧바로 문을 열지 못했다. 다시 분압계를 들고 보청기를 조정해야만 했는데, 아줌마는 마치 3차 세계대전이나 그보다 더 나쁜 일이 터진 듯, 단 한 순간도 쉬지 않고 문을 두드려댔다.

'에휴, 저 미할리나…….' 그는 신발을 신으며 한숨을 쉬었다. 갑자기 옛날 일들이 떠올랐다. 전쟁 전에 그녀는 굉장히 매력적이고 활기찬 사람이었다. 반항심이 강해서 예의범절 따위는 항상 무시했다. 그는 몇 년간 그녀를 가르쳤고 그 뒤에는 그녀와 같은 학교에서 함께 일했다. 그녀는 예쁘고 당당하고 눈에 띄었다. 과거 완료형이다. 불행히도. '지금 모습에서 옛날 반항아의 흔적은 찾을 수 없지.' 그는 아쉽게 생각했다. '나도 한때 날리는 사랑꾼이었는데 지금은 흔적도 없으니.' 현관문 앞에서 그는 다시 한번 거울을 보았다. 입맛 쓰게 얼굴을 찡그리고, 외투 매무새를 고치고, 희끗희끗해진 뾰족한 삼각 턱수염을 쓰다듬었다.

준비가 다 되었을 때 종이 울리기 시작했다.

마지요바는 아래층에서 친구 마그달레나 플로리노바와 함께 기다리고 있었다. 이웃들은 이 두 친구를 찰떡같은 단짝이라고 말했다. 지금도 둘은 나란히 가게에 다니며 10대 소녀처럼 수다를 떨었지만, 10대가 지나간 지는 이미 한참 전이었다. 나머지 이웃들 역시 대문을 지나 성당을 향해 가는, 한껏 차려입은 신도 무리에 합류하고 있었다. 토요일 이 시간에 이렇게 사람들을 모으는 짓은 아무도 하지 않았고 브론카가 기억하기에는 일요일에도 이렇게 많은 사람은 본 적이 없었다.

"대체 무슨 일입니까?" 그가 두 여자 뒤로 종종걸음을 치며 물었다.

"저도 몰라요, 브론카 선생님. 하지만 카드우보프스카 씨가요, 아시죠, 그 9호 아줌마……."

"알아요, 알아." 그는 아파트에서 가장 유명한 디바의 생애를 한 번 더 듣고 싶지 않아서 말을 끊었다. 그는 아그니에슈카 카드우보프스카를 잘 알고 있었고, 지금도 바로 몇 걸음 앞에 가고 있었으니 마지요바가 구체적인 이야기에만 집중해 주기를 바랐다.

"아, 네, 네……." 마지요바는 말하던 리듬이 끊어지는 바람에 원래 주제로 돌아갈 때까지 약간 시간이 걸렸다. "그 폭발이 일어나고 나서 카드우보프스카 씨가 우리 부제님한테 전화했대요, 둘이 잘 아는 사이거든요, 선생님도 아시죠…….”

“누구? 그 폭발?” 브론카는 상상도 하지 못했다는 사실에 안도감을 느끼며 중얼거렸다.

“카드우보프스카 씨는 또 누가 성당에 뭘 설치했거나, 아니면 주교님 관저에서 가스가 폭발했을까 봐 무서웠대요.” 브론카가 끼어든 것도 아랑곳하지 않고 마지요바는 즐겁게 지저귀었다. “하지만 아니었어요. 그게 아니라 무슨 음모 같은 거였대요, 선생님. 위원회 건물에서요.”

“대체 무슨 말이오?” 브론카가 고개를 저었다.

“처음에는 밤새 총을 쐈어요.” 플로리노바가 흥미진진한 이야깃거리에 신이 나서 끼어들었다. “그런 다음에 군대가 마치 누가 꽁무니에 소금이라도 뿌린 것처럼 도망쳤고요. 마지막으로 그 폭발이 있었어요. 무슨 전쟁이나 반혁명일 거예요…….”

“방송에서도 아무 말이 없던데요.” 브론카는 라디오를 들었으나 잠자기 전, 저녁 시간만이었다.

“그건요 선생님, 선생님이 제대로 된 방송을 안 들어서 그래요.” 마지요바가 야단쳤다. “런던 방송이 자정이 지나서 보도했어요.” 그녀는 비밀스럽게 목소리를 낮추었다. “군대, 경찰, 보안대가 도시 전체를 진압한다고요…….”

그는 앞에서 걸어가는 사람들을 바라보며 이 놀라운 소식을 들었다. 신도들은 보통 교회에 갈 때 산책하듯 웃으면서 느긋하게 걸어갔는데, 지금은 주변에 우울하고 굳은 얼굴들뿐이었다. 아무도 모자챙을 기울여 인사하지 않았고 거의 모두가 고개를 숙이고 있었다. 계절이 불타는 한여름이었는데도 불구하고 많은 사람이 기침을 하는 게 브론카는 아주 이상했다. 또한 토요일 아침이라는 사실을 모르는 것처럼 모두 다 서두르고 있었다. 다만 퇴직자 세 명만 이 군중의 맨 끝에 서서 교회까지 아직 거리가 한참 남았는데도 천천히 따라오고 있었다.

"미할리나 씨, 마그달레나 씨." 브론카는 쉬지 않고 떠들던 마지요바가 잠시 숨이 찬 틈을 이용하여 입을 열었다. "첫째로는 두 분 모두 내 걸음보다 너무 빨리 걷고 계시고요, 둘째로는 아까 하던 얘기로 돌아가지요. 카드우보프스카 씨가 어쨌다는 거요?"

"아, 네, 네……." 마지요바의 얼굴에 깊은 원망의 표정이 나타났다. "부제님이 카드우보프스카 씨한테 언질을 줬대요. 주 정부가 모임을 금지하긴 했어도 오늘 아침 6시에는 우리 주교님이 자유를 기념하는 첫 번째 미사를 보신다고요."

"자유? 누구 자유?" 브론카는 전혀 이해할 수 없었다. 감염병의 위협을 조금이라도 줄이기 위해 성스러운 미사에 너무 많은 사람이 몰리지 않도록 설득한 것은 바로 사제들이었기 때문이다.

"누구라뇨? 우리죠? 공산주의자들이 도망쳤다고요!" 마지요바가 멈추어 서서 양팔을 벌렸고, 브론카는 이 사람이 자기를 껴안으려는 건가 싶어서 한순간 겁에 질렸다. 다행히 마지요바는 비접촉 방식으로 기쁨을 표현했다.

브론카는 조심스럽게 뒤를 돌아보았다. 자신이 마지막으로 성당에 도착했으리라 여겼지만 그렇지 않았다. 그의 뒤에는 아직 한참 많은 사람이 걸어오고 있었다.

"그럼 감염병은요?" 그가 재빨리 마른 입술에 침칠을 하고 물었다.

“그거야 제가 어떻게 알겠어요?” 마지요바가 대답했다. “주교님도 거기 오신다고 하니, 감염병은 이제 끝났나 봐요. 그리고 우리는 어차피 예방주사를 맞았으니까요. 그렇지, 마그달레나?”

플로리노바가 고개를 끄덕였다.

짧은 휴식 뒤에 세 사람은 성당 담장을 따라 걸어가기 시작했다. 신도들 대부분이 이미 옆문 쪽으로 꺾어져 들어갔고 그 앞에 브로츠와프 대교구 부제인 마테우시 신부가 서 있었다. 사람들은 모자를 벗어 인사하며 마테우시 신부 앞을 지나쳤고, 몇몇은 무릎을 굽혀 사제의 손에 입을 맞추려 했으나 신부는 마치 파리를 쫓듯 손을 흔들어 그들을 뿌리쳤다. 그리고 마테우시는 누군가에게 감시라도 당하는 듯 성당 광장 쪽을 흘끗흘끗 바라보더니 갑자기 성호를 긋고 정문으로 사라졌다.

카드우보프스카는 걸음을 멈추고 뒤에 따라오는 이웃들을 기다렸다.

“빨리 오세요, 이웃 여러분, 빨리!” 그녀가 재촉했다.

“미사는 토끼가 아닙니다, 도망치지 않아요.” 브론카가 장난스러운 어조를 강조하며 대답했으나 여성들은 아무도 재미있어하지 않았다. “그리고 우리가 마지막이 아니잖아요.” 그는 등 뒤로 길을 가득 채운 사람들을 가리키며 농담을 포기한 어조로 덧붙였다.

늦게 온 사람들은 전혀 서두르지 않는 기색이 명백했으나 그래도 퇴직 노인 네 명보다는 빨랐다. 그들은 카피톨나 거리에서 뒤처져 버렸다. 생각에 잠겨 있던 브론카는 누군가 자신을 세게 확 잡아당기는 것을 느꼈고, 그 힘이 너무 강해서 안경이 코에서 흘러내렸다. 누군가 지팡이를 쥐고 있던 그의 손을 잡은 것이다. 이번엔 다른 손이 그의 목을 붙잡았다. 그는 저항하려 했고, 입을 열려 했으나 목구멍에서는 조용한 신음 소리만 새어 나올 뿐이었다.

마지요바와 플로리노바는 목청껏 비명을 질렀다. 누군가 끓는 물을 퍼부었거나 아니면 산 채로 가죽을 벗기기라도 한 것 같았다. 성능이 조정된 브론카의 보청기는 그의 머릿속을 긁어대는 모든 속삭임까지 다 잡아냈고, 안경이 흘러내린 탓에 브론카는 이제 흐릿한 그림자만 볼 수 있었다. 그는 죽어가면서도 마지막 순간까지 자신이 얼마나 운이 좋았는지 깨닫지 못했다. 그에게 덤빈 좀비들은 이웃 여성들을 공격한 시체들만큼 '배가 고프지' 않았던 것이다. 이들은 연기를 마시고 중독되어 자기 집에서 변화를 겪었고, 그래서 나중에 도시를 점점 더 커다랗게 집어삼킨 학살의 시간 동안 갖은 방법으로 처참한 죽음을 맞이한 이후 피해자들처럼 끔찍한 상처를 회복시킬 필요가 없었다. 그들은 손아귀에 꽉 움켜쥔 늙고 병든 피해자들의 몸에서 남은 생명력을 빨아내는 것으로 만족했다.

브론카는 바닥없는 어둠 속으로 천천히 빠져들면서 주변에 터져 나오는 피도, 수십 개의 손아귀에 찢어지는 몸도, 땅바닥에 뒹구는 내장도 볼 필요가 없었다. 그래서 그는 마지막 이웃이 이미 꽉 잠겨 있는 교회 정문으로 달아나는 것도 보지 못했다. 한계를 넘은 공포에 질린 카드우보프스카가 성당 거리 앞에서 사방을 에워싼 좀비 떼에게 둘러싸이기 전에 브론카는 죽었다. 카드우보프스카는 달아날 길이 없다는 사실을 알고 '무염시태하신 성모 마리아와 예수' 조각상 아래 몸을 숨겼다. 예전에 댄서였던 그녀는 한창때처럼 돌울타리를 능숙하게 기어올랐고, 조각상의 대좌에 등을 대고 큰 소리로 성모에게 구원을 빌며 기도했다. 실제로 변질자들은 그녀에게 덤비지 못했다. 조각상을 둘러싼 거대한 석제 울타리가 시체들의 공격을 충분히 오랫동안 막아주었다. 그러나 이것도 소용없었다. 피투성이 상처를 타고 침투한 감염병이 아그니에슈카 카드우보프스카의 꺼져가는 생명력을 전부 짓밟아 버렸다.

* * *

"이건 아주 안 좋은 생각이었어요." 부제가 마침내 신도들 사이를 가로질러 와서 확실하게 말했다. 제단 앞에 있던 주교 옆에 섰을 때도 그는 조금 전까지 두꺼운 철문 너머에서 들려온 단말마의 비명을 떠올리며 계속 떨고 있었다.

"진정하세요, 마테우시 신부님." 브로츠와프 주교가 그 전형적인 방식으로 미소를 지었다. "여기는 하느님의 집이니 어떤 악도 침범할 수 없습니다."

"안에는 못 들어올 겁니다." 부제가 동의했다. "문을 전부 다 잠그라고 제가 시켰기 때문입니다. 하지만 이건 우리 문제에 있어 절반의 해결책일 뿐입니다. 우리도 여기서 나갈 수가 없습니다."

"그 문제는 때가 되면 해결할 것입니다." 주교가 수수께끼처럼 말하며 동시에 교회 안에 모인 신도들에게 인사했다. "지금은 미사에만 집중하지요."

부제는 순순히 고개를 숙였다. 처음부터 그는 도망치는 공산주의자들에게 가톨릭교회의 힘과 신도들의 단결력을 보여줘야 한다는 주교의 생각에 반대했다. 한편 주교는 실제로 여러 끔찍한 장면을 직접 목격한 사람들의 믿을 만한 보고가 전해주는 여러 가지 경고를 들으려 하지 않았다.

서늘한 성당 제단 앞 부드러운 정적 속에서 주교 옆에 서 있던 마테우시 부제는 평생 처음으로 예배와 기도에 정신을 집중할 수 없었다. 화장장의 거대한 구덩이 속에서 무더기로 불타던 시체와 자신들에게 총을 겨누는 군인과 경찰들을 갈가리 찢어버리던 사람들, 그리고 괴물같이 망가진 시체 조각들이 여전히 생명이 빠져나가지 않았다는 듯 계속 움직이던 모습에 대해 보고하던 대교구 정보원들의 겁에 질린 목소리가 부제의 머릿속에서 끊임없이 울려 퍼졌다……. 이 모든 일에 대해 깊이 생각하던 그가 갑자기 「코린토 신자들에게 보낸 첫째 서간」의 한 구절을 떠올렸다.

> 자, 내가 여러분에게 신비 하나를 말해 주겠습니다. 우리 모두 죽지 않고 다 변화할 것입니다. 순식간에, 눈 깜박할 사이에, 마지막 나팔 소리에 그리될 것입니다. 나팔이 울리면 죽은 이들이 썩지 않는 몸으로 되살아나고 우리는 변화할 것입니다. 이 썩는 몸은 썩지 않는 것을 입고 이 죽는 몸은 죽지 않는 것을 입어야 합니다. (「코린토 신자들에게 보낸 첫째 서간」 15장 51~53절)

바로 이 상황에 대한 묘사가 아닌가? 이것은 이 세상의 종말을 알리는 명백한 징조가 아닌가? 이것은…….

커다란 굉음이 들려 부제는 고개를 번쩍 들었다. 참살당한 시체 무더기가 교회 정문을 무너뜨리고 바깥에서 쏟아져 들어오는 소리였다. 가득 들어찬 신자석에서 울려 퍼지던 웅얼거림과 한탄의 소리는 주교가 양손을 들어 성스러운 미사가 진행 중이라는 사실을 알리고 나서야 진정되었다. 그런 뒤에 주교는 중단되었던 기도를 차분하게 이어갔다. 모인 신도들의 기침 소리가 점점 더 자주, 점점 더 심하게 들려오는 것은 아랑곳하지 않았다. 소란은 끊이지 않았으나 주교를 보조하던 사제들은 신도들 사이의 패닉을 가라앉히기 위해 최선을 다했다.

마테우시 신부도 마찬가지로 고개를 숙이고 양손을 모은 채 기도에 집중하는 척했다. 주교가 어떻게 저렇게 침착할 수 있는지 그는 이해할 수 없었다. '주교님은 뭘 믿고 있는 걸까? 저 괴물들이 성당 문 앞에서 저절로 사라지진 않을 거고, 떠나지도 않을 텐데. 비밀 집회 의사들이 말한 게 사실이라면…….' 부제는 갑자기 목이 칼칼해지는 것을 느꼈다. 또다시 성경 구절이 머릿속에 떠올랐다. 심지어 더욱 불안해지는 구절이었다…….

> 내 살을 먹고 내 피를 마시는 사람은 영원한 생명을 얻고, 나도 마지막 날에 그를 다시 살릴 것이다. (「요한 복음서」 6장 54절)

「요한 복음서」에 나온 이 말씀이 그저 깊은 의미를 담은 시적인 비유일 뿐이라고 그는 언제나 믿었다. 하지만 이 구절이 지난밤에 일어난 일들을 완벽하게 묘사하고 있지 않은가? 현대

과학이 설명할 수 없는 이 감염병이야말로 성경에 예언된 최후 심판의 날이 지금 다가왔다는 명백한 증거가 아닌가?

신자석 안쪽 어딘가에서 또 누가 기침을 했으나 이번에는 너무나 심하게 해서 금방이라도 폐를 토해낼 것 같았다. 교회 안에서는 소리가 잘 울렸기 때문에, 이 기침 소리는 수백 배로 확대되어 주교의 축하 미사를 뒤덮어 버렸다. 주교는 말을 멈추고 양손을 천천히 내린 뒤 환자가 정신을 차릴 때까지 기다렸다. 그러곤 감사의 찬양을 마치기 위해 다시 입을 열었지만 다시 한번 가로막혔다. 이번엔 몇 명이 한꺼번에 기침을 시작해서 조용해질 때까지는 훨씬 더 오래 기다려야만 했다.

"형제자매들이여!" 주교가 이 순간을 이용하여 신도들에게 말했다. 언성을 높이지 않았다. 그러나 마테우시 신부는 주교를 잘 알고 있었고, 그래서 언뜻 듣기에는 부드러울 수 있으나 어조 안에 숨은 깊은 짜증의 기색을 알아채었다. "질병을 다스리십시오. 쉽지 않다는 것을 저도 압니다만, 지금 우리는……."

주교는 말하다 말고 멈추었다. 이번엔 기침이 아니라, 교회 안을 쩌렁쩌렁 울리는 찢어지는 비명 소리 때문이었다. 신자석 안쪽 옆줄에 앉은 신도들이 벌떡 일어나기 시작했다. 몇몇은 누군가를 제압하려는 듯 싸우고 있었다. 주교는 창백해진 얼굴로 역시나 놀라고 겁을 먹은 부제 쪽을 돌아보았다. 주교의 눈에 명백하게 도와달라는 시선이 담겨 있었다. 하급 신부는 이럴 때 쓰라고 있는 게 아닌가?

"여러분!" 마테우시 신부가 제단 앞으로 나섰다. "무슨 일입니까?!"

그의 호소에도 불구하고 소란은 더욱 커져만 갔다. 점점 더 많은 신자가 자리에서 일어섰다. 모두 다 똑같이 싸우는 사람들을 보고 있었는데, 몸싸움하는 무리에 점점 더 많은 사람이 가세했다. 마침내 유혈 사태가 났다. 마테우시 신부는 주교의 얼굴이 벌겋게 변하는 것을 보고 더 날카로운 반응을 보여야겠다고 결심했다. 그는 사람들이 가득한 통로로 나서서 혼란에 빠진 신자들 사이를 밀고 들어가며 침착함을 유지하라고 호소했다. 그러나 더 깊이 들어가지는 못했다. 오른쪽 신자석에서 누군가 기침을 하기 시작했다. 부제가 그쪽으로 시선을 돌렸을 때 등 뒤에서 또 비명이 울려 퍼졌다. 그가 몸을 돌린 순간 피투성이 남자가 눈에 들어왔는데, 옆에 앉은 신자가 그의 얼굴 반쪽을 손톱으로 찢어내고 있었다.

사람들이 미치광이에게 덤벼들었다. 어떤 사람들은 제압하려 했고, 또 어떤 사람들은 부상자를 빼내려 했다. 마테우시 신부는 신자들 사이에서 뒷걸음질 치기 시작했다. 그는 감염병이 성당 안에 침투했다는 사실을 깨달았다. 그 경련하는 듯한 기침이 무슨 의미인지 너무 늦게 깨닫고 자신의 눈치 없음을 마음속으로 꾸짖었다.

신자석을 여섯 개나 일곱 개 정도 지나서야 그는 제단 쪽으로 몸을 돌렸다. 제단에는 복사들밖에 보이지 않았고, 성구실 문 뒤에 금으로 장식한 사제복 옷자락이 어른거렸다. 그 순간 성구실 문이 커다란 소리를 내며 닫혀버렸다. 주교도 이미 무슨 일이 벌어지는지 깨닫고 성당에서 그의 관저까지 연결되는 터널로 도망친 것이다. 부제와 나머지 사제들을 짐승의 손아귀에 남겨놓고 그는 도망쳤다.

그러는 동안 교회 안은 아수라장이 되어 있었다. 감염된 사람들이 연달아 고통스러워하며 죽었다가 신자석에서 되살아났고, 창조주 앞에 서기만을 기다리고 있던 사람들에게 파멸을 가져다주었다. 죽었다 살아난 시체들의 숫자는 무시무시한 속도로 늘어났다. 몇 명이 아니라 수십 명의 좀비가 교회 안에 갇혀 있던 사람들을 살해했다. 브로츠와프 대주교가 잘못 알았던 것이다. 부활한 자들은 평범한 땅에 서 있는지 성스러운 땅에서 있는지 상관하지 않았다. 그런 관점에서 그들은 공산주의자보다 더 나빴다.

이 도살장에서 빠져나갈 방법은 없었다. 부제는 실제로 모든 문을 열 수 있는 열쇠를 전부 주머니에 가지고 있었지만, 이 혼란과 패닉 속에서 어느 문에든 도달한다는 보장이 없었다. 그리고 그가 자신을 둘러싼 사람들 중에 일부를 진정시킨다 하더라도 그는 감히 성전을 떠나지 못할 것이었다. 대성당 광장에도, 그리고 근처 모든 골목에도 분명히 죽었다 살아난 시체들이 떼 지어 모여 있을 것이고, 그들은—그 유명한 선구자와는 정반대로—사람들에게 구원을 가져다줄 생각이 전혀 없었다.

성경에 나와 있는 것과 똑같았다. 죽은 이들이 이 세상의 존재를 끝내기 위해 돌아왔다. 그 무엇도 그들이 인류를 파멸시키지 못하게 막을 수 없었다.

50

1963년 8월 10일 토요일 06시 02분
브로후프 화물역 지선

마베트는 비에드지츠키 소령의 말을 들어야 할지 계속 생각하고 있었다. '철도원을 징계하는 데는 잠깐이면 충분하고 몇 분 늦는다고 해서 큰일 나지 않는다. 특히 나중에 액셀을 세게 밟는다면 말이다. 거리는 완전히 텅 비어 있고 이제 날씨도 건조하다…….' 그는 얼마 전의 사건을 생각하고 몸을 떨었다. '서두를 필요 없다. 또 비극이 일어나게 내버려두지는 않겠다.'

이번에는 차분하게 대응해야만 했다. 그래서 그는 다가오는 기차를 다시 한번 바라보았다. 연기를 내뿜는 증기기관차는 뒤로 빈 석탄 운반차를 줄줄이 끌고 들어왔다. 증기기관차는 이제 속도를 줄이기 시작했는데 맨 끝에 있는 화물차량은 아직 보이지도 않았다.

"야누슈코프스키!" 경위는 옆에 서 있는 운전사를 불렀다. "시동 걸어! 포드그루드니! 수송 벨트 작업조 당장 짐 싸서 트럭에 타라고 해! 시내로 돌아간다."

그는 무슨 말이든 두 번 되풀이할 필요가 없다고 확신했다. 그래서 부하들이 명령대로 수행하는지 확인하지도 않고 다가

오는 기차 쪽으로 걸어갔다. 가는 길에 마주친 순찰대를 장갑차로 보냈다. 그 뒤에 만난 순찰대도 마찬가지였다. 오지랖 넓은 철도원을 혼내주기 위해서 많은 인력이 필요하지 않았고, 그가 본 것을 바탕으로 계산하면 죽지 않는 시체들을 태운 석탄 운반차 옆에는 경관 열 명 정도가 계속 일하고 있었다.

그는 세 번째로 마주친 순찰대를 자기 앞으로 불렀다. 그중 한 명에게는 나머지 인력을 차량으로 모이게 하고, 나머지 두 명인 타사크 순경과 파르시니아크 순경은 지금 멈추고 있는 증기기관차에서 철도원들을 끌어내기 위해 데리고 갔다.

커다랗고 검은 증기기관차가 주변을 뒤덮는 쇳소리와 경적 소리를 몇 번이나 되풀이한 끝에 마침내 철로에 멈추어 섰다. 잠시 후 바퀴 사이 어딘가에서 증기 덩어리가 뿜어져 나와 기차를 감쌌다. 마베트는 폭포수처럼 욕설을 내뱉으며 뒤로 물러섰다. 거리를 두었는데도 여전히 열기가 느껴졌다. 시간을 낭비하고 싶지 않았으나 멈춰 서서 기다려야 했다. 그는 철도원들을 가만두지 않겠다고 작정했다. '잘못을 하면 대가를 치러야지!' 그가 철도원들에게 이토록 분노한 이유는 명확한 지시를 어겼기 때문이었다. 게다가 지금은 그들을 충분히 혼내줄 시간도 없었다. '그러니까 이제는 내가…….'

그는 등 뒤에서 뭔가 폭발했을 때 본능적으로 양팔로 머리를 감쌌다. 폭발은 두 번으로, 첫 번째가 더 강하고 두 번째는 아주 조금 약했지만 곧 하나의 무시무시한 굉음으로 합쳐졌다.

* * *

지금까지는 모든 일이 부드럽게 흘러갔다. 모임에서 유일하게 동명의 기관사인 우카시 비시니에프스키와 우카시 자크는 모임이 끝난 뒤 교수 계획의 성공 여부가 달린 다른 증기기관차와 지선 기차를 확인하기 위해 바로 역으로 달려갔다. 하지만 주치드워는 모임 현장에 남아 있었다. 파벵스카가 그에게 아주 중요하지만 엄청나게 위험을 무릅쓸 필요가 없는 임무를 맡겼기 때문이다. 주치드워는 자크의 연료차가 다른 철로로 꺾어지도록 비시니에프스키가 운전하는, 길게 이어진 화물차들을 끄는 증기기관차가 분기점을 지나자마자 수동 레버를 젖혀야 했다. 주치드워가 실제 활동이 벌어지는 현장에서 700미터 이상 떨어져 있을 것이기 때문에 파벵스카는 그가 안전하다고 확신했다. 그는 카밀 주치드워의 부모, 특히 그 아버지의 성격을 잘 알고 있었기에 외동아들의 사고 소식을 전하고 싶지 않았다. 구체적으로는 자신이 카밀을 현장에 데려가 제대로 돌보지 않았다는 비난을 피하고 싶었다.

그는 빅토르스키와 함께 길을 빙 돌아서 이전에 경찰 차량부대원들을 엿보았던 바로 그 관목숲에 도착했다. 둘 다 다이너마이트를 몇 개 가지고 있었다. 그들은 역 중앙에 서 있는, 채굴 장비를 실은 기차를 훔치면서 다이너마이트를 꺼냈다. 그 외에도 둘 다 칼을 가지고 있었으나 파벵스카는 자신들보다 훨씬 더 잘 무장하고 숫자도 많은 적을 대할 때는 기습하지 않으면 별 소용이 없다는 것을 알고 있었다. 그렇기 때문에 그들은 언제나 계속 조심해야 했고 갇혀 있는 온데르카에게 어떤 신호도 보낼 수 없었다. 교수가 분명하게 말했다. 온데르카를 안전하게 구해낼 방법이 없다면 희생하는 수밖에 없다고. 단 한 사람을 위해서 작전의 성공을 위험에 빠뜨릴 수는 없다. 두 사람은 몹시 내키지 않았지만 어쨌든 이 관점을 받아들였다. 그러나 또한 두 사람은 이 폭발로 인해 석탄 운반차에 갇혀 있는 수백 명의 사람이 확실한 죽음을 맞이하리라는 사실도 알고 있었다. 더 높은 차원의 필요성, 더 많은 사람을 위한 일—야니츠키 교수는 마법사가 카드를 꺼내듯 이런 숭고한 표현들을 열정적으로 뱉어내며 단순한 철도원들을 설득했다. 그리고 그들은 설득당했다.

작전을 시작할 때까지 몇 분 정도가 남아 있었다. 그래서 두 사람은 마지막으로 계획을 서로 확인해 볼 여유가 있었다.

적이 그들의 일을 쉽게 만들어주었다. 이전에 수송 벨트 옆에서 일하던 경찰들이 지금은 커다란 군용 트럭 옆에 앉아 빈둥거리고 있었다. 바로 그 순간, 역 주변을 순찰하고 돌아온 대원들이 트럭 옆에 가서 앉았다. 파벵스키가 얼른 세어보니 석탄 운반차 뒤에 아직 경관 아홉 명 정도가 더 있어야 했다. 그러나 지금으로서는 그 사람들을 걱정할 필요가 없었다. 교수가 옳다면 공산주의자들은 비시니에프스키의 증기기관차에만 온통 정신이 팔려 있을 것이고, 그 덕분에 마지막 순간까지 훨씬 더 중요한 연료차를 눈치채지 못할 것이었다. 연료차는 길게 이어진 석탄 운반차들 뒤에서 나타날 예정이었다. 주치드워는 실수 없이 맡은 일을 해냈다. 뾰족하게 각진 녹색 증기기관차가 예정된 철로 위로 달려왔다.

'이때다!'

파벵스카는 석유 라이터 뚜껑을 연 다음 발화용 줄에 엄지손가락을 가져다 대고…… 얼어붙었다. 장갑차 쪽으로 경관 일곱 명이 달려오고 있었다. 여덟 번째는 안경을 쓴 젊은 금발 남자였는데 그들을 보고 장갑차 운전석에서 뛰어내렸다. 다음 순간 경관들은 모두 뒷좌석 옆에 서서 이야기하기 시작했다. 명백하게 불안해하는 모습으로 안경 낀 남자에게 뭔가를 물어보았다. 그중 한 명이 장갑차 바퀴에 기댄 채 땅에 앉아 있는 온데르카를 고갯짓으로 가리켰다. 금발 남자가 어깨를 으쓱해 보였다. 그 때문에 동료들은 더욱 짜증이 난 것 같았다.

파벵스카는 자신을 쳐다보는 다비드 빅토르스키에게 신호했다.

"트럭을 맡아." 그가 제안했다. "다이너마이트 세 개를 한꺼번에 던져. 그리고 기억해, 퓨즈가 10초짜리니까 트럭에 떨어지기 직전에 폭발시켜야 해, 그러지 않으면 놈들이 다 뛰어내려서 일을 엉망으로 만들 거다."

빅토르스키는 고개를 끄덕이고 즉시 관목숲 속으로 사라졌다. 파벵스카는 다시 한번 장갑차를 쳐다보았다. '미안해요, 선배.' 그는 저 여덟 명을 제거하려면 온데르카도 최소한 부상을 입을 수밖에 없다는 사실을 깨닫고 생각했다. 아니, 어쩌면 부상으로 끝나지 않을지도 모른다.

'부수적인 피해는 어쩔 수 없다…….' 그는 라이터에 불을 켜면서 교수가 했던 지혜의 말씀을 또 떠올렸다.

파벵스카가 던진 다이너마이트가 가장 가까이 앉아 있는 경관의 발밑에 떨어지는 것과 동시에 트럭은 눈부신 불덩어리로 변했다.

* * *

마베트는 급하게 몸을 돌려, 순식간에 짙어지며 하늘로 솟아오르는 불덩어리와 그에 동반하는 검은 연기 기둥을 보았다.

'저건 철도원 제복을 입은 어느 바보가 명령을 불이행하는 정도가 아니야! 이건 공격이야! 공격!' 그러나 누가 어째서 죽지 않는 시체들을 격리하는 경찰들을 공격한단 말인가? 경위는 답을 알지 못했고 답을 찾을 시간도 없었다.

"지그문트!" 그는 타사크 순경을 불렀다. "눈에 보이는 철도원 전부 쏴버려! 저 개자식부터 시작해!"

그는 증기기관차를 가리켰다. 그때 그 안에서 광기에 찬 웃음소리가 흘러나왔다. "미하우, 넌 나하고 같이 간다."

파르시니아크 순경은 자동소총의 탄창을 갈아 끼운 뒤, 이미 마지막 석탄 운반차를 향해 달려가는 경위의 뒤를 따랐다. 거기서 마베트는 마카로프 권총을 손에 쥐고 무릎을 굽힌 다음 불타는 트럭의 잔해와 장갑차 옆에 누운 시신들을 눈으로 살폈다. 양쪽 차량을 공격한 사람이 누구든, 이전에 순찰대가 붙잡았던 기관사처럼 관목숲에 숨었을 것이다.

경위는 잡아둔 기관사를 떠올리고는 어떤 적을 상대하고 있는지 깨달았다. '저건 우연히 지나가다 호기심에 들러본 역무원이 아니다. 정찰하러 이쪽으로 온 거야. 이 폭발 음모를 꾸민 조직의 일원이다. 그렇다면…….'

브로츠와프 전체에서 붙잡아 둔 감염자들을 누군가 풀어주려는 것이다! 그것은 즉 이 도시에 감염병이 가능한 한 널리 퍼지기를 원하는 사람들이 있다는 뜻이다. 마베트는 이 사실을 전혀 의심하지 않았다. '이 미친놈들이……. 대체 누구일까?' 그는 이어지는 생각이 머리에 떠오르자 몸을 곧게 폈다. '서방 제국주의자들! 놈들이 처음부터 감염병을 퍼뜨린 거야. 평범한 방법으로는 사회주의 국가들을 정복할 수 없어서 다른, 더 위험한 무기를 사용했어. 자틸니 동지가 옳았던 거야…….' 그에게 죽었다가 되살아난 간호사를 보여주었을 때 서기장은 실수한 게 아니었다. 브레메르는 돌아오는 길에 자틸니를 비웃었다. "처음에는 호들갑쟁이, 그다음에는 오지라퍼 숙모, 그리고 이제는 이런 빌어먹을 걸 보여주네." 브레메르는 이렇게 서기장을 욕했다. 그런데 알고 보니 당의 든든한 기둥이 혼자서만 모든 진실을 밝혀냈던 것이다.

"파르시니아크, 철로 위에 엎드려서 짧게 간격을 두고 저 관목숲을 쏴. 탄창 몇 개 있나?"

"여섯 개입니다, 경위님."

그들 뒤에서 칼라시니코프 기관총이 타타타타, 소리를 냈다. 기관사가 또다시 소리를 냈으나 이번에는 웃음이 아니라 고통스러운 비명이었다. '쓰레기 한 놈 덜었군.' 마베트는 생각했지만 만족스럽지는 않았다. 만족감을 느끼기에는 너무 많은 사람이 이 지선에서 죽었다.

"좋아, 최대 다섯 발까지 쏘게." 그가 명령했다.

순경이 마지막 석탄 운반차 뒷바퀴 뒤에 자세를 잡았을 때 경위는 증기기관차에 다가가고 있었다.

* * *

파벵스카는 자신에게 찾아온 이 행운을 믿지 못했다. 폭발이 거의 동시에 두 번 일어나 경찰들을 죽이거나 아니면 심하게 다치게 했다. 연기가 가라앉고 나자 장갑차 뒤에 아홉 구의 움직이지 않는 시신이 누워 있었다. 여덟 구는 경찰 제복을, 한 구는 군인 제복을 입었다.

빅토르스키가 던진 다이너마이트는 트럭을 불탄 잔해로 만들었다. 그쪽에서도 아마 아무도 살아남지 못했을 것이다. 갈가리 찢어진 공산주의자들의 잔해가 근방 전체에 널려 있었고 인근 풀밭은 피가 튀어 검게 변했다. 파벵스카 자신도 폭발 때문에 차체가 터지면서 쇳조각에 맞을 뻔했다.

'십몇 초만 기다리면 자크가 연료차를 목적지로 끌고 갈 거야. 세 명의 적이 살아남았어도 자크를 붙잡지는 못할 거고, 기관차를 저 석탄 운반차들과 연결하면…….'

누군가 총을 쏘기 시작했다. 멀리서 비명이 들렸다. 놈들한테 비시니에프스키가 당한 것이다. '불쌍한 우카시…….' 긴 머리와 지저분한 턱수염, 언제나 웃고 있는 눈. 파벵스키는 동료를 떠올렸다. '언제나 기억하겠네, 친구. 자네의 죽음은 헛되지 않아.'

다시 짧게 총격이 이어졌다. 그는 주먹을 움켜쥐고 그 즉시 땅에 엎드렸다. 총알이 그에게서 채 1미터도 떨어지지 않은 곳에 자라난 관목 이파리를 스쳤다. 불타는 트럭 잔해가 시야의 절반을 가려서 그는 자신을 공격하는 경찰을 볼 수 없었다.

총격은 그치지 않았다. 게다가 잠시 후에 다른 경찰도 총을 쏘기 시작했다. 살아남은 적 세 명 중에서 두 명이 관목숲 방향에서 공격하는 철도원에게 대응하고 있었다. 이보다 더 좋을 수 없었다. 그들은 되는대로 쏘면서 틀린 방향을 방어했다.

관목숲 안에서 오른쪽으로, 그의 위치에서 30미터 정도 떨어진 곳에서 일련의 폭발이 일어났다. 파벵스카는 얼굴을 땅에 묻었다. '이렇게 운이 없다니.' 그는 빅토르스키의 다이너마이트가 든 자루에 어느 총알이 잘못 맞았다고 틀린 판단을 내리고 이렇게 생각했다.

사실은 그보다 훨씬 더 복잡했다. 빅토르스키는 자신에게 총을 쏘는 경관을 더 잘 보기 위해서 한참을 기어갔다. 이전의 성공으로 우쭐해진 그는 이 경관도 처치할 작정이었다. 다이너마이트를 준비했는데, 퓨즈에 불을 붙이기 전에 총을 쏘는 다른 경관을 발견했다. 이 두 번째 경관은 석탄 운반차 사이에 자리를 잡고 있어서, 관목숲에 숨은 철도원이 다이너마이트를 던져 맞히기가 쉽지 않았다. 더구나 탄창을 갈지 않고 짧은 간격으로 계속 총을 쏘았기 때문에 안전하게 땅에서 몸을 일으킬 수 있는지도 계산할 수 없었다. 따라서 멀리 잘 조준해서 던지려면 반드시 몸을 일으켜야만 했다. 그러나 빅토르스키는 위험을 무릅쓰기로 했다. 그리고 맞았다. 그것도 총알이 아니라 나무에 맞고 튀어나간 총알 때문에 튕겨 나온 나뭇조각에 맞았다. 너무 아파서 다이너마이트가 손에서 떨어졌고, 미처 다시 줍기 전에…….

경관들은 이 조그만 성공을 기뻐할 틈이 없었다. 몇 번이나 이어진 폭발의 굉음이 그치기도 전에 자크의 증기기관차가 늘어선 석탄 운반차들 중 첫 번째를 들이받으면서 역 전체가 진동했다. 충돌하는 힘이 너무 강해서 다른 석탄 운반차들도 전부 움직였다. 이어진 화물차의 완충장치가 대부분의 에너지를 흡수했으나 전부 다 흡수하지는 못했다. 신경이 곤두선 우카시가 정해진 대로 속도를 늦추지 않았기 때문이었다.

완충장치에 앉아 있던 경관이 떨어져 철로 위로 날아갔다. 여기저기 부딪치긴 했어도 아주 큰 부상은 입지는 않은 것 같았다. 그저 세게 떨어져서 넋을 잃었을 뿐이다. 반면 그의 동료는 그렇게 운이 좋지 않았다. 석탄 운반차들이 뒤로 줄줄이 밀리면서 그의 양다리 무릎 바로 윗부분을 잘랐고 바퀴에 기대놓았던 자동소총 총구를 짓이겼다.

그러나 이것이 전부가 아니었다. 몇 초 뒤에 증기기관차가 앞으로 움직이며 석탄 운반차 아래에서 나오려는 타사크를 반으로 자르고 부상당한 파르시니아크의 목을 베었다.

* * *

모든 일이 순식간에 일어났다. 그러나 파벵스카는 반사신경이 뛰어났다. 총성이 그치자마자 그는 지금이 온데르카가 어떻게 됐는지 확인하기에 가장 좋은 순간이라고 결정했다. 장갑차 바퀴 옆에 누운 온데르카가 손을 움직인 것처럼 보였다. 눈을 크게 뜨고 보니 온데르카가 실제로 살해당한 경관들 아래에서 기어 나오려 하고 있었다.

파벵스카는 양심의 가책을 느꼈고, 이 감정은 어떻게 해도 가라앉힐 수가 없었다. 다이너마이트를 던진 것도, 그래서 동료에게 일어난 일도 사실 모든 게 그의 잘못이었다. 더 높은 목적을 위해서든 아니든 그는 염병할 기분이었다. '어떻게든 상황을 바로잡아야 해.' 그는 땅에서 벌떡 일어나며 생각했다.

그는 장갑차 쪽으로 뛰어가면서 폭발에서 살아남은 사람이 온데르카만이 아니라는 사실을 알게 되었다. 주위에 던져진 공산주의자들은 학살당했는데도 힘없이 움직이고 있었다. 그는 만약의 경우를 대비해서 이들과 멀리 거리를 두고 빙 돌아서 간 뒤 온데르카의 팔을 잡아 일으켜서 등에 업었다. 그러곤 이 무거운 짐 아래 몸을 숙이고 구토가 나오게 하는 폭발의 결과를 쳐다볼 필요가 없는 자세로 천천히 걸어가기 시작했다.

몇 걸음 못 가서 숨이 찼다. 뚱뚱해진 온데르카가 이렇게까지 무거울 것이라고는 한 번도 생각해 본 적이 없었다. 다음 순간 휘청거리다가 그는 한쪽 무릎을 꿇었다. 몸부림치는 부상자를 고쳐 업었지만 소용없었다. 뭔가 그에게서 남은 기운을 빨아내는 것 같았다. 눈앞이 어두워졌다.

* * *

마베트는 관목숲 안에서 폭발음이 들렸을 때 기뻤으나 석탄 운반차들이 무시무시한 쇳소리를 내며 움직이기 시작했을 때는 그의 얼굴에서 미소가 사라졌다. 몸을 돌렸을 때, 그는 석탄 운반차 바퀴가 파르시니아크 순경의 양다리를 자르는 것을 보았다. 다음 순간 타사크 순경의 숨막힌 비명 소리와 타사크가 철로 위로 떨어지는 충격음이 거의 동시에 들렸다.

그러나 이 드라마의 다음 장면은 마베트 경감의 눈에 띄지 않았다. 마베트는 마침내 적들의 계획이 무엇을 목표로 하는지 깨달았다. 제국주의자들은 감염자를 놓아줄 뿐만 아니라 시내로 도로 데려가려는 것이었다. 그렇게 내버려둘 수 없었다. 그는 온몸의 힘을 다리에 모아서 천천히 가속하는 화물차들을 쫓았다. 그러나 매우 빠르게 포기했다. 발로 뛰어서는 기차를 따라잡을 수 없었다. 그는 돌아서서 마지막 화물차 바로 뒤에서 철로를 건너 곧바로 장갑차로 갔다. 그곳에서 살해된 경찰들은 이미 되살아나 있었다. 다행스럽게도 철도원들이 시체를 완벽하게 조각내 준 덕분에 기어다니는 시체들은 마베트에게 전혀 위협이 되지 않았다.

마베트는 장갑차 문을 당겨서 연 다음, 마카로프 권총의 총구로 어두운 내부를 훑은 뒤 운전석에 뛰어올라 점화 버튼을 눌렀다. 엔진이 잠시 식식거리다 시동이 걸렸다. 이 시점에서 기차는 여전히 가속하는 중이라 이미 100미터 정도 멀어져 있었지만 아주 천천히 전진하고 있어서, 바퀴 여섯 개 중에서 두 개가 망가진 무거운 장갑차보다 느렸다. 자갈이 깔린 철로를 달리는 것은 로데오와 비슷했다. 마베트는 계속 흔들리고 튀어 올랐고 운전대를 잡는 게 아니라 운전석에 계속 앉아 있기 위해 운전대를 붙잡고 있는 것과 다름없었다. 그러나 그는 한순간도 속도를 줄이지 않았고 계속해서 액셀을 바닥에 닿을 정도로 밟고 있었다. 비로소 교차 지점 앞에서 뒤쪽 화물차를 따라잡았는데, 그곳에서 어떤 멍청이가 마지막 화물차 받침 층계에 뛰어오르려 했다.

마베트는 말라깽이가 넘어졌을 때 그의 존재를 눈치채긴 했으나, 남자는 조그만 계단에 발을 디디지 못하고 장갑차 아래로 떨어져 시야에서 사라졌다. 경감은 자신이 그를 치었는지 아닌지도 확실히 알지 못했다. 기차를 쫓아가는 추격전과 소란의 와중에 그는 사람 몸처럼 연약한 장애물을 느끼거나 비명을 듣지 못할 것이었고, 어쨌거나 차 아래 깔린 남자의 운명은 마베트에게 아무래도 상관없었다. 적이 전쟁에 나서기로 했고, 그것도 냉혈한 살인자들 편에 서기로 했으니 자업자득이었다.

마베트는 이어서 계속 화물차들을 앞질렀으나 절반 정도까지 갔을 때 상황이 급변했다. 도망치던 기차가 역 중앙 부분으로 들어갔는데 그곳에는 빈 철로가 몇 개밖에 없었다. 경감은 서로 촘촘하게 나란히 서 있는 화물차들을 보았다. 두 가지 해결책이 있었다. 속도를 줄이고 석탄 운반차들이 다시 그를 따라잡을 때까지 기다리거나, 오른쪽으로 꺾어서 세 개의 빈 철로 중 하나를 가로지르는 것이다. 그는 한순간 생각하고 두 번째 해결책을 골랐다.

그는 철로를 최대한 날카로운 각도에서 건너기 위해 때를 기다려 운전대를 꺾었다. 장갑차가 흔들리는 것은 지긋지긋했지만 철로 여섯 개를 건너야만 좁은 통로로 들어갈 수 있었다. 잃어버린 만큼 시간을 벌고 있다는 사실만이 그에게 위안이 되었다. 약간만 운이 좋다면 역을 나가 기관차 앞으로 가서 시도를…….

그는 목청껏 욕을 하며 양발로 브레이크를 밟았다. 장갑차는 심하게 앞으로 쏠렸다. 차는 멈추었고 마베트는 어깨로 문을 찍었다.

그곳은 빈 철로가 아니라 막다른 골목이었다. 두 줄로 길게 늘어선 화물차들 사이에 아주 짧은 특별 기차가 서 있었다. 이 함정에서 후퇴할 방법은 없었다.

경위는 헤드폰에 손을 뻗었다. 불행히도 무전기는 켜지지 않았다. 몇 분간 광란에 시달린 끝에 민감한 회로와 램프는 아무 가치도 없는 쇳덩어리로 변해버렸다.

51

1963년 8월 10일 토요일 06시 11분
볼노시치 광장

처음에 생각했던 것만큼 그렇게 나쁘지는 않았다. 비에드지츠키가 전혀 기대하지 않았는데도 불구하고 니에시토는 단순해서 천재적인 해결책을 제시했다. 퇴각한 부대들과 연락이 닿지 않는다고 해도 그들은 이전에 비에드지츠키 휘하에 있던 차량들과 연락할 수 있었고 이 차량들은—도시를 떠나면서—같은 방향으로 달려가는 부대들에 잠시라도 연락할 수 있을 것이기 때문이다.

놀랍게도 니에시토가 옳았다. 15분 동안 두 사람은 8개 보병사단 전차중대와 1개 공병대대의 지휘관들과 통신을 주고받았다. 이 중 여섯 개 부대가 생존을 위해 브로츠와프에서 대피하다가 도달한 곳에서 감염된 주민들의 공격에 맞서 싸웠다. 나머지 세 개 부대는 소령의 호소에 긍정적으로 답변했다. 한 부대는 이미 볼노시치 광장에 도착했고, 다른 부대는 도시 톨게이트를 방금 지났다고 보고했으며, 가장 숫자가 많은 세 번째 부대, 즉 공병대대는 가장 늦은 한 시간 뒤에 시내에 도착할 예정이었다.

이것이 지금 상황에서 비에드지츠키가 의지할 수 있는 병력 전부였다. 통신하는 동안 다른 부대들과도 연락하겠다는 계획은 실제로 여러 가지 문제에 부닥쳐 중단되었다. 감염병이 번개 같은 속도로 남부 실롱스크 전체에 퍼졌다. 사방에서 치열한 전투가 벌어졌고, 그 어떤 보급도 받지 못한 군인들은 큰 혼란에 빠져서 빠르든 늦든 패배할 수밖에 없었다. 그러므로 지휘관들이 수백 명이 아니라 수만 혹은 수십만의 죽지 않는 시체들과 맞서야 하는 도심으로 돌아오는 것에 대해서 들으려고도 하지 않는 것은 이상한 일이 아니었다.

비에드지츠키는 새로 도착한 부대 지휘관이 천막에 들어와서 인사했을 때만 잠시 호출을 멈추었다. 340보병 전차대대 3중대를 지휘하는 사람은…… 파베우 뎁투흐 소위였다. 알고 보니 나머지 장교들은 약 한 시간 전에 콘티 브로츠와프스키 근처 숲에서 벌어진 전투 중에 죽은 60명이 넘는 부하들과 운명을 함께하여 죽지 않는 시체들의 군대에 합류했다. 이 부대가 후퇴했다가 재정비하여 다시 전열을 가다듬으려는 시도는 완전한 실패로 끝날 뻔했다. 다만 마테우시 알라셰비치 대위가 보기 드물게 맑은 정신을 유지하여 지치고 겁에 질린 병사들을 구해냈다. 알라셰비치 대위는 첫 전투가 벌어졌을 때 전사한 콘라트 고위고프스키 중사를 대신해 1소대 선두에 서서 다른 모든 소대를 확실히 엄호함으로써 부하들이 떼로 몰려오는 적들을 갈라놓을 수 있게 했다. 그러나 죽지 않는 시체들에 맞섰던 사병과 부사관 57명 중 그 누구도 숲을 떠나지 못했다.

비에드지츠키는 뎁투흐 소위에게 광장에 서 있는 트럭들에 보급품을 실으라고 명령한 뒤 자신이 처음에 너무 쉽게 낙관적으로 생각했던 것은 아닌지 걱정하기 시작했다. '만약 다음에 도착하는 중대도 3중대만큼 손실을 입었다면, 공격에 가장 취

약한 공병대대를 차치하더라도…….'

그는 개가 차가운 물을 털어내듯 이런 생각을 털어냈다. 아니, 그렇게까지 상황이 나빠지지 않을 것이다. 그는 훌륭하게 훈련받고 완전 무장한 군인을 최소한 수백 명 거느리고 있었으며 이 광장에는 탄약과 식량도 앞으로 몇 주 혹은 심지어 몇 달씩 감염자들과 전투를 계속할 수 있을 만큼 많이 있다. 이제 그는 현명한 계획을 세워야 했다. 그것도 공병대대 나머지 병력이 여기에 도착하기 전에 말이다.

"소령 동무?"

그는 친숙한 목소리에 깜짝 놀랐다. 손에 들었던 헤드폰을 내려놓고 재빨리 돌아보았다. 천막 입구에 니에시토와…… 니즈네르가 서 있었다.

"여긴 어쩐 일이오, 소위?" 비에드지츠키가 자기 눈을 믿지 못하며 물었다. "니에비아돔스키 대위와 함께 대피한 줄 알았는데……."

"소령님 직속으로 차출되었다고 상관한테 보고하라고 하셔서 그렇게 보고하고 본부로 돌아와 소령님이 돌아오실 때까지 기다렸습니다. 그랬는데……." 그는 민망해하며 입을 다물었다.

"모기를 때려잡았지." 니에시토가 재미있어하며 끼어들었다.

비에드지츠키도 소위의 눈이 약간 부어 있는 것을 눈치채고 있었기에 이해한다는 듯 고개만 끄덕였다.

"말씀드리기 민망합니다만……."

소령은 손을 들어 그의 말을 막았다.

"소위가 무사하다는 게 가장 중요하지." 그는 '둥지'의 운명에 대한 정보는 자기 혼자 간직하기로 하고 소위의 말을 막았다. “이쪽으로 오시오, 두 분의 조언이 필요하오.” 그는 두 남자를 탁자로 안내하여 펼쳐진 지도를 보여주었다. 니에비아돔스키 대위는 비에드지츠키가 도시에서 도망치라고 했을 때 나머지 장비와 함께 이 지도를 남겨두고 갔다. “소위는 브로츠와프를 자기 손바닥처럼 알고 있으니…….”

“과찬의 말씀이십니다, 소령 동…….”

“내 말 막지 마시오.” 비에드지츠키가 그에게 경고했다. “그리고 첫 데이트 나온 아가씨처럼 수줍어하지도 마시오. 소위는 다른 누구보다 이 도시와 도시에 대한 정보를 잘 알고 있소. 화물선과 브로후프를 생각해 낸 것도 소위였소…….” 비에드지츠키는 소위가 고개를 끄덕일 때까지 목소리를 낮추고 기다렸다. “그러니까 소위가 가장 잘 알겠지만…….”

여기까지 말하고 그는 젊은 장교에게 어디까지 말해도 좋을지, 말해야만 할지 고민하며 한동안 말을 멈추었다. 마침내 그는 꼭 필요한 정보만을 소위와 공유하기로 결정했다. 브로츠와프뿐 아니라 폴란드 전체가 좀비들과의 싸움터로 변했다는 소식을 들으면 니즈네르가 어떻게 반응할지 알지 못했기 때문이다. 그리고 비에드지츠키는 그 어느 때보다도 니즈네르의 냉정한 판단이 필요했다.

“검은 시나리오를 말하자면 이렇소.” 그가 말을 이었다. “우리는 도시 안에서 버텨야 하오. 우리 편에는 보병 차량부대 약 2개 중대와 브레스트 대대 거의 대부분이 있소.”

“브레스트라면 공병대 말씀이십니까?” 소위가 물었다.

“바로 그거요.”

니즈네르가 미소 지었다. 지도는 들여다보지도 않았다.

"믿기 어려우시겠습니다만, 소령 동무, 제가 아주 오래전에 준비해 놓았습니다."

니에시토와 비에드지츠키는 의미심장한 눈빛으로 서로 쳐다보았다.

"이런 감염병이 닥칠 가능성을 예견했단 말이오?"

"아닙니다, 소령 동무. 제가 여가 시간에 하는 좀 특이한 활동이 있습니다, 그러니까 취미입니다. 모든 가능한 검은 시나리오에 대비하려고 준비하곤 합니다."

"그래서 좀비들의 침략에서 도시를 구하는 법을 여가 시간에 생각해 냈단 말이오?"

"아닙니다…… 꼭 그렇지는 않습니다. 그 저기, 좀비에 대해서는 오늘 처음 들었습니다만, 아주 전염성이 강한 감염병이 발생할 경우를 대비한 계획은 준비해 두었습니다."

"그러면 말해 보시오, 니즈네르." 비에드지츠키가 재촉했다. "말해 보시오."

"좋습니다. 하지만 마음에 들어 하실지 모르겠습니다, 소령 동무."

52

1963년 8월 10일 토요일 06시 12분
브로츠와프 중앙역

"이 얘기 들어봐." 마르친 즈비에슈호프스키는 눈가에서 눈물을 닦아냈다. 마지막으로 이렇게 즐거웠던 것이 언제였는지 기억도 나지 않았다. "무인도에 비행기가 추락했어. 생존자는 미국 원주민, 레닌, 폴란드인 이렇게 세 명이야. 폴란드인은 하루 종일 근처를 돌아다니지만 먹을 걸 하나도 못 찾았어. 그런데 저녁에 추락 장소에 돌아와서 보니까 미국 원주민이 앉아서 불에다 고기를 굽고 있는 거야. 폴란드인은 군침을 줄줄 흘리면서 얼른 다가앉았는데, 어떻게 말해야 이 미국 원주민이 한 조각이라도 줄지 알 수가 없는 거야. 그래서 생각해 낸 게, 이봐요, 인디언, 나 사실은 레닌 별로 안 좋아해요. 그랬더니 인디언이 이러는 거야. 안 좋아하면 먹지 마라, 억지로 강요하지 않는다."

학생들은 큰 소리로 웃음을 터뜨렸고 음울하고 지친 사람들의 무리가 일제히 그들을 쳐다보았다. 감염병, 거의 밤새도록 계속된 총성, 주민들에게 집에서 나가지 말라고 쉬지 않고 경고하는 재난방송, 이 모든 것이 공포와 불안의 분위기를 형성했다.

그러므로 수많은 사람이 패닉에 빠져 처음 큰 소리가 나자마자 재난방송을 무시하고 모든 기차역을 빽빽이 채운 것도 이상한 일은 아니었다. 사람들은 순진하게도 백신 접종 확인증을 가지고 있으니 문제없이 아무 기차나 타고 시골(별장, 친구 집, 친척 집)에 가서 최악의 사태가 지나가기를 기다리겠다고 생각했다.

불행하게도 기차를 타려는 사람들은 점점 모여들었지만 매표소는 계속 닫혀 있었고 시간이 지날수록 표를 사려는 줄은 마치 라오콘의 아들들 팔을 감은 뱀처럼 점점 길어졌다. 5시 45분이 되자 누가 앞이고 누가 뒤였는지 아무도 기억하지 못했고 거대한 대합실은 점점 더 분노한 사람들로 빽빽하게 채워졌다. 농담꾼들, 그러니까 승강장이 끝나는 곳과 기차 터널 사이에 있는 목책 옆에 모인 대학생들처럼 명랑한 사람은 정말로 많지 않았다.

"내가 더 재미있는 걸 알아." 다섯 명 중에서 가장 어린 대학생 로베르트 둘렘바가 말했다. "1951년이야. 시베리아 축치족 마을의 집단농장 노동지도자가 모스크바로 휴가를 갔다가 2주 뒤에 돌아와서 자기 마을 사람들을 전부 불러 모으고 말하는 거야. 여러분 모두 들으셨겠지만 사회주의는 인간을 위해 고안된 제도입니다. 마을 사람들이 지도자한테 대답했어. 그래요, 듣긴 들었는데 그건 다 꾸며낸 거짓말이에요. 그러니까 축치 지도자가 말했어. 아닙니다, 이 모든 게 정말로 사실이에요, 내가 수도에 가서 내 눈으로 그 인간을 봤다고요."

또다시 다들 깔깔 웃기 시작했고 조금 진정되었을 때 눈이 불그스름하고 술 취한 쥐 같은 얼굴의 중년 남자가 끼어들었다. 낡아빠진 바람막이를 입고 깃털을 꽂은 구겨진 중절모를 머리에 쓰고 있었다.

"나도 재미있는 농담 하나 알지." 그가 가장 가까이 서 있는 경제학과 대학생 미코와이 클림차크의 어깨를 두드리며 말했다. 말을 시작하기 전에 그는 뱀처럼 혀를 빠르게 움직여 입술을 핥았다. "사실은 농담이라기보다 수수께끼예요. 여러분, 백해-발트해 운하를 누가 건설했는지 압니까?" 그가 이를 드러내고 웃었지만 눈은 얼음처럼 차가웠다. "몰라요?" 학생들이 반응하지 않자 그는 놀라는 척했다. "대답은 단순하지요. 반정부적 농담을 하는 사람들이에요. 하지만 이게 수수께끼의 끝이 아닙니다!" 그가 언성을 높이며 덧붙였다. "누가 운하 건설을 도왔을까요?" 그는 옆에서 기다리는 사람들을 훑어보았고 그 때문에 모두가 즉시 고개를 숙였다. "그런 농담을 듣는 사람들이지요!" 그는 수수께끼를 마치며 큰 소리로 웃음을 터뜨렸다.

이것을 신호로 대학생들 옆에 또 비밀 요원 두 명이 솟아났다.

* * *

카롤 슈뢰데르는 운이 좋아서 착하신 하느님이 그의 키를 마음껏 자라게 했다. 몸무게는 또 다른 문제지만, 평범한 사람들의 머리 위에서 세상을 내려다보는데 그깟 몇 킬로그램이 문제겠는가? 그는 사실 자기 체격에 아주 만족했다. 왜냐하면 오늘 그의 주변에 머리숱 많은 사람도 대머리도 바다처럼 모여들어서 늘어지고 물결치면서 눈이 보이는 저 멀리까지 늘어섰기 때문이다. 그는 군중 한가운데 서서 벌써 한 시간째 잠든 아들을 품에 안고 흔들면서 아내의 끝없는 불평을 듣고 있었는데, 사실 그에게 기차역으로 가자고 설득한 사람은 바로 아내였다. 카타지나는 저녁 내내 기분이 몹시 나빴고 밤에는 몇 번이나 그를 깨워 비바람과 총성과, 창문을 단단히 잠갔는데도 세 든 방에서 풍기는 탄내와 악취에 대해 불평했다. 그래서 새벽에 멀리서 폭발음이 들려 침대가 덜덜 떨리기까지 했을 때 아내는 즉시 짐을 챙기기 시작했다.

카롤이 아내의 설득을 받아들인 이유는 자기 자신도 고향 카토비체에서 멀리 떨어진 이 도시가 지긋지긋했기 때문이었다. 이런 똥구덩이 같은 상황에 처박힐 줄 알았다면 휴가 겸해서 브로츠와프에 놀러 가자는 설득에 절대로 넘어가지 않았을 것이다. 불행히도 그는 격리된 도시 한가운데 가족 모두 오게 될 것을 예상하지 못했고 휴가 첫날부터 격리병동에 갇혔다. 그저께 미로 공원을 떠났고, 그것도 처음으로 떠난 사람들 중 하나였는데, 그 결과 이 망할 기차역에서 오도 가도 못하게 된 것이다.

카롤은 저린 오른팔을 쉬게 하려고 아들 카유스를 왼팔에 옮겨 안았다. 그들은 아주 일찍 기차역에 도착했다. 표 사는 줄이 겹겹이 묶인 매듭처럼 뒤엉켜 늘어지기 전에도 이미 완전한 혼란이 역 안을 지배하고 있었다. 계속해서 방송이 나오긴 했으나 교외선 열차가 취소되고 장거리 기차의 연착 시간이 점점 더 늘어난다는 내용뿐이라 상황은 더 나빠졌다. 사람들은 신경이 너무 곤두선 나머지 한 번만 불꽃이 튀면 폭발이 일어나 도시를 무너뜨릴 수 있을 것 같았다. 카롤의 가족에게는 다행히도 평범하게 이를 악무는 정도로는 인간의 분노를 폭발시킬 수 없다. 그러나 하필 이런 환경에서는 그것조차 확실하다고 할 수 없었다.

그의 앞쪽 어딘가, 주 터널 입구 근처에서 갑자기 소란이 일어났다. 그는 옆에 있는 다른 사람들처럼 승강장 쪽을 바라보면서 그 길을 막아선 철도 경찰들이 마침내 물러나서 길을 터주었기를 바랐다. 만약에 그렇다면 기차가 혹시라도…….

"매표소 열렸어요?" 옆에 서 있던 여성이 그의 셔츠 소매를 세게 잡아당기는 바람에 카유스를 깨울 뻔했다.

"아뇨." 그는 여전히 닫혀 있는 매표창구들을 눈짓으로 가리키며 퉁명스럽게 대답했다. '폴란드 국영철도' 인장을 단 창구에 쳐진 블라인드는 단 하나도 전혀 열릴 기색이 없었다. "하지만 누가 우리 쪽으로 밀고 나오고 있어요." 그가 혼란의 진짜 원인을 쳐다보면서 덧붙였다.

"사람들이 이미 지쳤어요." 여성이 허벅다리에 달라붙은 어린 남자아이의 빨간 머리를 쓰다듬으며 중얼거렸다.

카롤은 고개를 끄덕였다. '놀랄 일도 아니지.' 그는 생각했다. 역에 모인 사람들 대부분은 거의 폭발할 지경이었다. 두려움 때문에 집에 돌아가지는 못했으나 짜증이 치솟아 점점 더 극단적인 행동으로 내몰렸다. 다른 기차역들도 똑같이 밀린다고, 사람들 사이에서 번개같이 퍼지는 이 소문은 벌써 오래전에 카롤이 상상했던 최악의 상황을 확인해 주었다. 이 기차역에서 저 기차역으로 돌며 어느 역에선가 표를 사서 처음 도착하는 기차를 탈 수 있을 것이라는 헛된 희망이 기차역 담벼락 바깥 멀리까지 사람들을 모여들게 했다.

자동차를 가진 사람은 몇 가지 경로로 도시를 떠날 시도를 해볼 수 있었으나 그렇게 운이 좋은 사람은 많지 않았다. 카롤은 최소한 한 명도 알지 못했다.

모자 쓴 쥐 같은 관상의 사내가(보아하니 비밀 요원이다) 슈뢰데르 가족 옆으로 밀고 들어왔고 그의 뒤로 얼굴을 찌푸린 젊은 남자 몇 명이 따라왔다. 그 줄 끝에 두 명의 다른 비밀 요원이 붙어 있었는데 선두에 선 사내와 다른 점은 수염 색깔뿐이었다.

"농담 더 이상 못 하겠네." 카타지나가 체포된 사람들을 눈으로 훑으며 중얼거렸다.

"이런 날에도 사람들을 내버려두지 않다니." 아까 카롤에게 매표소에 대해서 물었던 여성이 맞장구쳤다.

"그런 시대인 거죠." 카롤은 여성을 쳐다보지도 않은 채 대답한 뒤 혹시나 옆에 깃털 단 중절모를 쓴 남자가 없는 걸 확인하고는 덧붙였다. "독재자들이 우리를 지배하니까요."

"옳으신 말씀이에요." 여성이 고개를 끄덕였다. "우리의 희망은 아이들뿐이죠……." 여성은 어린 소년의 빨간 머리카락을 다정하게 흩뜨렸다.

카롤이 아래를 내려다보자, 소년은 마침내 엄마 치마에서 떨어졌다. 굉장히 공격적인 표정에 눈은 약간 튀어나와 있어서 꿰뚫어 보는 것 같았다.

"내가 총리가 되면 다 바꿀 거예요." 소년은 단호하게 선언했는데 'ㄹ' 발음이 약간 이상하게 들렸다.

카롤은 혼자서 웃었다. '그래, 물론 그렇겠지.' 그는 약간 깔보며 생각했다.

"우리 도날드는 꿈이 커요." 여성이 아들의 머리카락을 손바닥으로 정리해 주며 조금 자랑스럽게 덧붙였다.

"네?" 카롤은 놀랐다.

"우리 아들요." 여성이 기분 상한 어조로 말했다. "이름이 도날드예요. 애 아빠 이름을 따서요."

그때야 카롤은 여성이 말을 조금 길게 끄는 것을 알았는데, 익숙한 말투였지만 실롱스크 방언이나 남부 방언이 아니었다.

"그게 있잖아요……." 그는 뭐라고 말해야 할지 고민하며 말을 끊었다. 여성의 기분을 상하게 하고 싶지 않았지만 다시 생각해 보면 소년의 그런 선언은 웃겼다. 이렇게 이국적이면서, 솔직히 말해서 재미있는 이름을 가진 소년은 학교에 들어가면 엄청난 문제를 겪게 될 것이고 정치 경력을 쌓는 데는 말할 필요도 없었다. 카롤은 다음번 당 대회에서 새로운 총리가 등장하는 광경을 상상했다. "자, 이제 도날드 아무개 동무의 발언을 듣겠습니다." '웃다 배 터지겠다!' 그의 시선은 기차역 영화관의 상영작을 광고하는 유리판에 머물렀다. 포스터 두 개가 걸려 있었다. 앞쪽 포스터에는 대단히 빨간 머리에 주근깨투성이 쌍둥이가 백조와 펠리컨을 합친 것 같은 새 옆에 앉아 이를 드러내고 웃고 있었다. "야체크 같은 흔한 이름이 대통령이 될 가능성이 크지요." 그는 재미있어하는 기색을 감추지 않고 충동적으로 덧붙였다.

"헛소리!" 여성이 날카롭게 말하고 그에게 등을 돌렸다. 소년은 카롤을 노려보고 입을 꾹 다물더니 엄마의 뒤를 따랐다.

"들었어?" 카롤이 아내에게 몸을 굽혔으나 아내는 남의 이름 따위에 신경 쓰기에는 너무 화가 난 상태였다.

"매표소하고 터널 입구 쪽에 더 가까이 가 있을 걸 그랬어."

아내가 그의 자세를 바로잡으며 씩씩거렸다.

"그쪽으로 가보자." 카롤이 아내에게 아들을 넘겨주며 제안했다. 카롤은 꽉꽉 채운 여행 가방 두 개를 들고 아내와 아들을 위해 길을 터주며 기차역 반대편과 다섯 개의 승강장 전체로 이어지는 통로의 어두운 입구를 향해 걷기 시작했다. 이쪽은 조금 전에 사람이 약간 줄었다. 비밀 요원들의 활동 때문이거나 스피커에서 1초에 한 번씩 되풀이해서 흘러나오는 방송 때문일 수도 있고, 아니면 그저 사람들이 지쳤기 때문인지도 모른다. 이렇게 빽빽이 모여서 계속 서 있을 수는 없는 일인 것이다.

이 모든 것에도 불구하고 카타지나가 옳았다. 감염병으로 얼룩진 이 도시에서 떠나기로 결정했으니 이제 와서 포기할 수는 없었다. 그들은 이제 전략적인 위치를 차지했다. 기차표를 사기 위한 매표소 창구 앞줄과 기차를 타기 위해 어떻게든 들어가야 하는 승강장의 막힌 입구 사이 자리가 가장 합리적인 해결책으로 보였다.

그들이 목적지에서 10미터 정도 떨어져 있을 때 가장 바깥쪽의 군중이 술렁이기 시작했다. 카롤은 주위를 둘러싼 브로츠와프 시민들보다 시야가 넓었으므로 다른 사람들보다 훨씬 일찍이 사실을 알아차렸다. 우체국 방향에서 역 건물 앞에 서 있던 사람들이 잠시 방향을 돌렸다가 또다시 대합실의 반원형 유리 천장 아래 있는 사람들을 밀기 시작한 것이다. 다음 순간 중앙 출입구의 아치 아래, 카롤의 등 뒤에서 비슷한 소란이 일어났다. 브로츠와프를 떠나기 위해 아우성치는 군중이 기차역으로 돌아왔다. 게다가 이것은 조용한 귀환이 절대로 아니었다. 사람들은 마지막으로 붙잡고 있던 끈이 끊어진 듯 제동이 풀리면서 서로 밀고 소리치고 화를 내며 공격성을 드러냈다.

카롤은 여행 가방을 내려놓았다.

"카유스 이리 줘!" 그는 천천히 퍼져가는 혼란의 파도가 측면 출입구와 터널 사이 거리 절반 정도에 이르기 전에 아내에게 외쳤다.

"어쩌려고 그래?!" 카타지나는 푹 잠든 아이를 남편이 품에서 빼어 가자 신경을 곤두세웠다.

"날 따라와." 그는 아들을 꽉 껴안고는 아내의 손을 잡고 부탁했다.

* * *

"카니오프스키, 야쿠프……." 비밀 요원이 공책에 차례로 성과 이름을 적었다. "이게 마지막입니다, 경사 동무."

대학생들은 임시로 폐쇄된 영화관으로 이어지는 벽 앞에 줄지어 서 있었다. 영화관에서 쫓겨난 사람들은 사복 경찰들을 적대적으로 노려보았으나 다들 한마디도 소리 내어 말하지 않았다. 그저 수군거리는 소리와 가끔씩 어느 폐병 환자가 격렬하게 기침하는 소리만 들릴 뿐이었다.

"자, 그래서 어떻게 생각하십니까, 선생님들?" 쥐 상의 사내가 팔짱을 끼고 얼굴에 숨김없는 경멸의 표정을 드러내며 대학생 다섯 명을 쳐다보았다. "사회주의 조국이 마음에 들지 않습니까? 전쟁 전 같으면 여러분은 소를 몰거나 어릴 때부터 어디 공장에 처박혀 손이 닳도록 일을 하지 학교를 마치지는 못했을 겁니다. 그렇죠, 듣기 싫겠지만 사실입니다. 그런데 여러분은 어떻죠? 사회적 발전의 기회를 준 당에 감사하지는 않고 사회주의에 침을 뱉고 있죠. 흥미롭군요, 이제 뭘 먹고 살 작정인지, 드리예~르 학생." 그는 '드리예르'라는 이름의 마지막 모음을 경멸하듯 길게 늘였다. "레닌은 좋아하지 않고, 대학에 다니는 모험은 이제 끝났으니, 인민공화국에 복무하는 공학자가 될 수 없을 테고." 그는 극적인 동작으로 손에 쥔 학생증을 찢었다.

"순무요." 이름을 불린 학생이 화난 듯 눈을 깜빡거리며 중얼거렸다.

"뭐라고 했지?" 쥐 얼굴의 사내는 순식간에 새빨개졌다.

"순무라고요." 드리예르가 좀 더 큰 소리로 다시 말했다.

"마레크!" 옆에 서 있던 즈비에슈호프스키가 경고하듯 속삭였다.

"순무 먹고 살 겁니다, 경찰 동무." 드리예르 학생이 차분하게 말을 이었다. "질문에 대답하는 겁니다."

경사는 입안으로 치밀어오르는 욕설을 씹어 삼켰다. '순무'라는 단어가 촌사람을 욕하는 말이라는 것을 그도 아주 잘 알고 있었고, 자신을 비웃는 쓰레기 범법자를 그대로 두고 싶지 않았으나 모든 일에는 때가 있다고 생각했다. 복수는 냉정하게 기다릴 때 가장 즐거운 법이다. 이런 것은 야학에서 가르쳐주지 않는다. 그 진실을 그는 직접 발견했다. 그리고 클럽에서 술을 퍼마시며 밤을 보낸 뒤 무시무시한 숙취와 함께 아침에 깼기 때문에 그는 누군가에게 기분을 풀어야만 했다. 그는 이른 저녁, 아마 11시가 되기도 전에 뻗었는데, 그건 다 빌어먹을 '스보이치츠키' 밀주 때문이었다. 경찰은 프시에 폴레의 불법 거래자에게서 며칠 전에 압수한 3리터 술병을 창고에서 꺼냈다. 공식적으로는 압수된 다른 모든 알코올과 함께 쏟아버린 것으로 되어 있었으나, 실제로 경찰은 한 방울도 낭비하지 않았다. 항공학교 격리병동을 지키는 순찰대가 몸 바쳐 일한 덕분에 지휘본부의 절반 정도가 벌써 2주째 실컷 마시고 있었다. '그거 정말 끝내주는 물건이야. 그걸 만드는 밀주꾼들을 잡아넣기가 아까울 정도야…….' 이른 새벽에 깨어난 그는 술을 깨기 위해 다른 동료들의 뒤를 따라 나왔으나 해장술을 빨러 가지 않았다. 호텔을 나오자마자 시비에르체프스키 거리 맞은편에서 벌어지는 상황에 관심이 갔기 때문이다. 술을 덜 마신 순경 두 명도 그와 함께 돌아와서 계급의 적을 조국에서 숙청하러 현장으로 갔다. 그리고 결과적으로 그것은 현명한 결정이었다.

"학생 말이 맞아요." 그는 기름진 입술을 핥고 나서 말했다. "순무를 먹게 되겠지. 하지만 다 늙어서 감옥에서 나온 뒤에나."

어린놈들이 창백해지는 모습을 보고 그는 마음이 즐거워졌다. 드리예르의 그 분홍빛 양볼에서 핏기가 전부 빠져나간 것 같았다. 그리고 물기 어린 눈이 아아아아주 커졌다. 게다가 아래턱도 떨리기 시작하고……. '이 어리광쟁이들 밟아주기란 얼마나 쉬운지.' 경사는 생각했다.

다시 입을 열었지만 그는 계속해서 위협의 말을 뱉어낼 수 없었다. 누군가 대단한 힘으로 그에게 덤벼들었고, 그는 균형을 유지하기 위해 한 걸음 앞으로 나서야만 했다.

* * *

카롤은 앞으로 헤치고 나갔고, 역 대합실에서 지옥도가 펼쳐지기 전에 목책에 도착했다. 사람들은 비명을 지르며 무기력하게 몸부림쳤으나 바깥에서 들어오는 압력은 멈추지 않았다. 철도경찰은 서둘러 지원을 요청했다. 그러나 동료들이 도착했음에도 불구하고 승산이 전혀 없었다. 대략 5초쯤 버티다가 부러진 목책을 버리고 터널 안으로 달려가 승강장으로 연결되는 계단으로 뛰어가기 시작했다.

카롤도 그 뒤를 좇아 뛰어갔다. 아이를 팔에 안고 숨을 헐떡이는 아내를 잡아끌면서. 그는 첫 번째 승강장을 지나가면서 대부분의 사람들이 그곳에 모여서 탈출구를 찾고 있으리라 확신했다. 그의 생각은 옳았다. 탈출하려는 사람들의 무리가 계단 위로 올라갔으나, 터널이 충분히 넓기 때문에 사람들의 물결 한가운데 있음에도 불구하고 슈뢰데르 가족은 달리는 속도를 늦추지 않았다.

카롤은 아내의 항의를 무시하고 그렇게 두 번째 승강장도 지나쳤다.

"다음번에 방향 틀어!" 그는 기차역 맞은편 광장에서 기다리는 사람들도 마찬가지로 목책을 공격할 것이라 예상하며 짧게 외쳤다. 그들은 이미 무슨 일이 벌어지는지 눈치챘고 귀중한 자리를 아무에게도 양보하지 않을 작정이었다. 세 번째 승강장만이 이렇게 뛰어가서 차지할 가치가 있는 마지막 승강장이었다.

슈뢰데르 가족은 오른쪽으로 방향을 틀었다. 낮고 넓은 계단을 올라가자 열린 공간이 펼쳐졌고, 그곳에서 얼굴로 불어오는 시원한 바람과 사방에 남아 있는 탄내를 느꼈다. 그들은 몇 걸음 더 가서…… 승강장으로 나왔다. 두 번째를 제외한 나머지 승강장들처럼 이곳도 텅 빈 채 기차가 단 한 대 서 있었다. 연기를 뿜어내는 증기기관에 연결된 여섯 개의 차량 주변에는 야만적인 군중들이 모여들어 아우성치고 있었다. 사람들은 서로 밟으며 모든 문과 창문을 공격했다. 그 소음 속에 방금 시작된 역내 방송을 포함하여 모든 소리가 다 파묻혔다.

카롤은 서둘러 주위를 둘러보았다. 다른 열차가 몇 대 정도 철로 위에 서 있었으나 승강장을 몇 개나 건너 지선으로 가야 했다. 그쪽으로도 사람들이 달려갔다. 그들도 뛰었으나 그 길에 여행 가방과 꾸러미를 떨어뜨리고 말았다. 되돌아가는 사람은 즉각 깔려서 짓밟혔다. 출발할 때는 남들보다 십몇 초 정도 앞서 있었으나 단 한 번 약간 불리한 결정을 내리자 그 앞선 시간은 순식간에 0이 되었다. 세 번째 승강장에 지금 또 혼란에 빠진 승객들이 연달아 몰려들고 있었다. 남자들은 대부분 여기서 도시를 빠져나갈 방법이 아무것도 없다는 사실을 확인하자 바로 철로로 뛰어내려 유일한 기차에서 자리를 차지하려 싸우는 무리에 합류했다. 다른 사람들 역시 승강장의 반대편 가장자리로 달려가 지선에 남겨진 열차들보다 더 나은 탈출의 가능성을 찾아내려 했다.

카롤은 아내가 계단과 패닉에 빠진 군중에게서 최대한 멀리 떨어지도록 반대 방향으로 끌어당겼다. 그러나 아내는 승강장 지붕 밑에서 나오자마자 그의 손을 뿌리쳤다.

“이 바보!” 아내는 옆 승강장을 손가락으로 가리키며 화가 나서 씩씩거렸다. "왜 저기서 꺾지 않았어? 우리가 맨 처음이었는데!"

"그러니까!" 그가 마주 소리쳤다.

어느 객차 창문에서 사람들이 여성 한 명을 밀어내고 있었다. 그녀는 자리를 차지하려고 싸우는 사람들의 머리 위로 날아가서, 사람들의 어깨를 잡은 채 버티려고 절박하게 몸부림쳤으나 마치 진짜 물속에 잠기듯이 모여선 사람들의 수많은 몸 아래로 빠르게 사라져 버렸다. 이 여성은 조금 전까지 스스로 사람이라 칭하던, 두려움에 광란하는 짐승들의 첫 번째 희생자도, 유일한 희생자도 아니었다. 2번 승강장은 완전히 정글의 법칙에 지배당했다.

카타지나는 침묵했다. 이마를, 그다음에는 입을 문질렀다. 이 광경이 수백 마디 말보다 강력했고 눈 깜짝할 사이에 그녀의 환상을 깨버렸다. 저 기차에 탔다면 세 명 모두 살아 있지 못할 것이었다. 그리고 이 순간까지 살아남았다 하더라도 그들의 운명은 정해졌을 것이었다. 카타지나는 기차역 맞은편 끝과 넓게 펼쳐진 철로, 그리고 그곳에서 단단히 잠긴 화물열차들에 타려고 아우성치는 수천 명의 사람들을 쳐다보았다.

"그럼 이젠 어떡해?" 그녀가 물었다.

* * *

드리예르는 지긋지긋한 비밀 요원의 말을 더 이상 듣고 있지 않았다. 자기 눈을 믿을 수 없었다. 그에게서 바로 몇 미터 떨어진 곳에서, 삶에 지치고 무섭게 기침을 하는 여성 노인이 갑자기 몸을 돌려 아우성치는 사람들 속으로 사라졌다. 그러나 드리예르는 곧 노인을 다시 발견했다. 이번에 그녀는 기침이 씻은 듯이 멎기는 했으나 상태가 더욱 안 좋아 보였다. 그녀에게서 가장 가까이 있던 사람들이 거리를 두며 물러서기 시작했으나 하필 바로 그 순간에 근처 출구로 향하던 사람들의 강물이 멈추었다가 눈 깜짝할 사이에 방향이 바뀌었다.

기차역을 떠났던 사람들이 뭔가에 겁을 먹고 돌아와서 그 무엇에도 아랑곳하지 않고 앞으로 밀고 나왔다. 사람들의 몸이 만들어낸 담장이 넋 나간 노인을 밀더니 급기야 비밀 요원이 대학생들을 세워둔 벽까지 밀어냈다. 그리고 그제야 드리예르는 노인 바로 옆에 서 있던 사람들이 어째서 그렇게 겁을 먹었는지 알게 되었다.

노인은 눈이 하얗게 뒤집혀 의식이 없거나 죽은 사람 같았다. 얼굴은 푸르죽죽했고 아래턱이 벌어졌으며, 넘어지면서 부러진 치아들 사이로 핏줄기가 흘렀다. 노인이 비밀 요원 등에 가까이 다가올수록 그의 맞은편에 서 있던 대학생들은 노인의 모습을 더 자세히 볼 수 있었으며 그 때문에 점점 더 공포에 질렸다. 마침내 노인이 쥐 상의 사내에게 덤벼들어 땅에 쓰러뜨리자 대학생들은 비명을 지르며 도망치기 시작했다.

그러나 다들 멀리 가지 못했다. 모퉁이를 돌자마자 사람이 너무 빽빽하게 모여 있어 더 이상 한 걸음도 나아갈 수 없었다.

"이젠 어쩌지?!" 즈비에슈호프스키가 불안해하며 뒤를 돌아보았다.

기차역 대합실 안으로 점점 더 공포에 질린 사람들의 새로운 물결이 계속해서 흘러들어 왔다. 여기저기서 주먹이 오갔다. 머리채를 잡혀 끌려 나온 소녀가 땅에 내팽개쳐져서 달리는 사람들의 발아래 던져졌다. 그곳의 움직임은 단숨에 가로막혔다. 한참 후에 짓이겨진 시신들의 덩어리 속에서, 짓밟힌 소녀와 그 시신에 걸려 넘어진 불운한 사람들의 몸을 넘어, 군중이 한 명씩 따로따로 나타나기 시작했다.

기차역 안쪽에서도 겁에 질린 비명이 들려왔다. 커다란 기침소리가 쉬지 않고 메아리가 되어 울렸다. 누군가 이것을 눈치챘을 때 사람들은 한꺼번에 갑자기 뒤로 물러났고 그러면서 대학생들은 여기에 휩쓸렸다. 그들은 군중 안에 삼켜져, 떨어져 나올 수 없는 하나의 부분이 되었다. 그리고 그들은 점차 서로 멀어졌다. 공포에 질려 정신이 나간 사람들에게 밀리거나 가로막히거나 발목을 차였기 때문이다.

카니오프스키는 즈비에슈호프스키 뒤에서 두 걸음 정도 떨어져 있다가 군중과 함께 커다란 통유리로 된 칸막이 쪽으로 밀렸는데, 유리 뒤에는 장치실과 차장들의 배달품 수령 지점이 있었다. 일부 사람들이 이 올가미에서 떨어져 나와 기차역 화장실에 가려고 했으며, 그 덕분에 카니오프스키 앞에 사람이 조금 적어졌다. 그러나 실질적으로는 뒤에서 밀던 사람들이 이제는 짓밟힌 시신 수십 구의 다리 쪽으로 그를 곧장 밀고 있었다. 한 걸음만 더 가면 신발 아래 뭔가 느껴질 것 같았다. 부드러운 것 위에 다른 발을 디디면서 그는 역겨움에 얼굴을 찡그렸다. 발을 디딘 곳에 무엇이 있는지 생각조차 하기 싫었다. 그의 옆구리로 떠밀린, 무시무시하게 땀을 흘리는 창백한 여성이 자기도 모르게 그의 귀에 대고 울부짖었다. 그녀는 움직일 수 없었기 때문에 꼼짝도 하지 않았다.

정상적인 상황에서라면 카니오프스키는 여성의 팔꿈치를 잡고 받치며 여성을 도와주려 했겠지만 이렇게 사방에서 꽉 눌린 채로는 손가락도 움직일 수 없었다. 그는 그저 여성이 그의 주변에서 이리저리 밀리는 것을 느끼고, 발이 덫에 낀 듯 날카롭게 비명 지르는 소리를 들을 뿐이었다. 여성은 잠시 후 기절했지만 쓰러지지는 않았다. 주변에 둘러선 사람들의 몸에 기대 계속해서 수직으로 서 있었다.

카니오프스키는 사람들의 흐름에 떠밀려 반짝이는 통유리 칸막이를 향해 다가가고 있었다. 그는 한쪽 팔이라도 꺼내려고 애쓰면서 유리에만 정신을 집중했다. 저 장애물을 넘어 좁은 통로로 향하면 분명 여기를 나갈 수 있을 것이라는 희망을 가지고 있었다…….

기절한 여성이 온몸을 떨었다. 카니오프스키는 여성의 마지막 순간을 목격하게 될까 봐 두려워하며 그녀를 쳐다보았다. 그녀는 입을 크게 벌리고 있었지만 아무 소리도 내지 않았다. 그저 한순간 조용해졌다가 고개를 들었을 뿐이었다. 반쯤 뜬 눈꺼풀 아래에서 뒤집힌 흰자가 보였다. 게다가 그녀는 아주 차갑다……. 여성은 카니오프스키 쪽으로 꽉 밀려 있어서 카니오프스키는 옷 위로 그녀의 체온을 느낄 수 있었다.

그때 세상이 그의 눈앞에서 물구나무를 서고 주변 모든 것이 회색으로 변했다. 처음에 그는 기운이 빠졌고 그다음에는 숨을 쉴 수 없었다. 뭔가 그를 바닥이 없는 새까만 심연으로 끌어당기는 것만 같았다.

* * *

카롤은 잠에서 깬 아들을 달래며 주위를 둘러보았다. 상황은 시간이 지날수록 나빠지고 있었다. 철도경찰은 완전히 통제력을 잃고 이제는 되찾으려는 노력조차 하지 않았다. 철도원 세 명이 지금 막 당직자실에서 달려나와 뒤도 돌아보지 않고 가장 가까운 승강장 끝 쪽으로 뛰어갔다.

"우리도 저렇게 해야 했어." 카롤이 아내를 바라보았다. "맞부딪쳐서는 승산이 없어, 저…… 짐승들하고는."

카타지나는 양순하게 고개를 끄덕였다. 공포심이 밀려와 그녀의 분노는 완전히 사라져 있었다. 카롤은 아내의 손을 잡았으나 한 걸음도 가기 전에 멀리서 찢어지는 듯한 기적 소리가 들렸다. 카롤은 뒤를 돌아보았다. 지선에 남겨진 기차 앞에서 싸우던 사람들도 얼어붙어 있었다. 일부 사람들은 군중에서 떨어져 나와 가장 먼 철로 쪽으로 달려갔다.

기차역에 어떤 기차가 다가오고 있었다.

몇 초 뒤, 카롤은 더욱 멀리 늘어서 있는 화물차들 사이에서 기관차가 나타났을 때야 기차가 오고 있다는 것을 깨달았다. 기관사가 맞은편에서 달려오는 사람들을 보고 미친 듯이 경적을 울렸다. 그러나 살아남기 위한 싸움에 정신이 나가버린 군중은 기관사가 보내는 신호를 아랑곳하지 않았다. 증기기관차 앞머리의 제연판이 속도를 내며, 달리는 기차 앞으로 가로지르려는 헛된 시도를 했던 가장 용감하고 가장 멍청한 남자들을 베기 시작했다. 그때 카타지나는 남편의 품에 얼굴을 묻었다. 이 피투성이 비극을 보고 몇몇 사람들이 정신을 차렸다. 그러나 가장 빨리 그들의 의지를 꺾은 것은 증기기관차가 끌고 오는 차들의 모습이었다. 그것은 여객용 차량도, 동독제 2층 객차도 아니고 세상에서 가장 평범한 석탄 운반차였다.

실망한 군중이 등을 돌렸다. 조금 전에 승강장에서 뛰어내린 사람들도 걸음을 멈추었다.

이러한 광경을 마주한 기관사는 그사이에 제동을 걸기 시작했다. 뇌를 반으로 가르는 듯 날카로운 쇳소리가 울리자 기차를 향해 달려가지 않았던 사람들이 일제히 이를 악물었다. 심지어 기차역 안도 잠시 찬물을 뿌린 듯 조용해졌다.

카롤이 아들의 귀를 막았지만, 어찌 됐든 아이는 울기 시작했다. 몇 초가 더 지나도 불길한 굉음은 수그러들지 않았다. 증기기관차는 바퀴에서 불꽃을 뿜으며 철로 위를 움직여 마침내 기차역의 지붕이 있는 부분을 나가서 기차역을 반으로 가르는 첫 번째 굴다리 아래까지 간 뒤에야 멈추었다.

침묵이 지속된 것은 잠시뿐이었다. 탈출의 기회를 노리는 사람들은 상황이 전개되기를 기다리지 않았다. 높은 지붕 아래까지 순식간에 사람들의 고함이 울려 퍼졌다.

기관사는 증기기관차에서 뛰어내린 뒤, 역무원 제복을 입은 채 도망치는 남자 세 명을 자기 쪽으로 불렀다. 처음에는 그들에게 뭔가 설명하면서 양팔을 풍차처럼 휘둘렀고, 그런 뒤에 모두 함께 석탄 운반차 쪽으로 뛰어갔다.

카롤은 철도 직원들이 무엇을 하는지 보고 미소를 지었다.

"가자!" 그는 아내를 잡아끌었다.

'철도 직원들이 다른 문을 연다! 이 기차가 여기서 나가는 마지막 기회일지도 몰라. 석탄 운반차 수십 개에 수천 명이 탈 수

있어. 편하지 않아도 상관없어, 다 상관없어! 한두 시간만 고생하면 살 수 있다……!'

슈뢰데르 가족은 사람들이 무슨 일이 일어나는지 깨닫기 전에 증기기관 쪽으로 종종걸음 치기 시작했다.

* * *

드리예르와 즈비에슈호프스키는 기차역 1층 대합실과 식당가 사이에 있는 벽에 밀려 기대서 있었다. 이쪽에서도 미는 압력이 덜한 것은 아니었지만 어쨌든 그들은 멈춰 서는 데 성공했다. 그들은 누군가 버리고 간 꾸러미 위로 올라갔고, 그 덕분에 군중 위로 머리를 내밀고 마침내 숨을 돌릴 수 있었다. 그들은 어린아이처럼 기뻐했지만 그것도 잠시뿐이었다. 잃어버린 친구들을 찾아 주위를 둘러보기 시작하면서 아주 빠르게 피가 차갑게 식는 듯한 광경을 목격했다.

"하느님 맙소사……." 즈비에슈호스프키가 신음했다. 팔을 움직일 수 있다면 성호도 그었을 것이다.

그들은 대합실과 그 안에 들어찬 사람들을 거의 대부분 완벽하게 볼 수 있는 위치에 있었으므로 미코와이 클림차크의 머리를 금방 알아보았다. 미코와이와 그들 사이에는 열댓 명 정도의 사람이 있었지만 이런 조건에서는 두꺼운 벽이 막고 있는 것과 같았다.

클림차크는 얼굴을 그들에게 향한 채로 그를 둘러싼 군중의 리듬에 따라 몸을 흔들고 있었다. 그러나 그의 머리가 다시 무리에서 벗어나 튀어나왔을 때, 비로소 두 사람은 푸르스름한 보라색 피부와 축 내민 혀와 까뒤집힌 눈의 흰자를 보았다. '저건 산 사람의 얼굴이 아니야! 패닉에 빠진 짐승들이 그를 짓눌러서 선 채로 질식시키고 아무 생각 없이 그대로 끌고 다니는 거야…….' 드리예르는 그 모습을 보고 겁에 질렸다.

그러나 이것은 악몽의 시작에 불과했다. 그들을 둘러싼 군중을 들여다볼수록 비슷한 모습이 더 많이 눈에 띄었다. 이 기차역 안에서 사람들은 스페인 극작가 알레한드로 카소나의 희곡 제목처럼 서서 죽었다. 그들은 입을 꼭 다문 채로 조금 성급하게 물러섰다. 짓이겨진 몸들의 무더기 속에는 산 사람보다 죽은 시신이 더 많았지만, 그럼에도 불구하고…….

즈비에슈호프스키는 군중의 가장자리로 움직이던 남자가 천천히 목을 돌리는 모습을 보고 소름이 끼쳤다. 혀를 내밀거나 눈을 까뒤집지 않았지만 남자는 귀신 같은 모습이었다. 목덜미와 튀어나온 귀가 푸르스름했다. 두말할 것도 없이 죽었을 텐데, 남자는 팔을 움직였다. 즈비에슈호프스키는 얼른 몸을 숙였지만, 창백해진 드리예르의 머리는 정확히 남자의 구부러진 손가락이 뻗어오는 경로에 있었다. 드리예르는 가늘게 비명을 질렀다. 너무 놀라서 몸부림을 치는 바람에 드리예르는 오른팔을 빼내는 데 성공했는데, 그 손에는 여전히 체포되기 전에 읽고 있던 책이 계속 들려 있었다. 드리예르는 반사적으로 책으로 얼굴을 가렸지만 별 소용은 없었다. 살아 있는 시체가 얇은 책에 손을 뻗고는 고통과 두려움에 울부짖는 드리예르의 코와 양볼의 광대뼈가 부서질 때까지 짓눌렀다.

근처에 서 있던 즈비에슈호프스키는 건조하게 부러지는 소리를 들었다. 그리고 그와 동시에 드리예르의 두개골이 갈라졌다. 여기저기서 이상하게 뻗친 머리카락 사이로 피가 튀고 뭔가 회색 젤리 같은 것이 흘러나왔다.

“하느님…….” 좀비가 마침내 손을 거두었을 때 그는 이렇게 속삭였다.

드리예르의 얼굴에 짓눌린 책이 천천히 벗겨지기 시작했다. 천천히, 아주 천천히, 그러다 드리예르의 시신이 갑자기 움직이며 책이 떨어졌고, 드리예르는 짓이겨진 얼굴을 즈비에슈호프스키에게 돌렸다.

이 광경에 바르샤바 출신 젊은 대학생의 심장은 더 이상 견디지 못했다.

* * *

우카시 자크는 온몸을 떨었다. 브로후프 전투, 장갑차를 피해 달아나는 공포에 찬 도주, 카밀 주치드워가 거대한 장갑차 바퀴 앞에 곧바로 떨어지는 모습, 그리고 그 바퀴가 카밀을 여러 색깔의 공작용 진흙처럼 철로에 짓이기던 것. 이 모든 일은 침착한 기관사를 신경쇠약 직전의 상태로 몰아갔다.

브로츠와프 중앙역에 도달했을 때 그가 제정신을 유지할 수 있었던 것은 단 한 가지 생각 덕분이었다. 동료를 희생한 대가로(다른 사람들에게 일어난 일은 그가 알 리 없었다) 수천 명의 목숨을 구했다는 것이었다. 그 끔찍한 사고만 아니었다면 그는 이렇게까지 넋이 나가지 않았을지도 모른다. 하지만 그가 어떻게 했어야 한단 말인가? 저 멍청이들이 철도 위로 쏟아져 나왔다. 기관차 바로 앞으로! 호각으로 그렇게 신호했는데도.

그리고 죽었다. 다섯 명, 열 명, 열다섯 명. 자신이 몇 명이나 치었는지 그는 전혀 알 수 없었다. 아마 많을 것이다. 그 때문에 너무 충격을 받아서 그는 주변에서 무슨 일이 일어나는지 신경 쓰지 않았으며, 기차역에서 벌어지는 사건들을 완전히 인식하지 못했다.

마침내 기차를 세운 뒤에 그는 너무나 신경이 곤두서서 손이 계속 떨렸다. 그러나 마지막 임무가 그를 기다리고 있었다. 누군가 저 빌어먹을 석탄 운반차 문을 열어야만 하는 것이다! '경찰이 시내로 소식을 전했다면 당장이라도 여기로 몰려올 거야…….' 그러나 그는 혼자서는, 더구나 이런 상태로는 감당할 수 없다는 것을 알고 있었다.

다행히 그는 기관차에서 내리면서 남색 제복을 입은 남자 세 명이 보로프스카 거리 쪽 굴다리 방향으로 달려가는 것을 보았다. 그중 하나는 아는 사람이었다. 당직 역무원 파베우 비헤르인데 그의 집에서 두 집 건너에 살았다.

"파베우!" 그가 양팔을 휘두르며 불렀다. "파베우!"

비헤르가 고개를 돌리고는 멈추어 서서 나머지 두 명을 불러 세웠다. 세 명은 겁먹은 듯 승강장 쪽을 힐끗힐끗 돌아보면서 그에게로 달려왔다.

"여기서 뭐 하나, 우카시?" 비헤르가 의심쩍은 눈길로 석탄 운반차를 바라보며 물었다.

"나 좀 도와줘." 우카시 자크는 비헤르의 질문을 무시했다.

이제 그는 나머지 두 명도 알아보았다. 2년쯤 전에 함께 교외선을 탔던 차장들이었는데, 그들은 장거리 열차로 옮겼고 그는 남아 있었다.

"절대 안 돼." 두 차장 중에서 나이가 많은 마르친 사레크가 내뱉었다. "여기서 무슨 난리가 났는지 모르나?"

"차장님이 난리에 대해 뭘 알아요!" 짜증 난 우카시가 열을 내었다. "진짜 난리를 보고 싶으면 저 석탄 운반차 여는 걸 도와주세요."

세 명은 처음에는 그를, 다음에는 석탄 운반차를 쳐다보았다. 안에서 뭔가 금속 벽을 때리고 있었다. 시간이 갈수록 소음은 점점 커졌다.

"저기에 뭐가 들었습니까?" 나이가 더 어린 차장인 카롤 보이타스가 의심스러워하며 물었다.

"사람들이야."

"대체 무슨 사람들요?"

"저항활동가야, 공산주의자들이 감염병을 구실로 브로츠와프에서 끌어내려고 했어."

"무슨 헛소리인가, 우카시?" 사레크가 한 걸음 물러섰다. "뭐 잘못 먹었나?"

"브로후프에서 경찰이 저 사람들을 석탄 운반차에 집어넣었어요." 자크가 서둘러 설명했다. "짐승처럼 욱여넣었다고요, 짐승처럼! 파벵스카와 온데르카도 다 봤어요."

세 철도원들은 서로를 쳐다보았다. 지난밤 시내에서 사람들에게 말할 수 없는 무슨 일이 벌어졌다. 그것만은 아주 확실했다. 1956년도 사건 이후로 제정신 박힌 사람은 공식적인 정부 발표를 아무도 믿지 않았다. 중앙역에 몰려든 사람들의 모습이 그 명확한 증거였다. 그리고 중앙역 앞에는 가장 단단한 공산당표 콘크리트를 깎아 만든 고무우카의 낯짝이 드높이 서 있었다. 공산당 제1서기장은 감염병과의 전쟁이라는 구실 아래 남부 실롱스크의 수도 브로츠와프에서 점점 더 영향력을 더해가는 저항 세력 전체를 없애려 하고 있었다.

자크는 양팔을 벌리고 말없이 그들에게 결정을 재촉했다. 비헤르가 첫 번째로 고개를 끄덕였다. 나머지 두 차장도 내키지는 않아 했지만 그의 뒤를 따랐다.

잠시 후 네 사람은 두 명씩 짝을 지어 줄지어 선 화물차들을 향해 갔다.

* * *

로베르트 둘렘바는 밀려드는 군중 때문에 처음부터 친구들과 떨어져서 영화관 입구에 서 있었다. 패닉에 빠진 군중에게 떠밀린 비밀 요원들은 무서운 노인과 마찬가지로 그의 눈앞에서 사라졌다. 로베르트는 자리에서 움직이지 않고 계단 옆 벽을 붙잡고 있다가 그 벽을 타고 영화관 안쪽 통로로 들어갔는데, 그곳도 사람들로 가득했지만 바깥처럼 엄청나게 밀고 당기지는 않았다. 이 막다른 골목에 들어오면 출구, 즉 가장 사람이 많은 곳으로 돌아갈 수밖에 없었으므로 이곳으로 일부러 들어오는 사람은 많지 않았다.

로베르트는 자신의 결정을 후회하지 않았다. 여기서는 최소한 한숨을 돌릴 수 있었고, 언제든 자유롭게 폐에 공기를 빨아들일 수 있었다. 그의 주변에 선 사람들이 아래층에 밀려드는 군중을 겁에 질린 얼굴로 내려다보았다. 몇 분 만에 계단 아래에는 빈 공간이 한 치도 남지 않았다. 거기서부터 상황이 나빠지기 시작했다. 일찌감치 이 조그맣고 평온한 오아시스에 올라와 있던 여성들이 놀라서 큰 소리로 항의하고 한탄했지만, 군중은 계단을 한 칸 한 칸 차지하며 밀고 올라왔다.

로베르트는 수많은 남자에게 고함을 질렀고, 그런 뒤에는 다른 사람들과 함께 몸으로 방어벽을 만들어 침입자들을 막아보려 했다. 그러나 눈에 띄는 효과는 없었다. 로베르트와 함께 있는 사람들은 잘해야 열댓 명이고 아래층은 수백 명이었다. 가장 단순한 물리학의 법칙이 적용되었다. 방어하던 사람들은 점점 물러났고 그러다가 영화관 매표소와 영사실로 이어지는 두꺼운 문에 바짝 떠밀렸는데, 정확히 6시 15분에 다음 상영이 시작된다고 입구 앞 상영표에 걸려 있었지만 운 나쁘게도 하필 오늘 영사실 문은 단단히 잠겨 있었다. 이 영화관은 다른 곳과는 달리 24시간 운영했다. 명절과 금요일과 일요일만 제외하고.

마지막 방어선이 무너지자 로베르트는 가장 안쪽 구석으로 몸을 숨겼다. 이곳에서 벽에 등을 대고 최악의 상황을 기다리기로 했다. 여기서 기차를 타고 떠날 수가 없는데 어째서 사람들이 문과 창문으로 기차역에 들어오려고 몸부림치는지, 그는 이해할 수 없었다. 사람들은 광장으로 가지 않고 또다시 모두 다 대합실로 밀고 들어오려 했다.

마침내 아래층에서 비명 소리가 차츰 가라앉기 시작했고 분위기는 조금 낙관적으로 변했다. '사람들이 서로 드잡이하지 않으니 좀 낫군.' 그는 생각했다. '패닉이 지나가고 상황이 좀 진정되면 곧 여기서 나갈 수 있을 거야.' 개인적으로 로베르트는 엄청난 공포를 느끼지는 않았다. 그저 가벼운 불안감이 마음을 갉아먹을 뿐이었다. 공기는 충분히 마셨고 계단 덕분에 아래층에서 밀고 올라오는 힘도 그렇게까지 부담스럽지 않았다. 그러나 그는 패닉의 물결에 휩쓸려 모퉁이까지 밀려간 친구들이 걱정되었다. 그러나 그럼에도 불구하고 그는 똑똑하고 합리적인 친구들이니 이 난리 통에서도 어떻게든 버틸 거라고 희망적으로 생각했다.

그는 생각에 잠겨 있다가 영화관 통로 너머 기차역이 완전히 조용해졌다는 사실을 한참 뒤에야 깨달았다. 아무도 기침하거나 울부짖지 않았다. 몸싸움도 가라앉은 듯했다. 그러나 로베르트가 보기에 대합실은 여전히 사람들의 바다였다. 군중은 더 이상 움직이지 않았고, 그러니까 기차역 안쪽 깊은 곳으로 들어오려 하지 않았다. '이것도 좋은 징조군.' 로베르트는 생각했다.

그러나 계속해서 그는 이 구석에 서서 땀 냄새와 겨드랑이 냄새, 또 뭔가의 악취를 들이마셔야만 했다. 그는 코에 주름을 잡고 역겨워하며 누군가 바지에 싼 것 같다고 생각했다. 처음에는 희미하던 악취가 시간이 갈수록 점점 더 진해졌다. 마침내 냄새가 너무 심해져서 숨을 쉴 수조차 없었지만, 이 썩는 냄새에 반응한 사람은 로베르트를 가까이 둘러싼 몇 명뿐이었다. 나머지 사람들은 갑자기 이상한 환각 상태에라도 빠진 듯 몸을 흔들어댔다.

그는 자기 옆구리에 파고든 겁에 질린 여성을 보았다. 두 사람은 같이 벽 쪽으로 밀렸을 때 인사를 나누었다. 여성의 이름은 에벨리나 크셰민스카였다. 그 뒤에도 둘은 함께 해방되기를 기다리며 몇 마디 잡담을 나누었다. 그러나 시간이 지나도 아무것도 변하지 않았다. 에벨리나는 말이 없어지고 고개를 숙이더니 완전히 무감각한 상태가 되었다. 그녀를 다시 쳐다보았을 때는 얼굴에 공포심이 그대로 드러나 있었다. 눈이 새로 나온 동전처럼 커다랗고 반짝였다. 로베르트는 홀린 듯이 그 눈을 들여다보면서 반짝이던 빛이 꺼지고 시들고 흐려지는 것을 보았다. 에벨리나가 다시 고개를 숙이자 그의 눈두덩이는 촉촉해졌다. 그는 큰 소리로 침을 삼켰다. 여긴 뭔가 이상하다. 아주 이상하다. '세상에, 내가 왜 이러지?' 그는 다리 힘이 풀리는 것을 느끼며 생각했다. 이 말없이 악취를 풍기는 군중이 마치 그에게서 남은 생명력을 전부 빨아내는 것 같았다.

* * *

슈뢰데르 가족이 증기기관차 근처까지 달려가기 전에 짝을 지어 일하던 철도 직원들은 석탄 운반차 여덟 대를 열었다. 여기서 그들은 4번 승강장에 몰려온 사람들이 철로에 뛰어내리고 서로 먼저 석탄 운반차에 도달하기 위해 밀고 당기는 것을 보고 작업을 멈추었다. 화물열차는 5번 승강장 앞에 서 있었으나 석탄 운반차의 이중 철문은 4번 승강장 방향을 향해 있었기에 선로 쪽에서 문을 열어야만 했는데, 여기에는 상당한 어려움이 따랐다.

카롤은 여객 열차에서 자리싸움이 났던 것과 비슷한 광란의 상황이 되풀이될지 모른다고 예감하고 어떤 계획을 세웠다. 석탄 운반차로 들어갈 생각은 없었다. 아내를 불안하게 하고 싶지 않아서 말해주지는 않았지만, 아내를 화물열차 앞쪽, 구체적으로는 기관차 쪽으로 끌어당겼다. 그들은 이미 기관차에서 고작 몇 미터 거리까지 와 있었고, 그들 뒤 어딘가에서 꿰뚫는 듯한 비명 소리가 울려 퍼졌다.

그것은 한 사람의 비명이 아니라 겁에 질린 여러 목소리의 합창이었다. 카타지나가 우뚝 멈추어 섰다. 카롤은 아내의 예상치 못한 반응에 놀라 따라서 멈추었다. 몸을 돌렸을 때 그는 뒤에서 아우성치며 따라오는 엄청난 군중을 보았다. 처음에 석탄 운반차에 타려고 시도했던 사람들이 이제는 황급히 물러났고, 그 뒷줄에 있던 사람들은 반대로 석탄 운반차로 가려고 계속 밀어닥치고 있었다.

이 순간 카롤은 두 가지 사실을 깨달았다.

첫 번째는 기차역 대합실에서 더 이상 사람들이 쏟아져 나오지 않는다는 것이었다. 사실 벌써 오래전부터 승강장으로 나오는 사람을 보지 못했다. 혼란의 와중에 카롤은 여기에 신경 쓸 겨를이 없었지만, 지금은 생각할 시간을 조금 벌었기 때문에 이 사실을 인지하면서 이상하다고 생각했다. 승강장에는 여전히 사람이 아주 많았지만, 이들을 다 합쳐도 이전에 기차역 대합실 안과 역 앞 광장에 모여들었던 사람들의 아주 일부에 불과하다고 카롤은 확신했다.

두 번째는 절박하게 탈출하려던 사람들이 어째서 석탄 운반차에서 물러났는지 그 이유가 명백해졌다. 화물열차 전체에서 석탄 운반차 문이 열리면서 짓이겨진 사람들이 철로 위로 쏟아졌다. 대부분이 괴물같이 몸이 망가졌고 팔다리가 묶여 있었다.

한편 신이 난 기관사는 동료들의 소매를 잡아당기며 가장 가까이 있는 열린 문을 가리켰다. 비헤르, 사레크, 보이타스는 잠시 얼어붙은 듯 서 있다가 첫 충격을 떨쳐내고 석탄 운반차로 다가가서 쇠 손잡이를 잡아 돌려 철문을 활짝 열었고…… 짓이겨진 시체들의 무더기 속으로 눈 깜짝할 사이에 사라졌다. 최소한 100미터 넘는 거리에서 슈뢰데르 가족이 모든 일을 관찰할 때는 그렇게 보였다. 석탄 운반차 안에서 계속해서 사람들이 쏟아져 나와 땅에 쓰러진 불운한 동료들 위로 마치 그물에서 쏟아낸 생선처럼 미끄러졌다. 세 명의 철도 직원은 이제 흔적조차 남지 않았다.

기관사는 굳어졌다. 입을 활짝 벌린 석탄 운반차에서 쏟아져 나온 시체 무더기가 점점 커지는 모습을 그저 멍하니 바라보고 있었다. 그는 동료들의 비극적인 죽음에 너무나 충격을 받아서 제자리에서 움직이지 못하다가 목덜미에 가냘픈 여자의 손이 닿는 것을 느꼈는데, 여자는 옆에 있던 석탄 운반차에서 떨어져 가장 먼저 땅에서 일어선 사람이었다. 자크는 여자보다 두 배 이상 무겁고 훨씬 더 강했지만 승산이 전혀 없었다. 여자는 기관사를 마치 인형처럼 흔들었다. 가느다란 팔이 한 번 움직이자 기관사는 날아가서 석탄 운반차의 철제 측면에 부딪히더니 두꺼운 철판에 머리가 깨졌다.

이 광경을 보고 카롤은 정신이 번쩍 들었다. 겁에 질린 아내의 손을 꽉 붙잡고 끌어당겼다. 기관차에 올라탈 생각은 이미 버렸다. 기관사가 죽었으니 사람들로 가득한 승강장에 돌아가려는 것만큼이나 무의미한 시도일 것이었다. 이제 그는 단 한 가지만 생각하고 있었다. 도망쳐야 한다. 어디가 됐든, 이 빌어먹을 기차역에서 최대한 멀리!

이 생각을 떠올린 사람은 카롤 혼자만이 아니었다. 철도 직원들이 살해당하는 모습을 지켜보면서 카롤은 실제로 12~13초 정도를 버렸는데, 그사이에 이미 패닉에 빠진 브로츠와프 주민 수백 명이 그를 지나쳐 갔다. 사람들은 발밑을 보지도 않고 그저 앞으로 돌진했고 그러다가 시내 한복판을 가로지르는 고가 철길 쪽으로 확실하게 방향을 잡았다.

철로는 분기점 바로 뒤에서 합쳐졌다. 열두 개의 선로 중에서 왼쪽 지선을 빼면 여섯 개만 남았는데, 지선에는 녹슨 물탱크들이 줄지어 서 있었다. 수십 미터 더 떨어진 곳에는, 두 번째 굴다리 앞에 철로가 세 개만 남았고 그중 왼쪽에 있는 철로 하나는 사용하지 않는 증기기관차를 두 대나 연결한 열차가 차지하고 있었다.

카롤은 패닉에 빠진 사람들 대부분과 마찬가지로 전속력으로 질주하면서 자신이 죽음의 덫에서 빠져나올 단 하나의 안전한 출구를 비껴간다는 사실을 깨닫지 못했다. 앞서 말한 물탱크들과, 승강장에서 첫 번째 굴다리까지 이어지는 둔덕 기슭에 있는 나지막한 시멘트벽 너머에 자유로 가는 가장 짧은 길이 감추어져 있었기 때문이다. 그러나 슈뢰데르 가족은 나머지 사람들과 마찬가지로 도망치면서 눈앞에 보이는, 선로 세 개가 지나가는 고가 철길에만 온통 주의를 집중하고 있었다.

100미터쯤 더 갔을 때, 철도 분기점들 너머에서 군중은 더 빽빽해졌다. 코만도르스카 거리와 시비드니츠카 거리 사이의 절반 지점인 이 구간에서 또 하나의 화물열차가 중간 철로에 멈춰 서 있었다. 그러므로 탈주하는 사람들에게는 빈 선로가 하나밖에 남지 않았다. 사람들은 화물차와 목책 사이로 밀고 들어가며 1센티미터라도 더 자리를 차지하기 위해 싸웠다. 겁에 질린 사람들은 도망치면서 수많은 짐을 길에 버리고 갔다.

절대다수의 절박한 사람들이 생명과 끌고 온 소지품 사이에서 전자를 지키고 싶어 했다.

사람들이 미는 압력이 눈 깜짝할 사이에 조금 전 기차역 대합실만큼 강해졌지만 슈뢰데르 가족은 계속 앞으로 달렸고, 그것도 멀리서 보이는 것처럼 그렇게 느린 속도도 아니었다. 벌써 화물열차의 여섯 번째 화물칸을 지났는데, 그때 멀리 뒤쪽에서 찢어지는 기적 소리, 그리고 뭔가 폭발하는 듯한 커다란 굉음이 울려 퍼졌다.

카롤은 멈춰 서고 싶었지만 그럴 수 없었다. 아무리 저항하려 해도 사람들은 욕을 하고 화를 내며 그를 떠밀었다. 그는 팔에 안은 아들을 생각해서 재빨리 포기했다. 밀리고 당겨지는 것은 피할 수 없었지만, 그러다 누군가 카유스에게 해를 입힐까 봐 두려웠다. 그리고 오랫동안 양순하게 입을 다문 채로 뒤에서 열심히 따라오는 아내를 잃어버리고 싶지도 않았다. 가장 사람들이 붐비는 곳에서 모퉁이를 돌다가 두 사람은 서로를 잃어버릴 뻔했다. 카타지나가 발을 헛디디며 그의 손을 놓친 것이다. 그러나 한순간뿐이었다. 그가 반응하기도 전에 아내는 다시 땀에 젖은 손가락으로 그의 단단한 손을 감아쥐었다.

화물차 끝에 도달했을 때 카롤은 다시 한번 기적 소리를 들었는데, 이번에는 더 길고 더 시끄러운 것 같았다. 그는 계속 행진하는 군중의 가장자리로 나와서 고개를 돌렸다. 멀리 뒤쪽에서, 끊임없이 물결치는 사람 머리들의 바다 위로 하얀 연기 기둥이 보였다. 그것은 기차역 지붕의 윤곽을 덮으며 하늘로 높이 치솟고 있었다.

소름이 끼쳤다. 2번 승강장 기차다. 결국 누군가 기관차를 움직이는 데 성공한 것이다. 그는 재빨리 앞을 바라보았다. 화물열차 앞쪽 끝까지 아직도 최소한 수백 미터는 남아 있었다. 이런 속도로 가면 10분, 어쩌면 15분은 걸려야 이 좁은 틈바구니에서 벗어날 수 있을 것이다. 또다시 뒤를 돌아보고 그는 전혀 승산이 없다는 사실을 깨달았다. 바로 그 순간에 세 번째 기적이 이제까지 들은 기적 소리 중 가장 크고 가장 길게 울렸다. 석탄 운반차 기관사가 중앙역 앞에서 군중을 칠 때와 똑같은 방식으로 누군가 신호줄을 당기고 있었다.

위험을 깨달은 사람은 카롤만이 아니었다. 주변에서 탄식과 욕설과 울음소리가 들려왔다. 사람들은 하늘로 치솟는 연기 기둥을 보고 더더욱 패닉에 빠졌고 연기는 이제 회색이 되어 눈앞에서 점점 더 세게 뿜어 나오고 있었다.

카롤은 거의 정신이 나갈 지경이었다. 그는 온 힘을 모아서 고가철도 가장자리로 간 다음 비교적 안전한 장소에서 기차가 지나가기를 기다리려 했다. 그러나 군중은 이를 격렬히 저항했다. 그는 한 팔에 아이를 안고 다른 손으로는 아내를 질질 끌고 있었으므로 효율적으로 싸울 수 없었고, 그래서 점점 더 멀리 밀려나다가 화학약품 냄새를 지독하게 풍기는 화물칸의 나무 벽에 등을 부딪쳤다. 그가 부딪친 바로 직후, 가속하던 증기기관차는 중간 철로를 가로막은 기관차와 충돌했다.

네 번째 기적이 울리기 직전에 사람들은 도망치기를 그만두었다. 이제는 모두 목책에 닿는 것을 목표로 싸우고 있었다. 반면 카롤은 얼마 전까지 까만색이었던 기관차 제연판을 뒤덮은 피투성이 잔해를 공포에 질려 들여다보고 있었다. 전속력으로 작동하는 증기기관의 굉음이 다른 모든 소리를 파묻었다. 이제 끝이었다. 그에게도, 카유스에게도, 카타지나에게도. '이런 고통을 겪고 이렇게 희생자를 냈는데, 어떻게 이렇게 멍청하고 무의미한 종말을 맞이할 수 있을까…….' 그는 아내의 손을 꽉 움켜쥐었다.

피할 수 없는 결말을 기다리면서 그는 눈을 감고 거칠거칠한 화물칸 판자 위로 가서 조금씩 뒤로 물러나기 시작했다. 철로에 주저앉기 전에 등 뒤를 더듬었을 때…… 아무것도 없었다.

1초도 안 되는 순간 그는 그것이 무슨 의미인지 깨달았다. 그는 몸을 웅크리고 화물차 아래로 굴러 들어가면서 아내를 잡아끌었다. 윤활유 냄새를 지독하게 풍기는 받침판에 옆구리를 부딪친 순간 옆 철로를 타고 미끄러지던 증기기관차가 마지막 순간까지 목숨을 구하려고 싸우던 사람들을 덮쳐 뭉개버렸다. 몇 톤이나 무게가 나가는 쇳덩어리가 바퀴 아래 깔린 사람들을 어떻게 하는지 보고 싶지 않아서 그는 눈을 꽉 감았다. 그러나 그는 이 악몽에서 완전히 도망칠 수 없었다. 코에는 불탄 살냄새가 느껴졌고 얼굴과 손에는 끈끈한 액체가 뜨뜻하게 튀었다. 뭔가 부드러운 것이 그의 다리에 부딪혔고 좀 더 날카로운 것이 어깨를 때렸다.

그는 머릿속에서 모든 생각을 털어내려고 애썼다. 조용히 흐느끼는 아내의 손을 힘껏 잡고 우는 아이를 품에 꽉 껴안았다.

그들은 살아남았다. 다른 것은 중요하지 않았다.

53

1963년 8월 10일 토요일 06시 35분
볼노시치 광장

그들은 눈을 크게 뜨고 입을 떡 벌린 채 소위의 말에 귀를 기울였다. 사실은 소위를 마치 미치광이라도 되는 양 보고 있었다.

시작은 매우 합리적이었다. 소위에게 이 순간은 비에드지츠키 소령 휘하 부대들이 도착할 때까지 살아남아 있으려고 무슨 수를 써야만 하는 때였다. 사실 그들은 구조대가 올 것이라고 전혀 기대하지 않았지만, 그런 것은 불필요한 세부 사항이었다. 그들은 그저 니즈네르의 지혜와 지식 덕분에 병력을 효율적으로 배치하여 얼마 안 되는 병사들이 지나친 손실을 입지 않게 하기를 원했다. 나머지는 나중에 때가 되면 걱정해도 된다.

최우선 과제는 살아남은 부대에게(지금 이 순간 민간인에 대해서는 아무도 고민하지 않았다) 에너지, 식수, 식량에 접근할 경로를 확보해 주는 것이었다. 감염병이 브로츠와프에만 한정되었다면 이런 일은 전혀 문제가 되지 않았을 것이다. 그러나 불행히도 감염병은 폴란드 전체로 퍼졌고, 이 때문에 그들은 손에 넣을 수 있는 것으로 만족해야만 할 것이었다.

그들에게는 다행히도 시내 중심가에 수력발전소가 두 곳 있었다. 작긴 하지만 도시 전체에 전기를 공급하려는 게 아니니 상관없었다. 한 가지 조그만 의문은 이 두 발전소에서 생산한 전력이 필요한 곳으로 가도록 유도하려면 어떻게 해야 하느냐는 것이었다. 그들은 지금으로서는 해답을 알지 못했지만 공병대의 누군가에게 도움을 청할 기회는 많이 있었다. 그만큼 또 중요한 사실은 그들이 수많은 발전기를 가지고 있다는 것이었는데, 발전기는 군부대 인근 창고와 차고에 놓여 있어 가장 전략적인 지점으로 수송할 수 있었다. 그리고 석유와 휘발유는 그렇게까지 빨리 소모되지 않을 것이다.

식수를 충분히 확보하는 것은 전혀 다른 문제였지만 여기서도 운명은 그들에게 웃음을 지었다. 19세기 말에 독일인들이 나그로블리 거리에 만들어 놓은 오래된 급수탑에 4000세제곱미터 이상의 물을 담을 수 있는 거대한 물탱크 두 개를 넣을 수 있었다. 여기서 유일한 문제는 증기터빈을 돌리려면 수많은 전문가와 굉장한 양의 석탄이 필요하다는 것이었다. 사실 화물선을 한 대라도 사용할 수 있다면 시 부두에라도 가서 석탄을 가져올 수 있지만, 그렇다면 기계와 펌프의 복잡한 체계를 작동시킬 수 있는 전문가들은 어디 가서 데려온단 말인가? 훌륭하신 시 수도공사는 다른 모든 공공시설 부서들과 마찬가지로 지난밤 이후로 텅 비어버렸으니 아무짝에도 쓸모가 없을 것이었다. 그보다는 임시방편이지만 급수탑에서 물을 가져다 물탱크에 담은 다음 필요한 곳으로 수송하는 방법을 사용하고, 수송용 물탱크는 소위가 알고 있는 지점들에서 징발하면 될 것이었다. 식수를 확보할 수 있는 가장 불편하고 가장 노동력이 많이 소요되는 세 번째 방법은 브로츠와프 전체에 흩어져 있는, 이른바 '아비시니아식' 얕은 우물을 활용하는 것이었는데, 이것도 독일인들이 남기고 가서 상당히 많이 있었다.

식량에 관해서라면 니즈네르는 수많은 군용 창고와 민간 창고, 예를 들면 실롱스크주 일반 식료품 보급센터 '스포웸' 등을 언급했다. 그곳에 비축된 통조림이라면 몇 달은 버틸 수 있을 것이었다. 이는 수천 명 몫이라 해도 충분했는데, 공병대대가 드디어 볼노시치 광장에 도착해 생존자 숫자를 종합하면 그 정도 될 것이었다. 다만 통조림 등 식량을 빨리 확보해서 필요한 곳으로 수송해야 했다.

여기서 브리핑의 첫 절반이 끝났다. 무전기 앞에는 이미 군인들이 앉아서 일하고 있었다. 원자폭탄 위기가 왔을 때 '소비에트연방군' 거리에 있는 라디오 방송국에 파견된 무전병 몇 명에 대해서는 모두 잊어버리고 있어서, 이들은 그동안 계속 자기 위치에서 근무하면서 아렌지코프스키나 마베트 경위와 비슷하게 새로운 위협에 대해서는 전혀 모르고 있었다. 이제는 발전기에 사용할 석유와 식량을 조직하여 그들에게 보내서 통신병들이 앞으로 여러 날 더 쉬지 않고 일할 수 있도록 해야만 했다. 석유도 식량도 길 건너에 있는, 지금은 사용하지 않는 군부대 본부 막사에 아주 많이 있었다. 비에드지츠키는 통신병들에게 많은 희망을 걸고 있었고, 그것은 세상과 접촉한다는 맥락에서만은 아니었다. 그가 생각하기에 중요한 것은 브로츠와프 주민 중에서도 생존자들과 연락하는 것이었다. 니에시토가 현명하게 논평한 대로, 생존자가 애초에 몇 명이나 있든 간에 말이다.

브리핑을 오래 끌고 싶지 않아서 그들은 마침내 마지막 사안으로 넘어갔다.

니즈네르는 비에드지츠키와 니에시토에게 자신이 선택한 위치들을 보여주기 전에 큰 소리로 마른침을 삼키고는 자기 의견을 고집하며 그것이 최선의 선택지라고 장담했다. 그러나 그들은 니즈네르의 의견이 마음에 들지 않았기에 당장 이렇게 말했다.

“동물원?” 니에시토가 자기 이마를 주먹으로 가볍게 두드렸다. “진지하게 논의합시다.”

소위는 어깨를 들썩여 보이는 것으로 이 의견을 흘려보냈다.

“논쟁적인 제안이라고 미리 말씀드렸습니다.”

비에드지츠키는 지도를 들여다보면서 여러 가지 가능성을 저울질하는 듯 고개를 천천히 끄덕였다.

“설명해 보게, 최대한 구체적으로. 어째서 하필 동물원인가?” 그가 물었다.

소위가 책상 위로 몸을 굽혔다. 그는 했던 말을 되풀이하고 싶지 않아서 조금 전에 언급했던 동물원의 장점들, 즉 인구 밀집 지역에서 멀리 떨어진 위치, 강 쪽에 세워진 높고 단단한 담벼락, 풍부한 기간시설, 특히 의학 혹은 수의학 시설, 그리고 동물들을 아마 대부분 잡아먹을 수 있으리라는 사실 등은 건너뛰었다. 이 마지막 사항은 사실 처음 브리핑할 때도 의도적으로 말하지 않고 넘어갔는데, 왜냐하면 고기를 먹기 위해 죽인 네발 동물이 우연이라도 사람하고 똑같은 변화를 겪지 않을거라고 확신할 수 없었기 때문이었다. 이제 소위는 비에드지츠키와 니에시토가 신경 쓰지 않고 넘어갔거나 아니면 아예 모르는 점에만 집중했다.

그는 손가락으로 동물원을 가리킨 뒤 손가락을 오드라강 건너편 그룬발트 다리 인근으로 움직였다.

"급수탑, 즉 우리가 가진 최대의 식수원입니다." 그는 손가락을 다시 동물원 안으로 움직였다가 이번에는 서쪽 담벼락 바로 뒤를 가리켰다. "여객용 항해선 정박지입니다, 여기를 활용해서 수송을 확보할 겁니다. 수송품을 오드라강으로 수문을 지나 이렇게 옮길 수 있습니다." 그는 옆에 있는 비스피안스키강 강변을 가리켰다. "아주 적당하게도 여기는 공과대학입니다. 거대한 과학과 기술 설비를 갖추었습니다. 지금은 아무것도 아니지만 언젠가는 쓸모가 있을 겁니다." 소위는 강을 따라 손가락을 계속 서쪽으로 움직여 툼스키섬에 다다랐다. "여기 켐파 미에슈찬스카에 수력발전소가 있습니다."

"전력은 여객선에 실어 나를 수 없어요." 니에시토가 의심하는 말투로 끼어들었다.

"그건 사실입니다." 니즈네르가 동의했다. "하지만 강바닥은 케이블을 깔기에 이상적인 장소입니다. 공병대대의 우리 전문가들이 동물원에 전기를 연결할 수 없다면 그 점도 생각해 봐야 할 것입니다." 그는 손가락으로 시작 지점을 가리켰다. "계속하겠습니다. 브로츠와프시의 많은 부분이 섬으로 구성되어 있습니다." 그는 세 번의 움직임만으로 동물원이 위치한 섬을 둘러싸고 있는 물의 흐름을 가리켰다. "이 섬의 비공식적인 이름은 '비엘카' 즉 '큰 섬'이며, 여기서 쉽게 유추할 수 있듯이 다른 모든 섬 중에 가장 큽니다. 그러나 다섯 군데 교각만 차단하거나 훼손하면 세상에서 고립됩니다. 시내 다른 구역들처럼 건물이 빽빽한 지대도 없고, 그러므로 정리 작업은 시내보다 더 효율적으로 진행될 것입니다. 게다가 녹색 지대가 대단히 큽니다. 공원, 습지, 황무지, 그리고 텃밭도 아주 많으니 그런 곳에서……."

"됐소!" 비에드지츠키가 의자에서 벌떡 일어났다.

니에시토와 니즈네르가 놀라서 그를 바라보았다.

"어떤 대안들이 있는지 알고 싶지 않으십니까?" 소위가 물었다.

"그렇소. 지금 들은 것만으로도 나는 아주 충분하오." 소령이 군모를 쓰며 대답했다.

"현명하군." 니에시토도 자기 자리에서 일어섰다. "헛소리는 이걸로 충분합니다. 인민위원회 건물이 위치는 더 좋아요. 급수탑에도 똑같이 가깝고 발전소에는 훨씬 더 가깝습니다. 독일인들이 남기고 갔으니, 누가 압니까, 자동차로 건물 안까지 곧장 들어갈 수 있을지……."

비에드지츠키는 질문하는 표정으로 니즈네르를 쳐다보았다.

"그럴 수도 있습니다." 소위가 잠시 망설이다가 인정했다. "그리고 필요할 경우 연락하기도 더 쉬울 것입니다. 하지만 그 위치에는 중대한 단점들도 많이 있습니다." 그가 마지막에 경고했다.

"그게 뭔데요?" 니에시토가 날카롭게 되물었다.

"인민위원회 본부는 시내에서 너무 가까운데, 시내는 언제나 위협이 아주 많습니다. 섬에 위치한 게 아니기 때문에 필요할 경우 건물을 도시에서 고립시킬 수가 없습니다. 부지 안에 농사를 지을 안전한 장소도 없어서, 비축한 식량이 바닥나면 거기서 아무도 계속 버틸 수 없습니다…….”

“비에드지츠키!” 니에시토가 언성을 높였다. “이 통조림으로는 우리가 한 달, 어쩌면 더 오래 버틸 수 있어, 아껴 먹는다면 말이야. 게다가 그 건물은 정말로 요새와 같아. 그 안에서는 죽지 않는 시체들이 떼로 몰려와도 효율적으로 막아낼 수 있어. 그리고 거기에는 우리가 어제저녁에 차출한 내 동료들이 계속 있고…….”

“……그러면 계속 거기 있으라고 하게. 우리는 동물원으로 간다.” 비에드지츠키가 말을 잘랐다.

“난 침팬지 우리에서 살 생각은 없어!” 니에시토가 항의했다.

소령이 나가려다가 멈추었다. 옆 천막에서 일하던 뎁투흐 소위의 무전병이 그에게 보고서를 가져다주었다. 비에드지츠키는 재빨리 읽고 얼굴을 찡그리고는 고개를 들어 니에시토를 보았다.

“좋아.” 그가 내뱉었다. “오히려 더 잘됐군. 자네 동료들과 주인민위원회 기간시설 전체를 동물원 안으로 옮기는 것은 지금으로서는 너무 복잡하고 시간이 오래 걸려. 그러니까 이렇게 하세. 자네는 민간 정부 통제력을 넘겨받아 자네 건물에 가 있고, 나는 내 사람들을 비엘카섬에 배치해서 최대한 빨리 섬을 고립시키고 정리하겠네. 이 두 지점 중에서 어느 한쪽이 잘못된 선택인 것으로 드러나면 다른 한쪽으로 대피하지.”

니에시토는 마른침을 꿀꺽 삼켰다.

“군인들 없이는 감당할 수 없어…….” 그가 말을 더듬었다.

“뎁투흐 소위 중대에서 소대 하나하고 수송할 수 있는 만큼의 탄약을 자네에게 주겠네.” 비에드지츠키가 약속했다. “그럼 이제 살고 싶으면 빨리 움직여. 조금 전 중앙역 근처에서 순찰대가 변질자들을 발견했어. 거의 천 명 정도."

54

1963년 8월 10일 토요일 06시 37분
브로츠와프 중앙역

카롤 슈뢰데르는 움직이지 못하고 누워 있었다. 기차 바퀴 소리가 점점 약해지다가 완전히 사라질 때까지 그는 감히 눈을 뜨지 못했다. 고가철도는 완벽한, 귀가 먹먹해지는 정적으로 뒤덮였다. 카유스의 울음소리가 조금 뒤에 들리기 시작했고, 이런 상황에서 그 소리는 더욱 애처롭게 울려 퍼졌다. '게다가 이 무시무시한 악취라니, 글자 그대로 숨이 턱턱 막히는군……'

카롤은 아들의 땀에 젖은 머리카락을 쓰다듬으며 달래려고 애썼고, 그런 뒤 천천히 고개를 돌려 옆 철로를 바라보았다.

철로는 보이지 않았다. 그의 얼굴 바로 앞에 비스듬하게 반이 잘린 머리 없는 몸통이 누워 있었고 안에서는 내장이 흘러나왔다. 이것은 견딜 수 없었다. 카롤은 아이의 안전조차 잊어버리고 몸을 확 움츠렸고(무척 다행히도 화물차 아래 공간은 충분히 넓었다) 그런 뒤 위액까지 짜내며 토했다. 이미 오래전부터 뱃속에는 위액 말고 아무것도 없었다. 철로 사이의 공간에는 기차에 치여 조각난 사람들의 잔해가 흩어져 있었다. 피투성이 살 조각들이 화물차 모서리에 걸려 있어서 그쪽에서 빛이 들어오는 것을 거의 차단했다. 카롤은 왼쪽으로 기어가서 잠시 후에 기차 두 대 사이에 나와서 섰다. 그곳은 공간이 넓어서 그는 일어날 수 있었을 뿐만 아니라 건너갈 수도 있었다.

그는 몸을 돌려 뒤에서 여전히 흐느끼며 기어오는 아내를 향해 손을 내밀었다. 손을 잡고 뭔가 기운을 북돋아 주는 말을 하려고 입을 열었으나 갑자기 그의 얼굴에서 핏기가 가셨다……. 카타지나가 아니다! 그는 모르는 여자, 아무리 봐도 성인이 아닌 것 같은 소녀를 바라보았다. 소녀는 아내와 체격이 비슷했고 유행에 따라 다듬은 머리 모양이 똑같았으며 카타지나와 같은 색 블라우스를 입고 있었지만 확실히 절대로 그의 아내가 아니었다.

"넌 도대체 누구야?" 그는 화물차 아래 또 누가 있는지 확인하기 위해 쭈그리고 앉으며 물었다. 소녀가 대답하지 않았다. 그래서 그는 언성을 높이며 덧붙였다. "어디서 나타났어? 말해!"

소녀는 그의 히스테릭한 고함 소리를 듣고 몸을 떨었다. 한 걸음 물러났다.

"아저씨가 내 손을 잡아끌었잖아요, 저기 모퉁이에서." 소녀가 고갯짓으로 뒤쪽을 가리키며 웅얼거렸다.

카롤은 입안에서 욕설을 짓씹었다. 그 자신도 다른 사람들처럼 패닉에 빠진 것은 사실이지만 이렇게까지 큰 실수를 하다니. 수십 번이나 아내를 돌아보았고 매번 아내의 머리카락, 제비꽃 무늬 블라우스에 덮인 아내의 팔을 보았다. '더 꼼꼼히 확인했어야 했어. 이 도시 여자들 절반은 똑같은 머리 모양을 하고 유행하는 블라우스라고 해봤자 세 종류 정도인데…….'

그는 흐느끼는 소녀에게 등을 돌리고, 잠시 망설인 뒤에 화물차 끝으로 갔다. 카유스를 팔에서 놓지 않고 기차 뒤의 완충장치와 용수철 설비를 돌아 반대편으로 넘어갔고, 땅으로 내려가지 않고 철로를 뒤덮은 시체 잔해들을 내려다보았다. 조금 전까지도 그는 이 학살에서 벗어날 길을 찾았다고 어린아이처럼 좋아했는데, 이제는 확실히 알기 위해 그 한가운데로 돌아가야만 했다…….

"절 두고 가지 마세요……." 소녀는 카롤이 화물차 사이로 올라가는 것을 보고 새된 소리로 외쳤다.

"꺼져!" 그는 소녀가 일찌감치 손을 뿌리치며 저항하지도 않고, 그가 생각한 사람이 아니라는 것을 빨리 알려주지 않았다는 데 화가 나 있었으므로 고함쳤다. "널 돌봐줄 생각은 없어. 난 아내를 찾아야 해."

"하지만 난 무섭다고요!" 소녀가 비명처럼 외쳤다.

"그건 네 사정이지." 그는 몸을 돌리지도 않고 내뱉었다.

그는 사고 현장으로 돌아온 것을 즉시 후회했다. 이런 것은 말로 설명할 수가 없다. 기차는 빽빽하게 모여 있는 수백 명의 군중 사이로 지나가면서 대부분을 현장에서 즉사시켰다. 그러나 그 장면에는 또 뭔가, 훨씬 더 마음 불안하게 하는 점이 있었다. 카롤은 처음에 무엇이 그렇게 무섭게 느껴졌는지 짚어낼 수 없었다. 잠시 후에야 그는 희생자 숫자 때문임을 깨달았다. 그것은 모든 상상을 넘어섰다. 화물차 벽면들과 고가철도 가장자리 난간은 마치 어느 거대한 괴물이 엄청나게 커다란 손톱으로 잡아끈 것 같았다. 카롤은 몸을 더 내밀고 바라보다가 줄줄이 늘어선 화물차 전체의 옆면에 주욱 그어진 기다란 세 줄의 깊은 자국을 보았다. 난간 기둥들은 잘리거나 크게 손상되었으며 위쪽 손잡이는 위에 얹힌 사람들의 무게로 흔들리고 있었다.

어째서 이렇게까지 파괴된 걸까? 확실히 기차 때문은 아니었다. 설령 모든 화물칸의 문을 다 열어젖히고 달렸다고 해도 이 정도는 아닐 것이다. 이전에 2번 승강장에 서 있던 화물열차를 떠올리고 카롤은 사고 직전에 들었던 폭발의 굉음을 생각했다. '폭발 때문에 어느 화물차가 터진 걸까? 그래, 철판 가장자리는 면도날처럼 날카로우니까 이것과 비슷하게 주변을 다 망가뜨릴 수 있겠지.' 그러나 대체 무엇이 폭발했는지는 카롤에게 여전히 수수께끼였다.

그는 사고 현장을 자세히 들여다보았다. 목숨을 구하려고 도망치던 사람들은 화물열차 옆에서 갈가리 찢어지고 그런 뒤에 속도를 내어 달리는 객차 바퀴 아래 휘말렸다. 난간 주변에 몰려든 사람들도 같은 운명을 맞이했다. 게다가 엄청난 힘으로 튀어 나간 파편들이 나머지 사람들을 참살했다. 난간을 빨리 넘어간 사람들까지.

몇몇 힘센 남자들만이 손으로 난간에 매달려 충분히 오랫동안 버틸 수 있었다. 그들은 이제 난간으로 다시 올라오고 있었는데, 철골 구조가 망가졌기 때문에 쉬운 일이 아니었다. 그럼에도 불구하고 아무도 철로로 내려가려고 하지 않았다. 그들은 움직이지 않고 멈춰 서서 자신들이 이런 학살에서 살아남았다는 사실에, 혹은 그 학살의 광경에 충격을 받아 굳어진 것 같았다.

어느 순간 생존자 한 명이 유리처럼 흐린 눈으로 카롤을 보더니 갑자기 흔들거리는 손잡이를 놓고 무기력하게 아래쪽 거리를 향해 곧바로 떨어졌다. 남자는 거의 즉시 거리의 포석에 부딪혔고 고가철도 꼭대기에서도 둔탁한 충격음이 들렸다. 남자 가까이 있던 다른 세 명이 마침내 정신을 차리고 재빨리 안전한 쪽으로 넘어왔다. 그들은 인간 시체 잔해 무더기 위에 서서 어쩔 줄 몰라 하고 있었다.

"이봐요!" 카롤이 그들을 불렀다. "저 기차 뒤로 돌아서 넘어와 보세요. 그쪽은 공간이 충분히 넓으니 뒤로 나와서……." 그는 말을 마치지 못했다. 자신이 원치 않게 목격자가 되어버린 이 비극을 무엇이라고 지칭해야 할지 그는 알지 못했다.

남자들은 그의 말을 알아들었다. 더 멀리 있던 사람들도 카롤의 말을 듣고서야 난간에서 철로로 내려오기 시작했다. 가장 대담한 남자 세 명이 조심스럽게 시신들 사이에 발을 디디며 화물차까지의 짧은 거리를 건너오고 있었지만, 그렇게 쉬운 일이 아니었다.

첫 번째 남자가 가장 가까운 철로에 도달하기 전에 발을 헛디뎌 쭉 미끄러졌다. 나머지 두 명이 멈추어 서서 동료가 일어나기를 기다리는 것 같았으나, 네발로 엎드려 있던 남자는 양 팔꿈치를 떨기 시작하더니 이번에는 진흙탕에 던져진 봉제 인형처럼 다시 철로 위에 무기력하게 엎어졌다. 그의 동료들이 서로 쳐다보았고, 그다음에는 자신들의 뒤를 따라오는 사람들을 돌아보았으며, 다시 움직이기 시작했을 때 카롤은 그들의 움직임이 이전보다 더 불안하다는 것을 알았다.

그러다 그들마저도 열병이 덮친 듯 몸을 떨기 시작했는데, 이는 충격을 받았으니 전혀 이상한 일이 아니었다. 카롤은 또 뭔가 보았다. 그리고 여기에 결정적으로 놀라버렸다. 철로 위에 쌓여 있던 시체 조각들의 무더기가 떨리기 시작하여, 마치 안에 깊이 파묻힌 무언가가 밖으로 자유롭게 나오려고 하는 것 같았다. 이 움직임은 점차 커졌다. 철로에 있던 사람들도 뭔가 이상하다는 사실을 깨달았다. 그들은 겁에 질려 서로 쳐다보았지만 어떻게든 대응하기 전에 한 명씩 절박하게 도움을 청하며 넘어지기 시작했다. 그들은 순식간에 조용해졌고 잠시 후에 고가철도 위에 살아남은 사람은 두 명밖에 남지 않았다. 카롤이 팔에 안은 카유스와 기차 뒤 어딘가에 있는 소녀를 제외하면 말이다.

카롤 외에 키 큰 금발 남자가 있었는데, 그는 마지막으로 난간을 넘어왔다. 그리고 오직 그로 인해 난간 뒤로 다시 돌아가 믿을 수 없는 광경을 역겨워하며 바라보았다. 선로는 누군가 내장을 볶는 프라이팬처럼 보였다. 눈길 닿는 곳까지 널린, 기차에 치인 피해자들의 시신이 미친 듯이 움찔거렸다. 잘린 손이 손가락을 구부리고, 몸통이 잘린 팔다리를 휘두르고, 우윳빛으로 빛나는 내장이 지렁이나 다른 벌레 종류처럼 꿈틀거렸다. 기차 완충장치 아래 놓인 잘린 목을 보고 카롤은 너무 놀라 주저앉았다. 머리에서 천천히 눈이 떠지기 시작했기 때문이다.

55

1963년 8월 10일 토요일 06시 55분
시립동물원, 브루블레프스키 거리 1-5번지

"왜 그렇게 얼음통에 갇힌 쥐처럼 어쩔 줄 모르는 거요?" 비에드지츠키가 감정에 겨워 흥분한 관리인을 위협적으로 바라보았다.

"아니, 그럼 어떻게 합니까, 소령님." 관리인이 마침내 정문 앞을 지나가는 트럭들에 등을 돌리고 중얼거렸다. 그의 표정을 보니 진심으로 겁에 질린 것 같았다. "지도부가 저를 산 채로 구워 먹으려 들 겁니다."

"지금은 내가 당신 지도부요." 비에드지츠키가 으르렁거렸다.

관리인이 굳어졌다.

"그럼 우카셰비치 씨는 어떻게 합니까?" 그가 창백한 얼굴로 속삭였다.

"누구?"

"우카셰비치 씨요, 이제까지 저희……." 관리인은 손가락으로 동물원 안쪽을 가리켰다.

"즉각 해고되었소." 비에드지츠키가 사무적으로 선언했다.

"당신도 당장 진정하지 않으면 해고하겠소."

늙은 관리인은 순식간에 차분해졌다.

"저는 그저……."

"이름이 뭡니까?"

"루브친스키입니다, 크리스티안 루브친스키, 68세입니다. 2급 은퇴자이고 참전용사입니다……."

"됐습니다." 소령이 그의 말을 막았다. "여기 서서 뻐를 본 까마귀처럼 멍하니 쳐다보지 말고 뭔가 쓸모 있는 일을 하시오. 예를 들면 이전 동물원장을 찾아서 나한테 데려오시오."

"우카셰비치 씨는 동물원에 없습니다." 관리인이 재빨리 말했다. "사흘 전에 코뿔소 때문에 안토니 씨와 함께 포즈난에 갔어요."

"그럼 누가 있소?" 비에드지츠키가 물었다.

"그저 두 명 정도입니다, 소령님. 저녁에 총소리가 들리기 시작하니까 사육사들이 밤교대를 하지 않고 도망갔어요. 가족들한테 갔지요. 무서워서."

"남아 있는 사람들을 찾아서 여기로 데려오시오." 비에드지츠키가 명령했다. "서두르시오, 루브친스키 씨! 서둘러요!"

56

1963년 8월 10일 토요일 07시 00분
실롱스크 저항군 거리 인근 고가철도

금발 남자는 머리카락이 살짝 빨간색이었는데 처음에 생각했던 것처럼 그렇게까지 키가 크지 않았다. 슬라브식 달걀형 얼굴에 약간 수염이 돋아 있었는데, 멀리서 보면 눈에 띄지 않는 사람이었다. 한참 뒤에야 그는 카롤과 소녀가 있는 곳에 도달했다. 앞서가던 사람들에게 일어난 일을 보고 금발 남자는 피투성이 잔해 무더기에 들어가는 위험을 무릅쓰지 않았다. 난간 뒤에서 기다리다가 화물차에서 떨어진 나무판을 대고 쉽게 뛰어넘을 수 있는 곳으로 넘어갔다. 그곳에서 기차 반대편으로 건너가서 카롤과 그를 그림자처럼 따라다니는 소녀의 뒤를 따랐다.

카롤과 소녀가 '실롱스크 저항군' 거리 앞에서 멈추어 섰을 때에야 금발 남자는 그들을 따라잡았다. 카롤은 아래쪽으로 펼쳐진 거리를 살펴보기 위해 그곳에 서 있었다. 사방에 무감각한 형체들이 점점 더 많이 보였다. 몇몇은 그냥 서서 굉장히 기쁜 일이라도 있는 듯 몸을 흔들고 있었고, 다른 사람들은 목적없이 돌아다니다가 서로서로 걸려 넘어졌는데, 마치 이성뿐 아니라 시각도 함께 없어진 것 같았다. 그것은 위험해 보인다기보다 기묘한 광경이었다. 어느 정도까지는 그랬다.

소녀가 갑자기 비명을 지르며 손으로 왼쪽의 아치형 대문을 가리켰다. 그곳에 서 있는 형체들이 하나씩 등을 돌리더니 어둠 속으로 사라졌다. 잠시 후에 카롤은 무엇이 그들을 끌어당겼는지 깨달았다. 아치형 대문 아래로 사람들이 달려 나왔다. 다섯 명, 아니 사실은 여섯 명이었는데 여섯 번째는 나중에야 카롤의 눈에 띄었다. 평범한 판자로 무장한 중년 여성과 남자 다섯 명인데, 남자 두 명은 젊고 두 명은 좀 나이가 들었다. 그들은 똥 덩어리에 파리가 꼬이듯 자신에게 달려드는 미치광이들을 밀어내기 위해 판자를 사용하고 있었다.

도망치던 사람들이 넓은 보도를 지나갔다. 교차로 한가운데에서 모두 속도를 늦추고 그런 뒤에 한순간이지만 완전히 멈추어 섰다. 가장 가까운 미치광이가 그들에게서 10미터 정도 떨어져 있었고, 그러므로 그들은 한숨을 돌릴 수 있었다.

그들은 민감하게 주위를 둘러보았고, 그러다가 그들의 지도자로 보이는 땅딸막하고 턱수염 난 남자가 단호한 걸음으로 기차역 쪽으로 걷기 시작했다. 아마 자신이 가장 안전한 길을 택했다고 생각한 것이 분명했고 실제로 그쪽이 안전할 수도 있었다. 불행히도 바로 그때 카롤을 따라온 정체 모를 소녀가 입을 열었다.

"거기 가지 마세요!" 소녀가 외쳤고 모두 깜짝 놀랐다.

카롤은 뻣뻣하게 굳어졌고, 아래쪽에 있던 사람들도 마찬가지였다. 그들은 몸을 돌려 굴다리를 바라보았다. 겨우 몇 초였지만 그것만으로도 유리한 고지를 잃기에 충분했다. 넋이 나간 채 서서 흔들거리던 미치광이들은 시간을 낭비하지 않았다. 사방에서 달려와서 여성과 그녀의 보호자들에게 곧장 덤벼들었다. 이것을 보고 도망치던 사람들은 몸을 돌려 반대 방향으로 움직였으나 그것은 또 다른 실수였다. 이렇게 많은 적에게 맞서게 되자 쉬지 않고 판자를 휘둘러도 도움이 되지 않았다. 젊은 남자 한 명이 빠르게 뒤로 처졌다. 그의 파트너가 때려눕힌, 얼룩진 속옷을 입은 뚱뚱한 미치광이가 남자의 발목을 붙잡고는 놓으려 하지 않았다.

젊은 남자는 구름같이 몰려든 미치광이 무리 속으로 사라졌다. 이 광경을 보고 도망치던 나머지 사람들은 완전히 정신을 잃었다. 다른 젊은 남자가 판자를 내던지고 온 힘을 다해 뛰어갔다. 그는 알파인 스키 선수가 장애물을 피하듯이 가장 느린 적들을 피하며 굴다리 쪽으로 달렸다. 두 번쯤 잡힐 뻔했으나 어떻게든 빠져나갔다. 그러나 여기서 그의 행운은 끝났다. 청소년 두 명을 피하려다가 남자는 앞치마를 두른 여성 앞에 뛰어들었고…… 그 여성이 그의 머리를 잡아 뜯어버렸다.

나머지 세 명은 계속 같이 있었으나 도망치는 것을 포기했다. 턱수염 남자는 미친 듯이 판자를 휘둘렀다. 그의 동료도 주위를 둘러싸는 미치광이들을 최대한 위협하고 밀어내며 자유로운 한 손으로 자신과 동료의 등 사이에 낀 여성을 가렸다. 이 전략은 주위에 적들이 빽빽이 모여들 때까지는 잘 먹혀들었다. 그러나 공격자 무리 아래로 싸우던 사람들이 사라지기 전에 카롤은 어떤 광경을 보고 몸속의 피가 전부 얼어붙는 것 같았다.

여자가 머리 위로 팔을 들어 올렸는데, 그 손에 기다란 꾸러미를 들고 있었다. 카롤이 팔에 안고 있는, 다행히도 지금은 다시 잠든 카유스를 싼 것과 같은 포대기였다. 남자들의 고함 소리와 아기 어머니의 겁에 질린 비명 소리가 마침내 조용해졌을 때, 굴다리에 선 사람들은 작은 울음소리를 들었고, 그 소리도 잠시 후에는 칼로 자른 듯 뚝 멎어버렸다.

카롤은 옆에 무릎을 꿇고 앉은 소녀를 내려다보았다.

"이제 만족해?!" 그가 으르렁거렸다.

소녀는 고개를 젓고 더욱 큰 소리로 울음을 터뜨렸다. 그는 역겨워서 소녀 쪽으로 침을 뱉고 돌아서서 떠나려 했다. 그때 누군가 그에게 달려오는 모습이 보였다. 그는 당장 그 사람을 알아보았다. 전에 난간 너머에서 보았던 바로 그 남자였다. 철로에서의 대재난과 이후의 이해할 수 없는 학살에서 살아남은 유일한 생존자다.

남자가 힘겹게 숨을 헐떡이며 간신히 목소리를 짜냈다. "저 사람들……."

금발 남자는 그에게서 몇 걸음 떨어진 곳에 멈추어 서서 몸을 반으로 접고 양손을 무릎에 댔다.

"저 사람들 뭐요?" 카롤이 짜증을 내며 외쳤다.

"저 사람들 죽었다가 살아나고 있어요." 마침내 금발 남자가 고개를 들며 말했다.

57

1963년 8월 10일 토요일 07시 11분
시립동물원, 브루블레프스키 거리 1-5번지

비에드지츠키는 정문 아래 모여 있는, 루브친스키가 찾아낸 동물원 직원들의 음울한 얼굴을 쳐다보았다. 전부 일곱 명이었다. 남자 여섯 명과 여자 한 명이다. 그들은 침묵 속에 비에드지츠키가 하는 말에 귀를 기울였다. 비에드지츠키는 변죽을 울리지 않았다. 그들의 눈앞에 사실대로 다 펼쳐놓았다. 감염병에 대해, 감염자에 대해, 그리고 죽었다 살아나서 무슨 짓을 하는지에 대해. 이제부터 의지해야 하는 사람들에게 거짓말을 하고 싶지 않았다. 그 누구에게도 어떤 것도 강요하고 싶지 않았다.

“여러분은 여기 남아서 내 명령에 따르고 내 지시 사항을 불평 없이 전부 수행해야 합니다. 아니면 여기를 떠나도 됩니다. 가족이나 친척이 남아 있다면 그쪽으로 가도 됩니다. 길은 열려 있습니다. 그러나 미리 경고합니다만, 이 정문이 닫히고 나면 동물원에 강제로 다시 들어오려는 자는 내 군인들이 모두 쏘아 죽일 것입니다…….”

이 마지막 말은 과장이었지만 그것도 의도적이었다. 그는 안전한 곳을 찾아 자신에게 오는 사람들을 죽일 생각이 전혀 없었으나 동물원 직원들이 자신들에게 유리한 결정을 내리기를 원했다. 피할 수 없는 종말에 대한 두려움은 선택의 과정을 아주 쉽게 만들어준다.

다섯 명이 남았다. 가장 젊은 남자 두 명이 동료들과 작별하고 정문 밖으로 떠났다. 한 명은 곧장 즈비에지니에츠키 다리 쪽으로 달려갔고 다른 한 명은 거리 반대편 풀밭의 나무들 사이로 사라졌다. 그리고 나머지 사람들은 비에드지츠키가 말하기를 기다리며 그를 쳐다보고 있었다.

잠시 후에 첫 번째 명령이 떨어졌다.

"맹수는 전부 처치해야 합니다. 한 시간 내로 총살할 동물 목록을 준비하십시오."

직원들은 이 점을 예상하고 있었지만 그래도 한목소리로 반대했다. 비에드지츠키도 그들을 이해했고 이러한 저항을 존중하기까지 했지만, 처음부터 그의 권위를 의심하도록 내버려둘 수는 없었다. 바로 그 때문에 그는 병사들이 있는 곳에서 멀리 떨어진 여기 정문에 직원들을 모이게 한 것이었다.

"또 어느 분이 떠나고 싶습니까?" 그는 거리를 가리키며 물었다. 그리고 여성 직원과 최소 남자 두 명이 거의 떠날 작정이라는 걸 알고 있었다. 조금만 더 기다리면 그중 누군가가 결단을 내릴 것이고 그러면…… 누가 알겠는가, 직원들을 모두 잃을 수도 있었다. 그는 그런 상황을 예방하기로 했다. "나는 여러분이 생각하는 것 같은 살인마가 아닙니다." 그는 좀 더 부드러운 어조로 말했다. "자문위원들에게 맹수를 반드시 전부 죽여야만 한다는 조언을 들었을 때 저도 여러 가지 감정을 느꼈으며, 그러므로 여러분이 얼마나 힘들지 이해합니다. 여러분은 몇 년이나 이 동물들을 돌보면서 사랑해 왔는데, 어느 날 갑자기 제가 나타나서 손가락으로 총 쏘는 시늉을 하면서 여러분이 돌보는 생명체를 죽여야 한다고 하니까요. 내가 냉혈한으로 보일지도 모릅니다만, 사실은 아닙니다. 지금 최대한 인도적인 방식으로 여러분이 돌보는 동물들을 죽이지 않으면 다른 방식으로 죽게 될 겁니다. 굶어 죽거나, 병들어 죽거나, 어쩌면 이 도시의 절반을 죽여버린 저 괴물들의 손아귀에 죽을지도 모릅니다……."

"뭔가 다른 해결책이 반드시 있을 거예요." 충격을 받은 여성 직원이 속삭였다. 비에드지츠키가 기억하기에 그녀는 영장류를 돌보는 사육사였다.

"그러면 알려주십시오." 그가 즉시 대답했다. "저는 모든 제안을 받아들일 준비가 되어 있습니다."

직원들은 서로 의논하며 오랫동안 고민했다. 비에드지츠키는 차분하게 기다렸다. 자신이 내놓은 해결책보다 좋은 대안이 없기 때문에 그들이 의미 있는 해결책을 생각해 낼 수 없으리라는 사실을 그는 알고 있었다. 무엇을 생각해 내든 피할 수 없는 결말을 늦출 뿐이다.

"이렇게 정문 앞에 서 있는 건 좀…… 그렇지 않습니까, 소령님……." 남성 직원 한 명이 말했다.

"압니다." 비에드지츠키는 손목시계를 바라보았다. "그래서 제안하겠습니다. 18시까지 시간을 드리겠습니다. 모여 앉아서 차분히 의논해 보십시오. 여러분이 더 좋은 해결책을 찾아내면 저도 기꺼이 따르겠습니다만, 아무것도 생각해 낼 수 없으면 저녁 6시에 제 책상 위에 그 목록을 가져오십시오."

그는 직원들의 얼굴에 나타난 안도감을 보았다. 그 자신도 조금 기분이 가벼워졌지만, 한순간뿐이었다. '저들이 이상적인 해결책을 찾아낼 수만 있다면 뭐든지 주겠어…….'

58

1963년 8월 10일 토요일 07시 15분
브로츠와프 화물 전용 순환철로

'훌륭하군.' 카롤은 시선을 들어 소녀를 바라보며 생각했다. '아내를 보호하려는 남편이라니, 천생연분이야. 우리가 얼마나 버틸지 궁금하군. 우린 나무판자조차 없는데……'

그들은 고가철도가 굴다리가 되어 끝나는 부분에 도달했고 그 너머에는 높고 가파른 둔덕 위로 철로가 이어졌다. 그들은 그 둔덕을 타고 떨어지거나 다리가 부러질 걱정 없이 거리로 내려갈 수 있었다. 그들은 그렇게 할 수도 있었지만 그럴 생각은 없었다. 그로진스키, 즉 붉은 금발을 높은 이마 위로 빗어 올린 남자의 이야기를 듣고 그들은 최근에 일어난 사건들을 완전히 다른 관점에서 보게 되었다.

브로츠와프의 거리에서 헤매는 사람들은 미친 것도, 정신이 나간 것도 아니었다. '걸어 다니는 시체들이 우리를 둘러싼다! 죽었다가 살아났다!'

카롤 슈뢰데르는 신앙심이 깊은 사람이라고 할 수 없었지만, 결혼식을 성당에서 올릴 만큼 제대로 된 실롱스크인이었다. 그로진스키의 이야기를 들으며 생각나는 것은 단 한 가지밖에 없었다. 성경에 예언된 대로 피할 수 없는 세상의 종말이 닥쳤다는 것이다. 죽은 이들이 무덤에서 살아나 최후의 심판을 위해 모여들고 있다. 그리고 카롤 자신은 한 줌 남은 생존자들 사이에, 분명히 아주 평범한 우연들이 겹친 끝에 이렇게 살아남아 있다. 사실 양심에 찔리는 죄는 수없이 저질렀다. 어쩌면 이것은 그가 지은 죄에 대한 벌일지도 모른다. '흥미롭군.' 그는 생각했다. '저 두 명은 무슨 죄를 저지른 걸까……?'

소녀는 굴다리 위에서 벌어지는 사건을 본 뒤로 입을 열지 않았다. 반면에 마치에크 그로진스키는 귀신이라도 씐 듯이 계속 떠들었다. 아직 15분도 지나지 않았지만 카롤은 죽었다 살아난 시체들이 턱수염 남자를 뜯어 먹었듯이 그로진스키를 물어뜯고 싶었다. 그는 정신을 집중하고 이제 어떻게 해야 할지, 어떻게 목숨을 구할 수 있을지, 어차피 심판의 날인데 살아남아 이 고통을 계속 당하는 게 가치 있는 일인지 생각하려고 애썼다. 그러나 어느 쪽이든 그가 뭔가 의미 있는 결론에 도달하기 시작하면, 금발 남자가 다시 입을 열어 자신의 낭비된 인생과 기차역에서 잃어버린 가족과 또 이런저런 쓸데없는 일들에 대해 계속 떠벌렸다. 이 남자한테서 도망칠 방법이 없었다. 가시풀이 강아지 꼬리에 달라붙듯 금발 남자는 그들에게 착 달라붙어 있었다.

"잠깐이라도 좋으니 제발 입 좀 닥치시오!" 카롤이 결국 참지 못하고 외쳤다. "5분만이오. 더 이상은 바라지도 않소."

그로진스키는 마음이 상해서 말하다 말고 입을 다물었다.

카롤은 마침내 생각에 잠길 수 있었다. 그러나 예상과는 다르게 전혀 기분이 나아지지 않았다. 첫째로 그는 원하지 않았던 방향으로 걸어가고 있었다. 태양의 위치로 보아 카토비체는 정확히 등 뒤에 있었다. 둘째로 그는 이 감염병 걸린 도시를 전혀 알지 못했다. 그저 자신들이 계속 중심가 한가운데를 돌고 있다는 정도만 알 뿐이었다. 또한 그는 주변에서 일어나는 현상들의 초자연적인 측면을 서서히 의심하기 시작했다. 다른 건 그렇다 쳐도 최후의 심판은 의심스러웠다. 아내를 잃고, 판자를 들고 있던 사람들이 어린 아기까지 포함해서 짐승처럼 죽임당하는 모습을 보고 하느님은 이런 상황과 아무 상관이 없다고, 그는 생각했다. 이건 뭔가 전혀 다른 일이다. 정상적인 사람은 전혀 받아들일 수 없는 일인 것이다. 카롤은 여기서 유일하게 도달 가능한 결론을 내렸다. 무슨 수를 써서라도 아들만은 구해야 한다.

"도시 지리를 잘 압니까?" 그가 물었다.

금발 남자는 카롤의 예상과는 달리 이번에는 입을 꾹 다물고 있었다. 조금 뒤에 그가 이유를 설명했다.

"난 트라블리체 출신이오. 코발라 옆에 있는 시골 마을요." 그가 더듬거리며 털어놓았다.

"코발라 옆이요?" 소녀가 갑자기 밝아졌다. 아마 거기 사는 누군가를 아는 것이리라. "프시에 폴레 옆에 있는 거기요?"

"아니, 거기 말고요. 내가 말하는 코발라는 라돔(폴란드 동부에 있는 도시로, 라돔에서 브로츠와프까지 거리는 대략 352킬로미터이다. 브로츠와프는 폴란드 서부에 있다) 근처에 있어요." 그로진스키가 서둘러 설명했다. "방학 동안 외삼촌 만나러 왔어요. 그저께요."

"그쪽은?" 카롤이 소녀에게 시선을 돌렸다. 소녀의 이름조차 모른다는 사실을 그는 지금에야 깨달았다.

"저요?" 소녀가 고개를 들고는 울어서 빨갛게 부어오른 눈으로 그를 쳐다보았다. "전 비드고슈치(폴란드 북부 도시) 출신이에요."

"멋지군." 카롤이 신음했다. "아주 멋져."

기차역에서 함께 도망친 수백 명 중에서 하필 브로츠와프 출신이 아닌 사람 세 명만 목숨을 구했다.

"하지만 지리는 알아요." 소녀가 그의 표정을 보고 덧붙였다.

"잘됐네!" 그로진스키가 기뻐했다.

"얼마나 잘 알아요?" 카롤이 의심스러워하며 물었다.

"충분히 알아요. 여기서 3년 살았어요. 기숙사에서요. 간호학교 다녀요."

카롤에게 별 의미 없는 설명이었으나 그래도 '그림의 떡'이었나…… 그 속담에 나온 말보다는 지금 눈앞에 지리를 아는 사람이 있는 쪽이 나았다.

"우리 지금 어디 있는지 알아요?"

"네, 저기가 시장 광장이에요." 소녀는 북동쪽을 가리켰고 그런 뒤에 손가락을 반대쪽으로 움직였다. "그리고 저기가 크시키예요. 그러니까 저 구역 이름이 그래요." '크시키' 즉 '비명소리'라는 이름을 듣고 카롤의 얼굴이 불안해지는 것을 보며 소녀가 덧붙였다. "우리 앞에 있는 거리는 파브리치나예요."

"어느 길로 가야 도시에서 가장 빨리 나갈 수 있지?"

소녀는 입술을 깨물고 잠시 생각했다.

"몰라요." 마침내 소녀가 털어놓았다.

"모른다고?"

소녀는 어깨를 으쓱해 보이고 빠르게 고개를 숙였다. 또다시 무감각 상태에 빠진 것 같았다.

"브로츠와프는 아주 커요." 오랫동안 침묵하고 있던 소녀가 말했다. "우리가 있는 여기서 톨게이트까지는 어느 쪽으로 가든 똑같이 멀어요."

"엄청나군." 카롤이 중얼거렸다.

희망은 물거품처럼 사라졌다. 원을 그리며 빙 돌아서 정확히 출발점으로 되돌아왔다. 그는 아래쪽으로 이어진 거리를 바라보았다. 죽었다가 살아난 사람들은 거리에 보이지 않았지만 시선을 더 멀리 던지자 광장 너머로 뭔가 움직임이 보였다. 맞은편 석조건물들 사이에도 유령 같은 형체들이 보였다. 그는 눈을 내리깔고 철로만 쳐다보며 더 이상 아무 말도 하지 않고 앞으로만 걸어갔다.

* * *

15분 뒤, 그들은 죽었다 살아난 수백 명의 시체들이 우글거리는 넓은 길 두 개를 둔덕 위에서 보며 지나간 뒤에야 넓은 철도 분기점에 도달했다. 중심 철로에서 채 100미터도 떨어지지 않은 곳에서 철로 두 개가 갈라져 나왔다. 그들은 첫 번째 분기기를 지나 두 번째 분기기에서 멈추어 섰다. 십수 미터 앞 선로 위에 물자 이동 손수레가 서 있었다. 철도와 차량 사이의 마찰력을 확인할 때 쓰는 평범한 수동식 손수레로, 가장 단순한 물건이었다. 바퀴 네 개 위에 나무로 된 평평한 판이 얹혀 있고, 그 위에 좁은 벤치가 있고, 넓은 레버가 달린 가속장치가 있다.

카롤은 혹 주변에 걸어 다니는 시체는 없는지 확실히 하기 위해 두리번거렸다. 아무것도 보이지 않았지만 왼쪽에 있는 빽빽이 자란 관목숲에 저주받을 짐승들이 숨어 있을 수 있었기 때문에 그는 경계를 늦추지 않았다.

오랫동안 망설이다가 마침내 그는 이를 악물고 카유스를 소녀에게 넘겨주었다. 그는 안전한 거리로 물러나라고 지시한 뒤에 그로진스키를 끌고 물자 이동 손수레를 향해 천천히 조심스럽게 다가갔다.

여기서 무슨 일인가 벌어졌던 게 틀림없었다. 나무판자에는 온통 말라붙은 피가 가득했다. 철로 옆 잔디에는 버려진 공구 자루가 떨어져 있었다. 잘 무두질해 놓은 두꺼운 가죽 자루는 누군가 칼로 마구 자른 것 같았다. 조금 먼 곳에는 구겨진 채 굳은 피로 뒤덮여 있는 철도원 모자가 떨어져 있었다. 그로진스키는 겁을 먹었지만 그래도 굉장한 도움이 되었다. 키 큰 잔디 사이에 언덕 아래로 내려가는 잘 다져진 오솔길이 있다는 걸 발견한 사람도 그로진스키였다. 두 남자는 철로를 따라 조금 내려가 보았으나 소녀의 갑작스럽고 공포에 질린 비명 소리를 듣고 재빨리 돌아섰다.

그들은 두 가지 사실을 확인했다. 물자 이동 손수레를 타고 온 사람이 바로 이 자리에서 스스로 멈추었다는 것이다. 이는 제동장치가 당겨져 있는 것을 보면 알 수 있었다. 그 뒤에 상당히 잔혹하게 살해당했는데, 그렇다면 죽지 않는 시체와 접촉했다는 의미일 것이었다. 흔적으로 보아 이 사건은 한 시간쯤 전에 일어났다. 그리고 희생자는 아마 가해자와 함께 떠났을 것이다. 되살아난 시체들은 확실히 가까운 곳에 남아 있지는 않았다. 두 번째 사안은 좀 더 심각했다. 지선 아래쪽 철로는 이상한 푸른색 열차로 막혀 있었다. 그로진스키는 이것이 어려운 철로 수리 작업을 할 때 사용하는 기술 차량이라고 주장했다. 물론 지금은 그 근처에 철도원이 전혀 없었지만 바로 그 점이 부가적인 의미를 가졌다. 이 차량 네 개 달린 열차를 이 장소에 남겨둔 사람은 도시에서 아무도 떠나지 못하게 하려고 의도한 것이다.

카롤과 그로진스키는 내키지 않아 하면서도 물자 이동 손수레를 본선 철로 위로 밀어냈다. 그 뒤에 두 사람이 더욱 힘써야 하는 일이 생겼는데, 오랫동안 궁리한 끝에 그들은 분기기 레버를 밀어 넘기는 데 성공했다. 물자 이동 손수레는 그들이 의도한 철로로 넘어갔다. 이제 그 위에 앉아서 타고 가기만 하면 된다.

그들은 소녀와 카유스를 가운데 앉혔고, 자리가 아주 좁았지만 가속 레버를 잡고 달리기 시작했다.

* * *

그들은 본선 철로를 계속 달려갔다. 브로츠와프 미코와유프 역으로 들어섰을 때 열댓 명 정도 죽지 않는 시체들이 돌아다녀서, 그들은 지쳤으나 서둘러 가속 레버를 밀어서 위험한 장소를 최대한 빨리 벗어났다. 다행히 걸어 다니는 시체들이 철로에 한 놈이라도 내려서기 전에 그들은 이 조그만 교외 역을 벗어날 수 있었다. 역을 떠나면서 카롤은 철로 가장자리, 승강장 끝의 시멘트 담벼락에 찢긴 시신 조각들이 수없이 널려 있는 것을 보았다. 이것은 즉 그들 역시 중앙역에서 학살을 저질렀던 그 열차를 따라 같은 경로로 달리고 있다는 뜻이었다.

잠시 후 분기점에 도달했을 때 마르타가(카롤은 결국 소녀의 이름과 심지어 성까지 알게 되었다) 손수레 위에 서서 팔을 흔들어 뭔가 신호했다. 그들 앞쪽 약간 떨어진 곳에서 하늘을 향해 굵고 검은 연기 기둥이 피어오르고 있었다. 그들은 이 연기 기둥을 전에도 보았는데 그때는 오른쪽 도시 전경 위로 퍼져나가고 있었다. 지금 그들은 불이 난 곳을 향해 곧장 돌격해야 했다. 그들은 모든 위험을 무릅쓰기로 결정했다. 이것이 브로츠와프에서 빠져나가는 가장 빠른 길이었다.

그러나 그들은 금방 속도를 늦추었고, 이어지는 정차역은 완전히 사람으로 가득해서 손수레를 멈춰 세워야만 했다. '포포비체'라는 이름은 그들에게 아무 의미도 없었다. 마르타 드로즈도프스카 또한 포포비체라는 곳을 들어본 적이 없었다. 여기는 아마도 시내에서 꽤 떨어진 교외일 것이다. 주변에는 엄청나게 넓게 펼쳐진 채소밭이나 그냥 황무지밖에 보이지 않았다. 집, 그것도 평범한 단층 주택은 아주 드물었다. 그리고 그들의 앞에서는 또다시 지옥문이 열리고 있었다.

오드라강을 가로지르는 다리 위에서 불길이 미친 듯이 솟아올랐다. 그곳에서 기차끼리 충돌한 것이 분명했다. 뭉개진 화물차량들이 뒤집히고 기울어진 채 둔덕 양쪽에 아무렇게나 널브러져 있었다.

그들은 손수레를 가장 가까운 분기점까지 후퇴시켰고 다른 선로를 택해서 동쪽으로 멀리 돌아가기로 했다. 마르타는 자기가 아는 한 그쪽으로 가도 도시 경계선에 도달할 수 있다고 장담했다. 그러나 거기까지 갈 때 꽃길만 펼쳐질지는 마르타 자신도 알지 못했으므로 확실히 말하지 못했다.

그들은 곧바로 문제에 부닥쳤다. 손수레는, 한쪽은 벽돌 담장으로 둘러싸인 창고들이 늘어서 있고, 다른 한쪽은 거대한 채소밭이 활짝 펼쳐진 곳으로 들어섰다. 지선으로 이어지는 철문을 통과할 때, 누군가 총을 쏘았다. 소총이거나 권총이었다. 분명히 그들을 겨냥하지는 않았지만 아주 가까웠다.

그로진스키가 깜짝 놀라 가속 레버를 놓았고, 마르타는 몸을 웅크렸으며, 카롤은 마르타를, 정확히 말하자면 아들을 자기 몸으로 감쌌다. 손수레는 한동안 철로를 따라 달리다가 큰 소리로 삐걱거리며 점점 느려졌다. 마침내 다시 주위에 침묵이 내렸으나, 이제 그것은 긴장으로 가득한 불길한 침묵이었다. 정적은 고작 몇 초간 계속되었고 그 뒤에…… 그 뒤에 아수라장이 됐다.

기관총 사격 소리가 폭발의 굉음과 섞였고 사람들의 비명 소리가 엔진 소리에 파묻혔다. 하늘을 향해 회색 연기 뭉치가 피어올랐고 여기저기 불길이 보였다. 손수레 위의 승객들은 놀라고 겁에 질려 그저 서로 쳐다보았다. 세 명 모두 한 번도 탄약 냄새를 맡아본 적이 없었다. 마르타는 탄약 냄새를 알 리 없었다. 그로진스키는 아직 군대 가기 전이었고 카롤은 대체복무로 자원봉사를 하며 시간을 때웠다. 그러므로 격전지 한가운데로 뛰어들었을 때 세 명 모두 어쩔 줄 모르고 굳어져 버린 것도 이상한 일은 아니었다.

마치 눈에 보이지 않는 거인이 주먹으로 때린 것처럼 그들의 눈앞에서 담장 일부가 무너졌고, 그런 뒤에 천천히 벽돌이 폭포처럼 굴러 내려갔으며, 그 벽돌을 바깥으로 밀어낸 강력한 장갑차가 나타났다. 뾰족하게 각진 올리브색의 거대한 장갑차는 여덟 개의 바퀴를 움직여 선로 위로 올라오면서 벽돌 담장과 창고를 향해 상부 구조물에 장치된 대포를 계속 쐈다. 몇 미터 떨어진 곳에서 벽돌 담장을 뚫고 또 하나의 장갑 수송차량이 나타났고, 이어서 뒤에 한 대, 그리고 또 한 대가 모습을 드러냈다.

그 뒤로 보병대가 따라오고 있었다. 제복을 입은 사람들 수십 명이 장갑차를 따라잡으려고 서둘러 후퇴하면서 방금 자신들이 달려 나온 무너진 벽돌 담장을 향해 총을 쏘았다.

잠시 후 이 상황은 손수레에서 약 50미터 떨어진 곳에서 반복되었다. 그러나 그곳에서는 장갑차 세 대가 선로 위에 나타났는데, 이 차량들 역시 거대하기는 했지만 바퀴 위에 얹힌 각진 쇠 상자보다는 장갑으로 무장한 트럭에 더 가까워 보였다. 어느 차량은 모터가 갑자기 기침을 하더니 꺼져버렸다. 승무원들은 고장 난 수송차량을 버리고 즉시 후퇴 경로를 엄호하는 보병대에 합류했다.

'점쟁이가 아니라도 이 전투의 적이 누군지 금방 알겠군.' 카롤이 몸을 일으키며 생각했다. 몇 초 뒤에 그는 벽돌담 너머에서 죽지 않는 시체들이 나오는 것을 보았는데, 시체들 역시 색깔과 모양이 약간 다른 제복을 입고 있었다. 되살아난 시체들은 수백, 어쩌면 수천은 되어 보였다. 우박처럼 쏟아지는 총알에도 그들은 전혀 신경 쓰지 않고 비척비척 앞으로 움직였고, 총격은 시간이 지나면서 점점 약해졌다. 후퇴하는 병사들의 탄약이 떨어진 것이다. 처음에는 첫 장갑차 대포가 조용해지더니 조금 뒤에 두 번째 장갑차 상부 구조물이 180도 돌아갔고 결국은 모든 차량이 뒤에 보병들을 남겨두고 서둘러 달아나기 시작했다. 장갑차 승무원들이 태세를 전환하는 것을 본 병사들은 총격을 멈추고 도망치기 시작했다.

살아 있는 시체들은 잠시 더 희생자를 쫓아 움직이다가 곧 추적에 관심을 잃은 것처럼 철로의 넓은 부분과 지선 거의 전체, 그리고 낮은 둔덕을 따라 이어지는 좁은 거리에 가만히 서 있었다. 손수레는 되살아난 시체들로부터 30미터 혹은 35미터 정도 떨어진 곳에서 섰다. 이 정도 거리만으로도 걸어 다니는 시체들이 손수레에 탄 사람들을 눈치채지 못하기에 충분했다. 그리고 길을 막은 존재들을 본 손수레의 사람들은 감히 몸을 떨거나 숨조차 깊이 쉬지 못하고 있었다.

몇 분이 지났지만 죽은 병사들은 1미터도 움직이지 않았다. 바람에 흔들리는 나무처럼 고개를 숙이고 팔을 늘어뜨리고 서서 몸을 좌우로 휘청거릴 뿐이었다.

카롤은 조심스럽게 주위를 둘러보았다. 움직일 수 없게 된 장갑차가 철로 한가운데를 가로막고 서 있었으므로 손수레를 타고 후진하는 것은 불가능했다. 그러므로 앞으로 계속 가거나 아니면 내려서 후퇴하는 병사들의 뒤를 따라 채소밭으로 도망치는 것이 유일한 길이었다. 그러나 양쪽 선택지 모두 똑같이 자살하는 길로 보였다. 그렇다고 여기에 영원히 앉아서 피에 굶주린 짐승 무리가 더 흥미로운 일을 찾아 지옥으로나 가버리기를 기다리고 있을 수는 없었다.

"어떡하죠?" 카롤이 처음에는 선로, 다음에는 채소밭을 가리키며 속삭여 물었다.

그로진스키는 선로와 채소밭을 번갈아 바라보며 불안하게 손가락을 비볐다. 그는 결정을 내릴 능력이 없었고 그런 책임을 지고 싶지도 않은 것 같았다. 마르타가 이 경우에 훨씬 더 단호했는데, 고개를 갸웃하며 확고한 동작으로 손을 앞으로 뻗었다. 카롤도 똑같이 했다. 2 대 1로 선택지는 정해졌다.

"미코와이키 기억해요?" 카롤이 다시 속삭였다.

"갑자기 무슨 미코와이키요?" 겁에 질린 그로진스키가 속삭여 대답했다.

"거기서 열리는 자동차 경주 말이에요." 마르타가 옆에서 알려주었다.

"알죠. 그게 왜요?"

"그 경주처럼 속도를 내서 달리는 겁니다." 카롤이 설명했다. "저들은 너무 느려서 우릴 잡지 못해요."

"그럼 선로에 서 있는 놈들은 어떻게 해요?"

"쓰레기들은 치고 지나갑시다. 이 손수레는 몇백 킬로그램은 나가니까 속도를 알맞게 낼 수만 있으면 바람이 길거리의 잎사귀를 날리듯이 다 쓸고 갈 수 있어요."

그로진스키가 고개를 끄덕였다. 그는 무시무시하게 땀을 흘리고 있었다. 손바닥도 너무 미끄러워서 가속 레버를 잡아도 자꾸 놓쳤다. 재빨리 손을 셔츠에 닦았지만 별 도움이 되지 않았다.

"잠깐만요……." 마르타가 주머니를 뒤지기 시작하더니 잠시 후에 천으로 만든 평범한 손수건을 꺼내 그에게 건네주었다. "손에 묶어요."

카롤도 소녀가 하는 대로 했다. 그의 손수건은 더 컸고 약간 더러웠지만 그로진스키는 신경 쓰지 않았다. 양손에 손수건을 묶고 다시 한번 손수레를 가속하는 금속 레버를 잡았다.

"당겨요, 힘껏!" 카롤이 레버를 온몸으로 밀면서 지시했다.

손수레의 기계장치가 큰 소리로 삐걱거렸으나 주변에 있는 되살아난 시신들은 전혀 반응하지 않았다. 손수레가 가장 가까운 죽지 않는 시체들이 있는 곳까지 절반 이상 달렸을 때에야 그들은 고개를 돌리고 팔을 들기 시작했다.

가속레버가 움직일 때마다 일정하게 쇳소리가 나서 거의 하나의 소리로 이어지는 것 같았지만, 카롤과 그로진스키는 레버를 놓지 않았다. 그들은 이보다 더 속도를 내서 달리고 싶었다. 벽돌담이 무너진 창고 앞 철로를 얼마나 빨리 달리는지에 그들의 목숨이 달려 있었기 때문이다. 그래서 그들은 최대로 할 수 있는 한, 아니 그보다 더 힘써서 레버를 밀고 당겼다.

그러나 그것으로 충분하지 않았다.

죽지 않는 시체들은 대부분 대단히 느렸고 철로에 서 있는 시신들은 실제로 무거운 차량 바퀴 아래 으깨지거나 어떻게 반응을 하기 전에 손수레의 나무 바닥 아래 깔려버렸다. 그러나 철로에 상당히 가까이 서 있던 시체 하나는 몸을 돌릴 필요조차 없었다. 그 하나로 결판이 나버렸다. 손수레가 살아 있는 시체 무리를 완전히 뚫고 나오기 직전에 그로진스키가 벤치에서 사라졌다. 마르타는 그가 레버를 당기며 몸을 숙이는 것을 보았고, 그런 뒤에 눈을 깜빡였고, 눈을 다시 떴을 때 그로진스키는 없었다. 카롤은 펌프질에 집중하느라 아무것도 보지 못했지만 저항력을 느꼈고, 그때부터 혼자서 가속장치와 씨름해야 했다. 마침내 마지막 살아 있는 시체가 시야에서 사라졌고, 카롤은 레버를 놓고 벤치에 앉아 뒤를 돌아보았다.

살아 있는 시체들은 이전에 굴다리 아래 교차로에서 그랬듯이 모두 한자리에 모여 있었다. 그 괴물들 중 하나가 그로진스키를 낚아챈 것이 틀림없었다. 콩 껍질에서 콩을 빼내듯이 손수레에서 빼낸 것이다.

59

1963년 8월 10일 토요일 07시 22분
시립동물원, 브루블레프스키 거리 1-5번지

화물 출입구로 또다시 자동차들이 줄지어 들어왔다. 이번에는 트럭 여섯 대, 소형 버스 한 대와 고전적인 '바르샤바' 세단 두 대였다. 오우빈스카 거리에서 아렌지코프스키 의사 팀과 꼭 필요한 장비와 약을 대피시키는 데는 이것으로 충분했다. 비에드지츠키는 직접 의료진을 환영하며 아무 손실 없이 이 작전을 진행하는 데 성공했다는 기쁨을 숨기지 않았다. 쏟아져 들어오는 보고들을 생각하면 이것은 진짜 기적이었다.

도시 전체에 파견된 순찰대가 보내온 보고서의 내용은 점점 더 불안해졌다. 좀비들은 1903년 대홍수 때 파도처럼 효율적으로 브로츠와프의 거리를 뒤덮었다. 그리고 이것은 화장장 구덩이에서 나온 연기에 가장 심하게 노출되었던 장소들에 해당되는 것만은 아니었다. 감염병은 그 어떤 예측보다도 빠르게 퍼져나갔고 의사들이 이전에 계산했던 것보다 훨씬 더 많은 희생자를 거두어 갔다. 심지어 아렌지코프스키조차 보고서들을 읽은 뒤에 피할 데가 없다고 인정했다. 그가 두려워했던 가장 검은 시나리오조차 그날 아침 브로츠와프와 폴란드 전체를 쓰러뜨리고 있는 비극의 창백한 그림자에 불과했다. 아렌지코프스키는 비에드지츠키가 전혀 예상하지 못했던 표현을 사용했다.

"형제여." 아렌지코프스키가 말했다. "이건 팬데믹이 아니라 아마겟돈이야, 빌어먹을 최후의 심판이라고."

이 단어들은 소령의 머릿속에 달라붙어 오랫동안 울려 퍼졌다. 마침내 소령은 동물원에 도착한 직후 아주 적은 병력의 주요 막사로 사용하려고 징발했던 동물원장실에서 나가야겠다고 느꼈다. 그는 잠시 쉬면서 신선한 공기를 쐴 시간이 필요했고, 예보에 따르면 내일 일요일은 아주 끔찍하게 더울 것이라고 했다. 기온의 의미에서나, 비유적인 의미에서나.

생각에 잠겨 있던 그에게 당직 무전병이 다가와 불렀다.

"소령 동무!"

"무슨 일인가?"

"포즈난스카 거리에서 보고입니다!"

"전달하게."

"보급창고는 온전합니다만, 아군이 죽지 않는 시체들이 다수 몰려 있는 곳에 진입했습니다. 장갑 수송차량 몇 대를 확보했고 그중 수륙양용 중형 수송차 네 대도 포함되어 있습니다만, 후퇴해야만 했다고 합니다."

"수륙양용 수송차?" 소령이 놀랐다. "이미 현장에 투입된 줄은 몰랐는데."

"며칠 전에 체코에서 들여왔다고 합니다. 한 대는 철로에 서 있었는데 그……."

"세부 사항을 말하게!" 비에드지츠키가 무전병의 말을 끊었다. 비에드지츠키는 커다란 창고에 비축된 식량에 훨씬 더 기대를 걸고 있었다. 지금 그에게 최신식 수송 장비는 별로 필요하지 않았다.

"알겠습니다. 아군이 창고에 진입하기 전에 좀비 무리에 공격당해서 철도 지선으로 밀려났습니다. 그곳에서 입수한 수송 차량 덕분에 큰 손실 없이 가까운 채소밭으로 후퇴했습니다. 결정적으로 적들을 떨어뜨렸다고 합니다."

"그럼 트럭은?"

"창고 앞에 두고 왔습니다."

소령은 주먹을 움켜쥐었다.

"시체 놈들이 발뒤꿈치까지 쫓아왔나?"

"뎁투흐 소위 보고에 따르면 그렇습니다만, 대부분 철로에서 멈춰 섰다고 합니다."

"소위한테 병력을 나누라고 전하게. 장갑차 한 대에 보병 두 명이나 세 명씩 타고 철로 근처로 돌아가라고 해. 좀비들을 채소밭 한가운데로 유인한다. 그동안 나머지 병사들은 적 뒤로 돌아서 도로 창고로 간다. 창고에서 식량을 전부 가지고 나와야 해. 그렇게 하지 않으면 여기선 방법이 없다."

"예, 알겠습니다!" 무전병이 경례하고 즉시 근처 잔디밭에 세워둔 천막 속으로 사라졌다.

비에드지츠키는 작은 골목을 따라 정문 쪽으로 향했다. 15분 전, 니즈네르는 동물원 부지 내 효율적인 방어를 위해 필요한 만큼의 병사들만 배치하자고 제안했었다. 나머지 병사들은 거리 맞은편에 있는, 독일인들이 남긴 거대한 건물로 옮겨 가게 되어 있었다. 이 건물은 2차 세계대전 끝난 후부터 '인민의 집'으로 불렸다. 필요할 경우 이 거대한 석조건물 속 괴물 입 같은 공간에 보병 1개 사단 정도가 주둔할 수 있을 것이고, 그러므로 공병대 중대 몇 개 정도가 임시 막사로 사용하는 데는 문제없을 것이었다. 바로 이 건물에 시내에서 수송해 온 식량의 거의 대부분을 저장할 예정이었다. 두꺼운 벽과 수백 개의 총에 둘러싸여 있는 저장식량은 이곳 동물원의 열린(지나치게 열린!) 공간보다 안전할 것이었다. 만약 운명이 정말로 나쁜 방향으로 돌아선다면 거대한 '인민의 집'은 사람들의 마지막 방어 요새가 될지도 모르지만, 최소한 이론적으로는 그랬다.

소령은 동물원과 브루블레프스키 거리 사이를 막은 울타리에 다가갔다. 눈앞에 보이는 곳마다 집중적인 작업이 진행 중이었다. 동물원 안에 있는 병사들 대부분은(그중에는 인민의 집에 주둔하게 되어 있는 병사들 200명 정도가 포함되어 있다) 무쇠 울타리를 보강하기 위해 담을 쌓는 일에 열중하고 있었다. 일손이 이 정도로 많고 다들 열심히 일하고 있었기에 담은 1분 1초마다 높아졌다. '이 작업만큼은 계획대로 진행되는군.' 비에드지츠키는 웃통을 벗어 던지고 땀에 젖어 일하는 병사들과 부사관들을 바라보며 생각했다.

"소령 동무!" 이번에 외치는 소리는 화물 출입문 쪽에서 들려왔다.

"또 뭔가?"

"관리인…… 저기 그, 말입니다……." 경비병이 그들을 동물원 안으로 들여보낸 사람의 성을 생각해 내려 애쓰며 손가락을 튕겼다.

"루브친스키." 소령은 병사가 왜 그렇게 흥분했는지 잘 이해하지 못하면서 대답했다.

"예, 루브친스키 말입니다." 병사가 말을 이었다. "조금 전에 저에게 열쇠를 주고 도끼를 들더니 길을 건너가 버렸습니다. 이 난장판을 때려잡으러 간다고 했습니다."

"완전히 정신이 나갔나?" 비에드지츠키가 놀랐다가 곧 부하를 의심의 눈으로 바라보았다. "대체 루브친스키에게 무슨 말을 했나?"

"저희가 말입니까?" 경비병이 당장 반박했다. "아무 말도 안 했습니다, 맹세합니다. 관리인이 경비실에 앉아서 차를 마시다가 갑자기 전화가 울려서 받았고, 수화기에 대고 뭐라고 한참 중얼거리더니 악마 떼한테 쫓기는 것처럼 정문 밖으로 뛰어나갔습니다."

비에드지츠키는 시선을 들어 경비실을 바라보았다. 반쯤 열린 문을 통해 흘러나오는 라디오 소리는 여전히 똑같은 방송 내용을 되풀이하고 있었다. '흥미롭군, 무슨 일이지?' 소령은 그쪽으로 향하며 생각했다.

"제가 들은 바로는 여자가 전화했는데 둘이 아는 사이 같았습니다." 근심에 찬 경비병이 소령 바로 뒤에서 따라오며 계속 보고했다. "욜란타 씨라든가 누구라고 했습니다."

경비실 안은 공기가 탁하고 땀 냄새가 났다. 비에드지츠키는 안을 재빨리 둘러보았다. 햇빛에 바래 갈라진 더러운 벽, 인정사정없이 쇠창살이 박힌 더러운 창문, 사용하기보다는 쓰레기장으로 가는 쪽이 나을 듯한 가구들. 전형적인 야간 경비원의 일터다. 비에드지츠키는 라디오를 끄려고 몸을 돌렸다. 그러곤 낡아빠진 소련제 라디오의 손잡이를 돌렸다. 그런데 음량이 줄어들긴 했어도 계속해서 뭔가 이상하게 기계적인 소리가 들려왔다. 누군가 벽 뒤에서 양동이에 대고 떠드는 것 같았다…….

소령은 눈으로 벽을 훑었다. 모퉁이에 커다란, 아마도 독일인들이 두고 간 듯한 전화기가 있었다. 무거운 합성수지 수화기는 제자리에 놓여 있지 않았다. 비에드지츠키는 수화기를 들어 귀에 댔다.

"여보세요."

반대쪽에서 들려오던 소음이 칼로 자른 듯 조용해졌다. 한참 뒤에 명백하게 여성의 목소리가 소심하게 속삭였다.

"누구세요?"

"비에드지츠키 소령입니다. 누구십니까?"

여성은 대답 대신 도저히 멈추지 않을 것 같은 폭풍우 같은 말을 쏟아냈다.

"디보프스카라고 해요. 영화제작소 관리인이에요. 그러니까 맞은편에 비스타보바 거리에 있는 건물인데, 저 좀 도와주세요. 저한테 덤벼들었어요. 두 놈이요. 문을 막 두드렸어요. 남편이 쫓아내려고 했는데, 문은 안 열었어요, 절대로요. 우리 남편이 겉보기처럼 그렇게 멍청한 사람이 아니에요. 여기 소품 담당자예요. 하지만 그놈들 하나가 창문을 깼어요. 그놈이 남편의 손을 붙잡았어요. 피가 날 때까지 할퀴었어요. 저도 할퀴었지만 남편이 더 심하게 다쳤어요. 정말 짐승이에요. 우린 뿌리쳤어요. 경비실로 도망쳐 왔어요. 그리고 루브친스키 씨한테 전화했어요. 제일 가까운 곳에 있어서요."

디보프스카는 숨을 돌리려고 잠시 말을 멈추었다. 비에드지츠키는 이 틈을 놓치지 않았다.

"루브친스키 씨가 디보프스카 씨를 구하러 그쪽으로 갔습니다." 그가 보고했다.

"봤어요. 연쇄살인범처럼 도끼를 휘둘렀어요. 하지만 도저히 방법이 없었어요. 그놈들이 둘러쌌어요. 할퀴었어요. 때렸어요. 세상에, 세상에……." 그녀는 다시 탄식하기 시작했다. "지금 문 앞에 누워 있어요. 누워서 움직이지 않아요…… 불쌍하게. 그놈들이 죽인 거예요……." 그녀는 점점 말을 느리게 하면서 문장 사이사이에 숨을 몰아쉬었다. '그때 니에비아돔스키 대위의 부사관이 그랬는데, 누구였더라…… 스트젱파 중사?'

"디보프스카 씨, 몸은 괜찮으십니까?" 그가 물었다.

"기운이 없어요." 상대방이 한참 뒤에 대답했다.

"부군은 어떠십니까?"

"기절했어요. 놈들 때문에 피를 너무 많이 흘렸어요……."

"부인도 쉬셔야 합니다."

"열어야 해요……." 그녀가 중얼거렸다. "문을……."

"뭐라고 하셨습니까?"

"문을 열어야 해요. 루브친스키. 살아 있어요. 일어났어요……."

"안 됩니다……." 수화기에서 들려오는 굉음이 너무 커서 비에드지츠키는 자기도 모르게 얼굴을 찡그렸다. "쌍!"

그는 수화기를 내려놓았다. 디보프스카가 변질된 관리인에게 문을 열어주었는지 알아낼 필요도 없었다. 디보프스카도 그녀의 남편도 이미 끝났다. 더 나쁜 것은 죽었다 살아난 시체들이 동물원 바로 인근에 나타났다는 사실이었다.

"거기 자네!" 그는 경비실 밖으로 나간 다음, 그 앞에 서 있던 경비병 하나를 불렀다. "방송실로 가. 경보 발령한다!"

60

1963년 8월 10일 토요일 07시 24분
브로츠와프 화물 전용 순환철로

그들은 넓은 굴다리 위에서 멈추었는데, 그곳은 아직도 비계에 둘러싸인 새 열병합발전소 건물 뒤쪽, 브로츠와프 나도제역에서 몇백 미터 정도 떨어진 위치였다. 고가철도에서 학살을 자행했던 유령 기차가 바로 그곳에서 질주를 끝냈다. 선로와 긴 승강장에 개미 같은 사람들 윤곽이 보였다. 그들 대부분이 얼마 전에 마주쳤던 죽지 않는 군인들처럼 제자리에 서서 흔들거리고 있었지만, 일부는 선로에서 튀어나온 짓이겨진 화물차들 주변에서 빙빙 돌고 있었다.

가속해서 달리던 6량짜리 열차는 다른 열차를 덮친 것이 분명했다. 파괴의 흔적들이 이 정도 거리에서도 눈에 띄었다. 승강장 지붕 일부가 무너져서 재난의 현장을 뒤덮고 있었으며 몇몇 차량들이 승강장으로 날아들었는데, 그중 한 대는 역사 건물 모서리에 박혔고 두 대는 사용한 수건처럼 아무렇게나 뒤집힌 채 선로를 가로지르고 있어서 본선이든 지선이든 전혀 지나갈 수 없게 막고 있었다. 카롤은 폭발해서 조각나 버린 여객용 차량도 살펴보았다. 그렇다, 그가 잘못 본 게 아니었다. 뭔가 이

객차 안에서 폭발해서 객차를 통조림처럼 열어젖혔다. 두꺼운 철판 조각이 옆으로 펼쳐져 있었고 그 위에 군데군데 사람 신체 부위가 널려 있었다.

"막다른 길이군." 그는 중얼거리더니 손수레에서 뛰어내렸다. 정말로 계속 나아갈 방법이 전혀 없는지 확실히 하기 위해서 그는 잔해를 아주 주의 깊게 살펴보았다.

마르타가 카유스를 그에게 다시 넘겨준 뒤 목책으로 다가가 아래쪽에 이어진 거리를 내려다보았다.

"여기 어딘지 알아요?"

카롤이 묻자, 마르타가 고개를 끄덕였다.

"저 거리는 어디로 이어져요?" 그는 멀리 보이는 다리를 가리켰다.

"루잔카요."

"그게 어딘지 몰라요."

"마을이에요." 마르타가 설명했다. "시 외곽 지역이에요."

"거기로 가면 브로츠와프에서 나갈 수 있어요?" 카롤의 머릿속에 희망의 그림자가 떠올랐다.

마르타가 고개를 끄덕이자, 그는 멀리 이어진 거리를 바라보았다. 단 한 군데만 약간 휘어졌을 뿐, 거리는 아주 넓고 거의 직선이었다. 거리에는 수십 명 정도 움직이지 않는 형체들이 하나씩, 최대한 두 명씩 서로서로 멀리 떨어진 채 여기저기 서 있었다. 카롤은 눈으로 거리를 가늠해 보았다.

"200미터나 300미터 정도 전력 질주할 수 있어요?" 그가 카유스를 고쳐 안으며 물었다.

"몰라요." 마르타가 중얼거렸다. "안 뛰어본 지 오래돼서."

"그게 우리의 유일한 희망이에요. 이리 와봐요." 그는 마르타를 둔덕 옆으로 데려가서 나지막한 시멘트 담장 위로 뛰어오르도록 도와주었다. 그런 뒤에 풀밭에서 손에 쥘 만한 돌을 두 개 찾아서 하나는 마르타에게 주고 다른 하나는 자기가 간직했다. "혹시 저놈들이 붙잡으면 이걸로 낯짝을 부숴버려요." 그는 마르타에게 조언한 뒤 차로에 내려섰다. "계속 달려야 해요. 무슨 일이 있어도 절대로 멈추지 말아요. 최대한 거리를 두고 놈들을 피해요. 알아들어요?" 마르타가 더러운 벽돌 조각을 손에 꽉 쥐며 고개를 끄덕였다. "그럼 가요!"

첫 50미터는 두 사람 모두 아무 문제 없이 달려갔다. 되살아난 시체들은 굼떠서 시차를 두고 느리게 움직였기에 카롤에게나, 그의 바로 뒤에서 숨을 몰아쉬며 달리는 마르타에게는 아무 위협이 되지 않았다. 그러나 불행히도 마르타는 잘 달리지 못해서 그다음 50미터는 더 서둘러서 달려가야 했다. 이쪽, 감옥 담장을 바라보는 위치에 되살아난 시체들이 가장 많았다. 그러나 거리 반대편 관목숲에 서 있는 시체들도 있었는데, 그곳은 카롤이 굴다리 위에서 살펴볼 수 없었던 위치였다.

이렇게 되면 상황이 달라진다. 시체들을 피해 지그재그로 달리면서 속도가 상당히 느려졌다. 그뿐만 아니라 그들은 이제 아무 생각 없이 앞만 보고 달릴 수 없게 되었다. 게다가 이쪽의 일부 변질자들은 이전에 마주쳤던 시체들보다 훨씬 더 공격적으로 행동했다. 실제로 더 빠른 것은 아니었으나 무리를 지어 움직였는데, 그 때문에 두 사람은 가끔씩 무리 전체를 피해서 가야 했다. 두 사람이 그다음 구간을 달려가려 했을 때, 거리 끝에서 변질자들이 카롤을 둘러싸기 시작했다. 그는 발로 차서 시체 하나를 쓰러뜨리고 담벼락에 바짝 붙어 다른 하나의 등 뒤로 빠져나갔다. 하지만 그의 행운은 여기서 끝났다. 세 번째 시체의 손이 그의 팔을 잡는 바람에 카롤은 균형을 잃었다. 균형을 잡으려 몇 걸음 더 걸어갔지만 팔에 아기를 안고 있어 승산이 없었다. 그는 몸을 돌린 뒤 카유스를 보호하기 위해 거의 태아처럼 몸을 둥글게 말아서 굴렀다. 그가 놓친 돌멩이가 길에 깔린 포석 위로 시끄러운 소리를 내며 굴러갔다.

몇 초 뒤, 카롤은 그들이 자신을 둘러싸고 있다는 것을 알고 즉시 벌떡 일어섰다.

"여기예요!" 마르타가 부르는 소리가 들렸다.

마르타는 앞에 서 있는 시체를 벽돌로 때려서 차로로 날려 보냈다. 그리고 팔을 힘껏 휘둘러 다른 시체 하나를 엄청나게 세게 때렸다. 변질자는 몸을 돌리며 시체 둘을 더 휩쓸어 함께 쓰러졌다. 마르타가 그렇게 벌어준 공간은 넓지는 않았지만 카롤이 포위에서 벗어나기에는 충분했다. 카롤은 마르타 옆에서 뛰어가면서 손을 내밀었다. 하지만 마르타는 그 손을 뿌리쳤다. 발목이 아프고 쓸린 무릎이 쓰라린 것을 참으며 계속 뛰었다. '시체 한두 놈만 더 피해서 가면 좀 더 조용한 거리가 나올 거야…….'

그는 뒤를 돌아보고…… 멈추어 섰다.

마르타는 뒤에서 뛰어오는 게 아니라 적들의 주의를 자신에게 돌렸고, 점점 더 많이 모여드는 적들의 사이를 피해 다니고 있었다. 카롤이 멈추어 서서 자기 쪽을 보는 것을 알게 된 마르타가 갑자기 양팔을 벌려 벽돌을 떨어뜨리며 외쳤다.

"미안……."

그녀는 말을 끝맺지 못했다.

피가 흩뿌리는 광경에 그는 순간적으로 정신이 들었다. 몸을 돌리고 우는 아들을 꽉 껴안았다. 그러곤 바로 앞에 있는 다리를 향해 속도를 내어 뛰었다.

자신보다 훨씬 느린 마르타가 뒤에 따라오지 않았으므로 그는 전속력으로 달릴 수 있었다. 그는 달리기를 잘했다. 사실 실롱스크에서 열리는 많은 달리기 대회에 나갔고 거의 매번 출전할 때마다 메달을 땄다. 그러나 불행히도 다리를 건너가는 데 이런 것은 아무 도움이 되지 않았다. 이유는 알 수 없으나 오드라강 건너편에는 이쪽 강변보다 죽지 않는 시체들이 훨씬 더 많았다. 마치 흙에 묻혔다가 파헤치고 나온 듯 더러운 시체들이었다. 또한 카롤은 수많은 불탄 시체들, 혹은 아직도 불에 타는 채로 서 있는 시체들을 보았다. 저들 사이에 떨어진다면 아무런 희망도 없을 것이다.

그는 이 주변을 전혀 몰랐고 한 번도 와본 적이 없었다. 갑자기 방향감각을 잃어버린 그는 다리 한가운데 멈춰 섰다. 그리고 이 막다른 골목에서 벗어날 길을 찾기 시작했다. 뒤에는 인구가 밀집된 지역에 모여 있는 짐승 무리가 새로운 희생물을 덮치려고 벼르고 있다. 왼쪽에는 여전히 불타는 기차가 있었고 오른쪽에는 제방과 그 뒤로…… 또 다리가 있었다.

선택은 쉬웠다. 그는 가지를 넓게 벌린 참나무 아래 자갈이 깔린 좁은 골목을 달렸고 아무도 마주치지 않았다. 다리 위도 텅 비어 있었지만 뒤쪽 광장에는 개미처럼 움직이는 윤곽들이 어렴풋이 보였다. 그 숫자가 아주 많지는 않았지만, 카롤은 턱수염 남자와 판자를 든 그의 동료들의 운명을 여전히 기억하고 있었으므로 알지 못하는 지역으로 들어서는 데 두려움을 느꼈다. 오른쪽 제방은 텅 비어 유혹적으로 보였다.

카롤은 뒤로 물러났다. 숨을 돌릴 시간이 필요했고, 그래서 그는 다시 한번 오드라강 위에서 자기의 운을 시험해 보기로 했다. 태양의 위치를 보고 그는 자신이 중앙역을 떠난 뒤로 거의 반원을 그렸다고 짐작했다. 그러므로 그의 앞에는 카토비체로 향하는 도로나 오폴레로 가는 철로가 있을 것이고, 그것이 북부 실롱스크로 돌아가는 가장 빠르고 안전한 길일 것이었다.

그는 더 힘든 순간을 위해 체력을 아끼려고 달리기를 멈추었다. 그러나 다음 순간 그는 심장이 다시 빠르게 뛰는 것을 느꼈다. 멀리 철도교처럼 보이는 뭔가의 윤곽이 어렴풋이 보였다. '저건 마르타와 그로진스키와 다 함께 타고 갔던 그 철로가 계속 이어지는 길일 거야.' 그는 기뻐했다. 그러나 얼굴에 피어나려던 미소는 눈앞에서 죽어간 사람들을 생각하자 금방 사라져 버렸다. 금발 남자는 별로 깊이 생각하지 않았지만 마르타는……. 그는 무슨 일이 있어도 아내가 고가철도가 휘어지는 곳에서 죽었을지 모른다는 사실을 인정하고 싶지 않았으므로 아내를 잃어버린 것이 마르타 잘못이라고 계속 생각하고 있었다. 하지만 그 원망은 이미 오래전에 사라졌다. 마르타가 기숙사에서 겪은 친구들의 죽음, 그리고 소방관들이 변질된 뒤로 마르타가 어떻게 죽은 친구들 뒤에 몸을 숨겼는지에 대해 이야기해 준 다음부터 그는 마르타가 그저 불쌍하다고 느꼈다. 그가 잘못 생각하는 것일지도 모르지만 아마 자신은 마르타와 함께 살아남은 유일한 사람일 것이었다. '물론 계속 잠들어 있던 카유스는 제외하고 말이지만…….'

7시 45분에 그는 긴 철도교와 그 위에서 진입을 막고 있는 장갑 수송차량에 도달했다. 그는 장갑차 앞과 100미터 거리의 교차로에 서 있는 어떤 사람들도 보았다. 군인들이 가시철망 뒤에 숨어서 탈주자들을 붙잡는 것처럼 보였다.

"어이, 거기!"

카롤은 등 뒤에서 총의 안전장치를 푸는 소리를 듣고 깜짝 놀랐다.

"손 들어!"

'군인이 최소한 두 명이야!'

그는 한 손을 머리 위로 들고, 다른 한 손은 계속 아들을 안은 채 천천히 돌아섰다.

앞만 보고 달리느라고 그는 가파른 둔덕 기슭에 앉아 있는 경비병들을 못 보고 지나쳤던 것이다. 그들도 처음에는 그를 보지 못했다. 그가 주변 정황을 살피기 위해 다가설 때까지는. 운이 나빴다.

"혼자서 뭐 하나?" 커다란 헬멧을 쓴 젊은 청년이 그에게 물었다.

"제 이름은 카롤 슈뢰데르입니다." 그가 대답했다. "카토비체에서 왔습니다."

"카토비체?" 또 다른, 키가 더 크고 체격이 더 좋은 군인이 웃음을 터뜨렸다. "개소리하지 마, 친구."

"거짓말 아닙니다." 카롤이 대답했다. "프시에 폴레 격리병동에 있었습니다……."

이 말에 두 사람 모두 불에 덴 듯 깜짝 놀라며 조금 전에 내렸던 총을 들어 올렸다.

"감염자!" 키가 작은 쪽이 내뱉었다.

"아닙니다, 선생님들, 잘못 아신 겁니다……." 카롤은 군인들에게 설명하기 위해 손을 앞으로 내밀었지만 곧 다시 머리 위로 들어 올렸다. "이틀 전에 풀려났어요, 아내와 아이와 함께요. 서류도 있……." 그는 말을 끊었다. 카타지나가 서류를 핸드백에 넣었다는 것을 그는 지금에서야 떠올렸다.

"그건 곧 확인하지." 키 큰 쪽이 고함쳤다. "움직여!"

그들은 카롤을 장갑차 쪽으로 데려갔다. 그곳에서 그는 장갑차 한 대의 범퍼 위로 기어올라 넘어간 뒤에 봉쇄구역에 도달했고, 장갑차의 약간 튀어나온 철제 측면 아래 서게 되었다. 그곳에서 그는 늘어선 목책과 촘촘하게 설치된 가시철망 때문에 가로막힌, 족히 수백 명은 되어 보이는 군중과 이들을 지키는 20명의 무장한 군인들을 마주하게 되었다. 다른 군인 두 명이 장갑차 위에 있는 기관총 뒤에 서 있었다.

"대위 동무, 또 프시에 폴레 탈주자를 잡았습니다!" 키 작은 군인이 장교 앞에 차렷 자세로 서서 보고했다.

"나머지 놈들하고 같이 둬!" 장교가 고개조차 돌리지 않고 내뱉었다.

장교는 쌍안경을 눈에 대고 거리 앞쪽 먼 곳의 무언가를 바라보고 있었다. 카롤도 그 방향을 바라보았다. 석조건물들 사이로 길이 이어진 거리에 한 명씩 사람들이 걷고 있었고 그 뒤로 빽빽이 뭉친 군중이 따라오고 있었다.

카롤은 두 경비병에게 재촉을 받아 장갑차 안으로 들어갔는데, 그 안에는 이미 열 명 정도가 붙잡혀 들어와 있었다. 그러나 그는 나머지 사람들처럼 주저앉지 않고 차 벽 옆에 서서 멀리서 천천히 움직이는 회색 군중을 바라보았다. 이 정도 거리에서는 자세히 볼 수 없었으나 그는 군중이 오드라강을 건너 도망치려 하는 주민들이 아닌 것 같다고 의심하기 시작했다. 한 명씩 뿔뿔이 떨어져 있는 사람들은 철망 앞에서 기다리는 군중과 느린 걸음으로 다가오는 무리 사이에서 뭔가를 두려워하고 있었다. 그것도 패닉 상태로 아주 무서워하고 있었다.

카롤은 그들 중 몇몇이 왼쪽으로 꺾어져 옆 골목으로 도망치려 하는 것을 보았으나, 이들이 곧 되돌아오는 것으로 보아 그 골목도 막힌 것 같았다. 다음 순간 오른쪽 골목에서도 같은 일이 벌어졌다. 몇몇 형체들이 공공 화장실의 철제 건조물 뒤 조그만 녹지대에 자라난 나무 사이로 사라졌다가 곧 도로 돌아왔다. 잔디 위로 달리던 사람들은 겁에 질려 짐을 내던졌다.

"대위님!" 카롤이 몸을 앞으로 쑥 내밀고 외쳤다.

장교가 눈에서 쌍안경을 떼고 천천히 그를 향해 고개를 돌렸다.

"뭐?" 장교가 내뱉었다.

"저 사람들……." 카롤이 다가오는 사람들을 가리켰다. "분명 감염자입니다."

그의 말에 사람들이 술렁이기 시작했다. 체포된 다른 사람들은 자리에서 벌떡 일어나거나 철제 차 벽에 몸을 꽉 붙이거나 가시철망 뒤를 불안하게 바라보았다. 두려워하는 반응들로 보아 사람들은 그가 무슨 말을 하는지 잘 알고 있었다.

"헛소리!" 대위가 다시 거리를 관찰하기 시작했다.

"제 말 좀 믿어주십시오." 카롤이 설득했다. "저는 수많은 사람과 함께 중앙역에서 도주해서 살아남았습니다……."

"프시에 폴레에 중앙역은 없어." 대위 옆에 있던 콧수염 기른 중사가 그에게 빈정거렸다.

근처에 서 있던 병사들 몇몇도 킥킥 웃었으나 그것은 진심에서 나온 웃음이 아니었다. 그들도 신경이 바짝 곤두서 있는 것이다.

"격리병동에서 이틀 전에 풀려났습니다." 카롤은 물러서지 않았다. "아침에 브로츠와프를 떠날 생각이었습니다."

"이 자식 조용하게 만들까요?" 중사가 물었다.

"너나 조용히 해!" 카롤이 고함쳤다. 주위가 모두 놀랐고, 카롤 자신도 놀랐다. "멍청아! 이 사람들을 당장 놓아주지 않으면 (기다리고 있는 군중을 가리키며) 민간인 수백 명을 죽인 책임을 져야 할 거다! 저놈들이 이 사람들을 갈가리 찢을 거야, 중앙역과 다른 기차역에서 그렇게 수천 명의 희생자를 냈다고! 어디서 약이라도 처먹은 듯이 느릿느릿 기어다니지만 희생물 냄새를 맡기만 하면 손에 닿는 대로 전부 다 죽인단 말이야!"

콧수염 중사의 얼굴이 붉으락푸르락해졌다.

"입 닥쳐!" 중사가 외쳤다.

"너나 닥쳐!" 카롤은 이렇게 말하는 소리를 들었고 동시에 누군가의 손이 어깨를 잡는 것을 느꼈다. 옆에 젊지 않은 남자가 소매를 걷어 올린 더러운 셔츠와 얼룩진 앞치마 차림으로 서 있었다. 술집 주인 같은 차림이었다. "이 사람이 누군지는 모르지만 사실대로 말하고 있잖소! 나도 봤소, 시초프스카 거리 우리 가게에서!"

"그래!" 장갑차 측면에 거의 코를 박고 서 있던 여성이 덧붙였다. "우리 말은 들으려고도 하지 않더니 이제 전부 다 뒈지게 만들어야 성이 차겠냐, 개자식들아!"

"자리 좀 내주세요, 여러분." 장갑차 옆에 서 있을 자리가 없어 고생하던 소년이 제안했다.

몇 명은 즉시 장갑차 반대편으로 건너갔다. 그들은 여행 가방을 내려놓고, 기관총 뒤에 선 병사들이 경고하는 말도 듣지 않고 지붕 위로 기어 올라가기 시작했다.

어떤 여자가 아이들을 남편에게 넘겨주고 그들을 향해 침을 뱉었다.

"그래, 쏴라, 쓰레기들아!" 그녀가 외쳤다. "쏘라고! 염병 걸린 놈들한테 물리는 것보단 낫네!"

"정지!" 장갑차 뒷문으로 대위가 나타났다. 대위를 둘러싼 병사들이 체포된 사람들에게 총을 겨누었다. "당신!" 대위가 카롤을 가리켰다. "그리고 당신!" 이번에는 술집 주인을 손가락으로 가리켰다. "따라오시오. 나머지는 조용히 앉아 기다리지 않으면 발사하라고 명령하겠소!"

놀랍게도 사람들은 불평 없이 대위의 명령을 따랐다.

군인들은 장갑차 뒷문을 닫지 않았지만 문 옆에 서서 체포된 사람들을 감시했다. 대위가 검은 석조건물 쪽으로 몇 걸음 옮기며 뒤에 따라오는 중사와 따로 데리고 나온 두 명을 안내했다. 그들은 나머지 사람들이 이야기 소리를 들을 수 없도록 멀찌감치 섰다.

"신분증!" 대위가 카롤에게 손을 내밀었다.

"없습니다."

장교는 얼굴을 찡그렸으나 카롤이 다시 뭔가 말하기 전에 술집 주인이 대위의 코앞에 자기 신분증을 내밀었다.

"한 명이 하는 말은 안 믿을지 몰라도 모두 다 거짓말을 할 리는 없지 않소!" 술집 주인이 화를 냈다.

"이건 천연두가 아닙니다." 카롤이 즉시 덧붙였다. "뭔가 훨씬 더 심각한 일이에요."

대위는 신분증을 살펴보고 술집 주인에게 돌려준 뒤 카롤의 눈을 아주 가까이서 똑바로 바라보았다.

"그러니까 감염병이 도시 전체로 퍼졌다는 말입니까? 수천 명이 목숨을 잃는다고요?"

"예." 카롤이 그를 마주 보면서 대단히 차분하게 대답했다.

"그러면 어째서 총소리가 전혀 들리지 않습니까?" 장교가 연극적으로 귀를 기울여 보였다.

"모릅니다." 카롤이 대답했다. "상관들에게 직접 물어보시죠?"

"그런 건 기대하지 마쇼." 술집 주인이 끼어들었다. "여기 위대하신 캡틴 아메리카가 자기 무전기를 쏴버렸어요."

장교의 얼굴이 벌겋게 달아올랐다.

"코노폴, 그렇게 잘난 체하지 마시오." 대위가 경고했다.

"아니면 어쩌려고?"

중사가 한 대 치려는 듯 손을 들었으나 대위가 손가락을 치켜들면서 그를 막았다.

"당신은 뭘 봤소?" 대위가 다시 카롤을 향해서 말했다.

"저 짐승들이 사방에 있습니다. 고양이가 쥐를 사냥하듯 사람을 사냥해요. 우리는 기차역 선로를 따라 고가철도로 탈출했어요. 저하고 다른 두 명이요. 그 학살에서 우리만 살아남았습니다. 그로진스키는 어떤 막사 같은 데 근처에서 살해당했어요,

거기서 한 30분 전에 전투가 벌어졌거든요…….” 그가 이렇게 언급하자 군인들은 서로 의미심장한 눈빛을 교환했는데, 분명히 폭발음을 들은 것 같았기 때문이다. “……그리고 마르타는 우리가 브로츠와프 나도제역 앞 선로에서 내려와서 루지츠카로 넘어가려고 했을 때 놈들한테 붙잡혀서 참살당했어요.”

“루지츠카가 아니고 루잔카겠지.” 중사가 고쳐주었다.

“그래요. 아마 그럴 거요. 난 여기 출신이 아니라서 이 도시를 잘 모릅니다. 마르타가 안내해 줬어요.”

“그리고 그 감염자들이 완전히 미쳐 날뛰었다고?”

“놈들은 악마의 화신이오!” 코노폴이 카롤보다 먼저 대답했다. “죽은 것처럼 보이지만 다시 살아났어요.”

중사가 웃음을 터뜨렸으나 곧 조용해졌다. 대위와 체포된 두 명은 음울한 시선으로 중사를 쳐다보았다.

“감염병이 놈들을 살아 있는 시체로 만든 겁니다!” 카롤이 술집 주인을 지원했다. 그리고 병사들의 얼굴에서 불신의 빛을 보고 덧붙였다. “아니, 말 그대로 그런 게 아니라 보기에 딱 그렇다는 겁니다.”

“알겠소.” 장교가 빠른 걸음으로 조금 전까지 서 있던 위치로 간 뒤 탄약 상자 위로 올라가 다시 쌍안경을 눈에 대었다. “퐁고프스키 중사.” 그가 잠시 후에 불렀다. “중간 수송차를 빼고 거리 철조망을 철거하라고 해!”

“하지만…….”

“빨리!”

부사관은 달리 명령할 필요가 없었고 병사들에게 손가락으로 가리키는 것으로 충분했다. 몇 초 뒤에 장갑차 사이에 3미터

넓이의 공간이 생겼다. 다리 앞에서 기다리던 브로츠와프 주민들은 군인들이 무거운 목책을 치우자 움직이기 시작했다. 좁은 통로로 사람들의 물결이 덮쳤다. 군인들은 재촉할 필요가 없었다. 이상한 일이지만 사람들은 패닉에 빠지지 않았다. 사람들의 물결이 갈수록 줄어들었다. 1분만 더 기다리면 오드라강 이쪽에는 군부대와, 외따로 도망쳐 나와 어쩔 줄 모르는 사람들 수십 명 정도만 남게 될 것이었다.

그동안 걸어 다니는 시체 무리는 이미 학교까지 다가왔다. 그리고 옆 골목들에서 기어 나온, 발을 질질 끄는 형체들이 차츰차츰 그 무리에 합류했다. 중사는 조금 전까지 얼굴에 비웃는 미소를 가득 띠고 있었으나 이제는 불안한 눈으로 대위와 카롤과 코노폴을 번갈아 바라보았다.

군부대가 주둔한 곳으로 다가오는 이상한 무법자들의 부자연스러운 침묵을 깬 것은 갑작스러운 비명 소리였다. 그러나 거리가 아니라 다리 쪽에서 들려왔다. 대위가 휙 돌아섰다. 도망치던 사람들의 맨 앞줄이 방향을 돌리더니 뒤에서 계속 다리 건너편을 향해 달려오던 사람들을 덮쳤다.

카롤은 장갑차 측면으로 차 바퀴를 붙잡고 올라갔다. 강 건너에도 죽지 않는 시체들이 우글거리고 있었다. 실제로는 우글거릴 정도는 아니었지만, 도망치던 사람들이 패닉에 빠져 방향을 돌리게 할 정도로 충분히 많이 있었다. 기차역에서 일어났던 상황이 되풀이되었다. 다리는 넓었지만 순식간에 꽉 막혔다.

누군가 카롤의 팔을 당겼다. 술집 주인이 숨을 헐떡이며 옆 차바퀴 위에 올라서 있었다.

“둔덕으로!” 술집 주인이 낮고 굵은 목소리로 말하며 자갈이 깔린 오솔길을 손으로 가리켰다. "둔덕으로 도망치시오, 여러분!"

사람들은 그의 말을 들었다. 기차역에서처럼 그렇게 가축 떼같이 서로 짓밟지 않았다. 미친 듯이 소리치지도 않았다. 그저 술집 주인이 가리키는 길로 도망쳤다. 철도교와 제방 뒤에 있는 수문을 향해 두 방향으로 나뉘어 달렸다.

불안해진 군인들이 다시 가시철망을 치우고 좁은 통로를 남겨 외따로 떨어진 사람들이 나갈 수 있게 했는데, 이들은 계속해서 어쩔 줄 모르며, 천천히 다가오는 시체들을 피해 도망치려 하고 있었다. 이제 무슨 일이 닥칠지 의심하는 사람은 아무도 없었다. 시체 무리의 맨 앞줄이 양조장 정문과 그 맞은편 건물을 지났을 때는 맨눈으로도 시체들의 벌어진 상처와 더러운 피투성이 옷을 볼 수 있었다.

"퐁고프스키, 통로를 최대한 빨리 막아!" 대위가 명령했다.

중사는 장갑차 운전석 문을 두 번 두드렸다. 마지막으로 남아 있던 사람들이 반대편으로 완전히 빠지자 몇 초 뒤에 차량이 움직이기 시작했다. 외따로 도망치던 사람들은 이제 막 가시철망에 도달했다. 군인들이 그들에게 통로를 가르쳐주고 차벽 쪽으로 밀어냈다. 이제 강을 건너는 유일한 길은 무거운 장갑차 범퍼 위를 넘어가거나 아니면 그 아래로 기어가는 것뿐이었다. 몇몇 사람들은 차례를 기다리지 않고 길에 엎드려 장갑차 아래로 기어갔다.

마침내 장갑차 앞에는 전투를 앞둔 군인들과 두 민간인 목격자 카롤과 코노폴만 남았다.

"강 건너에서 정식 초대장이라도 보내야겠소?" 짜증 난 중사가 물었다.

“난 도망칠 곳이 없소.” 술집 주인이 화를 내며 대답했다.

“카토비체까지 가는 지름길 같은 거 압니까?” 카롤이 빈정거리며 물었다.

“당신들 돌봐줄 사람은 여기 없소!” 중사는 물러서지 않았다.

“중사.” 대위가 그의 어깨에 손을 얹었다. “민간인들과 말다툼 그만하게, 저쪽에서 중사가 훨씬 더 필요해.” 대위는 늘어선 철조망을 가리켰는데, 그 뒤에서 병사들이 불안하게 무기를 장전하고 있었다. “그리고 두 분.” 그가 민간인들에게 시선을 옮겼다. “어디든 안전한 장소를 찾아내시오. 곧 여기는 정말 뜨거워질 거요. 저 건물에서는 부대가 퇴각했소.” 그가 나무 뒤의 검은 건물을 가리키며 덧붙이고는 곧 두 사람의 시야에서 사라져 버렸다.

“갑시다, 카토비체 젊은이!” 코노폴이 힘겹게 장갑차에서 뛰어내렸다. “내 이렇게 살해당하려고 몇 시간이나 걸려서 여기까지 기어오진 않았소.”

두 사람은 함께 건물 정문으로 들어가 시원한 냉기와 부드러운 어스름 속에 몸을 숨겼다. 안에 몇 걸음만 더 걸어 들어가면 로비 한가운데다. 사방에는 거대한 상자들이 쌓여 있었고, 몇 개는 뚜껑이 벗겨져 있었다. 한 상자에는 수류탄이 들어 있었고 다른 상자에서는 강력한 놋쇠 포탄이 번쩍였다.

“발사 장치 같은 게 없다니 아깝게 됐소, 이런 걸 쏘면 나라도 겁먹을 텐데.” 술집 주인이 녹황색으로 빛나는 달걀 모양의 형체들을 가리키며 중얼거렸다.

카롤은 그에게 미처 대답하지 못했다. 바로 그 순간에 군인들이 총을 쏘기 시작했다. 석조 계단은 성당 제단만큼 소리가 잘 울렸다. 다행히 두 사람은 계단에서 오래 버틸 필요가 없었다. 술집 주인은 대위가 안전한 곳을 찾으라고 했던 말을 가슴에 깊이 간직했으므로, 그의 제안에 따라 2층으로 올라갔다. 그리고 첫 번째 열린 문이 보이자마자 두 사람은 오른쪽에 있는 아파트로 들어갔다. 창문으로 보니 거리에서 벌어지는 전투가 더 잘 보였다.

* * *

군인들은 목표물에서 멀지 않은 곳에서 총격을 가했다. 목표물이 맞지 않을 리 없었으나, 군인들이 예상했던 것처럼 총알은 전부 적들에게 차례차례 꽂히지는 않았다. 30초 정도가 지나자 일부 군인들은 총을 내던지고 장갑차를 향해 도망치기 시작했다. 대위는 중사에게 손가락으로 이들을 가리켜 보였고, 중사는 즉시 쫓아가기 시작했으나 탈주병들을 따라잡아 붙잡지는 못했다. 중사가 화가 잔뜩 난 채로 돌아왔을 때 세 명의 병사들이 전선에서 탈주하려 하는 것을 보았다.

"어딜 가?!" 그가 긴 콧수염이 떨릴 정도로 고함쳤다.

그러곤 병사 한 명을 붙잡고 장갑차 뒤로 사라지려는 다른 한 명의 다리를 잡으려고 몸을 숙였는데, 그때 누군가 그의 뒤통수를 주먹으로 때렸다. 순간적으로 머리가 멍해져서 그는 한 손으로 땅을 짚었다. 무릎을 땅에 대고 상체를 일으켰을 때 죽지 않는 시체들은 가시철망에서 겨우 몇 걸음 거리에 와 있었고, 총을 계속 쏘는 병사는 고작 1분 전에 가시철망 앞을 촘촘하게 메웠던 20명 중에서 겨우 6명으로 줄어 있었다.

퐁고프스키는 혼잣말로 욕설을 내뱉고 대위에게 달려갔다.

"이건 무의미합니다." 그가 식식거렸다. "후퇴해야 합니다."

"어디로?" 장교는 반박하려는 시도조차 하지 않았다.

"둔덕 위, 저쪽으로요……." 중사가 손가락으로 다리를 가리켰다.

"좋아. 기관총이 우리를 엄호해 주겠지.'

퐁고프스키는 고개를 끄덕이고 몸을 돌려 장갑차들을 향해 달려갔다.

"야누슈키에비츠치! 브조조프스키!" 그가 고함쳤다. 병사들이 듣지 못했으므로 그는 자신을 바라보게 하려고 팔을 흔들어야 했다. 병사들이 한순간 사격을 중단하자 그가 마지막 명령을 내렸다. "우린 둔덕 위로 후퇴한다! 엄호해!"

두 병사는 동시에 고개를 끄덕이고 다시 방아쇠를 당겼다. 그들의 무기만이 죽지 않는 시체들의 속도를 늦출 정도로 효율적이었다.

마지막 남은 여섯 명의 병사들은 거의 포기하고 도주할 지경이 되어 있었다. 중사는 그들이 불안한 눈빛으로 점점 더 자주 텅 빈 동료들의 자리를 바라보는 것을 알아차렸다.

"조금만 더 버텨." 그가 한 명 한 명에게 직접 부탁했다. "내가 신호하면 장갑차를 향해서 뛰는 거야."

그는 대위에게 돌아왔다.

십여 초 뒤에 죽지 않는 시체들이 가시철망에 도달했다. 그리고 뒤얽힌 철사에서 튀어나온 날카로운 쇳조각에도 아랑곳하지 않고 가시철망을 밀기 시작했다. 그때 대위가 명령했다.

"지금이다!"

그의 명령은 약간이긴 하지만 늦었다. 그가 입을 열자마자 병사 여섯 명 모두 뒤로 돌아섰다. 그러나 그는 병사들을 탓하지 않았다. 건강한 정신을 가진 사람은 아무도 이런 광경을 견뎌내지 못했을 것이다. 군인들은 능숙하게 포복해서 장갑차 바퀴 사이로 사라졌다.

대위는 자신의 소매를 잡아끄는 중사를 뒤따라갔다. 그러나 가장 가까운 장갑차에 도달하기 전에 대위는 장갑차 아래로 들어간 군인의 다리가 그대로 멈추었다가 잠시 후에 훨씬 더 빨리, 그러나 반대쪽으로 움직이기 시작하는 것을 보았다. 이 병사는 도망치는 게 아니라 후퇴하고 있었다.

대위는 중사를 바라보았고, 중사는 전에 없이 창백해진 얼굴로 그저 어깨를 으쓱해 보이고는 땅에 납작하게 엎드려서 소련제 BTR-152 장갑차 아래를 들여다봤다. 그리고 욕설을 폭포수처럼 내뱉으며 재빨리 벌떡 일어났다. 대위와 함께 그는 불운한 병사를 차량 아래에서 끌어냈다.

"정문으로!" 대위가 빠르게 주위를 둘러보고 명령했다.

그들에게는 시간이 별로 없었고, 걸어 다니는 시체 무리가 이미 가시철망을 넘어 들어오고 있었다. 수십 명의 변질자가 가시철망에 얽혔으나 다른 시체들이 그 위로 기어서 기관총 두 대의 총구 바로 아래로 곧장 다가왔다. 기관총은 이제 당장이라도 영원히 조용해질 것이었고, 군인들은 모두 이 사실을 알고 있었다. 탄약이 거의 다 떨어진 것이다.

병사들이 앞으로 달려나갔고, 중사 역시 대위에게 떠밀려 병사들을 따라 뛰었지만 몇 걸음 가다가 멈추어 섰다.

"여기로 애들 데려오겠습니다." 그가 몸을 숙여 대위의 귀에 대고 소리친 뒤 세 번째 장갑차, 즉 프시에 폴레에서 도망친 탈주자들을 붙잡아 두었던 수송차량으로 달려갔다.

세 번째 장갑차의 기관총은 붙잡힌 탈주자들이 병사들의 등을 향해 총을 쏠 생각을 감히 떠올리지 못하게 하려고 막아 둔 상태였다. 그러나 이제 몇 초 정도면 충분히 사용할 수 있었다…….

중사는 차량에 뛰어들었다가 굳어졌다. 안은 군중으로 가득했다. 가시철망을 무너뜨리고 넘어오는 것들과 똑같이 죽었다 살아난 쓰레기들이 수백 명이나 우글거리고 있었다.

"라파우, 토메크, 내려와!" 그는 후퇴 경로를 엄호하던, 겁에 질린 두 병사에게 소리쳤다.

기관총까지 올라갈 몇 초의 시간이 없었고, 그는 계속 살고 싶으면 도망쳐야 했다. 야누슈키에비치와 브조조프스키는 차 위로 건너뛰어 세 번째 장갑차로 넘어왔다. 그들과 함께 중사도 차량 뒤쪽으로 달려갔다. 병사들을 먼저 보냈기 때문에 중사는 목숨을 건졌다. 병사들은 보도에 발을 딛자마자 눈앞에서 사라졌다. 그러나 병사들이 어째서 쓰러졌는지 중사는 금방 알게 되었다. 그들의 공포에 질린 비명 소리가 모든 것을 설명해 주었다.

중사는 뒤로 물러났다. 차 문을 닫을 시간이 없었다. 이 쓰레기들이 이미 사방에 기어다니고 있었다. 그들은 주먹으로 장갑차 벽면을 두드렸다. 장갑차 사이에서 하나둘씩 기어 나와 안으로 들어가려 했다. 처음에 중사는 의심했다. 그런 뒤에 패닉에 빠졌다. 이 함정에서 빠져나갈 길이 없었다. 사실 남은 두 대의 장갑차 중 어느 한쪽으로 뛰어들 수는 있었지만, 그렇게 해도 확실한 죽음을 조금 미루는 것뿐이었다. 그는 총알을 먹을 생각도 없었고 총구에 바른 윤활유를 마실 생각도 없었다.

그는 더 이상 사람이 아닌 존재의 푸르스름한 얼굴을 바라보았다. 자신을 향해 뻗어오는 손을 보았다. 그리고 그들에게서 눈을 떼지 않고 수류탄 띠를 풀었다.

"엿이나 먹어라!" 그는 안전핀을 당기며 외친 뒤 죽음의 악취를 풍기는 시체 떼 한가운데로 뛰어들었다.

* * *

대위는 석조건물 입구 앞에서 멈추고 뒤를 돌아보았다. 골목 반대편 끝, 잘 다듬어진 덤불이 늘어선 곳에는 이제 자기 부하들이 보이지 않았다. 다리와 그 위를 막은 장갑차들을 향해 행진하는 변질자들의 거대한 무리만 보일 뿐이었다.

문설주와 약간 벌어진 문 사이 틈으로 술집 주인의 얼굴이 나타났다.

"빨리 와요, 이 사람아!" 겁에 질린 코노폴이 외치고는 즉각 계단의 어스름 속으로 사라졌다.

대위는 건물 쪽으로 한 걸음 옮기다가 또다시 얼어붙었다. 죽지 않는 시체 무리가 이제 덤불숲 사이에서 나타나서 곧장 그를 향해 오고 있었다. 그들은 자기 뒤에서 누군가 목청껏 절박하게 외치는 소리에도 아랑곳하지 않고 천천히 휘청거리는 걸음으로 계속 움직였고, 그러다 다시 외침 소리가 들리고 거의 동시에 두 번의 폭발이 일어났다. 대위는 폭발의 굉음에 정신이 들었다. 얼굴을 찡그리며 느린 걸음으로 열린 문에 다가갔다. 하지만 문턱을 지나서 다시 멈추어 서려 했을 때 누군가의 손이 그를 붙잡아 즉시 계단 쪽으로 끌어당겼다.

병사들과 민간인 목격자 두 명이 어안이 벙벙해진 대위를 끌어낸 뒤에 입구를 막는 작업을 시작했다. 탄약과 무기가 든 상자를 재빨리 옮겨 문과 건물 안쪽으로 이어지는 계단 사이에 쌓았다. 변질자들이 석조건물과 보도를 잇는 짧고 좁은 통로를 건너오기 전에 대위가 그들의 작업에 합류했다.

그들은 두 명씩 짝을 지은 뒤 죽지 않는 시체들이 넘어오지 못하도록 3분 만에 바리케이드를 설치했다. 그러나 그것만으로 그들의 가장 큰 문제가 해결되지는 않았다. 둔덕 근처에 한 채씩 서 있는 석조건물들 주변은 살아 있는 시체로 들끓었다. 이 건물에는 입구가 두 개였기에—조심성 많은 술집 주인과 그의 동료는 뒷문 역시 미리 비슷한 방법으로 막아놓았지만—계단에 갇혀버린 사람들은 도망칠 방법이 전혀 없었다. 대위는 마지막 상자를 쌓으면서 이 사실을 깨달았다.

"내가 다 생각이 있어요." 코노폴이 대위를 안심시키고는 마치 일을 마친 벽돌공처럼 양손을 털었다. "맨 위층으로 갑시다. 그 정도면 저 짐승들이 우리한테 관심을 더 이상 안 가질 거요."

61

1963년 8월 10일 토요일 07시 50분
볼노시치 광장

마베트는 포드발레 거리와 볼노시치 광장을 연결하는 좁은 통로에 들어섰다. 그는 더러웠고 어마어마하게 지쳐 있었으며 썩은 생선보다 심한 악취를 풍겼고 이 빌어먹을 감염병이 진심으로 지긋지긋했다. 그는 혼란으로 가득한 도시에서 두 시간을 버렸다. 염병할, 두 시간이나! 철로를 따라 8킬로미터 이상 걸어서 푸와스키 거리까지 갔다. 그런 뒤에 가장 가까운 운하까지 싸우고 싸워서 길을 뚫었고, 마치 무슨 2차 세계대전 당시 바르샤바 저항군처럼 똥물이 가득한 하수구를 3킬로미터나 걸어서 이 도시의 마지막 요새 근처까지 나올 수 있었다. 살아 있는 사람들을 향해! 군인과 경찰을 향해! 그러나 그게 대체 무슨 소용이었단 말인가?

'내장을 다 찢길 뻔했는데 그 결과가 이거야?' 그는 손에 쥔 종잇조각을 내려다보았다. 거기에는 텅 빈 광장에 걸려 있던 많은 공고문 중 하나가 있었다.

이 글을 읽을 수 있는

모든 사람에게 고함!

우리는 동물원으로 퇴각했다.

"엿이나 먹어, 비에드지츠키!" 그는 몸속을 가득 채우고 있는 분노를 뿜어내며 목청껏 외쳤다.

이제 어떻게든 도시 외곽으로 나가야 한다는 생각만 해도 열이 끓어오르는 기분이었다. 여기서 그를 기다리는 사람이 아무도 없다는 사실을 알았다면 이미 가 있을 장소였다.

"이게 정말로 재미있다고 생각하나?" 그는 돌연 멈추어 서서 구름 한 점 없는 파란 하늘을 올려다보며 원망하듯 물었다.

〈2권에 계속〉

검은 감염병과 공산주의 폴란드의 좀비들

정보라

『브로츠와프의 쥐들』은 1963년에 폴란드 서부에 있는 남실롱스크 지역의 대도시 브로츠와프에서 실제로 일어났던 출혈성 천연두 감염 사태를 소재로 한 작품이다. 작가의 상상력 속에서 출혈성 천연두 유행은 좀비 아포칼립스를 불러온다. 1960년대 공산주의 폴란드라는 시대적 배경과 폐쇄적인 사회체제로 인해 '좀비'라는 개념 자체가 작품 속 등장인물들에게는 낯설다는 설정이다. 이 점을 번역에 반영하여 '좀비'라는 단어는 작품 속에서 의사가 명확하게 말한 이후부터 사용한다. 그 전에는 주요 등장인물들이 이 새로운 감염병 혹은 감염자들을 무어라 말해야 할지, 어떻게 설명해야 할지부터 알 수 없어서 혼란스러워하며, 그러한 혼란 또한 중요한 줄거리가 된다. 독자 여러분께서는 혼란스럽지 않았으면 좋겠다.

전염병이 좀비 사태를 일으킨다는 설정 자체는 이제 흔한 공식이 되었다. 그러나 1963년 공산주의 폴란드의 엄혹하고 긴장된 사회체제와 제2차 세계대전이 남긴 상흔이 아직도 짙게 남아 있는 브로츠와프라는 배경이 이 작품만의 독특한 풍경을 만

들어낸다.

1939년 9월 나치 독일이 폴란드를 침공하면서 제2차 세계대전이 일어난다. 1945년 5월 8일 나치가 항복한 뒤에 독일은 미군이 지배하는 자본주의 서독과 소련의 지배를 받는 공산주의 동독으로 분단된다. 패전국이자 전범국가로서 독일은 동서로 분단되었을 뿐만 아니라 독일의 동쪽 지역을 잘라 폴란드에 내주게 된다. 그리고 폴란드는 동쪽 영토를 또 그만큼 잘라내어 북부를 당시 벨라루스 소비에트 사회주의 연방공화국에, 폴란드 동남부 영토는 당시 우크라이나 소비에트 사회주의 연방공화국에 내준다.

이러한 국경 재정비는 당연히 관련 지역에 거주하고 있던 사람들에게 커다란 혼란을 일으켰다. 폴란드 정부는 1947년부터 1950년까지 우크라이나 소비에트 사회주의 연방공화국이 된 지역에 살던 사람들을 새로 얻은 이전 독일 영토, 즉 실롱스크 지역에 이주시켰다. 새롭게 얻은 영토를 빠르게 폴란드화하고 동시에 우크라이나로 흡수될 인구를 폴란드 영토에 보전하려는 목적이었다.

그 결과 실롱스크는 건축물 등 문화적·역사적 유산에는 독일의 흔적이 고스란히 남아 있으면서 우크라이나어와 러시아어를 사용하는 사람들이 새로 정착하는 특이한 지역이 되었다. 그 영향은 지금까지도 실롱스크에 남아 있다. 표준적인 폴란드어와는 상당히 다른 실롱스크만의 특이한 어휘, 표현, 발음이 사투리와는 또 다른 '실롱스크어'를 형성했다. 공간적으로도 브로츠와프 등 여러 도시에 아직까지도 제2차 세계대전 당시 총격이나 포격의 흔적이 남아 있는 건물들이 적지 않다.

폴란드는 1948년 소련의 영향 아래 공산화되었다. 그러나 소련에 합병되지는 않았다. 폴란드, 당시 체코슬로바키아(현재는 체코와 슬로바키아로 분리됨), 당시 유고슬라비아(현재 북마케도니아, 크로아티아, 세르비아, 몬테네그로, 보스니아-헤르체고비나, 슬로베니아, 코소보)는 소련을 서쪽과 남쪽에서 둘러싸고 자본주의 유럽의 영향을 막아내는 '완충지대'가 되었다. 형식적으로는 독립국이지만 소련의 꼭두각시 역할을 하는 공산국가가 된 것이다.

폴란드는 16~17세기까지 거대한 영토를 가진 유럽의 강대국이었으나 1790년대에 세 번의 분할점령을 거쳐 최종적으로 독일, 오스트리아-헝가리, 러시아 제국의 식민지가 되었다. 1918년 제1차 세계대전이 끝나고 러시아에서 공산혁명이 일어나면서 유럽의 제국들이 멸망하고 폴란드는 독립국의 위상을 되찾았다. 그 후 1948년에 다시 소련의 위성국가로 강제적인 공산화를 겪게 된다. 바르샤바를 포함하여 폴란드 북동부가 1790년대부터 1918년까지 120년간 러시아의 식민지였는데, 독립한 지 30년 만에 다시 소련의 위성국가로 추락한 것이다. 그것도 제2차 세계대전으로 인구의 3분의 1을 잃고 6년간 나라 전체가 나치 강제수용소가 되어버리는 끔찍한 참상을 겪은 직후였다. 폴란드 일반 시민들이 다시 소련의 식민지가 되는 것이나 다를 바 없는 공산화를 반겼을 리 없다.

『브로츠와프의 쥐들』의 배경이 되는 1963년은 그렇게 강제적인 공산화가 이루어진 지 정확히 15년이 되던 해이다. 그래서 거의 모든 등장인물이 제2차 세계대전을 기억하고 있다. 도미니카 벤츠와베크 간호학교 교장처럼 정확히 설명되지 않는 커다란 트라우마를 안고 살아가는 경우도 있다. 이 당시 사람들은 모두 전쟁에서 살아남은 자들이니 벤츠와베크는 자신의 트라우마를 자세히 설명할 필요가 없었을 것이다. 다들 비슷한 경험을 가지고 있기 때문이다.

역사적인 배경을 비롯한 여러 측면에서 『브로츠와프의 쥐들』은 1960년대 공산주의 폴란드의 분위기를 매우 잘 보여준다. 좀비 감염병 사태에서 가장 전면에 나서 주도권을 쥔 사람들은 군인과 경찰이다. 폴란드 인민공화국은 공산주의 국가였기 때문에 실제로 군인과 경찰이 주도권을 쥔 억압적인 사회였다. 그러나 군경의 역할은 상당히 역설적인 측면이 있다. 폴란드 공산당이 최고 권력을 쥔 사회에서 군대도 경찰도 공산당의 명령을 받고 움직이지만, 동시에 공산당은 몹시 미움받는 존재였기 때문이다. 폴란드 공산당은 소련의 꼭두각시였고 말하자면 식민지 지배자에게 아첨하여 권력을 얻은 배신자들이었다. 작품 속에서 위기가 닥치자 내연녀와 함께 도망치기 바쁜 자털니 지역인민위원회 서기장의 묘사에서도 그런 관점을 볼 수 있다.

전쟁, 영토의 재편성, 국력 상실과 소련의 지배를 받는 위성국가로의 추락 등은 폴란드 사회 전반에 트라우마를 남겼다. 게다가 작품이 애초에 위험한 감염병의 대유행에서 시작하니 등장인물들이 언제나 긴장하고 있는 것은 당연하다. 대부분의 인물은 술을 너무 많이 마시고, 뭔가 불법적인 일을 꾸며 몰래 이득을 얻으려 애쓰고, 법이나 규범은 일반 시민을 보호하기 위해 존재하는 게 아니라 억압하고 착취하기 위해 존재한다는 냉소적이고 비뚤어진 관점을 가지고 있으며, 약자에게 폭력적이다. 남편은 아내를 때리고 선생은 학생을 윽박지르며 피부색이 조금이라도 짙은 사람은 '집시' 등의 조롱과 천대를 받는다. 거칠고 사나운 역사를 겪고 살아남은 사람들이 거칠고 사납게 행동하는 것은 당연한 결과인지도 모른다.

작가 로베르트 슈미트는 1962년 폴란드 브로츠와프에서 태어났다. 출판업계에서 일하며 창작은 물론 편집과 마케팅까지 출판업의 모든 분야를 두루 거쳤다. 특히 1980년대 초기부터 SF 창작, 잡지 창간, 문학상 제정 등 과학소설 분야에서 활발하게 활동했다.

제2차 세계대전이 끝난 1945년부터 1989년 베를린 장벽이 무너지고 1991년 소련이 공식적으로 해체되어 공산주의가 종말을 맞이할 때까지 대략 45년에 걸친 기간을 냉전시대라 한다. 이 시기에 소련을 중심으로 하는 공산권과 미국을 중심으로 하는 자유주의 세력이 과학기술 경쟁에 뛰어들면서 대중적으로 과학에 대한 관심이 커지고 과학소설이 큰 인기를 얻었다. 폴란드에서는 스타니스와프 렘(Stanisław Lem, 1921~2006), 야누시 자이델 (Janusz Zajdel, 1938~85) 등 걸출한 SF 작가들이 냉전시대에 활약하기 시작했다. 폴란드 SF는 주로 사회비판적이고 과학과 기술, 나아가 인간의 능력 자체에 대해 성찰하는 철학적 측면이 강하다. 이는 소련 SF의 공산주의 찬양에 반대하고 과학기술에 대한 무조건적인 믿음을 경계하려는 당시 정치적인 분위기와 폴란드인들의 관점도 반영한다.

1970~80년대 폴란드에서 SF는 공산당의 검열이 공인 혹은 묵인하는 가운데 공산주의와 억압적인 군국주의 사회문화에 맞서는 저항문화로서 크게 인기를 얻었다. 로베르트 슈미트

도 20대부터 이러한 저항문화로서의 SF에 관심을 가졌다. 그가 제정에 참여한 '스핑크스 문학상'은 이후 앞서 언급한 SF 작가 야누시 자이델의 이름을 딴 '자이델상'으로 변경되어 지금까지 폴란드의 권위 있는 SF 문학상으로서 뛰어난 작가들을 배출하고 있다.

로베르트 슈미트는 『파멸의 천사의 고독』(Samotność Anioła Zagłady, 2008), 『신이 되기는 쉽다』(Łatwo być bogiem, 2014), 『천국에서의 탈출』(Ucieczka z raju, 2018) 등 큰 스케일의 우주 전쟁을 그리는 스페이스오페라를 주로 쓴다. 『브로츠와프의 쥐들』 시리즈는 그런 측면에서 슈미트의 작품 세계 전체에서는 예외적인 작품이다. 그러나 브로츠와프 태생이며 2015년에 '자랑스러운 브로츠와프인 상'을 받기도 한 이력을 보면 고향에 대한 작가의 애정과 자부심이 역력히 드러나는 작품이라고도 할 수 있다. 또한 폴란드 역사와 연결되는 브로츠와프라는 도시의 상징성을 브로츠와프 태생인 작가만이 알 수 있는 다양한 측면에서 속속들이 보여주는 독특한 작품이기도 하다. 그런 점에서 번역자로서 이 작품에 관심을 가지게 되었다.

1960년대 공산주의 폴란드의 엄혹한 모습에서 같은 시기 군사독재 치하 한국의 분위기도 엿볼 수 있었다. 한국도 식민 지배를 겪고 그 직후 한국전쟁으로 국토가 초토화되었으며 이후에는 분단과 군사독재를 겪어 폴란드와 여러모로 유사한 역사를 가지고 있다. 그래서 독자로서 이 작품을 처음 접했을 때는 1960년대 한국이 자꾸 떠올랐다. 그렇기 때문에 국내에 이 작품을 꼭 소개하고 싶었다.

작품을 번역하게 되었을 때 슈미트는 『브로츠와프의 쥐들』

이 한국 좀비영화로 만들어지면 좋겠다는 희망을 전했다. 슈미트는 한국 좀비영화의 열성팬으로, 「부산행」과 「지금 우리 학교는」을 인상 깊게 보았다고 한다. 실제로 한국 좀비영화는 기차(「부산행」), 학교(「지금 우리 학교는」), 아파트촌(「#살아있다」), 심지어 조선시대(「킹덤」) 등 다양한 공간과 시대를 배경으로 만들어졌는데, 군대나 경찰을 배경으로 한 경우는 없었다. 폐쇄적이고 엄격한 집단에서 좀비 사태가 벌어지면 굉장히 흥미로운 이야기들이 등장할 수 있으니 영화제작 관계자들도 『브로츠와프의 쥐들』에 관심을 가져주시면 좋겠다는 은근한 희망을 역자 후기에 언급해 본다.

슈미트는 오랫동안 SF 팬덤에게 사랑받고 성장해 온 작가답게 등장인물들의 이름을 독자로부터 신청받아 지었다. SNS에 '브로츠와프의 쥐들에서 죽고 싶어'(Chcę zginąć w Szczurach Wrocławia)라는 팬 페이지를 만들어 '죽고 싶은' 독자들이 신청한 이름을 작품에 사용한 것이다. 폴란드의 문학 행사에 참여하면서 『브로츠와프의 쥐들』 시리즈를 번역한다고 말하자 본인이 몇 권 몇 장에서 죽는다거나 친구 이름으로 신청해서 친구는 몇 권 몇 장에서 죽는다고 자랑스럽게 말하며 기뻐하는 독자들을 만나기도 했다. 슈미트는 『브로츠와프의 쥐들』 1권이 출간된 2014년에 '죽고 싶었던' 독자들과 출간기념 파티를 진행했는데 이때 한정판 기념품으로 작품 속에서 죽었다는 사망증명서를 선물하기도 했다. 이 파티에서 사랑에 빠져 결혼한 경우도 있다고 한다.

폴란드 역사나 브로츠와프 지리를 알면 더욱 재미있겠지만 그렇지 않아도 숨 가쁘게 펼쳐지는 사건들 속에서 손에 땀을 쥐고 읽을 수 있는 흥미로운 작품이다. 이 장대한 이야기를 꼼꼼하게 교정하고 편집해 주신 편집부에 깊은 감사의 마음을 전한다. 한국 독자들께서도 즐겁게 읽어주시면 좋겠다.

브로츠와프의 쥐들: 카오스

초판 1쇄 인쇄 2025년 1월 20일
초판 1쇄 발행 2025년 2월 6일

지은이 로베르트 J. 슈미트
옮긴이 정보라
펴낸이 김선식

부사장 김은영
콘텐츠사업2본부장 박현미
책임편집 이한민 **책임마케터** 권오권
콘텐츠사업6팀장 임경섭 **콘텐츠사업6팀** 정지혜, 곽수빈, 조용우, 이한민, 이현진
마케팅1팀 박태준, 권오권, 오서영, 문서희
미디어홍보본부장 정명찬 **브랜드홍보팀** 오수미, 서가을, 김은지, 이소영, 박장미, 박주현
채널홍보팀 김민정, 정세림, 고나연, 변승주, 홍수경 **영상홍보팀** 이수인, 염아라, 석찬미, 김혜원, 이지연
편집관리팀 조세현, 김호주, 백설희 **저작권팀** 성민경, 이슬, 윤제희
재무관리팀 하미선, 임혜정, 이슬기, 김주영, 오지수
인사총무팀 강미숙, 이정환, 김혜진, 황종원
제작관리팀 이소현, 김소영, 김진경, 최완규, 이지우
물류관리팀 김형기, 김선진, 주정훈, 양문현, 채원석, 박재연, 이준희, 이민운
외부스태프 디자인 스튜디오 수박@studio.soopark

펴낸곳 다산북스 **출판등록** 2005년 12월 23일 제313-2005-00277호
주소 경기도 파주시 회동길 490
전화 02-704-1724 **팩스** 02-703-2219
이메일 dasanbooks@dasanbooks.com
홈페이지 www.dasan.group **블로그** blog.naver.com/dasan_books
용지 스마일몬스터피앤엠 **인쇄 및 제본** 정민문화사 **코팅 및 후가공** 제이오엘엔피

ISBN 979-11-306-6303-6 (03890)

• 책값은 뒤표지에 있습니다.
• 파본은 구입하신 서점에서 교환해드립니다.